ANABELLE STEHL

worlds
beyond

ROMAN

LYX

LYX in der Bastei Lübbe AG
Dieser Titel ist auch als E-Book und Hörbuch erschienen.

Die Bastei Lübbe AG verfolgt eine nachhaltige Buchproduktion.
Wir verwenden Papiere aus nachhaltiger Forstwirtschaft und verzichten
darauf, Bücher einzeln in Folie zu verpacken. Wir stellen unsere Bücher
in Deutschland und Europa (EU) her und arbeiten mit den Druckereien
kontinuierlich an einer positiven Ökobilanz.

Originalausgabe
Copyright © 2022 by Bastei Lübbe AG, Köln
© 2022 Anabelle Stehl
Dieses Werk wurde vermittelt
durch die Langenbuch & Weiß Literaturagentur.

Textredaktion: Klaudia Szabo
Covergestaltung: ZERO Werbeagentur GmbH
Coverabbildung: © shutterstock.com
(thidaphon taoha / Tama2u / GoodStudio / GalinaL)
Silhouette London: © gettyimages (gio_banfi)
Linearts: © Jule Bürgi
Satz: Greiner & Reichel, Köln
Gesetzt aus der Adobe Caslon
Druck und Verarbeitung: GGP Media GmbH, Pößneck

Printed in Germany
ISBN 978-3-7363-1687-4

1 3 5 7 6 4 2

Sie finden uns im Internet unter: lyx-verlag.de
Bitte beachten Sie auch: luebbe.de und lesejury.de

Liebe Leser:innen,

bitte beachtet, dass *Worlds Beyond* Elemente enthält, die triggern können. Dies betrifft: *Mobbing*.

Wir wünschen uns für euch alle das bestmögliche Leseerlebnis.

Eure Anabelle und euer LYX-Verlag

Für London

*Wäre meine Seele eine Stadt,
sie trüge deinen Namen.*

Playlist

Café Deluxe – Osei The Seventh
Leaving London – fin
Beyond – Leon Bridges
Mess Your Hair Up – Stewart Taylor
the author – Luz
Open Heart – Adrian Chalifour
Meant To Be – Ber, Charlie Oriain
Dress – Charlotte Sands
a boy named pluto – Hailey Knox
Boy Violet – Deza
Fuck Up The Friendship – Leah Kate
oh GOD – Orla Gartland
Pomegranate Seeds – Julian Moon
Fictional Men – PEGGY
Distant Universe – OSKA
Kiwi – Harry Styles
Bookstore Girl – Charlie Burg
Happiness – Hobo Johnson

Prolog
Nele

Ich wusste, dass es um mich geschehen war, noch bevor er das erste Wort an mich richtete.

Ich hatte eigentlich nur Obdach gesucht, bis Lorie, meine zukünftige Mitbewohnerin, daheim war, um mir meinen Schlüssel zu überreichen und mich meine neuen vier Wände beziehen zu lassen. Das kleine Café lag auf dem Weg zu der Wohnung in Battersea, die ich ab heute mein Zuhause nennen würde. Ein kurzer Stopp, ein Kaffee, etwas Ruhe für meine Arme, die so untrainiert waren, dass das bloße Ziehen meines Gepäcks sie schon erschöpft hatte. Ein erster Eindruck des Viertels, in dem ich mindestens das nächste Jahr, hoffentlich aber eine längere Zeit, verbringen würde. Das hatte ich mir erhofft. Und dann war mein Blick auf diesen fremden Mann gefallen, und all die Gedanken waren wie weggeblasen.

Albern, nicht wahr? Kitschig wie aus einem schlechten Hollywood-Film. Und dennoch reichte sein Lächeln aus, um einen wohligen Schauer durch meinen gesamten Körper zu schicken. Das Funkeln, das dabei in seine eisblauen Augen trat, die einen so starken Kontrast zu seinen schwarzen Haaren bildeten, gehörte verboten, denn es brachte mein Herz zum Stolpern. Empfindungen, von denen ich so oft in Büchern gelesen und die ich doch immer für einen Mythos gehalten hatte. Eine Übertreibung, um mich als Leserin einem Ideal nachjagen zu lassen, das es gar nicht gibt. Doch jetzt stand ich hier, in diesem kleinen Café in London, und meine Zweifel verpufften mit einem einzigen schiefen Lächeln meines Gegenübers.

»Ich bin Matthew, hi.«

»Hi«, erwiderte ich, froh, dass meine Stimme einigermaßen normal klang.

»Ich nehme an, Kaycee hat dich hergeschickt?«, fragte er und deutete mit dem Kopf in Richtung der Ladenbesitzerin mit den pinken Haaren, bei der ich soeben meine Bestellung aufgegeben hatte.

»Ja, falls das okay ist? Ich wollte mich eigentlich nur kurz ausruhen, ich wusste nicht, dass ihr hier heute Eröffnung feiert.«

»Klar.« Matthew rutschte ein Stück zur Seite und deutete auf den nun freien Platz neben sich. Ich setzte mich und versuchte, meinen großen Koffer und den Rucksack so zu verstauen, dass sie nicht das halbe Café blockierten. Ich war dankbar für den Schleier an schulterlangen, dunkelbraunen Haaren, der mir dabei vors Gesicht fiel und mir erlaubte, mich kurz zu sammeln. Als ob ich nicht schon aufgeregt genug war, endlich in meiner Lieblingsstadt zu sein und in eineinhalb Wochen meinen Traumjob zu beginnen, warf mich jetzt auch noch ein Kerl aus der Bahn. Als ich mich einigermaßen gefangen hatte, strich ich mir die Haare hinter die Ohren und räusperte mich.

»Ich bin übrigens Nele.«

Er brachte mich so sehr aus der Ruhe, dass ich völlig vergessen hatte, mich ebenfalls vorzustellen.

»Nele.« Er ließ die zwei Silben über seine Zunge rollen, als versuchte er, ein Rätsel zu lösen. Die Art, wie er die Buchstaben aussprach, trieb mir die Hitze in die Wangen. Dabei sagte er nur meinen Namen. Meinen verdammten Namen, den ich schon Hunderte Male gehört hatte.

Reiß dich zusammen!

»Woher stammt der? Ich kann deinen Akzent nicht zuordnen.«

»Deutschland. Ich bin heute erst angekommen, deshalb das ganze Gepäck.«

»Oh, auf Deutschland hätte ich gar nicht getippt.«

Ich gab meinem ehemaligen Englischlehrer, der uns die typisch deutsche Aussprache des th-Lauts ausgetrieben hatte, ein gedankliches High Five. Matthew schien mein Schweigen zu missinterpretieren, denn er lehnte sich nach vorn und sah plötzlich beschämt aus.

»Sorry, das war nicht böse gemeint. Ich beherrsche gar keine Fremdsprache. Ich hab mich mal an Spanisch probiert, bin aber eine absolute Niete darin und kann dank der Sprachlern-App mittlerweile nichts mehr, außer zu sagen, dass mein Pferd diese Äpfel nicht mag.«

»Was?«, fragte ich mit einem Lachen.

»A mi caballo no le gustan estas manzanas.«

»Kamst du damit weit in Spanien?«

»Bleibt noch abzuwarten, aber in Geschäftsverhandlungen hat es mir bislang nicht viel gebracht.«

»Ich kann mir gar nicht vorstellen, wieso.«

Matthew lachte, und das Geräusch sorgte für ein Kribbeln in meinem Bauch. Das war nicht gut. Gar nicht gut. Das war sogar verdammt doof. Denn ich war nicht nach London gekommen, um einen Typen anzuschmachten, den ich noch gar nicht kannte. Ich war hier, um zu arbeiten. In meiner liebsten Stadt zu leben. Mir meinen Traum zu erfüllen. Und vielleicht, mit ganz viel Glück, wieder zum Schreiben zu finden. Etwas, das ich immer wieder versuchte – und woran ich immer wieder scheiterte. Doch immerhin würde ich endlich Fuß in der Buchbranche fassen können, denn nichts wollte ich lieber, seit ich mein Studium begonnen hatte.

Ich hatte Praktika in deutschen Verlagen absolviert, extra Kurse an der Uni belegt und so viele Überstunden in meiner Werkstudentenstelle geleistet, dass ich sogar einen Anruf meiner Krankenkasse erhalten hatte und beinahe aus der Familienversicherung geflogen wäre. Das alles, um hier zu sein. Denn in zwei Wochen würde mein Volontariat in einer der erfolgreichsten Literaturagenturen Londons starten. Nur einmal im Jahr gab es eine Stelle, auf die sich Hunderte Absolventinnen aus ganz Europa bewarben. Und ich, Nele Schubert, hatte es geschafft.

Es war ganz egal, wie oft ich mir diesen Satz vorsagte, es war immer noch absolut unwirklich, dass ausgerechnet ich das Glück gehabt hatte.

Nein, nicht Glück, wie meine große Schwester Undine mir etliche Male eingeschärft hatte. Ich hatte hart dafür gearbeitet, mit Glück hatte das nur bedingt zu tun.

»Und was treibt dich hierher? Machst du Urlaub?«

»Nein, ich wohne ab heute hier.«

Das Kribbeln, das nun durch meinen Körper schoss und für eine angenehme Wärme in meinem Magen sorgte, war noch heftiger als das von Matthew ausgelöste.

Ich wohne hier. In London.

»Oh, na dann: herzlich willkommen.«

»Danke.«

Matthew erwiderte mein breites Grinsen. »Und da kommt deine Bestellung, dann können wir darauf ja gleich anstoßen.«

Die Inhaberin des Cafés, Kaycee, stellte meinen Kaffee lächelnd vor mir ab und verschwand kurz darauf zum Abräumen an einen benachbarten Tisch.

»Scheint ja echt gut zu laufen der Laden.«
»Ja, sie hatte auch genug Publicity. Positive wie negative.«
»Oh?«, fragte ich.
»Ihre beste Freundin ist YouTuberin, deren Freund ebenso, ihr eigener Freund ist Schauspieler, und sie selbst hat vor Kurzem bei einer Reality-Backshow mitgemacht und dort für sehr gemischte Gefühle gesorgt.«

Anscheinend stammten nicht nur die Empfindungen, die Matthew in mir auslöste, aus einem überspitzten Film. Diese Story tat es definitiv auch. Sofern sie denn stimmte.

»Du verarschst mich?«

Grinsend schüttelte Matthew den Kopf. »Nope. Wie schon gesagt: Herzlich willkommen in London.«

1. KAPITEL
Nele

In dem Moment, in dem mein Vater meine Schwester und mich das erste Mal mit nach London genommen hatte, hatte ich gewusst, dass ich hier hingehörte. In diese vibrierende Stadt, die eine solche Magie auf mich ausübte, so voller Leben, Kunst und Musik war. Sie hatte wie ein Magnet auf mich gewirkt, und so war ich Jahr für Jahr zurückgekehrt – jedoch immer mit einem Return-Ticket nach Köln, wo ich bis letzte Woche gelebt hatte. Dass ich nun hierbleiben konnte, dass meine Zeit in dieser Stadt kein Ablaufdatum hatte – zumindest keines in Sichtweite –, war unbegreiflich.

Ich schlug die Bettdecke zur Seite und streckte mich ausgiebig, bevor ich aufstand und zu dem Schrank in dem mir noch fremden Zimmer lief. Ich hatte es möbliert übernommen, da Maria, die normalerweise hier lebte, gerade für ein Austauschjahr in Portugal war. Perfekt für mich, denn dank der Untermiete hatte ich eine bezahlbare Bleibe in Battersea, nur knapp zwanzig Minuten Busfahrt von meiner zukünftigen Arbeitsstätte in Vauxhall entfernt. Bei gutem Wetter würde ich sogar laufen können, direkt durch den Battersea-Park entlang der Themse. Absurd für Londoner Verhältnisse, denn ich hatte fest damit gerechnet, im Speckgürtel der Stadt wohnen zu müssen und mindestens zwei Stunden für die tägliche Pendelei einzuplanen.

Der Raum war nett eingerichtet, weiße Ikea-Möbel, wie ich sie aus meinem Studentenzimmer bereits kannte, einzelne Bretter mit Büchern – wobei Maria, im Gegensatz zu mir, ein Faible für Thriller zu haben schien – und eine große schwarz-weiße Uhr, die genauso an einem Bahnhof hätte hängen können und deren Ticken mir schon seltsam vertraut vorkam. Keine persönlichen Gegenstände oder Fotos. Die hatte meine Vorgängerin laut eigener Aussage abgenommen, damit ich mich frei entfalten konnte. Allerdings hatte ich lediglich ein einziges Foto dabei, das Undine, mich und meine Eltern am Rhein zeigte. Dieses stand auf meinem Nachttisch, auf dem gerade mein Handy aufleuchtete. Es war eine Nachricht in unserer Familiengruppe.

Mama, 7.40 am:
Hey Süße! Wir wünschen dir einen tollen Tag.
Die Bilder aus London sehen großartig aus.

Ich schickte meiner Mutter ein Herz zurück, ging mit einem Lächeln zu der Kommode, auf der ich mittlerweile meine Bücher – Liebesromane, Jugendbücher und ein wenig Fantasy – ausgebreitet hatte, und griff mir eine Jeans und einen weit sitzenden hellblauen Pulli. Es war schon in Deutschland kalt gewesen, typisch Oktober eben, doch London toppte das Ganze um Längen, zumal ein Blick aus dem Fenster zeigte, dass es in Strömen regnete. Meinen Regenschirm hatte es mir schon vor wenigen Tagen zerrissen, da er dem Wind auf der Millennial Bridge nicht gewachsen gewesen war – Anfängerfehler meinerseits. Seitdem trug ich meine Regenjacke oder akzeptierte, dass ich die meiste Zeit aussah wie ein begossener Pudel. Heute jedoch durfte das nicht passieren, denn heute würde mich mein Weg das erste Mal zu Heather & Clark führen – der Literaturagentur, in der ich am Montag meinen Job antreten würde. Ich hatte noch einige Papiere abzugeben und konnte es außerdem kaum erwarten, einen ersten Blick zu erhaschen, da die Bewerbungsgespräche alle digital geführt worden waren. Außerdem bestand so weniger die Gefahr, dass ich mich auf dem Weg zur Arbeit verfuhr.

Mit einem Lächeln, das sich ganz von allein auf mein Gesicht stahl, schnappte ich mir frische Unterwäsche und Socken und schlüpfte möglichst leise ins gegenüberliegende Bad. Lorie, meine Mitbewohnerin, stand zwar ähnlich früh auf wie ich, nutzte den Morgen aber für Yoga und Meditation, was ich durch lautes Türenknallen nicht stören wollte.

Als ich frisch geduscht und fertig angezogen in die kleine Küche mit den alt anmutenden, blau-weiß karierten Fliesen trat, saß sie bereits an dem runden Tisch, vor ihr eine Kanne Tee und ein paar Toastscheiben mit Avocado.

»Morgen!«

»Guten Morgen«, grüßte Lorie zurück. In der Hand hielt sie eine Zeitschrift, die mir selbst jetzt, eine Woche nach Einzug, schon viel zu bekannt war. Sie winkte damit und deutete auf den freien Platz ihr gegenüber. »Nimm dir Toast und setz dich. Ich hab extra auf dich gewartet.«

Ich unterdrückte einen Seufzer, weil ich genau wusste, was mir gleich blühte, steckte zwei der hellen Brotscheiben in den Toaster und ließ mich dann auf den alten Holzstuhl fallen. Dieser gab ein protestierendes Knarzen von sich. Am liebsten hätte ich mitgemacht, da dieses kleine Ritual, vor dem Maria mich schon bei unserem Skype-Call gewarnt hatte, nicht gerade mein liebstes war – so dankbar ich Lorie auch war, dass sie mich gleich so herzlich aufgenommen hatte. Während ich morgens am liebsten in einem meiner Bücher las oder mich meinem Journal widmete, liebte Lorie Horoskope. Sie analysierte sie jeden Morgen, bevor sie sich auf den Weg zum Royal College of Art machte, an dem sie studierte. Als ich mich ihr vorgestellt hatte, war die Frage nach meinem Sternzeichen eine ihrer ersten gewesen. Und die nach meinem Aszendenten, wobei sie mir erst einmal hatte erklären müssen, was das war. Mittlerweile kannte ich nicht nur die Definition, sondern wusste auch, dass mein Aszendent Krebs war. Anscheinend hatte ich damit irgendeine Art Test bestanden, denn Lorie hatte zufrieden genickt und gemeint, dass wir bestens miteinander auskommen würden, da wir beide sehr sensibel und hilfsbereit wären.

»Und, steht dir ein guter Tag bevor?«, fragte ich.

Lorie wiegte den Kopf, wobei ihre langen, braunen Haare hin- und herwippten, und schenkte sich erst Tee nach, bevor sie antwortete. »Ich soll den Fuß ein wenig vom Gaspedal nehmen und keine vorschnellen Entscheidungen treffen. Bereit für deines?«

Ich hob die Schultern. Es war toll, dass Lorie die ganze Sache so viel gab, ich konnte damit ausgesprochen wenig anfangen. Lorie hingegen schien mein Schulterzucken nicht als die Gleichgültigkeit wahrzunehmen, die es ausdrückte.

»Mach dir keine Sorgen, es wird bestimmt nicht so schlimm«, sagte sie und fuhr dann mit dem Finger nach oben zur Seite, wo sich mein Horoskop befand. Oder besser gesagt das für mich und Hunderttausende weitere Fische.

»Du und deine Mitmenschen seid optimistisch gestimmt. Hindernisse wirken niedriger als sonst, und du kannst Grenzen überschreiten und Schwierigkeiten überwinden«, las Lorie vor. »Das ist doch schon mal nicht schlecht. Auf zur Liebe, mal sehen. Oh, schau an.« Grinsend wackelte sie mit den Augenbrauen. »Völlig unerwartet scheint es um dich geschehen, dabei sieht es dir gar nicht ähnlich, so leichtfertig dein Herz zu riskieren. Du erhältst eine überraschende Einladung, die zu ungeahnten Konsequenzen führt. Oha.«

Ich schüttelte lachend den Kopf, konnte jedoch nicht verhindern, dass meine Gedanken zu Matthew und seinem verdammten Lächeln schweiften. Es war nicht um mich geschehen, so ein Quatsch. Gut, zugegeben, anfangs war genau das meine Sorge gewesen, aber letzten Endes hatte es sich nur um einen Plausch in einem vollen Café gehandelt. Wir hatten uns nett unterhalten, mehr nicht. Ich hatte ihn seitdem ja nicht einmal wiedergesehen. Wie auch? Wir hatten leider keine Nummern getauscht.

»Na, wer weiß. Vielleicht ist heute der Tag, an dem dir jemand den Kopf verdreht.«

»Jap, und dieser jemand ist London. Und die überraschende Einladung geb ich mir selbst, da ich heute dringend ein bisschen Deko und Lichterketten für das Zimmer kaufen will.«

Glücklicherweise meldete sich in diesem Moment der Toaster, sodass ich weiteren Vorhersagen zu meinem Liebesleben entkam.

Möwen kreischten, als ich über den Riverside Walk entlang der Themse schlenderte. Ich passierte kleine und große Boote zu meiner Rechten und hohe Glasgebäude zu meiner Linken und war mir ziemlich sicher, dass das Lächeln auf meinem Gesicht mir bald Muskelkater bescheren würde. In der Hand hielt ich zwei prall gefüllte Stoffbeutel mit meinen Einkäufen aus der Oxford Street und eine kleine Waterstones-Tüte, weil ich es mal wieder nicht geschafft hatte, an der Buchhandlung vorbeizulaufen. Außerdem hatte ich mich mit Lichterketten, Kerzen und zu vielen britischen Süßigkeiten von Marks & Spencer ausgestattet. Ich konnte es kaum erwarten, mich heute Abend mit einem Buch in meinem Zimmer zu verkriechen und sie alle zu testen. Zuerst aber führte mich mein Weg durch Vauxhall in Richtung meines künftigen Büros.

Das Lächeln auf meinem Gesicht wurde breiter. Wie verrückt war es bitte, dass das hier mein zukünftiger Arbeitsweg war? Ich öffnete Instagram und schoss ein schnelles Foto für die Story. Ich hatte den Kanal überwiegend, um anderen Buchaccounts zu folgen, aber meiner Familie versprochen, sie darüber ein wenig auf dem Laufenden zu halten. In letzter Sekunde bog ich noch rechtzeitig nach links ab – weg vom Fluss und in Richtung der Straße, die mich zur Literaturagentur führte. Von der Haltestelle aus waren es nur etwa zehn Minuten Fußweg. Ich lief an etlichen futuristisch wirkenden Gebäuden und der Statue eines Marmorfußes vorbei, die mich stutzen ließ, bis mein Blick eine Wandmalerei streifte. Wie von selbst blieb ich stehen. Es war kein richtiges Graffiti, mehr eine Art Lineart. Eine Zeichnung, die aus einer einzigen Linie entstanden war, ohne dass die Sprühdose abgesetzt wurde. Doch nicht nur das beeindruckte mich. Die Zeichnung zeigte das Gesicht einer Person, der eine Träne die Wange hinabrann. Sie hielt eine Pille zwischen beiden Lippen gefangen, so als sei sie bereit, diese zu schlucken. Vom Kopf der Person gingen etliche kleine Bilder ab. Ich trat näher an die Zeichnung heran, um sie im Detail erkennen zu können. Ich sah eine Aktentasche, ein Handy, einen Bikini, einen Lippenstift, Pfundscheine, einen Schnuller. Stirnrunzelnd betrachtete ich das Einzige, das nicht in einem Schwung mit der Linie gezeichnet wurde: die Inschrift auf der Tablette. *Happiness* stand dort geschrieben.

»Schön, oder?«

Ich zuckte so heftig zusammen, dass ich die Einkaufstüten beinahe gegen die Hauswand pfefferte. Dann wäre ich am liebsten noch einmal zusammengezuckt, weil die Synapsen in meinem Gehirn es schafften, die Stimme einem Gesicht zuzuordnen. Mit heftig pochendem Herzen drehte ich mich um.

»Matthew, hi!«

»Hey«, sagte er, und das Lächeln brachte seine Augen zum Funkeln. »Was führt dich denn her?«

»Orga-Kram«, sagte ich ausweichend. »Und dich?«

»Essen. Also gewinne ich eindeutig.«

Ich lachte und verlagerte unsicher das Gewicht von einem Bein aufs andere. Gott sei Dank mussten wir nicht auf unangenehmen Small Talk ausweichen, denn Matthew nickte zur Wand hinter mir. »Das ist mir letztens schon aufgefallen. Es ist schön.«

»Es ist traurig.«

»Was meinst du? Wegen der Träne?«

»Auch, ja. Aber vielmehr wegen des Bilds an sich.«

Als ich nicht weitersprach, nickte Matthew mir fragend zu. Mein Herz begann in aufgeregtem, stolperndem Rhythmus noch schneller zu schlagen. Ich hätte nichts sagen sollen. Es war wie immer, wenn ich meine Gedanken nicht zurückhielt: Ich machte mich lächerlich. Und dann auch noch vor ihm. Doch leider ließ Matthew nicht locker und hakte nach.

»Was genau an dem Bild findest du traurig?«

Ich schluckte und kam mir plötzlich vor wie früher in der Schule oder an der Uni, wenn ich Angst hatte, etwas komplett Falsches zu sagen. Aber so wollte ich nicht mehr sein. Ich würde in drei Tagen meinen Job anfangen, ich musste endlich wieder offener werden, mich mehr trauen.

»Vielleicht interpretiere ich es über«, begann ich also, »aber das da oben sind alles Dinge, die die Gesellschaft von einem erwartet: gutes Aussehen, finanzielle Sicherheit, eine Karriere, Familie. Alles Dinge, nach denen wir streben sollten und die uns angeblich glücklich machen.« Ich sah zu Matthew. »Aber wieso muss sie dann diese Pille schlucken? Die wirkt beinahe wie ein Antidepressivum.«

Matthew musterte das Bild vor uns, die Stirn in Falten gelegt. So standen wir einige Sekunden schweigend nebeneinander, bis er sich mit einem beinahe verschmitzten Schmunzeln zu mir umdrehte.

»Was?«, fragte ich irritiert.

»Ich mag, wie du denkst.«

»Oh.«

Mehr brachte ich nicht heraus. Ich stand einfach da und betete, dass Matthew das heftige Klopfen meines Herzens nicht hörte, das er mit diesen Worten ausgelöst hatte.

Reiß dich zusammen. Das ist doch nicht das erste Kompliment, das du in deinem Leben erhältst.

Nein, war es nicht. Aber es war das erste von Matthew. Und noch dazu zielte es nicht auf mein Äußeres ab, sondern ging viel tiefer.

Vor allem ging es um ein Graffiti.

Ich schüttelte kurz den Kopf, um meinen inneren Monolog zu beenden.

»Alles okay?«

»Ja. Ich sollte nur langsam weiter.«

»Klar. Der Orga-Kram.«

»Genau.«

Einen Augenblick standen wir uns noch gegenüber, als warteten wir beide darauf, dass der jeweils andere etwas sagte. Mein Hirn lief auf Hochtouren, um das Gespräch in Gang zu halten, weil ich nicht schon wieder bereuen wollte, ihn nicht nach seiner Nummer gefragt zu haben. Wie groß wäre die Chance, dass wir uns ein weiteres Mal zufällig über den Weg liefen? Doch meine Sorge war unbegründet, denn Matthew ergriff das Wort.

»Bist du die Tage schon verplant?«

»Ich wollte London ein bisschen erkunden, also fernab der üblichen Hotspots.«

»Hast du Lust, das gemeinsam zu tun? Ich hatte eigentlich schon im Café vor dich zu fragen, aber wollte auch nicht aufdringlich sein. Es war ja gerade mal dein erster Tag in London.«

Oh mein Gott.

Sein hoffnungsvoller Blick sorgte für ein ebenso hoffnungsvolles Flattern in meiner Magengegend. Keine Ahnung, was mich ritt. Eigentlich wäre ich zu schüchtern gewesen, um die folgenden Worte zu äußern, aber das war die alte Nele. Die Version von mir, bevor ich nach London gezogen war. Die neue Nele war mutig, so wie die Protagonistinnen ihrer liebsten Romane.

»Fragst du mich gerade nach einem Date?«

Er hob die Mundwinkel noch ein Stück weiter. »Wenn du es so formulierst ... Ja, dann habe ich dich wohl gerade um ein Date gebeten.«

Als sich die Türen des Aufzugs, der mich in den neunten Stock und somit zu meiner künftigen Arbeitsstätte führte, hinter mir schlossen, ging mein Atem immer noch zu schnell.

Ich hatte Matthew nicht nur wiedergesehen, ich hatte ein Date mit ihm. Gleich morgen. Ich musste mir nicht länger dafür in den Hintern beißen, nicht den Mut gehabt zu haben, ihn nach seiner Nummer zu fragen. Stattdessen biss ich mir auf die Unterlippe, um nicht laut loszulachen. Heute Morgen noch hatte ich damit gerechnet, ihn nie wiederzusehen, und dann lief er mir einfach so über den Weg – was für ein Zufall war das denn bitte? Was hatte Lorie noch gleich vorgelesen? *Du erhältst eine überraschende Einladung.* Wer hätte gedacht, dass sie doch recht behalten sollte. Seltsamerweise konnte ich es kaum erwarten, ihr davon zu berichten.

Die Gedanken an Lorie und Matthew verflogen jedoch im nächsten Augenblick, als ich aus dem Aufzug in ein schickes Foyer trat. Mir gegenüber standen dunkelblaue Sessel und kleine Wasserflaschen aus Glas. Der Farbe wurde das Kühle durch flauschige Sofakissen und stilvolle Bilder genommen. Mein Blick wanderte den Gang entlang nach rechts. An dessen Ende prangte das ebenfalls marineblaue Logo der Literaturagentur.

Ich wäre den Flur am liebsten aufgeregt entlanggesprungen, riss mich jedoch zum Glück zusammen, denn im nächsten Moment bog eine Frau mit brünettem Bob und schickem Hosenanzug um die Ecke. Emma. Mit ihr hatte ich das erste Bewerbungsgespräch geführt. Sie arbeitete in der Personalabteilung. Vermutlich hatte sie das Piepen des Aufzugs gehört, oder aber der Mann vom Empfang im Erdgeschoss hatte mich schon angemeldet.

»Nelly!« Lächelnd kam sie auf mich zu.

Im Bewerbungsgespräch war ich zu aufgeregt gewesen, sie auf die falsche Betonung meines Namens aufmerksam machen. Ich hatte es einmal versucht, sie dann aber nicht weiter korrigiert, weil ich nicht unhöflich sein wollte.

»Wie schön, dass du da bist. Wir freuen uns alle riesig, dich kennenzulernen und mit dir zusammenzuarbeiten!«

Sie legte ihre Hand auf meine Schulter und führte mich um die Ecke in den Büroraum. Ihr Lächeln und ihre positive Ausstrahlung waren ansteckend – nicht dass es mir vorher an guter Laune gemangelt hätte.

»Hat mit der Krankenkasse alles geklappt?«

Ich nickte. »War am Ende dann doch leichter als gedacht.«

»Ach, super! Und wie ich sehe, warst du schon shoppen.«

»Ja, ich wollte mein Zimmer noch etwas persönlicher gestalten.«

»Gute Idee. Dazu können wir auch ein wenig beisteuern. Denn bevor ich dir deine zukünftigen Kollegen und Kolleginnen vorstelle ...« Sie kam zum Stehen, öffnete eine gläserne Tür und deutete mit der rechten Hand ins Innere des Raums. Als ich ihrer stummen Aufforderung Folge leistete und den großen Konferenzraum betrat, blickte ich auf Unmengen an Bücherregalen. Sie säumten die gesamten Wände und waren so hoch, dass an einem eine kleine Leiter lehnte.

»Wow«, entwich es mir.

»Ja, oder? Der Raum ist eigentlich für Meetings mit Lektoren und Lektorinnen, Konferenzen, all so was – aber wir nutzen ihn oft auch zum Mittagessen. Es wäre eine Verschwendung, hier nur für geschäftliche Termine zu sitzen. Jedenfalls kannst du dich schon mal in Ruhe umsehen. Nimm dir so viele Bücher, wie du möchtest – oder tragen kannst, sollte ich wohl eher sagen.«

»Wirklich?«

Als Emma nickte, breitete sich wie von selbst ein Strahlen auf meinem Gesicht aus. »Danke! Du kannst dir kaum vorstellen, wie sehr ich mich auf die Arbeit hier freue.« Erneut schweifte mein Blick zu den dunkelbraunen Regalen und den unzähligen Büchern. »Als ich das auf eurer Website gesehen habe, war ich mir sicher, dass es sich um Stockfotos handelt.«

Emma lachte. »Ne, das sind alles Bücher, die wir vermittelt haben. Was möchtest du trinken? Tee? Kaffee? Dann hole ich uns was.«

»Ein Kaffee wäre toll, danke!«

»Alles klar. Und danach gibt's eine kleine Führung, damit du dich am Montag schon wie zu Hause fühlst. Dann schnappen wir uns Diego aus der IT, und ihr könnt in Ruhe deinen PC einrichten, damit an deinem ersten Tag alles rundläuft.«

»Das klingt perfekt.«

»Sehr gut. Dann hol ich unsere Getränke, und du kannst dich bei den Büchern austoben«, erwiderte Emma mit einem Lachen. »Bis gleich.«

Noch bevor die Tür hinter ihr beinahe geräuschlos ins Schloss fiel, hatte ich mich wieder zu den Büchern umgewandt. Einige davon kannte ich bereits. Manche, weil ich dank Instagram und TikTok darauf gestoßen war, andere, weil ich sie gekauft hatte, um mich auf das Bewerbungsgespräch und den Job vorzubereiten. Ich stieß ein Lachen aus und hielt mir direkt darauf die Hand vor den Mund, damit mich niemand hörte und für verrückt hielt. Aber dass ich jetzt mit dafür verantwortlich war, Geschichten zu entdecken, Autoren und Autorinnen an Verlage zu vermitteln, und vielleicht für einen neuen Trend in den sozialen Netzwerken sorgte, dass ich indirekt daran beteiligt war, Bücher in die Buchhandlungen zu bringen – das war unglaublich.

*Ihre Zeit läuft,
läuft so schnell, dass sie rennt
wie eine Maschine, ihr Eifer das Benzin.
Kinder, Haushalt, Job, Bildung, Lächeln
all das auf Autopilot.
Make-up perfekt verteilt auf dem müden Gesicht
und doch ist es nicht genug, ist sie nicht genug.*

*Warum siehst du nicht, wie schön du bist?,
fragst du,
ohne zu wissen,
dass tausende Komplimente über meinen Körper
strömen,
über mein Gesicht, sich mit den Tränen mischen,
die die eine messerscharfe Beleidigung hinterließ.
Diese eine, die immer bleibt.*

Warum siehst du nicht, dass du genug bist?,
fragst du,
ohne zu wissen,
dass mein Handy mir unendliche Welten zeigt,
unendliche Leben,
die meine sein könnten
und doch nicht sind.

Also rennen wir weiter,
nur noch ein Stück, nur ein wenig schneller.
Hinter der Zeit her.
Doch sie ist uns immer einen Schritt voraus.

2. KAPITEL
Matthew

Meine größte Motivation waren stets die Leute gewesen, die nicht an mich geglaubt hatten. Egal ob es andere Kinder im Heim oder Lehrer gewesen waren oder die Gesellschaft, die für einen mittellosen Waisen wie mich schon einen Weg geplant zu haben schien – und der führte nicht an eine Universität und erst recht nicht in eine Führungsposition. Dennoch saß ich nun hier, am Ende dieses langen Tischs, und leitete unser wöchentliches Abschlussmeeting.

Leider war es nun zum ersten Mal der Fall, dass mich die Zweifel der anderen nicht motivierten, sondern das genaue Gegenteil bewirkten: Sie verunsicherten mich. Denn abgesehen von meinem Mitbewohner Yong-Jae, Cassedy und Victoria war ich mir bei keinem der Anwesenden sicher, ob sie glücklich darüber waren, dass seit wenigen Wochen ich auf dem Chefsessel saß. Manchmal wusste ich selbst noch nicht, ob ich damit im Reinen war. Doch als Albert Clark, Gründer der Agentur, mich gefragt hatte, ob ich sein Nachfolger werden wollte, hatte ich keine Sekunde gezögert. Weil es sich so richtig anfühlte. Weil Albert nicht nur der beste Chef und Mentor war, den ich mir hatte wünschen können, sondern beinahe so etwas wie eine Vaterfigur für mich – etwas, was er ganz sicher wusste. Und was mit Sicherheit auch dazu geführt hatte, dass er mich anstelle seines leiblichen Sohns Jake zum CEO ernannt hatte.

»Matthew?«

Sadie sah mich abwartend an. Vermutlich dachte sie, ich hätte ihr nicht zugehört. Dabei überlegte ich gerade, wie ich ihr diplomatisch erklären konnte, dass ich den Autor, den sie unter Vertrag nehmen wollte, nicht als Gewinn für unsere Agentur sah. Wie hatte Albert gesagt?

Schmücke geschäftliche Entscheidungen nicht mit unnötigen Nettigkeiten. Sei direkt, transparent und klar, damit tust du den Leuten viel eher einen Gefallen.

»Ich glaube nicht, dass Richard der Richtige für uns ist oder dass wir seine Texte gut vermarkten können. Das Thema ist zu sehr Nische. Nicht dass uns das abschrecken sollte, aber gepaart mit dem verschachtelten Schreibstil glaube ich leider nicht daran, dass wir seine Bücher bei einem Verlag unterkriegen können, tut mir leid.«

Sadie verzog den Mund zu einem unzufriedenen Strich. Das war zu erwarten gewesen, es war nicht das erste Mal, dass sie Richard Brown auf den Tisch brachte. Doch obwohl unsere Agentur mittlerweile aus dreißig Mitarbeitenden bestand, mussten wir die Plätze sorgsam vergeben. Qualität über Quantität und gesundes Wachstum waren für Heather & Clark das A und O. Das sollte sich auch unter mir nicht ändern. Wenn uns ein Manuskript vom Hocker riss, dann wollten wir den oder die Verfasserin natürlich kennenlernen – doch ich kannte die Auslastungstabelle und hatte daher, noch gemeinsam mit Albert, angekündigt, dass wir bis Ende des Jahres nur zwei weitere Autoren oder Autorinnen unter Vertrag nehmen würden. Ich sah, dass Sadie den Mund wieder öffnete, und hielt mich zurück, mit dem nächsten Programmpunkt fortzufahren, damit sie ihre Bedenken äußern konnte. Letzten Endes entschied sie sich jedoch dagegen und fuhr sich sichtlich frustriert durch die kurzen, blond gefärbten Haare, die einen starken Kontrast zu ihrer schwarzen Haut bildeten. Seufzend packte sie den Ordner mit Exposé und Vita des Autors zurück in ihre Tasche. Dafür gab Jake mir Kontra, wie sollte es auch anders sein.

»Wieso ist Sadies Thema zu nischig, wenn wir im Frühjahr ein Fantasybuch über Aborigine-Mythologie unter Vertrag genommen haben? Weil Yong-Jae und du befreundet seid?«

»Nein. Weil wir wussten, dass wir es bei Harold unterbringen können. Wir hatten im April auf der Londoner Buchmesse mit einer Lektorin des Verlags gesprochen, und sie hat genau das gesucht.«

»Ein Buch über die Regenbogenschlange in Australien?« Jake betrachtete mich mit gehobenen Brauen und fuhr sich mit skeptischem Blick durch den dunkelbraunen, kurzen Bart. Ich biss mir auf die Zunge, da es keinen Sinn hatte, mich schon wieder in einer endlosen Diskussion mit Jake zu verlieren. Zumal er nicht Sadies Kämpfe ausfechten brauchte – er wollte mir bloß auf die Nerven gehen, das war mir und vermutlich allen anderen im Raum klar.

»Ein Buch, das eine außergewöhnliche Prämisse hat, divers ist und noch dazu von einem Own-Voice-Autor geschrieben. Noch Nachfragen?«

Nun war ich es, der die Brauen hob. Glücklicherweise schüttelte Jake jedoch den Kopf, was wohl eher daran lag, dass Sadie ihm eine Hand auf den Arm legte, als daran, dass das Thema für ihn erledigt war.

Daran würde ich mich auch noch gewöhnen müssen. Nicht an das Drama mit Jake, das kannte ich bereits, sondern daran, andere zu enttäuschen. Klar, es war nicht meine erste Absage, aber für gewöhnlich erfolgten diese in Form einer E-Mail, ich musste niemandem in das enttäuschte Gesicht blicken. Ganz anders jetzt, denn nicht nur Sadie sah geschlagen aus, auch Diego – allerdings nicht wegen einer Absage, sondern weil ich mit der Typografie für den Relaunch unserer Website nicht glücklich war.

Nach zwanzig weiteren Minuten erklärte ich das Meeting für beendet, und alle strömten zurück zu ihrem Platz oder in die Kaffeeküche, um sich Koffeinnachschub zu holen. Im Hinausgehen klopfte Yong-Jae mir auf die Schulter.

»Gut gemacht.«

»Ich weiß nicht«, antwortete ich leise, auch wenn längst niemand mehr in unserer Nähe war. »So richtig glücklich wirkten sie nicht.«

»Hätten sie auch bei Albert nicht, das liegt nicht an dir.«

»Hm.« Das mochte zwar stimmen, dennoch war ich mir sicher, dass sie ihren Unmut bei Albert nicht so offen gezeigt hätten.

»Hey, sei nicht so streng mit dir selbst. Du bist neu in der Rolle, sie müssen sich eben noch daran gewöhnen.«

»Ich hoffe, sie tun es irgendwann«, gab ich mit einem Seufzen zurück.

»Werden sie, Kopf hoch. Vorhin hattest du noch richtig gute Laune wegen dieser Frau, die du getroffen hast.« Yong-Jae pikte mir mit dem Finger in den Oberarm. »Und diesmal entkommst du mir und meinen Fragen nicht. Kaffee, jetzt. Muss ja nicht lang sein.«

»Na gut«, gab ich mich geschlagen und folgte Yong-Jae in die Küche der Agentur. Nicht zum ersten Mal bedauerte ich, dass unsere Schreibtische nicht mehr beieinander lagen. Ein weiterer Nachteil der Beförderung: So flach die Hierarchien hier auch sein mochten, war ich nun doch der Vorgesetzte meines besten Freundes. Das hatte zwischen uns zwar glücklicherweise wenig verändert, jedoch mussten wir ständig auf die Außenwirkung achten, da ich nicht wollte, dass andere sich benachteiligt fühlten und dachten, ich handelte nach

Sympathien. Ich hoffte wirklich, dass das ganze Drumherum bald leichter werden würde. Denn eigentlich war das hier mein Traumjob und mehr, als ich mir je zu erhoffen gewagt hätte.

Yong-Jae wartete, bis Darren von der Kaffeemaschine wich, und stellte dann seine Sims-Tasse darunter, bevor er auf den Knopf für Cappuccino drückte. Mit einem Seufzen drehte er sich zu mir um. »Es gibt wirklich nichts, was besser riecht, oder? Und jetzt: erzähl.«

Der bloße Gedanke an das Zusammentreffen mit Nele heute ließ die trüben Gedanken verfliegen. Yong-Jaes erwartungsvoller Gesichtsausdruck wich einem breiten Grinsen. »Okay, wenn du so schaust, dann hat sie dich ja wirklich umgehauen. Sieht sie so gut aus?«

Ich lachte. »Ja, aber das ist es gar nicht. Keine Ahnung ... es ist eher ihre Ausstrahlung und wie sie denkt und all das.«

»All das? Du meintest vorhin, du hast auf dem Weg zum Mittagessen jemanden getroffen. Wie lang habt ihr denn bitte geredet?«

»Nicht so lang, aber ich kannte sie schon. Sie war auch bei der Eröffnung von Kaycees Café. Kaycee, die Freundin von Leo«, half ich Yong-Jae auf die Sprünge, da er Leo, einen Freund von mir, zwar schon getroffen, Kaycees Namen aber mit Sicherheit wieder vergessen hatte. »Ist ja auch egal. Auf jeden Fall hab ich sie getroffen und ...« Ich tippte auf das Handy, das vorn in meiner Hosentasche steckte. »... wir sehen uns wieder.«

»Ihr habt Nummern getauscht?«

»Yep.«

Yong-Jae griff sich an die Brust, als könnte er es nicht fassen.

»Hör auf mit dem Mist und nimm lieber mal deine Tasse da weg. Andere Leute wollen auch noch ihr Koffein.«

»Pf, als ob du das gerade bräuchtest, um wach zu bleiben.

Wetten, du bist voller Endorphine? Ich fass es nicht, du hast ein Date.«

»Autsch. So schwer zu glauben?«

Yong-Jae räumte tatsächlich den Platz an der Kaffeemaschine, trat zur Seite und beobachtete mich schulterzuckend.

»Zu glauben nicht, nein. Ich glaub ja auch an die Sonnenfinsternis. Passiert nur extrem selten. Nicht ganz so selten wie deine Dates, aber …«

Ich boxte ihn gegen den Oberarm.

»Weißt du, eben hab ich noch bedauert, dass wir uns kein Büro mehr teilen. Ich nehm's zurück. Dein letztes Date ist fast genauso lang her, also halt die Klappe.«

»Ich weiß, du liebst mich. Und um beim Thema Liebe zu bleiben: Hast du schon einen Plan für euer Treffen?«

Langsam schüttelte ich den Kopf. Den hatte ich tatsächlich nicht. Wie auch? Ich kannte sie ja kaum. Nele war neu in London, ich wollte ihr etwas Besonderes zeigen, etwas, das sie in keinem Reiseratgeber oder Blog fand. »Sie meinte, sie will London erkunden. Aber wo fängt man da an?«

»London Eye, Tower of London, Buckingham Palace, Covent Garden …«, begann Yong-Jae ohne zu zögern aufzuzählen, stoppte jedoch, als ich erneut den Kopf schüttelte.

»Ne, fernab der Touri-Spots. Die wird sie früher oder später eh sehen, falls sie sie nicht sowieso schon kennt.«

»Mag sie Bücher?«

»Keine Ahnung.«

Yong-Jae hob eine Braue. »Das weißt du nicht? Spannend, dann hat sie es dir wohl echt angetan. Ist daran nicht mal eine deiner Beziehungen gescheitert?«

»Die ist daran gescheitert, dass meine Ex-Freundin eines meiner Bücher in der Themse versenkt hat, weil ich ihr nicht zugehört habe.«

»Klingt danach, als würde sie sie nicht besonders mögen.«
»Ne, ich bin angeblich nur zu abwesend, während ich lese.«
Ich sah durch die verglaste Front hinaus in das trübe Londoner Wetter. »Aber vielleicht trotzdem keine doofe Idee«, murmelte ich mehr zu mir selbst als zu Yong-Jae.
»Was ist keine doofe Idee?«
Ich schnappte mir meine Kaffeetasse und klopfte meinem Freund grinsend auf die Schulter. »Danke, Mann.«
»Was ist keine doofe Idee? Matt!«
»Erzähl ich dir später, ich hab ein Date zu planen.«
»Während der Arbeitszeit? Aha! Das melde ich meinem Boss.«
»Bis später«, sagte ich und ignorierte Yong-Jaes spielerisches Kopfschütteln. Ich hatte noch einiges an Arbeit und Anrufen zu erledigen – doch ich wusste schon genau, was ich danach tun würde. Denn ich hatte den Plan für das perfekte erste Date. Und beim bloßen Gedanken daran spürte ich mein Herz bis zum Hals schlagen.

»Und ich glaube, dass es sinnvoller ist, unsere Kapazitäten hier auf Thriller und Young Adult Fiction zu verschieben.«
Albert besah sich die Zahlen auf dem Bildschirm meines Tablets, und ich musste mich zusammenreißen, nicht nervös mit den Fingerspitzen auf die Tischplatte zu tippen. Er hatte mich im letzten Winter bei der Jahresauswertung bereits an die Hand genommen. Wie ich nun wusste, mit dem Plan, dass ich diese ein Jahr darauf eigenständig erstellen würde – als sein Nachfolger. Ich wusste, was ich konnte. Und ich liebte das, was ich tat. Dennoch war ich nervös, all diese Dinge jetzt auf mich allein gestellt erledigen zu müssen. Als er langsam nickte, fiel mir daher ein Stein vom Herzen.
»Das sieht alles sehr gut aus. Und die Verlagerung ergibt

Sinn. Nur hier …« Er tippte auf den Non-Fiction-Bereich. »… hier können wir definitiv noch ausbauen. Memoiren und Historisches haben wir genug, aber bei den Gesprächen auf der letzten Messe haben wir mehrmals den Wunsch gehört, dass es mehr Gesellschaftskritisches braucht. Aber nicht als Sachbuch, sondern einfach aufbereitet, künstlerisch verpackt. Für eine junge Zielgruppe. Uns fehlt das, was Netflix-Serien brillant gelingt.«

»Ja, darüber habe ich mit Whitman's letzte Woche sogar noch gesprochen. Sie wünschen sich generell mehr Neues im Non-Fiction-Bereich.«

»Cassedy hat Ahnung und Kontakte – und noch Kapazitäten, wie die Liste eben gezeigt hat. Setz dich vielleicht mal mit ihr zusammen.«

»Mach ich. Wir haben ab nächster Woche auch noch eine Volontärin, Nelly, meine ich, sie kann sie vielleicht dabei unterstützen. Recherche ist ja immer eine ganz gute Einstiegsarbeit.«

Albert nickte, sperrte das Tablet und sah mit zufriedenem Gesicht zu mir auf. »Sehr gute Arbeit, wirklich, Matthew.«

Sein Lob erfüllte mich mit Erleichterung und auch ein wenig Stolz. Alberts Meinung war mir schon damals, als ich noch Praktikant bei Heather & Clark war, wichtig gewesen. Auch heute bedeutete sie mir noch viel – beruflich wie menschlich.

»Danke«, sagte ich und konnte nicht verhindern, dass man die Erleichterung deutlich in meiner Stimme hörte. Albert schmunzelte.

»Entspann dich mal ein wenig. Niemand erwartet, dass alles fehlerfrei läuft. Insbesondere ich nicht. Ich hab dir doch oft genug von meinen Fehleinschätzungen berichtet. Du hast die offizielle Erlaubnis, auch einmal etwas in den Sand zu setzen.«

»Würde ich aber lieber nicht, wenn das gestattet ist.«

Albert lachte leise. »Irgendwann wird es passieren, wart ab. Und dann wirst du merken, dass das alles halb so schlimm ist, du ein Team aus fähigen Mitarbeitenden hast, die den Laden zusammenhalten, und du nach dieser Erfahrung gefestigter weitermachen kannst. Aber gut, lass dir damit meinetwegen noch ein wenig Zeit. Ich erinnere dich dann an die Worte, wenn es so weit ist.« Er lehnte sich in seinem Stuhl zurück und musterte mich sorgsam. »Wie geht es dir sonst? Hast du genug Pausen?«

Der besorgte Ausdruck in seinen Augen brachte mich zum Lächeln. Albert war mein Chef und Mentor gewesen, doch wenn wir beide ehrlich zu uns waren, wussten wir, dass er mehr als das war. Ob freiwillig oder nicht, war er die Vaterfigur geworden, die ich nie in meinem Leben gehabt hatte. Mit gerade einmal fünfzehn Jahren hatte ich ein Probearbeiten in der Agentur absolviert. Ich war ein kleiner, schüchterner Büchernarr gewesen – ein Büchernarr war ich bis heute, allerdings war ich mit meinen 1,92 Meter alles andere als klein, und die Schüchternheit hatte ich im Laufe der Jahre auch abgelegt.

»Darauf achte ich schon, keine Sorge. Morgen nehme ich mir zum Beispiel frei und mache ausnahmsweise mal zwei Tage Wochenende.«

Albert hob die Augenbrauen.

»Na ja, zumindest halbtags frei.«

Sein Lachen brachte die Hände, die er mittlerweile auf dem Bauch abgelegt hatte, zum Wackeln. »Ich würde dich ja ermahnen, aber zum einen weiß ich, dass ich da gegen eine Wand anrede, zum anderen war ich selbst keinen Deut besser. Also gut.« Er stand auf, und auch ich erhob mich und schnappte mir mein Tablet. »Dann will ich mal nicht mehr deines Feierabends beanspruchen. Denk einfach daran, dass du den Posten aus einem Grund hast. Niemand anderes könnte Lizzys und mein Lebenswerk besser weiterführen als du.«

Ich schluckte, als könnte ich das aufkommende Gefühl an überwältigender Verantwortung so daran hindern, aus mir auszubrechen und mich zu verschlingen. Gleichzeitig war da auch ein warmes Gefühl in meiner Brust. Eines, das eine Leere füllte, die dort herrschte, seit ich denken konnte. So albern es sein mochte: Ich wollte Albert stolz machen, ihm zeigen, dass er sich in mir nicht getäuscht hatte. Dass er diese Worte nun äußerte, bedeutete mir die Welt, erinnerte mich aber auch daran, was für ein Erbe ich da antrat. Ich. Der zwar im Laufe der letzten zwölf Jahre so etwas wie ein zweiter Sohn für Albert gewesen sein mochte, es aber eben doch nicht war. Egal, wie sehr ich es mir früher gewünscht hatte, diese Rolle war mir nie zuteilgeworden. Bis zu meiner Ernennung zum CEO hatte ich nicht einmal sein Haus betreten, und unser Kontakt hatte sich auf die Agentur, Buchhandlungen oder Cafés beschränkt. Ganz am Anfang hatte er mich sogar einmal im Heim besucht – nach meinem Tagespraktikum bei ihnen. Naiv, wie ich war, hatte ich die Hoffnung gehabt, dass er *deshalb* kam. Dabei wusste ich genauso gut wie alle anderen in meinem Alter, dass niemand mehr für uns kam. Auch Albert nicht. Aber er hatte das Zweitbeste getan, was dem fünfzehnjährigen Matt hätte passieren können: Er hatte mir zwar kein neues Zuhause gegeben, aber eine Perspektive.

»Wie geht es Jake damit?«

»Das lass mal meine Sorge sein.«

Konnte ich aber nicht. Jake und ich hatten noch nie das beste Verhältnis zueinander gehabt. Kein Wunder, denn wenn ich mich stets mit ihm verglichen hatte, wie musste es ihm dann ergangen sein? Er führte das Leben, das ich mir immer gewünscht hatte, besaß, was ich stets gewollt hatte: einen liebenden Vater, ein intaktes Familienleben, Bildung – all das, was ich entweder nie gehabt oder aber mir hart hatte erarbeiten müssen. Obwohl oder gerade weil mir all das immer gefehlt hatte, konnte ich dafür die beruflichen Fortschritte vorweisen, die Jake sich stets gewünscht hatte. Mit jeder Beförderung meinerseits war er distanzierter und kühler geworden, unsere Gespräche hatten sich auf ein Minimum beschränkt oder waren schnippischen Bemerkungen gewichen. In den Meetings stellte er regelmäßig meine Entscheidungen infrage. Als Albert dann mich zu seinem Nachfolger ernannte anstatt seinen leiblichen Sohn, war die künstlich aufrecht erhaltene harmonische Stimmung endgültig gekippt.

»Also ist er immer noch sauer«, schlussfolgerte ich.

»Ist er, aber das legt sich wieder.«

Das sagte Albert bereits seit einigen Wochen.

»Ich verstehe seine Wut, aber ich ernenne ihn nicht nur zum Nachfolger, weil man das üblicherweise so macht. Für ein bloßes Prinzip riskiere ich nicht mein Lebenswerk. Seine Priorität war nie die Agentur. Das mache ich ihm nicht zum Vorwurf, aber als Geschäftsführer müsste er alles andere hintanstellen, das sehe ich nach wie vor nicht bei ihm.« Albert winkte ab und bewegte sich zum schwach beleuchteten Flur des geräumigen Hauses. »Aber damit brauchst du dich nun wirklich nicht herumplagen.«

Ich folgte meinem ehemaligen Chef und nahm meinen Mantel vom Haken, an den ich ihn vor einer knappen Stunde gehängt hatte.

»Danke, dass du dir die Zeit genommen hast«, sagte ich und wickelte mir den dunkelblauen Schal um den Hals. Dann drehte ich mich noch einmal zu Albert um, der an den Türrahmen zum Arbeitszimmer gelehnt dastand.

»Wenn wir uns von Fehlern zurückwerfen lassen, sind wir immer noch weiter, als wenn wir vor Angst aus Fehlern erst gar nicht loslaufen.«

»Du machst dieses Ding mit dem alten, weisen Mann wirklich gut, jetzt, da du im Ruhestand bist.«
»Mach dich nur lustig, du wirst sehen, dass ich recht habe.«
»Ich hoffe es.«
Für ihn galt dieser Spruch ganz sicher. Er war Albert Clark. Von seinen Fehlern wurde in Branchenmagazinen als inspirierend gesprochen. Ich jedoch war kein Clark. Ich war Matthew Walsh. An diesem Namen hing keine Geschichte, kein Vermächtnis. Ich trat ein Erbe an, auf das etliche Menschen angewiesen waren. Auf mein Tun und Handeln wurde mit Argusaugen geschaut, und meine Fehler würden als das gesehen werden, was sie waren: Fehler. Und genau deshalb setzte ich alles daran, erst gar keine zu begehen.

3. KAPITEL

Nele

»Ich hab es dir gesagt! Hab ich es dir nicht gesagt?«

»Jaha«, erwiderte ich gedehnt, da Lorie diese Worte so oder so ähnlich bereits zum vierten Mal an mich richtete. Als ich ihr von dem Zusammentreffen mit Matt berichtet hatte, am Abend beim Tee, heute Morgen beim Frühstück, als sie mir mal wieder mein Tageshoroskop vorlas, und nun beim Fertigmachen für …

»Die überraschende Einladung, die zu ungeahnten Konsequenzen führt«, sagte Lorie schon wieder mit einem Seufzen.

Jap, genau für die machte ich mich gerade fertig. Was wesentlich entspannter wäre, wenn meine neue Mitbewohnerin mir nicht dabei zusehen und Kommentare von sich geben würde.

»Ich bin wirklich gespannt, welche Konsequenzen gemeint sind.«

»Du weißt, dass du nicht alles für bare Münze nehmen musst?«, fragte ich – ebenfalls nicht zum ersten Mal.

»Dein Tag gestern war doch Beweis genug. Wenn du heute unerwartet zu Geld kommst, so wie dein Horoskop es dir sagt, glaubst du mir dann?«

»Nein. Nur weil ich einen Euro auf der Straße finde, heißt das noch lang nicht, dass eine höhere Macht mich dorthin geführt hat.«

»Pfund, nicht Euro, herzlich willkommen in England. Und wart nur ab.«

Ich glättete die letzten störrischen Strähnen, sodass mir die braunen Haare beinahe über die Schulter reichten. Dann betrachtete ich zum gefühlt hundertsten Mal kritisch mein Outfit im Spiegel. Leider hatte Matthew nicht durchblicken lassen, was uns heute erwartete. Sollten wir draußen unterwegs sein, würde ich ohnehin meine Jacke tragen. Ansonsten blieb mir wohl nichts anderes übrig, als zu hoffen, dass ich mit dem Cord-Rock und dem weiten Pulli nicht zu leger gekleidet war.

»Oh mein Gott. Was wenn das auf eine Schwangerschaft anspielt?«

»Was?«, fragte ich mit einem Lachen und wirbelte zu Lorie herum, die in nachdenklicher Pose auf der Waschmaschine saß.

»Konsequenzen klingt ja schon drastischer.«

»Und selbst wenn alle Horoskope der Welt die Wahrheit sagen: Ich schlafe heute nicht mit dem Typen. Wir gehen auf ein Date, mehr nicht.«

»Hmhm«, machte Lorie und grinste wissend. »Ich bin echt gespannt, was er vorhat.«

»Ich auch«, stimmte ich ausnahmsweise mal zu. »Ist es verrückt, dass ich mit diesem fremden Typen auf ein Date gehe?«

»Nö, wieso? Menschen nutzen Dating-Apps, du hast ihn sogar schon zweimal gesehen. Sieh es mal so: Mit etwas Glück hast du nicht nur deinen Traumjob in deiner Traumstadt, sondern auch noch deinen Traummann.«

Etwas, wonach ich bislang nie wirklich gesucht hatte. Ich hatte erst eine Beziehung gehabt, und ich war fest davon ausgegangen, dass diese halten würde. Letzten Endes hatten wir uns jedoch völlig anders entwickelt. Ich wollte reisen, studieren und eine Karriere, er wollte in unserer Heimat bleiben, einen sicheren Job und jung eine Familie gründen. Ich trauerte der Beziehung zwar nicht länger hinterher, hatte mich seitdem jedoch auch nie auf die Suche nach jemand Neuem begeben. Viel eher hatte ich mich direkt nach der Trennung in die Arbeit gestürzt, um wenigstens all meine anderen Träume umsetzen zu können. Mit Erfolg. Ich wandte mich wieder zum Spiegel und nickte der Nele, die mir entgegenblickte, einmal zu.

»Gut siehst du aus. Ich freu mich auf morgen früh, wenn du berichtest. Oh, und frag ihn nach seinem Sternzeichen.«

»Das werde ich nicht tun.«

»Ich wette, er ist Löwe.«

»Bis später, Lorie«, sagte ich und trat kopfschüttelnd weg vom Spiegel in Richtung Flur.

»Oder morgen früh, solltest du doch über Nacht bleiben ...«

Ich hörte noch, wie sie von der Waschmaschine sprang, während ich kopfschüttelnd, aber mit einem Lächeln auf dem Gesicht zur Garderobe lief, um meine Wintersachen zusammenzusuchen.

Die Charing Cross Road war erstaunlich leer, was entweder daran lag, dass alle das Wochenende zum Ausschlafen nutzten, oder aber an der Kälte. Diese sorgte gerade für Atemweiß vor meinem Gesicht, und ich war dankbar für den breiten, weichen Schal, den ich mir bis zu den Ohren hochgezogen hatte. Ich sah Matthew schon von Weitem. Er rieb die behandschuhten Hände aneinander, wie um zusätzliche Wärme zu erzeugen. Diese schoss bei seinem Anblick ganz automatisch durch meinen Körper, und seltsamerweise merkte ich, wie ich mich entspannte, als ich auf ihn zulief – als wäre meine Nervosität plötzlich verflogen, dabei sollte ich jetzt doch aufgeregter sein als eben in der WG.

»Nele.« Auf Matthews Gesicht erschien ein breites Lächeln,

als er mich sah. Das, gemischt mit der weichen Aussprache meines Namens, ließ etwas in meinem Bauch flattern.

»Hi.« Mein Blick wanderte von ihm zu der Ladenfront mit all den Büchern – Foyles. Der riesigen Buchhandlung hatte ich natürlich direkt nach meiner Ankunft einen Besuch abgestattet, aber ich würde auch kein Veto einlegen, wenn Matthew unser Treffen hier geplant hatte.

»Gehen wir in die Buchhandlung?«

»Auch, ja.«

»Auch?«

»Na gut, dann kommen wir direkt zur Tagesplanung«, meinte er mit einem Grinsen, bevor er ernst wurde und sich räusperte. Jetzt erst fiel mir der helle Jutebeutel auf, der über seiner Schulter hing. Er holte etwas daraus hervor und reichte es mir. Es war eine Karte, die eindeutig London zeigte. Darauf markiert war eine Route, auf der mehrere Orte hervorgehoben waren.

»Du hast eine Büchertour geplant?«

»Einen Book Shop Crawl. Ich dachte, das ist die bessere Alternative zum Pub Crawl. Ich hoffe, du magst Bücher? Gestern hattest du eine Waterstones-Tüte dabei.«

»Und wie!«, sagte ich, und ein erleichterter Ausdruck trat auf Matthews Gesicht. Erneut betrachtete ich die Karte. Acht Stopps waren darauf markiert. Foyles bildete den Anfang und war neben einer weiteren Buchhandlung in Soho die einzige Anlaufstelle, die mir etwas sagte. Ich hob meinen Blick wieder und fand Matthews hellblaue Augen, die mich nach wie vor musterten. Meine Wangen waren so warm, dass ich die winterlichen Temperaturen gar nicht mehr spürte. Wir waren noch nicht einmal losgegangen, und ich konnte jetzt schon sagen, dass das hier das beste Date war, das ich je gehabt hatte. Nicht nur, dass wir in die Buchhandlung gingen, Matthew hatte sich sogar die Mühe gemacht, einen Plan zu erstellen.

»Alles in Ordnung?«

Jetzt erst fiel mir auf, dass ich ihn mehrere Sekunden lang angestarrt haben musste. »Ähm, ja«, sagte ich schnell und deutete auf die Karte in meiner Hand, um abzulenken. »Du hast sie sogar laminiert.«

»Ja, Sam, mein Mitbewohner, ist Lehrer. Ganz praktisch für alles von Laminiergeräten bis hin zu Buntstiften.«

»Und da steht was von Lunchboxen.«

Matthew klopfte auf seinen Beutel, der ein raschelndes Geräusch von sich gab. »Sind hier drin. Aber die müssen wir uns erst verdienen. Ich bin echt erleichtert, dass du Bücher magst, sonst wäre das ein richtiger Reinfall geworden.«

»Ist es nicht und wird es nicht«, entgegnete ich mit einem Lächeln.

»Na dann ...« Matthew zog die Glastür des Ladens auf, ich trat in die angenehme Wärme und wurde von den Worten begrüßt, die ich schon letztes Jahr bei meinem Besuch in der Buchhandlung gesehen und geliebt hatte: *Welcome book lover, you are among friends.*

»Ich liebe es hier.«

»Dachte ich mir. Foyles überzeugt jeden. Hättest du Büchern jetzt nichts abgewinnen können, wären wir nach dem Stopp einfach woandershin. Deshalb Foyles als erste Station, die liegt zentral.«

»Was auch den Vorteil hat, dass du mit der Tube schnell woanders hättest hinfliehen können, wenn ich keine Bücher gemocht hätte.«

Matthew grinste. »Stimmt. Aber ist ja anscheinend nicht nötig.«

»Du liebst Bücher also auch so?«

»Absolut, seit meiner Kindheit. Die war nicht so leicht, Literatur hat mir aus einigen dunklen Momenten geholfen.«

Überrascht sah ich ihn an.

»Sorry. Too much? Ist vielleicht ein bisschen zu tiefgründig fürs erste Date.«

»Nein, ganz und gar nicht«, beeilte ich mich zu sagen. Ganz im Gegenteil. Nicht nur, dass er unglaublich gut aussah und wir offensichtlich dieselben Interessen hatten: Er war auch noch offen.

Zielsicher steuerte ich die Treppe nach unten an, die zur Young-Adult-Literatur führte. Kaum zu glauben, dass das jetzt mein Leben war: durch London schlendern, wann immer ich wollte, hier arbeiten und einen Alltag haben. Unten angekommen wandte ich mich zu Matthew um. Ebenfalls kaum zu glauben, dass mir an meinem ersten Tag in London auch noch dieser Mann begegnet war. Irgendeinen Haken musste die Sache doch haben.

Vier Stunden, etliche Buchhandlungen und eine verzehrte Lunchbox später hatte ich immer noch keinen Haken gefunden. Nach drei weiteren Buchhandlungen, unter anderem Hatchard's – laut Matthew die älteste Londons – und einem Comic-Laden waren wir schließlich am Primrose Hill gelandet. Die Stadt erstreckte sich vor uns – allerdings in der Ferne, was das Gefühl, eine lange Wanderung hinter mir zu haben, verstärkte. Es war wunderschön und führte mir einmal mehr vor Augen, dass mein Umzug nach London kein Traum, sondern Realität war.

»Ich kann nicht glauben, dass ich noch nie hier gewesen bin.«

»Jetzt im Winter sieht es besonders schön aus. Man hat einen viel besseren Blick auf die Stadt.«

»Danke, dass du das alles organisiert hast.« Kopfschüttelnd betrachtete ich die Szenerie und wagte es kaum, zu Matthew zu schauen, da mein Bauch wieder Dinge empfinden würde, die ich nicht kontrollieren konnte.

»Sehr gern, wirklich.«

Als ich mich doch zu ihm wandte, setzte mein Herz einen kleinen Moment aus, nur um dann in viel zu schnellem Tempo weiterzuschlagen.

Bist du real?

Am liebsten hätte ich Matthew genau das gefragt, doch es klang schon in meinem Kopf wie ein Satz aus einem kitschigen Film, da brauchte ich die Worte nicht ausgesprochen zu hören. Dennoch war die Frage naheliegend, denn wie groß war die Chance, auf Anhieb so mit jemandem zu klicken? Wir hatten sogar einen ähnlichen Geschmack bei Büchern – wenngleich Matthew mehr Fantasy las als ich und ich ihn noch nicht hatte überzeugen können, dass sich Jugendbücher auch als erwachsene Person lohnten.

Als ich mir mit den behandschuhten Fingern über die Oberarme rieb, in der Hoffnung, etwas Wärme zu erzeugen, wandte Matthew den Kopf zu mir.

»Sollen wir weiter? Oder lieber noch ein wenig bleiben?«

»Weiter, glaube ich. Mir ist echt kalt.«

»Der nächste Stopp ist auch nur wenige Minuten entfernt.«

Im nächsten Moment waren jegliche Gedanken an die Kälte vergessen, denn Matthew legte seine Hand sanft an meinen Rücken, während wir uns zum Gehen wandten. Es war nur eine kurze Geste, eine zarte Berührung, getrennt von etlichen Schichten Kleidung, mit der er mir die richtige Richtung hatte zeigen wollen. Dennoch sandte der leichte Druck warme Wellen durch meinen gesamten Körper.

Erst als wir den Hügel verließen und die Regent's Park Road betraten, hatte ich mich wieder so weit unter Kontrolle, dass ich mich traute zu sprechen, ohne Angst haben zu müssen, dass meine Stimme zitterte. Was zur Hölle machte dieser Kerl nur mit mir?

»Woher kennst du eigentlich deine WG-Mitbewohner?«, fragte ich, in der Hoffnung, mich somit selbst auf andere Gedanken zu bringen.

»Sam ist mein ältester Freund, wir haben uns beim Sport kennengelernt. Yong-Jae kenne ich von der Arbeit, er ist ein Kollege von mir und mein zweiter bester Freund. Sam und ich wollten schon immer mal zusammenwohnen, Yong-Jae kam durch einen Zufall dazu, aber es passt zum Glück perfekt. Wie läuft es denn bei dir in der WG?«

»Lorie ist nett, aber ... interessant. Sie ist ziemlich esoterisch, liest mir jeden Morgen mein Horoskop vor und hat mich schon vorgewarnt, dass sie ihre Kristalle in meinem Zimmer aufladen muss, sobald Vollmond ist, weil meines das beste Licht hat.«

Matthews Augenbrauen waren während meiner Erzählung immer weiter nach oben gewandert.

»Ich werde Sam ausrichten, dass ich seine Urzeitkrebszucht nicht mehr seltsam finde.«

»Will ich nachfragen?«, erkundigte ich mich mit einem Lachen.

»Definitiv nein. Vor allem weil er die Dinger umbringt und vor uns so tut, als würden sie wochenlang leben.«

»Woher weißt du dann, dass er sie umbringt?«

»Erstens leben sie nicht mehrere Wochen, ich hab die Anleitung gelesen, zweitens hab ich ihn einmal dabei erwischt, wie er ihre Leichen im Klo entsorgt hat.«

»Oh Gott, das klingt brutal.«

»Brutal ist, dass er das seit Monaten macht.«

»Aber warum?«, fragte ich immer noch lachend.

»Weil er in seinem Eifer das XL-Set gekauft hat und noch

Eier von den Viechern über hatte. Frag mich nicht, meine Mitbewohner sind speziell.«

»Hast du irgendwelche seltsamen Angewohnheiten, von denen ich wissen sollte?«

»Oh, schade, wir sind da.« Matthew kam vor einer dunkelblauen Ladenfront zum Stehen. Außen stand bereits ein Tisch mit einigen Kisten voll reduzierter Bücher.

»Grandioses Timing.«

»Nicht wahr? Aber wenn du es genau wissen willst: Ich kann beim Zähneputzen nie stillstehen und laufe immer durch die ganze Wohnung. Manchmal hab ich meine Zahnbürste dadurch zehn Minuten im Mund, weil ich die Spülmaschine dabei einräume.« Er sah nach oben, als müsste er nachdenken. »Ich mag es nicht, wenn die Soundanzeige am Fernseher auf einer ungeraden Zahl ist. Sam macht sich immer lustig über mich, weil ich beim Wäscheaufhängen darauf achte, dass die Wäscheklammern, die ich für ein Kleidungsstück nehme, die gleiche Farbe haben. Oh, und ich beiß mir immer auf die Zunge, wenn ich mich konzentriere. Ist mir nicht mal bewusst gewesen, bis Yong-Jae mir eine Collage von mir selbst geschenkt hat.«

»Er hat Fotos gemacht?«

»Etliche. Vom Schreibtisch direkt gegenüber. Er meinte, ich sah aus wie ein sehr fokussierter Hund.«

»Okay«, entgegnete ich lachend, »aber immerhin kommt bei deinen Ticks niemand zu Schaden.«

Matthew hielt mir die Tür zur Buchhandlung auf, und ich schlüpfte hinein ins Warme.

»Gib übrigens jederzeit Bescheid, wenn du keine Bücher mehr sehen kannst, ja? Auf der Straße hier sind einige echt gute Cafés und Restaurants.«

»Machst du Witze? Wenn du es schaffst, dass ich keine

Bücher mehr sehen kann, verleiht meine Familie dir eine Medaille.«

»Oh, das wäre es ja fast wert.«

»Wird nicht passieren.«

»Das ist also einer deiner Ticks? Bücher sammeln?«

»Vermutlich, ja. Deshalb muss ich im Job auch übernommen werden. Die alle nach Deutschland zu schicken, würde mich in den Bankrott treiben.«

»Dann werd übernommen und bleib einfach, Problem gelöst.«

»Nichts leichter als das …«

Ich hatte es mehr im Scherz gesagt, doch der Satz pflanzte Bilder in meinen Kopf, die sich in den Tiefen meiner Gedanken einnisteten und mich mit Sicherheit auch die nächsten Tage nicht in Ruhe lassen würden. Mein Vertrag war auf ein Jahr befristet. Doch was, wenn es tatsächlich klappte und ich bleiben konnte?

Ich begrüßte die Ladenbetreiberin, die uns gerade mit einem Stapel Bücher entgegenkam und einige davon in das Regal mit den Kinderbüchern neben mir einsortierte. Es war zu früh, darüber nachzudenken. Ich hatte meinen neuen Job ja nicht einmal angetreten. Erst einmal musste ich mich beweisen. Und das würde ich – ab übermorgen.

Langsam schritt ich den schmalen Gang in dem kleinen, gemütlichen Laden entlang. Zu meiner Linken befanden sich aktuelle Hardcover, und beim Lesen der Impressen entdeckte ich in ein paar Büchern den Namen von Heather & Clark. Lächelnd ging ich weiter, vorbei an Reiseliteratur und Biografien. Eine Fantasyecke für Matthew oder eine mit Young oder New Adult für mich schien der Laden nicht zu besitzen. Das war in Anbetracht der zwei Büchertüten in meiner Hand und meines Kontostands vielleicht auch gar nicht so schlecht.

»Schau mal«, drang Matthews Stimme zu mir durch. Ich fand ihn in der Nähe des Eingangs. »Hier ist ein deutsches Buch.«

Er streckte mir eine Hardcover-Ausgabe von *Tintenherz* entgegen. Lächelnd nahm ich es in die Hand und strich über das Cover.

»Cornelia Funke. Das hab ich sogar gelesen.«

»War es gut?«

»Total. Ihre Bücher haben meine Kindheit begleitet. Ich glaube, das waren die ersten, die ich überhaupt selbst gelesen habe. Meine Mutter hat es mir damals geschenkt.«

»Oh wow. Bei mir war das erste Buch *Der Herr der Ringe*.«

»Interessante Lektüre für ein kleines Kind. Bisschen düster, oder?«

»Ach, na ja, bis es im Buch zu den Kämpfen kommt, dauert es echt 'ne ganze Weile. Und wir hatten nicht so viel Auswahl damals.«

»Keine Bibliothek in der Nähe? Oder waren deine Eltern keine Bücherfans?«

»Eine sehr kleine Bibliothek, und meine Eltern ...« Er zögerte und schien nachzudenken, wie er den nächsten Satz formulieren sollte. »Ich bin im Heim aufgewachsen, also waren die nicht wirklich in der Nähe.«

»Oh.« Mehr sagte ich nicht. Nur *oh*. Beinahe hätte ich ein *Tut mir leid* hinterhergeschoben, doch das erschien mir unpassend. Was wusste ich schon von seinem Leben im Heim? Nichts. Ich biss mir auf die Lippe, unsicher, ob sich Matthew an Fragen zu seiner Kindheit stören würde. Die nach seinen Eltern war schon unsensibel genug gewesen, immerhin hatte er mir zuvor erzählt, dass seine Kindheit nicht die rosigste war. Doch er sah nicht traurig aus, blickte mich unverändert offen an, also wagte ich den Vorstoß.

»Wie war es denn? Und wer hat dich da zum Lesen gebracht? Falls es okay ist, dass ich frage.«

»Klar ist es das«, sagte Matthew und wirkte zum Glück aufrichtig. »Es stört mich null, darüber zu reden. Ich war nur unsicher, ob ich es überhaupt erwähnen soll. Meistens wissen die Leute nicht, wie sie am besten darauf reagieren.«

»Ich auch nicht«, gab ich zu. »Aber deshalb musst du dich nicht zurückhalten, ich freu mich, dich besser kennenzulernen. In eurer Bücherei stand also Tolkien?«

Matthew nickte. »Ja. Das hab ich mehrmals gelesen. Ich glaube, weil ich, als ich älter wurde, immer mehr von dem Buch verstanden habe. Als Kind hat es sich echt gezogen, aber später konnte ich die Liebe zum Detail viel mehr schätzen.«

»Ich bin ehrlich, ich kenn nur die Filme.«

»Wir sind in einer Buchhandlung, du könntest diese Wissenslücke schließen. Tolkien werden sie ja wohl irgendwo stehen haben.«

Ich warf einen Blick auf die Büchertüten in meiner Hand. »Ein Notizbuch brauch ich auch noch … da kommt es auf die paar Bücher wohl nicht mehr an, richtig?«

»Richtig«, erwiderte Matt mit einem Lachen, während wir in den schmalen Gang abbogen, an dessen Ende ich vorhin einige Planer und Journals entdeckt hatte.

»Nach was für einem Notizbuch suchst du denn? Vielleicht kann ich helfen.«

»Am liebsten blanko, also weder Linien noch Kästchen. Ich wollte für London ein extra Journal machen«, sagte ich, ohne nachzudenken. Denn normalerweise war ich vorsichtiger, wem ich von dem Hobby erzählte. Mein Geschriebenes zu teilen, hatte mich schon einmal zur Außenseiterin gemacht, das wollte ich kein weiteres Mal erleben.

»Ein Journal? Was kommt da rein?«

»Alles Mögliche … Fotos, Gedanken, Erlebtes. Es hilft mir einfach, runterzukommen. Erinnerst du dich an dieses Graffiti, das wir gesehen haben? In Vauxhall? Das hat mich irgendwie nicht losgelassen, und darüber hab ich abends auch noch was geschrieben.«

Seltsamerweise hatte ich keine Probleme, Matthew davon zu erzählen. Keine Ahnung, was es an ihm war, das meine Filter außer Betrieb setzte, aber irgendwie hatte ich keine Angst, von ihm verurteilt zu werden. Vielleicht tat auch einfach London sein Übriges, immerhin wollte ich meine Zeit hier ja nutzen, um selbstbewusster und mehr ich selbst zu werden. Anscheinend war ich auf einem guten Weg.

»Das klingt schön. Ich glaub, so was fehlt mir noch.«

»Was genau? Ein Journal?«

»Hm, nein. Irgendwas, was mir hilft, Gedanken zu verarbeiten. Ich glaub, ich flüchte mich vor meinen meist in Bücher.«

Nicht zum ersten Mal an diesem Tag überraschte Matthew mich mit seiner Offenheit.

»Aber meinst du nicht, das hilft dir auch?«, hakte ich nach.

»Vielleicht. Aber wenn du schreibst, setzt du dich mit deinen Erlebnissen und Gedanken auseinander. Beim Lesen rette ich mich in fremde Welten.«

»Hm, ich weiß nicht. Du verarbeitest ja, was die Figuren in den Büchern erleben. Man findet immer auch etwas von sich in den Geschichten, oder?«

»Möglich«, meinte Matt und nickte langsam.

»Dafür, dass du beim ersten Date nicht tiefgründig werden wolltest, sind wir es jetzt doch. Meintest du vorhin nicht, damit sollten wir noch warten?«

»Normalerweise schon«, sagte er. Täuschte ich mich, oder war seine Stimme eine Spur dunkler als gewöhnlich?

»Normalerweise?«

»Na ja, hast du das Gefühl, dass das zwischen uns gerade normal ist?«

Er spürte es also auch. Diese Anziehung, die über bloße Sympathie hinausging. Diese Spannung zwischen uns, wann immer sich unsere Blicke kreuzten. Das Vertrauen, obwohl wir uns doch gar nicht kannten. Langsam schüttelte ich den Kopf. »Nein, das ist ganz und gar nicht normal. Aber auf die gute Art.«

»Definitiv auf die gute Art«, stimmte Matthew beinahe flüsternd zu.

Während der letzten Worte waren wir immer leiser geworden, was zur Folge hatte, dass wir uns näher aufeinander zubewegt hatten, sodass unsere Fußspitzen sich nun fast berührten. Die Art von Nähe, die sich in einer Buchhandlung eigentlich nicht gehörte, doch überall um uns herum standen hohe Bücherregale, die uns vor den Blicken der anderen abschirmten, sodass es beinahe war, als wären wir beide nur für uns.

Die Worte, die ich an Lorie gerichtet hatte, kamen mir wieder in den Sinn: *Wir gehen auf ein Date, mehr nicht.* Wieso fühlte sich das hier dann schon nach so viel mehr an? Wieso hatte ich dann gerade dieses aufgeregte Flattern im Magen? Wieso hielt mein Blick dann seinen gefangen, und wieso, verdammt noch mal, wollte ich dann gerade nichts lieber tun, als die Distanz zwischen uns zu überbrücken und meine Lippen auf seine zu legen?

4. KAPITEL
Matthew

Ihre dunkelgrünen Augen mit den braunen Sprenkeln darin ließen mich beinahe vergessen, dass wir uns gerade in einer Buchhandlung befanden. Sosehr ich mich auch in ihnen verlor: Am liebsten hätte ich sie dazu gebracht, diese zu schließen, hätte ihre Lippen gekostet, sie an eines dieser Bücherregale gepresst und …

Weiter kam ich mit meinen Gedanken nicht, denn im nächsten Augenblick hatte sich Nele bereits auf die Zehenspitzen gestellt und mein Gesicht mit sanften Händen umfasst. Sie zog mich zu sich hinab, bis unsere Lippen sich tatsächlich berührten. Ihr Mund lag weich auf meinem, und ich musste mich beherrschen, nicht leise zu stöhnen, als ihr Geruch mich umgab. Obwohl ich nie eines gehabt hatte, roch sie nach zu Hause: nach Wärme, Sicherheit und etwas Blumigem. Das leise Murmeln der Inhaberin, die sich mit einer Kundin unterhielt, versank in dem Rauschen des Bluts in meinen Ohren. Ich legte die Hände um Neles Taille und zog sie ein Stück näher zu mir. Am liebsten hätte ich laut geseufzt, doch dann hätte ich meine Lippen von ihren lösen müssen, und nichts lag mir gerade ferner.

Was wir hier taten, war völlig verrückt. Nicht nur, weil wir uns nach wie vor im Primrose Book Shop befanden, sondern auch, weil wir uns gerade einmal ein paar Tage kannten und das hier unser erstes richtiges Treffen war. Doch als Neles

Zunge vorsichtig über meine strich, waren all diese Bedenken wie weggeblasen. In meinem Kopf war nur noch sie. Da war kein Raum mehr für die Arbeit, Albert, die To-dos – da waren nur noch die Gespräche mit Nele, der heutige Tag und der Moment, in dem sie ins Better Days getreten war und sofort meine Aufmerksamkeit auf sich gezogen hatte.

Die Glocke über der Eingangstür läutete und riss mich aus meinen Gedanken. Im selben Moment wie Nele schlug ich meine Augen auf, und wir fuhren auseinander, wobei ich beinahe über eine auf dem Boden stehende Bücherkiste stolperte. Nele biss sich auf die Unterlippe, offensichtlich darum bemüht, nicht aufzulachen. Ihre Wangen waren gerötet, und ihre Brust hob und senkte sich so schnell, wie auch mein Atem ging. Schritte näherten sich, und kurz darauf bog ein älterer Herr um die Ecke. Er schob sich an Nele und mir vorbei, nicht ohne uns einen skeptischen Blick zuzuwerfen, was kein Wunder war, so ertappt, wie wir beide dreinschauten.

Nele nahm meine Hand und zog mich in Richtung Tür. Kaum dass diese hinter uns ins Schloss fiel, prustete sie los.

»Hast du ... sein Gesicht gesehen?« Lachend hielt sie sich die Seite.

»Er war bestimmt nur neidisch«, gab ich grinsend zurück.

»So viel zum Notizbuch.« Neles Stimme klang atemlos. »Dabei hätte ich jetzt definitiv etwas zu erzählen.«

»Einen Stopp haben wir ja noch auf unserer Liste. Das ist auch der, auf den ich mich am meisten gefreut habe.«

»Oha, okay. Was erwartet uns?«

»Das verrate ich dir doch jetzt noch nicht. Du kannst dir aussuchen, ob wir dreißig Minuten fahren oder vierzig Minuten laufen.«

»Dann laufen.«

»Obwohl dir eben so kalt war?«

»Na ja, mir ist inzwischen ziemlich warm, um ehrlich zu sein.«

Neles Worte und der Blick, den sie mir dabei zuwarf, brachten mich völlig aus der Fassung.

Matthew Walsh, reiß dich gefälligst zusammen.

Ich war es gewohnt, mir meine Gefühle nicht anmerken zu lassen. Jahrelanges Training im Heim und in Pflegefamilien sowie ein Pokerface in beruflichen Verhandlungen, in denen ich stets der Jüngste war, hatten mich einiges gelehrt. Nele machte all das mit einem einzigen Lächeln zunichte.

Ich lernte heute nicht nur, dass Neles Lieblingsfarbe Blau war und sie keinen Fisch mochte, sondern auch, dass ein Weg von eigentlich vierzig Minuten eine ganze Stunde dauerte, wenn man zwischendurch zum Küssen innehielt. Nicht dass ich mich beschwere. Selbst der kalte Wind entlang des Kanals störte mich nicht mehr. Ich war glücklicher denn je. Das hier war nicht nur das beste erste Date, das ich jemals gehabt hatte, es war schlicht und ergreifend zu gut, um wahr zu sein.

»Oh mein Gott«, stieß Nele aus, und ich musste ihrem Blick nicht folgen, um zu wissen, dass sie unseren letzten Stopp entdeckt hatte. »Warte, das ist eine richtige Buchhandlung?«

»Jap«, sagte ich und kam vor dem cremefarbenen Boot mit dem dunkelgrünen Bug zum Stehen. Word on the Water war eine schwimmende Buchhandlung. Das Boot war nicht nur außen mit Büchern bestückt, unter Deck waren etliche Bücherregale installiert worden. Die Kulisse war ein zusätzliches Highlight, denn die Buchhandlung schwamm am Rande des Regent's Canals, und auch wenn die Glasfronten der Gebäude gegenüber nicht den gleichen Charme versprühten, wie es das Grün des Primrose Hill getan hatte, war dies doch einer meiner liebsten Läden Londons.

»Das ist der Hammer.«

»Dann warte mal, bis du drin warst. Geht ruhig rein«, forderte uns der Besitzer des Ladens auf. Der alte Mann saß an einem kleinen Plastiktisch gegenüber des Boots und wärmte seine Hände an einer Tasse Tee. Von vergangenen Gesprächen wusste ich, dass er das Boot hinter der Buchhandlung bewohnte.

»Auf jeden Fall!«, gab Nele zurück und ging an Bord. Ich folgte ihr und hielt mich an einem der Regale fest, bis ich mich an den leichten Wellengang gewöhnt hatte.

»Wie kann es sein, dass ich hiervon zum ersten Mal höre? Ich war schon elf Mal in London.« Sie drehte sich um und sah mich mit großen Augen an. »Elf Mal und kein einziges Mal davon hier.«

»Ich bin froh drum. Hättest du alles schon gekannt, wärst du heute echt kein einfaches Publikum gewesen.«

»Ach was, ich bin leicht zu beeindrucken. Drück mir Bücher in die Hand, und ich bin glücklich. Wie du heute sicher gemerkt hast.«

»Ein bisschen, ja«, gab ich grinsend zurück.

Das Bücherboot war zum Glück nicht zu voll. Eine Mutter kaufte Kinderliteratur mit ihrem Sohn, und draußen schossen zwei Mädchen Fotos voneinander, ansonsten waren wir allein. Fasziniert beobachtete Nele den Papagei, der im Inneren des Boots in einem Käfig krächzte. Ich war mir nicht ganz sicher, ob es sich dabei um artgerechte Haltung handelte, und auch Nele zog die Brauen zusammen, kam schließlich jedoch vor einem kleinen Tisch mit Journals zum Stehen.

»Schau mal, hier ist ein Mondkalender.«

»Oh, haha.« Nele warf mir einen abschätzenden Blick zu. »Wart ab, irgendwann krieg ich noch raus, womit deine Mitbewohner dir auf die Nerven gehen.«

»Das klingt ja fast nach einem Wiedersehen ...« Auch wenn

ich es neckend sagte, schlug mir mein Herz bis zum Hals. Denn ich wollte Nele unbedingt noch einmal treffen. Ich hatte mich lange nicht mehr so amüsiert wie heute. Verdammt, ich wusste nicht einmal, wann ich zum letzten Mal so sehr im Jetzt gewesen war – ohne Gedanken an die To-dos des nächsten Tages oder vergangene Meetings. In den letzten Stunden hatte ich kein einziges Mal an die Arbeit gedacht, obwohl diese sonst Gesprächsthema Nummer eins war. Mit Nele hatte ich das Thema nicht einmal anschneiden wollen. Zum einen, weil ich die Auszeit so sehr genoss, zum anderen, weil es so viele weitere Gesprächsthemen gab.

Nele griff nach einem graubraunen, kartonierten Notizbuch mit gelblichen Farbklecksen und weißen Blättern darauf. Mit dem Zeigefinger strich sie über das Cover, dann erst drehte sie sich zu mir um.

»Ich würd mich freuen. Meine Nummer hast du ja.«

»Was machst du übermorgen?«

Mit einem Lachen legte Nele den Kopf schief, wodurch ihr eine der braunen Haarsträhnen ins Gesicht fiel. »Hast du es so eilig?«

»Schon, ja«, erwiderte ich mit einem Grinsen. »Ich würde ja fragen, was du morgen machst, aber da bin ich schon mit meinen Mitbewohnern verabredet. Ne, ich frage, weil ein guter Freund von mir am Montag eine Theateraufführung hat und er mir noch was schuldet. Er war auch bei der Café-Eröffnung dabei.«

Neles Lachen verwandelte sich in ein beinahe schüchternes Lächeln, als sie sich die Strähne aus dem Gesicht strich und nickte. »Dann übermorgen.«

Mein Herz machte einen völlig bescheuerten Hüpfer bei ihrer Zusage. »Kann ich dich abholen, oder legt man mir dann Tarotkarten?«

»Möglich, aber komm gern trotzdem. Ich bin mir sicher, Lorie freut sich. Kann nur sein, dass du ihr erst dein Sternzeichen verraten musst. Du bist nicht zufällig Löwe?«

»Nein, Zwilling«, erwiderte Matthew lachend. »Hab ich jetzt irgendeinen Test verloren?«

»Sehen wir dann wohl am Montag.«

»Damit komm ich klar. Dann hol ich dich um sechs Uhr abends ab. Wenn du da schon Feierabend hast?«

»Ja, das sollte passen. Und wenn nicht, schreib ich dir.«

»Das darfst du gern auch schon vorher machen. Direkt nach deiner Google-Bewertung für den besten Reiseführer Londons.«

»Den besten und den bescheidensten.«

»Ganz genau.«

Mein Lächeln spiegelte sich in Neles Gesicht, und bevor ich es mir anders überlegen konnte, beugte ich mich vor und stahl ihr einen weiteren Kuss.

Definitiv zu gut, um wahr zu sein.

5. KAPITEL

Nele

»Okay, was sagt mein Horoskop heute?«

Lorie sah mich mit geweiteten Augen an. »Na, da hat aber jemand gute Laune. Sag bloß, du schenkst dem Ganzen jetzt doch plötzlich Glauben?«

Ich nahm die Overnight Oats aus dem Kühlschrank, die ich gestern schon vorbereitet hatte, und ließ mich mit einem Grinsen auf den Küchenstuhl ihr gegenüber fallen. »Das können wir hier und jetzt testen. Denn heute steht mir der beste Tag überhaupt bevor. Also?«

Schmunzelnd nahm Lorie das iPad, das bereits entsperrt neben ihr lag, und blätterte zu der Seite mit den Fischen. Sie überflog die Zeilen, wobei ihre Brauen immer weiter nach oben wanderten.

»Was?«

»Na ja, hier steht, dass eine böse Überraschung auf dich wartet und du heute besser zu Hause bleibst.«

Ich verkniff mir, mit den Augen zu rollen. Denn das war das genaue Gegenteil von dem, was ich heute tun würde. »Ich will ja damit prahlen, dass ich es dir gesagt hab, aber … das trifft jetzt wirklich nicht ganz zu, oder?«

Lorie hob die Schultern. »Auslegungssache.«

»Ach komm, was daran ist Auslegungssache? Heute ist der Tag, auf den ich mich seit Monaten freue.« Ich schob mir einen großen Löffel der Masse aus Haferflocken, Bananen und Schokodrops in den Mund und kaute genüsslich. »Ich kann es wirklich kaum erwarten.«

Lorie legte seufzend das iPad weg. »Na ja, ich bezahle ja auch nur für meinen Geburtstag. Wahrscheinlich sind alle anderen Sternzeichen generisch. Dann kann das ja nichts werden. Heute Abend ist dein Date mit diesem Matthew, oder?«

»Ja, wir gehen ins Theater. Ein Freund von ihm tritt auf.«

Mit einem aufgeregten Quietschen beugte sich Lorie über die Tischplatte und legte ihre Hand auf meine. »Das hast du gar nicht erwähnt! Er stellt dich seinen Freunden vor? Beim zweiten Date?«

Langsam ließ ich den Löffel sinken. Denn so hatte ich das Ganze noch nicht betrachtet. »Na ja, er stellt mich ja nicht direkt vor. Sein Freund wird auf der Bühne sein.«

»Und danach ganz sicher da runterkommen, um dich kennenzulernen. Oh Mann, diesem Kerl ist es echt ernst, hm? Wo trifft man solche Männer nur? Meine letzten Dates waren ein einziges Desaster.« Sie beäugte mich mit einem verschmitzten Lächeln. »Weißt du zufällig, ob dieser Freund Single ist?«

»Ist er nicht«, warf ich schnell ein. »Seine Freundin führt ein Café hier in der Nähe.«

»Mist.« Sie seufzte. »Wenn ich noch ein ›Na, wie geht's?‹ auf Tinder bekomme, kaufe ich mir fünf Katzen und bleibe Single.«

»Gibt schlimmere Vorstellungen.«

»Nicht, wenn du gegen Katzen allergisch bist.«

»Oh«, sagte ich, konnte mir ein Lachen aber nicht verkneifen. Glücklicherweise fiel Lorie ein.

»Dann scheint dir aber wirklich ein guter Tag bevorzustehen. Ich bin gespannt, was du heute Abend berichtest. Falls ich noch wach bin, je nachdem, wie lange es bei euch beiden dauert.« Sie wackelte vielsagend mit den Brauen, und nun verdrehte ich doch die Augen.

»Da wird nichts passieren, das hab ich dir schon einmal gesagt.« Dass Matthew und ich uns geküsst hatten, hatte ich wohlwissend für mich behalten. »Ich gehe nach dem Theater heim, immerhin muss ich morgen früh raus. Ich will übernommen werden, das heißt, ab jetzt steht Arbeit auf dem Programm.«

»Wart doch erst einmal ab, wie sie als Arbeitgeber überhaupt so sind, bevor du schon deine Zukunft dort planst.«

»Muss ich nicht. Sie sind großartig, das weiß ich auch jetzt schon«, erwiderte ich mit selbstsicherem Ton. Immerhin hatte ich seit beinahe drei Jahren regelmäßig die Website der Literaturagentur geöffnet, die Stellenangebote durchforstet und mir dabei vorgestellt, wie es wohl wäre, ein Teil davon zu sein. Heute wurde die Vorstellung endlich Realität.

Kaum, dass ich den grau gestrichenen Flur mit seinen dunkelblauen Sesseln betreten hatte, war das Strahlen nicht mehr aus meinem Gesicht zu kriegen. Heute, an diesem regnerischen, ansonsten völlig unscheinbaren Novembertag begann endlich meine Zukunft.

Emma erwartete mich schon mit einem freundlichen Lächeln, als ich den Gang entlanglief. Wie schon beim letzten Mal war sie schick gekleidet, diesmal in ein langärmliges Kleid, eine schwarze Strumpfhose und Pumps.

»Nelly, wie schön, dich zu sehen.«

Ich machte mir eine mentale Notiz, mich nachher bei allen laut und deutlich als Nele vorzustellen.

»Guten Morgen!«, grüßte ich zurück.

»Bist du nervös?«

»Ein bisschen, wenn ich ehrlich bin. Aber in erster Linie freu ich mich.«

»Das kannst du auch. Ich zeige dir mal in Ruhe deinen Arbeitsplatz, der ist mittlerweile fertig eingerichtet. Um zehn Uhr haben wir montags immer ein Meeting, dafür hole ich dich dann direkt ab. Nach dem Meeting wird Cassedy ein Onboarding mit dir machen. Sie arbeitet dich also schon mal in die wichtigsten Dinge ein, erklärt dir, wie unser Chat und unsere Programme funktionieren, und beantwortet dir alle Fragen.«

»Danke!«, sagte ich und versuchte mich daran zu erinnern, ob ich Cassedy schon kennen sollte.

»Keine Sorge, sie war am Freitag, als du für die Technik hier warst, noch nicht da.«

»Puh«, stieß ich aus, was Emma mit einem Lachen quittierte. »Es ist vollkommen okay, wenn du noch nicht alle Namen kennst, es sind ja ein paar. Solange du den Chef und mich zuordnen kannst.«

Ich nickte mit einem Schmunzeln. Albert Clark war wohl jedem ein Begriff – oder besser gesagt jedem, der sich mit der Branche auskannte.

Ich folgte Emma bis zu einem geräumigen weißen Tisch, auf dem ein iMac sowie ein sehr neu wirkendes MacBook standen.

»Du hast Glück«, sagte sie, hielt vor dem Schreibtisch und drückte auf einen Knopf, der sich an dessen Platte befand. Kurz darauf ertönte ein leises Summen, und die Tischplatte fuhr in die Höhe. »Gerade letzten Monat haben wir neue Tische bekommen, jetzt sind sie alle höhenverstellbar. Ich fand es erst seltsam, im Stehen zu arbeiten, aber es ist ein Segen für den Rücken, glaub mir. Andererseits ... wie alt bist du noch mal?«

»Vierundzwanzig.«

Emma winkte ab. »In deinem Alter vermutlich noch kein Problem. Aber na ja, darum geht's gar nicht, entschuldige.« Auf einen weiteren Knopfdruck fuhr der Tisch wieder nach unten, und Emma klopfte auffordernd auf den schwarzen Schreibtischstuhl.

»In dem Ordner hier steht was zur Agenturgeschichte, falls du dich ein bisschen einlesen magst.«

Ich nickte, auch wenn ich die Historie mittlerweile beinahe auswendig aufsagen konnte, so oft hatte ich sie zur Vorbereitung auf das Bewerbungsgespräch gelesen.

»Hier steht, wie du dich zu allem anmeldest: unserem Chat, der Datenbank, deinem E-Mail-Account. Schau am besten mal, dass du überall reinkommst. Ihr habt ja am Freitag alles eingerichtet, aber wie ich die Technik kenne, geht irgendwas trotzdem nicht, und dein erster Anruf wird bei der IT sein. Da steht vorsichtshalber schon einmal die Nummer.« Emma tippte mit einem rosafarben lackierten Fingernagel auf einen Post-it, der an meinem Monitor klebte, dann wanderte ihr Blick noch einmal über den Schreibtisch, als kontrolliere sie, ob sie etwas vergessen hätte. »Ich glaub, das war's. Ich muss jetzt das Meeting vorbereiten und den Tisch schon mal eindecken. Wir sehen uns in …« Sie warf einen Blick auf ihre Sportuhr. »… fünfzig Minuten. Bis gleich, Nelly.«

Sie zwinkerte mir noch einmal zu und war im nächsten Moment in Richtung Kaffeeküche verschwunden. Ich startete meinen PC, hatte tatsächlich ein kurzes Zusammentreffen mit der Technik, weil eines der Programme nicht funktionieren wollte, und arbeitete mich in die einzelnen Themenbereiche ein, die in dem Ordner zusammengefasst waren. Allem Anschein nach würde ich zu Beginn Cassedy im Bereich Non-Fiction unterstützen. Das versetzte mir im ersten Moment einen kleinen Dämpfer, da ich auf Belletristik und Liebesromane gehofft hatte. Allerdings würde ich diese Abteilungen ebenfalls noch kennenlernen, da ich alle drei Monate in einem anderen Bereich unterstützen durfte, um ein möglichst breit gefächertes Wissen zu sammeln. Als ich außerdem sah, dass ich nicht bloß Biografien betreute, sondern Non-Fiction auch Lyrik und Illustrationen miteinbezog, stieg die Aufregung, die mich schon den ganzen Tag begleitete. Ich würde allem Anschein nach auch selbst in die Akquise gehen – also mitbestimmen dürfen, welche Autoren und Autorinnen wir unter Vertrag nehmen würden. Ich konnte es kaum erwarten, die ersten Bewerbungen und Manuskripte zu sichten.

»Nelly?« Ich zuckte zusammen, als Emmas Schuhe sich in mein Sichtfeld schoben, so versunken war ich gewesen.

»Sind die fünfzig Minuten etwa schon um?«, fragte ich und blickte auf die Zeitanzeige des iMacs. Tatsächlich.

»Ja«, erwiderte Emma lachend. »Das werte ich mal als gutes Zeichen.«

»Definitiv. Ich kann die Woche kaum erwarten und hab mir schon Fragen notiert.« Ich klopfte mit dem Kugelschreiber auf den Notizblock neben mir.

»Sehr gut, die kannst du Cassedy gleich alle stellen. Aber jetzt erst mal auf zum Meeting. Kaffee und Tee stehen auf dem Tisch, falls du irgendwelche Spezialwünsche hast, müsstest du in die Küche, die Maschine dort kann auch Latte Macchiato und all so was.«

»Normaler Kaffee reicht total, danke.« Das, und ich wollte auf keinen Fall zu spät kommen. Okay, ein kleines bisschen mochte auch die Tatsache eine Rolle spielen, dass ich als Neue in Gruppen immer nervös war. Vielleicht war das kindisch in meinem Alter und vor allem in Anbetracht der Tatsache, dass ich vollkommen allein in diese Stadt gezogen war, aber lieber ging ich mit Emma in den Konferenzraum, als ihn gleich kurz vor knapp allein zu betreten.

»Na dann! Nimm dir am besten den Block oder deinen Laptop mit. Es gibt am Ende zwar immer ein Protokoll, das herumgeschickt wird, aber schreib dir ruhig alle weiteren Fragen auf, die du hast, dann kann Cassedy sie dir im Anschluss beantworten.«

»Geht klar«, entgegnete ich und nahm den Block, dessen erste Seite ich bereits dicht beschrieben hatte.

Mit breitem Lächeln folgte ich Emma und ließ mich im Meetingraum auf dem freien Platz neben ihr nieder. Der Raum war durch die großen Fenster trotz des schlechten Wetters draußen angenehm hell. Die vollen, dunkelbraunen Bücherregale, die mich nicht weniger beeindruckten als beim ersten Mal, hätten jedoch auch anders für eine gemütliche Atmosphäre gesorgt. Ich ließ mich auf einem ebenfalls dunkelbraunen Stuhl nieder, der so weich und bequem wie ein Sessel war. Meinetwegen könnte das Meeting auch länger als die angedachte Stunde dauern.

»Hallo, du musst Nele sein.« Eine Frau mit welligen, dunkelroten Haaren und heller Haut, die so ebenmäßig war, als wäre sie aus Porzellan, setzte sich neben mich auf den Stuhl. »Ich bin Cassedy, ich freu mich riesig, dich kennenzulernen. Wir werden in nächster Zeit ja recht eng zusammenarbeiten.« Sie hatte strahlend blaue Augen und ein sympathisches Lächeln, das nicht nur zwei Grübchen zum Vorschein brachte, sondern auch dafür sorgte, dass ich mich direkt wohlfühlte.

»Ich freu mich auch!«, erwiderte ich und wollte gerade weitersprechen, als Emma neben mir einen Laut von sich gab.

»Warte, du heißt Nele?« Emma lehnte sich über den Tisch, sodass sie auch Cassedy sehen konnte, und schlug sich eine Hand vor den Mund. »Oh Gott, warum sagst du denn nichts? Ich hab dich die ganze Zeit falsch angesprochen.«

»Kein Thema, wirklich. Ist hier ja auch ein ungewöhnlicher Name.«

»Tut mir trotzdem leid.«

»Du wirst dich gleich eh vorstellen müssen, dann kannst du es den anderen direkt richtig beibringen«, meinte Cassedy beruhigend.

Ich nickte bloß, da ich mit einer Vorstellungsrunde schon gerechnet hatte, und hoffte, dass ich dabei nicht über meine eigenen Worte stolpern würde. Gerade, als ich Cassedy erzählen wollte, welche Gedanken mir beim Lesen des Ordners gekommen waren, verstummten jegliche Gespräche um mich herum, und die Tür zum Meetingraum ging ein weiteres Mal auf. Mein Herz pochte aufgeregt in meiner Brust, als ich mich umdrehte, in Erwartung, Albert Clark endlich persönlich zu sehen. Es stoppte, als nicht Albert den Raum betrat, sondern Matthew. Der Matthew, mit dem ich vorgestern ein Date gehabt hatte. Der Matthew, den ich geküsst hatte. Der Matthew, mit dem ich mich heute nach der Arbeit treffen wollte – und den ich, um ehrlich zu sein, wieder küssen wollte.

Was zur Hölle?

Tausend Gedanken rasten durch meinen Kopf, während die Welt für einen Augenblick stillzustehen schien. Arbeitete er hier? Kam daher seine Liebe zu Büchern? Wieso hatten wir nicht über seinen Job gesprochen? Was machte er hier? Und was, in Gottes Namen, sollte ich jetzt tun?

Die Gedanken kamen vollends zum Stillstand, als er sich nicht auf einen der zwei freien Plätze an der Längsseite setzte, sondern zu dem dritten freien Stuhl lief – dem am Ende des langen Tischs.

Nein, nein, nein. Bitte nicht.

Am liebsten wäre ich aufgesprungen und aus dem Raum gelaufen. Er lächelte in die Runde, in der ihm alle gespannt entgegenblickten. Sein Lächeln versiegte, als sein Blick meinen traf. Als die gleichen Gedanken, die eben noch durch meinen Kopf geschossen waren, nun mit Sicherheit in seinem kreisten.

Matts Augen waren geweitet und garantiert ein perfekter Spiegel meines eigenen verwirrten, geschockten Ausdrucks. Als einer der Männer zu seiner Rechten sich räusperte, erwachte Matthew aus seiner Schockstarre, sah einen kurzen Augenblick auf seine Hände und begann dann zu sprechen.

»Guten Morgen, ich hoffe, ihr hattet ein schönes Wochenende.«

Seine Stimme klang völlig normal. Als ich meinen Blick senkte, sah ich jedoch, dass seine Finger leicht zitterten. Meine hatte ich in die Sitzfläche des Stuhls gepresst, so fest, dass es wehtat. Doch das war das Einzige, was mich davon abhielt, fluchtartig den Raum zu verlassen. Wie hatte das passieren können? Ich hatte Stunden auf der Website der Agentur verbracht. Klar, mehr auf den Seiten der Autoren und Autorinnen sowie auf der zur Verlagsgeschichte. Doch als ich zuletzt auf der Personalseite gewesen war, hatte dort Albert Clark als CEO gestanden. War Matthew womöglich nur in Vertretung hier? Eine Art Vorstand?

Mit verkrampften Muskeln lehnte ich mich zu Emma hinüber. »Was genau ist seine Position?«

Emma schaute mich belustigt an. »Matthews? Er ist unser CEO. Hat die Literaturagentur vor ein paar Wochen von Albert übernommen. Albert ist montags ab und an noch dabei, er zieht sich aber mehr und mehr aus allem zurück.«

Sie sagte noch ein, zwei weitere Sätze, die jedoch in dem Rauschen untergingen, das das Blut, das mir gerade in den Kopf schoss, in meinen Ohren verursachte. Matthew war unser CEO. *Mein* CEO. Ich hatte ein Date mit meinem Chef gehabt. Konnte sich der Boden bitte auftun und mich hier herausholen?

»Alles okay?«, fragte Emma flüsternd. Sie zog die perfekt gezupften Brauen besorgt zusammen. »Du wirkst etwas blass.«

Rein gar nichts war okay. Doch ich nickte, atmete tief durch und versuchte mich auf Matthews Worte zu konzentrieren. Gerade im richtigen Moment, denn er deutete mit einer Hand auf mich.

»Und natürlich haben wir heute unsere neue Volontärin zu begrüßen. Möchtest du dich kurz vorstellen?«

»Ja, hallo.« Meine Stimme klang kratzig, und ich räusperte mich. Hoffentlich würden die anderen das auf die Nervosität zurückführen und nicht darauf, dass die Zunge, die meine Worte formte, vor achtundvierzig Stunden noch im Hals ihres Chefs gesteckt hatte. »Ich bin Nele. Einige von euch kennen mich ja schon von Freitag. Ich freue mich riesig, hier sein zu dürfen. Ich hab bis vor zwei Wochen in Köln gelebt, wo ich meinen Master in Literatur- und Sprachwissenschaften gemacht hab. Zuvor hab ich in einem Verlag gearbeitet, erst als Praktikantin, dann als Werkstudentin, bin also nicht ganz neu in der Buchbranche und hoffe, ich kann euch gut unterstützen.«

Ich sah kurz zu Matthew, um herauszufinden, ob ich noch mehr sagen sollte, doch er hatte den Blick in die Ferne gerichtet, statt auf mich, eine tiefe Falte zwischen seinen Brauen.

»Schön, dass du da bist«, übernahm der dunkelhaarige Mann neben Matthew das Wort, den ich noch nicht kannte. »Ich bin Yong-Jae.«

»Gilbert, Fantasy«, sagte der ebenfalls dunkelhaarige Mann zu Yong-Jaes linker Seite. Er war eben kurz vor dem Meeting ins Büro geplatzt und hatte sich am Schreibtisch schräg gegenüber meines Platzes niedergelassen, also würden wir wohl häufiger Kontakt haben. Er hatte ein warmes Lächeln, trug eine runde schwarze Brille und schien, genau wie ich, auch nicht aus England zu sein. Bei seinen Worten klang ein spanischer Akzent durch, wenn ich es richtig zuordnete.

»Ja, wir freuen uns riesig über deine Unterstützung.« Die dunkelblonde Frau, die sich mir am Freitag als Victoria vorgestellt hatte, strahlte mich an. Wie schon letzte Woche trug sie einen auffälligen roten Lippenstift, war aber, ähnlich wie ich, eher leger gekleidet. Hoffentlich würde ich all die Namen behalten können. Nicht dass das im Moment meine größte Sorge war …

»Genau«, erklang Matthews dunkle Stimme. »Ich bin mir sicher, du bist eine tolle Ergänzung in unserem Team.« Sein Blick streifte meinen nur kurz, doch es genügte, um mein Herz schon wieder zum Flattern zu bringen – nur dass es diesmal einen bitteren Beigeschmack hatte. Ich musste mit ihm reden. Am besten gleich.

»Dann legen wir mal los. Nele, für dich zur Info: Wir gehen alle kurz unsere aktuellen Projekte und To-dos durch, geben uns ein Update, schauen, wo wir Hilfe benötigen und ob irgendwelche Events oder Veröffentlichungen anstehen. Da können sich alle anderen kurz vorstellen, und du hast direkt einen Überblick, wer was betreut. Freitags treffen wir uns noch einmal alle zum Wochenabschluss, dort werden dann auch neue Manuskripte vorgestellt.«

Ich nickte, und der Mann neben Matthew, der mich eben begrüßt hatte, übernahm das Wort. »Ich bin wie gesagt Yong-Jae. Ich betreue vor allem Klienten im Bereich Mystery und Thriller und bin Foreign Rights Director, das heißt, ich kümmere mich um Auslandslizenzen. Außerdem darf ich heute Protokoll schreiben.« Er hob einen überdimensional großen Bleistift hoch. »Und danach entscheiden, wer den hier bekommt und nächstes Mal dran ist.« Sein breites Grinsen zeigte bereits, dass er sein Opfer gefunden hatte: mich.

»Wenn du magst, rede ich dich raus«, raunte Cassedy mir mit einem Schmunzeln in der Stimme zu. »Oder aber du hast es hinter dir und bist dann erst wieder in ein paar Wochen dran.«

»Das ist schon okay«, erwiderte ich, immer noch zu geschockt, um richtig zu verarbeiten, was gerade geschehen war. Ich zwang mich, meinen Blick auf Yong-Jae zu fixieren, anstatt ihn ein Stückchen nach links zu Matthew wandern zu lassen. Er gab allen einen Überblick über seine aktuellen Projekte, und ich versuchte ihm zuzuhören, war jedoch zu abgelenkt. Bei seinem Namen klingelte etwas bei mir. War er nicht Matthews Mitbewohner? Ich studierte sein Gesicht, das jedoch nicht offenbarte, ob ihm klar war, wer ich war. Er hielt gerade sein iPad nach oben und zeigte irgendein Cover. Offensichtlich wusste er also nicht, was zwischen Matthew und mir gelaufen war. Sonst hätte er sicher anders reagiert, oder?

Nun huschte mein Blick doch zu Matt. Seine Lippen waren zu einem dünnen Strich zusammengepresst, und er hatte sein Gesicht zu Yong-Jae gewandt, wirkte jedoch einen Hauch zu fokussiert. Er hatte seine linke Hand zu einer Faust zusammengeballt, und so angespannt, wie er aussah, erweckte er den Eindruck, als wollte er jeden Moment aus seinem Stuhl aufspringen und den Raum verlassen – so wie ich es am liebsten auch getan hätte. Lorie hatte also doch recht behalten: Der Tag hielt tatsächlich eine böse Überraschung für mich bereit.

Wie groß war die Chance, dass der eine Mann, für den ich mich interessierte und mit dem alles, wirklich alles zu passen schien, ausgerechnet mein Chef war?

6. KAPITEL
Matthew

Ich hatte gewusst, dass es zu gut war, um wahr zu sein. Ich hatte gewusst, dass es einen Haken geben musste. Hatte gewusst, dass es nicht sein konnte, dass ich so viel Glück auf einmal hatte. Und doch hatte ich mich dem hingegeben. Wie hatte ich nicht darauf kommen können, dass es sich bei Nele und bei unserer neuen Volontärin um ein und dieselbe Person handelte?

Nelly. So hatte Emma die Bewerberin, die ihre Favoritin war, mir vorgestellt. Ich hätte mir die Bewerbung genauer ansehen müssen. Klar, es war kein Foto dabei gewesen, und ich hatte dem Lebenslauf weniger Beachtung geschenkt als dem Anschreiben selbst. Aber die Ähnlichkeiten des Namens, die Tatsache, dass die Volontärin ebenfalls Deutsche war, die Liebe zu den Büchern …

So ein verdammter Mist …

Ich blickte von Victoria zu Nele. Sie schenkte mir keine Beachtung, hörte zu, wie Victoria der Gruppe ihre To-dos vorstellte, und wirkte aufmerksam. Doch wenn man genau hinsah, merkte man, dass ihr Blick immer wieder ins Leere glitt, so als wäre sie mit ihren Gedanken woanders. Kein Wunder, für sie musste das Ganze ein ebenso großer Schock sein wie für mich. Als die Stellenausschreibung für das Volontariat online gegangen war, war Albert noch CEO gewesen und ich Senior-Agent. Kein Wunder, dass sie mich nicht erkannt hatte.

Ich nahm das restliche Meeting mit nur einem Ohr wahr, nickte, wenn es mir passend erschien, und beantwortete einige Nachfragen so spät, dass nicht nur Jake mir skeptische Blicke zuwarf – auch Yong-Jae sah mich irritiert an. Ob ich ihm sagen sollte, was Sache war? Eigentlich hatten wir keine Geheimnisse voreinander, doch er würde früher oder später mit Nele arbeiten müssen. Nicht dass ich ihm nicht vertraute, er würde es keiner Menschenseele sagen – doch ich wollte nicht, dass er sie mit anderen Augen sah oder Nele ihm gegenüber befangen war. Wenn ich ihm nicht davon erzählte, konnte ich allerdings auch mit Sam nicht darüber sprechen. Womöglich war es besser so. Wenn keiner davon wusste und mich keiner befragen konnte, fiel es leichter, die ganze Sache zu vergessen. Und vergessen musste ich sie. Dringend. Was nicht ganz einfach war, wenn ich Nele so betrachtete. Denn ein Blick auf ihre Lippen reichte, um mich an den Kuss in der Buchhandlung zu erinnern. Ihren blumigen Geruch, das weiche Gefühl ihrer Haut … Das musste aufhören. Sofort. Insbesondere, da Paige neben mir anscheinend fertig war und mich nun abwartend ansah. Ich lächelte in die Runde, obwohl mir nicht danach zumute war.

»Sehr schön, dann war es das für heute. Ich wünsche euch allen viel Erfolg, meldet euch bei Fragen.«

»Matt?«

»Ja?« Ich sah zu Cassedy, die mich angesprochen hatte.

»Wollten wir nicht noch über die Weihnachtsfeier sprechen?«

»Oh, richtig.« Das hatte ich vollkommen vergessen. »Magst du übernehmen?«

»Gern«, erwiderte sie, und alle wandten sich zu ihr um. »Zuallererst einmal: Das Sinking Siren hat zugesagt, wir können die Weihnachtsfeier dort veranstalten.«

Die anderen klatschten, und ich stimmte mit ein. »Sehr schön.«

»Da die meisten für ein Motto waren, würde ich die Tage eine Umfrage mit möglichen Themen erstellen. Es wäre toll, wenn ihr alle teilnehmt. Außerdem wäre es großartig, wenn sich ein paar von euch an der Dekoration oder dem Programm beteiligen, auch dazu würde ich eine Mail rumschicken.«

Cassedy erzählte noch ein wenig zur Location und dem Programm, dann gab sie wieder an mich ab, und ich beendete das Meeting. Endlich. Denn gerade wollte ich nichts lieber als ein paar Minuten allein im Büro, um meine Gedanken zu sortieren. Leider machte Cassedy mir erneut einen Strich durch die Rechnung, denn als die Ersten fröhlich plaudernd den Raum verließen, trat sie zu mir – mit Nele im Schlepptau.

»Hey Matthew! Nele hast du ja gerade schon kurz kennengelernt. Wann passt es dir denn mit einem Gespräch? Soll ich sie erst einmal entführen, oder verschaffst du ihr einen Überblick und lieferst sie dann wieder bei mir ab?«

Ich sah an Cassedy vorbei zu Nele, um an ihrem Gesicht abzulesen, was ihr lieber war. Reden mussten wir früher oder später, das war klar. Sie sah zwar nicht gerade begeistert aus, schüttelte jedoch auch nicht den Kopf hinter Cassedys Rücken.

»Gern direkt«, antwortete ich also. »Ich hab nachher noch ein Treffen auswärts.«

»Alles klar.« Cassedy wandte sich an Nele. »Dann komm danach einfach in mein Büro.«

Nele nickte ihr zu, doch ihr Lächeln wirkte gequält. Cassedy verließ den Raum, und ich war froh, dass niemand mehr bei uns war, während Nele und ich den Weg in mein Büro schweigend zurücklegten und keine Fassade aufrechterhalten mussten.

»Es tut mir so leid«, sagte ich im selben Moment, in dem meine Tür hinter uns ins Schloss fiel. Am liebsten wäre ich auf

Nele zugegangen und hätte sie an mich gezogen, so wie sie dastand, die Arme vor der Brust verschränkt, als könnte sie das vor dem unvermeidlichen Gespräch schützen. Doch die Wand zu meinem Büro war verglast, und das würde noch unangenehmere Fragen aufwerfen als die, die Yong-Jae mir nachher bestimmt stellen würde.

»Ich hatte keine Ahnung, wirklich nicht. Emma hat dich als Nelly vorgestellt und ...«

Nele stieß ein Lachen aus, dem jedoch jegliche Fröhlichkeit fehlte. »Hätte ich mir denken können, so hat sie mich auch begrüßt.« Sie ließ sich in den grauen Stuhl sinken, der vor meinem Schreibtisch stand, und schüttelte stumm den Kopf.

Ich umrundete den Tisch und setzte mich auf meinen Bürostuhl, froh über die Barriere, die nun zwischen uns war, da es mit jeder Sekunde, die ich mit Nele in diesem Raum verbrachte, schwieriger war, die Distanz zu wahren. Wie sollte ich das nur die nächsten Tage aushalten? Nein, nicht Tage. Wochen, Monate.

»Was für ein absoluter Mist.«

»Das kannst du laut sagen.«

»Würd ich, aber ich glaube, dass deine Kollegen ...« Sie hielt inne. »Dass deine Mitarbeiter davon wissen, ist das Letzte, was wir gerade gebrauchen können.«

»Es tut mir wirklich leid.«

Nele hob die Schultern und sah mich, zum ersten Mal, seit wir hier drin waren, richtig an. In ihren Augen lag dieselbe Traurigkeit, die ich tief in meiner Brust spürte. »Es ist ja nicht deine Schuld. Ich wünschte nur, es wäre anders, ich ...« Sie biss sich auf die Lippe, offensichtlich unsicher, ob sie weitersprechen sollte. »Vermutlich sollte ich das jetzt nicht sagen. Aber ich hab mich wirklich noch nie bei einem Menschen auf Anhieb so wohlgefühlt. Ich war ...« Sie hob die Schultern. »Keine

Ahnung, ich war komplett ich selbst, verstehst du? Schon damals im Café. Dass wir dann auch noch die gleichen Interessen haben, uns die Gesprächsthemen nicht ausgingen, ich nicht ein einziges Mal das Gefühl hatte, mich anpassen oder zurückhalten zu müssen …«

»Ich weiß«, sagte ich. Mehr nicht. Denn all das, was Nele gerade beschrieb, hatte ich selbst so erlebt. Die Anziehung von Sekunde eins an. Sie diese Worte nun sagen zu hören, half nicht gerade, die Gefühle zu unterdrücken, die in meinem Körper wüteten. Doch ich wollte ihr nicht offenbaren, was ich empfand. Nicht, weil ich mich ihr gegenüber nicht öffnen wollte. Nele hatte mich umgehauen wie keine Frau je zuvor. Doch wenn ich ihr das sagte, sagte, was sie mir selbst nach so kurzer Zeit schon bedeutete, dann würde ich es nicht nur mir noch weiter erschweren. Ich war Neles Chef. Das hier war, wenn sie in der Bewerbung die Wahrheit gesagt hatte, der Job, auf den sie Jahre hingearbeitet hatte. Ich würde ihr das weder kaputtmachen noch Alberts Ansehen schädigen, indem ich etwas mit einer meiner Mitarbeiterinnen anfing.

»Es ist unfair.« Neles Stimme war beinahe ein Flüstern.

»Ist es.« Ich schluckte. Denn es war unfair. Es war beschissen unfair, aber es war, was es war, und wir würden lernen müssen, damit umzugehen. Also schloss ich all diese Gedanken und Gefühle weg und zwang mich, der Chef zu sein, den Albert in mir sah. »Wir müssen dieses Date«, ich senkte meine Stimme, »als das sehen, was es war: ein wunderschöner Fehler. Das zwischen uns kann und darf nicht weitergehen, ich denke, das ist dir auch klar. Wir sind nicht einfach Kollegen, ich bin dein Chef, dir beruflich übergestellt. Wenn das rauskommt, kriegen wir ein echtes Problem.«

Nele nickte bloß und sah aus dem Fenster, auf dem sich die einzelnen Regentropfen gerade ein Wettrennen lieferten.

»Kannst du bitte etwas sagen?«

Sie wandte sich zu mir um, und in ihrem Gesicht hatte sich etwas verändert. Anstelle der Traurigkeit lag nun Entschlossenheit in ihren Augen. »Cassedy sagte, du arbeitest mich in die Unternehmensgeschichte und eure Vision ein?«

»Nele …«

»Was?« In einer hilflosen Geste hob sie die Hände. »Was soll ich denn sonst dazu sagen? Du hast es doch bereits auf den Punkt gebracht: Das mit uns kann nichts werden. Nicht nur, um deinem Ansehen nicht zu schaden, sondern weil ich diesen Job hier wirklich will. Ich hab den Vertrag gelesen. Beziehungen zwischen Mitarbeitenden sind erlaubt. Aber du bist nicht mein Kollege, du bist mein Chef. Schätze, da greift eher der Part zu Untergebenen und direkten Vorgesetzten.« In Neles Augen lag Traurigkeit, aber auch eine Entschlossenheit, die ich von mir selbst kannte. »Ich wollte diese Stelle seit einer halben Ewigkeit, und ich will sie behalten. Das werde ich mir durch Gefühle ganz sicher nicht vermasseln. Also ist es doch wohl das Beste für uns beide, wenn wir all das, was passiert ist, einfach vergessen und von vorn anfangen, richtig?«

Ich verbarg den Schmerz, den ihre Worte in mir auslösten, und nickte, auch wenn sich alles in mir dagegen sträubte. »Richtig.«

»Na dann. Ich bin Nele Schubert, freue mich riesig, hier anzufangen, und würde jetzt gern etwas zur Vision von Heather & Clark hören.« Ihre Worte klangen beinahe angriffslustig, doch ich wusste, dass ihre Wut nicht gegen mich gerichtet war. Also leistete ich ihrer Bitte Folge, entsperrte das iPad, das auf meinem Schreibtisch lag, und öffnete den Onboarding-Ordner.

»Heather & Clark wurde 1978 von Elizabeth Heather und Albert Clark gegründet …« Während ich die Worte runterbetete, die ich mittlerweile auswendig konnte, erinnerte ich mich an das erste Mal, dass ich sie gehört hatte. Ich war gerade einmal fünfzehn Jahre alt gewesen, und Albert hatte mir und den anderen Tagespraktikanten alles Mögliche zu seinem Unternehmen erzählt. Die Leidenschaft war aus jedem seiner Worte herauszuhören gewesen. Schon damals wusste ich, dass ich einmal etwas finden wollte, was mich so sehr begeisterte wie ihn sein Job. Dabei hatte ich das bereits: die Bücher, die mich Tag für Tag aus meinem Alltag retteten. Dass ich diese zu meinem Beruf gemacht hatte, mehr noch, nun an Alberts Stelle stehen durfte, war die größte Ehre und mehr, als ich mir je erträumt hätte. Und genau aus diesem Grund musste ich hart bleiben. Aus diesem Grund durfte ich dem, was zwischen Nele und mir war, nicht nachgeben.

»Hallo, Lieblingsmitbewohner!«, schallte mir Sams Stimme aus der Küche entgegen, als ich unsere Wohnung betrat. »Oh, und Yong-Jae ist auch da.«

»Haha, du Scherzkeks«, erwiderte dieser trocken und warf seine Tasche auf einen der Küchenstühle. »Du kochst?«

»Yes!«

Yong-Jae begutachtete kritisch den brodelnden Inhalt des Topfs. »Sieht ja sogar genießbar aus.«

»Und genau deshalb bezeichne ich Matt als meinen liebsten Mitbewohner.«

Ich lächelte Sam müde zu und ließ mich auf einen der anderen Stühle fallen.

»Alles okay? Nimm's mir nicht übel, aber du siehst etwas fertig aus. Und ihr seid ganz schön spät.«

»Ja, war viel zu tun heute. Eine Mütze Schlaf, und das wird wieder«, log ich. Schlaf würde ich wohl keinen finden, und dass viel zu tun war, stimmte zwar, doch ich hatte die meiste Zeit unkonzentriert auf meinen Rechner gestarrt. Als ich zur

Kaffeeküche gegangen war, hatte ich Cassedys Büro passiert und sie und Nele brainstormen hören. Es war utopisch, davon auszugehen, dass ich sie nur montags und freitags bei den Meetings sehen würde. Ich würde ihr auf den Gängen begegnen, an ihrem Platz im Großraumbüro, an der Kaffeemaschine, in den Mittagspausen, im Aufzug. Allein die Vorstellung, mit ihr allein im Aufzug zu stehen, ließ meine Gedanken wandern und die Erinnerung an unsere Küsse aufleben. Ich kniff die Augen zusammen und fuhr mir mit der flachen Hand übers Gesicht, als könnte ich die Bilder so vertreiben.

»Kopfschmerzen?«, fragte Yong-Jae.

»Ne, alles gut.«

»Das sagst du schon den ganzen Tag.«

»Ja, weil es stimmt.«

»Ich kenn dich schon eine ganze Weile, und das ist nicht dein Alles-ist-gut-Gesicht.«

»Er hat recht«, meinte Sam.

Genau das hatte ich vermeiden wollen. Die beiden kannten mich zu gut. Entweder, ich schaffte es jetzt, mich zusammenzureißen, oder ich musste mir eine plausible Ausrede überlegen. Da ich die Angespanntheit in Neles Nähe wohl noch eine ganze Weile nicht würde unterdrücken können, fuhr ich besser mit Option Nummer zwei.

»Lag es etwa an dem Date, das du hattest? Davon wolltest du ja auch noch berichten.«

Sam nickte bestätigend. »Stimmt. War es etwa ein Reinfall?«

»Nein, das ist es nicht. Das Date war …« Ich zögerte. Mit welcher Antwort würde ich die wenigsten Nachfragen erhalten? Denn berichten wollte ich von dem Date mit Nele nun definitiv nicht mehr. Zum Glück hatte ich ihnen nicht erzählt, dass ich sie ursprünglich für heute Abend eingeladen hatte. »Es war okay.«

»Okay ist ein anderes Wort für beschissen«, meinte Sam sachlich.

»Ich bin gedanklich einfach noch bei dem letzten Gespräch mit Albert, daher die Laune. Er hatte ein paar Anmerkungen, und ich konnte noch nicht alles so umsetzen.«

»Mach dich deshalb nicht so verrückt«, meinte Yong-Jae. »Albert hätte dich niemals zum Nachfolger ernannt, wenn er nicht an dich und deine Fähigkeiten glauben würde.«

»Eben«, stimmte Sam ihm zu, während er, was auch immer im Topf war, salzte. »Oh shit«, fluchte er leise, als ihm eine viel zu große Menge aus dem Salzstreuer entwich. Kurz betrachtete er das Ganze, dann hob er die Schultern und rührte weiter um, als wäre nichts geschehen. »Er hätte auch Jake den Posten geben können. Hat er aber nicht.«

»Aber genau das macht mir ja solchen Druck.«

»Warum? Hat Jake noch mal was gesagt?«

Ich schüttelte den Kopf. Alberts Sohn hatte sich nach meiner Ernennung zum CEO keine Chance entgehen lassen, gegen mich zu schießen. Plötzlich war er hochinteressiert am Verbleib der Firma und überengagiert bei allen Meetings dabei. Dabei hatte er vorher nur das Nötigste getan und mehr als einmal durchblicken lassen, dass er mit seinem Business-Management-Studium eigentlich andere Pläne hatte und man ihm außerhalb der Buchbranche das Geld hinterherschmeißen würde. Leider hatte ihn das nie genug motiviert, sich tatsächlich woanders zu bewerben. Nicht zuletzt, weil er mit Sicherheit davon ausgegangen war, in die Fußstapfen seines Vaters zu treten. Wieso er dessen Entscheidung jetzt jedoch nicht einfach hinnahm und sich endlich etwas anderes suchte, war mir ein Rätsel. Auf jeden Fall ließ er es sich nicht nehmen, mich bei jeder sich bietenden Gelegenheit wissen zu lassen, dass eigentlich er auf meinem Platz sitzen sollte.

»Na, also. Hab doch gesagt, er spielt sich nur auf. Er ist beleidigt, dass er nicht gewählt wurde, aber ihm lag doch noch nie viel an der Agentur. Der kriegt sich schon wieder ein und kümmert sich um seinen eigenen Kram.«

»Ich hoffe.«

»So, aber jetzt erst mal: Stärkung. Damit ihr im Improvisationstheater heute Abend auch alle fit seid.« Sam stellte den Herd aus und nahm drei Teller aus dem Hängeschrank.

»Mich bewegen keine zehn Pferde dazu, da mitzumachen«, protestierte Yong-Jae. »Wenn Leo mich auswählt, bleib ich sitzen oder schubse Matthew vor.«

»Vergiss es«, murmelte ich.

»Ja, Yong-Jae, vergiss es. Dieser Trauerkloß begeistert heute niemanden mehr.«

Die beiden kabbelten sich weiter, während Sam sein – hoffentlich genießbares – Essen verteilte, und ich war dankbar für die Aufmunterungsversuche, auch wenn ich wusste, dass ihnen diese heute nicht mehr glücken würden. Dafür war ich in Gedanken noch zu sehr bei dem Moment, in dem ich Nele im Meetingraum hatte sitzen sehen. Ich brauchte einen Plan. Einen Fünf-Punkte-Plan, um Nele ignorieren und ganz normal mit ihr zusammenarbeiten zu können. Und wenn ich mit Yong-Jae und Sam nicht darüber reden konnte, so hatte ich doch immerhin eine weitere Person, die mir helfen konnte.

»Hallo!« Leo trat zu uns und umarmte erst mich, dann die anderen beiden. Er hatte ein riesiges Strahlen auf dem Gesicht, so wie ich es ewig nicht mehr bei ihm gesehen hatte. Seit er aus *The London League* raus war und neben seiner Hauptrolle in einer neuen Action-Serie sogar wieder auf der Bühne stehen konnte, wirkte er viel ausgeglichener, obwohl die doppelte Arbeitsbelastung nicht ohne sein konnte. Seine Begeisterung spiegelte sich auch in den strahlenden Gesichtern der Besuchenden wider, die gerade die Aufführung verließen und in Richtung der Garderoben wanderten.

»Wie geht's?«, fragte Leo in die Runde.

»Super, die Show war großartig, ich hab lang nicht mehr so gelacht«, sagte Sam.

»Ja, ihr wart klasse«, stimmte Yong-Jae zu. »Wir wollten gleich Pizza essen gehen, magst du mit?«

»Gern. Ich würd Ringo noch einladen, wenn es okay ist?« Er deutete nach hinten zu seinem Theaterkollegen.

»Klar«, sagte Yong-Jae, und Leo verschwand kurz, um mit Ringo zu sprechen.

»Ich weiß wirklich nicht, was schiefgelaufen ist«, sagte Sam zum bestimmt zehnten Mal an diesem Abend. »Ich hab alles genau so gemacht, wie es im Rezept stand.«

Yong-Jae klopfte ihm auf die Schulter. »Mach dir nichts draus. Jeder hat andere Stärken.«

Sam rollte mit den Augen, und ich wusste auch ohne Antwort seinerseits, dass er in spätestens einer Woche wieder in der WG-Küche stehen und einen erneuten Vergiftungsversuch wagen würde, der damit enden würde, dass wir Pizza essen gingen. Ich beobachtete Leo schweigend dabei, wie er den Besuchern einige Autogramme gab. Sobald im nächsten Jahr seine Netflix-Serie startete, würde er das Haus wohl kaum noch verlassen können, ohne riesiges Aufsehen zu erregen. Doch genau aufgrund dieses Medienrummels und des Dramas, das er dieses Jahr erst durchgemacht hatte, war er die richtige Anlaufstelle für mein Problem – zumindest hoffte ich das.

»So, los geht's!« Leo klatschte in die Hände und deutete dann auf den Mann neben ihm. »Leute, das ist Ringo. Er coacht unsere Truppe.«

»Hi«, sagte Ringo und verlor sich kurz darauf mit Yong-Jae

und Sam in einem Gespräch, da Letzterer direkt versuchte, ihn für seine Schulklassen abzuwerben. Ich war dankbar, dass die drei vertieft waren und ich mich mit Leo etwas zurückfallen lassen konnte.

»Alles okay bei dir?«, fragte Leo, kaum dass wir das Gebäude verlassen hatten und in die Londoner Nachtluft getreten waren. »Du wirkst etwas stiller als sonst. Ich hab nicht mal einen Spruch für meine Performance gedrückt bekommen.«

Ich lächelte schief. »So offensichtlich, hm? Erinnerst du dich an die Frau, die bei Kaycees Café-Einweihung da war?«

Leo schien einen Moment nachzudenken, dann jedoch nickte er. »Die Brünette? Ja, wie hieß sie noch mal?«

»Nele.«

»Ah, genau. Warum, was ist mit ihr?«

»Wir haben uns wiedergesehen und hatten ein Date.«

»Oh«, machte Leo mit süffisantem Ton und wackelte mit den Augenbrauen.

»Und haben uns geküsst.«

»Ooooh.«

»Und heute habe ich festgestellt, dass sie unsere neue Volontärin ist.«

»Oh.« Dieses Oh klang genauso, wie ich mich fühlte. »Hast du Angst, dass sie was sagt?«

»Was? Nein, gar nicht. Ich ...«

»Oh!«

»Für einen Schauspieler kennst du erstaunlich wenig Worte«, sagte ich, und Leo schubste mich, sodass ich beinahe gegen einen vorbeieilenden Mann stolperte.

»Schön, dass deine Laune noch für Beleidigungen reicht. Warte, heißt das, du magst sie?«

»Ja.«

»Das ist scheiße.«

»Ja.«

Die anderen drei vor uns kamen an der Ampel zum Stehen, und ich verlangsamte meine Schritte, was mir einen irritierten Blick von Leo einbrachte.

»Wissen Sam und Yong-Jae es etwa nicht?«

»Yong-Jae ist ihr Kollege, ich möchte es Nele nicht noch schwerer machen.«

»Verständlich. Und was willst du tun?«

»Sie vergessen. Und das möglichst schnell. Ich weiß nur nicht, wie.«

»Ablenkung. Stürz dich in die Arbeit, lenk dich in deiner Freizeit ab. Date.«

»Wenn ich mich in die Arbeit stürze, hab ich keine Zeit für sinnloses Dating.«

»Doch, das ist die Ablenkung in der Freizeit, außerdem ist es nicht sinnlos, es dient ja einem Zweck.«

»Ich weiß nicht, das ist nicht mein Stil.«

»Dann mach was mit den anderen beiden – oder mit mir. Ich wollte Kaycee am Wochenende im Café helfen, sie will ein bisschen was ändern, einen zusätzlichen Backofen und all so was. Also falls du Langeweile hast …«

»Gern«, sagte ich sofort. Denn vermutlich war Ablenkung wirklich das Einzige, was mir gerade helfen würde, auf andere Gedanken zu kommen. »Dann geht es vielleicht auch wieder. Wie lang kann so was schon dauern? Ich kenn sie ja kaum.«

Leo nickte zwar, in seinem Blick lag jedoch die gleiche Skepsis, die ich tief in meinem Inneren auch fühlte. Ich mochte Nele kaum kennen, doch wenn ich aufrichtig zu mir selbst war, dann hatte sie dennoch einen bleibenderen Eindruck hinterlassen als alle vor ihr.

7. KAPITEL
Nele

»Oh Mann, Nele. Don't fuck the company. Das ist ein ungeschriebenes Gesetz.«

»Ist ja nicht so, als hätte ich es mir ausgesucht.«

»Das meinte ich damit auch nicht, aber jetzt weißt du es. Also vergiss den Typen schnell.«

»Ja, ich werd es versuchen …«, sagte ich wenig hoffnungsvoll. Wie lange ich mich auf diesen Tag gefreut hatte und wie anstrengend er am Ende gewesen war. Kaum, dass ich Heather & Clark verlassen hatte, hatte ich meine große Schwester Undine angerufen. Ich hatte die Zeitverschiebung gar nicht bedacht, aber sie zum Glück zwischen zwei Unterrichtsstunden erwischt. Sie studierte Tanz an der New York Music & Stage Academy und hatte ein straffes Programm.

»Kopf hoch. Du bist in London! Überleg mal, wie lange du genau da sein wolltest. Du hattest heute deinen ersten Arbeitstag, darfst direkt richtig loslegen, deine Vorgesetzte ist nett, und ihr habt eine Siebträgerkaffeemaschine! Erinnerst du dich an die schrecklichen Plastikkapseln in deiner Redaktion früher?«

Ich lachte leise, als ich an meinen Nebenjob bei unserer Lokalzeitung dachte. Sie hatte recht, ich hatte den Absprung wirklich geschafft. »Gott, bin ich froh, die los zu sein.«

»Na, also. Das ist meine Schwester. Überleg mal, wie stolz Vergangenheits-Nele gerade auf dich wäre.«

»Vergangenheits-Nele würde mir eine scheuern, weil ich mir diesen Tag von einem Typen ruinieren lasse.«

»Exakt.«

Ich seufzte und bog in Richtung Themse ab. Der Wind trug den Geruch des Wassers herüber, was mich leider an den Ausflug zu dem Bücherboot mit Matt erinnerte. Wieso nur hatten wir diese Tour zusammen gemacht? Nun würden alle möglichen Orte das Echo seines Namens tragen.

»Lern Leute kennen, mach was mit Kolleginnen, such dir Hobbys – die gesamte Stadt steht dir offen. Mit deiner Mitbewohnerin kannst du doch auch was unternehmen.«

»Soll ich mir die Tarotkarten legen lassen?«

»Jetzt sei nicht so! Gerade du müsstest doch Verständnis für seltsame Interessen haben.«

»Lesen ist nicht seltsam.«

»Nö, aber hat die anderen damals trotzdem nicht abgehalten, sich darüber lustig zu machen, oder?«

Ich seufzte erneut.

»Also.«

»Du hast ja recht. Zumal sie mit ihren letzten Horoskopen auch noch richtiglag. Vielleicht ist da doch was dran.«

»Freut mich zwar, dass du toleranter sein willst, aber ich meinte damit nicht, dass du dir die neue *Astro Heute* kaufen sollst, oder wie diese ganzen Zeitschriften auch heißen.«

»Danke«, sagte ich lachend. »Mir geht's schon besser.«

»Sehr schön. Meld dich, wenn was ist. Ich muss jetzt leider wieder los.«

»Kein Thema, ich bin eh in ein paar Minuten an der Bushaltestelle. Ich hab dich lieb.«

»Ich dich auch. Du schaffst das schon! Kein Typ ist deine Karriere wert.«

Einen Augenblick später hatte Undine aufgelegt, und ich

ließ das Handy sinken. Ich hatte nicht gelogen, es ging mir besser. Dennoch blieb die Wehmut da, und es würde wohl auch noch einige Tage brauchen, bis sie verging. Ich lehnte mich an die graue Mauer, die mich von der Themse trennte, und betrachtete den Flusslauf. Undine hatte recht: Ich war in London, ich hatte die einmalige Chance, hier völlig neue Erfahrungen zu sammeln und über mich selbst hinauszuwachsen. Es gab eine Vielzahl an Dingen, die ich ausprobieren konnte. Ich brauchte Matthew nicht. Ich brauchte nur mich. Mich und diese Stadt der unbegrenzten Möglichkeiten.

Ein Lächeln legte sich auf mein Gesicht, das ich vor wenigen Stunden noch nicht für möglich gehalten hatte, und ich setzte mich wieder in Bewegung. Ich kam exakt drei Schritte weit, als mein Blick etwas streifte und mich innehalten ließ. Fast hätte ich es übersehen, lief jedoch noch so nah an der Mauer, dass ich aus dem Augenwinkel die weißen Linien erkennen konnte, die mir beinahe vertraut vorkamen. Ich stützte mich mit den Fingern ab und beugte mich über die brusthohe Steinmauer, um den rechten Brückenpfeiler besser sehen zu können. Es war definitiv derselbe Stil wie der des Linearts, das ich am Freitag erst entdeckt hatte.

Ich verdrängte den Gedanken an Matthew, der sich jetzt doch wieder einschlich, und betrachtete das Graffiti.

Es zeigte eine Person mit einer Art Krankenpflegerhaube, wenn ich das Kreuz richtig deutete. Sie hielt ein Stethoskop in der einen Hand, die andere streckte sie von sich in Richtung Wasser. Im Gegensatz zum letzten Lineart war dieses nicht ausschließlich in Weiß gehalten. Das Kreuz der Haube sowie das Stethoskop waren mit roter Farbe ausgefüllt.

Der Rest des Graffitis lag außerhalb meines Sichtfelds, da ich mit meinen 1,62 Meter zu klein war, um mich weiter über die Mauer zu lehnen, und nicht riskieren wollte, ins Wasser zu fallen. Das hätte gerade noch gefehlt. Ich holte mein Handy hervor, fotografierte das Gemälde und betrachtete es dann mit etwas mehr Sicherheitsabstand zum Wasser. Mit zusammengekniffenen Augen zoomte ich näher an das Bild heran. Die Beine der Person waren nach oben gestreckt, so als würde sie von dem Brückenpfeiler, auf den sie gezeichnet war, ins Nass fallen. Eine Kritik am Gesundheitssystem Großbritanniens? Viel wusste ich nicht darüber, da ich während meiner Zeit als Volontärin zum Glück weiterhin in Deutschland versichert sein konnte, aber möglich war es. Zumal das letzte Graffiti ebenfalls sozialkritisch gewesen war. Ob es noch weitere davon gab? Und waren sie nur in Vauxhall oder in ganz London zu finden? Wie war die Person überhaupt dorthin gekommen? Ich blickte wieder zum Fluss. So, wie das Bild platziert war, hatte sie im Wasser stehen müssen. Sicher auch im Sommer kein Vergnügen, doch bei den winterlichen Temperaturen legte sich bei der bloßen Vorstellung eine Gänsehaut über meine Arme. Ich betrachtete das Bild ein letztes Mal, dann machte ich mich auf den Weg zum Bus, dankbar für die kleine Auszeit, die mir dieses Stückchen Kunst geschenkt hatte.

»Huch, du bist ja früh zurück. Hast du was vergessen?« Lorie streckte den Kopf aus ihrem Zimmer, als ich die Wohnungstür gerade hinter mir verriegelt hatte.
»Nein, Planänderung«, erwiderte ich.
»Hatte dieser Matt doch keine Zeit?«
»Dieser Matt ist mein Chef.«
Lorie legte die Stirn in Falten. »Was?«
»Jap.«
Langsam schob sie sich in den Flur. »Warte, der Typ, mit dem du dein Date … Das schreit nach Tee. Ich mach uns welchen. Du setzt dich und erzählst.«

Dankbar lächelte ich ihr zu und entledigte mich meiner Jacke und der Schuhe. Wenige Minuten später saßen wir bei Schwarztee in der Küche, und ich gab Lorie ein Update des heutigen Tages, bei dem ihre Augen immer größer wurden.

»Oh Mann.« Ihr Blick huschte zu meinem. »Das ist jetzt vermutlich richtig unpassend, aber dann hatte dein Horoskop ja doch recht.«

Mit einem Stöhnen sank ich etwas tiefer in den Stuhl hinein. »Das meinte ich zu meiner Schwester eben auch schon.«

»Ich weiß, du glaubst nicht an den ganzen Kram, aber falls du Hilfe brauchst ...«

Abwartend, wenn auch skeptisch, sah ich sie an.

»Ich hab Steine, die dich quasi von innen heraus reinigen. Auch deine negativen Gedanken, alles.«

»Ich weiß, du meinst das lieb, aber das ist echt nicht meins«, sagte ich mit einem gequälten Lächeln.

»Okay, was hilft dir dann?«

Ich zog die Schultern bis zu den Ohren und ließ sie dann wieder sinken. »Wenn ich das nur wüsste. Ablenkung, irgendwas, in das ich mich stürzen und die Welt vergessen kann.«

»Du könntest etwas Neues lernen. Irgendeine Sportart oder so, die du sonst nicht machen würdest. Oh, ich bin die Tage an einem Windsurfing-Club vorbeigekommen!«

»Ich hab meinen ersten Lohn noch nicht mal erhalten, ich glaube, exotische Hobbys sind erst mal raus. Mein Budget liegt eher bei Stricken.«

»Was super meditativ sein soll.«

»Ich werd schon was finden.«

»Pass auf jeden Fall auf, dass du es nicht nur verdrängst. Gefühle wollen verarbeitet werden. Und wenn du jemanden zum Reden brauchst ...« Lorie ließ den Satz unvollendet zwischen uns schweben.

»Danke«, sagte ich mit einem Lächeln. So unterschiedlich Lorie und ich auch waren, so dankbar war ich gerade, nicht allein in einer Wohnung in dieser riesigen, fremden Stadt zu sitzen.

Eine Stunde später legte ich mein Buch auf die Decke und starrte an die von Lichterketten beleuchtete Wand. Ausnahmsweise fesselten selbst die Seiten meines Buchs mich nicht genug, um meinen Kopf zum Schweigen zu bringen. Eben in der Küche hatte ich das Geschehene beinahe verdrängen können. Jetzt jedoch, da Lorie sich schlafen gelegt hatte und selbst der Straßenlärm von draußen so gut wie versiegt war, hatten meine Gedanken und Zweifel Platz, sich in meinem Kopf auszubreiten. Ich nahm mein Journal vom Nachttisch und blätterte zu der ersten freien Seite. Auch dieses Buch erinnerte mich an Matt, an den Moment, in dem wir es gekauft hatten, in dem ich ihm vom Journal erzählen konnte, ohne verurteilt oder belächelt zu werden. Ich nahm meinen Fineliner und öffnete wütend die Kappe. Meine Güte, wie schnell konnte ein Mensch Raum im Leben eines anderen einnehmen?

Mit verkrampften Fingern hielt ich die Spitze des Stifts über das weiße Papier und zwang meine Augen, den Blick auf ebendiese Seite zu richten. Nicht die links daneben, auf der ich das Boot gezeichnet und über den Tag mit Matt geschrieben hatte. Normalerweise hatte das Schreiben eine beinahe therapeutische Wirkung auf mich. Meine Gedanken in Worte fassen zu können und sie dem Papier anzuvertrauen, das mich nicht verurteilen konnte, half mir, Dinge zu verarbeiten. Auch wenn ich es nur noch berichtartig tat. Früher hatte ich mich an Gedichten versucht, an kurzen lyrischen Zusammenfassungen meiner Gedanken. Das Schreiben hatte mir so viel Selbstbewusstsein gegeben, dass ich mich irgendwann sogar getraut hatte, an einem Poetry Slam teilzunehmen. Ich hätte warten sollen – auf das Studium, auf Köln, wo mich mit Sicherheit niemand ausgelacht hätte. Doch ich war ungeduldig gewesen, dabei war es genauso, wie meine Schwester am Telefon gesagt hatte: Die anderen in meiner Klasse hielten mich aufgrund meiner Bücher ohnehin schon für einen Streber, für merkwürdig. Ich hatte mit dem Auftritt Benzin ins Feuer gegossen und ein Inferno ausgelöst, in dem ich die restliche Schulzeit hatte verbringen dürfen. Das Ganze war Jahre her, und doch traute ich mich nicht mehr, zu schreiben. Nicht mehr so zu schreiben zumindest. Doch die Tagebucheinträge und Gedanken, mit denen ich mein Journal füllte, die hatten sie mir nicht nehmen können.

Ich knabberte am Verschluss meines Stifts, das Blatt vor mir nach wie vor weiß. Normalerweise entspannte ich mich, sobald ich zum Fineliner griff. Jetzt jedoch waren meine Gedanken zu voll und ich zu leer. Ich lag ein, zwei Minuten unbeweglich auf dem Bett, dann warf ich den Stift zur Seite, holte mein Handy hervor und rollte mich wieder auf den Rücken. Wahllos klickte ich auf einigen Apps herum und landete schließlich bei meinen Fotos. Ich scrollte durch die Bilder, die ich in den vergangenen Tagen aufgenommen hatte: der Buckingham Palace, Covent Garden, die Aussicht aus dem Bus, der durch die Regent Street fuhr. Mein Finger wurde schneller, als ich über die Fotos scrollte, die ich während des Dates mit Matthew aufgenommen hatte. Dann hielt ich inne. Da war das Foto des Graffitis, das ich heute Nachmittag geschossen hatte. Gedankenverloren betrachtete ich das Bild, so lange, bis meine Augen den Fokus verloren – und ich es plötzlich erkannte. Ich setzte mich aufrecht hin und zoomte hinein.

Ich hatte gar nicht das gesamte Kunstwerk gesehen, es ging noch weiter. Das Wasser spiegelte das Bild auf dem Pfeiler, sodass es mit der Reflexion ein Ganzes ergab. Die Person mit dem typischen Outfit des Pflegepersonals streckte die Hand nicht nach dem Wasser aus, sondern nach der Person, die sich in leichten Wellenbewegungen auf der Wasseroberfläche spiegelte. Sie sah verzerrt aus, doch das war nicht alles. Das rote Kreuz wirkte durch die Bewegung nicht wie ein Kreuz, vielmehr wie eine blutende Schusswunde, das rote Stethoskop, das bei der oberen Person gen Wasser baumelte, wirkte ebenfalls schaurig. Wie ein Faden, der die blutende Person an die rettende Hilfe band. Die Beine, die oben so wirkten, als wären sie im freien Fall, sahen unten so aus, als spränge der Verletzte mit letzter Kraft in die Arme der pflegenden Person. Ein Schauer fuhr über meinen Rücken, und plötzlich waren da Worte in mir. Sie füllten die Stille, verdrängten die Zweifel, die dort seit Jahren lebten. Bevor sie mir entgleiten konnten, griff ich nach meinem Stift und begann zu schreiben.

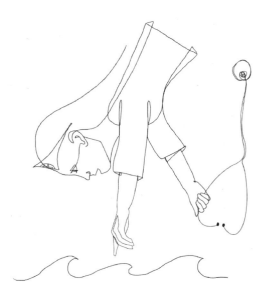

*Meine Hand ist ein Druckverband
für das Leid in der Welt.
Ich reiche und reiche,
und sie nehmen und nehmen.
Doch die Welt ist zu groß, und ich
bin noch kleiner, als ich mich fühle.*

*Helden sind Menschen in Capes,
und ich fliege nicht, ich falle.
Das eigene Versagen stets im Blick.
Nass und rot wie eine offene Wunde.
Ich schau ihm täglich ins Gesicht,
und ich drücke fester zu, doch*

*meine Hand ist ein Druckverband
für das Leid in der Welt.
Sie heilt nicht den Schmerz,
sie lindert nur Symptome.*

8. KAPITEL

Nele

Als ich einen Schluck des mittlerweile kalten Kaffees nahm, zog sich alles in mir zusammen. Mein Blick wanderte zur Uhr. Es war schon elf. Ich hatte die Zeit vollkommen vergessen, so vertieft war ich in die Arbeit gewesen. Undine und Lorie hatten recht gehabt: Es tat gut, sich mit anderen Dingen abzulenken. Gerade war ich mit der Recherche nach neuen Talenten beschäftigt. Zwar erreichten Cassedy täglich etliche Manuskripte und Exposés, doch gerade suchte sie, wie sie betont hatte, nach dem »gewissen Etwas«. Heather & Clark waren mit den Kunstschaffenden, die sie vertraten, schon immer Vorreiter gewesen, und genau das wollten sie bleiben, weshalb ich gerade alle möglichen Foren und Instagram-Accounts durchforstete, um neue Talente zu finden. Was sich als gar nicht so einfach herausstellte, denn während ich in der Fiction wohl einfach auf Wattpad gestöbert hätte, war es im Non-Fiction-Bereich deutlich schwieriger.

»Hey, na, wie kommst du voran?« Cassedy hielt, eine dampfende Tasse Kaffee in der Hand, an meinem Schreibtisch inne.

»Schleppend, wenn ich ehrlich bin. Illustratoren und Illustratorinnen finde ich etliche, aber fernab davon wird es schwierig.«

»Ja«, sagte Cassedy mit einem Seufzen. »Ansonsten müssen wir noch einmal mit Matthew reden, was genau er sich wünscht. Er will den Bereich ausbauen, und so toll es ist, da freie Hand zu haben – so schwierig ist es auch.«

»Nein, nein, ich schaff das schon«, sagte ich schnell. Denn ein Meeting mit Matthew war das Letzte, was ich gerade gebrauchen konnte.

»Na gut. Ich hab sonst noch einige Einsendungen in deinem Ordner abgelegt. Alles, was wir besprochen haben, also was die Richtlinien bei der Sichtung von Exposés angeht, habe ich noch einmal zusammengefasst per Mail geschickt. Wirf in Ruhe einen Blick darauf, dann können wir uns morgen zusammensetzen und besprechen, warum du Manuskripte aussortiert hast oder eben nicht.«

»Total gern«, erwiderte ich.

»Sehr gut. Weißt du schon, ob du in der Mittagspause hier oder auswärts essen wirst? Victoria und ich wollten uns ein neues Lokal um die Ecke anschauen, du kannst gern mit. Sie haben überwiegend italienisches Essen.«

»Das klingt toll!«

»Cool, dann sammeln wir dich ein. Und mach dir keinen Kopf, wenn manche Aufgaben etwas länger dauern, ja? Heute ist dein zweiter Tag.«

Ich nickte Cassedy dankbar zu, allerdings kam mir die Schwierigkeit der Aufgabe gelegen. Denn so war ich immerhin in etwas anderes vertieft als die Erinnerungen an Matthews Geruch, seine blöden Berührungen und die viel zu melodische Stimme, die regelmäßig aus seinem offenstehenden Büro zu mir drang.

Ich beschloss dennoch, es für den Moment gut sein zu lassen und mich notfalls heute Abend noch einmal in Ruhe auf die Suche zu machen. Ich öffnete den Ordner mit den eingereichten Manuskripten und Exposés und merkte, wie sich trotz allem ein leichtes Lächeln auf mein Gesicht legte. Das hier war es, was ich liebte, das hatte ich bereits bei meinen Verlagspraktika: die Arbeit an Texten, das Fördern von Künstlern und Künstlerinnen, das Kennenlernen der Verfassenden. Geschichten hatten mich schon immer begeistert. Mir selbst welche auszudenken, Worte aneinanderzureihen und zu testen, welche Bilder sie im Kopf erzeugten, begeisterte mich mehr als alles andere. So viel, wie ich selbst im Kindesalter gelesen hatte, war es wohl kein Wunder, dass ich irgendwann selbst zum Stift greifen musste. Doch während meine erste Leidenschaft, das Schreiben, ein bloßes Hobby war – noch dazu eines, das bis London in der Vergangenheit gelegen hatte –, war das hier real. Mich mit Texten von Autoren und Autorinnen auseinanderzusetzen und damit mein Geld zu verdienen – das war ein Traum.

Die ersten beiden Dateien konnte ich direkt aussortieren, da sie Genres angehörten, die Heather & Clark nicht vertrat. Die nächste leitete ich Yong-Jae weiter, da es sich dabei um einen Thriller handelte und die Autorin offensichtlich nicht Cassedys betreute Genres recherchiert hatte. Bei der vierten Datei jedoch hatte ich Glück. Sie beinhaltete einen teils lustigen, teils schockierenden Erfahrungsbericht einer Rettungssanitäterin. Ein Thema, mit dem ich bislang keinerlei Berührungspunkte hatte, jedoch las sich bereits das Exposé so spannend, dass ich die dazugehörige Leseprobe einen Moment später ebenfalls geöffnet hatte. Ihre Berichte erinnerten mich an das Graffiti, das ich gestern fotografiert hatte. Wenn die Ereignisse, die die Autorin hier schilderte, der Wahrheit entsprachen, dann war das Lineart wohl ganz eindeutig als Kritik zu verstehen.

»Bist du bereit?« Ich zuckte so sehr zusammen, dass mein Knie an die Tischplatte stieß und den teuren Monitor zum Wackeln brachte.

»Oh Gott, entschuldige bitte.« Cassedy lachte leise, als ich zu ihr und Victoria aufblickte. »Da hat dich aber etwas richtig mitgerissen, was?«

»Ja. Wenn ich ganz ehrlich bin, hätte ich das nicht gedacht.« Victoria lachte. »Geht mir auch immer so. Ich hab nie Sachbücher und Non-Fiction gelesen, aber Cassedy hat mich eines Besseren belehrt.«

»Und ich hab mich mal an einen Liebesroman gewagt«, gab Cassedy schulterzuckend zurück.

»Schätze, letzten Endes sind es Geschichten, die uns begeistern, vielleicht ist es da gar nicht so wichtig, ob fiktiv oder nicht«, sagte ich, während ich aufstand und meine Tasche vom Boden aufnahm.

»Und genau deshalb haben wir dich eingestellt«, meinte Cassedy und lächelte mir zu.

Ich erwiderte das Lächeln und spürte, wie ein kleines bisschen der Schwere, die auf meiner Brust lag, verschwand.

Der Duft von frisch Gebackenem drang mir in die Nase und sorgte dafür, dass mein Magen ein Grummeln von sich gab, obwohl das Mittagessen mit Cassedy und Victoria noch nicht allzu lang her war. Das Better Days war, wie immer, wenn mich mein Weg in den letzten Tagen daran vorbeigeführt hatte, gut besucht. Leise Musik drang aus den Boxen, auf den Kissen der breiten Fensterbank saß eine Frau in meinem Alter und las, weiter hinten hatte eine Familie an einem der Tische Platz genommen.

»Hi! Lang nicht mehr gesehen! Hast du dich mittlerweile ein bisschen eingelebt?« Kaycee, die Besitzerin des kleinen Cafés, kam aus der offenen Küche zur Theke und rieb sich die Hände an einem Tuch trocken. Ihre pinken Haare steckten in einem hohen Zopf.

»Hey!« Ich trat näher zur Theke, wodurch ich einen Blick

auf die große Auswahl an Kuchen, Törtchen und Keksen bekam. »Ja, ein bisschen. Ich brauche immerhin kein Google Maps mehr, um die Bushaltestelle zu finden.«

»Glückwunsch, ich hab mich die Tage nach dem Einkaufen noch verlaufen, also kannst du dir da echt was drauf einbilden. Was darf ich dir denn bringen?«

Ich ließ meinen Blick über die Unmengen an Süßwaren wandern. »Keine Ahnung, wie soll man sich da entscheiden? Machst du das alles selbst?«

»Ja! Und wenn du dich gar nicht entscheiden kannst: Möchtest du Versuchskaninchen spielen? Ich hab grad was Neues fertig gebacken und bin mir noch unsicher, ob es gut ankommt. Geht auch aufs Haus!«

»Ähm, gern«, sagte ich überrumpelt.

»Cool! Ist mit Lebkuchen und verschiedenen Beeren. Sie hängen ja gerade die ganze Weihnachtsdeko in der Stadt auf, also wird es Zeit für weihnachtliche Kuchen. Dabei bin ich noch gar nicht in Feiertagsstimmung.«

»Ich auch nicht, aber vielleicht ja nach dem Kuchen.«

»Bestimmt«, meinte Kaycee lachend. »Möchtest du einen Kaffee dazu?«

»Ich glaube, ich nehm irgendeinen Kräutertee. Ich hatte schon viel zu viel Koffein.«

»Alles klar, bring ich dir sofort. Total schön übrigens, dass du noch mal gekommen bist.«

»Klar, wie könnte ich nicht? Es liegt quasi auf dem Heimweg. Außerdem hast du hier sogar einen öffentlichen Bücherschrank.«

»Ja, bedien dich gern, falls du noch Lesestoff brauchst.«

»Ich schau mal rein, aber ich bin eigentlich versorgt. Ich mache ein Volo in einer Literaturagentur und hab noch etliche Bücher zu lesen.«

»Oh, bist du auch ein Bücherwurm? Matt, der Typ, neben dem du bei der Eröffnung kurz gesessen hast, auch. Von ihm hab ich sogar den Schrank. Wenn du hier noch Anschluss suchst, kann ich euch gern noch mal vorstellen.«

»Nicht nötig«, sagte ich eine Spur zu schnell und mit einem Lächeln, das mit Sicherheit so peinlich berührt aussah, wie ich mich fühlte. »Ich hab eine total liebe Mitbewohnerin, tolle Kolleginnen – und ich wollte mir eh noch ein paar Hobbys suchen. Außerdem seid ihr Briten alle so offen, das mit dem Anschluss ist echt kein Problem.«

»Oh, okay«, sagte Kaycee. Sollte sie meine Reaktion seltsam finden, so ließ sie es sich immerhin nicht anmerken. »Na, dann lasse ich dich mal probieren. Aber wehe, du verschwindest, ohne mir ausführlich Bericht zu erstatten.«

»Keine Sorge«, erwiderte ich lachend und nahm an einem Tisch in Fensternähe Platz. Kurz darauf war ich mit Tee und Kuchen versorgt und holte, als Kaycee zurück in Richtung Küche marschierte, mein Journal aus der Tasche. Wie konnte es sein, dass Matthew mich so verfolgte? Ich sah mich in dem Raum um, als ob die bloße Erwähnung seines Namens genügt hätte, ihn hier auftauchen zu lassen. Ob er oft zu Besuch war? Immerhin schien er Kaycee besser zu kennen. Vielleicht sollte ich mir in Zukunft lieber ein anderes Café suchen, anstatt Gefahr zu laufen, ihn hier anzutreffen.

Ich drehte den Stift in meinen Fingern und sah versonnen auf das weiße Blatt Papier. Wie ich mich beim Kauf des Buches darauf gefreut hatte, es mit Leben zu füllen – mit Leben und vor allem mit Erlebnissen aus London. Und nun waren alle von diesem blöden Liebeskummer überschattet, der den Namen gar nicht verdient hatte, immerhin hatten wir nur ein Date gehabt. Ein einziges verdammtes Date.

Ich scannte die Worte, die ich gestern beim Betrachten des

Fotos geschrieben hatte. Sie waren düster. Nicht schlecht, aber so viel dunkler als alles, was ich zuvor geschrieben hatte. Dabei war ich in London, lebte meinen Traum. Ich wollte diese Seiten mit schönen Erinnerungen füllen, mit etwas, das ich mir noch in Jahren mit einem Lächeln anschauen konnte. Genervt nahm ich mein Smartphone zur Hand und scrollte durch Instagram, halb auf der Suche nach Inspiration, halb um nicht schon wieder in eine negative Gedankenspirale zu geraten. Ich folgte überwiegend Bücher- und Fan-Accounts sowie neuerdings einigen Influencerinnen aus London, um Geheimtipps abzugreifen. Ich scrollte über Rezensionen und Londons schönste Cafés hinweg, dann hielt mein Finger plötzlich wie von selbst in der Bewegung inne.

»Das darf nicht wahr sein«, murmelte ich vor mich hin. Denn mein Daumen schwebte über Matthews Gesicht. Es handelte sich um einen Post der Agentur, in dem Matthew irgendein Buch in die Kamera hielt, das gerade Release feierte. Musste er mir hier allen Ernstes auch noch begegnen? Leider scrollte ich nicht weiter, sondern klickte stattdessen auf das verlinkte Profil. Matthews Profil. Mit prüfendem Blick zu Kaycee, die jedoch weiter in der Küche hantierte, öffnete ich sein letztes Foto. Es zeigte ihn, Yong-Jae und einen weiteren Kerl – womöglich Sam, sein zweiter Mitbewohner – in Sitzen, die wie die eines Theaters oder Musicals aussahen. Ein Blick nach unten offenbarte, dass das Foto gestern erst hochgeladen worden war. Dann handelte es sich wohl tatsächlich um Sam und bei dem Foto um mein verpasstes Date. Denn eigentlich hatte ich ebenfalls dabei sein sollen.

Das eigene Versagen stets im Blick.

Wer hätte gedacht, dass diese Zeile sich als so zutreffend herausstellen würde? Er war einfach überall. Überall, verdammt.

Mit einer irrationalen Wut im Bauch loggte ich mich aus dem Account aus. Die nächsten paar Klicks geschahen wie auf Autopilot. Ohne groß darüber nachzudenken, hatte ich ein neues Konto erstellt. Ein paar Minuten später hatte ich das Foto der Zeichnung sowie den Text, den ich gestern Abend dazu geschrieben hatte, online gestellt. Unbearbeitet. Roh wie die Gefühle in meiner Brust. Nach kurzem Zögern folgten das Bild des ersten Graffitis, das ich entdeckt hatte, kurz bevor ich über Matthew gestolpert war. Auch hier fügte ich meinen Text als Bildunterschrift hinzu, den ich am Abend darauf verfasst hatte. Und obwohl ich meine Texte bis auf das eine Mal nie geteilt hatte, sie selbst Undine nur in Ausnahmefällen gezeigt hatte, hatte ich dieses Mal keine Angst. Vielleicht war es die Anonymität des neuen Accounts, vielleicht lag es daran, dass meine Worte eine bloße Ergänzung zu dem Lineart waren, das ich fotografiert hatte. Womöglich war es aber auch die Gewissheit, dass ich etwas gegen die ständigen Gedanken an Matthew unternehmen musste und das ein erster Schritt war: ein neuer Account, das Fokussieren auf neue Hobbys.

9. KAPITEL
Matthew

Jakes arrogantes Lächeln schaffte es wie immer, mich auf die Palme zu bringen. Seit Wochen zwang ich mich, Verständnis zu zeigen, doch heute strapazierte dieser Mann meinen letzten Geduldsfaden.

»Ich halte das für keine gute Idee«, sagte er, obwohl Pauline nicht ihm das Projekt gepitcht hatte, sondern mir.

Unsicher rückte sie ihre Brille zurecht und blickte von mir zu Jake. Jake, dessen Meinung nicht ausschlaggebend war. Schon gar nicht, weil Pauline seit zwölf Jahren hier arbeitete und wesentlich mehr Expertise vorzuweisen hatte als Jake. Ich hatte zuvor ein Meeting mit ihm gehabt, und als Pauline das Büro betreten hatte, war er spontan zum Brainstormen geblieben – wie er es genannt hatte. Zwar war es unser Firmenethos, dass sich alle jederzeit einbringen konnten, doch jahrelang war er glücklich gewesen, am Ende eines Monats seine Gehaltsabrechnung zu sehen, und hatte nicht mehr als das Nötigste geleistet. Seit sein Vater im Ruhestand war, verpasste er keine Gelegenheit, bei einem der Meetings meine Autorität zu untergraben. Wären es Yong-Jae, Victoria oder einer der anderen, hätte ich vermutlich kein so großes Problem damit gehabt, doch bei Jake reagierte ich empfindlicher.

»Ich glaube einfach nicht, dass es zielführend ist, so ein Nischenthema auszubauen.«

»Okay …« Pauline war die Unsicherheit anzuhören. »Aber eines unserer Ziele für dieses Jahr ist es ja gerade, mehr Own-Voice-Autoren und -Autorinnen unter Vertrag zu nehmen. Das führt zwangsläufig dazu, dass einige der vertretenen Themen nischiger werden, egal ob es jetzt um queere Themen geht oder wie in dem Fall um Fantasy in einem Land wie Ruanda.«

»Exakt«, stimmte ich Pauline zu, bevor Jake erneutes Gegenfeuer liefern konnte. »Ich schau mir Exposé und Leseprobe übers Wochenende an und schicke dir nachher eine Einladung für Montag, dann können wir ihm schnell Rückmeldung geben.«

»Danke«, meinte Pauline mit sichtlich erleichtertem Lächeln.

»Wirtschaftlich gedacht ist das aber nicht.« Jake verschränkte die Arme vor der Brust und lehnte sich in seinem Sessel zurück.

Einundzwanzig, zweiundzwanzig, dreiundzwanzig …

»Das nennt sich gesundes Wachstum«, sagte ich, und trotz des gedanklichen Zählens klang meine Stimme so angespannt, wie ich innerlich war. »Übrigens keine Methode, die wir erst seit gestern fahren, sondern eine, an die sich das Unternehmen seit der Gründung hält.«

Jake erwiderte zwar nichts, sein grimmiger Gesichtsausdruck war allerdings Antwort genug. Traute er sich jetzt nicht, weiter gegen mich anzusprechen, weil ich erwähnt hatte, dass es eben nicht mein spontaner Einfall war, sondern eine gute Überlegung seiner Eltern?

Aber wieso war ich eigentlich überrascht? Das war, was Jake tat. Er kam zu Treffen und war kategorisch anderer Meinung als ich. Fertig. Gegenvorschläge? Fehlanzeige. Seitdem feststand, dass ich Heather & Clark übernehmen würde, schien seine Freizeitgestaltung nur noch darin zu bestehen, mir möglichst viele Steine in den Weg zu legen.

»Hast du noch etwas beizutragen?«, fragte ich, und Jake schüttelte mit zusammengepressten Lippen den Kopf.

»Gut, dann danke euch beiden«, sagte ich, wobei mein Blick lediglich auf Pauline ruhte.

»Danke für deine Zeit«, erwiderte Pauline, während Jake kommentarlos aus meinem Büro marschierte. Pauline und ich blickten ihm nach. Kurz öffnete sie den Mund, als wollte sie etwas sagen, schloss ihn dann jedoch wieder.

»Komm, spuck's schon aus.«

»Ich kann nur vermuten, was zwischen euch beiden los ist«, begann sie zögerlich. »Und es geht mich ja auch nichts an.«

»Aber?«

Pauline biss sich auf die Lippe und umklammerte die Unterlagen in ihren Armen fester. »Nichts aber…«

Ich kannte sie mittlerweile lange genug, um zu wissen, dass sie ein sehr harmoniebedürftiger Mensch war. Doch in erster Linie war sie intelligent und grandios in dem, was sie tat. Als ich ihren Blick mit erhobenen Augenbrauen und einem leichten Lächeln erwiderte, seufzte sie schließlich.

»Matthew, du bist der Boss. Das mag für Jake hart zu schlucken sein, aber er muss lernen, damit klarzukommen.«

Ich nickte, da es den Anschein hatte, dass sie noch nicht fertig war.

»Du bist fähig. Ich weiß das, alle anderen hier wissen das. Wichtig ist, dass du dir dessen bewusst bist. Albert hätte dich nicht zum Nachfolger ernannt, wenn dem nicht so wäre.«

Ich nickte. »Ich weiß.«

Sie warf mir einen Blick zu und lächelte leicht, als zweifelte sie meine Worte an. Dabei wusste ich, dass ich gute Arbeit leistete. Es war nur nicht so einfach, wie es von außen wirkte.

Denn Albert war mehr als bloß ein Mentor für mich. Mir war klar, dass ich an ihn nicht als Familie denken durfte, doch er kam einer Bezugsperson in meinem Leben am nächsten. Ich wollte seinen Sohn nicht verärgern, wollte die größere Person sein, Albert beweisen, dass er sich in mir nicht getäuscht hatte und ich ein würdiger Nachfolger war. Ein klein wenig war immer die Angst in mir, dass Jake Albert mit seinen Provokationen genau das Gegenteil beweisen wollte, dass er alles daransetzte, mir den Platz streitig zu machen, und irgendwann bei seinem Vater auf fruchtbaren Boden traf. Denn leider hatte dieser mir mehr als einmal klar gemacht, dass Jake – im Gegensatz zu mir – sein Fleisch und Blut war.

Ich schluckte die Erinnerungen an früher hinunter, die sich schon wieder an die Oberfläche kämpfen wollten. Ich war erwachsen, hatte meine Ziele erreicht. Ich hatte keinen Grund, der Vergangenheit nachzutrauern. Für mich hatte es stets nur den Weg nach vorn gegeben. Doch so ungern ich es zugab: Jake mochte mich um meine Position beneiden, er wiederum hatte etwas viel Wertvolleres, das ich niemals erhalten würde – egal wie hart ich auch arbeitete.

»Wir sehen uns später, Matt«, meinte Pauline. »Lass ihm nicht alles durchgehen. Du bist der Chef. Und du machst deinen Job ziemlich gut.« Sie lächelte mir kurz zu und verließ ebenfalls das Büro. Ich schloss die Tür hinter ihr. Das vermied ich in der Regel, doch gerade brauchte ich die Ruhe und Zeit für mich.

Mit einem Seufzen sah ich auf die Uhr über meinem Schreibtisch. Es war kurz nach vier. Keine Zeit, zu der ich für gewöhnlich in den Feierabend gehen würde, doch mein Kopf war zu voll, um nun noch anständig arbeiten zu können. Ich schielte zu der Sporttasche unter meinem Jackenständer. Sie stand da schon eine ganze Weile, da ich mir seit Wochen vornahm, in der Mittagspause eine Runde laufen zu gehen, um den Kopf freizukriegen. Getan hatte ich das kein einziges Mal. Es grenzte schon an ein Wunder, wenn ich die Mittagspausen überhaupt für etwas anderes als Arbeit nutzte – wenn das geschah, war das allein Yong-Jaes Verdienst, der mir ein schlechtes Gewissen machte. Doch gerade kam mir eine noch bessere Idee als Laufen. Etwas, wobei ich den Kopf definitiv freikriegen würde. Ich öffnete den Gruppenchat mit den anderen beiden.

Matt, 4.05 pm:
Hat jemand Lust zu kicken?

Sam, 4.06 pm:
Das haben wir ewig nicht gemacht! Wo denn?

Matt, 4.06 pm:
Bist du noch an der Schule? Können zu Clapham Common?

Sam, 4.06 pm:
Würde jetzt gern einen tollen Wortwitz mit Clapham Common und nach Clapham kommen machen, aber ich hatte heute eine Doppelstunde Bruchrechnen mit den kleinen Scheißern, mein Gehirn ist Matsch.

Matt, 4.06 pm:
Ich hoffe, du nennst sie bei Elternabenden nicht auch so.

Sam, 4.06 pm:
Apropos kleine Scheißer: Yong-Jae, Lust?

Yong-Jae, 4.06 pm:
Manche von uns haben einen harten Job mit strengen Chefs und müssen arbeiten.

Matt, 4.06 pm:
Was, wenn dein Chef es dir erlaubt?

Yong-Jae, 4.06 pm:
Ich hasse Sport, Grasflecken, ich hasse Sport, Schweiß, ich hasse Sport, ich würde lieber heim und essen – oh, und ich hasse Sport.

Sam, 4.07 pm:
Bis dann, Matt.

@Yong-Jae: Wenn du gleich heimgehst, kannst du meine Krebse umrühren? Aber vorsichtig! 😁

Schmunzelnd legte ich das Smartphone beiseite und merkte, wie sich meine Laune langsam besserte. Bei den beiden Chaoten kein Wunder – Sam hatte eine Wette mit seinen Schülern und Schülerinnen am Laufen, wer die Urzeitkrebse am längsten am Leben halten konnte. Schon mehr als einmal hatte ich mit dem Gedanken gespielt, an seiner Schule aufzutauchen und den Kindern zu berichten, dass ich ganz genau gesehen hatte, wie er die toten Minikrebse das Klo hinuntergespült und einfach eine neue Zucht begonnen hatte.

Ich wuchtete die Sporttasche auf den Schreibtischstuhl und checkte kurz, ob ich alles dabeihatte, was ich fürs Spielen brauchte. Die Schuhe waren zwar nicht ideal, würden es aber für heute tun. Dann ging ich zur Glaswand, die mein Büro von dem Großraumbüro trennte, und ließ die Jalousien herunter.

Etwas, das ich Albert nur selten bei wichtigen Gesprächen hatte tun sehen, allerdings hatte ich keine Lust, mich in der kleinen Toilette der Agentur umzuziehen. Ich war gerade in meine Sporthose gestiegen, als es sacht an der Tür klopfte.

»Einen Augenblick.«

Eilig streifte ich mir das Shirt über und lief zur Tür. Als ich diese öffnete, stockte mir kurz der Atem, da ich auf Nele hinabblickte. Die letzten Tage war ich so dermaßen auf der Hut gewesen, doch die kurze Auseinandersetzung mit Jake hatte allem Anschein nach genügt, mich vergessen zu lassen, dass Nele hier arbeitete. Hier, nur wenige Meter von mir entfernt.

Ihr Blick glitt von meinem Gesicht über meine Brust hinab bis zum Bund meiner Sporthose und verweilte, wenn mich nicht alles täuschte, einen Moment zu lang dort. Als ich ihrem Blick folgte, wusste ich, wieso, und zog schnell den Saum des Shirts nach unten, das – gemeinsam mit der etwas locker sitzenden Hose – mehr Haut und vor allem mehr von meiner Boxershorts offenbart hatte, als ich beabsichtigt hatte.

Als unsere Blicke sich wieder trafen, schluckte sie merklich, und in ihren grünen Augen lag ein beinahe sehnsüchtiger Ausdruck. *Fuck.*

Es war so schwer, nicht einfach einen Schritt auf sie zuzumachen oder sie – noch besser – zu mir ins Büro zu ziehen und zu küssen. Dann jedoch sah ich eine Bewegung im Augenwinkel – Danielle aus der Belletristik, die, eine leere Kaffeetasse in der Hand, in Richtung Küche steuerte. Eilig machte ich einen Schritt nach hinten, damit Nele das Büro betreten konnte, und schloss die Tür hinter uns.

»Kann ich dir helfen?«, fragte ich und stellte mich hinter meinen Tisch, die Finger auf die Platte gedrückt, als wäre sie ein Schild, der uns beide vor voreiligen Handlungen schützen könnte.

»Ähm«, sagte Nele, und es dauerte einen Moment, bis sie den Blick auf den Laptop in ihrem Arm senkte. »Oh, ja«, sprach sie weiter, als erinnerte sie sich erst jetzt wieder, wieso sie überhaupt hier war. »Wir wollen ja den Non-Fiction-Bereich ausweiten, und Cassedy hat mich mit der Recherche nach neuen Talenten beauftragt. Sie hat mir schon erstes Feedback gegeben, und wir haben ein paar Favoriten ausgewählt. Sie meinte, du wolltest drüberschauen und sagen, bei wem wir am ehesten weitermachen können?«

Ich nickte und deutete auf den Stuhl gegenüber. Nele ließ sich darauf nieder und klappte den Laptop auf. »Es sind einige interessante Leute und Projekte, aber ich bin mir noch nicht sicher, ob wirklich schon etwas Passendes dabei ist ...« Ihre dunkelgrünen Augen hielten meine gefangen, und kurz breitete sich Schweigen zwischen uns aus. »Aber, ähm, am besten schaust du mal?«

»Ja, natürlich.« Ich rutschte mit meinem Bürostuhl zu ihr herüber, damit wir beide auf den Bildschirm blicken konnten, und Nele öffnete das PDF. Ich beugte mich nach vorn und scrollte auf der zusammengestellten Vita der ersten Künstlerin nach unten, als mein Knie plötzlich ihres berührte. Ein Schauer fuhr durch meinen ganzen Körper, und ich merkte, wie Nele sich neben mir anspannte. Doch sie zog ihr Bein nicht weg. Und ich meines genauso wenig.

Was zur Hölle tue ich hier?

Meiner inneren Stimme zum Trotz bewegte ich mich nicht, sondern hielt mein Bein ruhig, genoss die Wärme sogar, die durch den dünnen Stoff der Sporthose drang. Mein Herzschlag beschleunigte sich, während ich die Zeilen überflog und doch keines der Worte las.

»Was denkst du?«, fragte Nele nach einigen weiteren Sekunden, in denen ich auf dem Touchpad des Laptops gescrollt hatte, ohne wirklich etwas aufzunehmen. So konnte ich ihr schlecht Feedback geben.

»Sehen alle interessant aus. Ich müsste mir das Ganze genauer anschauen, um sagen zu können, ob wir etwas weiterverfolgen. Kannst du mir das Dokument noch mal schicken?«

»Ja, klar«, sagte Nele, zog den Laptop zu sich und unterbrach dabei leider den Körperkontakt. Sofort vermisste ich den sanften Druck ihres Knies. Am liebsten hätte ich über mich selbst den Kopf geschüttelt. Was war nur los mit mir? »Dann, ähm, schick ich dir einfach eine Mail?«

»Ja, das wäre gut. Wir können Montag nach dem Meeting noch mal persönlich drüber reden. Ich erstell uns einen Termin.«

Sie nickte und klappte langsam ihren Laptop zu. »Danke.«

In meinem Kopf kreisten fieberhaft die Gedanken, als ich nach einem möglichst unverfänglichen Gesprächsthema suchte, um sie nur noch einen winzigen Augenblick länger hierzubehalten.

»Hast du dein Journal schon angefangen?«

Wow. Ganz toll, Matthew. Große Klasse.

Eine Frage zu stellen, die nicht nur persönlich war, sondern sich auch noch auf unser Date letzte Woche bezog, war natürlich wahnsinnig unverfänglich. Auch Nele schien das nicht zu entgehen, denn sie musterte mich einen Moment lang, bevor sie antwortete.

»Ja.«

Mehr sagte sie nicht. Einfach nur Ja. Und ich war mir nicht sicher, ob dieses Ja verbunden mit dem intensiven Blick bedeutete, dass sie nicht reden wollte oder dass ich nun Teil ihres Journals war, weil auch sie nach wie vor an mich dachte … Shit, das musste aufhören. Wahrscheinlich war sie längst darüber hinweg – und selbst wenn nicht: Was für einen Unterschied machte es schon? Wir konnten dieses Treffen, diesen Kuss zwischen uns nicht wiederholen. So einfach war das.

Ich räusperte mich. »Gut, dann schau ich mir alles heute Abend an, und spätestens Montag hast du Feedback.«

Nele nickte, stand auf und ging in Richtung Tür. Kurz davor drehte sie sich noch einmal um. »Du hast hier kein Laufband. Wegen des Outfits, mein ich …«

»Oh, ja. Ich bin gleich zum Fußballspielen verabredet.«

»Cool. Ich wusste gar nicht, dass du spielst.«

Die bloße Tatsache, dass sie nun doch ein Gespräch am Laufen hielt, sandte ein Hochgefühl durch meinen Körper.

»Nicht in einem Verein, hab ich als Kind aber eine Weile. So hab ich Sam kennengelernt. Meinen Mitbewohner.«

»Ich weiß«, erwiderte Nele mit einem kleinen, traurigen Lächeln. »Hätte ich ja beinahe getroffen.« Kaum, dass sie die Worte ausgesprochen hatte, weiteten sich ihre Augen, und ein erschrockener Ausdruck trat auf ihr Gesicht. »Sorry, das war dumm.«

»Nein.« War es nicht. Denn es zeigte mir, dass ich nicht der Einzige war, der die Vorstellung von uns noch nicht ziehen lassen konnte. »Das war nicht dumm. Es tut mir wirklich leid, ich hätte mir auch gewünscht, dass du dabei gewesen wärst. Ich wünschte mir generell, dass das alles anders gelaufen wäre.«

So. Es war raus. Die Wahrheit lag ausgesprochen zwischen uns, und mein Herz pochte beinahe schmerzhaft schnell in meiner Brust. In Neles dunkelgrünen Augen lag das Verlangen, das ich auch in mir spürte. Ich sah die braunen Sprenkel in ihren Iriden, so nah standen wir voreinander. Alles in mir schrie mich an, die Distanz zwischen uns zu überbrücken, meine Finger in ihrem braunen Haar zu vergraben und sie an mich zu ziehen. Neles Blick war eine stumme Bitte, genau das zu tun. Ich hatte gerade den Befehl an meine Muskeln gegeben, spürte die feine Regung meiner Finger bereits, als Nele den Kopf abwandte und hörbar ausatmete.

»Schönen Feierabend, Matt.«

Dann öffnete sie die Tür und war einen Moment später verschwunden.

Es war besser so. Das zwischen uns durfte sich nicht wiederholen. So einfach war das. Und so schwer.

10. KAPITEL
Nele

London zur Weihnachtszeit war pure Magie. Zwar war ich nicht in Weihnachtsstimmung, und es lagen noch vier Wochen zwischen mir und den Feiertagen, doch die Stadt in ihrer leuchtenden Dekoration zu sehen, war etwas ganz Besonderes. Weihnachten selbst würde ich zwar zu Hause verbringen, doch ich konnte es kaum erwarten, hier in das neue Jahr zu starten.

Als ich die Regent Street erreicht hatte, blieb ich stehen und legte den Kopf in den Nacken, um das Bild in seiner Gänze aufzunehmen. Rote Doppeldeckerbusse fuhren unter etlichen Lichtergirlanden hindurch. Einige bildeten engelartige Formationen und beleuchteten die belebte Straße in Gold und Silber. Sich an einem Freitagnachmittag hierher zu begeben, war beinahe lebensmüde, doch ich hatte es während der Woche kaum nach Soho geschafft, da mein Weg zur Arbeit mich nie nördlich der Themse führte. Daher war es nach wie vor etwas Besonderes, die prachtvollen Bauten rund um den Piccadilly Circus zu sehen.

Ein Lächeln breitete sich auf meinen Zügen aus – trotz dieser Woche, trotz der emotionalen Achterbahnfahrt. Denn so schnell die erste Arbeitswoche auch vorübergegangen war: Sie hatte es wirklich in sich gehabt. Etwas ziellos lief ich die Straße entlang. Ich war hier in den vergangenen Jahren häufig genug gewesen, um eine ungefähre Orientierung zu haben, hatte mir jedoch kein klares Ziel überlegt. Da ich freitags früher Schluss hatte, wollte ich die Zeit nutzen, also war ich statt zu unserer Wohnung in Battersea in Richtung Zentrum gelaufen und spazierte nun an den weihnachtlich dekorierten Schaufenstern entlang. Vorbei an Make-up-Geschäften, die einen Adventskalender mit Beauty-Produkten einer britischen YouTuberin anpriesen, Papierwarenläden und etlichen Modegeschäften.

Nach dem zehnten Markenladen bog ich willkürlich nach rechts ab, lief die kleineren Straßen entlang und atmete tief ein – vermutlich nicht die gesündeste Entscheidung inmitten all der Abgase und des Trubels, doch seltsamerweise erdete die Umgebung mich. Dafür war ich hier, für dieses Gefühl. Um Dinge zu erleben, aufgefangen zu werden in einem Netz der endlosen Möglichkeiten, inmitten der anonymen Masse. Mein Blick streifte einen kleinen Verkaufsladen, der alle möglichen Attraktionen in und um die Stadt feilbot: Musicals, Museen, touristische Attraktionen, Trips nach Brighton, Oxford, Bath oder Hastings. Neugierig trat ich näher an das Schaufenster.

Wicked hatte ich bei einem Besuch mit meiner Familie bereits gesehen. Doch all die anderen Musicals – *Hamilton*, *Dear Evan Hansen*, *The Waitress* –, davon hatte ich bisher nur gehört oder kannte lediglich einzelne Lieder. Ich machte mir eine mentale Notiz, all diese Musicals zu besuchen, sobald mein erstes Gehalt da war. Ob Lorie mich begleiten würde?

Ich atmete erleichtert aus, als ich merkte, wie die Anspannung der Woche langsam wich. Ich war unglaublich erleichtert, mich in dem Job nicht getäuscht zu haben, er war genau das, was ich mir erhofft hatte – mehr noch. Am meisten liebte ich es, mich durch neu eingesandte Manuskripte zu lesen, sie mit Notizen zu versehen und gegebenenfalls an Cassedy weiterzuleiten. Dass meine Kollegen und Kolleginnen mich zusätzlich direkt mit offenen Armen empfangen hatten, war die

Sahnehaube. Mit Cassedy und Victoria hatte ich regelmäßig die Mittagspausen verbracht, und auch mit Gilbert verstand ich mich hervorragend. Dadurch dass sein Schreibtisch so nah an meinem lag, war er zu meiner Anlaufstelle für Fragen geworden.

Nein, meine Anspannung hatte einen anderen Grund gehabt, sie rührte von den etlichen Versuchen, Matthew auszuweichen, was sich trotz der Größe des Büros als gar nicht so einfach herausgestellt hatte. Ich dachte, ich wäre stark genug, mit ihm zusammenzuarbeiten, doch die wenigen Minuten zu zweit im Büro hatten genügt, um mir zu beweisen, dass ich doch noch nicht über ihn hinweg war – im Gegenteil. Die Berührung seines blöden Beins hatte ja schon gereicht, um mir die Hitze in die Wangen zu treiben. Also hatte ich es für den Rest der Woche vermieden, ihn zu sehen – so gut das in einem Büro mit dreißig Angestellten eben ging. Heute im Meeting war ich seinen Blicken ausgewichen, was dank der anderen am Tisch zum Glück nicht so schwer war. Mit einem Seufzen wandte ich mich vom Schaufenster ab und setzte meinen Weg die enge Straße entlang fort. Weit kam ich jedoch nicht.

»Hi!«

Irritiert blieb ich vor dem blonden Typen stehen, der mich gerade angesprochen hatte. Er musste ungefähr in meinem Alter sein, und sein Lächeln erreichte die haselnussbraunen Augen.

»Ich will dich gar nicht lang aufhalten! Aber falls du Lust hast, was Neues zu probieren, oder deine sportlichen Neujahrsvorsätze schon verfrüht beginnen willst: Wir haben gerade eine Kletterhalle eröffnet.« Er winkte mit einem Stapel Flyer. »Darf ich?«

»Ähm, klar«, sagte ich und nahm einen der Zettel entgegen.

»Diese Woche bieten wir kostenlose Schnupperkurse an,

es lohnt sich also, schnell zu sein. Du kannst entweder an die Boulderwand, oder aber du gehst gesichert klettern.«

»Oh, das hab ich noch nie probiert.«

»Irgendwann ist immer das erste Mal.«

Hatte ich nicht gerade noch darüber nachgedacht, mehr Dinge probieren, die Stadt und ihre Aktivitäten mehr nutzen zu wollen? Und diese hier war sogar kostenlos.

»Wo ist die Halle denn?«

»Hier um die Ecke, so zehn Minuten Fußweg vielleicht.«

Ich sah an mir hinab. Unter dem dicken Mantel trug ich nach wie vor meine Arbeitskleidung: Jeans und einen Pulli. »Ich nehme an, so darf ich nicht in die Halle?«

»Du willst gleich loslegen?«

Ich hob die Schultern. Es war nicht so, dass ich etwas Besseres vorhatte, und gerade war mir alles recht, was meine Gedanken weiterhin von Matthew fernhielt.

»Also Jeans sind kein Problem, solange du dich darin gut bewegen kannst. Schuhe kannst du dir leihen, das wäre kein Thema.« Er sah auf die Uhr. »Ich werd die Zettel heute eh nicht mehr alle los, wenn du magst, begleite ich dich zurück.«

Sein Lächeln war freundlich, und ein kleines Grübchen zeichnete sich in seiner Wange ab. In seinem Blick lag etwas Fragendes, doch es wirkte nicht drängend. Ich nickte langsam. »Okay, warum eigentlich nicht?«

Knapp eine Stunde später wäre ich Levi, wie der Mann sich auf unserem Weg zur Halle vorgestellt hatte, am liebsten um den Hals gefallen – wenn ich nicht solche Probleme damit gehabt hätte, meine Arme zu heben. Denn in meinem Körper wüteten nur noch Glücksgefühle. Glücksgefühle und nahender Muskelkater.

Als ich gesehen hatte, wie hoch die Wände der eigentlichen

Kletterhalle gingen, hatte ich mich fürs Bouldern entschieden. Wie ich dort festgestellt hatte, war die Höhe auch nicht ohne, zumal ich kein Seil hatte, das mich sicherte, sondern nur meine eigene Körperkraft – die, wie sich ebenfalls herausstellte, kaum vorhanden war. Da las ich schon schwere Printbücher und hatte trotzdem keinerlei Armmuskulatur.

»Sehr gut! Versuch mit dem rechten Bein an den gelben Boulder zu kommen. Ja, noch etwas weiter oben.« Levi hatte mich nicht nur in die Halle eingewiesen, er war auch immer wieder zu mir gekommen, um mir bei den Strecken zu helfen. Wofür ich echt dankbar war, denn einige erwiesen sich als knifflig, gerade wenn man so klein war wie ich. Was er mit seinen mindestens 1,80 Meter leicht erreichen konnte, stellte sich für mich als echte Herausforderung raus. Doch umso größer war das Erfolgserlebnis, wenn ich, wie jetzt gerade, den obersten Stein erreicht und die Strecke geschafft hatte.

»Yes!«, rief ich und kletterte alles andere als elegant zurück in Richtung Boden. Mich wie die anderen an der Wand einfach auf die Matten fallen zu lassen, traute ich mir noch nicht zu.

»Du machst schon echte Fortschritte!« Als Levi das Strahlen in meinem Gesicht sah, musste er lachen. »Und Spaß scheint es dir auch zu bereiten.«

»Und wie. Krass. Ich hätte nie gedacht, dass das so anstrengend ist.«

»Versuch noch ein bisschen mehr aus den Beinen heraus zu arbeiten. Drück dich mehr nach oben, als dass du dich mit den Armen hochziehst.«

»Alles klar«, sagte ich mit einem Nicken. »Ein Glück hast du mich angesprochen.«

»Ja«, sagte er, und sein Lächeln wurde schief, beinahe schüchtern. »Find ich auch.«

Ich stockte, während der Blick seiner braunen Augen auf

mir ruhte. Flirtete er gerade mit mir? Was das anging, mochte ich manchmal schwer von Begriff sein, doch das Funkeln in seinen Augen …

Oh shit, er flirtet mit mir.

Meine erste Reaktion war, abzuwiegeln und eine klare Grenze zu ziehen. Aber warum eigentlich? Hatte Lorie mir nicht geraten, eine neue Sportart auszuprobieren? Was sprach gegen Bouldern? Und wenn ich schon hier war … Was sprach dagegen, Levi kennenzulernen, der offensichtlich nett war?

Vergiss den Typen, schnell.

Das war Undines Tipp gewesen. Und sie hatte recht, ich musste Matthew vergessen. Die letzte Stunde an der Wand über hatte ich das sogar. War nur auf meine Bewegungen konzentriert gewesen, und auf den besten Weg nach oben. Hatte körperliche Anstrengung, aber auch die kleinen Erfolgserlebnisse gespürt, wann immer ich eine Strecke fertig erklommen hatte. Für einige Minuten war Matthew vollkommen aus meiner Gedankenwelt verschwunden, und ich hatte es endlich wieder geschafft, im Hier und Jetzt zu sein. Also hielt ich Levis Blick stand und hob die Mundwinkel zu einem Lächeln.

Auf dem Weg zum Bus war die gesamte Anspannung der Woche dann vollends vergessen. Mein Körper bestand nur noch aus Endorphinen und positiver Erschöpfung. Ich hatte Sport nie etwas abgewinnen können, weder Gruppensportarten noch Dingen wie Joggen oder Radfahren – aber das heute war eine völlig andere Erfahrung gewesen. Nicht zuletzt, weil Levi mir seine Handynummer gegeben hatte. Im Normalfall hätte ich abgelehnt und mich dort vermutlich nicht mehr so schnell blicken lassen. Heute hingegen hatte ich beschlossen, das genaue Gegenteil zu tun. Mit Undines Stimme im Ohr hatte ich seine Nummer im Handy abgespeichert, unter dem Vorwand, mich zu melden, wenn ich das nächste Mal bouldern gehen wollte. Ich glaubte nicht, dass es mehr als das werden würde, aber es tat gut, noch jemanden in London zu kennen.

Ich wollte gerade wieder auf die Regent Street abbiegen, als ich plötzlich innehielt.

»Oh.«

Ich trat ein paar Schritte zurück und hatte somit Blick auf das Lineart, das mir mit Sicherheit entgangen wäre, hätte ich nicht schon den ganzen Tag den Kopf aufgrund der Feiertagsbeleuchtung nach oben gerichtet. Dieses Mal hatte ich keinerlei Zweifel, dass das Lineart von dem Künstler stammen musste, dessen Werke ich auch schon in Vauxhall entdeckt hatte. Dieses hier prangte jedoch an einer Häuserfassade in Soho. Wie viele von ihnen es wohl gab? Und ob sie in ganz London verteilt waren?

Ich zückte mein Handy und fotografierte das Graffiti.

Es zeigte zwei Personen. Eine links, eine rechts, die Gesichter voneinander abgewandt und zwischen ihnen die Erde. Ihre Köpfe verschmolzen mit dem Planeten, und obwohl beide keine Augen hatten, meinte ich, Schmerz in ihren Gesichtern lesen zu können. Sie waren sich so nah und doch weit voneinander entfernt, und obwohl die Erdkugel sie auseinanderhielt, wirkte das Bild seltsam intim.

Eine Weile stand ich nachdenklich da, ignorierte die Passanten, die an mir vorbeieilten. Das Szenario, das das Graffiti beschrieb, kam mir bekannt vor. Wut formte sich in meinem Bauch. Denn gerade fühlte es sich auch für mich so an, als läge eine ganze Welt mitsamt ihren gesellschaftlichen Normen zwischen Matthew und mir. Ich wandte den Blick ab und ging weiter meines Weges, der mich zu dem großen Waterstones führte, der auch einer der Stopps mit Matthew gewesen war. Leider befand sich genau davor meine Haltestelle. Ich hielt den Blick auf die gegenüberliegende Straßenseite gerichtet, versuchte, nicht zum Schaufenster zu sehen und an Matthew, unsere gemeinsame Zeit und den Kuss in der Buchhandlung zu denken.

Ich war so darauf konzentriert, mich abzulenken, dass ich beinahe verpasste, wie die Linie 19 neben mir zum Stehen kam. In letzter Sekunde sprang ich in den Bus hinein und ergatterte einen Platz im oberen Bereich. Ich holte mein Notizbuch hervor und begann, ein paar erste Zeilen zu dem Lineart zu schreiben. Wie schon beim letzten Mal flossen die Worte einfach so aus mir und direkt aufs Papier. Erst als die Frau neben mir aufstand und ihre Handtasche mein Bein streifte, blickte ich wieder auf. Wir waren schon in Chelsea, und ich würde gleich aussteigen müssen. Perfekt war mein Text noch nicht, doch die ersten Zeilen standen, und eine freudige Unruhe, gleich weiterschreiben zu können, durchflutete mich. Ich kannte dieses Gefühl, kannte es von früher. Es war Jahre her, dass ich es gespürt hatte, dass ich so im Schreiben versunken war, mich den Worten hingegeben und mich von ihnen hatte führen lassen. Ich dachte, ich hätte diese Empfindung verloren, doch allem Anschein nach war sie noch da. Irgendwo tief in mir vergraben.

Entweder interpretierte ich zu viel eigenen Kram in diese Illustrationen hinein, oder aber sie fanden mich immer genau zur richtigen Zeit, kitzelten hervor, was ich verloren geglaubt hatte. Und obwohl – oder gerade weil – sie mich auf Themen stießen, die mich beschäftigten, halfen sie. Genau wie früher war es beinahe therapeutisch, meine Gedanken aufzuschreiben. Ich konnte es kaum erwarten, sie heute Abend zu posten. Vermutlich dank der Hashtags waren ein paar Accounts auf meine bisherigen Postings gestoßen. Bislang hatte ich kein negatives Feedback erhalten, war aber dennoch froh, das Ganze anonym zu machen. Ich war so schon nervös genug, da war es nicht nötig, dass die Leute die Texte auch noch meiner Person zuordnen konnten. Genauso wie es bei den Graffitis der Fall war, denn diese waren nicht einmal mit einem Tag versehen, sodass der Ersteller oder die Erstellerin mit Sicherheit auch nicht erkannt werden wollte.

Als ich an der nächsten Station ausstieg, zückte ich dennoch mein Smartphone und googelte mithilfe einiger Schlagworte nach den Linearts. Tatsächlich fand ich mehrere Beiträge dazu, sogar einige kleinere in den Zeitungen. Anscheinend waren die ersten Illustrationen bereits vor einem Jahr aufgetaucht und verbreiteten sich seitdem durch London, wobei sie vor allem in den zentralen Stadtteilen zu finden waren. Von wem sie stammten, sagten die Artikel allerdings auch nicht. Es gab lediglich Vermutungen, dass die Person wohl aus Vauxhall oder Lambeth kam, da dort die ersten Linearts zu finden waren. Das hielt ich jedoch für eine schwammige Argumentation, denn wäre ich Graffiti-Künstlerin, würde ich garantiert nicht vor meiner eigenen Haustür starten, wo die Gefahr viel größer war, von Bekannten entdeckt zu werden. Ich sperrte das Handy wieder und sah durch das beschlagene Fenster zu, wie sich der Bus durch die Straßen schlängelte und schließlich die Battersea Bridge passierte. Leichter Regen begann gegen die Scheibe zu prasseln, nahm mir die Sicht auf die Londoner Skyline in der Ferne. Die Erschöpfung von der Kletterwand steckte mir in den Knochen, doch ich trug ein Lächeln auf dem Gesicht. Mir stand ein Wochenende voller Freiheiten bevor – und die würde ich nutzen.

Du bedeutest mir die Welt,
sagen wir,
ohne uns einzugestehen,
dass die Welt auch grausam sein kann.

Für dich geh ich bis ans Ende der Welt,
versprechen wir,
ohne zu verstehen,
dass die Welt keines hat,
dass dieser Kampf endlos ist,
dass wir nur verlieren können.

Ich versteh die Welt nicht mehr,
hauche ich in ihren Nachthimmel,
und meine dabei nicht all ihre Sprachen,
sondern wie wir beide auf ihr existieren
und doch auf unterschiedlichen Orbits kreisen können.

11. KAPITEL
Matthew

»Drück! Drück fester!«

»Ich komme mir vor wie bei einer Geburt.«

»Dann würde er pressen sagen«, warf Kaycee ein. »Aber macht bitte trotzdem leiser, ich hab Gäste. Und nicht umsonst extra die Vorhänge hier zu.«

Was vermutlich auch besser war. Leo und ich versuchten gerade, den neuen Ofen einzubauen, und als Kaycee gemerkt hatte, dass sich das Unterfangen schwieriger gestaltete als geplant, hatte sie die sonst offene Küche abgeschirmt. Alles wäre wesentlich einfacher gewesen, wenn Leo das Holz des Regals darüber nicht bereits verschraubt hätte, aber meine zahlreichen Einwände hatte er bloß abgewunken. Ein knarzendes Geräusch erklang, als der Ofen ein Stück tiefer in die dafür vorgesehene Lücke rutschte, und Leo zog eine Grimasse.

»Du hast gesagt, ich soll fester drücken«, beeilte ich mich zu sagen.

»Wehe, ihr macht den kaputt, ich kann mir keinen neuen leisten.« Sie trat zu uns und begutachtete kritisch unseren Fortschritt. »Ich hätte doch meinen Dad fragen sollen.«

»Nein«, riefen Leo und ich zeitgleich, und Kaycee musste lachen. »Warum? Verletzt das euer Ego?«

»Schwachsinn«, protestierte Leo im selben Moment, in dem ich »Ja« sagte.

Die kleine Glocke, die neue Gäste ankündigte, erklang und rettete uns vor weiteren Kommentaren von Kaycees Seite. Mit einem letzten grinsenden Kopfschütteln wandte sie sich zum Gehen.

»Oh, hey, schön, dich wiederzusehen«, begrüßte sie wen auch immer es hierher verschlagen hatte.

»Noch einmal«, sagte Leo, und wir nahmen beide Schwung, sodass der Ofen im nächsten Moment mit einem kräftigen Rums endlich an den vorgesehenen Platz rutschte. Hoffentlich hatten wir keines der Kabel beschädigt.

»Na also. War doch easy«, sagte Leo und betrachtete zufrieden unser Werk. Easy wäre jetzt nicht das Wort gewesen, das ich gewählt hätte, aber Leo sah so stolz aus, dass ich ihm lieber nicht widersprach. »Ich finde, wir haben uns einen Kaffee verdient.«

Ich schaute zu den Regalbrettern, die wir ebenfalls noch anbringen wollten, und Leo folgte meinem Blick. »Nach dem Kaffee?«

»Okay«, meinte ich lachend. »Künstler ...«

»Ey. Es ist Wochenende, und im Gegensatz zu dir muss ich meist sogar an denen arbeiten.« Er schubste mich leicht an der Schulter und spazierte dann an mir vorbei ins Café. Ich folgte ihm mit einem leisen Lachen. Dieses versiegte jedoch wenige Augenblicke später, als ich registrierte, wen Kaycee da gerade bediente: Nele.

Shit.

Völlig kindisch trat ich einen Schritt zurück, in der Hoffnung, dass Nele mich nicht entdeckte, doch zu spät. Ihr Blick streifte mich, und ihre geweiteten Augen verrieten, dass sie genauso wenig damit gerechnet hatte, mich hier zu sehen, wie ich sie. Leo schien die Situation im selben Moment zu begreifen, denn er schaute mich vielsagend an. Doch ich straffte die Schultern und trat zu den anderen hinter die Theke. Was für einen Grund hatte ich auch, mich zu verstecken? Wir arbeiteten zusammen. Was machte es schon, wenn wir uns in der Freizeit über den Weg liefen?

Mit meinem Bauch sehr viel, wenn ich ehrlich war. Denn beim bloßen Anblick von Nele in ihrem Kleid, der dunklen Strumpfhose und mit dem Rucksack, der locker über eine Schulter hing, wurde mir warm, und der Gedanke an die Berührung im Büro reichte, um dieses verdammte Kribbeln zurückzubringen.

»Du warst doch bei der Eröffnung auch da, oder?«, fragte Leo, und ich war dankbar, dass er so tat, als wüsste er nicht ganz genau, wer da vor ihm stand. Und für seine Schauspielkünste, denn würde ich nicht wissen, dass er simulierte, hätte ich ihm vollkommen abgekauft, dass er Nele nicht mehr richtig zuordnen konnte.

»Ja, genau«, erwiderte Nele und löste den Blickkontakt. Ob das irgendwann leichter wurde? Ich hoffte es inständig. »Ich war die Tage noch einmal hier und wollte meiner Mitbewohnerin heute das Café zeigen.« Sie deutete nach hinten, wo eine Frau mit langen, braunen Haaren bereits an einem Tisch saß und in der Getränkekarte blätterte.

»Gute Idee«, sagte Leo.

»Ja, und wie praktisch, dass du ausgerechnet heute hier bist. Erinnerst du dich noch an Matthew?« Kaycee trat zur Seite, um einen besseren Blick auf mich freizugeben. Na prima. Genau das, was ich gebraucht hatte. »Von ihm hab ich dir die Tage doch noch erzählt, er ist auch so ein Bücher-Nerd wie du. Er bringt regelmäßig welche für mein öffentliches Tauschregal. Die, die er nicht ans Kinderheim spendet.« Kaycee zwinkerte mir zu, und es war offensichtlich, dass sie versuchte, zwischen uns zu vermitteln. Offensichtlich und verdammt unangenehm.

»Was du nicht sagst.« Nele lächelte gequält.

»Wir arbeiten zusammen«, warf ich ein. Lieber, ich klärte das Ganze direkt auf, bevor sich Situationen wie diese häuften.

»Oh.« Kaycee runzelte die Stirn und musterte Nele. »Wieso hast du das denn nicht gleich gesagt? Was für ein Zufall ist das bitte?«

»Ein ziemlich großer«, murmelte Nele und warf mir einen bedeutungsschwangeren Blick zu.

»Hey, ich hab Zufall gesagt und keine Standpauke erhalten«, meinte Kaycee mit einem Schmunzeln. »Mein Freund hier hat mir mal einen Vortrag über Schicksal gehalten. Er glaubt nämlich nicht an Zufälle. Nicht wahr?«

Leo räusperte sich. »Ist ja jetzt nicht so wichtig, oder? Vielleicht gibt es sie doch. Kannst du uns einen Kaffee machen?«

Sichtlich irritiert zog Kaycee die Brauen zusammen, während die Szene für mich durch seine Bemühungen nur noch unangenehmer wurde. »Heute Morgen wusstest du auch noch, wie die Maschine funktioniert. Aber okay ... Setzt euch ruhig, dann bring ich ihn. Ich schulde euch eh was für den Ofen und die Regale.«

Leo nickte eine Spur zu schnell und ließ sich an einem Tisch nieder, der möglichst weit von Neles Mitbewohnerin entfernt war. Wäre die Situation eine andere, Leos Verhalten hätte mich zum Lachen gebracht. So machte sich nur ein ungutes Gefühl in mir breit, weil ich nichts lieber wollte, als dass die Unbefangenheit des letzten Wochenendes zurückkehrte. Stattdessen war die Stimmung das genaue Gegenteil von unbefangen.

Kaycee machte sich an der Kaffeemaschine zu schaffen, und ich schob mich mit entschuldigendem Lächeln an der Theke vorbei, darauf bedacht, Nele nicht zu streifen. Gerade, als ich sie erreicht hatte, hob sie den Kopf, und unsere Blicke kreuzten sich für einen Augenblick. Es hätten auch Minuten sein können, denn in diesem Moment fühlte es sich an, als ob die Zeit stehen blieb und alles um uns herum in einem dichten Nebel verschwand. Da war nur noch sie. Sie und der wahnsinnige Zufall, dass wir uns hier schon wieder trafen. Dass wir uns überhaupt über den Weg gelaufen waren. Und obwohl ich wusste, dass es unklug war, bereute ich nicht, Nele vor ihrem ersten Arbeitstag kennengelernt zu haben. Denn auch wenn ich sie nicht haben konnte – nun wusste ich wenigstens, was möglich war. Dass dieses Gefühl, mit einer Person sofort zu klicken, real war und dass ich es fühlen konnte. Ich wünschte nur, ich könnte es mit ihr weiter erkunden.

Ich brauchte keinen Spiegel, um zu wissen, dass meine Augen voller Begehren waren. Ihr Ausdruck war mir Spiegel genug, denn sie ließ ihren Blick langsam zu meinem Mund wandern, bevor sie ihn wieder hob.

»So, deine beiden Cappuccinos, Nele.«

Kaycee stellte die Tasse so energisch auf die Theke, dass ich beinahe zusammenzuckte. Zwischen ihren Brauen lag immer noch eine tiefe Falte, als sie erst Nele und dann mich musterte. Mist. Mit Sicherheit hatte sie etwas bemerkt.

»Danke«, sagte Nele, nahm die Tassen und war blitzschnell in Richtung ihres Tisches verschwunden. Zurück blieb der mir schon vertraute blumige Duft ihres Parfums.

»Ich, ähm, setz mich mal.«

»Hmhm«, machte Kaycee, beließ es aber glücklicherweise dabei. Bevor sie es sich anders überlegen und noch mehr sagen konnte, nahm ich Leo gegenüber Platz.

»Sie steht auf dich.« Leo beobachtete mich mit erhobenen Augenbrauen. »Immer noch. Und du auch auf sie, so richtig.«

»Wir kennen uns kaum.«

»Nele und du? Möglich, na und? Ich kenn dich mittlerweile schon ein paar Wochen und ganz sicher lang genug, um zu wissen, dass du dich sonst nicht so verhältst. Die Spannung zwischen euch hab ich bis hierhin gespürt.«

»Und selbst wenn, es ist egal.«

»Wenn's passt, dann passt's«, murmelte Leo, und ich stieß ein tiefes Seufzen aus. Denn leider passte es viel zu gut.

12. KAPITEL
Nele

Die letzten Tage waren im Flug vergangen, so sehr hatte ich mich in die Arbeit gestürzt, und das Wochenende mit Lorie war genau das gewesen, was ich gebraucht hatte. Wir hatten am Samstagmorgen spontan günstige Tickets für *Mamma Mia!* erhalten, somit war zum einen ein Musical auf meiner Liste abgehakt, zum anderen hatte ich dringend benötigte Ablenkung erhalten. Gut, abgesehen von dem Café-Besuch, bei dem ich Matthew über den Weg gelaufen war. Matthew, der in dem engen Shirt so anders aussah als in seinem Bürooutfit. Anders und verboten gut.

Verboten wie deine Gedanken, Nele. Reiß dich zusammen!

Doch leider war das nun, ohne Lorie an meiner Seite, die mich auf andere Themen brachte, gar nicht mehr so leicht. Die Situation im Better Days war unangenehm gewesen, aber gleichzeitig konnte ich nicht leugnen, dass ich mich gefreut hatte, Matt zu sehen. Zu merken, dass auch ich ihn nach wie vor nicht kaltließ. Dass ihm die Funkstille ebenso schwerfiel wie mir – nicht dass ich ihm diese Tortur wünschte, aber das Treffen sorgte dafür, dass ich mich nicht ganz so erbärmlich fühlte dafür, ihn einfach nicht aus meinem Kopf vertreiben zu können. Denn ich hatte seinen Blick auf meine Lippen sehr wohl bemerkt.

Lorie war natürlich aufgefallen, dass ich durch den Wind

war, und kurz hatte ich überlegt, sie auf Matthew hinzuweisen, doch dann hätte ich mich ihren Fragen stellen müssen, und so hatte ich so tun können, als ob alles normal wäre. Als ob ich Matthews Blicke in meinem Rücken nicht gespürt hätte. Als ob ich nicht die ganze Zeit gegen den Drang hatte ankämpfen müssen, über meine Schulter zu ihm zu schauen.

Den Sonntag hatte ich ohne solche Zwischenfälle verbracht, was vor allem daran lag, dass ich die WG nicht verlassen hatte. Stattdessen hatte ich in meinen neuen Büchern gelesen und mit Undine und meinen Eltern gefacetimt. Alles in allem also ein gelungenes Wochenende. Dass ich heute, am 11. November, dem Trubel der Kölner Innenstadt entkam, war auch nicht zu verachten. Ich liebte es, mich zu verkleiden, aber das ganze Drumherum zur Karnevalszeit vermied ich, wann immer es ging. Dagegen wirkte selbst Central London gerade wie die Ruhe selbst.

Ich war fest entschlossen, diese Entspannung beizubehalten. Trotz des Treffens mit Matthew. Ich würde professionell an die ganze Sache herangehen. Gut, im Café war mir das komplett misslungen, und ich war mir sicher, dass Kaycee etwas ahnte. Aber ich war auf dem richtigen Weg.

Leichter Nieselregen setzte ein, als ich von der Themse in die Seitenstraße in Richtung des Büros abbog.

Als ich die mir mittlerweile bereits vertrauten Linien des Graffitis an der Mauer sah, hoben sich meine Mundwinkel wie von selbst. Der Kanal hatte weit mehr Aufmerksamkeit erhalten, als ich gedacht hatte. Ich war kurz davor, die Tausend-Follower-Marke zu knacken, dabei hatte ich gerade einmal eine Handvoll Bilder online gestellt. Doch das Interesse an dem unbekannten Künstler war erstaunlich groß. Ich hatte sogar Privatnachrichten erhalten mit Tipps, wo ich weitere Illustrationen finden würde. Ein paar hatte ich mir notiert, insbesondere die in Gegenden, in denen ich bislang noch nie gewesen war. Es war eine spannende neue Art, London zu entdecken. Auch in der Nähe des Musicals hatten wir eines gefunden, es war Lorie zuerst ins Auge gesprungen. Sie waren anscheinend überall.

Ich war beinahe an dem ersten Lineart vorbeigelaufen, das mir tagtäglich auf dem Weg zum Büro begegnete, als ich mit einem Stirnrunzeln innehielt und einige Schritte zurück machte. Irgendwas war anders. Erst spürte ich es nur aufgrund der nervösen Anspannung, die in meinem Bauch startete. Ein Gefühl, als würde irgendwas nicht stimmen. Nach einigen Sekunden jedoch wusste ich, was mir so seltsam vorkam: Das Graffiti war verändert worden. Mehr noch: Es war angepasst worden. An meinen Text. Über dem Kopf der Frau, zwischen deren Lippen nach wie vor die Happiness-Pille ruhte, waren neue Zeichnungen hinzugefügt worden. Zwischen der Aktentasche und dem Bikini befand sich ein Absolventenhut, wie ich ihn bloß aus dem Fernsehen kannte. Auch das Handy, das zuvor schon da gewesen war, hatte sich verändert. Sein Display war nicht länger leer, es zeigte die Silhouette einer Frau.

»Kinder, Haushalt, Job, Bildung«, murmelte ich meinen Text nach und scannte die einzelnen Blasen. Die zur Bildung war definitiv neu. Ich glich das Graffiti vor mir mit dem von mir geposteten ab, und Gänsehaut legte sich auf meine Arme. Ich hatte in meinem Text auch das Handy erwähnt und auf Social Media angespielt. Während das Display des Telefons zuvor leer gewesen war, war nun ein Bild darin, das sehr an einen Instagram-Feed erinnerte.

Mein Herz schlug einige Takte schneller. Hatte die Person den Post etwa gesehen? Zufall konnte es nicht sein. Oder hatte jemand anderes das Lineart aufgesucht und verändert? Doch der Stil war derselbe.

Ich knipste ein Foto der aktualisierten Version und hätte es zu gern jemandem gezeigt – Lorie, Undine, Matthew … doch niemand wusste von meinem Account. Und nach dem letzten Text war mir das auch lieber so, denn alle drei hätten wohl nicht lang gebraucht, um ihn auf Matthew zu beziehen. Also erzählte ich es niemandem, starrte einfach grinsend auf das Bild und freute mich ganz für mich selbst. Als ich weiterging, ließen mich die Gedanken immer noch nicht los: Was, wenn der Künstler oder die Künstlerin wirklich auf meinen Post reagiert hatte? Dann hätte ich jetzt einen Draht zu ihm oder ihr. Ich presste das Handy an meine Brust und ging, noch beschwingter als zuvor, in Richtung Büro.

Dort angekommen, schaltete ich meinen PC ein und begab mich, während er hochfuhr, in die Kaffeeküche.

»Hi, Nele!«, begrüßte Emma mich fröhlich. Sie hatte sich mehrmals entschuldigt und mich seit dem Meeting am ersten Tag nicht einmal Nelly genannt.

»Guten Morgen.« Victoria winkte mir mit der Hafermilch zu. Ihre rot geschminkten Lippen hob sie zu einem Lächeln. »Die hier oder normale?«

»Die ist super«, gab ich zurück, begrüßte alle und schnappte mir die Booklover-Tasse, die meine Schwester mir vor meiner Abreise geschenkt hatte.

Victoria gab Milch in den Aufschäumer und lehnte sich mit einem Seufzen an die Theke. »Wie war euer Wochenende?«

»Entspannt«, meinte Gilbert. »Und bei dir?«

»Das Gegenteil von entspannt. Wir haben die Familie meiner Frau besucht, und sosehr ich sie liebe – ihre Mum ist das Klischee einer Schwiegermutter.« Sie sah zu mir. »Wirklich, sie könnte in diesen ganzen Filmen mitspielen, sie erfüllt alle Kriterien. Aber ich will mich nicht schon wieder aufregen. Was hast du getrieben?«

»Ich war in *Mamma Mia!* und will jetzt unbedingt mehr Musicals sehen.«

»Schau dir auf jeden Fall *Hamilton* an!«, sagte Victoria sofort, und ein Funkeln trat in ihre hellbraunen Augen. »Ich komm gern mit, wenn du noch eine Begleitung brauchst.«

»*Six* war auch richtig gut, wie ein Konzert.« Gilbert seufzte. »Ich sollte die Stadt wieder mehr nutzen. Als ich hergezogen bin, war ich jedes Wochenende unterwegs. Jetzt schlaf ich einfach nur und bin froh, wenn ich mal nicht über Manuskripten hänge.«

»War deine erste Woche denn okay? Kommst du zurecht?« Emma gab etwas Karamellsirup in ihre Tasse und sah mich fragend an.

»Ja, total! Danke euch, dass ihr mich alle direkt so herzlich aufgenommen habt. Ab und an bin ich noch etwas verloren, was das Ordnersystem angeht, aber sonst passt alles. Und das Protokoll heute trau ich mir auch zu, die Namen sitzen endlich.«

»Sehr gut, dafür hab ich definitiv länger gebraucht. Und die Ordner blicke ich bis heute nicht ganz«, meinte Gilbert mit einem Lachen. Dann wandte er sich an Victoria. »Steht das Motto für die Weihnachtsfeier mittlerweile?«

Ihre Antwort war ein Seufzen. »Ich wünschte. Cassedy war von meinem Zwanzigerjahre-Vorschlag nicht wirklich begeistert. Aber ich hab das Gefühl, die Bücherthemen haben wir nach all den Jahren durch.«

»Braucht ihr noch Hilfe?«, fragte ich. »Nicht nur beim Thema, gern auch bei der Planung.« Alles, was mich beschäftigt und fern von Matthew hielt, war gut. Zu meiner Erleichterung nickte Victoria sofort begeistert. »Total gern. Das Wichtigste wäre tatsächlich erst einmal das Motto. Es muss nichts super Ausgefallenes sein, aber wir verkleiden uns alle jedes Jahr ein wenig und passen die Deko und alles darauf an.«

»Das klingt toll. Dann überlege ich heute mal. Wann ist die Weihnachtsfeier eigentlich?«

»Schon am sechzehnten Dezember«, meinte Victoria und zog eine Grimasse. »Wir sind superspät dran, ich weiß. Aber es war so viel zu tun …«

»Das sagt sie jedes Jahr«, feixte Gilbert.

Victoria nahm eine umherliegende Kaffeebohne und warf diese nach ihrem Kollegen, der prustend auswich. »Wenn du ein Problem damit hast, komm ins Team und überlass uns nicht immer die ganze Arbeit.«

Gilbert hob abwehrend die Hände, was Victoria mit einem gegrummelten »Dachte ich mir« quittierte.

»Ich kann dir gern Motto-Vorschläge schicken, aber ich kann nicht helfen. Ich hab aktuell die Katze eines Klienten in Pflege und alle Hände voll zu tun. Sie hält sich für eine ägyptische Gottheit.«

»Wieso nimmst du die Katze eines Klienten in Pflege?« In Emmas Stimme lag Verwunderung, doch ich sah, wie ihre Mundwinkel zuckten.

»Lange Geschichte«, gab Gilbert grummelnd zurück.

Ich biss mir auf die Lippe, um mein Lachen zu verbergen. »Wir können ja in der Mittagspause brainstormen«, meinte ich. »Falls Cassedy und du Zeit habt?«

»Absolut. Danke dir, Nele.«

Victoria goss den Rest des Milchschaums auf den Kaffee und reichte mir dann meine Tasse. Nach ein wenig weiterem Small Talk verließen wir alle die Küche, und ich ließ mich auf meinen Bürostuhl fallen. Ich war erst die zweite Woche hier und hatte dennoch das Gefühl, schon richtig angekommen zu sein. Meine Kollegen und Kolleginnen waren nicht nur unfassbar nett, die Atmosphäre hier war so neckend-familiär, dass es schwer war, sich nicht auf Anhieb wohlzufühlen.

Ich loggte mich ein, trank einen Schluck des noch heißen Kaffees und checkte zuallererst meine E-Mails. Cassedy hatte mir einige neue Manuskripte weitergeleitet. Außerdem hatte ich etliche Branchen-Newsletter vom Wochenende, die ich überflog. Ich hatte gerade das zweite Exposé zum Probelesen geöffnet, als eine dunkle Jeans und ein paar schwarzer Schuhe in mein Sichtfeld traten. Ich musste nicht aufblicken, um zu wissen, wer da neben mir stand. Mein Körper registrierte es schneller als mein Verstand, nahm das feine, herbe Aftershave wahr, noch bevor Matthew die Stimme erhob.

»Nele«, sagte er, und die Art, wie mein Name über seine Zunge rollte, jagte mir eine Gänsehaut über die Arme, die zum Glück unter einem dicken Pullover verborgen waren. »Hast du kurz Zeit? Ich dachte, wir können uns vor dem Meeting schon mal wegen der Künstler, die du rausgesucht hast, zusammensetzen.«

»Klar«, sagte ich, schluckte und sah dann erst auf. Ich wünschte, ich hätte es nicht getan. Seine hellblauen Augen waren auf mich gerichtet, die schräg durch das Fenster hereinfallende Sonne brachte sie zum Glänzen. Er trug ein langärmliges, weißes Hemd, dessen obere Knöpfe offen waren und es verdammt schwer machten, meinen Blick konzentriert auf sein Gesicht zu richten. Doch ich schaffte es. Ha! 1:0 für Nele.

Ich nahm meinen Laptop von dem Rollcontainer neben meinem Schreibtisch und folgte Matthew in sein Büro. Erneut waren die Rollos unten. Mein Blick huschte zu der Sporttasche, die unter der schmalen Garderobe an der Wand stand. Der Anblick genügte, das Bild von Matthew in Sporthosen vor mein inneres Auge zu rufen. Das Stück freiliegender Bauch und die feine Spur Haare, die von dort ...

Verdammt! So viel zu 1:0 für Nele ...

»Lass uns auf die Couch gehen, ist ein bisschen bequemer.«

Matthew nahm auf dem grauen Sofa an der verglasten Wand Platz, und ich setzte mich – mit einigem Abstand – daneben. Falls Matthew sich über die Distanz wunderte, ließ er es sich nicht anmerken. Er legte zwei Stapel Papier auf den Glastisch vor uns. »Verpetz mich bitte nicht, ich weiß, wir versuchen, nachhaltiger zu sein. Aber Papier hilft mir oft, mich zu konzentrieren. Deshalb hab ich meine beiden Favoriten ausgedruckt.«

»Kann ich verstehen, ist wie mit Printbüchern«, sagte ich, und Matthews Lächeln auf meine Antwort warf mich vollkommen aus der Bahn. Niemand sollte durch ein Lächeln noch einmal so viel schöner werden. Erst recht nicht jemand, für den ich arbeitete.

»Also war bei den Vorschlägen schon etwas dabei?«, fragte ich schnell, um das Thema wieder in sichere Bahnen zu lenken. Die Arbeit. Denn die war alles, was wir hier besprechen sollten.

Matthew räusperte sich und deutete auf das Papier. »Keiner der Vorschläge war schlecht. All diese Leute würden in unser Portfolio passen, die beiden noch am besten, meiner Meinung nach. Ich hab ein paar Notizen gemacht ...« Er blätterte in einem der Stapel. »Mit ein paar Anmerkungen und Fragen, die du noch recherchieren könntest, bevor Cassedy und du die beiden kontaktiert. Aber ...« Er legte die Stirn in Falten und drehte sich dann so auf der Couch herum, dass er mich wieder direkt betrachten konnte. »Ich fände es großartig, wenn wir etwas finden, das heraussticht. Ein Projekt, das die Linie, die wir aktuell fahren, nicht fortführt, sondern aus ihr ausbricht. Ich weiß, das ist nicht gerade eine klare Vorgabe, aber ich hab das Gefühl, dass wir bei Thrillern, Liebesromanen und in der Fantasy die Trends erkennen, bevor sie der Buchmarkt überhaupt bemerkt. Im Non-Fiction-Bereich jedoch ... Wir haben ein paar Ratgeber vermittelt, die nach wie vor auf den Bestseller-

Listen stehen, aber gerade wenig, was sich speziell an die jüngere Zielgruppe richtet. Oder etwas, das eine neue Herangehensweise an gesellschaftskritische Themen hat, fernab der Fachliteratur.«

»Ich hab eine Idee.« Die Worte waren ausgesprochen, bevor ich überhaupt über sie nachdenken oder den Einfall mit Cassedy besprechen konnte.

»Und zwar?« Matthew hatte die Unterarme auf die Beine gestützt, seine gesamte Aufmerksamkeit lag nun auf mir.

»Das Graffiti, das wir gesehen haben … Es gibt etliche davon. In ganz London. Und die, die ich bisher entdeckt habe, sind gesellschaftskritisch.«

»Okay.« Matthew hatte den Kopf schiefgelegt. »Und was genau ist deine Idee?«

Gute Frage. Vielleicht war ich zu voreilig gewesen. Hätte erst einmal in Ruhe weiter recherchieren sollen und …

»Nele«, meinte Matthew mit leichtem Schmunzeln. »Spuck's einfach aus. Du kannst nichts Falsches sagen. Jeder Vorschlag ist besser als kein Vorschlag.«

»Ich hab versucht, bei Google rauszufinden, wer die Linearts macht.«

»Und?«

»Nichts. Nur etliche Artikel mit genau derselben Frage. Niemand weiß, wer für die Graffitis verantwortlich ist. Aber wäre er oder sie nicht genau die richtige Person? Ganz London scheint sie zu kennen. Und ich kann mir kaum vorstellen, dass die Geschichte, die hinter dem Ganzen steckt, nicht spannend ist. Vielleicht sind es ja sogar mehrere Personen? Was genau sagen die Bilder aus? Denn kritisch sind sie ja offensichtlich.« Ich merkte, wie ich mich in Fahrt redete. Doch die Idee, rauszukriegen, wer für die kleinen Kunstwerke verantwortlich war, hatte Besitz von mir ergriffen.

»Wäre auf jeden Fall spannend«, stimmte Matthew mir zu. »Aber was, wenn die Person unentdeckt bleiben will?«

»Unerkannt.«

»Ist das ein Unterschied?«

»Na ja, unentdeckt ja offensichtlich nicht, sonst wäre nicht die ganze Stadt voll von den Graffitis. Aber die Person könnten wir ja sicher schützen – macht das Ganze vielleicht sogar noch interessanter.«

»Hm«, machte Matthew und schien über meine Worte nachzudenken. »Das klingt zwar spannend, aber wie willst du zu der Person Kontakt aufnehmen, wenn niemand weiß, wer sie ist oder wo sie sich rumtreibt?«

»Auch da hab ich eine Idee …« Ich schluckte. Beinahe hätte ich ihm von meinem Account erzählt. Seltsam, immerhin hatte ich sogar bei Undine Hemmungen, ihr mein Geschriebenes zu zeigen – und sie war meine Schwester und unterstützte mich, wo es nur ging.

»Okay, und zwar?«

Ich zögerte. Wollte ich ihm davon berichten? Dann würde er zwangsläufig auch die Texte sehen, die ich verfasst hatte. Und insbesondere der vom Wochenende war von ihm inspiriert. Matthew hob die Brauen und sah mich abwartend an.

»Wenn ich die Person finde, wäre das dann jemand, der infrage käme?«

»Wäre auf jeden Fall nicht verkehrt, ein Gespräch zu führen, ja.«

»Dann schaff ich es«, sagte ich zuversichtlicher, als ich mich fühlte. Zwar war ich mir sicher, dass der Künstler oder die Künstlerin direkt auf meinen Text Bezug genommen hatte, doch wer sagte, dass er oder sie Lust hatte, nur deshalb mit mir zu sprechen?

»Okay.« Matthew nickte. »Ich bin gespannt. Und ansonsten …« Er schob die Blätter auf dem Tisch zusammen und hielt sie mir entgegen. »Die hier sind nicht schlecht, vielleicht lässt sich da noch mehr rauskitzeln. Schau sie dir ruhig genauer an und guck, wo du tiefer graben könntest.«

»Mach ich«, erwiderte ich. Das würde ich – im Zweifel. Ich wollte Matthew und die anderen nicht enttäuschen, also würde ich zuerst einmal alles daransetzen, die Aufmerksamkeit des Künstlers oder der Künstlerin zu wecken. Und ich hatte auch schon eine Ahnung, wie.

Ich griff nach den Papieren, die Matthew mir entgegenstreckte, und war in Gedanken so bei dem Plan, der sich gerade in meinem Kopf formte, dass ich nicht aufpasste. Erst als sich Matthews und meine Fingerspitzen berührten und das Gefühl seiner warmen Haut meinen Atem zum Stocken brachte, wurde mir mein Fehler bewusst. Eilig zog ich meine Hand zurück, so schnell jedoch, dass mir der obere Stapel entglitt und sich über den Holzboden verteilte.

»Mist«, sagte ich im selben Moment, in dem Matthew ein »Entschuldige« murmelte. Mit zitternden Fingern klaubte ich die einzelnen Blätter vom Boden auf.

Wieso hatte ich mich bei ihm nur so wenig unter Kontrolle? Ich war weder tollpatschig, noch kannte ich mich so fahrig. Aus dem Augenwinkel sah ich, wie Matthew neben mir in die Hocke ging und die restlichen Blätter aufsammelte.

»Hier«, sagte er leise, und als ich das Papier nahm, stockte mein Atem. Er kniete neben mir, seine hellblauen Augen waren unergründlich, sein Blick jedoch so intensiv, dass es mir die Sprache verschlug. So sehr, dass selbst das Danke, das ich hatte sagen wollen, in meiner viel zu trockenen Kehle stecken blieb. In diesem Moment war ich dankbar, dass die Rollos des Büros heruntergelassen waren, denn so, wie er mich ansah, hätte ich all meine guten Vorsätze am liebsten über Bord geworfen. Zu allem Überfluss wanderte mein Blick wie von selbst nach unten zu seinem Mund, gerade rechtzeitig, um ihn hart schlucken zu sehen. Der Drang, ihn wieder zu küssen, war so groß – zu groß.

Steh auf, verdammt.

Doch mein Körper gehorchte nicht. Erst recht nicht, als Matthew sich näherte. Langsam, mit fragendem Blick, als wartete er darauf, dass ich einschritt, mich zurückzog, Nein sagte – doch ich tat nichts dergleichen, sondern schob mich ihm entgegen, überbrückte die letzte Distanz zwischen uns. Er nahm mein Gesicht in seine Hände und zog mich näher, seine Lippen fanden meine. Ich seufzte auf, ließ die Blätter fallen, die ich gerade aufgesammelt hatte, und legte meine Finger an seinen Rücken, spürte die Muskeln, die sich unter seinem Hemd bewegten, als er sich noch weiter zu mir beugte. Matthew vertiefte den Kuss, gab mir, wonach ich mich all die letzten Tage so gesehnt hatte. Ich wollte nie wieder aufhören. Und vielleicht musste ich das auch nicht, denn Matt zu küssen, fühlte sich an, als könnten wir die Zeit anhalten. Zumindest nahm ich nichts mehr wahr außer seinem Geruch, der meine Sinne benebelte, und dem sanften Gefühl seiner Lippen auf meinen. So zärtlich der Kuss begonnen haben mochte, so hungrig war er nun. Ich spürte den Teppich an meinen Knien, Matthews Oberkörper an meiner Brust. Das war es, was ich wollte. Ihn. Nicht die verbotenen Blicke und vor allem nicht die gespielte Gleichgültigkeit.

»Nele …«

Ich spürte den geflüsterten Namen mehr an meinen Lippen, als dass ich ihn hörte. Ich hielt die Augen geschlossen und sog jeden einzelnen Buchstaben, den Klang der zwei Silben in mich auf. Als ich mich doch dazu durchrang, die Augen zu öffnen, sah ich direkt in seine. In dem Eisblau wirbelten etliche

Gefühle. Verlangen, aber auch Sorge standen darin. Doch kein Bedauern, wie ich erleichtert feststellte. Dennoch hatte er die Brauen zusammengezogen, die Muskeln seines Unterkiefers traten deutlich hervor, als er die Zähne zusammenbiss und sich langsam zurückzog.

»Shit.«

Ich brauchte einen Moment, um zu realisieren, dass wir uns nach wie vor in seinem Büro befanden. Umgeben von Kollegen und Kolleginnen, von denen uns nur Jalousien und eine Tür trennten. Matthew stand auf, ein gequälter Ausdruck in seinem Gesicht. »Das war ein Fehler«, murmelte er, und obwohl er recht hatte, trafen mich seine Worte. Obwohl er nichts für die Situation konnte, tat es weh.

»Das hätte ... Wir müssen damit aufhören.« Er deutete von sich zu mir, während ich wie gelähmt auf dem Teppich saß. Ich nickte, weil ich wusste, dass er recht hatte. Dennoch wüteten die Gefühle in meiner Brust, rebellierten gegen die stumme Zustimmung. Ich wandte den Blick ab, sammelte mit bebenden Fingern die verteilten Blätter auf und erhob mich dann ebenfalls. Ich drückte die Papiere an meine Brust und räusperte mich, traute mich kaum, ihn weiter anzusehen.

»Danke«, sagte ich, unsicher, wofür ich mich überhaupt bedankte. Für die Zeit, die er sich genommen hatte? Den Kuss? Dass er ihn unterbrochen und die Grenze wieder gezogen hatte?

»Ich geh dann mal arbeiten«, murmelte ich. »Wir sehen uns im Meeting.«

»Ja ...« Zwischen Matthews Brauen lag weiterhin die tiefe Furche. Ich drehte mich um und lief Richtung Tür. Ein Teil von mir wünschte sich nichts sehnlicher, als dass er mich zurückrief, noch irgendwas sagte – der andere sorgte dafür, dass ich beinahe fluchtartig das Büro verließ, mich auf meinen

Stuhl setzte und hinter dem großen Bildschirm versteckte. Hoffentlich war ich nicht so hochrot, wie ich mich fühlte. Gilbert warf mir einen skeptischen Blick zu, und Sadie, die gerade mit einer Kaffeetasse an seinem Schreibtisch stand, musterte mich ebenso argwöhnisch. Oder bildete ich mir das bloß ein? Das konnte so nicht weitergehen. Ich konnte meinen Gefühlen nicht blind nachgeben und all das riskieren. Was hätte ich getan, wenn Matthew nicht den Verstand gehabt hätte, den Kuss zu unterbrechen?

Da ich meine Hormone anscheinend so gar nicht unter Kontrolle hatte, blieben mir nur zwei Möglichkeiten.

Ich nahm mein Smartphone aus der Handtasche und schickte das Foto des angepassten Graffitis an meine Arbeits-E-Mail. Ich hatte keine Ahnung, ob meine Idee genügte, um eine Reaktion des Künstlers oder der Künstlerin zu erhalten, aber es war einen Versuch wert. Kaum, dass ich die Mail verschickt hatte, öffnete ich meinen Chat-Messenger.

Nele, 9.23 am:
Hi, Levi. Nele hier, vom Bouldern am Freitag, falls du dich erinnerst. Hast du Lust, die Tage was zusammen zu machen?

Levis Antwort kam sehr viel schneller als erwartet. Ich hatte gerade einmal das Bild des Graffitis bei Photoshop geöffnet, als mein Handy auf der Tischplatte leise vibrierte.

Levi, 9.25 am:
Hey! Na klar erinnere ich mich. 😁
Supergern. Auf was hast du denn Lust? Kennst du das Winter Wonderland im Hyde Park schon? Ist eine Art Weihnachtsmarkt mit Fahrgeschäften. Als Deutsche

eigentlich ein Muss, dann kannst du dich über den aufgesetzten deutschen Akzent der Schausteller lustig machen.

Ich tippte schnell eine Antwort, und kurz darauf hatten wir uns für morgen Abend verabredet. Zufrieden packte ich mein Handy weg und widmete mich der Aufgabe vor mir. Wäre doch gelacht, wenn ich diesen Hormonen nicht den Kampf ansagen könnte. Das beinahe schuldige Gefühl, das sich in meinem Bauch breitmachte, ignorierte ich dabei geflissentlich.

13. KAPITEL

Matthew

»Hi, Matthew!«

Benedict, ein kleiner, aufgeweckter Junge, stürmte an mir vorbei, und Mrs Green, die Heimleiterin, sah ihm lachend nach. »Ich habe aufgegeben, ihm zu sagen, dass er hier drin nicht rennen darf.«

»Wir mussten uns damals noch ganz genau daran halten.«

»Tja, was soll ich sagen? Mit den Jahren wird man weicher.«

Sie öffnete die Tür zur Bibliothek, und ich folgte ihr in den gemütlich eingerichteten Raum, der mittlerweile so viel mehr Regale beinhaltete als noch zu meiner Zeit. Schon als ich noch Werkstudent bei Heather & Clark gewesen war, hatte ich Albert überredet, regelmäßig Belegexemplare ins Heim bringen zu dürfen. Mittlerweile schaute ich mindestens einmal im Monat hier vorbei, allein schon, um Mrs Green und einige der anderen Betreuerinnen zu sehen – denn sie waren bereits zu meiner Zeit da gewesen. Auch wenn es manchmal schmerzte, tat es gleichermaßen gut, diesen Ort aus meiner Vergangenheit zu besuchen. Er war die einzige Wurzel, die ich hatte. Außerdem war es schön, den Kindern etwas mitgeben zu können. Zu meiner Zeit war die Bibliothek sehr rar bestückt gewesen, mittlerweile verdiente sie ihren Namen, und ich hatte im Sommer sogar neue Regale beisteuern können.

»Diesmal sind es überwiegend Kinderbücher«, sagte ich und stellte den Karton auf einem der Arbeitstische ab.
»Das ist super, ich danke dir.«
»Gar kein Thema.«
»Du hast dich länger nicht mehr blicken lassen.«
»Ja …« Ich seufzte. »Ich hätte nicht gedacht, dass der neue Posten so viel meiner Freizeit frisst.«
Sie lachte leise. Wahrscheinlich kannte sie das Konzept von zu wenig Freizeit nur zu gut. Denn als Heimleiterin war sie quasi rund um die Uhr für uns da gewesen.
»Wie ergeht es dir denn im neuen Job? Hat Albert ein wenig loslassen können?«
Mrs Green kannte Albert natürlich. Von seinem einen Besuch im Heim, ja, aber hauptsächlich aus meinen vielen Erzählungen. Denn seit meinem Praktikum damals hatte ich die Klappe nicht mehr halten können: Alles hatte sich um Heather & Clark gedreht. Das Treiben im Büro hatte mich so sehr fasziniert, dass mein Berufswunsch festgestanden hatte. Plötzlich hatte ich in der Schule nicht mehr gefaulenzt, sondern auf Bestleistungen hingearbeitet, um eventuell das Glück zu haben, studieren zu können. Zum ersten Mal in meinem Leben hatte ich das Gefühl gehabt, dass es in dieser Welt vielleicht doch einen Platz für mich gab. Dass der Junge, den niemand hatte haben wollen, wenn schon nicht gewollt, dann zumindest gebraucht wurde. Mrs Green wurde nie müde zu erwähnen, was für eine 180-Grad-Wandlung ich damals hingelegt hatte. So auch heute nicht.
»Er ist bestimmt froh, sich auf dich verlassen zu können. Und was für eine schöne Geschichte. Er hat dir so viele Türen geöffnet, und nun kannst du ihm etwas zurückgeben.« Sie lächelte, während sie eines der Bücher einsortierte. »Ich bin mir sicher, er ist unfassbar stolz auf dich. Wir zumindest sind es hier alle.«

»Ich hoffe«, erwiderte ich und reichte ihr zwei weitere Bücher. »Er schafft es mittlerweile, nicht mehr bei jedem Meeting aufzutauchen.«

»Na, dann scheinst du deine Sache ja gut zu machen.«

Ich hob die Schultern, und Bilder von Nele tauchten vor meinem inneren Auge auf. Das Gefühl ihrer Lippen auf meinen war wie ein Schatten und folgte mir seitdem, wohin ich auch ging. Vielleicht war ich deshalb heute hier. Um mich abzulenken und weil irgendetwas an Mrs Green und diesem Ort dafür sorgte, dass ich mich wieder jünger und kleiner fühlte. Allerdings nicht auf eine unangenehme Weise. Es war vielmehr so, als dürfte ich hier ausatmen, als wäre ich in Sicherheit. Dabei hatte ich im Heim bei Weitem nicht nur gute Zeiten gehabt. Als Kind – bevor ich Albert und Heather & Clark kennengelernt hatte – war ich so wütend und rebellisch gewesen, dass es keine Pflegefamilie lange mit mir ausgehalten hatte. Nichts, wofür ich meinem vergangenen Ich noch Vorwürfe machte, doch es war oft frustrierend gewesen, hierher zurückzukehren. Mittlerweile hatte ich mit dem Heim und meiner Zeit hier jedoch Frieden geschlossen, und die positiven Seiten überwogen. Dieser Ort war ein Anker, wenn ich schon keine Familie hatte, die mir diesen geben konnte.

»Was? Liegt es an diesem Jake?«

Es sollte mich nicht wundern, dass sie gleich zum Kern des Problems vordrang, immerhin war sie jahrelang eine meiner engsten Bezugspersonen gewesen. Es war genauso wenig überraschend, dass sie meine Antwort gar nicht erst abwartete, bevor sie weitersprach.

»Er war dir schon immer ein Dorn im Auge.« In ihrer Stimme lag nicht der Hauch eines Vorwurfs, dennoch merkte ich, wie ich automatisch in die Defensive ging. Ihr schien das ebenso aufzufallen, denn sie hob eine Augenbraue und sah mich abwartend an. »Was? Willst du das bestreiten?«

»War ja nie grundlos«, gab ich grummelnd zurück.

»Hab ich auch nicht behauptet. Aber du warst damals schon neidisch auf ihn. Kannst du es dem Jungen da verübeln, dass es ihm jetzt umgekehrt so geht?«

»Aber das ist der Punkt, nicht wahr? Er ist kein Junge, sondern ein erwachsener Mann. So wie ich auch.«

»Gefühle machen keinen Halt vor dem Alter, Matthew«, erwiderte Mrs Green lachend und nahm den letzten Stapel Bücher aus dem Karton. »So schön es auch wäre, sie irgendwann in den Griff zu kriegen. Ich hoffe wirklich, ihr könnt euer Kriegsbeil begraben und miteinander statt gegeneinander arbeiten.«

»Würde ich ja, er ist derjenige, der bei jeder Gelegenheit gegen mich schießt.«

Obwohl Mrs Green das Gesicht zum Regal gewandt hatte, sah ich im Profil, wie die Falten um ihren Mund herum tanzten, als sie sich das Lachen verkniff. Kein Wunder, ich merkte selbst, dass ich gerade alles andere als erwachsen klang.

»Manche Dinge ändern sich wohl nie.« Sie steckte das letzte Buch in die dafür vorgesehene Lücke und lächelte mich warm an. »Andere dafür umso mehr. Schau doch mal, was du alles erreicht hast. Deine Startbedingungen waren so viel schlechter als die anderer Menschen, und dennoch stehst du jetzt an der Spitze eines Unternehmens. Du hast dich nie unterkriegen lassen.« Sie lachte. »Und das, obwohl wir da anfangs echt wenig Hoffnung hatten.«

Ich fiel mit in das Lachen ein, fühlte jedoch alles andere als Belustigung. Ich dachte ungern an damals. An das Davor. Der Tag, an dem Albert mich hier besucht und unter seine Fittiche genommen hatte, war der Tag gewesen, der alles verändert hatte. Ich war allein gewesen. Einsam. Er hatte meinem Leben einen Sinn gegeben – so pathetisch und dramatisch es klang. Zuvor war mein Leben von missglückten Versuchen geprägt gewesen, meine Eltern kennenzulernen. Ich wusste, dass sie lebten. Mein Dad zumindest. Das hatte ich mehr zufällig herausgefunden, als ich Mrs Green und Ms Hendricks belauscht hatte. Am Abend darauf hatte ich versucht, in ihr Büro einzubrechen – und war natürlich erwischt worden. Fazit der ganzen Geschichte war, dass mein Dad zwar unter den Lebenden weilte, mich aber nicht sehen wollte.

Damals hatte ich die Kinder beneidet, deren Eltern verstorben waren. Immerhin mussten sie nicht mit dem Wissen umgehen lernen, dass man sie freiwillig weggegeben hatte. Ich hingegen lebte jeden Tag in dem Bewusstsein, und es hatte mich von innen heraus aufgefressen. Geändert hatte sich das erst, als ich in der öffentlichen Bibliothek, die ich mangels der Bücher in unserer kleinen Heimbibliothek häufig besuchte, auf Albert traf. Wir kamen ins Gespräch, und er machte mich auf das Tagespraktikum aufmerksam, das sie regelmäßig an Schüler vergaben. Von da an nahm alles seinen Lauf: Auf das Tagespraktikum folgte ein längeres, später die Werkstudentenstelle und schließlich der erste Job. Ich würde Albert nie vergessen, dass er mich aus allem herausgeholt hatte. Aus der Alternativlosigkeit, vor allem aber aus meinen dunklen Gedanken. Ich mochte keinen Vater haben, keine Mutter, kein Vermächtnis einer Familie, das ich antreten konnte. Ich kannte meine Wurzeln nicht. Aber ich kannte meine Zukunft, und ich würde alles daransetzen, Alberts Lebenswerk fortzuführen.

14. KAPITEL

Nele

Zum bestimmt zwanzigsten Mal heute checkte ich mein Instagram-Postfach, doch bis auf ein paar Nachrichtenanfragen von Leuten, die mir etwas zu den Graffitis erzählten, war es leer. Ich hatte meinen letzten Post am Montag erstellt. Er beinhaltete das überarbeitete Graffiti – nur dass ich mit Photoshop ein weiteres Stück des Linearts hinzugefügt hatte. Über dem Kopf der Person hatte ich eine zusätzliche Blase gemalt. In dieser befand sich die Silhouette eines Gesichts mit einem Fragezeichen darin. Ich sperrte das Handy, legte es mit dem Display nach unten zur Seite und rieb mir die Schläfen. Wieso hätte es auch funktionieren sollen? Es war ein naiver Versuch, Kontakt zu der Person aufzunehmen, die die Graffitis erstellte. Ich hatte sie aus der Reserve locken wollen, indem ich das Lineart noch weiter veränderte, eine Frage nach ihrer Identität stellte – doch vielleicht war das zu schwammig gewesen. Oder aber es war bloß Zufall, dass das überarbeitete Bild so gut zu meinem Instagram-Text passte. Vielleicht kannte sie die Seite gar nicht.

Frustriert öffnete ich eine weitere E-Mail, um die täglichen Manuskripteinsendungen zu sichten. Ich war zwar gerade einmal eineinhalb Wochen hier, merkte jedoch jetzt schon, wie viel leichter es mir von der Hand ging, Exposés und Manuskripte auf den ersten Blick einzuschätzen. Gemeinsam mit Cassedy über abgelehnte, aber auch angenommene Einsendungen zu schauen, hatte mich wirklich vorangebracht. Leider half mir das nicht über den Frust hinweg, dass ich Matthew nun doch nichts Besonderes vorzuweisen hatte. Zwar wollte ich noch nicht aufgeben, aber was für einen Anhaltspunkt hatte ich schon?

»Nele?«

Cassedys Stimme drang durch das halb volle Großraumbüro, und als ich aufblickte, sah ich sie mit einem Lächeln auf meinen Schreibtisch zulaufen. Ihre roten Haare wippten bei jedem Schritt mit.

»Ja?«

»Alles gut bei dir? Ich hab um elf spontan einen Call mit Fatimah, einer unserer Autorinnen. Wir wollten über ihr neues Projekt sprechen. Hast du Lust, dabei zu sein? Dann hast du neben der PC-Arbeit mal etwas Abwechslung.«

»Ja, na klar!«, sagte ich sofort. Denn Kontakt zu unseren Klienten und Klientinnen hatte ich bisher nur per E-Mail gehabt.

»Cool. Ich schick dir gleich mal das Exposé zu dem Projekt, um das es geht. Wir wollen es am liebsten noch vor Weihnachten raussenden. Oh, und ich hab auf unserer Mottoliste mal meine Favoriten markiert und sie dir und Victoria geschickt. Wenn es ein enges Rennen zwischen zwei, drei Mottos wird, können wir die anderen auch abstimmen lassen. Dann hat immerhin niemand eine Ausrede, sich nicht zu verkleiden.«

»Klingt nach einem Plan«, sagte ich lachend.

»Ich hoffe wirklich, es wird Marvel.«

»Ich bin Team Piraten. Wir feiern schließlich auf einem Boot!«

»Das wäre auch noch okay. Ich hab nur die ungute Befürchtung, dass die meisten für Bad Taste stimmen, damit sie nichts kaufen müssen.« Cassedy seufzte. »Oder wir streichen es einfach von der Liste.«

»Ich schau gleich mal rein«, versprach ich. »Dann kann ich mich morgen vielleicht schon um die Deko kümmern, wenn alle abgestimmt haben.«

»Das wäre toll. Gilbert hat Karaoke vorgeschlagen, er kennt wohl jemanden, der uns eine Maschine leihen könnte. Die Idee fand ich eigentlich gar nicht so schlecht, solange ich nicht singen muss.« Sie hob die Schultern. »Aber gut, schau dir das Exposé mal an. Ich hab uns für elf Doyle gebucht.«

Ich nickte mit einem Schmunzeln. Ich hatte mich immer noch nicht ganz daran gewöhnt, dass die Arbeits- und Meetingräume Namen berühmter britischer Schriftsteller und Schriftstellerinnen trugen. Mein persönlicher Favorit, der große Konferenzraum mit den Bücherregalen, war Neil Gaiman, und dann gab es neben Arthur Conan Doyle noch zwei kleine Rückzugsorte zum konzentrierten Arbeiten namens Jane Austen und Agatha Christie. Ich hätte zu gern gewusst, nach welchen Kriterien die Namen damals vergeben worden waren, doch das hatte mir selbst Gilbert nicht beantworten können. Matthew konnte ich wohl kaum fragen. Nicht zum ersten Mal an diesem Morgen wanderten meine Gedanken zu seinen hellblauen Augen, die mich so intensiv gemustert hatten, kurz bevor seine Lippen meine berührt hatten und …

Am liebsten hätte ich frustriert aufgestöhnt, doch stattdessen riss ich mich zusammen und lächelte Cassedy zu, die noch einmal winkte und dann zurück in Richtung ihres Büros ging. Bevor ich mich wieder den Manuskripten zuwendete, öffnete ich – zum einundzwanzigsten Mal – meinen Instagram-Account. Mein Herz schlug etwas schneller, als die kleine rote Blase oben rechts an dem Nachrichtensymbol eine vier anstatt wie zuvor eine drei anzeigte. Im nächsten Moment setzte es einige Takte aus, als ich die neue Nachricht öffnete. Denn dort stand, worauf ich schon gar nicht mehr gehofft hatte.

@thoreaulymad:
Ist das eine Aufforderung, mein Werk noch mal zu erweitern?

Konnte das sein? War mir mein Versuch ernsthaft geglückt? Schnell klickte ich auf das Profilbild, das neben dem Usernamen stand. Das Profil war jedoch privat, hatte gerade einmal vier Follower, die genauso gut Bots sein konnten, und kein Profilbild eingestellt. Mit gerunzelter Stirn klickte ich wieder in die Nachricht. Was, wenn die Person sich nur als der Künstler oder die Künstlerin ausgab? Egal, ich hatte ja nichts zu verlieren.

@LondonsLinearts:
Eher eine Aufforderung, dich zu melden – was ja geklappt hat. Sind die Linearts wirklich von dir?

@thoreaulymad:
Ist das wichtig?

Ich widerstand dem Drang, mit den Augen zu rollen. Was ich gar nicht gebrauchen konnte, waren noch mehr Rätsel und mysteriöse Gegenfragen. Ich wollte Antworten.

@LondonsLinearts:
Für mich schon, ja. Da ich die Person, die dafür verantwortlich ist, gern finden würde.

Ich überflog meinen Text noch einmal. Das klang beinahe, als hätte ich vor, sie wegen Sachbeschädigung anzuzeigen. Schnell tippte ich eine weitere Nachricht.

@LondonsLinearts:
Die Linearts bringen mich echt zum Nachdenken, ich würde mich einfach gern darüber austauschen.

@thoreaulymad:
Das tust du mit dem Account doch schon. Ich mag deine Texte dazu echt gern.

@LondonsLinearts:
Dann lass uns darüber reden. Bitte! Ich fände es wahnsinnig spannend, dich kennenzulernen.

Mein Text wurde als gelesen angezeigt, doch im Gegensatz zu vorhin tippte thoreaulymad keine Antwort. Verdammt. War ich zu aufdringlich gewesen? Wieso wollte er oder sie nicht erkannt werden?

@LondonsLinearts:
Ich arbeite für eine Literaturagentur, die auch Künstler:innen vertritt. Ich fänd es wirklich toll, deine Projekte dem Team vorzustellen.

So, das klang definitiv nicht mehr nach drohender Anzeige, ganz im Gegenteil. Mit vor Aufregung wild pochendem Herzen beobachtete ich, wie auch diese Nachricht als gelesen markiert wurde. Doch dabei blieb es. Ich erhielt keine Antwort.
»So ein Mist«, murmelte ich und erntete einen fragenden Blick von Jeanette, die mir schräg gegenübersaß. Ich lächelte ihr zu und legte das Handy weg. Meine Konzentration jedoch war flöten gegangen. Mein Blick wanderte über die Zeilen des Manuskripts vor mir, ohne wirklich etwas aufzunehmen. Ich war so nah dran. Ich hatte die Person gefunden – oder

besser gesagt, sie hatte mich gefunden. Mein Gespür sagte mir einfach, dass da mehr war. Dass die Geschichte rund um die Kunstwerke es wert war, erzählt zu werden. Und genau aus diesem Grund würde ich noch nicht aufgeben.

15. KAPITEL
Nele

Atemweiß stieg in die Luft empor, als ich schnellen Schrittes in Richtung Hyde Park lief. Ich war spät dran, hatte mich vollkommen in der Arbeit verloren. Nach dem Call mit der Autorin hatte Cassedy mir offenbart, dass ich das von ihr eingereichte Projekt würde mitbetreuen dürfen, wenn ich mir das bereits zutraute. Dementsprechend hatte ich mich danach in die Recherche gestürzt, um alles Mögliche über Fatimah herauszufinden. Wir hatten bereits eines ihrer Projekte vermittelt, einen Ratgeber über Selbstwert, der, wie ich beim Reinlesen festgestellt hatte, fundiert war und sich aus psychologischer Sicht mit dem Thema befasste.

Ich schaute auf die Uhr. Zwei Minuten Verspätung. Das war immerhin noch im Rahmen. Ich ließ meinen Blick durch den Park wandern, über die improvisierten Wände, die den Weihnachtsmarkt abgrenzten, und spürte in mich hinein. War ich nervös? Kein Stück, wenn ich ehrlich war. Ich hatte mich gut mit Levi verstanden, freute mich auf den heutigen Abend – aber mehr war da nicht. Kein Kribbeln, keine übersteigerte Vorfreude. Ein klein wenig war ich frustriert von mir selbst, hatte ich doch den schwachen Hoffnungsschimmer gehabt, mir beweisen zu können, dass ich über Matthew hinweg war oder zumindest schnell über ihn hinwegkommen könnte.

Ein Winken zog meine Aufmerksamkeit auf sich, und ich entdeckte Levi. Der blonde Haarschopf, nach dem ich Ausschau gehalten hatte, steckte unter einer dunkelgrauen Mütze, weshalb ich ihn nicht direkt erkannt hatte.

»Hi!« Levi kam lächelnd auf mich zu und umarmte mich zur Begrüßung. »Schön, dass du hier bist. Wie war dein Tag?«

»Gut. Aufregend irgendwie. Und deiner?«

»Wir haben heute die Strecken umgesteckt. Ich lieb das, da komme ich wenigstens noch selbst zum Klettern und kann ausprobieren, was machbar ist und was nicht. Gerade hatte ich noch eine Vorlesung, aber sonst war nicht viel los. Was war denn aufregend?«

»Ich wusste gar nicht, dass du studierst«, warf ich beinahe zeitgleich ein.

»Informatik am Queen Mary«, erwiderte er mit einem Schulterzucken. »Bin fast fertig. Ich weiß aber ehrlich gesagt noch gar nicht, ob ich wirklich in dem Bereich Fuß fassen will. Mal schauen. Aber jetzt erzähl.«

Levi und ich setzten uns in Bewegung in Richtung des Eingangsbereiches, aus dem uns schon ein Gemisch aus unterschiedlichen Weihnachtsliedern entgegenschallte. Einzelne Besuchergruppen strömten auf das Gelände, die statischen Geräusche der Fahrgeschäfte drangen ab und an durch den Lärm hindurch, gefolgt von vergnügtem Kindergeschrei. Ein Lächeln fand seinen Weg auf mein Gesicht.

»Kaum zu glauben, dass ich noch nie hier war, das ist ja riesig.« Ich ließ den Blick in Richtung des bunt beleuchteten Riesenrads wandern und vergaß für einen Moment sogar, wie kalt es war. »Und aufregend war mein Tag, weil ich ein Projekt und eine Klientin mitbetreuen darf. Obwohl ich erst so kurz dabei bin.«

»Seit einer Woche, meintest du, oder?«

»Ja. Und es ist noch was passiert.« Ich zögerte, unsicher, ob ich Levi von den Linearts und meinem Account erzählen sollte.

»Ja?«, hakte er nach.

»Sind dir in London schon mal diese Graffitis aufgefallen, die so aussehen, als wären sie in einem Rutsch durchgezeichnet worden? Sie bestehen fast nur aus weißen Linien, manchmal haben sie noch farbige Akzente dabei.«

Wir wurden kurz durch eine Besuchergruppe getrennt, und als ich wieder neben Levi trat, hatte er die Stirn in Falten gelegt. »Ne, glaub nicht. Aber es gibt etliche Graffitis in London.«

»Eines davon ist sogar in der Nähe eurer Halle, warte.«

Ich kam vor einem Stand mit gebrannten Mandeln zum Halt, der köstliche Duft umhüllte uns und vermischte sich mit dem von Lebkuchen, Popcorn und Zuckerwatte. Als ich das Foto gefunden hatte, streckte ich Levi mein Handy entgegen. »Hier.«

»Nie gesehen«, erwiderte er nach einigen Augenblicken. »Aber sieht cool aus. Und was genau hat es damit auf sich? Also inwiefern hat es mit dir zu tun?«

»Ich versuch gerade den Künstler oder die Künstlerin zu finden.« Während wir weiter über das Gelände schlenderten, vorbei an Buden, deren Inhaber einen offensichtlich falschen deutschen Akzent aufgesetzt hatten, gab ich Levi eine Zusammenfassung meines Vorhabens und der Suche nach neuen Talenten.

»Und du hast keinerlei Anhaltspunkt, wer die Person sein könnte?« Er blies die Wangen auf. »Puh, leicht wird das nicht. Es gibt etliche Straßenkünstler hier, wie willst du da den einen finden?«

Ich biss mir auf die Unterlippe, merkte jedoch, dass mein Entschluss bereits stand. Ich vertraute Levi.

»Er – oder sie – hat mir geschrieben.«

»Wie das?«

Während Levi für uns beide Glühwein holte, berichtete ich ihm nicht nur von meinem Account, sondern auch von den Nachrichten von thoreaulymad. Er hörte mir aufmerksam zu, und als ich zum Ende meiner Erzählung kam, nippte er an seiner Tasse, das Kinn auf die Handfläche gestützt, den Ellbogen auf dem ziemlich nassen Stehtisch, was ihn jedoch nicht zu stören schien.

»Kann ich mal sehen?«

»Was genau?«

»Den Nachrichtenverlauf. Also nur, wenn es für dich okay ist.«

»Klar«, sagte ich und hielt ihm das Handy erneut entgegen.

»Oh, Thoreau?«

»Hm?«

Er tippte auf das Display. Ich folgte der Bewegung mit dem Blick, war mir aber nicht sicher, worauf er hinauswollte. Er schien mir die Verwirrung anzumerken, denn er sprach weiter.

»Thoreau ist Autor oder besser gesagt war Autor. Ich glaube, er war auch philosophisch unterwegs. Meine Schwester studiert Philosophie im Bachelor, sie musste letztens was von ihm lesen.« Er zog eine Grimasse. »Hat ziemlich über den Text geflucht. Aber anscheinend ist dieser Graffiti-Artist ein Fan.«

»Oh«, erwiderte ich und hätte mir am liebsten gegen die Stirn geschlagen. Dass ich da nicht selbst drauf gekommen war. »Ich hab seinen Namen im Studium sicher auch schon gehört und völlig verdrängt. Ist es okay, wenn ich kurz google?«

»Klar«, meinte Levi mit einem Lachen. »Wieso nicht?«

»Na ja, nicht gerade höflich, so viel am Handy zu hängen. Außerdem schwalle ich dich jetzt schon seit bestimmt fünfzehn Minuten mit der Arbeit zu.«

»Du brauchst dich nicht entschuldigen! Ist doch toll, wenn dir dein Job Spaß macht. Außerdem hängst du nicht am Handy, wir lösen einen Fall.« Levi grinste mich an und nickte auffordernd. »Na los.«

Ich erwiderte sein Grinsen. Keine Gänsehaut, kein heftig pochendes Herz, nichts, aber doch eine Vertrautheit und Gelassenheit, die ich so nur selten bei neuen Bekanntschaften spürte.

»Henry David Thoreau«, begann ich leise vorzulesen, was Google ausgespuckt hatte. »Amerikanischer Schriftsteller, Philosoph, französische Vorfahren, war Lehrer, ist dann irgendwann aber weg von der Gesellschaft und in eine selbst gebaute Hütte in den Wald gezogen. Hat dort zwei Jahre gelebt. Oh.«

»Oh?«

»In seinem Buch hat er beschrieben, dass sechs Wochen Lohnarbeit im Jahr reichen, um den Lebensunterhalt zu sichern.«

»Hat wohl nie in London gelebt.«

»Definitiv nicht«, stimmte ich lachend zu. »Hm. Also ist unser Artist Fan von Thoreau?«

»Scheint so, oder?«

Ich nickte langsam, sperrte das Handy und sah nachdenklich zu, wie die Wagen aus der nicht gerade weihnachtlich wirkenden Geisterbahn heraus- und wieder hineinfuhren. Begleitet vom Schreien der Kinder, die sich kaum trauten, zwischen ihren Fingern hervorzusehen.

Konnte das ein Anhaltspunkt sein? Thoreau? Auf jeden Fall wäre es ein Gesprächsthema, das ich aufgreifen konnte. Vielleicht würde es helfen, eine Verbindung zu dem Künstler oder der Künstlerin aufzubauen. Denn offensichtlich vertraute er oder sie mir nicht genug – was kein Wunder war, immerhin war ich eine völlig Fremde aus dem Internet. Dass die Person sich überhaupt bei mir gemeldet hatte, war schon ein guter erster Schritt.

»Danke«, sagte ich und sah wieder zu Levi, dessen Blick auf mir ruhte. Vermutlich war ich nicht gerade die beste Gesellschaft, bisher hatte ich nur über die Arbeit geredet.

»Wofür?« Fragend legte er den Kopf schief.

»Na ja, ohne dich hätte ich sicher länger gebraucht, den Usernamen zu verstehen.«

»Ach so.« Er machte eine wegwerfende Handbewegung. »Da wärst du draufgekommen. Außerdem bin ich gern dein Watson.« Er zwinkerte mir zu, dann leerte er den Rest des Glühweins. »Was hältst du davon: Wir fahren ein, zwei wirklich schlecht aussehende Fahrgeschäfte, schnappen uns dann gebrannte Mandeln und spazieren damit zur nächsten Buchhandlung, damit du dir was von Thoreau holen und diesen Artist überzeugen kannst, mit dir zusammenzuarbeiten?«

Ungläubig sah ich ihn an. »Wäre das okay?«

»Na klar, sonst würde ich es nicht anbieten.«

»Danke!«, erwiderte ich mit einem Strahlen. »Ich hoffe, das weicht nicht zu sehr von deinen Plänen für heute ab.«

»Ich hatte keine konkreten Pläne. Ich hatte einfach Lust, was mit dir zu machen.«

Sein Lächeln sorgte nicht für das heiße Prickeln, das Matthews Lächeln durch meinen Körper jagte, und war auch nicht für das warme Gefühl in meinem Bauch verantwortlich, denn dieses stammte einzig und allein vom Glühwein. Ich erwiderte es, fühlte jedoch nur Dankbarkeit – und den Hauch eines schlechten Gewissens. Ich wollte Levi keine Hoffnungen machen, wo offensichtlich keine waren.

»Hatchards ist nicht so weit von hier entfernt, etwa zwanzig Minuten«, sagte ich schnell, bevor die Stille zwischen uns unangenehm wurde. »Da könnten wir hinspazieren. Es ist angeblich die älteste Buchhandlung Londons, sie haben solche Klassiker bestimmt.«

Dass ich dieses Wissen dank des Dates mit Matthew hatte, verstärkte das unangenehme Gefühl in meinem Bauch nur. Beinahe fühlte es sich an wie Verrat, diesen Ort ohne Matt zu betreten. Dabei war das albern. Es wäre sogar gut, neue Erinnerungen dort zu schaffen, die die alten überlagerten. Immerhin konnte ich den Rest meines einjährigen Aufenthalts ja wohl kaum fern von allen Buchhandlungen bleiben.

»Na, dann haben wir ein Ziel für unsere weitere Detektivarbeit. Aber zuerst...« Er nickte schmunzelnd in Richtung der Geisterbahn uns gegenüber. »Wie schreckhaft bist du?«

Ich zog eine Grimasse. »Sehr, um ehrlich zu sein.«

»Perfekt.«

Als wir knapp zwei Stunden später die Buchhandlung betraten, prickelten meine Finger von der Kälte und mein Magen vor Nervosität, weil jedes Regal mir Matthews Namen entgegenzuschreien schien. Seufzend rieb ich meine Handflächen gegeneinander, um ihnen wenigstens ein bisschen Wärme zu schenken.

»Ich geh mal eben schnell fragen, wo Thoreau ist, sie schließen in ein paar Minuten.«

»Alles klar, ich schau mich ein wenig um«, erwiderte Levi und verschwand kurz darauf tiefer in dem Laden, der von innen so viel größer war, als er von außen den Anschein machte.

»Hallo, kann ich Ihnen helfen?«, begrüßte mich der Mann hinter dem Verkaufstresen.

»Ja, bestimmt. Ich suche Bücher von Henry David Thoreau. *Walden*, um genau zu sein.«

»Natürlich«, sagte der Mann sofort und führte mich ein Stockwerk tiefer zu einer Regalreihe mit der Aufschrift *Natur*.

Sein Blick scannte für einen Moment das Sortiment, dann griff er zielsicher nach einem hübsch illustrierten Taschenbuch und streckte mir dieses mit einem Lächeln entgegen. »Bitte sehr.«

»Danke.«

»Keine Ursache. Ein großartiges Buch, wenn Sie mich fragen. Gute Wahl. Soll ich es direkt mit nach vorne nehmen, oder schauen Sie sich weiter um?«

»Ich dreh noch schnell eine Runde.«

»Keine Eile, wir schmeißen hier niemanden um Punkt acht Uhr raus.« Er lächelte mir noch einmal zu und wandte sich dann zum Gehen, während ich mich auf die Suche nach Levi machte. Ich war gerade um die Ecke gebogen, als ich wie zur Salzsäule erstarrt stehen blieb.

Das darf nicht wahr sein.

War es aber. Da vorn am Regal, seelenruhig in einem Buch blätternd, stand Matthew. Noch hatte er mich nicht gesehen, doch so langsam, wie mein Gehirn den Befehl, sich in Bewegung zu setzen, an meine Beine schickte, war es kein Wunder, dass genau das im nächsten Moment geschah. Matthew legte das Buch zurück, wanderte ein Regal weiter – und sah genau zu mir. Er schien ähnlich erschrocken wie ich, denn seine Hand blieb in der Bewegung, auf Brusthöhe, stehen.

»Hey«, sagte ich heiser und winkte, das Taschenbuch nach wie vor in meiner Hand.

»Hey«, erwiderte er.

Die Stille zwischen uns war voll ungesagter Worte, und mit jeder Sekunde, die wir nur so dastanden, wurde sie dicker und schwerer. Als ich es nicht mehr aushielt, räusperte ich mich leise. »Hab nicht mit dir gerechnet.«

»Ich bin häufiger hier«, erwiderte er schulterzuckend. »An stressigen Tagen hilft mir das beim Runterkommen.«

»Sind nicht all deine Tage stressig?«

Er lächelte schief. »Du willst nicht wissen, wie viel Geld ich hierlasse.«

Ich erwiderte das Lächeln, und für einen Moment vergaß ich all das Unausgesprochene zwischen uns, für einen Moment war es beinahe normal: wir beide, umgeben von Büchern, sein Lächeln, mein wild klopfendes Herz.

»Ah, da bist du ja!« Levis Stimme zerriss den Faden, der sich zwischen Matthew und mir gebildet hatte, und ließ mich zusammenzucken. »Hast du das Buch gefunden?«

Er kam neben mir zum Stehen, und ich blickte zu ihm auf und nickte. »Jap, ich hab's. Von mir aus können wir los.«

Ich sah noch einmal kurz zu Matthew, unsicher, ob ich die beiden miteinander bekannt machen sollte, doch der war schon wieder in ein Buch vertieft und schenkte uns keine Beachtung mehr. Zumindest wirkte es auf den ersten Blick so. Bei genauerer Betrachtung jedoch sah ich, dass sich seine Augen nicht bewegten, sein Blick nicht über die Seiten vor ihm flog, sondern sich lediglich eine tiefe Furche zwischen seinen Brauen gebildet hatte. Aber obwohl ich ihn anstarrte, ihn stumm bat, noch einmal aufzusehen, damit wir uns zumindest verabschieden konnten – tat er es nicht. Also nickte ich Levi zu und ging mit ihm in Richtung Kasse, ohne mich noch einmal umzudrehen. Ich zahlte und wartete, bis der Buchhändler Levis Krimi in der kleinen Papiertüte verstaut hatte, dann verließen wir den Laden und wurden wieder von der Londoner Kälte begrüßt.

»Das war echt ein schöner Feierabend, danke«, meinte Levi mit einem Lächeln.

»Ja«, sagte ich lahm und bemühte mich, es zu erwidern. Nach einigen Metern jedoch, kurz bevor wir den Piccadilly Circus erreicht hatten, blieb ich stehen, was mir das Schnalzen einer vorbeieilenden Frau einbrachte. Ich trat einen Schritt weiter an den Rand des Gehwegs, sodass mein Rücken beinahe die hellgraue Fassade der Bank hinter uns berührte.

»Alles in Ordnung?«, fragte Levi, als er bemerkte, dass ich nicht weiterging. Er schloss zu mir auf und blickte mich besorgt an. »Hast du was vergessen?«

»Nein, ich ...« Ich seufzte, wodurch ich mir der Enge in meiner Brust, die das schlechte Gewissen dort hinterließ, nur noch bewusster wurde. »Ich fand heute auch schön. Richtig schön. Ich hatte unglaublich viel Spaß, und ich bin dir echt dankbar, dass du mir so geholfen und dir so viel Zeit genommen hast.«

»Aber?«, fragte Levi mit einem leichten Lächeln.

Ich kniff die Lippen zusammen. *Ja, aber ...* Wie formulierte ich es, ohne mich komplett zu blamieren? Was, wenn Levi gar nicht geflirtet hatte und meine Bedenken ohnehin nicht nötig waren? Aber wenn doch, dann wäre es nur fair, mit offenen Karten zu spielen. Und lieber blamierte ich mich, als jemandes Gefühle zu verletzen. Denn so schön der Abend auch gewesen war und obwohl ich Levi vertraute, wir anscheinend ähnliche Interessen teilten, er wie ich an Büchern interessiert war, gut aussah, mir zuhörte, witzig war ... Ich hatte nicht in einer Sekunde etwas gespürt, was mit dem kurzen Moment mit Matthew eben zu vergleichen war. Vor allem aber hatte ich mich nicht zu ihm hingezogen gefühlt, ihn nicht einmal so dringend küssen oder berühren wollen wie Matthew beim letzten Mal in seinem Büro. Sosehr ich es mir auch gewünscht hätte: Ich war nicht über Matthew hinweg, ganz und gar nicht. Also umklammerte ich die Papiertüte fester und nahm meinen Mut zusammen.

»Ich bin mir nicht ganz sicher, mit welchen Absichten du mich heute getroffen hast. Von meiner Seite aus ist nur Freundschaft möglich. Das hätte ich vielleicht schon vor dem

Treffen klarmachen müssen, aber ich …« Kurz überlegte ich, ob ich erwähnen sollte, dass ich Gefühle für jemand anderen hegte, entschied mich dann jedoch dagegen. Levi würde meine Worte so akzeptieren müssen – wenn er dazu nicht in der Lage war, würden wir ohnehin keine Freunde werden.

Levis Lächeln geriet keine Sekunde ins Wanken, ganz im Gegenteil. »Ich hatte gar keine Absichten, ich hatte nur Lust, was mit dir zu unternehmen, weil ich mich gut mit dir unterhalten habe. Heute übrigens auch.« Er hob die Schultern. »Also wenn du magst, können wir das gern wiederholen. Ohne Absichten.« Mir fiel ein Stein vom Herzen. »Sorry, falls ich einen anderen Eindruck erweckt habe«, sagte er nun ernster. »Wenn ich mal zu flirty bin, gib mir einfach einen Hinweis und ich hör auf. Das ist einfach meine Art.«

»Nein, alles gut«, beeilte ich mich zu sagen. »Ich hab mich zu keiner Sekunde unwohl gefühlt, ganz im Gegenteil.« Denn sonst hätte ich mich Levi gar nicht erst anvertraut. Auch jetzt bewies er wieder einmal, dass all meine Bedenken umsonst gewesen waren. »Wenn das so ist: Hast du Lust, noch schnell einen Happen zu essen? Dann kann ich in das Buch reinblättern und es noch mal bei unserem Street Artist versuchen, und du kannst mir endlich mal etwas mehr über dich erzählen. Ich hab das Gefühl, ich hab dich komplett für meine Detektivarbeit benutzt.«

»Das klingt doch nach einem Plan«, erwiderte Levi. »Wobei es mir wie gesagt überhaupt nichts ausmacht, dir zu helfen. Ist spannender als alles, was bei mir die letzten Wochen los war.«

Langsam setzten wir uns in Bewegung. »Was sagst du?«, fuhr Levi fort. »Sollen wir uns mal in Chinatown umsehen? Da gibt's um die Zeit viel All You Can Eat.«

»Klingt super!« Wir überquerten den trotz der Kälte komplett überfüllten Piccadilly Circus, und ich merkte, wie ich wieder freier atmen konnte. Gleichzeitig war der heutige Tag der Beweis dafür, dass Matthew und mich mehr verband als die Liebe zu Büchern oder zufällige Aufeinandertreffen. Also war es, entgegen Lories und Undines Auffassung, mit ein wenig Ablenkung wohl nicht getan. Doch was tat man dann, wenn man jemanden nicht aus seinen Gedanken vertreiben konnte – und ein nicht unbeachtlicher Teil das auch gar nicht wollte?

16. KAPITEL

Matthew

»Scheiße!«, fluchte ich so laut, dass ich im nächsten Moment besorgt zur Tür blickte, doch niemand, den ich durch die Glaswand sehen konnte, hatte sich auch nur umgedreht. Im Stillen dankte ich Albert für den gut isolierten Raum, dann erst bückte ich mich nach dem Kugelschreiber, den ich aus Versehen vom Tisch gefegt hatte. Absolut kein Grund, laut zu werden, und im Normalfall nicht einmal ein Wimpernzucken wert. Aktuell lagen meine Nerven jedoch blank. Oder, um es mit Sams Worten auszudrücken: Ich benahm mich schlimmer als damals mit pubertären vierzehn, als ich meinen ersten Korb kassiert hatte.

Wenn er nur wüsste, wie nah er der Wahrheit gekommen war. Nicht dass ich wirklich einen Korb kassiert hatte – wo keine Chancen waren, konnten keine Körbe verteilt werden. Nele mit diesem fremden Kerl in dem Laden zu sehen, den ich ihr auf unserem ersten – und einzigen – Date gezeigt hatte, hatte mir dennoch einen Stich versetzt.

Ich hatte den Stift gerade in die dafür vorgesehene Halterung gesteckt, als es zaghaft an der Tür klopfte. Gewöhnlich stand diese offen, es sei denn, ich hatte Termine oder wollte ungestört und konzentriert arbeiten. Aktuell war sie schlicht und ergreifend aus dem Grund zu, dass ich keine Lust auf Gesellschaft hatte. Ich ertrug ja nicht einmal mehr meine eigene.

»Ja«, rief ich dennoch, und Yong-Jae betrat das Büro.

»Hey hey. Bist du bereit?«

Irritiert sah ich ihn an. In der linken Hand hielt er seine Aktentasche.

»Bereit?«

»Das Meeting mit Vertical?«

Am liebsten hätte ich gleich noch einmal geflucht, denn das Treffen hatte ich vollkommen vergessen. »Gib mir fünf Minuten«, sagte ich und begann eilig, meine Sachen zusammenzupacken.

Yong-Jae trat ein und schloss die Tür hinter sich. »Ist bei dir alles okay? Und versuch es heute vielleicht mal mit der Wahrheit, denn so zerstreut hab ich dich noch nie erlebt.«

»Alles bestens.«

»Matt …«

Ich seufzte. Mir war klar, dass ich vor Yong-Jae nichts geheimhalten konnte. Leider wirkte sich das langsam auch auf unser WG-Leben aus, da ich nach Feierabend meist in meinem Zimmer verschwand, anstatt Zeit mit ihm und Sam zu verbringen.

»Du hast noch nie einen Termin verschwitzt.«

»Ist halt viel mit der neuen Position.«

»Bullshit.« Yong-Jae trat zu mir an den Schreibtisch, sodass ich seinen Blicken nicht länger ausweichen konnte. »Du hast die neue Position jetzt schon länger inne, und du hast es gemeistert. Wenn es direkt am Anfang kein Problem für dich war, als mit Sicherheit noch alles neu war, wieso dann jetzt?« Er verschränkte die Arme vor der Brust und musterte mich so eindringlich, dass ich merkte, wie mein Widerstand bröckelte. Ich seufzte erneut und massierte mir die Schläfen, hinter denen es nicht zum ersten Mal in dieser Woche pochte.

»Ist es Jake? Ich weiß, dass du wegen Albert Sorge hast, mal eine klare Ansage zu machen, aber ich glaube, deine Angst ist unbegründet. Was soll Albert auch tun? Dich rückwirkend vom Chefposten kicken? Außerdem bist du im Recht.«

»Das ist es nicht«, murmelte ich, während ich die letzten Papiere zusammensuchte.

»Aha! Was dann?«

»Lass uns erst mal zum Termin, wir sind meinetwegen eh schon spät dran.«

Yong-Jae verbiss sich sichtlich einen weiteren Kommentar, nickte jedoch. Mir war klar, dass es damit nicht getan war, doch ich hatte wirklich nicht den Nerv, ihm jetzt noch von meinen Liebesproblemen zu berichten. Also packte ich alles Wichtige an Unterlagen in meine Tasche und folgte Yong-Jae stillschweigend zum Aufzug, froh, Nele nicht an ihrem Platz im Büro zu sehen.

»Das lief doch gut«, sagte ich, als wir das Verlagsgebäude verließen. »Ich hätte nicht damit gerechnet, dass sie sich gleich auf so viele Projekte stürzen.«

»Schätze, ich kann ein paar gute Telefonate führen, sobald wir zurück sind. Das ist immer mein liebster Part.« Yong-Jae grinste, und ich stimmte ihm nickend zu. Bis vor Kurzem hatte es auch zu meinen liebsten Aufgaben gezählt, die Autoren und Autorinnen mit guten Neuigkeiten anzurufen. Es gab wohl kaum etwas Schöneres, als ihnen mitzuteilen, dass ein Verlag Interesse an ihrem Manuskript hatte.

»Vermisst du das?« Yong-Jae sah mich mit schief gelegtem Kopf an.

»Hm«, machte ich und dachte nach. Dann jedoch schüttelte ich den Kopf. »Irgendwie nicht. Also klar, es hat riesigen Spaß gemacht, aber tatsächlich mach ich das, was ich jetzt mache, noch lieber.«

»Ja?« In Yong-Jaes dunkelbraunen Augen lagen Zweifel, was wohl kein Wunder war, so zerstreut, wie er mich in letzter Zeit erlebte.

»Ja. Mach dir bitte echt keine Sorgen, das alles hat … andere Gründe.«

»Du weißt, dass du mit uns reden kannst, ja? Mit Sam und mir. Und sicher auch mit Leo, er ist echt nett.«

»Ich weiß.« Ich lächelte ihm zu, froh, dass sich zwischen uns trotz meiner Beförderung nichts geändert hatte. Als wir durch den kleinen Park in Richtung Tube gingen, erregte etwas meine Aufmerksamkeit. Es dauerte einen Moment, bis ich zuordnen konnte, was genau mir merkwürdig erschien. Yong-Jae drehte sich um, sichtlich irritiert, dass ich wortlos stehen geblieben war, und kam zu mir zurück.

»Matt?«

»Siehst du das?«

Ich deutete in Richtung des schwarzen Geländers, das so typisch für Londons Parkanlagen war.

»Ja …«, erwiderte Yong-Jae gedehnt. »Das ist ein Zaun. Schwer zu übersehen.« Er schob sich in mein Sichtfeld. »Ernsthaft, Mann, bist du sicher, dass es dir gut geht?«

»Das mein ich nicht.« Ich nahm Yong-Jae an den Schultern und ging einige Schritte mit ihm zurück, sodass wir nicht länger auf dem Weg, sondern auf dem durchnässten Gras standen. Ich musste nicht nachhaken, um zu wissen, dass er es jetzt auch sah. Ich nahm mein Handy aus der Jeanstasche und fotografierte das Lineart, das von hier – weiter weg und in der Schräge betrachtet – ein Ganzes ergab, während es eben wie sinnlos platzierte Farbkleckse gewirkt hatte.

»Das ist richtig schön.«

»Ja, vor allem ist es nicht das Einzige seiner Art.«

»Hast du schon mehr gesehen?«

»Nur eins, auf dem Weg zur Arbeit. Das mit dem Kopf mit den etlichen Gedankenblasen darüber, hast du sicher schon mal bemerkt.«

»Klar. Aber ist das vom selben Künstler?«

Ich nickte. »Ziemlich sicher. Nele sind die Dinger an ein paar Orten der Stadt aufgefallen, anscheinend sind sie überall verteilt. Sie würde den Artist gern für uns gewinnen.«

»Oh, gute Idee!«

»Ich schick ihr das mal.« Ich öffnete unseren Chat-Verlauf, der seit dem alles verändernden Montagmorgen stillstand.

Ich freu mich auf das Theater mit dir! 😊

Das war Neles letzte Nachricht an mich gewesen. Und noch bevor ich sie hatte lesen können, hatte mir Nele im Meetingraum gegenübergesessen. Ich schluckte hart und schickte das Foto des Graffitis schnell, bevor ich es mir anders überlegen konnte.

»Du hast ihre Nummer?« Yong-Jae hatte die Stirn in Falten gelegt und beugte sich zu mir, offensichtlich, um den Chat mit Nele zu lesen. Hastig drückte ich auf den Knopf für die Bildschirmsperre, doch allem Anschein nach hatte Yong-Jae trotzdem etwas gesehen, denn er stellte sich schon wieder vor mich – diesmal mit vor der Brust verschränkten Armen.

»Ich hab auch Victorias Nummer. Oder Gilberts.«

»Ja, die arbeiten auch schon echt lange bei Heather & Clark, und bis vor Kurzem wart ihr Kollegen, und wir waren alle ab und an was trinken. Nele ist gerade mal, was, zwei Wochen da?«

»Ist das ein Verbrechen?«

»Nein. Aber ihr chattet offensichtlich.«

Ich rollte mit den Augen und ging weiter in Richtung Haltestelle. »Krieg dich ein, wir chatten gar nicht.«

»Matthew!« Yong-Jae ging eiligen Schrittes neben mir her. »Ich hab die Nachricht gesehen. Das ist ernst. Willst du, dass Jake wirklich was gegen dich in der Hand hat, wenn du was mit unserer Trainee anfängst? Sie ist dir unterstellt, das ist ein krasses Machtgefälle. Vorhin im Büro meinte ich noch, dass du dir keine Sorgen machen brauchst, aber das da? Das sollte dir definitiv Sorgen bereiten.«

»Wir haben nichts am Laufen, und ich fange auch nichts mit ihr an.«

»Okay, und was sind das dann für Nachrichten?«

Seufzend blieb ich stehen und sah zu dem Pret a Manger zu unserer Rechten. »Okay, was hältst du von einem Kaffee?«

»Wenn er mir neben Koffein auch Antworten liefert, sehr viel. Außerdem könnte ich ein Sandwich vertragen, ich hab damit gerechnet, dass es im Verlag zumindest Kekse gibt.«

Mit einem müden Lächeln hielt ich meinem Freund die Tür auf und betrat dann nach ihm den Laden, der uns mit den warmen Gerüchen von Kaffee, Suppen und diversen anderen Mahlzeiten begrüßte. Yong-Jae steuerte zielsicher auf die Reihe an Kühlschränken zu und griff sich ein vegetarisches Sandwich daraus. »Auch?«

Ich schüttelte den Kopf. Mein Magen verkrampfte sich schon beim bloßen Gedanken daran, Yong-Jae alles offenzulegen, da würde ich garantiert keinen Bissen runterbekommen. Stattdessen bestellte ich einen schwarzen Kaffee, wartete auf Yong-Jae, der einen Milchkaffee orderte, und bezahlte beides mit der Firmenkarte.

»Oha?«

»Wir können ja von hier aus auch gleich die Calls führen, dann ist's ein Geschäftsessen.«

»Ich will mich ja nicht beschweren, aber mit Albert ging es in schicke Restaurants.«

»Im Gegensatz zu mir musste die Branche zu Alberts Zeiten auch nicht gegen Konkurrenzprogramme wie Netflix und Videospiele kämpfen«, gab ich feixend zurück, bevor wir beide wieder ernst wurden. Yong-Jae gab etwas Zucker zu seinem Kaffee und steuerte dann einen der hohen Sitzplätze direkt am Fenster an.

»So«, sagte er mit einem Seufzen, als er sich niedergelassen hatte. »Dann schieß mal los.«

Ich sah eine Weile in die dunkle Flüssigkeit vor mir, bevor ich zu erzählen begann. Während ich Yong-Jae einweihte, wurden seine Augen immer größer, sein Blick beinahe ungläubig.

»… tja, und seitdem halten wir uns voneinander fern. Was gar nicht so einfach ist, da sie in der Nähe von Kaycees Café wohnt, wo wir uns schon über den Weg gelaufen sind. Und gestern …« Ich schloss die Augen und schüttelte den Kopf, als ich an unser unangenehmes Zusammentreffen in der Buchhandlung dachte. Sie machte es immerhin richtig und traf sich mit anderen. Während ich hier rumhing wie ein Trauerkloß. »Ist auch egal. Ich brauch einfach ein bisschen Zeit, dann hat sich das erledigt. Außerdem ist sie ja nur ein Jahr hier.«

Wenn sie nicht übernommen wird …

Und so schwer es für mich sein mochte, ich würde ihrer Chance nicht im Weg stehen, nur weil ich meine Gefühle nicht im Griff hatte.

»Hmhm«, machte Yong-Jae, und ich war mir nicht sicher, ob er an meinen Worten zweifelte oder nur nachdachte.

»Ich hab es dir nicht erzählt, weil ich nicht wollte, dass du dich ihr gegenüber irgendwie anders verhältst. Ihr ist der Job wirklich wichtig.«

»So wie Cassedy von ihr schwärmt, macht sie ihn auch richtig gut. Und keine Sorge, werd ich nicht. Ihre Zeit bei uns in der Abteilung ist ja eh erst ab April oder so.«

Ich nickte, auch wenn mir der Gedanke, dass sich diese Anspannung noch bis April und länger ziehen würde, gar nicht behagte.

»Du magst sie echt, oder?« Yong-Jae schenkte mir ein schiefes Lächeln.

»Schon.«

»Shit.« Er drückte kurz meinen Arm. »Wenn du jemanden zum Reden oder Ablenkung brauchst oder mal wieder feiern gehen möchtest, um vielleicht jemand Neuen kennenzulernen …« Er ließ den Satz unvollendet zwischen uns stehen, und ich nickte, wohlwissend, dass ich keine Partys aufsuchen würde, um irgendwelche Frauen abzuschleppen.

»Du weißt, dass das mit euch nirgends hinführt.«

»Schon klar, sag ich doch.«

»Ja, aber dein Gesicht sagt mir grad was anderes.«

Ich lachte leise, versuchte, seine Worte als Witz abzutun, dabei war mir natürlich klar, dass er recht hatte. Einige Sekunden starrten wir schweigend aus dem Fenster, Yong-Jae verspeiste sein Sandwich, ich leerte meinen Kaffee.

»Tja, schätze, du musst sie vergessen oder unsere Arbeitsverträge generalüberholen«, unterbrach er dann die Stille. »Elizabeth und Albert sind während ihrer Arbeit ja auch zusammengekommen, aber …«

»… aber sie waren gleichrangig«, vollendete ich seinen Satz. »Ich weiß. Die beiden haben die Agentur gemeinsam gegründet, und auch Dating zwischen Mitarbeitenden ist kein Problem, aber ich bin Neles Vorgesetzter. Ihr Boss. Das Machtgefälle zwischen uns ist riesig.«

»Ja, stimmt schon. Und selbst wenn es erlaubt wäre: Ich kann mir Jakes Kommentare schon vorstellen, wenn du auch nur eine von Neles Ideen im Meeting lobst.«

»Eben.«

»Tut mir echt leid«, meinte Yong-Jae, und seiner Stimme war anzuhören, dass er es aufrichtig meinte. »Du hast es echt verdient, jemanden zu finden. Aber andererseits hast du mit Sam und mir ja schon alle Hände voll zu tun. Außerdem müssen wir drei Single bleiben. Stell dir vor, einer von uns zieht aus. Wir können unsere Traum-WG nicht aufgeben.«

»Pf, es wäre ein Segen, euch Nervensägen loszuwerden«, gab ich mit neckendem Ton zurück. Dabei hatte Yong-Jae recht. Wir waren ein eingeschworenes Team. Sams letzte Beziehung hatte zwei Jahre gedauert, und doch hatte er sich nicht vorstellen können, die WG zu verlassen. Mir ging es ähnlich, obwohl ich mir mittlerweile auch etwas Eigenes in London leisten könnte, konnte ich mir nicht vorstellen, ohne die beiden zu wohnen. Zum einen, weil sie meine engsten Freunde waren, zum anderen – und das wog viel schwerer –, weil ich nicht allein sein wollte. Ich fragte mich bei Leo schon immer, wie er es aushielt, nach den langen Arbeitstagen in seine verlassene Wohnung zurückzukehren, auch wenn das, seit er Kaycee kannte, immerhin seltener der Fall war. Ich war durch meine Zeit im Heim daran gewöhnt, immer Leute und Trubel um mich zu haben. Während meines Studiums hatte ich im Wohnheim gewohnt, danach war ich direkt mit Sam zusammengezogen, Yong-Jae war kurz darauf gefolgt. Ich hatte nie allein sein müssen. Und wenn ich ganz ehrlich zu mir war, dann glaubte ich auch nicht, dass ich es konnte. Vielleicht lastete die Situation mit Nele deshalb so schwer auf meinen Schultern.

Wenn Nele, obwohl wir nie zusammen gewesen waren und es lediglich bei einem Date geblieben war, nun schon ein solches Loch in meinen Alltag riss, dann war genau das doch der beste Beweis dafür, dass zwischen uns wirklich niemals etwas laufen durfte. Denn entweder verlor ich Nele oder meinen Ruf auf der Arbeit.

17. KAPITEL

Nele

Ich hatte die Mittagspause vollkommen verschwitzt, so sehr war ich in meine Arbeit vertieft gewesen. Gerade bereitete ich das Weihnachtsmailing für Cassedys Klienten und Klientinnen vor. Danach musste ich mich dringend um die Deko für die Weihnachtsfeier kümmern. Das Motto war gestern endlich beschlossen worden. Gilberts Vorschlag, uns als unsere Childhood Crushes zu verkleiden, hatte sich durchgesetzt. Das Catering stand bereits, und für die Süßspeisen hatte ich das Better Days vorgeschlagen – Kaycees Café. Mit Sicherheit würde sie thematisch passende Leckereien zaubern.

Ich zuckte zusammen, als mein Handy, über das ich gerade mit meinen Kopfhörern Musik hörte, ein lautes *Ping* von sich gab. Mein Blick flog zum Display, und im nächsten Augenblick war die Arbeit vollkommen aus meinem Kopf gefegt. Denn dort war eine Nachricht von Matt. Wir hatten seit meinem ersten Arbeitstag nicht mehr geschrieben. Den Chat hatte ich extra archiviert, damit mir sein Profilbild nicht jedes Mal, wenn ich Nachrichten an meine Familie oder Lorie schrieb, entgegenlächelte.

Matthew, 1.42 pm:
Schau mal, was ich grad in Mile End entdeckt habe.

Ich öffnete den Chatverlauf und lud das Bild, das Matt nach seiner Nachricht geschickt hatte. Ein breites Lächeln legte sich auf mein Gesicht. Es war noch ein Lineart. Ich zoomte näher an das Kunstwerk heran. Es schien älter zu sein, war an manchen Stellen auf dem Zaun bereits abgeblättert, aber dennoch wunderschön. Es zeigte ein Kind mit einer Angel mit zwei Ruten. Auf der linken Seite glitt die Angel ins Nichts, auf der Rechten flog die Rute in die Höhe, wo sie sich in einem Stern verhakt hatte. Wie viel Arbeit es gewesen sein musste, das Bild trotz der Abstände der einzelnen Latten des Zauns so präzise zu gestalten, als wäre es zusammenhängend. Das Graffiti rief etwas in mir wach, kratzte in meinen Gedanken, doch ich konnte den Finger nicht darauflegen, was es war.

Ich schickte Matthew ein kurzes Danke. Ohne Emojis, ohne alles. Ich wollte ihm und vor allem mir keine Hoffnungen machen, wollte keine Gespräche in Gang setzen, die mir nur noch weiter zeigen würden, was für ein interessanter Mensch er war. Ob ich das Bild des Graffitis für Instagram nutzen konnte? Oder aber ich musste die Tage selbst einen Ausflug dorthin unternehmen. Anders war die Gefahr womöglich zu groß, dass Matthew es durch Zufall entdeckte und eins und eins zusammenzählte. Der Instagram-Account wuchs mittlerweile nämlich sehr viel schneller an, als ich jemals vermutet hätte. 2.800 Menschen verfolgten die Bilder – und damit zwangsläufig auch die Texte, die ich zu ihnen schrieb.

Es war vermutlich an der Zeit, einen neuen Post zu erstellen, doch gestern war ich nicht zum Journalen gekommen, da ich mich mit dem neuen Buch im Bett verkrochen und bis in die späten Abendstunden gelesen hatte. Mehrmals waren meine Augen dabei zugefallen, doch ich hatte nicht aufhören können. Zum einen war der Inhalt wirklich gut, zum anderen wollte ich thoreaulymad verstehen und hatte die Hoffnung, über die Lektüre eine Verbindung zu ihm oder ihr aufbauen zu können.

Mein Blick streifte erneut das Bild, das Matthew geschickt hatte, und plötzlich fiel es mir wie Schuppen von den Augen: Es war eine direkte Anspielung auf Thoreaus *Walden*, da war ich mir sicher. Ich nahm das Buch aus meinem Rucksack und durchblätterte die Seiten, die ich mit Post-its markiert hatte, bis ich es gefunden hatte.

Gerade gestern hatte ich die Stelle noch gelesen. Natürlich.

Ohne eine weitere Sekunde zu verschwenden, speicherte ich das Foto, öffnete Instagram und schickte es an thoreaulymad.

@LondonsLinearts:
Ich will im Himmel fischen, dort liegen Sterne als Kiesel am Grund.

@thoreaulymad:
Oh. Ebenfalls ein Fan?

@LondonsLinearts:
Ich würde gern punkten und Ja sagen, aber ehrlich gesagt habe ich mir gestern mein erstes Buch von ihm gekauft. Danke für den indirekten Buchtipp, es ist wirklich gut.

@thoreaulymad:
Du hast sogar genau die Stelle ausgewählt, die mich zum Lineart inspiriert hat. Als ich angefangen habe, hatte ich Walden *zum ersten Mal in der Hand. Manche Ansichten und Aussagen sind veraltet, aber er hat sehr vieles, was ich fühle, gut in Worte fassen können.*

Mein Herz schlug einen Takt schneller. Er – oder sie – erzählte mir mehr von sich. Denn das hatte ich in noch keinem der Artikel zu den Graffitis gelesen. Es war also kein Allgemeinwissen. Ich kaute auf meiner Unterlippe herum, die dank der trockenen Heizungsluft auch ohne meinen nervösen Tick rissig genug war. Doch ich musste bedacht vorgehen, ich wollte mehr wissen und auf jeden Fall verhindern, dass dieses Gespräch endete wie das letzte.

@LondonsLinearts:
Ich bin noch nicht durch mit dem Buch. Aber das Lineart an dem Tesco in Bermondsey, das ist auch von Walden *inspiriert, oder?*
Tausende hacken an den Zweigen des Übels herum, doch nur einer trifft die Wurzel. *Den Absatz fand ich auch stark.*

Ich hatte es nie live gesehen, sondern lediglich in einem der Beiträge, auf denen mein Account häufig verlinkt wurde.

@thoreaulymad:
Du hast deine Hausaufgaben gemacht. 100 Punkte.

Ich stieß ein frustriertes Schnauben aus. Das führte so doch zu nichts. Ich wollte nicht ewig Katz und Maus spielen. Also tippte ich, bevor ich es mir anders überlegen konnte, eine weitere Nachricht.

@LondonsLinearts:
Lass uns reden. Ich lad dich auf einen Kaffee ein. Oder irgendein anderes Getränk. Ich verspreche hoch und heilig, dass ich niemandem verrate, wer du bist. Wir müssen auch gar nicht über die Literaturagentur sprechen. Bitte.

Thoreaulymad las meine Nachricht zwar, tippte jedoch keine Antwort. Mit einem Stöhnen ließ ich den Kopf über die Lehne meines Stuhls in den Nacken fallen und starrte gen Decke. Das durfte doch nicht wahr sein. War ich so wenig vertrauenswürdig? Andererseits … wenn mir jemand Fremdes auf Instagram schreiben würde, wäre ich genauso vorsichtig. Erst recht, wenn ich meine Identität geheim halten wollte. Ich schluckte. Es gab eine Sache, die ich tun konnte. Sie war riskant, unvorsichtig und höchstwahrscheinlich wirklich dumm. Die Chancen standen ziemlich gut, dass ich sie nachher bereuen und mich bei Lorie über meinen Fehler ausheulen würde. Ich tat es trotzdem.

Mit zitternden Händen klickte ich auf das Kamerasymbol neben dem Textfeld, lächelte nervös und knipste ein Foto.

@LondonsLinearts:
Das bin ich.
Und da das nicht reicht: Ich hab mich in einen Typen verliebt, ihn sogar geküsst – und kurz darauf festgestellt, dass er mein Chef ist. Leider hat mich das nicht davon abgehalten, ihn auch danach noch einmal zu küssen. Das hier ist mein Traumjob. Wenn ich mein Wort nicht halte und deine Identität aufdecke, hast du jetzt mehr als genug Material, meinen Traum zu zerstören.

Mein Daumen schwebte zitternd über dem Senden. Das konnte schiefgehen. Gewaltig schief. Ich hatte die Nachricht so formuliert, dass ich im Zweifelsfall immerhin nur mich in die Scheiße reiten würde, nicht Matthew. Denn der zweite Kuss ging definitiv von ihm aus. Dennoch … Bevor ich einen Rückzieher machen konnte, ließ ich den Daumen aufs Display sinken, und die Nachricht war raus.

»Oh Mann, oh Mann, oh Mann«, murmelte ich so laut, dass Gilbert den Kopf hinter dem Bildschirm hervorstreckte und mich irritiert musterte.
»Alles okay?«
»Ja«, sagte ich schnell, zuckte jedoch kurz darauf heftig zusammen, als mein Handy vibrierte.

@thoreaulymad:
Hampstead Hill Gardens. An der Pergola.

Ich gab den Park bei Google ein. Von hier aus waren es etwas mehr als dreißig Minuten mit der Bahn und ein Stück zu laufen. Ein Blick zur Uhr auf dem Desktop zeigte, dass es viel zu früh für Feierabend war.

@LondonsLinearts:
Gib mir vierzig Minuten. Ich bin unterwegs. Passt das?

Ich erhielt leider keine Antwort mehr, also hoffte ich einfach, dass thoreaulymad auf mich warten würde. Ich nahm meine Tasche, lief zur Garderobe, wo ich mir Jacke, Schal und Mütze schnappte, und klopfte viel zu laut an Cassedys Tür.
»Ja?«
»Cassedy, Notfall. Kann ich kurz weg? Erinnerst du dich an den Artist, den ich finden wollte? Ich hab endlich Kontakt hergestellt, aber ich glaube, ich muss mich beeilen.«
Es sprach für Cassedy, und wohl auch für meine Arbeit, dass sie zwar erstaunt guckte, jedoch ohne lang zu zögern nickte.
»Klar.«
»Danke! Ich schick dir unterwegs schnell den Entwurf für das Mailing zu und dürfte in spätestens zwei Stunden zurück sein.«

Cassedy schaute auf ihre Armbanduhr und machte eine abwinkende Handbewegung. »Dann ist ohnehin Zeit für Feierabend, wir sehen uns morgen.«

»Das ist kein Thema«, sagte ich. Denn wenn eines feststand, dann, dass ich nach dem Gespräch mit thoreaulymad zu aufgeregt sein würde, um nach Hause zu fahren – ganz egal, wie es lief. Ich winkte Cassedy noch einmal zu, dann schloss ich die Tür wieder, eilte im Laufschritt in Richtung der Fahrstühle und zog mir unterwegs meine Wintersachen über. Gilberts und Jeanettes fragende Blicke nahm ich nur am Rande wahr. Wenn ich thoreaulymad überreden konnte, mit uns ein Gespräch zu führen, wäre das nicht nur ein beruflicher Erfolg – nach all den Texten, all dem, was mir die Linearts gegeben hatten, hatte ich auch ein persönliches Interesse daran, die Person, die hinter ihnen steckte, kennenzulernen. Wenn ich dann vielleicht noch mit ihr zusammenarbeiten durfte, umso besser.

Ich unterdrückte das Grinsen, presste den Knopf fürs Erdgeschoss und nahm den herabrasenden Aufzug aufgrund des aufgeregten Kribbelns in meinem Bauch kaum wahr. Das hier war es, weshalb ich nach London gekommen war.

So schnell, wie ich den Park entlanghastete, und so voll, wie es in der Northern Line gewesen war, schwitzte ich trotz der Kälte. Meine Mütze kratzte an der Stirn, und ich war völlig außer Puste, doch ich wollte thoreaulymad keine Sekunde länger warten lassen als nötig. Als ich an der Pergola ankam, hatte ich nur einen kurzen Blick für die schöne Gestaltung des Parks übrig, so sehr war ich damit beschäftigt, die Umgebung zu scannen – was gar nicht so leicht war, da ich nicht wusste, wonach genau ich Ausschau hielt. Oder besser gesagt nach wem. Ich wusste nichts über diese Person, außer dass ich sie unbedingt kennenlernen wollte und dass ich der festen Meinung war, dass sie perfekt zu uns passen würde. Ich lief die hellen, steinernen Säulen entlang und erklomm die Stufen zu der runden Pergola mit dem türkisgrünen Dach. Trotz der Kälte spazierten einige Leute durch den Park.

Wie sollte ich thoreaulymad unter ihnen ausmachen? War das der Plan gewesen? Mich erst einmal aus der Ferne beobachten, bis ...

»Hi.«

Ich wirbelte herum, und mein Herz setzte einen Schlag aus. Das Erste, was mir auffiel, war, dass ich ausnahmsweise nicht den Kopf in den Nacken legen musste, da die Person vor mir kaum größer war als ich. Das Zweite war das Tattoo am Hals, das mir Gewissheit gab, dass es sich bei dem Menschen vor mir um thoreaulymad handelte: ein Lineart, das hinter dem Ohr begann und sich über den Hals zum Nacken zog. Leider konnte ich es durch den Kragen der Jacke nicht erkennen.

»Hallo. Du hast gewartet. Danke.«

Thoreaulymad zuckte mit den Schultern und fuhr sich dabei verlegen durch die kurzen Haarstoppeln. »Ich war sowieso hier, war also kein Umstand.« Interessierte, hellbraune Augen musterten mich. »Du wirkst schüchterner als in deinen Nachrichten.«

War das eine Beleidigung? Im Normalfall hätte mich diese Bemerkung sicher aus der Bahn geworfen, aber ich war hier auf einer Mission. Und die stand über meinen Unsicherheiten. »Bin ich vermutlich auch«, gab ich also zu. »Aber das hier ist mir wirklich wichtig.«

»Muss es ja sein, wenn du dich extra durch Thoreau kämpfst.«

»Ich mag wirklich, was er schreibt! Mit kämpfen hat das nichts zu tun.«

»Na dann, gern geschehen.« Der dunkel geschminkte Mund wurde zu einem Lächeln verzogen.

»Magst du … Magst du mir vielleicht deinen echten Namen verraten? Oder soll ich dich auch Thoreau nennen?«

»Bitte nicht, so weise bin ich lang nicht, auch wenn ich's gern wär. Ich bin Taylor.«

»Hi, Taylor. Freut mich, dich kennenzulernen. Ich bin Nele.« Ich streckte die Hand aus, hauptsächlich, weil ich vor Nervosität nicht wusste, wohin damit, doch Taylor ergriff und schüttelte sie.

»Was ist das für ein Akzent und Name? Schwedisch?«

»Deutsch«, erwiderte ich. »Du bist aus London, oder?«

»Ja, hört man, was?«

»Ein bisschen«, erwiderte ich schmunzelnd, und auch Taylor hob die Mundwinkel ein wenig. Taylor setzte sich langsam in Bewegung, und ich folgte mit etwas Abstand. Einige Augenblicke lang schwiegen wir beide, was jedoch nicht unangenehm war, sondern mir half, etwas Ruhe zu finden und meinen viel zu schnellen Atem zu regulieren.

»Also …«, begann ich schließlich, »warst du hier, um ein Lineart zu machen?«

»Ne«, erwiderte Taylor mit einem Lachen. »Das würde dir gefallen, oder? Direkt Material für deinen Instagram-Account.«

»So ist das nicht«, sagte ich schnell. »Ich hab dir versprochen, nichts zu sagen. Von mir erfährt niemand, wer die Frau hinter den Linearts ist.«

Taylor verzog leicht das Gesicht. »Ich geh nicht mit Labeln.«

»Hm?«

»Ich seh mich nicht als Frau. Außer an manchen Tagen.«

»Oh, entschuldige.«

»Kein Ding. Du bist nicht die Erste.« Taylor grinste. »Guck, jetzt hab ich's auch gemacht und anhand deiner Kleidung was angenommen.«

»Passt bei mir.«

»Cool.«

Meine Unsicherheit schien Taylor sichtlich zu amüsieren.

»Also nutze ich they als Pronomen?«

Nun zuckten Taylors Mundwinkel noch mehr. »In der Theorie wär mir das lieber, ja. Ich bin nicht-binär. In der Praxis würdest du Pronomen nur nutzen, wenn du über mich redest, was du ja angeblich nicht vorhast.« Taylor hob die Augenbrauen und sah mich abwartend an.

»Können wir uns setzen?«

Taylor stieß ein lautes Lachen aus, deutete jedoch auf eine der Parkbänke. »Ich kenn dich erst kurz, aber du bist so durchschaubar.«

They lief voran und schmiss sich auf die Bank, ein Bein über das andere geschlagen, die Arme vor der Brust verschränkt. »Du willst also über Thoreau reden? Nicht zufällig darüber, dass ich irgendwas mit eurer Agentur machen soll?«

»Also …«, begann ich und merkte, wie die Wärme mir ins Gesicht schoss. Zum Glück waren meine Wangen bei der Kälte ohnehin schon rot. Ich ließ mich mit etwas Abstand auf die leicht feuchte Bank sinken. Taylor überforderte mich. Im positiven Sinn. They war genauso beeindruckend wie die Kunstwerke, die London nun zierten. Man konnte nicht wegsehen, beinahe, als wäre da eine magnetische Anziehung.

»Warum bist du überhaupt so heiß darauf? Ich mach Graffitis in London. Das tun etliche.«

»Ja, aber nicht solche.« Ich drehte mich auf der Bank um, sodass ich Taylor direkt ins Gesicht blicken konnte. »Ich hab noch nie etwas von dem geteilt, was ich geschrieben habe. Noch nie. Du hast das geändert. Deine Linearts, sie …« Ich wedelte mit den Händen in der Luft herum, als könnten sie die Worte, die ich suchte, daraus fischen. »Du bewegst die Leute mit deiner Kunst. Ich bin noch nicht lange in London, aber selbst mich holt der Alltagsstress schon ein, das gedrängte Hetzen in der Innenstadt, die Strapazen der langen Wege – du reißt uns alle da raus. Und wenn es nur für wenige Sekunden ist, in denen man deine Graffitis auf dem Weg zur Arbeit sieht, oder bei einem Spaziergang um den Block. Dieses Gefühl bei so vielen Menschen auszulösen – das gelingt nicht vielen.«

Taylor musterte mich einen Moment, das Gesicht ausdruckslos. Dann räusperte they sich. »Und du bist also der Meinung, dass ich – was? Ein Coffeetable-Buch machen sollte? Eine Fotosammlung meiner Graffitis? Ich weiß nicht.«

»Wir machen nichts, was du nicht möchtest! Ehrlich gesagt hab ich so weit auch noch gar nicht gedacht, weil es mir bis vor Kurzem unmöglich erschien, dass wir uns überhaupt kennenlernen.«

»Tja, Nele, ich schätze, du hast das Unmögliche möglich gemacht.«

Ich beäugte Taylor kritisch. »Heißt das, du ...«, begann ich und ging in ein Quietschen über, da meine Frage durch ein Nicken unterbrochen wurde. Als ich auf der Bank auf und ab zu hüpfen begann, schoss Taylors rechte Hand in die Höhe.

»Das war keine Zusage, ja? Ich hör mir nur mal an, was du zu sagen hast. Schaue, was ihr so macht. Und es bleibt anonym. Niemand soll wissen, wer ich bin.«

»Also nicht ins Büro, okay«, sagte ich, ohne wirklich zu wissen, was Cassedy davon halten würde. Cassedy ... »Aber meine Vorgesetzte, Cassedy, kann ich es ihr sagen? Sie würde es niemals verraten. Es ist nur so, dass ich gerade erst mein Volontariat angefangen habe.«

»Klar. Ich meinte damit auch eher, dass ich, selbst wenn wir irgendwas zusammen machen, nicht namentlich genannt werden mag und erst recht nicht mein Gesicht zeigen will.«

»Darf ich fragen, wieso?«

Taylor lachte leise. »Strapazier dein Glück nicht über, ja?«

»Okay, okay«, murmelte ich, obwohl ich unglaublich gern mehr erfahren hätte. Taylor war auch fernab der Kunstwerke eine faszinierende Persönlichkeit. »Aber ich versteh es gut. Ich würde auch nicht wollen, dass jemand weiß, dass ich hinter dem Account stecke, das wäre mir unangenehm. Wann passt dir denn ein Treffen? Gleich Montag?«

Taylor hob die Schultern. »Meinetwegen, ich hab Zeit.«

»Cool! Ich klär nachher mit Cassedy, wo wir uns am besten treffen könnten. Dann schreib ich dir – bei Instagram?«

Taylor nickte und stand dann auf. »Passt.« They kickte einen leeren Papierbecher in Richtung des Mülleimers neben der Bank und vergrub die Hände in den Taschen der übergroßen schwarzen Jacke. Was Taylor wohl arbeitete, wenn das mit dem spontanen Meeting so einfach klappte? Ich traute mich nicht, nachzufragen, da es offensichtlich war, dass ich es nicht gerade mit der offensten Person zu tun hatte. Dass ich Taylor überhaupt überredet hatte, sich mit uns zu treffen, grenzte schon an ein Wunder.

»Also dann«, sagte ich, als ich mich ebenfalls erhob. Taylor winkte, wandte sich um und ging ohne ein weiteres Wort, und ich versuchte, mir nicht anmerken zu lassen, wie sehr mich der abrupte Abgang vor den Kopf stieß, obwohl they mich ohnehin nicht mehr sah. Jeder andere hätte sich sicher riesig über ein erstes Kennenlernen mit einer Literaturagentur gefreut. Ich hatte mich gerade ebenfalls zum Gehen gewandt, als mein Name noch einmal erklang. Gespannt drehte ich mich um. Taylor nickte in Richtung des Weges.

»Da lang und dann links bis zu dem kleinen Teich am Schmetterlingshaus. Da ist noch eins, das dir gefallen könnte. *Vögel singen nie in Höhlen* – das ist auch von Thoreau.« Taylor verzog den Mund zu einem schiefen Lächeln. »Und danke für das, was du eben gesagt hast.« Dann hatte they sich wieder umgewandt und ging eilig weiter. Ich hingegen hielt inne und ließ meinen Blick entlang des Weges wandern, bevor meine Füße ihm folgten. So lange würde Cassedy sich noch gedulden müssen. Erst wollte ich sehen, was Taylor meinte.

Am Lineart angekommen, war ich froh, dass ich mir die Zeit genommen hatte. Es zeigte eine Frau, die in einem Käfig saß. Die Tür des Käfigs war geöffnet, was die Frau jedoch nicht sah, da sie den Blick abgewandt hatte und somit nur die Stäbe vor ihrer Nase wahrnahm. Ich kniff die Augen zusammen und ging näher an das Graffiti heran. Die Stäbe des Käfigs bestanden aus Sätzen. Den Kopf zur Seite gelegt, versuchte ich, den ersten zu entziffern: Du bist nicht gut genug ...

Ich schluckte. Das war der Satz, der der Frau am nächsten war, der in ihrem Sichtfeld war, den sie las, anstatt die offene Tür zu bemerken, die sie aus diesem Gefängnis aus bösen Worten entlassen könnte. Taylor hatte recht: Das Graffiti gefiel mir. Doch nicht bloß, weil es schön war, sondern weil es etwas in mir berührte. Wie oft hatte ich mich nicht gut genug gefühlt wegen meiner Texte? Wie oft hatten mich die Worte meiner Klassenkameraden und Klassenkameradinnen zurückgehalten? War ich die Frau, die den Ausweg einfach nicht sehen wollte, obwohl er in Reichweite war?

Womöglich. Denn was ich eben gesagt hatte, stimmte: Noch nie zuvor hatte ich mich getraut, mein Geschriebenes zu teilen, erst recht nicht öffentlich. Taylor jedoch hatte mir mit their Kunst Mut gemacht. Und diesen Mut wollte ich weiter nutzen.

Eure Worte haben mich gebrochen.

Mit dieser Lüge lebte ich,
nicht ahnend,
dass das Einzige, das ihr zerbrochen habt,
die Fesseln waren,
die mich hielten.

18. KAPITEL

Matthew

Das Wochenende hatte sich gezogen wie klebriger, in der Sonne liegender Kaugummi. Früher hatte ich Wochenenden geliebt. Keine langweiligen Unterrichtsstunden, die Bibliothek hatte länger offen, und ab und an unternahmen wir alle Ausflüge. Dieses jedoch war eine einzige Quälerei gewesen. Ins Büro konnte ich nicht, ich hatte Albert hoch und heilig versprochen, niemals meine Sonntage hier zu verbringen, so wie er zu Beginn. Daher hatte ich lediglich ein paar Dinge zu Hause erledigt und hatte dann wieder Freizeit gehabt. Zeit, in der ich zu viel grübeln konnte. Zwar war ich auch nicht gerade erpicht darauf, Nele im Büro über den Weg zu laufen, doch immerhin war ich hier abgelenkt. Sehr abgelenkt sogar, denn im Januar standen Mitarbeitergespräche an, die ich vorzubereiten hatte. Außerdem hatte ich seit dem Verlagsbesuch bei Vertical mit Yong-Jae etliche offene Aufgaben, hinzu kamen Coverentwürfe, die ich mit einem Klienten zu besprechen hatte, und an mein E-Mail-Postfach wollte ich gar nicht denken. Auch die Weihnachtsfeier rückte näher, und obwohl Cassedy, Victoria und Nele alles im Griff hatten, musste ich mich noch um Geschenke für die Mitarbeitenden kümmern.

Es klopfte an der Tür. »Herein«, rief ich, stellte in Windeseile die Rückenlehne meines Schreibtischstuhls gerade, in dem ich eher lag statt saß, und fuhr mir durch die Haare, die ich mir vorhin mehr als einmal gerauft hatte. Das hätte ich am liebsten gleich noch einmal getan, denn niemand Geringeres als Jake spazierte mit einem breiten Lächeln durch meine Tür.

»Hallo, Matthew.«

»Guten Morgen. Was gibt's?«

Bei jedem anderen hätte ich erst Small Talk gehalten. Einen freundlicheren Ton angeschlagen. Bei Jake schaffte ich es einfach nie, egal wie sehr ich mich bemühte. Okay, die meiste Zeit bemühte ich mich auch nicht sonderlich.

»Ich bräuchte deine Unterschrift für ein paar Projektverträge.«

Ich nickte, froh, dass es mit ein paar unterzeichneten Papieren erledigt wäre und er kein größeres Anliegen hatte. Jake schritt zum Schreibtisch und betrachtete diesen mit erhobenen Augenbrauen, bevor er zwei Ordner zur Seite schob, um mir die Verträge genau vor die Nase zu legen.

»Ganz schön unordentlich hier drin.« Er drehte sich einmal im Raum, als würde dieser im Chaos versinken. Dabei war lediglich der Schreibtisch mit Unterlagen übersät – der zu Zeiten seines Vaters so kurz vor Jahresabschluss nur selten anders ausgesehen hatte. Ich ließ mich nicht auf die Provokation ein und nahm mir das erste Blatt auf dem Stapel vor.

»Oh, habt ihr bei *Stille Wasser* endlich fertig diskutiert?«, fragte ich, während ich die Zeilen überflog.

»Ja. Ist ja nicht so, dass es meine Schuld war, dass es so lang gedauert hat.« Das wusste ich. War es nicht. Der Verlag hatte auf eine Klausel beharrt, die dem Autor nicht gepasst hatte, und die Verhandlungen hatten sich ins Unendliche gezogen. Mein Blick flog zu Jake, der mich ebenfalls grimmig betrachtete. Das war wohl das Problem bei uns beiden: Zu viel war vorgefallen, sodass wir nun alles, was der jeweils andere sagte, direkt als Angriff verstanden.

»Immerhin haben wir damit ein Projekt unter, Sadie kann davon aktuell ja nur träumen.«

Ich biss die Zähne zusammen, um bei Jakes anklagendem Ton keine scharfe Antwort zu geben. Wie schaffte es der Kerl jedes Mal, mir dermaßen auf die Nerven zu gehen? Davon abgesehen, dass ihn die Sache mit Sadie und ihren Pitches rein gar nichts anging, hatte ich mehr als einmal erklärt, warum Autoren wie Richard nicht zu unserem Klientenstamm passten. Mir war klar, dass das nicht der richtige Zeitpunkt für eine Diskussion war, bei seinem Seufzen schaffte ich es dennoch nicht mehr, ruhig zu bleiben.

»Kann man dir helfen?«

Jake drehte sich herum und nickte zu den Unterlagen. »Na ja, schon, indem du unterschreibst. Ich hab nicht damit gerechnet, dass du sie alle noch auf Rechtschreibfehler überprüfst, oder was auch immer du da tust. Ich hab ein bisschen was zu erledigen heute Morgen, weißt du?«

In Gedanken zählte ich leise bis drei, um nicht mit den Augen zu rollen oder ihm eine pampige Antwort entgegenzuschleudern.

»Ich bin Geschäftsführer, was auch bedeutet, dass ich den Kopf hinhalte, wenn etwas schiefläuft. Es ist mein Job, über alles im Bilde zu sein, was in der Agentur passiert. Aber wenn du es so genau wissen willst, hier fehlt ein Komma.« Ich deutete mit dem Finger auf die Stelle und nahm mit etwas zu großer Genugtuung wahr, wie Jakes Mundwinkel nach unten sackten. Dann blätterte ich weiter, unterzeichnete die letzten zwei Verträge und hielt ihm den Stapel Papier entgegen.

»Zufrieden?«

»Sehr, danke, Matthew.«

Jake nahm die Blätter und winkte mir noch einmal damit zu. »Na dann, schönen Tag noch, und bis gleich im Meeting.« Sein

Blick streifte ein letztes Mal meinen Schreibtisch. »Wenn du Hilfe beim Aufräumen brauchst, meld dich gern.«

Ich schenkte ihm ein verkrampftes Lächeln, das erst von meinem Gesicht wich, als er hinter sich die Tür ins Schloss fallen ließ.

»Mistkerl«, murmelte ich und warf vor Schreck beinahe den Stift weg, als es im nächsten Augenblick schon wieder klopfte. Hoffentlich hatte Jake das nicht gehört.

»Ja?«

Doch es war nicht Jake, der eintrat. Es war Cassedy. Und sie hatte die eine Person im Schlepptau, die zu sehen ich seit Tagen zu vermeiden suchte. Sofort schoss Hitze durch meinen Körper, und ich meinte, Neles blumigen Duft in der Nase zu haben, was unmöglich war, da sie gerade erst zur Tür hereinkam. Ich zwang mich, den Blick nicht auf ihre Lippen zu senken, während die Erinnerungen an unseren ersten Kuss ungefiltert durch meinen Kopf schossen.

»Hi Cass, hi Nele.«

»Hallo«, meinte Cassedy mit einem breiten Grinsen.

»Gute Neuigkeiten?«

»Kann man so sagen! Was wir Nele zu verdanken haben.«

Nele lächelte leicht, blieb jedoch hinter Cassedy stehen. Mein Atem stockte, als unsere Blicke sich kurz trafen. Himmel, hörte das denn nie auf?

»Ach ja?«, fragte ich möglichst ausweichend und zwang mich, meinen Blick von ihr loszureißen.

»Ja! Nele hat jemanden an der Angel, der perfekt zu uns passen würde und der mit Sicherheit auch die Verlage begeistern wird!«

Nun sah ich Nele doch an und hob überrascht die Brauen. Hatte sie ihren Street Artist tatsächlich gefunden? Oder hatte sie die Suche aufgegeben und jemand anderen entdeckt? Leider sagte Nele nichts, sie stand mit vor dem Unterleib verknoteten Händen da und sah zu Cassedy, die aufgeregt mehr erzählte.

»Wir haben gleich einen Termin. Ich wollte uns nur schnell abmelden, weil ich nicht weiß, wie lang es dauert. Zum Meeting wären wir dann nicht dabei, aber dafür berichten wir dir später oder morgen alles.«

Cassedys Grinsen war so breit, dass es mich trotz des Stresses, der Gereiztheit dank Jake und der Angespanntheit, die mit Nele in den Raum gewabert war, ansteckte. »Alles klar. Nimmst du die Firmenkarte?«

»Schon erledigt, hab ich mir bei Emma geschnappt.«

»Sehr gut. Na dann, viel Erfolg euch beiden. Ich bin gespannt, was ihr zu erzählen habt.«

»Und ich erst«, sagte Cassedy.

»Bis dann.« Neles Stimme war leise, beinahe ein Flüstern. Sie ging mir trotzdem durch Mark und Bein. Zum zweiten Mal in so kurzer Zeit sackte ich mit dem Zufallen der Tür in mich zusammen – diesmal jedoch nicht vor Erleichterung, sondern vielmehr Erschöpfung. Wieso konnte ich es nicht machen wie Nele? Jemand Neuen kennenlernen und die Spannung und Chemie zwischen uns vergessen?

Vier Stunden und das allwöchentliche Meeting später hätte Jake mein Büro zu Recht als Müllhalde bezeichnen können. Yong-Jae hatte mir bereits zweimal Kaffee gebracht, weil ich trotz geschlossener Tür, damit ich meine Ruhe hatte, die Jalousien nicht hinuntergelassen hatte und somit gut zu sehen war. Und was man durch die Glaswand sehen konnte, war mit Sicherheit kein schöner Anblick, denn mittlerweile saß ich auf dem Boden, den nur noch lauwarmen Kaffee neben mir, umgeben von Ordnern, Papieren und meinem Laptop, damit ich die dringenden E-Mails trotz allem im Blick hatte. Kurzum:

Es war das reinste Chaos und meine Nerven nach wie vor zum Zerreißen gespannt.

Albert hatte mich bereits gewarnt, dass der erste Dezember auf dem neuen Posten ein Härtetest sein würde – hauptsächlich wegen der Buchhaltung. Zwar hatten wir dafür Darren, aber er benötigte Unterlagen und Informationen von mir, um weitermachen zu können. Und da haperte es gerade gewaltig, da mir schlicht und ergreifend der Überblick fehlte.

Zum bestimmt hundertsten Mal ging ich die Papiere durch und stolperte über eines, das nicht einmal unterschrieben war. Ich stöhnte auf und ließ mich nach hinten auf den Teppich fallen. Einige Augenblicke starrte ich einfach nur an die Wand und hoffte, dass Jake nicht gerade auf dem Weg zur Küche vorbeilaufen würde. Dann setzte ich mich hin und sortierte die herumfliegenden Papiere auf einem ordentlichen Stapel. Es hatte keinen Zweck. Dafür würde ich wohl oder übel Albert fragen müssen. Ich griff zum Handy und rief meinen ehemaligen Chef und Mentor an, der – Gott sei Dank – nach nur einem Freizeichen abhob.

»Matt, hi! Na, alles klar bei dir?«

»Es ist die Hölle.«

Albert stieß ein tiefes Lachen aus. »Ich hab mich schon gefragt, wann du anrufen würdest. Ehrlich gesagt hab ich mit der ersten Novemberwoche gerechnet, du hast dich gut geschlagen.«

Das, oder aber ich war in der ersten Novemberwoche zu sehr mit Nele beschäftigt gewesen. Nicht dass ich das Albert – oder irgendwem – auf die Nase binden würde.

»Ich brauch deine Hilfe: Einmal benötige ich eine Unterschrift bei etwas – ist ein alter Vertrag, wurde wohl vergessen. Nur der Vollständigkeit halber. Und dann versteh ich eine Abbuchung nicht.«

»Möchtest du vorbeikommen? Geht mit Sicherheit schneller, als wenn du mir übers Telefon erklärst, was es damit auf sich hat.«

»Passt es dir denn gerade? Ich wollte nicht einfach so reinplatzen.«

»Na klar. Du kannst immer vorbeischauen, das weißt du doch.«

Wusste ich das? Denn früher hatte ich das genau einmal gewagt – und es war nicht gut ausgegangen, da Elizabeth mich, sosehr sie mich auch mochte, wieder hinausgebeten hatte. Im Gegensatz zu Albert hatte sie sich von dem Lamentieren ihres Sohnes mehr beeindrucken lassen.

»Dann bis gleich«, sagte ich und behielt meine Gedanken für mich. Das alles lag weit in der Vergangenheit. Ich packte meine Sachen zusammen, blickte noch einmal auf das Chaos, entschied aber, dass ich es auch später oder morgen früh würde aufräumen können, und machte mich auf den Weg zu Albert. Ich freute mich, ihn wiederzusehen – er war während meiner Jahre hier ein fester Bestandteil meines Lebens geworden, und manchmal war es nach wie vor ungewohnt, ihn nicht gleich im Büro anzutreffen.

Als ich eine knappe halbe Stunde später an dem weiß-beigen Haus gegenüber der Kensington Gardens klingelte, dauerte es eine Weile, bis der Summer zu hören war und ich die Tür öffnen konnte. Wie immer, wenn ich von der sauberen Straße in das schicke Gebäude trat, fühlte ich mich seltsam befangen. Ich mochte in Alberts Fußstapfen wandeln, aber so eine Zukunft – ein Luxusapartment in einem der teuersten Viertel Londons – sah ich für mich nicht. Immerhin gab es hier nicht, wie bei Leo, einen Portier, der mich erst anmelden musste, und so nahm ich die Treppenstufen in den dritten Stock. Meine Lungenflügel teilten mir protestierend mit, dass ich das

Kicken im Park besser wieder zur Gewohnheit werden lassen sollte, denn mein Körper schien die Anstrengung nicht mehr gewöhnt zu sein. Kein Wunder, so lang, wie ich in letzter Zeit immer im Büro saß.

Als ich oben ankam, erwartete Albert mich bereits an der Tür. »Hallo Matthew«, begrüßte er mich mit einem Lächeln und trat dann einen Schritt zurück. »Komm rein, geh ruhig schon einmal ins Büro vor, ich bin sofort bei dir.«

Ich nickte, hängte meine Jacke an die Garderobe in dem langen, breiten Flur, der von einem elektrischen Kronleuchter erhellt wurde, den mit Sicherheit Lizzy zu Lebzeiten für das Apartment ausgewählt hatte, dann nahm ich die zweite Tür links und betrat Alberts Büro. Im Gegensatz zu meinem auf der Arbeit war es penibel aufgeräumt, selbst die Bücher im Regal an der rechten Wand waren nach Größe sortiert. Es handelte sich bei ihnen, wie ich mittlerweile wusste, um Alberts liebste Werke, die er vermittelt hatte. Sein allererstes Buch stand neben dem eines berühmten britischen Politikers, daneben ein Jugendbuch, das nach wie vor ein Dauerbrenner war. Nicht zum ersten Mal fragte ich mich, woher er dieses Gespür hatte, woher er wusste oder ahnte, welche Geschichten sich durchsetzen würden und welche nicht. Ebenfalls nicht zum ersten Mal betete ich, dass sich etwas von dem Gespür im Laufe der Jahre auf mich übertragen hatte. Mittlerweile mochte ich voll und ganz in der Übergangsphase stecken, doch früher oder später wollte ich, genau wie Albert, auch wieder mehr Klienten vertreten. Als ich Schritte im Flur hörte, setzte ich mich schnell auf den hellgrauen Sessel gegenüber des Schreibtischs und holte meine Dokumente hervor.

»So, dann wollen wir doch mal schauen«, sagte Albert und schloss die Tür hinter sich.

»Danke, Albert«, sagte ich, nachdem er die fehlende Unterschrift auf den alten Vertrag gesetzt hatte, und packte auch dieses Papier zurück in den Ordner. »Ich glaub, das war's.«

»Kein Thema«, erwiderte dieser. »Wie läuft es im Büro? Ist dir aufgefallen, dass ich mich die ganze letzte Woche nicht habe blicken lassen?«

»Ja, und nicht nur mir«, gab ich lachend zurück. »Es wurden Wetten abgeschlossen, wie lang am Stück du wohl durchhältst. Ich sag mal so … Ich hab schon verloren.«

Albert lachte laut auf, bevor er sich kopfschüttelnd vom Schreibtisch erhob und den Stuhl zurück an diesen rückte. »Ich besuche jetzt einen Schwedischkurs. Wer weiß, vielleicht mache ich die Reise, die Lizzy und ich geplant hatten, ja noch. Das hätte sie sicher gefreut, sie wollte immer die Polarlichter sehen. Magst du noch etwas trinken, bevor du gehst? Tee? Kaffee? Es ist ja bitterkalt draußen.«

»Ein Tee wäre toll. Ein Kaffee mehr, und mein Blut besteht nur noch aus Koffein.«

Schmunzelnd hielt Albert mir die Tür auf, und ich trat hinaus in den Flur, merkte, wie mein Herz schneller klopfte, da diese Momente, in denen Albert mich in sein Privatleben ließ, selten waren. Selten und kostbar. Ich folgte ihm in die Küche – und erstarrte im nächsten Moment.

»Schön, dass ihr auch noch fertig geworden seid«, sagte Jake und lächelte schmallippig. Vor ihm standen bereits eine Kanne Tee und Tassen. Zwei Tassen. Ich hätte seinen Blick nicht benötigt, um zu erkennen, dass ich hier ganz offensichtlich in etwas reingeplatzt war. Das Ganze erinnerte mich an das eine Mal, als ich mich mit sechzehn hergewagt hatte. Albert hatte mich herzlich empfangen – seine Frau Elizabeth und Jake hingegen nicht. Dabei war Elizabeth im Büro stets freundlich zu mir gewesen. Ich schluckte. Es war offensichtlich, dass Jake mich am liebsten hinausbefördern würde, doch dieses Mal sah ich es nicht ein, eingeschüchtert das Haus zu verlassen.

»Setz dich«, sagte Albert glücklicherweise in dem Moment und stellte eine Untertasse auf den Tisch und eine der weißblauen Porzellantassen, die aussahen wie aus einem Museum, darauf. Ich leistete seinen Worten Folge, und Jakes angespanntes Lächeln verschwand völlig. Wenn Blicke töten könnten, hätte seiner mich in diesem Augenblick von meinem Stuhl befördert.

»Ich habe Hilfe bei ein, zwei Papieren benötigt«, erklärte ich überflüssigerweise. Wieso nur hatte ich das Gefühl, mich rechtfertigen zu müssen? Ich war kein Kind mehr, verdammt. Außerdem hatte ich jedes Recht, hier zu sein. Es war Alberts Zuhause, nicht Jakes. Und wenn dieser mich dahaben wollte, war es egal, was sein Sohn davon hielt.

»Welche verlegt in dem Chaos heute?«, fragte Jake. »Würde mich ja nicht wundern.« Er bemühte sich nicht einmal, die Frage leise genug zu stellen, damit sein Vater, der gerade die Milch aus dem Kühlschrank holte, sie nicht hörte.

»Jake«, sagte dieser sofort in ermahnendem Tonfall.

»Was denn? Du solltest mal sehen, wie dein Büro heute aussah.«

»Sein Büro. Es ist jetzt sein Büro.« Albert seufzte leise und ließ sich dann am Kopf des langen Holztisches nieder. Er reichte mir mit fragendem Blick die Milch, und ich nahm sie dankend entgegen.

»Also, wo waren wir stehen geblieben, bevor wir unterbrochen wurden?«, fragte Jake und schenkte sich von dem Tee ein. »Ach ja, Miranda hat die Förderung erhalten!« Bei den Worten sah ich Jake zum ersten Mal wirklich glücklich. Seine Augen funkelten förmlich, als er davon erzählte. Wer auch immer Miranda war. Seine Freundin? Hatte er eine?

»Das ist großartig«, sagte sein Vater mit einem Lächeln.

»Ja, sie hatte drei Auswahlverfahren, fast nur Männer, und hat sich gegen alle durchgesetzt.«

»Sehr schön.« Jake setzte an, weiterzusprechen, doch Albert sah zu mir. »Wie war das Treffen mit Vertical?«

»Oh, sehr gut. Ich war mit Yong-Jae dort, und wir haben im Anschluss drei Projekte unterbekommen.«

»Wirklich?« Albert riss die Augen auf. »Na, Respekt, sie sind doch sonst immer so zögerlich.«

»Ja, aber ich glaube, die Projekte treffen genau die richtige Nische. Und Yong-Jae ist einfach klasse im Verkaufen.«

»Absolut, der Junge ist goldwert.« Albert lächelte zufrieden, und ein warmes Gefühl von Stolz breitete sich in meiner Brust aus, das selbst Jakes wütender Blick nicht schmälern konnte. Nach all den Jahren hatte sich also doch etwas geändert. Ich hatte nicht nur Albert stolz gemacht, ich war hier auch endlich erwünscht.

19. KAPITEL
Nele

»Oh, das ist they, oder?«

Ich nickte. Ich hatte Cassedy von Taylors Pronomen berichtet, damit they es nicht selbst tun musste. Im Gegensatz zu mir stockte sie kein bisschen bei der korrekten Verwendung. Wie sich herausgestellt hatte, war ihr Patenkind ebenfalls nicht-binär und sie somit längst an das Ganze gewöhnt.

»Ich sollte bei Matthew mal anstoßen, dass wir Pronomen ganz allgemein mit abfragen. Und unsere mit in die Signatur packen. Süßes Café, wie bist du darauf gekommen?«

»Es gehört einer Bekannten.«

»Ach cool! Du hast dich echt schon richtig eingelebt, was?«

Ich nickte und verschwieg lieber, dass ich an meinem ersten Tag hier reingestolpert war – denn diese Geschichte brachte unweigerlich auch die Gedanken an Matthew mit sich, die ich endlich ein bisschen besser unter Verschluss hatte als noch letzte Woche. Cassedy hielt mir die Tür auf, und ich schlüpfte hindurch. Taylor entdeckte uns sofort und winkte mit einem Lächeln in unsere Richtung.

»Echt cool hier!« They stand auf und schüttelte Cassedys Hand.

»Es freut mich riesig, dich kennenzulernen.« Sie schenkte Taylor ein strahlendes Lächeln und holte dann ein bedrucktes Blatt Papier hervor. »Ich hab ein NDA ausgearbeitet, also eine Verschwiegenheitserklärung. Ich würde sagen, wir bestellen alle Kuchen und was zu trinken, und du schaust den mal in Ruhe durch. Nele und ich werden unterschreiben, bevor du uns irgendwas erzählst, damit du ganz sicher sein kannst, dass nichts nach außen gelangt, von dem du nicht möchtest, dass es das tut.«

Taylor hob die Augenbrauen. »Euch ist das hier echt ernst, was?«

»Ich hab dir doch gesagt, du kannst uns vertrauen«, sagte ich. Cassedy hatte sich bereits über die Getränkekarte gebeugt.

»Hi, Nele!« Kaycee trat an unseren Tisch. »Wie geht's? Und hallo ihr beiden, ihr seid zum ersten Mal hier, oder?«

Cassedy und Taylor nickten, und Kaycee gab uns eine kurze Zusammenfassung der heutigen Torten und Kuchen, bevor wir alle unsere Bestellung aufgaben und sie wieder hinter der Theke verschwand.

»Sie kommt mir irgendwie bekannt vor«, murmelte Cassedy und sah Kaycee hinterher, deren pinker Haarschopf einen starken Kontrast zur dunkelgrünen Tapete bildete.

»Ja, sie hat an dieser Reality-Backshow teilgenommen«, meinte Taylor.

»Ha! Genau! Ich wusste, ich kenne ihr Gesicht. Ich hab keinen Fernsehanschluss, aber ich meine, sie mal in einer YouTube-Werbung gesehen zu haben.«

»Das passt so«, meinte Taylor und wedelte mit dem Papier. »Also, nicht dass ich groß Ahnung von so was hätte, aber liest sich vernünftig, und ich geh einfach mal davon aus, dass ihr mich nicht übers Ohr hauen werdet.«

Ich lächelte, und Cassedy nahm das Papier mit einem Nicken entgegen, unterzeichnete es und gab es mir für meine Unterschrift.

»Nele ist komplett hin und weg von deinen Artworks. Ich

muss zugeben, ich kannte nur eines in Vauxhall und wusste gar nicht, dass ein solcher Hype um sie existiert. Es gibt sogar einen Instagram-Account dazu. Der ist noch recht neu, hat aber schon etliche Follower. Angeblich ist er nicht von dir …?« Cassedy sah Taylor abwartend an, they wiederum schoss mir einen Blick mit erhobenen Augenbrauen zu.

Ich schüttelte leicht den Kopf, während mein Herz heftig in meiner Brust pochte.

Bitte, bitte sag nichts.

Cassedy mochte recht haben, ich hatte mich mittlerweile ganz gut eingelebt. Aber eben auch nicht so gut, dass ich wagte, mein Geschriebenes mit diesen Menschen zu teilen. Ich hatte das genau einmal getan und es den Rest meiner Schulzeit bereut. Nicht nur, dass meine Klasse mich wegen des Schreibens an sich aufgezogen hatte, nein, einige von ihnen waren natürlich auch zu meinem Poetry Slam erschienen, um es vor Ort zu tun.

Taylor schien mein stummes Flehen zu erhören, denn they schüttelte bloß den Kopf. »Nicht mein Account. Ich hab es nicht so mit Worten. Aber ich mag's, die Texte gefallen mir.«

»Ja, mir auch«, sagte Cassedy, und mein Herz klopfte gleich noch ein bisschen schneller – diesmal vor Stolz. Sie mochte die Worte? Cassedy? Meine Vorgesetzte? Taylor zwinkerte mir kurz zu, mein offensichtlich geschockter Ausdruck brachte them zum Schmunzeln.

»Entschuldigt mich bitte«, meinte Cassedy dann. »Ich gehe noch einmal schnell auf Toilette, dann können wir loslegen.«

»Alles klar!« Ich nahm meinen Notizblock aus der Handtasche. Meinen Laptop hatte ich zwar auch dabei, doch manchmal war mir das Schreiben auf Papier einfach lieber. Ich hatte gerade auf die freie Seite geblättert und meinen Stift zur Hand genommen, als ich Taylors Blick bemerkte.

»Was ist?«

»Wenn es dir so unangenehm ist, dass jemand von deinen Texten erfährt, wieso hast du dann nicht das als Pfand genommen, sondern die Story mit deinem Chef?«

»Psht!«, machte ich und blickte in Richtung Toiletten, doch Cassedy war zum Glück bereits außer Hörweite.

Taylor grinste nur. »Es ist dir echt unangenehm. Das ist ja viel besser als das NDA.«

»Wag es ja nicht.«

»Keine Sorge. Dein Geheimnis ist bei mir sicher. Auch wenn ich echt nicht verstehe, warum dir die Heimlichtuerei so wichtig ist. Die Texte sind super, du merkst doch selbst, wie sie ankommen.«

»Ach ja? Und du so? Deine Artworks kommen auch super an. Trotzdem sitzen wir hier und haben dir vertraglich zugesichert, nicht zu verraten, wer hinter ihnen steckt, damit wir überhaupt mit dir reden können.«

»Das ist was anderes.«

Ungläubig hob ich die Brauen. »Ist das so?«

Taylor hob die Schultern und nahm die Getränkekarte in die Hand, dabei hatten wir bereits bestellt. Dann war das Thema wohl für them durch.

»Mach dir keine Sorgen, wir haben wirklich nicht vor, dich ins Rampenlicht zu zerren, wenn du das nicht willst. Aber deine Linearts, die hätten wir gern da.«

»Und meine Geschichte, meintest du.«

Ich nickte, hoffte, dass Taylor mir genau diese erzählte. Keine Ahnung, ob they es getan hätte, denn in diesem Moment trat Cassedy wieder zu uns an den Tisch, dicht gefolgt von Kaycee, die unsere Getränke und Kuchenstücke auf einem schmalen, kupferfarbenen Tablett servierte.

»Danke dir, das sieht göttlich aus«, sagte Cassedy mit einem

Lächeln und setzte sich dann, als Kaycee wieder verschwand, auf ihren Platz.

»Habt ihr schon begonnen?«, fragte sie mit Blick auf meinen Block.

»Nur Small Talk«, erwiderte ich mit einem Lächeln. »Also, Taylor ...«, übernahm ich dann das Wort, »... ich hab ja bereits erzählt, dass wir in unserer Agentur auch Klienten und Klientinnen im Non-Fiction-Bereich vertreten. Wir haben Leute mit Biografien, Memoiren, Sachbüchern, Ratgebern, Lyrik, aber eben auch Bildbänden vermittelt.«

»Lyrik also auch, ja?« Bei Taylors Grinsen hätte ich them am liebsten einen Tritt unter dem Tisch verpasst.

»Wieso fragst du?« Cassedy beäugte Taylor skeptisch und glaubte nach diesem Kommentar mit Sicherheit noch weniger, dass they nichts mit dem Instagram-Account zu tun hatte.

»Nur so. Ihr habt also Interesse an einem Bildband mit mir?«

Ich nickte. »Beziehungsweise an einem Projekt, in der Gestaltung sind wir ziemlich frei, oder?«

Cassedy nickte. »Ja. Tatsächlich fände ich es gar nicht so schlecht, wenn es kein klassischer Bildband wird.«

»Krass.«

Fragend sah ich Taylor an. They hatte sich mittlerweile im Stuhl zurückgelehnt und sah uns mit verschränkten Armen an. »Ihr meint das wirklich ernst.«

»Ja«, erwiderte ich mit einem Lachen. »Das haben wir doch gerade schon einmal gesagt.«

»Und ihr glaubt, dass das funktionieren könnte?«

Cassedy und ich nickten gleichzeitig, als hätten wir uns abgesprochen.

Taylor schluckte sichtbar und sah einige Augenblicke aus dem Fenster. Für meinen Geschmack einige Augenblicke zu lang. Keine Ahnung, wieso es mir so wichtig war, wieso ich mich ausgerechnet an diesen Linearts so festgebissen hatte, aber ich wollte, dass they zusagte. Wollte dieses Projekt, das Erfolgserlebnis, Taylor unter Vertrag genommen zu haben. Außerdem war ich mir sicher, dass wir das Ganze unterkriegen würden. Halb London schien mehr über die Artworks wissen zu wollen – mal ganz davon abgesehen, dass sie so Aufmerksamkeit über die Stadtgrenzen hinaus erhalten würden.

»Und? Was sagst du?«, fragte ich, als ich es nicht mehr aushielt. Mittlerweile saß ich auf meinen Handflächen, so angespannt war ich. Meinen Kuchen hatte ich nach wie vor nicht angerührt.

Zwischen Taylors dunklen Augenbrauen bildete sich eine leichte Falte, bevor they wieder zu uns blickte. »Ihr könnt mir schwören, dass niemand rauskriegt, wer ich bin? Gibt es dafür Pseudonyme oder so?«

»Das kriegen wir hin«, sagte Cassedy. »Das muss natürlich mit den Verlagen besprochen werden, denen wir dich vorstellen, aber wir machen nichts, was du nicht möchtest, und halten bei allem Rücksprache. Du kannst ein geschlossenes Pseudonym verwenden. Solltest du irgendwann auftreten wollen, gibt es auch da Möglichkeiten – einer unserer Autoren tritt zum Beispiel nur mit Maske auf. Das kann alles vertraglich festgehalten werden.«

Taylor nickte langsam. »Muss ich euch bezahlen?«

»Nicht vorab, nein«, sagte ich schnell. »Als deine Agentur würden wir eine Provision erhalten – aber wir verdienen nur, wenn du auch verdienst. Du zahlst uns nichts.«

Bei Taylors Nicken löste sich meine Anspannung. Denn their Blick klärte sich, und die feine Furche zwischen den Brauen verschwand. Wir hatten Taylor überzeugt, ab jetzt waren es nur noch Formalitäten. Ich presste die Lippen zusammen, um nicht breit zu grinsen. Ich hatte es wirklich geschafft. Ich hatte mein erstes eigenes Projekt an Land gezogen.

Eine Stunde später hatte Cassedy ebenfalls ein Grinsen auf dem Gesicht, und selbst Taylors Mundwinkel waren gehoben, und they wirkte beinahe fröhlich.

»Dann noch eine Unterschrift hier.« Cassedy stapelte die leer gegessenen Teller aufeinander, damit mehr Platz auf dem Tisch war, und deutete mit dem Finger auf die Stelle auf dem Papier, die Taylor unterzeichnen sollte. »Dann haben wir alles.«

Taylor unterschrieb, schloss den Kugelschreiber und reichte ihn Cassedy. Kopfschüttelnd sah they von den unterzeichneten Verträgen zu ihr und letztendlich zu mir. »Ich kann es noch nicht recht glauben. Aber gut, dann lasst es uns versuchen.« Erneut erschien ein leichtes Lächeln auf their Zügen. »Danke, Nele.«

»Wirklich, wirklich gern. Du kannst mich dann von deinem ersten Vorschuss auf einen Kaffee einladen.«

»Deal.« Taylor legte den Kopf schief. »Ihr könnt nicht zufällig verraten, wie hoch so ein Vorschuss ist?«

»Leider nein«, erwiderte Cassedy. »Aber wir hoffen natürlich, dass gleich mehrere Verlage ein Angebot machen, und werden dir den bestmöglichen Vorschuss und eine gute Staffelung raushandeln.«

»Staffelung?«

»Die besagt, mit wie viel Prozent du am Buchverkauf beteiligt wirst«, erklärte ich und bemerkte mit etwas Stolz Cassedys Lächeln aus dem Augenwinkel.

»Okay, ich bin jetzt schon dankbar, euch zu haben«, erwiderte Taylor lachend. »Dann hoffe ich einfach mal, dass schnell Angebote kommen.«

»Wir halten dich auf jeden Fall auf dem Laufenden. Eilt es denn für dich?«

Hoffentlich war ich mit der Frage nicht zu weit vorgestoßen, doch mir waren die abgewetzte Jacke und das Loch im Pullover nicht entgangen.

Taylor zuckte mit den Schultern. »Ach, na ja. Geld schadet nie, oder? Ist für Leute wie mich nicht immer einfach in London.«

»Was meinst du mit Leute wie dich?«, fragte ich, ohne darüber nachzudenken, wie unsensibel die Frage war – gerade bei einem geschäftlichen Treffen. Taylor schien sich jedoch nicht daran zu stören.

»Ich hab kein Zuhause. Also kein festes zumindest. Aktuell komme ich bei Bekannten unter, muss dadurch aber alle paar Wochen meine Bleibe wechseln, das ist ziemlich anstrengend.« They hob die Schultern. »Ich komm klar, aber ich will nicht lügen: Mit der Kunst Geld verdienen zu können, wär ein Traum.«

»Glaub ich«, murmelte ich. Ich hatte lange sparen müssen, um mir das Jahr in London zu finanzieren – und das, obwohl ich hier Vollzeit arbeitete. Ich kannte Taylors Hintergrund nicht, konnte mir aber vorstellen, wie schwierig es war, auch noch ständig umziehen zu müssen. Umso wichtiger war, was ich hier tat. Das Projekt half nicht nur mir und Cassedy – es half vor allem Taylor.

Ein Handyklingeln riss mich aus meinen Gedanken, und ich brauchte einen Moment, um zu realisieren, dass es sich dabei um meines handelte.

»Oh, entschuldigt«, sagte ich, während ich hektisch nach dem Smartphone in meiner Tasche wühlte.

»Gar kein Thema«, meinte Taylor. »Ich würde mich eh langsam auf den Weg machen, wenn das in Ordnung geht?«

»Na klar! Lass dir alles mal durch den Kopf gehen. Du hast meine Karte, ruf jederzeit an, wenn du brainstormen magst. Ich melde mich nächste Woche auch mit Vorschlägen bei dir.«

Ich lächelte Taylor und Cassedy entschuldigend zu, dann nahm ich den Anruf an und entfernte mich ein paar Schritte vom Tisch in eine leere Ecke des Cafés.

»Lorie?«

»Hast du Zeit?«

»Alles in Ordnung?«, fragte ich, als ich Lories besorgte Stimme hörte. Sie klang gestresst, beinahe panisch. Ich kannte sie mittlerweile lang genug, um zu wissen, dass es einiges brauchte, um sie aus der Ruhe zu bringen.

»Nein. Kannst du bitte heimkommen? Geht das?«

»Ja, na klar. Ich bin sogar grad um die Ecke.« Ich warf einen Blick zu Taylor und Cassedy. Wir waren hier fertig, und Cassedy hätte bestimmt kein Problem damit, wenn ich verschwand.

»Gib mir fünfzehn Minuten, ja?«

»Okay ...«

Lories Stimme zitterte, als sie sich verabschiedete. Ich eilte zum Tisch zurück und begann, meine Sachen einzupacken. »Das war meine Mitbewohnerin, ein Notfall. Kann ich den Rest des Tages von zu Hause aus arbeiten?«

»Ja, klar«, erwiderte Cassedy sofort. »Dann sehen wir uns morgen.«

»Tut mir echt leid.« Ich sah entschuldigend zu Taylor, erhielt jedoch ein Kopfschütteln zur Antwort.

»Muss es nicht. Ich hoffe, es ist alles okay?«

»Werd ich gleich herausfinden. Und danke für heute! Ich freu mich riesig auf die Zusammenarbeit mit dir!« Ich winkte den beiden noch einmal, rief Kaycee ein Bye zu und lief nach draußen, wo mir kalter Schneeregen ins Gesicht klatschte. Ich war so tief in das Gespräch mit Taylor vertieft gewesen, dass ich den Wetterumschwung überhaupt nicht bemerkt hatte. Ich zog meine Kapuze über und joggte dann in Richtung unserer Wohnung.

»Lorie?«, rief ich wenige Minuten später, als ich die Tür aufstieß. Ich war völlig außer Atem, mein Herz hämmerte in meiner Brust, und in meinem Kiefer zog es merkwürdig. Ich musste dringend mehr Sport machen. Vielleicht war es an der Zeit, Levi noch einmal zum Bouldern zu treffen.

»Im Bad.«

Die Tür war nur angelehnt, dennoch klopfte ich kurz an, bevor ich eintrat.

»Was ist denn …«, begann ich, bevor ich schnell in Richtung Dusche blickte. »Wieso hast du keine Hose an?«

»Ich dachte, wir Briten wären prüde. Habt ihr in Deutschland nicht sogar solche Nacktstrände?«

»Was ist denn passiert? Geht es dir gut?«

»Na ja, ich …« Lorie seufzte, setzte sich aber endlich so auf den Toilettensitz, dass ihr Pullover über ihren Schritt rutschte. »Erinnerst du dich daran, als ich dir die Tage von meiner Bestellung berichtet hab? Diese Energiesteine, zu denen ich dir auch geraten habe?«

»Ja …«, antwortete ich gedehnt und ahnte bereits Übles.

»Wie gesagt setzen die verschiedene Energien in dir frei. Ich hab was für Gelassenheit …« Sie schüttelte ihr rechtes Handgelenk, an dem ein neues Armband hing. »Und es gab auch einen Stein, der sexuelle Energien entfesselt. Gerade wir Frauen werden in der Gesellschaft ja oft so erzogen, dass wir uns unserer Sexualität schämen. Von klein an werden wir …«

»Lorie! Das ist nicht der Zeitpunkt. Deine feministischen Ansichten in allen Ehren.«

»Richtig. Also, ich hab mir diesen Stein geholt, der dich von diesen Stigmata befreit und deine Energien von innen heraus freisetzt.«

»Von innen? Damit meinst du …«

»Er vibriert sogar und trainiert dabei den Beckenboden.« Plötzlich wirkte sie eher fasziniert als besorgt. In mir hingegen sah es genau andersherum aus. »Und was genau ist schiefgegangen?«

»Ich krieg ihn nicht mehr raus.«

»Nein.«

»Doch.«

»Hast du … Gab es kein Rückholbändchen oder so was?«

»Nein, die Steine sind bis auf den Schliff und die Segnung durch einen buddhistischen Mönch komplett natürlich und unbearbeitet und …«

»Wie konnte das denn passieren?«

»Ich bin ausgerutscht und drauf gefallen.« Lorie rollte mit den Augen. »Himmelherrgott, ich wollte ihn testen, und jetzt steckt er fest!«

»Okay, und du brauchst meine Hilfe bei …?«

Ich betete inständig, dass es sich um ein Missverständnis handelte, doch Lories schiefes, mitleidiges Lächeln sagte mir alles, was ich wissen musste.

»Um es positiv zu sehen: Wir haben kaum noch Zeit miteinander, weil du so viel arbeitest. Das hier ist definitiv eine Bonding-Experience«, meinte sie diplomatisch.

»Es ist auf jeden Fall eine Experience, auf die ich verzichten könnte.«

»Nach dem Jahr hast du sicher genug Erlebnisse gesammelt, um dein eigenes Buch auf den Markt zu bringen.«

Da allerdings musste ich Lorie zustimmen.

20. KAPITEL
Nele

Der nächste Tag startete zum Glück um einiges unspektakulärer, als der gestrige geendet hatte. Bis auf einen viel zu vollen Bus gab es nichts, worüber ich mich hätte aufregen können, ganz im Gegenteil: Wir hatten Taylor unter Vertrag! Ich hatte es nicht nur geschafft, die Person zu finden, die für die Linearts verantwortlich war, ich hatte them sogar dazu bewogen, bei uns zu unterzeichnen. Cassedy hatte mir am Abend noch einige lobende Worte über unseren Chat-Messenger geschrieben, und so langsam hatte ich wirklich das Gefühl, angekommen zu sein. In meinem Job, in London – und irgendwie auch in mir. Auch Matthew hatte ich mit ziemlicher Sicherheit überwunden.

»Morgen«, begrüßte mich Gilbert lächelnd, als ich mit meinem frisch gebrühten Kaffee in der Hand an seinem Platz vorbeilief. Er war gerade angekommen und packte seine Tasche aus.

»Hey.« Ich lächelte zurück und hörte kurz darauf, als ich an Cassedys Büro vorbeispazierte, meinen Namen.

»Nele, hi!«

Ich trat durch die weit geöffnete Tür und winkte Cassedy zu.

»Hi! Guter Tag gestern, oder?«

»Definitiv! Ich sitze gerade schon an ein paar ersten Ideen, die wir Taylor schicken können. Besser gesagt: du. Ich fände es toll, wenn du Taylor primär betreust. Ist alles okay?«, unterbrach sie sich selbst. »Warum musstest du gestern so abrupt los?«

»Meine Mitbewohnerin hat sich einen vibrierenden Stein in die Vagina geschoben.«

»Was?«

»Was?«

Oh shit.

Das zweite Was war um einiges tiefer als Cassedys. Natürlich musste Matthew genau in der Sekunde ins Büro kommen. Mit einem verkrampften Lächeln drehte ich mich um. »Morgen.«

Bleib cool. Es ist nur dein Chef. Dein Chef, der dich gerade den wohl merkwürdigsten Satz hat aussprechen hören, der jemals deinen Mund verlassen hat.

Matthew führte die Faust an die Lippen und hustete, doch es war unschwer zu erkennen, dass er damit nur sein Lachen tarnte. Cassedy hinter mir gab sich gar keine Mühe, ihr Lachen zu verstecken. »Wie ist das denn passiert?«

»Lange Geschichte«, erwiderte ich, sah dabei jedoch nach wie vor Matthew an. Wieso war er in diesem hellblauen Hemd noch heißer? Und wieso musste ich beim bloßen Anblick seiner Finger, mit denen er die Tasse umklammert hielt, daran denken, wie sie meine Wange gestreichelt hatten? Okay, ich war definitiv noch nicht über ihn hinweg. Verdammt.

»Das macht gar nichts«, erwiderte er, bevor meine Gedanken weiterwandern konnten. »Wir lieben Geschichten. Nein, wir leben sie sogar.« Ohne sich daran zu stören, wie rot mein Gesicht mittlerweile mit Sicherheit war, lief er an mir vorbei in Cassedys Büro und nahm auf einem der Sessel Platz. Er nickte leicht in Richtung des anderen ihm gegenüber. »Komm schon, du kannst nicht mit einem solchen Cliffhanger enden.«

»Eben«, stimmte nun auch Cassedy zu, und mit einem Seufzen ließ ich mich auf den freien Platz fallen.

Als ich meine Erzählung beendete, kamen die beiden aus dem Lachen gar nicht mehr heraus. Ich war froh, dass sie was zu lachen hatten, denn zwischenzeitlich hatte ich wirklich befürchtet, mit Lorie in die Notaufnahme zu müssen. Gott sei Dank hatten Lories Atemübungen und mein Fingerspitzengefühl die Situation dann doch noch gerettet.

»Wir sind uns jetzt jedenfalls ... näher.«

Cassedy hielt sich den Bauch, so sehr prustete sie. »Okay, das toppt all meine seltsamen WG-Erfahrungen bei Weitem«, sagte sie, als sie wieder halbwegs zu Atem kam.

»Absolut«, pflichtete Matthew ihr bei.

»Gibt es nichts Blödes, was Sam und Yong-Jae angestellt haben?«

Mir fiel mein Fehler erst auf, als Cassedys Lachen abebbte und sie mir einen irritierten Blick zuwarf. Dass ich wusste, dass Yong-Jae Matts Mitbewohner war, stellte wohl kein Problem dar. Von Sam jedoch hatte ich nur dank unseres Dates erfahren. Es war nichts, worüber Matthew in den Meetings redete. Während sich ein ungutes Gefühl in meinem Magen ausbreitete, schien er nichts von meinem Fauxpas zu bemerken.

»Oh doch, eine ganze Menge. Aber meistens beschränkt es sich bei Sam auf angebranntes Essen. Yong-Jae singt seinen Pflanzen manchmal was vor. Das war's auch schon.«

Ich lachte nervös und hoffte, dass Cassedy mit einfiel, sie schmunzelte jedoch bloß und sah zwischen Matt und mir hin und her. Als keiner von uns weitersprach, räusperte sie sich und wechselte das Thema.

»Wo ich euch beide schon hier habe: Matthew, Nele hat uns das perfekte Projekt gesichert.«

»Ja? Geht es um den Street Artist?«
»Oh, habt ihr schon darüber geredet?«
»Nicht richtig«, sagte ich schnell. »Matthew und ich haben nur mal eines der Linearts hier in Vauxhall gesehen. Es war das Erste, das ich entdeckt habe.«
Matthew und ich.
Obwohl ich nur genau das beschrieben hatte, was geschehen war, die Worte nichts weiter bedeuteten, kribbelte mein Bauch wie auf Kommando. Gleichzeitig verstärkte sich das flaue Gefühl. Nicht einmal wegen Cassedy, sondern weil es kein *Matthew und ich* mehr gab. Wir hatten nie eine Chance gehabt, und damit musste ich mich endlich abfinden. Ich hatte Wichtigeres zu tun.
»Aber ja«, fuhr Cassedy fort. »Wir haben die Person hinter den Kunstwerken ausfindig gemacht … und sie hat unterzeichnet.«
»Das ist großartig!« Matthews Hand auf meiner Schulter sandte Hitze durch meinen gesamten Körper, so unerwartet und plötzlich war sie da. Obwohl sie nur den Hauch einer Sekunde dort lag, bevor Matthew sie wegzog, als hätte er sich verbrannt, blieb die Wärme, die mich von dort aus durchflutete. Dabei war es lediglich eine Geste der Anerkennung, wie man sie unter Freunden oder Kollegen eben verteilte, wie ich sie auch von Gilbert oder Cassedy hätte erhalten können. Nicht mehr. Und doch war sie für mich so viel mehr. Weil selbst die kleinste Berührung Matthews in meinem gesamten Körper nachklang, Erinnerungen wachrief – an seinen Blick im Café, seinen Atem, der sich mit meinem vermischte, den Kuss in seinem Büro. Ich merkte, wie die Hitze bis hinauf zu meinem Hals und in mein Gesicht zog. Hoffentlich wurde ich nicht rot.
»Ja, es ist toll«, erwiderte ich mit einem Krächzen in der

Kehle. »Ich werde die Ideen, die wir heute hatten, weiter ausarbeiten und dann Tay… die Person hinter den Artworks noch mal treffen, und wir erarbeiten ein Konzept zusammen.«

»Ich würde Nele das Projekt gern geben.« Mein Kopf schnellte zu Cassedy herum. »Sie hatte nicht nur den richtigen Riecher, sie hat es außerdem geschafft, den Menschen zu erwischen und zu überzeugen, auf den halb London neugierig ist. Mal ganz davon abgesehen, dass das Projekt etwas ganz anderes ist, das wir so noch nie vermittelt haben. Ich glaube, die Anonymität könnte sogar ein Bonus sein. Und das alles haben wir Nele zu verdanken.«

»Wow, danke«, sagte ich leise, und Cassedy schüttelte den Kopf.

»Bedank dich nicht. Das hast du dir selbst erarbeitet. Ich hab nichts gemacht.«

»Ist es nicht etwas früh für ein eigenes Projekt? Das ist, was, deine dritte Woche?«

Er hatte nicht wirklich vergessen, wie lange ich nun hier war, oder?

»Ich frage das nicht, weil ich nicht glaube, dass du das Zeug hast. Nur ist dein Volontariat auch eine Ausbildung. Ich will nicht, dass du dich übernimmst und deine Zeit, Dinge zu lernen, zu kurz kommt. Zumal du ja noch in die anderen Bereiche routierst.«

»Das stimmt«, gab Cassedy zu bedenken. »Wenn du das Projekt betreust, müsste das schon über die zwei Monate, die du bei mir hast, hinausgehen.«

»Das ist gar kein Problem!« Ich war, ohne es zu merken, auf meinem Sessel nach vorn gerutscht. »Ich mach das wirklich gern. Um ehrlich zu sein, fände ich es schade, bei dem Projekt jetzt plötzlich von außen zuschauen zu müssen.«

»Na dann«, meinte Matt, und Cassedy nickte. »Wenn es

dir zu viel wird, zögere aber nicht, dich bei Cass oder mir zu melden.«

»Mach ich«, versicherte ich den beiden, und anscheinend war damit alles beschlossen. Ich hatte mein erstes eigenes Projekt. Noch dazu eines, das ich selbst an Land gezogen hatte und hinter dem ich voll und ganz stand.

»Magst du Matthew mal auf den neuesten Stand bringen?«

»Wir können auch gern brainstormen, was das Konzept angeht. Oder ich zeig dir, wie ich bei meinen vorgehe, wenn Autor oder Autorin noch keine konkreten Ideen haben.«

»Klappt das denn zeitlich? Sonst hätte ich mit Nele die Tage einen Termin ausgemacht. Das fällt ja eigentlich nicht in deinen Aufgabenbereich.«

Täuschte ich mich, oder schlich sich in ihren Blick erneut eine gewisse Skepsis?

Matthew nickte. »Ich weiß, aber da ich euch in den Ohren lag, dass wir etwas Neues, Besonderes brauchen, kann ich mich ruhig auch reinhängen. Außerdem vermiss ich es.«

Cassedy nickte, und obwohl ich wusste, dass es das nicht sollte, steigerte die Aussicht, mit ihm gemeinsam an dem Projekt zu arbeiten, meine Laune noch weiter.

»Ich hab wirklich Zeit. Ich war die Tage bei Albert, und seitdem steht für den Jahresabschluss so weit alles. Ich glaube, du hast mit der Planung der Weihnachtsfeier und allem Drum und Dran gerade mehr zu tun als ich.«

»Fang mir nicht damit an. Ohne Nele hätten wir bislang nicht mal Deko.«

Matthew lächelte mich an, doch in seinen Augen lag ein undefinierbarer Ausdruck.

»Na dann. Jetzt, da wir die Hintergründe von Neles abruptem Aufbruch kennen …« Cassedy grinste erneut. »… können wir uns ja eigentlich wieder an die Arbeit machen.«

»Das werd ich nie wieder los, oder?«

»Nope«, sagten Cassedy und Matthew wie aus einem Mund.

Ich folgte Matthew zurück ins Großraumbüro. Die Kaffeetasse in meiner Hand war schon wieder leer, und ich überlegte gerade, ob ich mir einen weiteren machen sollte, als Matthew sich räusperte.

»Cassedy mag dich. Und du scheinst an ganz schön vielen Stellen gute Arbeit zu leisten.«

»Danke«, sagte ich, freute mich einerseits, hasste andererseits den formellen Ton, der zwischen uns herrschte. Doch immerhin konnten wir wieder wie zwei Kollegen miteinander umgehen.

Nicht Kollegen. Chef und Angestellte.

Meine innere Stimme mit ihrem ermahnenden Tonfall hatte recht. Nicht dass der Büroklatsch zwischen Kollegen ausbleiben würde, doch mit dem Machtgefälle, das zwischen uns herrschte, durfte ich gar nicht anders als professionell und formal über uns denken.

»Magst du mir das Konzept mal zeigen, wenn du es fertig hast?«

»Klar, gern.«

»Bis wann bist du denn so weit? Dann erstelle ich einen Termin.«

»Bis morgen«, erwiderte ich, ohne zu zögern.

»Du kannst dir ruhig mehr Zeit lassen.«

»Nicht nötig, ich hab schon Ideen, ich muss sie nur aufschreiben.«

»Okay. Also morgen.« Matthew nickte, und seine hellblauen Augen nahmen wieder diesen Ausdruck an, den sie in Cassedys Büro schon einmal gehabt hatten. Unsere Blicke verhakten sich, und obwohl ich mich anstrengte, schaffte ich es nicht, mich loszureißen. »Ich freu mich.«

»Ich mich auch«, sagte ich leise, und diese Worte waren so viel mehr als eine bloße Erwiderung. Sie transportierten all meine unerfüllten Hoffnungen.

21. KAPITEL
Matthew

»Heute ist also dein Termin mit Nele.« Yong-Jae drehte sich im Fahrstuhl zu mir um und lehnte sich mit verschränkten Armen an die verspiegelte Wand, sodass ich neben seinem bedeutungsschwangeren Blick auch meinen genervten sah. Ich beschloss, seine Worte einfach zu ignorieren, und studierte stattdessen den Aushang neben dem Bedienfeld des Aufzugs, der einen dazu ermahnte, sich regelmäßig die Hände zu waschen. Wieso hatte ich den Termin beim Mittagessen auch erwähnen müssen?

»Ich hab euren Blick gestern bemerkt, als ihr aus Cassedys Büro kamt.«

Gründliches Händewaschen dauert zwanzig bis dreißig Sekunden und...

»Ihr müsst echt besser aufpassen.«

Nun entwich meinem Mund doch ein genervtes Stöhnen. »Wir haben einfach nur über ihr neues Projekt gesprochen. Da war kein Blick. Oder darf ich meine Gesprächspartner jetzt nicht mehr anschauen?«

»Doch, aber normalerweise schaust du nicht *so*. Eure Blicke machen jedem K-Drama Konkurrenz, so sehr wabert die Leidenschaft durch den Raum.«

»So ein Quatsch.«

Yong-Jae hob die Schultern. »Ich mein ja nur. Sei vorsichtig.«

Ich nickte und bereute im Stillen, ihm überhaupt von der ganzen Sache erzählt zu haben. Der Fahrstuhl kam zum Stehen, die Türen öffneten sich mit einem leisen Piepen, und wir traten in den schlicht dekorierten Flur, den wir langsam entlangspazierten. Keiner von uns beiden hatte es sonderlich eilig, schon wieder am Schreibtisch zu sitzen.

»Lust auf 'nen Kaffee?«

»Wenn wir ein gewisses Thema vermeiden, dann ja.«

Yong-Jae machte eine Handbewegung, als würde er seinen Mund mit einem Reißverschluss verschließen. Ich musste lachen, hielt dann jedoch inne, da mein Handy in meiner Hosentasche vibrierte. Albert.

»Da muss ich kurz ran, entschuldige.«

»Kein Ding, sehen uns ja in ein paar Stunden – wenn du mal pünktlich Feierabend machst.«

Ich streckte meinem Mitbewohner die Zunge heraus, lief nach links zu meinem Büro und nahm den Anruf an, kaum dass ich die Tür hinter mir geschlossen hatte. »Albert, hi. Was gibt's?«

»Hallo, mein Junge.«

Ein Gefühl von Wärme flutete meine Brust und breitete sich bis hinunter in meinen Bauch aus. Es war nur eine Floskel, das war mir klar. Die beiden Worte schafften es dennoch jedes Mal, mich unvorbereitet zu treffen, schufen ein Gefühl von Sehnsucht und Stolz in mir. Sehnsucht, weil ich sie so selten in meinem Leben gehört hatte, obwohl ich mich stets darum bemüht hatte. Stolz, weil ich anscheinend irgendetwas getan hatte, um Albert dazu zu bringen, sie zu sagen.

»Hat alles geklappt oder versinkst du noch im Stress?«

»So langsam geht es«, erwiderte ich.

»Sehr gut, sehr gut. Aber deshalb rufe ich nicht an, ich hab vollstes Vertrauen, dass du alles unter Kontrolle hast. Ich wollte fragen, ob du Lust hast, mit zum Wandern zu kommen.«

Ich stutzte. »Zum Wandern?«

»Genau. Am Wochenende. Ich treffe mich mit einem alten Bekannten, er war früher Programmleiter bei Labyrinth, dem Fantasy- und Science-Fiction-Verlag. Wir machen jeden Winter eine Wanderung, er ist mittlerweile auch pensioniert. Früher war das immer eine prima Gelegenheit zum Kontakteknüpfen und Austauschen. Ich dachte, du hast vielleicht Lust, mitzukommen. Auch ohne das geschäftliche Drumherum.«

»Ja, na klar«, sagte ich, ohne den Hauch einer Sekunde zu zögern. Wie oft ich mir das gewünscht hatte: auch privat von Albert beachtet zu werden, außerhalb der Wände dieses Büros. Hatte ich das jetzt, da ich sein Unternehmen weiterführte, geschafft? »Ich würde mich freuen.«

»Sehr schön! Ich kann dich am Samstag abholen, wir müssen etwas mit dem Auto rausfahren.«

»Klar, gern.« Wie von selbst formte mein Mund ein Lächeln. Und obwohl es kindisch war, rutschte mir die Frage raus, bevor ich über die Worte nachdenken konnte: »Ist Jake auch dabei?«

»Nein«, sagte Albert, und die Erleichterung verstärkte mein Lächeln noch. »Ist er nicht. Ich hol dich Samstagmorgen um neun Uhr ab, ja? Zieh festes Schuhwerk an, und am besten eine Regenjacke. Wir wandern bei jedem Wetter.«

»Neun Uhr, alles klar. Bis dann, Albert.«

»Bis dann.«

Als er auflegte, fühlte ich mich plötzlich wie ein kleines Kind. Wie oft ich mir genau das in Teenagerjahren gewünscht hatte: außerhalb der Arbeitszeiten etwas mit diesem Mann zu unternehmen, der so viel mehr für mich geworden war als ein Mentor. Es wäre das erste Mal, dass wir uns privat trafen. Zuvor hatte er stets die Grenzen zwischen Beruflichem und Privatem gewahrt – ich hatte immer geglaubt, dass allein Lizzy der Grund dafür gewesen war, doch auch nach ihrem Tod hatten Albert und ich nie etwas gemeinsam unternommen. Es brauchte nicht viel Vorstellungsvermögen, um zu erahnen, dass in Wahrheit Jake und seine fehlplatzierte Eifersucht dahintersteckten.

Bevor ich mich wieder in den frustrierenden Gedanken an früher verlieren konnte, ließ ich mich auf meinen Stuhl sinken und widmete mich lieber positiveren Dingen. Ich öffnete den Browser und googelte nach Wanderschuhen.

Albert hatte mich gefragt, ich würde ihn begleiten dürfen. Mir war klar, dass er mir niemals meine Familie ersetzen würde, diese Hoffnung hatte Mrs Green mir schon vor über zehn Jahren vorsichtig, aber bestimmt genommen. Doch dass Albert nun, im Gegensatz zu früher, auch seine Freizeit mit mir verbringen wollte, war etwas wert. Zumindest stimmte es mich sehr viel glücklicher, als ich die letzten Tage gewesen war.

Ich hatte die Wanderausrüstung längst bestellt und war in das Exposé einer Klientin vertieft, als es an der Tür klopfte. »Herein«, rief ich, und Nele betrat das Büro. Sie trug ein langärmliges, dunkelgrünes Kleid, das an der Brust mit Knöpfen verziert war und von einem dünnen, braunen Gürtel in der Taille gehalten wurde. Ihr Outfit betonte die Farbe ihrer Augen. Kurzum: Sie sah wunderschön aus.

»Nele, hi.«

»Ich bin ein paar Minuten zu früh, sorry. Stör ich?«

»Nie.«

Kurz glaubte ich, etwas in ihren Augen aufblitzen zu sehen, doch dann räusperte sie sich, ließ die Tür hinter sich zugleiten, und als sie aufblickte, war es bereits wieder verschwunden. Vermutlich war es bloße Einbildung, geschaffen von der Hoffnung, dass sie – genau wie ich – ebenfalls noch den Nachklang dessen spürte, was zwischen uns gewesen war.

Naiv. Ich war so verdammt naiv. Und ich musste dringend aufhören, so an sie zu denken. Immerhin hatte sie jetzt diesen Typen aus der Buchhandlung. Bei dem Gedanken an die beiden bei Hatchards, das wir kurz zuvor noch gemeinsam besucht hatten, schoss wieder das kalte Gefühl von Eifersucht durch mich hindurch, das ich definitiv nicht empfinden sollte. Ich hatte kein Recht darauf. Sie durfte ihre Zeit verbringen, mit wem sie wollte. Es war auch nicht so, als wäre die Buchhandlung, die ich ihr bei unserem Date gezeigt hatte, ein Geheimtipp gewesen.

»Ich hab ein Konzept ausgearbeitet. Also, eigentlich hab ich mehrere Versionen ausgearbeitet, weil ich mir nicht ganz sicher bin, in welche Richtung wir gehen können. Wir bräuchten ja auch erst das Einverständnis von … also von der Person, die hinter all dem steckt.«

»Ich nehme an, ich darf ihren Namen nicht wissen?«, fragte ich schmunzelnd.

»Ich hab's versprochen«, gab Nele schulterzuckend zurück, auch wenn ihr klar sein musste, dass ich den Namen spätestens dann sah, wenn der Vertrag auf meinem Schreibtisch landete.

»Okay. Zeig mal her.« Ich rollte auf die andere Seite des Schreibtischs, wo Nele gerade auf dem Gästestuhl Platz nahm. Dass ich angestrengt auf den Abstand zwischen uns achtete, interessierte meinen Körper anscheinend wenig, denn die Haare an meinen Armen stellten sich auf, als würden sie von Nele magnetisch angezogen. Glücklicherweise war sie so Feuer und Flamme für das Projekt, dass sie auch mich schnell mitriss und die ablenkenden Gedanken in ihre Schranken verwies.

Als Neles Magen ein protestierendes Knurren von sich gab, hatten wir den Schreibtisch längst hinter uns gelassen. Wir saßen auf dem hellgrauen Teppich des Büros, etliche Papiere um uns herum verteilt, einige davon zusammengeknüllt. Ich hätte nicht sagen können, wie lange wir gearbeitet hatten, es mussten mindestens zwei Stunden vergangen sein, denn es drangen keine Geräusche vom restlichen Büro herein. Vermutlich hatten alle längst Feierabend.

Neles schulterlange Haare waren vollkommen verwuschelt, so oft war sie beim Nachdenken durchgefahren. Meine sahen mit Sicherheit nicht viel besser aus, sogar die Schuhe hatte ich irgendwann ausgezogen, weil sie an den Knöcheln gedrückt hatten. Wie aus einem Traum erwacht sah ich auf und durch den Raum. Draußen war es mittlerweile dunkel, nur vereinzelte Lichter des gegenüberliegenden Bürogebäudes und das Blinken eines Flugzeugs am Himmel waren zu erkennen.

»Hast du Hunger? Wie spät ist es überhaupt?«

»Oh Gott, zu spät«, sagte Nele, die einen Blick auf ihre Armbanduhr warf. »Tut mir total leid, ich hatte nicht vor, dich so lange aufzuhalten. Alle haben längst Feierabend, und du hast sicher genug anderen Kram zu erledigen.«

»Du hast mich nicht aufgehalten, keine Sorge. Ich hatte echt Spaß. Hab das ewig nicht mehr gemacht.«

»Kommst du in der neuen Position nicht mehr dazu?«

»Selten. Früher hab ich auch noch mit lektoriert und war viel näher an den Projekten dran. Das ist jetzt nicht mehr wirklich möglich.«

»Vermisst du das?«

»Nur manchmal. Das hier …« Ich nickte nach hinten zu dem Schreibtisch. Dem Chefsessel, auf dem Albert schon gesessen hatte und der eines der wenigen Stücke war, die ich in dem Büro bei meinem Einzug nicht ausgewechselt hatte. »Das ist eine Ehre. Ich würd es nie wieder eintauschen wollen.«

Nele lächelte leicht. »Heather & Clark bedeutet dir echt viel, was?«

»Alles«, sagte ich. »Klingt von außen betrachtet vielleicht komisch. Und nicht gerade nach Work-Life-Balance. Aber diese Agentur bedeutet mir alles.«

»Ich finde, das klingt toll. Es gibt nichts Schöneres, als für das zu brennen, was man tut. Für alles andere verbringen wir viel zu viel Zeit mit der Arbeit.«

»Dann scheinst du ja alles richtig gemacht zu haben, was? Von dem, was ich mitbekomme, brennst du nicht nur für deinen Job, du machst ihn auch richtig gut.«

»Danke …«

Neles Blick fing meinen auf, und in dem warmen Schein der Stehlampe hinter meinem Schreibtisch, die nach wie vor die einzige Lichtquelle im Raum war, wirkte es beinahe, als würden ihre Augen glühen. Lächelnd bemerkte ich, dass ihre Haare nicht nur verwuschelt waren, sondern sich auch eines der Post-Its in einer Strähne verfangen hatte. Wie automatisch streckte ich die Hand aus, entfernte den Klebestreifen – und verharrte dann zu lange in der Bewegung, meine Finger so nah an ihrer Wange, dass ich die Wärme spüren konnte, die von ihrem Körper ausging.

Ich durfte nicht, ich sollte nicht, dennoch streckte ich meine Finger noch ein winziges Stück, nur einen Millimeter – und streifte Neles Wange. Ich wollte nicht, dass sie schon ging, wollte sie hierbehalten, mit ihr reden, sie … Ich konnte nicht sagen, von wem es ausging, doch im nächsten Moment berührten sich unsere Lippen. Ich hörte Nele seufzen, nahm ihren blumigen Duft wahr, die weiche Haut unter meinen Fingern – und zog mich dann so schnell zurück, als hätte ich mich an ihrem Mund verbrannt.

Nele sah ähnlich erschrocken aus, wie ich mich fühlte, doch ob es an dem Kuss lag oder daran, dass ich so plötzlich von ihr weggerutscht war, wusste ich nicht.

»Entschuldige«, sagte ich und stand eilig auf. Denn das hier war ein Fehler. Ich war ihr Chef und Nele meine Angestellte – die noch dazu jemand anderen datete.

Ich deutete mit dem Kopf nach links, wo hinter der Glaswand bereits Dunkelheit herrschte. »Ich sollte dich mal besser gehen lassen. Es ist total spät.«

Der kühle Ton meiner Stimme schien Nele zu überraschen, doch sie nickte langsam und setzte sich aufrecht hin. »Es … tut mir leid«, sagte sie, doch ich schüttelte den Kopf. Denn was sollte ihr auch leidtun?

»Mir tut es leid, dass ich die Zeit vergessen habe.«

Nele sah kurz verletzt aus, ging dann jedoch auf den abrupten Themenwechsel ein. »Ja«, sagte sie mit nervösem Lachen. »Ich hätte nie gedacht, dass das Brainstorming so eskaliert.«

»Wir hatten eben zu viele gute Ideen.« Ich lächelte, machte gute Miene zum bösen Spiel, verschwieg, dass Zeit mit ihr immer schnell verging. Weil sie leicht war, ungezwungen. Die Momente, die ich mit ihr hatte teilen dürfen, hatten sich angefühlt, wie ich es sonst nur vom Lesen eines guten Buchs oder von der Arbeit an neuen Projekten kannte: wie ein Sog, der mich völlig eingenommen und Zeit und Welt vergessen lassen hatte.

»Ja.« Neles Lächeln sorgte dafür, dass meine Brust vor Sehnsucht schmerzte.

Reiß dich zusammen.

Ich entfernte mich noch einen Schritt. Der Moment zwischen uns bekam Risse, zerbrach wie gesprungenes Glas.

»Ich kann das aufräumen«, meinte ich mit Blick auf die Zettelsammlung. »Ich will nicht, dass du deinen Freund meinetwegen warten lassen musst.«

Die Aussage war kindisch, im Normalfall hätte ich mich sicher geschämt. Doch es war besser so. Ich musste klare Verhältnisse schaffen.

»Meinen Freund?« Nele zog die Augenbrauen zusammen und wirkte ernsthaft verwirrt. »Was meinst du?«

»Der Kerl, mit dem du letzte Woche Bücher shoppen warst.«

»Levi ist nicht mein Freund.« Mittlerweile stand Nele ebenfalls, die Arme hielt sie vorm Oberkörper verschränkt. »Wie kommst du darauf? Und wieso interessiert es dich überhaupt?« Sie lachte leise auf. »Warte. Bist du eifersüchtig?«

»So ein Quatsch.« Meine Worte klangen sogar in meinen eigenen Ohren falsch.

»Ach ja?« Nele machte einen Schritt auf mich zu, was dazu führte, dass sie dank des Größenunterschieds den Kopf in den Nacken legen musste. Das hinderte sie jedoch nicht daran, mich aus dunkelgrünen Augen anzufunkeln. »Ich glaub dir nicht.«

»Wieso sollte ich bitte eifersüchtig sein?«

»Weil es dir nicht passt, dass ich jemand anderen date?«

»Ich dachte, ihr datet nicht?«

»Und wenn es so wäre?«

Ich hob die Schultern. »Wär's okay.«

»Okay? Das ist deine Antwort?«

»Was willst du denn hören?«

»Dass es nicht okay ist«, sagte sie plötzlich so laut, dass ich froh war, dass die Lichter im Büro bereits erloschen waren. »Was hieran ist bitte okay?« Nele machte eine Geste, die den Raum einschloss, aber wohl eher die gesamte Situation zwischen uns meinte. »Seit ich den Meetingraum betreten und dich gesehen habe, ist ja wohl nichts okay. Oder findest du die Situation zwischen uns normal?«

Ich biss die Zähne so fest zusammen, dass es in meinem Kiefer knackte. Natürlich hatte sie recht. Sie hatte so was von recht. Aber was bitte war die Alternative?

»Nichts daran ist normal, Matthew. Wir tanzen seit Wochen

umeinander herum. Ich versuche, mich abzulenken, auf andere Gedanken zu kommen, und es funktioniert immer einigermaßen – aber eben auch nur so lange, bis ich dir wieder über den Weg laufe.« Sie hielt inne, als wäre sie nicht sicher, ob sie die nächsten Worte aussprechen sollte. Keine Ahnung, was sie dazu bewog, es doch zu tun – aber sie tat es. Leise. Sanft wie der erste Schnee im Winter, der London noch bevorstand, kamen die Worte aus ihrem Mund. »Dich nur zu sehen, genügt, damit ich all diese guten Vorsätze über Bord werfe.«

Eine einzelne Schneeflocke mochte nichts wiegen, doch die Bedeutung ihrer Worte hatte genug Gewicht, um all meine Vorsätze und Mauern mit der vollen Wucht einer Lawine einzureißen. Ich wollte sie küssen. Wollte meine Finger um ihr Gesicht legen, sie an mich ziehen, sie schmecken, an die Fensterschreibe pressen und nicht mehr loslassen. Doch es ging nicht. Ich konnte die Grenzen nicht schon wieder verschwimmen lassen, konnte den Gefühlen nicht erneut nachgeben. Ich war ihr Chef, und ich musste stark bleiben. Also tat ich, was ich am wenigsten wollte, und machte einen Schritt zurück.

»Es tut mir leid«, sagte ich, und selbst in meinen Ohren klang meine Stimme heiser. Dass Neles Blick auf meinen Mund fiel, sie ihren leicht öffnete, half nicht gerade, meine Selbstbeherrschung zu wahren. »Wir können das hier nicht tun.«

22. KAPITEL

Nele

Wir können das hier nicht tun.

Er hatte recht. Und doch wollte ich nichts dringender, als diesen wunderschönen Fehler zu wiederholen, ihn noch einmal zu küssen. Der Umstand, dass sein Blick zu meinen Lippen wanderte, verriet mir, dass sein Verstand und sein Herz genauso im Widerspruch waren wie bei mir.

Seine Worte schwebten zwischen uns, wahr und unangenehm.

»Ich weiß«, antwortete ich schließlich. Natürlich wusste ich es, doch es machte die Wahrheit kein Stück leichter. Ich schluckte und atmete tief ein und aus. Ich hatte keine Ahnung, warum die nächsten Worte meinen Mund verließen. Matthew hatte nicht gefragt, aber ich hatte dennoch das Bedürfnis, die Dinge klarzustellen.

»Ich bin weder mit Levi zusammen, noch könnte ich mir gerade vorstellen, jemand anderen zu treffen. Das Date mit dir war … Ich hab so was noch nie erlebt. Dass ich mich von Anfang an so geborgen bei jemandem fühle. So viele Interessen teile. Und das hier …« Ich deutete von ihm zu mir. »Das hab ich auch noch nie erlebt.«

Auf Matthews Gesicht erschien ein trauriges Lächeln.

»Ich auch nicht«, erwiderte er leise. Dann verschwand das Lächeln von seinem Gesicht, und die Stimmung zwischen uns wurde so schwer, dass ich sie mit den Händen hätte greifen können. Doch sie auseinanderzuziehen und zu lockern, das vermochte ich nicht. Denn trotz meines zaghaften Lächelns blieb seines verschwunden. »Aber das ist keine Ausrede, Nele.«

Er machte einen Schritt auf mich zu. Einen Atemzug lang standen wir uns bloß gegenüber, dann strich er mit dem Daumen zärtlich über meine Wange, verharrte schließlich an meiner Unterlippe und ließ die Hand dann gänzlich sinken. »Du glaubst gar nicht, wie sehr ich das hier will. Wie sehr ich dich will.«

Bei seinen Worten sog ich zitternd die Luft ein.

»Aber ich habe den Posten gerade einmal seit ein paar Monaten inne. Ich darf mir keine Fehler erlauben. Und selbst wenn ich die Stelle schon vor drei Jahren angetreten hätte …«

Ich nickte. Was sollte ich auch sonst tun?

»Mir ist klar, dass wir keine Beziehung führen können. Ich mag kein CEO sein, aber der Job bedeutet mir wirklich viel«, erwiderte ich. »War nicht gerade leicht, ihn zu kriegen, mit euren dreistufigen Assessments.«

Nun legte sich doch ein schiefes Lächeln auf Matthews Züge.

»Ich will mir das nicht ruinieren. Erst recht nicht jetzt, da ich ein Projekt habe.« Denn so wortkarg und mysteriös Taylor sich gab, ich war mir ziemlich sicher, dass der Vertrag them einiges bedeutete. Ich trug also nicht nur die Verantwortung für mich und Matthew, sondern auch für Taylor. They verließ sich auf mich.

»Aber …«, begann ich, hatte jedoch keine Ahnung, wie ich den Satz beenden wollte. Mein Blick flog von Matts klaren, blauen Augen zu dem leichten Bartschatten und wieder zurück zu seinem Mund, dessen Lippen ich vor Kurzem noch geküsst hatte. »Es wird nicht gerade leicht«, sprach ich schließlich die

Wahrheit aus, obwohl sie meinen Herzschlag so sehr beschleunigte, dass ich ihn bis in meinen Hals spürte.

»Wem sagst du das.«

Matthews Stimme war rau und jagte mir einen Schauer über den Rücken, so viel Begehren lag in ihr. Wieso musste er ausgerechnet mein Chef sein? Wieso konnte er nicht irgendeine andere Literaturagentur leiten? Wieso hatte ich mich ausgerechnet für diese entschieden? Doch es brachte nichts, die Zufälle, das Schicksal oder – wenn ich Lorie gefragt hätte – das Universum zu verfluchen. Die Fakten standen unumstößlich zwischen uns, füllten den Raum mit unausweichlicher Schwere, die nur eine einzige logische Entscheidung zuließ. Und die traf Matthew in diesem Moment für uns.

»Der Kuss im Büro letztens muss ein Ausrutscher bleiben, Nele.«

In seinen Worten lag Bedauern, aber auch die Bestimmtheit, die mir gerade fehlte. Ein, zwei Augenblicke hing mein Blick noch an seinen Lippen. Dann nickte ich und trat langsam zurück. »Alles klar.« Ich konnte die Enttäuschung in meiner eigenen Stimme hören und sah sie ebenso in seinem Blick. Aber Matthew hatte recht. Wir hatten beide zu hart für unsere Gegenwart und unsere Zukunft gearbeitet, um sie hierdurch zu zerstören.

Ein letztes Mal fingen sich unsere Blicke noch, dann wandte ich mich um, ging zu meinem Platz in dem dunklen Büro, um meine Tasche zu holen, und verließ das Gebäude.

Ich schlug die Tür unserer WG hinter mir zu und lehnte mich an das Holz, nach wie vor zu benommen, um mich zu bücken und die Stiefel von meinen Füßen zu streifen oder meinen Hals von dem übergroßen Schal zu befreien. Die Fahrt nach Hause hatte ich wie in einem Rausch wahrgenommen. Selbst an dem Lineart in Vauxhall war ich dieses Mal nicht stehen geblieben.

»Du bist aber spät dran. Sag bloß, du hast bis jetzt gearbeitet?« Lorie lief aus der Küche in den Flur und blieb sichtlich verdutzt stehen, als sie mich sah. »Nele? Alles okay?«

Ich nickte langsam und ließ die Tasche zu Boden gleiten. »Ja«, sagte ich, da meine Mitbewohnerin mir nicht recht zu glauben schien.

Mit vorsichtigen Schritten näherte sie sich, als handelte es sich bei mir um ein verletztes Tier. »Bist du dir sicher? Ist was passiert? Brauchst du einen Tee?«

Die Sorge in ihrer Stimme brachte mich zum Lachen – offensichtlich nicht die Reaktion, mit der Lorie gerechnet hatte, denn die Falten auf ihrer Stirn vertieften sich noch. »Langsam machst du mir Angst.«

»Es ist wirklich alles okay«, betonte ich und schaffte es endlich, mich meiner Stiefel zu entledigen. Ich schob den Schal in den Ärmel meiner Jacke und hängte beides an die kleine, in die Wand eingelassene Garderobe im Flur. Es war okay. Na ja, wenn man davon absah, dass ich meinen Chef beinahe schon wieder geküsst hatte, alles ein großer Fehler war und dass wir diesen auf keinen Fall wiederholen durften. Und dass ich nichts mehr wollte, als genau das zu tun. Wenn man das alles außer Acht ließ, dann war alles okay.

Lorie verengte die Augen zu Schlitzen. »Es geht um diesen Matthew, oder?«

Ertappt schaute ich zur Seite, woraufhin Lorie auflachte. »Okay, ich will alles wissen.«

»Es gibt nichts zu erzählen«, grummelte ich und lief an ihr vorbei in die Küche, die von der Deckenlampe in warmes, gemütliches Licht gehüllt wurde. Anscheinend hatte Lorie hier ebenfalls noch gearbeitet, denn ihr Laptop und einige

Unibücher lagen auf dem Tisch verteilt. »Ich hab ihm von dem Projekt erzählt, das ich an Land gezogen hab, du weißt schon.«

»Jap. Und dann?«

Ich biss mir auf die Unterlippe, was Lorie wohl alle Informationen lieferte, die sie benötigte, um eins und eins zusammenzuzählen.

»Magst du drüber reden?«

Ich hob die Schultern. Wollte ich das? Ich wusste ja selbst, dass es aussichtslos war. Ich ließ mich auf den Stuhl gegenüber Lories Laptop fallen und stützte den Kopf auf meinen Handflächen ab.

»Vielleicht die Tage. Grad will ich eher Ablenkung.«

»Ich könnte dir mein Referat über Kompositionslehre vortragen. Allerdings ist das mit Sicherheit so langweilig, dass deine Gedanken wieder zu deinem hotten Chef driften.«

»Hör auf, ihn so zu nennen.«

»Ist er nicht hot?«

»Doch.« Ich ließ meinen Kopf auf die Tischplatte sinken. »Das ist ja das Problem.«

Einen halbstündigen Vortrag und eine Folge *The London League* später lag ich auf meinem Bett. Mein Finger schwebte über dem Display meines Smartphones, nur wenige Millimeter über dem Namen meiner Schwester. Eben hatte ich nicht reden wollen, aber mir war klar, dass ich die Gedanken an Matthew nicht loswerden würde. Nicht dass ein bloßes Gespräch dabei helfen würde, so schnell konnte ich Matthew nicht vergessen, das hatte der heutige Tag bestens bewiesen. Aber ich hatte keine Geheimnisse vor meiner Schwester. Sie war eine der wenigen Personen, die mir stets zur Seite standen. Bei ihr müsste es gerade mittags sein, gut möglich also, dass sie in einer

Probe steckte. Doch kurz bevor die Mailbox anspringen konnte, knackte es in der Leitung, und Undines Stimme erklang aus dem Smartphone.

»Schwesterherz, was gibt's?«

Kurz schloss ich die Augen und ließ den Klang ihrer Worte in meinen Ohren widerhallen, in diesem Moment vermisste ich sie so sehr.

»Wir haben uns geküsst. Heute sogar fast schon wieder.«

»Was?«, kreischte sie beinahe. »Dein Chef und du?«

In mir zog sich alles zusammen. »Er heißt Matthew.«

»Ja, aber das ändert nichts an der Tatsache, dass er dein Chef ist und dein Gehalt zahlt.«

Ich drehte mich um und presste mein Gesicht ins Kissen. »Eigentlich macht das HR oder die Buchhaltung oder so. Garantiert nicht er.« Meine Stimme klang dumpf durch den Stoff des Kissens an meine Ohren. Das Lachen meiner Schwester hörte ich dafür umso deutlicher.

»Oh Mann. Wie eine Soap Opera. Wann ist das denn passiert?«

»Letztens schon. Ich dachte, ich hab mich im Griff, aber heute gab es wieder so einen Moment und … Was mach ich denn jetzt?«

»Na ja, willst du ihn?«

»Natürlich will ich ihn. Undine, ich hab so jemanden noch nie getroffen, ich …«

»Dann kündige und sei mit ihm zusammen.«

»Was?« Ich fuhr so heftig herum, dass ich mir den Kopf an der Wand neben meinem Bett stieß. Ich fluchte und rieb mir die pochende Stelle, bevor ich mich wieder meiner Schwester widmete. »Bist du verrückt? Weißt du, wie viel ich gegeben hab, um hier zu sein? Ich hab während des Masters nur gejobbt, um Geld für die Zeit in London zusammenzukratzen, hatte kaum Freizeit, hab gebüffelt wie bescheuert und nebenbei Praktika gemacht, um …«

»Dann behalt deinen Traumjob und hör auf, mit dem Chef rumzumachen.«

Ich schluckte meine restlichen Worte hinunter. Undines Stimme war sachlich, aber nicht unfreundlich. Sie war schon immer mein Gegenstück gewesen: Sie war blond, ich brünett. Ich handelte emotional und aus dem Bauch heraus, sie schaffte es stets, einen kühlen Kopf zu bewahren und rational vorzugehen. Nur in die künstlerische Schiene hatte es uns beide verschlagen – und diese Laufbahn verfolgten wir mit Ehrgeiz. Undine hatte es als Tänzerin in New York nicht gerade leicht und verstand gut, was es bedeutete, einen Traum zu jagen. Sie wusste, wie wichtig mir meiner war.

»Du hast recht«, sagte ich. »Wenn du das sagst, klingt es so einfach.«

»Ich hab nie gesagt, dass es einfach ist. Aber doch mit Sicherheit einfacher, als das aufzugeben, worauf du so lange hingearbeitet hast. Spiel mal beide Szenarien in deinem Kopf durch. Was fühlt sich schlimmer an? Diesen Matthew zu verlieren? Oder den Traumjob, den du seit Jahren willst? Über Matthew kommst du hinweg. Deine Karriere zu sabotieren, wirft dich viel weiter zurück.«

So sachlich, wie Undine die Situation darstellte, lag die Lösung klar auf der Hand. Leider interessierte sich mein Herz nicht groß für die logische Schlussfolgerung, denn es zog sich bei der Vorstellung, mich komplett von Matthew abzuwenden, ebenso schmerzhaft zusammen wie bei der, den Job aufzugeben. Es war wie die Wahl zwischen Pest und Cholera.

»Nele?«, hakte meine Schwester nach. »Was ist denn los mit dir? Sonst hast du sogar Dates abgesagt, nur um besser für Prüfungen lernen zu können.«

»Ich weiß. Keine Ahnung, wie ich das erklären soll, aber er hat mich einfach vom ersten Moment an umgehauen.«

»Erzähl mir nicht, du glaubst jetzt auch noch an Liebe auf den ersten Blick.«

Tat ich das? Keine Ahnung. Bislang war ich immer Undines Meinung gewesen, dass es sich dabei um eine Erfindung der Filmindustrie handelte. Doch was, wenn ich mich geirrt hatte?

»Anziehung auf den ersten Blick«, beschloss ich schließlich, und Undine seufzte.

»Vielleicht vergeht die ja auch. Konzentrier dich auf die Arbeit, du musst außerhalb der Meetings ja nicht zwingend was mit ihm machen, oder?«

»Ich versuch's.«

»Du schaffst das. Ich muss jetzt leider los, hab gleich Probe. Danach schläfst du sicher schon. Melde dich aber, wenn was ist, ja? Ich bin sicher noch wach, wenn du aufstehst.«

»Mach ich. Danke dir fürs Zuhören.«

»Immer. Sorry, wenn meine Worte zu hart waren. Ich weiß nur, wie lange du für all das gearbeitet hast. Es wäre Mist, das jetzt alles wegzuwerfen.«

»Ich weiß«, stimmte ich ihr leise zu.

»Halt die Ohren steif. Mach dir am besten eine Liste mit Dingen, die an deinem Chef richtig nervig sind, so was hat doch jeder. Und wenn es so was wie der seltsame britische Akzent ist.«

»Der ist heiß, okay.«

»Ich kann nichts für deine Geschmacksverirrung.«

Ich fiel in ihr Lachen ein, jedoch mehr, damit sie sich nicht sorgte, als aus Belustigung. Denn ich war mir ziemlich sicher, dass ich selbst mit einer langen Liste nicht anders von Matthew denken würde. Ich verabschiedete mich von meiner

Schwester und sah, als ich aufgelegt hatte, eine eingegangene Nachricht von Levi.

Levi, 8.11 pm:
Schau mal! Hab ich vorhin in Westminster entdeckt. Hab einen Kumpel am King's College besucht. Das ist eines der Graffitis von deinem Artist, oder?

Ich öffnete das Bild, das er mitgeschickt hatte.
»Strand Station«, murmelte ich. Die etwas heruntergekommene Tube-Haltestelle wurde offensichtlich nicht länger genutzt. Auf der roten Tür prangte ein weißes Lineart, das verblasst wirkte. Offensichtlich hatte man versucht, es zu entfernen, doch die Farbe war immer noch deutlich genug zu sehen, um das Gemälde zu erkennen. Es waren zwei Hände zu sehen. Die linke hielt ein Herz, die rechte eine Glühbirne.

Fanden mich Taylors Graffitis immer im richtigen Moment oder interpretierte ich nur in sie hinein, was ich gerade wollte und fühlte?

Nele, 8.16 pm:
Danke, das ist wunderschön. Was dagegen, wenn ich das Bild nutze?

Levi, 8.17 pm:
Ne, natürlich nicht! Sag Bescheid, wenn du es noch mal in besserer Auflösung brauchst, dann schick ich dir 'ne Mail. Was wurde eigentlich aus der ganzen Sache? Hast du den Artist erreichen können?

Hatte ich Levi wirklich noch nicht davon berichtet? Dabei hatte ich ihm zu verdanken, dass ich die Thoreau-Anspielung überhaupt verstanden hatte.

> Nele, 8.18 pm:
> *Bouldern am Wochenende? Dann erzähl ich dir alles. Tut mir total leid, dass ich mich so lang nicht gemeldet hab, ist 'ne Menge los.*
>
> Levi, 8.19 pm:
> *Kein Ding, kennt doch jeder. Und Bouldern klingt super. Hab das Wochenende auch frei, also muss ich zwischendrin nicht immer weg, irgendwelche Kinder von den Bouldern retten. Schreib mir einfach, wo und wann, ich bin da!*

Lächelnd legte ich das Handy zur Seite und holte das Journal aus meiner Arbeitstasche. Mittlerweile trug ich es immer bei mir. Für die kurze Zeit, die ich es erst hatte, waren schon etliche Seiten beklebt und beschrieben. Manchmal standen nur lose Gedankenfetzen darauf, andere Male richtige Texte. Mit dem Bild im Kopf öffnete ich eine noch weiße Seite und schrieb los.

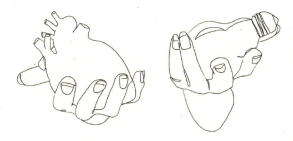

Pläne und Ziele und Leistung und …
ein Blick.
Gerade noch hielt meine Hand den Reisepass,
nun hält seine mein Herz.

Meine Wangen rot, mein Herz laut, mein Kopf –
überstimmt.
Es ist wie das erste Mal mit Wasserfarben:
Grenzen ignoriert, Pläne torpediert.

Herz und Kopf im Krieg.

Bevor du mich verurteilst,
bedenke,
es heißt Herzschmerz, doch
das Schmerzzentrum sitzt im Kopf.

23. KAPITEL

Matthew

Keine Ahnung, wann ich zum letzten Mal so nervös gewesen war. Okay, doch. Beim Date mit Nele. Und bei unserem Fast-Kuss am Mittwoch. Es hatte mich alles an Selbstbeherrschung gekostet, dem nicht nachzugeben. Ich hatte Nele den Rest der Woche gemieden, am Donnerstag sogar einen Homeoffice-Tag eingelegt, um es ihr zu erleichtern – und mir, wenn ich ehrlich war. Denn es war schwer genug gewesen, ihr beim Teammeeting am Freitag in die Augen zu schauen. Nur ein einziges Mal hatte ich mit ihr geredet, im Beisein von Cassedy. Nele hatte ihr die Ergebnisse des Brainstormings vorgestellt, und wir hatten uns darauf geeinigt, dass sie alles übers Wochenende sortieren und am Montag dem Team vorstellen würde.

»So, wir sind gleich da.«

Albert klang gut gelaunt und hatte glücklicherweise nicht den leisesten Schimmer von meinen Gedanken. Wüsste er, was in mir vorging, ich hätte mir mit Sicherheit eine Standpauke anhören dürfen. So richtig konnte ich immer noch nicht glauben, dass er mich heute eingeladen hatte. Trotz der einstündigen Autofahrt mit ihm war ich seltsam angespannt, wie früher vor einer Prüfung. Als müsste ich mich heute besonders beweisen, Albert zeigen, dass ich es verdient hatte, dabei zu sein. Völlig albern natürlich, immerhin hatte er mich ja bereits gefragt.

Wir verließen Leatherhead, und Albert bog auf eine kleine Landstraße ab. »Norbury Park« las ich auf dem Straßenschild.

»Ich war ewig nicht in Surrey. Letztes Mal waren wir an den Seven Sister Cliffs wandern, hat es dich da mal hin verschlagen?«

»Nein, noch nie.« Wann auch? Ausflüge mit dem Heim waren stets ein gewaltiger Organisationsaufwand gewesen. Rückblickend konnte ich es den Betreuenden nicht verübeln, dass sie das nur ein-, zweimal im Jahr auf sich genommen hatten. Außerdem sah man meiner neuen Wanderausrüstung deutlich an, dass sie noch nie einen Hügel oder Waldweg gesehen hatte, dafür war sie zu sauber.

»Lohnt sich. Aber heute ist erst mal Leith Hill dran. Die Strecke hat Akhil ausgesucht, er geht ständig wandern. Schon damals, als er noch die Programmleitung innehatte, hat ihn das bei Verstand gehalten, sagt er selbst.« Albert lachte leise und fuhr auf einen Weg, der nicht aussah, als ob er für Kraftfahrzeuge gemacht worden war. Nach einigen Metern tauchte jedoch eine freie, von Zäunen umgebene Rasenfläche auf, auf der bereits ein dunkelroter Audi parkte. Davor warteten zwei Männer in Outdoor-Kleidung, bei dem älteren handelte es sich sicher um Akhil. Außer ihnen stand niemand dort, was bei den winterlichen Temperaturen nicht verwunderlich war.

»So, dann wollen wir mal«, sagte Albert, als er seinen Mercedes geparkt hatte, zog die Handbremse an und öffnete die Tür. Ich stieg ebenfalls aus und beobachtete lächelnd, wie Albert und Akhil sich in die Arme fielen.

»Lange nicht gesehen! Wie geht es dir?«

»Kann nicht klagen«, erwiderte Albert und wandte sich dann zu mir um. »Das ist Akhil, und das hier ist sein Sohn, Samar, er arbeitet ebenfalls im Verlag.«

»Freut mich«, sagte ich und reichte beiden die Hand. »Matthew.«

»Freut mich auch!«, erwiderte Akhil und wandte sich wieder Albert zu. »Toll, dass man deinen Sohn auch endlich mal zu Gesicht bekommt.«

»Oh, ich ...«

»Er ist nicht mein Sohn«, kam mir Albert zuvor. »Jake ist mein einziges Kind, aber er ist verhindert. Matthew hat die Agentur von mir übernommen.« Dass Albert mir bei den Worten auf die Schulter klopfte, schmälerte die Leere, die ich bei seinen Worten verspürte. Aber ganz verschwand sie nicht.

Er ist nicht mein Sohn.

Es gab keinen Grund, dass mich dieser Satz verletzte. Natürlich war ich nicht sein Sohn. Vor allem aber war ich keine fünfzehn mehr.

»Na dann«, sagte Akhil, »freut mich, dich kennenzulernen. Ich hab schon viel von dir gehört. Albert kam damals, als wir beide noch gearbeitet haben, nicht aus dem Schwärmen raus. Du musst ganz schön abliefern.«

»Danke«, sagte ich und merkte, wie sich die Leere mit Akhils Worten füllte. Ich mochte nicht Alberts Sohn sein, dennoch war ich derjenige, den er mit zum Wandern nahm und dem er sein Vermächtnis hinterließ. War das nicht viel wichtiger? Albert hatte so viel mehr für mich getan als die Eltern, die ich nie kennenlernen würde.

»Das tut er wahrhaftig«, sagte Albert und sah mich mit einem Ausdruck von Stolz an. Wie immer, wenn er das tat, legte sich einerseits Wärme um mich, andererseits verstärkte sich auch die Schwere der Verantwortung. Ich durfte ihn nicht enttäuschen.

»Magst du ihn dann nicht zum Neujahrsempfang mitbringen?«

Ich traute mich kaum zu atmen, geschweige denn nachzufragen, was Akhil mit dem Empfang meinte. »Albert und ich sollen zu so einer Verleihung. Der Bürgermeister veranstaltet jedes Jahr einen Neujahrsempfang für besondere Gäste. Wir sind eingeladen. Schon witzig, da reißt man sich jahrelang den Hintern auf und soll dann erst nach der Pensionierung dort aufschlagen. Lieber feiern sie einen Abschluss als all die Erfolge zuvor.«

»Es wird Sekt und teure Häppchen geben. Und vermutlich eine Urkunde oder so, ist doch auch was«, meinte Albert. »Aber ja, wenn du möchtest. Wir dürfen eine Begleitperson mitbringen …«, fuhr er dann in meine Richtung fort, und ich brauchte einen Moment, um die Worte zu registrieren. Dann jedoch nickte ich heftig.

»Klar, ich würde mich freuen!« Aufregung durchfuhr mich, beinahe so wie früher, wenn Albert dem Heim neue Bücher geschickt oder Mrs Green mit uns einen Ausflug geplant hatte. Wie lange hatte ich mir das gewünscht?

»Na, dann ist das doch geklärt!«, unterbrach Akhil meine Gedanken. »Ich würde sagen, wir starten mal besser, was? Noch hält sich das Wetter. Wir brauchen etwa drei Stunden für die Route, regnen soll es erst am Nachmittag.«

Albert nickte, zwinkerte mir noch einmal zu und marschierte dann gemeinsam mit Akhil den Feldweg entlang in Richtung der hohen, blätterlosen Bäume. Auf der Wiese und den vereinzelt herumliegenden Stämmen befand sich nach wie vor gefrorener Morgentau, obwohl die Sonne die Felder mittlerweile in ein orangegelbes Licht hüllte. Die Luft war kalt, roch aber angenehm frisch nach nasser Erde, und einzelne Vögel, die sich trotz der Temperaturen nicht gen Süden verzogen hatten, durchbrachen die Stille des Norbury Parks. Die Vögel und Albert und Akhil, die bereits in Anekdoten schwelgten.

»Das geht jetzt eine ganze Weile so«, meinte Samar sichtlich amüsiert und setzte sich ebenfalls in Bewegung. Ich folgte ihm.

»War Jake nie beim Wandern dabei?«, stellte ich Samar nun die Frage, die ich mich Albert nicht zu stellen getraut hatte.

»Ne, an den Wochenenden war wohl immer sein Fußballtraining, aber vielleicht hatte er auch keine Lust.« Samar hob grinsend die Schultern. »Kann es ihm nicht mal verübeln. Schau dir die beiden doch an. Wir sind kaum fünf Minuten hier, und sie sind schon wieder voll in der Arbeit drin. Hatte ja die Hoffnung, dass die Pensionierung was daran ändert, aber …« Er hob die Schultern, und ich erwiderte sein Lächeln.

»Wusste gar nicht, dass Jake auch Fußball spielt«, sagte ich mehr zu mir selbst als zu Samar.

Dieser zuckte mit den Schultern. »Doch, glaub schon. Kenn ihn nicht so gut, wie gesagt. Wie kam er eigentlich damit klar, dass du den Posten bekommen hast?« Die Neugierde stand Samar ins Gesicht geschrieben, nicht dass ich mich darüber wunderte. Ich kannte die Blicke gut genug aus dem Büro, sie hatten mich selbst Wochen nach der Verkündung meiner Beförderung noch begleitet, taten es manchmal heute noch, wenn Jake und ich im selben Raum waren. Dennoch gab ich Samar nur eine halbgare Antwort. Ich wollte heute nicht an Jake denken. Immerhin hatte Albert mich eingeladen, nicht Jake – und das nicht nur heute zum Wandern, sondern auch zu dem Empfang beim Bürgermeister. Ich wollte diesen Umstand genießen. Und den Tag, der Familienzeit näher kam als alles, was ich bisher hatte erleben dürfen.

24. KAPITEL

Nele

»Yes!«, rief ich lachend, als die Finger meiner linken Hand den blauen Boulder streiften. Mit zitternden Beinen kraxelte ich gen Boden und ließ mich schließlich auf die Matte unter mir fallen.

»Na ja, gerade so«, erwiderte Levi und musste ebenfalls lachen, als er mein glückliches und vermutlich tomatenrotes Gesicht sah.

»Du hast gesagt berühren reicht.«

»Ja, ich dachte dabei aber mehr an die ganze Hand.«

»Du bist locker einen Meter größer als ich. Ich klettere unter erschwerten Bedingungen, da sollte meine Leistung doppelt zählen.«

»Jaja«, erwiderte Levi und stupste mir mit der Spitze seiner Boulderschuhe in den Oberschenkel. »Du machst doch wohl nicht schlapp, oder? Wir sind gerade mal eine halbe Stunde hier.«

Eine halbe Stunde, in der ich ihn auf den neuesten Stand gebracht hatte. Taylors Namen hatte ich natürlich nicht erwähnt, ich blieb Levi gegenüber bei thoreaulymad.

»Ich mach 'ne Fünf-Minuten-Pause«, gab ich zurück, richtete mich auf und trank einen gierigen Schluck aus meiner Flasche. »Aber lass dich von mir nicht aufhalten.« Ich nickte zur Wand neben mir. Doch statt sich an einer neuen Strecke zu versuchen, ließ Levi sich zu mir auf den Boden fallen und trank ebenfalls etwas.

»Hast du deinem Chef oder dieser Cassedy auch von deinem Account berichtet?«

»Natürlich nicht.«

Levi hob die Brauen. »Wieso natürlich?«

»Ich hab nicht mal meiner Schwester davon erzählt, da trete ich das bestimmt nicht auf der Arbeit breit.«

»Ach so, aber mir, dem wildfremden Typen aus der Kletterhalle, dem kannst du es sagen? Und diesem Thoreau-Double auch?«

»Das ist was anderes«, murmelte ich. Bei Taylor war ich mir sicher, dass they es nicht erzählte, immerhin wahrte ich im Gegenzug their Geheimnis. Bei Levi … keine Ahnung, wieso ich bei ihm so wenig gezögert hatte. Letzten Endes hatte sich mein Vertrauen aber als goldrichtig entpuppt, denn ohne seine Hilfe hätte ich niemals den Draht zu Taylor gefunden. »Wieso fragst du?«

»Weil ich gerade eine Idee hatte. Thoreaulymad war doch ziemlich begeistert von deinen Texten.«

Ich nickte ihm zu, eine stumme Aufforderung, weiterzusprechen.

»Könnte man das nicht nutzen? Dein Kanal hat, wenn du so weitermachst, bald 10.000 Follower. Damit bist du offiziell Influencerin.«

»Ich bin keine Influencerin. Und inwiefern denn nutzen?«

»Du stellst den anderen das Projekt am Montag vor, richtig?«

Ich nickte.

»Ich würde den Kanal ebenfalls zeigen. Du erhältst etliche Kommentare zu den Postings, das beweist ja nur noch mehr, dass das Interesse da ist. Vielleicht könnte sich der Verlag, sobald ihr ihn dann habt, ja sogar eine Kooperation zwischen thoreaulymad und der Influencerin vorstellen, die hinter dem Kanal steckt. Thoreauly macht ein Lineart, die Influencerin schreibt etwas dazu – oder die Leute reichen Linearts ein und und und.«

»Erstens: schon mal überlegt, was mit Marketing zu machen? Zweitens: Kannst du aufhören, ›die Influencerin‹ zu sagen, wenn ich genau neben dir sitze?«

Levi lachte. »Ich mein ja nur. Du solltest das nutzen, wie auch immer. Dafür musst du ja niemandem verraten, dass du dahintersteckst.«

»Nein, aber meine Kollegen und Kolleginnen würden trotzdem meine Texte lesen.« Andererseits hatte Cassedy das ohnehin schon – und sie mochte sie. »Aber gar keine so doofe Idee, den Hype ein wenig zu nutzen«, räumte ich ein und kaute auf meiner Unterlippe herum, während ich nachdachte. »Ich sitze gerade an einem Konzept, mit dem ich an die Verlage herantreten kann. Ich hab das noch nie gemacht. Und der Montag wird auch schon aufregend genug, weil ich wirklich keine Ahnung habe, wie die anderen reagieren werden.«

»Wieso? Wie sollten sie denn reagieren?«

»Cassedy und Matthew meinten, dass es unüblich ist, so früh schon ein komplett eigenes Projekt zu kriegen. Also keine Ahnung. Was, wenn sie es mir nicht zutrauen?«

»Wenn dein Chef und deine direkte Vorgesetzte das tun, kann es dir egal sein, was die anderen denken.«

Ich nickte langsam, während sich in meinem Kopf eine Idee formte. In einer Bewegung, die ich mir bei meiner Erschöpfung gar nicht zugetraut hätte, stand ich auf und zog Levi mit nach oben. »Okay, weiter geht's. Eine halbe Stunde noch, und dann muss ich los. Ich hab ein paar Leute zu überzeugen.«

»Ich hoffe, was auch immer du vorhast, hat mit deinem Kanal zu tun.«

Schulterzuckend ging ich auf die Wand zu und rieb meine Hände an einem der Kreidesäcke, die überall verteilt standen, damit sie an den Bouldern besser hafteten. Ich würde mich nicht trauen, den anderen zu erzählen, dass ich hinter dem Kanal steckte. Außerdem sollte der Fokus auf Taylor liegen. Aber ich würde sie überzeugen, dass ich es verdient hatte, das Projekt zu leiten, und dass Taylor es verdient hatte, mehr Aufmerksamkeit zu erhalten. Und mir selbst würde ich beweisen, dass Undine recht hatte und ich zu gut in diesem Job war, um ihn mir durch meine Gefühle für Matthew vermiesen zu lassen.

25. KAPITEL

Matthew

Meine Füße fühlten sich auf angenehme Art und Weise erschöpft an, als ich drei Stunden später neben Albert in dessen schickem Wagen saß und meine Hände aus den Handschuhen befreite. Schnell rieb ich sie aneinander, während die Sitzheizung bereits dafür sorgte, dass meine Beine wieder auftauten.

»Danke für den Tipp mit der Wanderausrüstung. Ohne wäre ich verloren gewesen.«

Albert lachte leise. »Na, vielleicht brauchst du sie jetzt ja häufiger.«

Ich sah auf, versuchte aus seinem Gesichtsausdruck abzulesen, ob es sich bei diesen Worten um eine Einladung handelte oder er sie mehr vor sich hingesagt hatte. Doch als er den Rückwärtsgang einlegte und das Auto auf dem platt gefahrenen Gras nach hinten rollen ließ, traf sein Blick meinen. »Akhil und ich möchten unsere Touren auf jeden Fall beibehalten. Für gewöhnlich gehen wir alle zwei, drei Monate wandern, aber wir haben vorhin schon überlegt, ob wir uns nicht häufiger treffen wollen. Zeit haben wir beide jetzt massig – echt nicht so einfach, die plötzlich rumzukriegen.«

»Glaub ich. Ich wüsste gar nicht, was ich den ganzen Tag machen würde.«

»Ja, so geht's mir auch. Überall sagen sie dir, du sollst dir Hobbys suchen. Doof nur, wenn du dein Hobby zum Beruf gemacht hast und diesen dann plötzlich nicht mehr ausübst. Ich habe Yong-Jae schon gefragt, ob er etwas Hilfe bei den Krimis braucht. Dann könnte ich ihm ein paar Manuskripte abnehmen und ... Was?«, fragte Albert, als er meine zuckenden Mundwinkel bemerkte.

»Ach, nichts. Ich finde es nur lustig, wie du es knapp einen Monat geschafft hast, nicht im Büro aufzutauchen.«

»Ich habe gesagt, ich tauche nicht mehr in *deinem* Büro auf. Von Yong-Jaes war nie die Rede. Warum? Hast du Angst, ich pfusche dir dazwischen?«

Albert bog wieder auf die Landstraße in Richtung Leatherhead ab, und ich konnte sein Grinsen im Profil erkennen.

»Wäre dein gutes Recht, du weißt, dass ich gern von dir lerne.«

»Hab ein bisschen mehr Selbstvertrauen. Wenn ich dir nicht alles beigebracht hätte, was ich weiß, hätte ich dir den Laden nicht überlassen. Und wie ich dir schon letztes Mal gesagt habe: Fehler passieren. Sie sollten sogar, denn ohne Rückschläge kein Vorankommen.«

Ich stieß ein Seufzen aus, und Albert lachte noch einmal. »Du bist viel zu perfektionistisch, Matt.«

Er hatte leicht reden. Natürlich war ich perfektionistisch, er hatte mir sein Lebenswerk anvertraut. Und sosehr es mich auch ehrte, dass er mich nun, zwölf Jahre später, endlich auch in sein privates Umfeld integrierte: Es erhöhte den Druck. Denn langsam wurde ich endlich Teil von etwas. Sonst hätte Albert mich wohl kaum zu dem Empfang eingeladen, oder?

Den Rest der Fahrt in Richtung London verbrachte ich damit, aus dem Fenster auf die vorbeiziehende Landschaft zu starren und dem Classic-Rock-Sender zu lauschen, den Albert eingeschaltet hatte.

»Danke für heute«, sagte ich, als die Häuser längst wieder so dicht beieinanderstanden, dass kein Blatt mehr zwischen sie gepasst hätte. »Es war echt schön, mal rauszukommen.«

»Gern geschehen. Samar und du schient euch ja gut zu verstehen.«

»Ja, er ist nett. Auch nicht schlecht, noch ein paar mehr Verlagskontakte zu haben. Du kannst mich übrigens bei Clapham Common oder so rauslassen.«

»So ein Quatsch«, protestierte Albert. »Ich fahr dich natürlich noch heim.«

»Kannst du mich dann vielleicht in Vauxhall absetzen?«, fragte ich und erntete einen skeptischen Blick von Albert.

»Erzähl mir nicht, dass du heute noch ins Büro willst. Nichts ist so wichtig, dass es nicht bis Montag warten kann.«

»Warst du nicht derjenige, der alle Manuskripte immer am Wochenende gelesen hat? Der sich jetzt schon wieder welche von Yong-Jae schnappen will, obwohl er eigentlich im Ruhestand ist?«

Alberts Antwort war ein Seufzen. »Vauxhall also.«

Zwanzig Minuten später hielt er vorm Bürogebäude. »Na dann. Aber mach nicht mehr so lange, ja? Sonst ist die ganze Entspannung vom Wandern gleich wieder zunichte.«

»Ach Quatsch. Wird schon nicht passieren.« Mit einem Zwinkern schlug ich die Autotür zu, winkte Albert noch einmal und ging dann zu dem Ziffernfeld neben der Tür, um meinen Transponder daran zu halten und den Code einzugeben. Wochenends war das Gebäude nicht besetzt, sodass ich durch das nur vom Notlicht beleuchtete Foyer in Richtung Fahrstuhl lief. Als ich diesen im neunten Stock wieder verließ, stutzte ich – denn gegenüber dem Eingangsbereich brannte Licht. Dabei war ich mir ziemlich sicher, dieses am Freitagabend ausgeschaltet zu haben. Als ich um die Ecke bog, setzte mein Herz einen Schlag aus. Allerdings nicht, weil sich jemand unbefugt Zutritt zu den Büroräumen verschafft hatte, sondern weil mein Blick auf jemanden fiel, der mein Herz jedes Mal zum Stolpern brachte.

26. KAPITEL

Nele

Mein Schreibtisch war das reinste Chaos, und an dem hellgrauen Cardigan, den ich mir über die Sportsachen gezogen hatte, klebten Krümel meines Schokomuffins. Ich kam mir vor wie früher an der Uni, wenn ich einen Durchbruch beim Lernen gehabt hatte und plötzlich in einem Tunnel steckte. Oder wie wenn ich endlich die passenden Worte für ein Gedicht gefunden hatte und alles nur so aus mir rausfloss. Nur dass ich weder lernte noch Zeilen schrieb. Stattdessen erstellte ich eine Präsentation an meinem Rechner, die das, was ich mit Matthew beim Brainstorming besprochen hatte, mit der neuen Idee verband, auf die Levi mich gebracht hatte.

Natürlich lag das Marketing letztendlich beim Verlag, aber ich hatte dennoch beschlossen, Levis Input zu nutzen und dem restlichen Team am Montag bereits Optionen vorzustellen. Als die Aufzugtüren die Stille des leeren Gebäudes mit einem Ping durchbrachen, fuhr ich so heftig zusammen, dass ich die Maus gegen den benachbarten Schreibtisch schleuderte. Mit einem Fluchen hob ich sie vom Boden auf, und als ich mich wieder aufrichtete, fiel mein Blick auf niemand Geringeren als Matthew.

Na toll, das hatte gerade noch gefehlt.

»Du siehst ... sportlich aus«, sagte ich das Erste, was mir in den Sinn kam. Obwohl das nicht ganz richtig war, denn heiß wäre sehr viel zutreffender gewesen. Das eng anliegende schwarze Oberteil betonte jeden einzelnen Muskel. Ich hatte zwar die Sporttasche in seinem Büro gesehen, aber wann schaffte es dieser Kerl bitte noch, zu trainieren?

»Dito«, meinte Matthew, und ich sah an mir hinab. Ich hatte vollkommen vergessen, dass ich noch die Kleidung vom Bouldern trug. Auf meiner dunklen Sporthose prangten weiße Kreidereste vom Klettern, und ich wollte gar nicht wissen, wie zerrupft der kurze Zopf mittlerweile aussah, den ich geradeso mit meinen Haaren zustande brachte.

»Was machst du hier?«

»Das könnte ich dich genauso gut fragen«, erwiderte ich.

»Ich leite diesen Laden, falls es dir entgangen ist«, erwiderte Matthew mit einem schiefen Grinsen.

»Und ich arbeite hier.«

»Heute ist Samstag.«

»Ich weiß, aber ich hatte grad einen Einfall für die Präsentation am Montag.«

»Ich dachte, die steht?«

»Tat sie bis eben auch.«

»Nele, du musst nicht die Extrameile gehen. Du machst deinen Job großartig.«

Das Lob tat gut, doch ich hätte beinahe gelacht, weil Matthew dachte, dass es mir darum ging, mich zu beweisen. Natürlich wollte ich das, und ja, ich hatte auch Sorge, dass sie mich am Montag nicht ernst nehmen würden – aber in erster Linie war ich hier, weil ich es wollte. Weil ich es kaum erwarten konnte, mit dem Projekt loszulegen und mit Taylor und Cassedys Hilfe auf Verlagssuche zu gehen.

»Trag es dir bitte als Überstunden ein, und stell im System nachträglich einen Antrag für Wochenendarbeit.«

»Nicht nötig, ich mach das wirklich gern. Normalerweise

hätte ich daheim gearbeitet, aber ich war eh grad unterwegs und ...«

»Und beantragst deshalb bitte Wochenendarbeit. Sonst bist du nicht versichert, und wenn dir dann was passiert, dir beispielsweise eine wild gewordene Maus an den Kopf fliegt ...« Er hob die Schultern, und ich hätte mir am liebsten die Hand an den Kopf geschlagen. Natürlich hatte er das sehen müssen.

»Na gut. Danke.«

»Ich danke, anders macht Emma mich einen Kopf kürzer. Weißt du, wo du den Antrag stellst?«

Ich schüttelte den Kopf. Bislang hatte ich nicht einmal daran gedacht, einen meiner Urlaubstage zu beantragen. Zwischen den Jahren war die Agentur ohnehin zu, und da ich Silvester unbedingt in London verbringen wollte, würde ich nur über Weihnachten nach Köln fliegen und benötigte keine weiteren freien Tage. Außerdem würde Undine dieses Weihnachten in New York bleiben, sodass ich einen Grund weniger hatte, länger in Deutschland zu verweilen.

Im nächsten Moment wurde ich aus meinen Überlegungen gerissen, als Matthew an mir vorbei zur Maus griff.

»Darf ich?« Ich nickte, unfähig, noch Worte zu formulieren, da sein frischer, herber Geruch mich plötzlich umgab und alle anderen Gedanken vertrieb. Matthew öffnete mein Postfach und scrollte in der linken Spalte nach unten, bis er zur Zeitverwaltung kam. Ich nahm nur mit halbem Auge wahr, wo er sich entlangklickte, da mein gesamter Körper angespannt war und ich mich auf nichts anderes konzentrieren konnte als die Tatsache, dass Matthew und mich nur die Rückenlehne meines Schreibtischstuhls trennte. Ich bräuchte mich nur umdrehen. Eine kleine Bewegung meines Fußes am Boden, um den Stuhl in Schwung zu versetzen, dann wäre Matthew mir direkt gegenüber. Sein Gesicht an meinem. So wie im Büro vor wenigen Wochen. Wüsste den Blick seiner hellblauen Augen auf mir, bräuchte nur die Hand ausstrecken, um ihn zu mir zu ziehen und …

Nein.

Ich sprang so schnell auf, dass Matthew einen erschrockenen Laut von sich gab, als ihn der Stuhl an der Brust traf.

»Ist alles in Ordnung?«

In seinem Gesicht lag nichts als Sorge, während ich zitternd ausatmete und versuchte, mein viel zu schnell pochendes Herz zu beruhigen. Matthew trat einen Schritt näher, eine Hand vorsichtig erhoben, als handelte es sich bei mir um ein verschrecktes Reh. Vielleicht war ich das in diesem Moment auch. Denn obwohl mein gesamter Körper und mein Herz mich anschrien, ebenfalls einen Schritt auf ihn zuzumachen und diese verdammte Distanz zwischen uns endlich zu überbrücken, wich ich einen Schritt zurück. Undines Worte in meinen Ohren, die mir Vernunft zuredeten.

»Ja«, sagte ich und erntete einen skeptischen Blick von Matthew.

»Es sieht aber nicht aus, als ob alles okay ist. Hab ich was falsch gemacht?«

Auf ihn musste ich völlig drüber wirken. Doch in meinem Kopf, in meinem gesamten Körper jagte ein Gedanke den nächsten. In der einen Sekunde wollte ich die Arme um ihn werfen, in der nächsten aus dem Bürogebäude stürmen. Wieso hatte ich die blöde Präsentation nicht einfach zu Hause vorbereitet?

»Nein, ich …« Ich schüttelte den Kopf, verschränkte die Arme vor der Brust und machte nun doch einen Schritt auf Matt zu. Adrenalin schoss durch meinen Körper, gepaart mit Wut. Ich wusste nicht, ob auf mich, auf ihn oder auf die Situation an sich. »Ich kann das so nicht. Ich kann nicht tun, als ob da nichts ist zwischen uns. Erst haben wir ein Date, dann müssen wir plötzlich so tun, als ob alles normal ist, dann küssen wir uns, ignorieren uns wieder, und jetzt …« Ich stieß ein schnaubendes Lachen aus. »Es reicht schon, dass du nur in meiner Nähe bist, damit mein Körper durchdreht. Das ist doch nicht normal. Vor allem aber ist das kein Umfeld, in dem ich arbeiten kann.«

Matthew atmete tief durch und nickte dann langsam. »Es tut mir leid, Nele. Ich hätte es gar nicht erst so weit kommen lassen dürfen. Der Kuss im Büro … Das war unverantwortlich und unprofessionell von mir.«

Obwohl das die einzig richtigen Worte waren, versetzten sie mir einen Stich. Weil ich nicht wollte, dass er es bereute. Verdammt, ich wusste gerade überhaupt nicht mehr, was ich wollte. Ich wollte ihn. Und diesen Job. In dieser Stadt. Ich wollte glücklich sein – ohne Kompromisse. Und dass das nicht ging, machte mich rasend. Wofür hatte ich mich all die Jahre so ins Zeug gelegt, wenn ich jetzt Abstriche machen musste? Wieso hatte ich mich der Illusion hingegeben, alles erreichen zu können, wenn ich mich nur genug anstrengte? Was für ein ausgemachter Schwachsinn. Es gab Dinge, die konnte man nicht beeinflussen. Umstände, die einem Steine in den Weg warfen, egal wie man es auch drehte und wendete.

Matthew trat langsam noch einen Schritt näher, als hätte er Sorge, dass ich bei einer falschen Bewegung an die Decke ging. Wenn er wüsste, wie kurz davor ich war. Der liebevolle Ausdruck in seinen hellblauen Augen machte mich nur noch wütender. Er sollte aufhören. Aufhören, mich so anzusehen. Gleichzeitig sollte er weitermachen. Bei seinem Blick fühlte ich mich plötzlich nackt und verletzlich, wie ich ihm da gegenüberstand. Schutzlos. Weil ich wusste, dass es bereits zu spät war und es keine Möglichkeit gab, wie ich unbeschadet aus dem Ganzen herauskam. Denn dafür fühlte ich bereits zu viel. Leider half gesunder Menschenverstand sehr wenig, wenn es darum ging, uns vor unseren Gefühlen zu schützen. Er mochte Wegweiser sein, um das Richtige zu tun, doch eine Mauer, um uns vor den schmerzhaften Konsequenzen der einzig richtigen Entscheidung zu schützen, bildete er nicht.

»Mir geht es nicht anders als dir«, sagte Matthew leise. »Du gehst mir seit dem Moment, in dem ich dich am Graffiti gesehen habe, nicht mehr aus dem Kopf. Nein, stimmt nicht. Eigentlich schon seit deinem Besuch in Kaycees Café vor einigen Wochen.«

Ich schluckte. In der Stille des Büros konnte ich das Blut in meinen Ohren rauschen hören.

»Aber ich hätte es in dem Moment unterdrücken sollen, in dem ich dich im Büro gesehen habe. Ich hätte dem einen Riegel vorschieben müssen, ich ...«

Ich stoppte Matthews Worte mit meinem Mund, nahm ihm die Möglichkeit, sich weiter in Entschuldigungen zu verlieren, die ich nicht brauchte. Immerhin hatte ich ihn genauso küssen wollen wie er mich. Uns beide traf Schuld. Oder auch nicht, denn was hatte es schon mit Schuld zu tun, wenn man so für jemanden empfand?

Einen Augenblick schien Matthew zu zögern, dann erwiderte er den Kuss, legte die Hände um meine Hüfte und schob mich nach hinten, bis ich an meinen Tisch stieß, der gefährlich wankte. Doch Matthew schien das nicht zu stören, denn er presste seinen Körper an meinen, sodass kein Blatt Papier mehr zwischen uns gepasst hätte. Der Kuss in seinem Büro letztens war sanft gewesen. Leidenschaftlich, ja, aber zärtlich, vorsichtig. Das jetzt war alles andere als vorsichtig. Matthews Finger gruben sich in meine Taille, während er den Kuss vertiefte. Ich fuhr durch seine Haare, zog ihn näher zu mir und stellte mich gleichzeitig auf die Zehenspitzen, weil ich mehr von ihm wollte. Ich spürte mein Herz heftig in meiner Brust pochen und legte, einem Instinkt folgend, die Hand auf seine linke Brust. Seines schlug ebenso schnell unter dem engen Sportoberteil, das ich ihm in dem Moment am liebsten vom Leib gerissen hätte.

Als wäre Matthew auf ähnliche Gedanken gekommen, schob er die Fingerspitzen unter mein Shirt, bis sie meine warme Haut berührten, die bei dem sanften Druck von einer Gänsehaut überzogen wurde. Dieser Mann brachte mich noch um den Verstand. Und dennoch – oder vielleicht genau deswegen – wollte ich ihn. Wollte jegliche Vernunft über Bord werfen, obwohl ich genau wusste, wie leichtsinnig das, was wir hier taten, war. Doch Matthew hatte mich vom ersten Moment an fasziniert, in seinen Bann gezogen und mich trotz all der Widrigkeiten nicht mehr aus diesem entlassen.

27. KAPITEL
Matthew

Das Stöhnen, das Nele entwich, als ich sie auf die Platte ihres Schreibtischs hob, sorgte für Gänsehaut an meinem ganzen Körper. Das war definitiv nicht, was ich mir von dem spontanen Bürobesuch erwartet hatte. Dass das Gespräch mit Nele diese Wendung nehmen würde, überraschte mich genauso. Nicht dass ich mich beschwerte.

Neles flache Hand lag an meiner Brust, die andere hatte sie in meinen Haaren vergraben, die durch den Wind in Surrey bestimmt kreuz und quer abstanden. Aber das spielte keine Rolle, denn als Neles Zunge sanft über meine strich, verschwanden jegliche Sorgen und Gedanken, da war nur noch sie. Ihre Oberschenkel presste sie an meine Seiten und hielt mich so an Ort und Stelle. Als ob ich irgendwo lieber wäre als hier.

Ich ließ meine Hände nach oben wandern, umschloss ihr Gesicht und hoffte, dass ich all das, was ich für sie empfand und so lange hatte unterdrücken müssen, in diesen Kuss legen konnte. Dass ich ihr den Frust und die Wut nehmen konnte, die sie eben noch gespürt hatte. Nach einigen Minuten, die Sekunden, aber auch Stunden hätten sein können, lösten wir uns voneinander. Mein Atem ging schwer und vermischte sich mit Neles, ihre dunkelgrünen Augen waren glasig und voller Leidenschaft. Wie gern ich all den Kram von ihrem Schreibtisch gefegt, meine Hände noch weiter auf Wanderschaft geschickt hätte. Doch in dem Moment, in dem ich die Augen öffnete, nahm ich neben Neles wunderschönem Gesicht leider auch wahr, wo wir uns befanden. Im Büro. Unserem Arbeitsplatz. Der Agentur, die ich von Albert übernommen hatte, der mich vor wenigen Minuten hier abgesetzt hatte – damit ich arbeiten konnte. Ich kniff die Augen zusammen und seufzte.

»Was ist?«, fragte Nele sanft, Sorge in ihrer Stimme. »Das hätten wir nicht tun sollen, oder?«

Ich lachte, was mich genauso irritierte wie sie. Denn als ich die Augen öffnete, blickte sie mich sichtlich perplex an. »Nein, hätten wir nicht«, murmelte ich und konnte nicht verhindern, dass mein Blick dennoch wieder zu ihren Lippen glitt. Mein Daumen folgte der Bewegung, strich sanft darüber. Ich konnte sehen, wie Nele schluckte.

»Aber wie du eben meintest«, fuhr ich fort, »kann ich auch nicht so tun, als wäre nichts. Ich kann das nicht einfach abstellen. Glaub mir, ich hab es probiert.«

»Und jetzt?« Nele legte den Kopf schief und sah mich, weiterhin auf dem Schreibtisch sitzend, an. »Uns aus dem Weg zu gehen, klappt erstaunlich schlecht.«

»Hat das auf dich gerade gewirkt, als wollte ich dir aus dem Weg gehen?«

Neles Mundwinkel hoben sich, als sich ein zögerliches Lächeln auf ihre Züge legte.

»Nein.«

Ihre Stimme war ein bloßes Hauchen, und am liebsten hätte ich sie schon wieder geküsst. Es war egal, welche Pläne wir schmiedeten: Abstand, Freundschaft – all diese Vorsätze waren zum Scheitern verurteilt. Denn ihre bloße Nähe sorgte für ein Kribbeln im Bauch, das dort nicht hingehörte. Und doch wünschte ich es mir nicht weg.

»Mein Pferd mag diese Äpfel nicht.«

»Bitte was?«, fragte ich perplex.

»Dein spanischer Satz. War eines der ersten Dinge, die du zu mir gesagt hast, damals bei Kaycees Ladeneröffnung.«

»Ja«, sagte ich, unsicher, worauf sie hinauswollte. »Dass du überhaupt mit mir auf ein Date gegangen bist, ist wirklich erstaunlich.«

Nele musste lachen, und ich fiel leise mit ein. Gleichzeitig zog sich mein Herz vor Sehnsucht zusammen, weil ich genau solche Momente auf keinen Fall mehr missen wollte.

»Das könnte unser Safeword sein.«

»Wie meinst du das?«, hakte ich nach. »Ich kenn Safewords nur vom Sex.«

Nele entgleisten für einen kurzen Moment die Gesichtszüge, und ich meinte, sie erröten zu sehen.

»Das wäre auf jeden Fall eine Aussage, die ein Safeword verdient hätte. Nichts, was Vorgesetzte und Angestellte zueinander sagen sollten.«

»Und definitiv etwas, was in mir Bilder weckt, die mich heute Nacht um den Schlaf bringen werden«, fügte ich hinzu.

Nele riss die Augen noch ein Stück weiter auf. »Ich versuche gerade Regeln für uns aufzustellen, wie wir das im Büro durchstehen, und du …«

»Sorry.« Ich nickte ihr zu, damit sie weitersprach.

»Da Fernhalten ja offensichtlich nicht klappt, wir so was hier«, sie machte eine kreisförmige Bewegung mit dem Finger, die das ganze Büro zu umfassen schien, »aber dringend vermeiden sollten, brauchen wir ein Safeword. Wenn wir uns in der Kaffeeküche zu nah kommen, so ein Moment in deinem Büro entsteht oder sonst irgendwas, nehmen wir das Safeword.«

»Okay«, sagte ich langsam und nickte.

»Und wenn du mich das nächste Mal so ansiehst wie am

Mittwoch im Büro, sag ich es, und wir gehen wieder zum Arbeiten über.«

»Wie hab ich dich denn angesehen?«, fragte ich.

Neles Blick ruhte auf meinem Gesicht, huschte kurz zu meinen Lippen, und sie schluckte. »Beinahe so wie jetzt«, sagte sie mit rauer Stimme.

»Und wenn nicht?« Ich ließ meinen Zeigefinger an ihrem Oberschenkel entlanggleiten und bemerkte, wie ihr Atem zitterte. »Wenn niemand da ist?«

Eine Weile sagte Nele nichts, beobachtete nur, wie mein Finger Muster auf ihrem Bein malte. Dann hob sie den Blick und fuhr sich mit der Zunge über die Lippe. »In all den Romanen tun die Figuren auch immer etwas Riskantes – egal ob in der Fantasy oder in Liebesromanen.«

Sie hatte die Worte kaum ausgesprochen, als sie mich wieder zu sich zog. Ihre Lippen auf meine legte. Ich schloss die Augen und gab mich völlig dem schon vertrauten und doch aufregenden Gefühl hin, das Nele in mir auslöste. Ich wünschte, wir könnten das hier immer tun. Ich wünschte, wir bräuchten keine Safewords, keine Vorsichtsmaßnahmen, kein schlechtes Gewissen. Und doch war es all das wert.

28. KAPITEL
Nele

Mit vor Aufregung klopfendem Herzen saß ich an dem langen Meetingtisch. Noch war Cassedy am Sprechen, doch gleich, jeden Augenblick, würde sie das Wort an mich weitergeben, und ich durfte das Projekt mit Taylor vorstellen, an dem ich das gesamte Wochenende gesessen hatte – unterbrochen von Matthew, mit dem ich alle zwei Minuten getextet hatte und der mehr als gefrustet gewesen war, dass ich nicht von der Präsentation abzubringen war. Aber es hatte sich gelohnt: Ich war fertig geworden. Sogar vor Lorie hatte ich meine Präsentation probeweise schon gehalten. Nicht dass ein schlechter Vortrag mir meine Chancen verbauen würde, denn es war bereits beschlossene Sache: Das hier war meine sechste Woche, und ich hatte mein eigenes Projekt. Stolz durchflutete meinen Körper ebenso wie das Adrenalin, das die Aufregung mit sich brachte. Ich hatte noch nie besonders gern vor anderen Menschen gesprochen. Mir war klar, dass ich diese Scheu während meiner Zeit hier ablegen musste, eine wirkliche Verbesserung war aber noch nicht eingetreten.

»Außerdem findet diesen Freitag endlich unsere heiß ersehnte Weihnachtsfeier statt, auch wenn ich euch daran sicher nicht großartig erinnern muss. Dieses Mal ist das Motto kein literarisches.« Cassedy sah zu Gilbert. »Wie ihr sicher schon gelesen habt, hat Gilberts Motto sich durchgesetzt: Wir verkleiden uns als unsere Childhood Crushes. Ich weiß, dass nicht jeder Fan vom Verkleiden ist, zumal ich vermute, dass es sich bei den meisten Kindheitsschwärmereien von uns um irgendwelche Trickfilmfiguren handelt. Aber versucht wenigstens, ein klein wenig zum Motto beizutragen. Es muss kein Ganzkörperkostüm sein, ein Shirt oder Hemd in die Richtung oder zumindest eine Krawatte wäre aber toll.« Sie sah zu Jake, der offensichtlich kein Fan des Mottos war. »Ein paar von euch haben Spiele und Programmideen zu dem Thema eingereicht, insgesamt soll es aber ein lockerer Abend werden, Getränke, Plaudern – das Übliche eben. Danke noch einmal an Victoria, die alles mit der Location und dem DJ geklärt hat, und an Nele, die sich um Deko und Desserts gekümmert hat.« Cassedy lächelte mir zu, und ich wurde direkt noch aufgeregter. Es war so weit.

»Ich würde dann an Nele überreichen, die tolle Neuigkeiten hat. Nicht nur, dass sie so fleißig bei der Feier unterstützt und sich toll eingearbeitet hat, sie hat darüber hinaus sogar ein Projekt an Land gezogen. Wir hatten nach der Messe ja bereits beschlossen, dass wir den Non-Fiction-Bereich ausweiten wollen, waren jedoch nicht sicher, wer dafür infrage käme und wer vor allem das gewisse Etwas mitbringt. Nun, Nele hat diese Person gefunden.«

Cassedy schenkte mir ein aufmunterndes Lächeln, und ich verband das HDMI-Kabel mit meinem Laptop, woraufhin der Bildschirm an die weiße Wand projiziert wurde. Alle Blicke wanderten von mir zu der Präsentation, was mich beruhigt aufatmen ließ – immerhin lag so nicht die gesamte Aufmerksamkeit auf mir. Nun, beinahe zumindest. Denn als ich auf den Bildschirm meines Laptops schaute, um die Präsentation zu starten, fiel mir auf, wie Jake und Danielle die Köpfe zusammensteckten und sich etwas zuflüsterten. Es war unschwer zu erkennen, dass es dabei um mich ging, denn beide schwiegen ertappt, als sie bemerkten, dass ich zu ihnen schaute. Kurz warf ich einen Blick zu Matthew, der von dem Ganzen jedoch nichts mitbekommen zu haben schien, denn er nickte mir nur mit einem leichten Lächeln zu. Ich nickte ebenfalls. Ich würde mich nicht verunsichern lassen. Ich konnte das hier, und ich war bestens vorbereitet.

Etwa zehn Minuten später war ich mit meinem Programm durch – ich hatte es so präzise wie möglich gehalten, vermutlich hätten es auch drei Minuten getan, immerhin war das Ganze schon unter Dach und Fach, aber ich wollte die anderen genauso für die Sache begeistern wie Cassedy.

»Mir ist klar, dass es Schwierigkeiten birgt, einen quasi gesichtslosen Artist zu vermitteln. Aber durch Kanäle wie diesen hier geben wir dem Menschen hinter der Kunst ein Gesicht. Er braucht keine Reichweite, wenn andere diese für ihn schaffen.« Ich blickte zu der Präsentation, die neben Artikeln des *Guardian*, der *Sun* und einigen Blogposts auch meine Instagram-Seite mitsamt ihren Kommentaren auflistete. »Das Interesse ist da, die Anonymität können wir sogar für uns nutzen.« Ich schaute zu Cassedy, die begeistert nickte, Victoria gab mir einen Daumen nach oben, und auch Gilbert wirkte beeindruckt. Die Anspannung wäre direkt von mir abgefallen, wäre ich mir der Blicke von schräg gegenüber nicht allzu bewusst gewesen. Denn Danielle, Jake und auch Sadie sahen nicht gerade begeistert aus.

»Nimm es mir nicht übel«, begann Jake, »aber ist es nicht etwas früh für ein eigenes Projekt? Nicht weil du Volontärin bist, es ist super, dass du direkt richtig mit anpackst. Aber nach so wenigen Wochen ist es doch etwas ... unüblich.«

»Ich bin mir sicher, dass ich das hinkriege«, sagte ich zuversichtlich und lächelte Jake zu.

»Die Social-Media-Accounts sind ja schön und gut, aber

wie wollt ihr es den Verlagen vermarkten, wenn wir kein Gesicht dazu haben?«, hakte Jeanette nach. »Ich bin mir nicht sicher, ob sie sich darauf einlassen.«

»Das ist natürlich ein Risiko, aber es wäre auch nicht das erste Mal, dass das funktioniert. Es gibt Autoren, die selbst bei Lesungen anonym bleiben, indem sie eine Maske tragen, nur hinter einem Vorhang lesen – die Events laufen dennoch richtig gut.« Auf die Kritik war ich gefasst gewesen und konnte sie somit ohne Cassedy, die bereits zu einer Antwort angesetzt hatte, abfangen. Sadie lehnte sich über den Tisch hinweg in meine Richtung.

»Und wie sehen deine Kapazitäten dann aus, wenn du nach deinem Abstecher in die Non-Fiction zu uns in die Belletristik kommst? Wenn ich mich recht erinnere, wolltest du danach in der Romance und im Fantasy-Bereich eigene Projekte betreuen. Ich bin mir sicher, auch Gilbert hat dich da schon fest eingeplant.«

Dieser hob abwehrend die Hände, was Sadie jedoch nicht großartig zu beeindrucken schien. Jake hatte die Arme vor der Brust verschränkt. Sorgten sich die beiden wirklich nur, dass ich nicht genug Zeit für weitere Projekte haben würde? Oder steckte mehr dahinter?

»Ich halte es auch nicht gerade für die beste Idee«, sagte nun auch noch Danielle, und mir sank das Herz in die Hose. »Ich habe mein Volontariat ja auch erst vor zwei Jahren beendet und hätte mich niemals allen Aufgaben widmen können, hätte ich so früh bereits ein eigenes Projekt betreut.«

Ich wollte das Projekt nicht auf- oder abgeben. Ich mochte Taylor, ich liebte their Arbeit, die Graffitis inspirierten mich, es war mein Baby.

»Nele sollte nicht dafür bestraft werden, dass sie so großartige Arbeit leistet.« Mein Blick schnellte nach links – direkt zu Matthew, der jedoch zu den anderen drei blickte. »Cassedy hätte dem Ganzen nicht zugestimmt, wenn sie Nele die Arbeitslast nicht zutrauen würde. Außerdem ist das Volontariat doch genau dafür da, sich auszuprobieren. Nur weil Nele im Bewerbungsschreiben ein Genre hervorgehoben hat, bedeutet das nicht, dass sie dort letzten Endes auch Fuß fassen muss.« Matthew blickte zu Sadie. »Sadie wollte damals ins Sachbuch und ist dann in der Belletristik gelandet, also gar nicht so unüblich.«

Am liebsten wäre ich Matthew um den Hals gefallen, doch er streifte meinen dankbaren Blick nur kurz und nickte dann Pauline zu, die daraufhin mit ihren Tasks für die Woche fortfuhr. Anscheinend war das Thema damit vom Tisch. Ich zog das Kabel aus dem Laptop, woraufhin die Präsentation mitsamt meinem Instagram-Account von der Wand verschwand. Ich unterdrückte ein Schnaufen, als ich mich zurück in meinen Stuhl lehnte, um Pauline mit halbem Ohr zuzuhören. Cassedys Ellbogen berührte mich sanft am Arm.

»Sehr gute Arbeit«, flüsterte sie mir zu.

»Erzähl das den anderen drei da drüben«, gab ich möglichst unauffällig zurück und hörte Cassedys leises Lachen.

»Bezieh das nicht zu sehr auf dich. Jake und Matt liegen seit Ewigkeiten im Streit, Danielle plappert meist eh nur Jake nach, und Sadie – sie ist cool, aber wegen eines Projekts gefrustet.«

Als ich zu Cassedy sah, schenkte sie mir ein aufmunterndes Lächeln. Das mochte zwar alles stimmen, aber ich hoffte dennoch, dass sie sich einkriegten. Ich wollte mit ihnen arbeiten, nicht gegen sie. Dann musste ich sie ab Januar, wenn ich in ihren Bereich wechselte, eben doppelt überzeugen. Ich hatte Taylor unter Vertrag, leistete gute Arbeit, und die Sache mit Matthew ... Mein Blick wanderte wieder zu ihm, und diesmal, als alle Aufmerksamkeit auf Pauline lag, erwiderte er ihn. Mein Herz stolperte, wie immer, wenn er mich so ansah. Ich hatte alles, was ich mir je erträumt hatte. Nichts würde mich aufhalten.

»Richtig gute Arbeit eben«, meinte Gilbert, klopfte mir so heftig auf die Schulter, dass ich einen Schritt nach vorn machte, und lief dann schnurstracks auf seinen Schreibtisch zu.

»Na also«, meinte Cassedy. »Sag ich doch. Die Idee mit dem Instagram-Account fand ich übrigens klasse, von der wusste ich noch gar nichts. Wir können Taylor das Ganze vorstellen und dann mal überlegen, wie wir die Person hinter dem Account am besten involvieren. Wenn sie denn überhaupt Lust hat, mitzumachen.«

»Das wird sie schon«, sagte ich und verkniff mir ein Lächeln.

»Ich hol mir 'nen Kaffee. Diese Meetings schlauchen mich immer. Magst du auch?«

»Gleich, ich geh noch schnell auf Toilette.«

Cassedy streckte ihre leere Hand aus. »Dann gib mir deine Tasse, ich mach schon mal welchen.«

»Danke dir, du bist die Beste!«

»Ha! Sag das bitte noch einmal lauter und vorzugsweise, wenn unser Chef im selben Raum ist. Im Januar hab ich Mitarbeitergespräch.«

»Mach ich«, erwiderte ich lachend und ging an der Kaffeeküche vorbei in Richtung der Toiletten. Ich war gerade nach links in den Gang abgebogen, als ich aus dem Raum rechts der Waschräume Stimmen hörte – Sadies Büro. Vor der Damentoilette blieb ich stehen. Ich wollte nicht lauschen, wollte ich wirklich nicht. Doch erstens hörte ich Matthews Stimme meinen Namen sagen, und zweitens war die Tür nur angelehnt, sodass das Gespräch zwangsläufig bis zu mir drang.

»Wie kann es sein, dass meine Vorschläge abgeschmettert

werden, Nele neu hier anfängt und das erste Projekt gleich ein Treffer ist? Zumal du gesagt hast, dass wir erst einmal nur zwei weitere Personen unter Vertrag nehmen können.«

»Du hast die Präsentation doch gesehen. Das Projekt wäre genauso von uns vertreten worden, wenn jemand anderes es vorgestellt hätte.«

»Bist du dir da sicher? Ich hab mich bei Richard auch reingehängt, angeblich war es zu sehr Nische. Das ist Neles Projekt doch auch. Ich glaube nicht, dass Albert …«

»Albert selbst hat zur Messe ein Gespräch mit einigen namhaften Non-Fiction-Verlagen geführt und mit mir über deren Wünsche gesprochen. Er ist im Bilde.«

Auf Matthews Erklärung hin herrschte Stille. Zu gern hätte ich Sadies Gesicht gesehen, doch da die Büros alle verglast waren, traute ich mich nicht, um die Ecke zu linsen. Als Sadies Stimme die angespannte Stille durchschnitt, wünschte ich, ich hätte doch einfach das WC betreten.

»Ich hab nicht das Gefühl, dass Nele im Vergleich zu uns fair behandelt wird. Dann soll das Projekt jemand anders haben. Danielle hat recht, sie wird genug zu tun haben.«

Was war Sadies Problem? Sie kannte mich doch überhaupt nicht, meine Arbeit genauso wenig.

»Sollte Nele ihren eigentlichen Aufgaben nicht nachkommen können, werden wir natürlich neu evaluieren. Doch aktuell sehe ich keinen Grund, ihr das Projekt nicht zu überlassen – zumal sie es selbst an Land gezogen und alles Vertragliche geklärt hat.«

Sadies Seufzen drang leise zu mir vor. »Ich melde mich heute Nachmittag noch mal kurz bei dir wegen Mrs Morrows neuem Roman. Oder passt dir Montag besser?«

»Nein, heute ist perfekt. Komm einfach vorbei, ich hab keine Termine mehr.«

Die beiden verabschiedeten sich so plötzlich, dass ich es beinahe versäumte, zurück zur Toilettentür zu stürzen. Ich hatte gerade die Klinke nach unten gedrückt, als ich Matthew fluchen hörte. Langsam drehte ich mich um, so sehr darauf konzentriert, nicht ertappt auszusehen, dass ich mit Sicherheit das genaue Gegenteil bewirkte. Matthews Blick lag bereits auf mir, die Augenbrauen hatte er gehoben.

Mist.

»Na, wie viel hast du mitgehört?«

Er sah aus, als kannte er die Antwort bereits. Leugnen war also zwecklos.

»Alles«, sagte ich daher die Wahrheit, und Matt stieß geräuschvoll einen Schwall Luft aus.

»Ach shit«, murmelte er so leise, dass ich es kaum verstand. Er fuhr sich durch die Haare und wirkte plötzlich unglaublich erschöpft. Womöglich zum ersten Mal, seit ich letzten Monat hier begonnen hatte, sah ich nicht den Mann, mit dem ich von Buchhandlung zu Buchhandlung gezogen war, sondern den jungen Chef, der alles für seine Firma tat und sich dennoch Tag für Tag beweisen musste. Er sah müde aus, und als er mit der Hand von seinen Haaren über sein Gesicht fuhr, war ein leises Kratzen zu hören, so als könnte er eine Rasur vertragen.

»Du weißt, dass du dich nicht mit Albert rechtfertigen musst, Matthew.«

»Was meinst du?«

»Du bist der Chef hier. Das mag für mich leichter zu sehen sein als für alle anderen, weil ich Albert nie persönlich kennengelernt habe. Aber es ist ein Fakt.«

Das war nicht die ganze Wahrheit, denn leicht war diese Tatsache auch für mich nicht – allerdings aus anderen Gründen.

»Leider hat seine Stimme immer noch mehr Gewicht als meine. Manchmal frage ich mich, ob es einfacher gewesen wäre, sich irgendwann auf den CEO-Posten einer anderen Firma zu bewerben. Als externe Person reinzukommen. Ohne all die Vorurteile.«

»Würde das denn für dich infrage kommen?«

»Nein«, sagte er, ohne zu zögern, und seufzte dann. »Nein, würde es nicht. Ich werde Heather & Clark nicht verlassen.« Er blickte auf. »Das hier ist mein Zuhause.«

Obwohl er nicht wehmütig klang, nicht einmal ansatzweise betrübt, zog sich mein Herz zusammen. Immerhin hatte Matthew keinen Hehl daraus gemacht, dass er im Heim aufgewachsen war. Ich konnte mir nur schwer vorstellen, was es für ihn bedeuten musste, in diesem Ort hier ein zweites Zuhause gefunden zu haben – vielleicht sogar das einzige, das er je gekannt hatte.

»Na also«, entgegnete ich mit einem Lächeln. »Ich bin mir sicher, dafür lohnt es sich, sich über die Vorurteile hinwegzusetzen.«

Matthew erwiderte das Lächeln zögerlich. »Vermutlich hast du recht. Und lass dich davon nicht runterziehen, ja?« Er nickte mit dem Kopf zur Seite. »Von Sadie, aber auch von Danielle und Jake nicht. Ihre Ablehnung hat nichts mit dir und deiner Arbeit zu tun, vielmehr mit mir und den Absagen, die ich ihren letzten Vorschlägen erteilt habe.«

»Das mit Jake und dir ...«

Matthews Augenbrauen wanderten nach oben, und ich zweifelte kurz, ob ich das Thema ansprechen sollte. Allerdings ging mir Cassedys Bemerkung im Meeting nicht aus dem Kopf.

»Was ist da vorgefallen?«

»Sein Nachname ist dir ja sicher nicht entgangen ...«

Fieberhaft überlegte ich, wie Jakes Nachname lautete – was nicht so leicht war, da wir alle uns direkt mit Vornamen angeredet hatten. Doch seine E-Mail-Adresse ...

»Oh«, sagte ich, als es mir wie Schuppen von den Augen fiel. »*Oh!*«

»Yep ...« Matts Miene hatte einen grimmigen Ausdruck angenommen. »Also nicht verwunderlich, dass wir nicht gerade die besten Freunde sind, was?«

»Das muss schwierig sein. Für euch beide.«

Matt hob die Schultern. »Na ja, ist nicht so, als ob er sich groß ins Zeug gelegt hätte, um den Posten zu erhalten.«

Er klang seltsam defensiv, als versuchte er, das Ganze vor mir zu rechtfertigen.

»Aber egal. Wie läuft es bei dir? Cassedy meinte, ihr wollt die Sachen noch lossenden, bevor du den Sachbuchbereich verlässt und das Volontariat im Contemporary weitermachst. Das heißt, es geht jetzt in die heiße Phase.«

Ich nickte. »Ja, so viel Zeit ist nicht. Aber das ist in Ordnung. Ich dachte, ich arbeite heute alles fertig aus, mache es schick für die Akquise und kläre das Ganze dann mit dem Artist. Wenn von da das Go kommt, gehen wir auf Verlagssuche.« Ich konnte nicht verhindern, dass das Adrenalin bei den Worten durch meinen Körper schoss und meine Mundwinkel sich wie von selbst hoben.

»Du kannst wirklich stolz auf dich sein.« Matthews Lächeln tat sein Übriges, um mein Herz gleich noch ein Stück schneller schlagen zu lassen. »Wenn es dir recht ist, schau ich heute Abend schon mal drüber und geb dir ein paar Verlagskontakte. Ich bin heute lange hier, hab ein bisschen was abzuarbeiten vor Weihnachten.«

Warum?, war die Frage, die ich nicht stellte, die jedoch durch meinen Kopf kreiste. Denn all das war Cassedys Job, nicht Matthews. Warum also bot er es an? Hatte er unsere guten Vorsätze schon wieder über Bord geworfen? Oder wollte er im Gegenteil beweisen, dass wir einen normalen kollegialen

Umgang pflegen konnten? Während meine Gedanken diese Fragen noch zu beantworten versuchten, verselbstständigte sich mein Mund bereits.

»Sehr gern«, sagte dieser, bevor ich es mir anders überlegen konnte. »Ich sitze heute bestimmt auch ein bisschen länger. Ich bin zu gehypt. Dann komme ich nachher noch mal vorbei.«

»Ich freu mich«, sagte Matthew leise, mit dunkler Stimme. Ob er diese senkte, damit Sadie, vor deren mittlerweile geschlossener Bürotür wir nach wie vor standen, es nicht hörte, wusste ich nicht. Doch sein Tonfall schaffte es, mein Innerstes zum Vibrieren zu bringen. Es war fast so, als täten wir etwas Verbotenes – doch leider fühlte Zeit mit Matthew sich auch verboten gut an.

29. KAPITEL

Matthew

»Kannst du noch anlassen«, sagte ich mit Blick auf die Kaffeemaschine, als ich die Küche mit leerer Tasse betrat. Jake hatte gerade begonnen, die Brühgruppe auszubauen. Vermutlich hatte er Küchendienst. Die meisten hatten sich schon in den Feierabend verabschiedet, dabei über ihre Kostümwahl und die morgige Weihnachtsfeier geredet. Kaum zu glauben, dass das Jahr schon vorbei sein sollte. Es kam mir vor wie gestern, dass Albert mich zum Nachfolger ernannt hatte. Dabei war es im August gewesen, und somit schon einige Monate her.

»Bleibst du noch?« Jake hob die Brauen. »Ist schon ziemlich spät.«

»Ja, hab noch zu tun. Ich mach dann sauber.«

»Nele auch?«

»Wie bitte?«

»Na ja, sie sitzt auch noch an ihrem Platz. Als Einzige. Habt ihr nicht letztens schon gemeinsam Überstunden geschoben?«

Kurz gefror mir das Blut in den Adern. Worauf spielte er an? Auf Samstag? Hatte er uns gesehen? Nein, unmöglich, niemand außer uns war im Büro gewesen, da war ich mir sicher.

»Letztens, als ich heim bin, saßt ihr im absoluten Chaos auf dem Boden.«

»Okay, und?«

»Na ja, zum einen zeigt das, dass sie sich mit dem Projekt

etwas übernimmt, oder nicht? Dass sie Aufgaben kriegt, ist toll, und wir haben ja immer genug zu tun. Aber sie befindet sich noch in der Rotation. In knapp einem Monat soll sie zu mir und Sadie in den Contemporary-Bereich. Denkst du, sie kann sich da überhaupt genug konzentrieren, wenn sie ihr Graffiti-Ding betreut?«

»Das Graffiti-Ding«, sagte ich und formte Anführungszeichen mit den Fingern, »ist ihr eigenes Projekt. Wir hätten es ohne sie überhaupt nicht. Und das Konzept ist gut, das weißt du selbst. Es ist genau das, was Redprint gesucht hat, ich wette, wenn wir es am Montag rauschicken, machen sie noch vor Weihnachten ein Angebot.«

»Ja, das Konzept ist gut. Sehr gut sogar«, gab Jake ohne Umschweife zu, und ich hob überrascht die Brauen. Seine nächsten Worte zeigten jedoch, dass ich mich zu früh gefreut hatte. »Was ja kein Wunder ist, wenn du ihr eine solche Sonderbehandlung zuteilwerden lässt.«

»Bitte?«

Jake schob den Wassertank wieder in die Kaffeemaschine, drehte sich zu mir um und verschränkte die trainierten Oberarme vor der Brust. »Ich mein ja nur. Hat Danielle damals so viel Aufmerksamkeit von Albert bekommen? Ist es üblich, dass sich der Chef so in die Ausbildung der Volontärin hängt? Ich glaube nicht. Und weißt du, was mir noch aufgefallen ist?«

Er trat einen Schritt näher an mich heran, und obwohl er ein Stück kleiner war als ich und zu mir aufblicken musste, kam es mir vor, als würde er von oben auf mich herabschauen.

»Eure Blicke.«

Mein Herz setzte aus, doch ich hatte meine Miene zum Glück genug unter Kontrolle, um mir nichts anmerken zu lassen. »Unsere Blicke?« Ich hob die Brauen und lächelte ihn schief an, betete, dass er mir meine Verwirrung abkaufte.

Gleichzeitig schossen meine Gedanken zu unserem Kuss am Samstag – dem Kuss, den ich am liebsten zu mehr hätte werden lassen.

»Ja. Wie du sie ansiehst … Das ist nicht geschäftlich.«

»Bist du überarbeitet? Magst du Urlaub beantragen? Ich bin sicher, Emma winkt ihn dir durch.«

»Mach dich nur lustig. Ich wette, Albert fände es alles andere als witzig, davon zu erfahren.«

Das war nicht sein verdammter Ernst. Ich verschränkte die Arme vor der Brust und sah ihn abwartend an.

»Was ist dein Problem? Bist du sauer, dass er mich zum Wandern mitgenommen hat, anstatt dich?«

Es war ein Schlag unterhalb der Gürtellinie, das war mir klar, noch bevor Jake die Gesichtszüge entgleisten.

»Was?«

Shit. Zu gern hätte ich die letzten Worte zurückgenommen, doch dafür war es bereits zu spät. Ich hätte nicht persönlich werden, mich nicht auf sein Niveau herablassen sollen.

»Du warst mit meinem Dad wandern?«

Jakes Ausdruck war nicht verletzt, in seinen Augen lag nicht der Hauch von Traurigkeit. Vielmehr erkannte ich darin eine Abscheu, die er mir so selbst in Kindertagen nicht entgegengebracht hatte. »Du kriegst den Hals echt gar nicht voll, oder?«

Ich schluckte. Fühlte mich plötzlich schlecht, ohne es zu müssen – oder? Es war mein gutes Recht, etwas mit Albert zu unternehmen, wenn wir beide das wollten. Jake konnte mir den Kontakt nicht länger vermiesen, sosehr er es auch versuchte.

»Tut mir leid, deine kleine Blase zum Bersten zu bringen, aber mein Dad hat dich nicht gefragt, weil er so große Lust hatte, etwas mit dir zu unternehmen.« Ein feines Lächeln umspielte Jakes Lippen. »Er hat mich gefragt. So wie bei all seinen anderen Wanderungen auch. Ich hab abgesagt, weil ich an dem Tag etwas mit Miranda gemacht habe.«

Ich hasste es, dass seine Worte mir einen Stich versetzten. Dass ich sie nicht den Hauch einer Sekunde anzweifelte.

»Du warst nur zweite Wahl, Matt. Wie immer.« Lächelnd umrundete Jake mich und lief in Richtung Ausgang, bevor er sich an der Tür noch einmal umdrehte. »Viel Spaß bei deinen Überstunden, aber bei einer Sache kannst du dir sicher sein: Es ist ganz egal, wie sehr du dich anstrengst, wie fehlerfrei du diesen Laden führst, und völlig gleichgültig, wie sehr du meinem Dad in den Arsch kriechst. Er ist und bleibt *mein* Dad. Du wirst nie Teil dieser Familie sein. Deine Familie wollte dich nicht. Und meine tut es auch nicht.«

Er klopfte zum Abschied an den Türrahmen, als handelte es sich hierbei um nichts als das Feierabendgespräch zwischen zwei Kollegen. Dann war er verschwunden. Zurück blieb ich inmitten des Scherbenhaufens, den Jake mit seinen Worten ausgelöst hatte. Und jede Scherbe hinterließ Wunden, so tief, dass sie mein Innerstes mühelos trafen.

»Ist alles in Ordnung?«

Es war nicht das erste Mal, dass Nele die Frage stellte, doch diesmal berührte sie mich leicht am Arm, sodass ich nicht wie zuvor einfach abwinken konnte. Es war mittlerweile komplett dunkel geworden, alle waren längst im Feierabend – doch ich hatte keine Anstalten gemacht, es wie beim letzten Mal zu nutzen und Nele zu küssen. Stattdessen hatte ich mich in die Aufgabe verbissen, die vor uns lag. Und die beinahe fertig war, wovor mir graute. Denn nach Hause wollte ich gerade nicht. Allein mit meinen Gedanken sein noch weniger.

Neles Blick war warm, Sorge stand darin. Kein Wunder, ich war nicht gerade gesprächig gewesen. Meine Gedanken hingen nach wie vor den Worten nach, die Jake mir an den Kopf geschleudert hatte.

Du warst nur zweite Wahl, Matt. Wie immer.
Deine Familie wollte dich nicht. Und meine tut es auch nicht.
Deine Familie wollte dich nicht.

Sie wollten mich nicht. Als ob ich das nicht wusste. Als ob es mich nicht regelmäßig auffraß. Gerade jetzt, zu dieser Zeit, wenn alle vom Fest der Liebe sprachen und Zeit bei ihrer Familie planten, Heimfahrten buchten, dekorierten und all das. Die Klänge der Weihnachtsplaylist, die Nele vor etwa einer halben Stunde eingeschaltet hatte, vermutlich, um die Stille zu durchbrechen, schmerzten wie Nadelstiche in meinen Ohren.

»Matthew?« Nun legte sie ihre Hand auf meine und drückte leicht zu. Trotz all der wirbelnden Gedanken spendete die Wärme ihrer Haut mir die Ruhe, die ich so dringend nötig hatte.

»Ist es nicht«, sagte ich leise. Mein Hals wurde kratzig, als wollte er versuchen, die Worte festzuhalten, die da aus mir drangen.

»Willst du darüber reden?«

Ich war drauf und dran, Nein zu sagen. So locker ich bei unserem ersten Date damit umgegangen war und so offen ich meine Kindheit im Heim auch kommunizierte: An Tagen wie heute, an denen die alten Wunden aufgerissen wurden, tat es weh. Und dennoch bewegte mich etwas an Neles Blick, an der sanften Art, wie sie die Frage stellte, zu nicken. Ohne zu zögern, schob sie die Arbeitsmaterialien zur Seite, die wir schon wieder auf dem Teppich ausgebreitet hatten, als stünden in meinem Büro keine Möbel. Sie verschränkte die Beine zu einem Schneidersitz und sah mich abwartend an, ohne mich zu drängen.

»Ich hatte eine Auseinandersetzung mit Jake«, begann ich

und gab ihr einen Abriss der Situation in der Kaffeeküche. Neles Gesicht wurde immer düsterer.

»Das hat er gesagt?« Die Worte waren leise, und doch kannte ich sie mittlerweile gut genug, um die Wut herauszuhören. »Du weißt, dass das nicht stimmt.«

»Was? Dass ich zweite Wahl bin? Dass meine Familie mich nicht wollte?« Ich lächelte müde. »Doch, leider stimmt das. Beides.« Ich stützte mich auf meine Handflächen, weil ich plötzlich vor Nervosität nicht mehr wusste, wohin mit den Händen. Ich zeigte diese Seite von mir nicht oft. Die verletzliche. Die, die nicht an den Geschäftsführer erinnerte, sondern an das kleine, einsame, wütende Kind, das ich früher gewesen war. Ich wollte so nicht mehr sein. Wollte stärker sein als die Einsamkeit, die mich begleitete, seit ich denken konnte.

»Wieso …« Nele hielt inne, schien zu überlegen, was sie sagen und fragen konnte.

»Ich kann darüber sprechen«, ermutigte ich sie. »Schieß einfach los.«

»Wieso musstest du denn ins Heim? Weißt du das?«

»Nein. Ich hab meine frühesten Erinnerungen aus diesem Heim. Es gab kein Davor. Wobei das nicht ganz stimmt. Ich war wohl zuerst in einer Pflegefamilie. Zwischenzeitlich auch noch ein paarmal.«

»Und deine Eltern? Wolltest du sie nie kennenlernen oder …?«

Als ich leise lachte, hielt Nele mitten im Satz inne. »Doch. Und wie. Einmal hab ich mir sogar unbefugt Zutritt zu Mrs Greens Büro verschafft. Unsere Heimleiterin«, fügte ich hinzu. »Aber ich wurde erwischt, bevor ich etwas finden konnte, und hatte danach eine recht lange Unterhaltung mit Mrs Green. Fakt ist, dass *sie* nicht wollten. Sie haben mich einfach zurückgelassen.«

»Das tut mir so leid.«

Noch mehr als das Mitleid in Neles Augen hasste ich die Tatsache, dass ich es wollte. Ich wünschte, ich wäre stark genug, es nicht zu brauchen. Über all dem zu stehen und endlich zu verarbeiten, dass ich meine Wurzeln nicht kannte und sie auch nicht benötigte.

»Ich kann mir nicht vorstellen, wie sich das anfühlt. Aber ich kann mir vorstellen, dass du Menschen hast, die dich als Familie sehen. Yong-Jae und Sam zum Beispiel.«

»Das sagen sie auch immer«, gab ich zurück.

»Verrückt, dann kannst du ja fast annehmen, dass es stimmt.« Neles neckender Tonfall sorgte dafür, dass sich meine Mundwinkel wie von selbst und entgegen meiner dunklen Gedanken hoben.

»Ich weiß, das sollte man nicht über die Verwandten des Menschen, den man mag, sagen, aber: Deine Eltern sind ziemlich dumm, wenn sie sich freiwillig entgehen lassen, was aus dir geworden ist und wie man sich in deiner Nähe fühlt.«

»So? Wie fühlt man sich denn?« Die Angespanntheit war verflogen, Neles Worte hatten sie durch Wärme und Neugier ersetzt – und mit dem Wunsch, den halben Meter, der uns voneinander trennte, zu überbrücken.

»Ziemlich gut. Unbeschwert. Gesehen.« Das letzte Wort war beinahe ein Flüstern.

Ich wollte sie küssen. Sofort. Doch anstatt mich in Bewegung zu setzen und sie an mich heranzuziehen, um genau das zu tun, purzelten Worte aus meinem Mund, die ich noch nie zuvor geäußert hatte.

»Magst du mit zu mir nach Hause? Dann kann ich dir meine Quasi-Familie vorstellen.«

Ich hatte noch nie eine Frau mit in die WG genommen. Selbst meine letzte Freundin nicht. Umso mehr überraschte mich, dass ich nicht darüber nachgedacht hatte und dass ich die Einladung auch jetzt, da ich sie ausgesprochen hatte, nicht zurücknehmen wollte. Ganz im Gegenteil: Als Neles Mund die Andeutung eines Lächelns umspielte und sie nickte, waren all die Sorgen vergessen. Da war nur noch Glück in meinem Körper.

30. KAPITEL

Nele

Meine Muskeln waren nicht angespannt, sie waren verkrampft, und das schon, seit wir die Tube betreten hatten. Matthew ging es nicht anders. Er sagte zwar nichts, aber ich merkte es an seinen Schultern und der Art, wie er die gesamte Fahrt über auf seiner Unterlippe kaute. Gemeinsam stiegen wir die Treppen der Tube nach oben, zurück ins abendliche London. Ob er bereute, mich eingeladen zu haben? Dennoch hatte ich keine Sekunde gezögert und zugesagt.

Es war das erste Mal, dass wir etwas außerhalb des Büros unternahmen. Na ja, zumindest das erste Mal *seitdem*. Seit ich wusste, wer Matthew war. Seit er wusste, dass ich seine Angestellte war. Und es fühlte sich anders an als damals, als wir gemeinsam von Buchhandlung zu Buchhandlung geschlendert waren. Nicht verboten wie sonst im Büro, aber eben auch nicht normal und locker.

»Was denkst du?«, stellte ich die Frage, vor deren Antwort ich Angst hatte.

Matthew blieb vor dem Hauseingang eines schicken Gebäudes stehen und wandte sich zu mir um. Als ich zu ihm aufblickte, lächelte er leicht, was seine Züge weicher und weniger besorgt aussehen ließ. Mein Herz setzte einen Schlag aus, als er nach meiner Hand griff und beruhigende Muster mit dem Daumen darauf malte.

»Ich bin froh, dass wir Zeit miteinander verbringen. Entschuldige, dass ich eben so still war.« Er sah von mir nach rechts. In die Richtung, aus der wir eben gekommen waren. »Es ist nur …«

»Riskant?«

Er nickte. »Und das tut mir leid. Aber«, fuhr er fort und wandte sich mir wieder zu. »Nicht heute. Yong-Jae und Sam wissen Bescheid. Also sind keine Versteckspielchen nötig.« Sein Lächeln wurde ein Stück breiter, und er drückte meine Hand und ließ sie, auch als wir weitergingen, nicht wieder los.

Diese kleine Geste, so normal sie für andere auch sein mochte, sorgte dafür, dass mir trotz der winterlichen Temperaturen im ganzen Körper warm wurde. Händchen haltend schlenderten wir durch Bethnal Green, vorbei an mit Lichterketten behangenen Fenstern und anderen Passanten, die uns keines Blickes würdigten.

»Ich freu mich wirklich, dass du mich mitnimmst«, sagte ich leise und viel zu verspätet, doch Matthew hatte es dennoch verstanden und drückte kurz meine Hand.

»Die anderen beiden werden sich auch freuen.« Er reduzierte das Tempo und kam vor einem weißen Reihenhaus zum Stehen. »Davon kannst du dich jetzt gern selbst überzeugen.« Er ging die Stufen voraus und hielt mir dann die Tür auf. Ich trat nach innen und wurde sofort von wohliger Wärme empfangen. Ich stand in einem kleinen, gemütlich eingerichteten Flur. Links an der Wand hingen Fotos, auf denen unschwer Matt, Sam und Yong-Jae zu erkennen waren. Rechts von mir führte eine Treppe nach oben. Links war eine verschlossene Tür, und durch die geöffnete geradeaus erkannte ich einen Kühlschrank, somit musste es sich um die Küche handeln. Es brannte Licht, und als Matthew die Tür hinter mir ins Schloss fallen ließ, drang ein »Hallo!« von dort zu uns.

Matthew legte eine Hand in meinen Rücken und schob mich sanft nach vorn. Mein Herz klopfte nervös. Es musste sich um Sam handeln, denn Yong-Jaes Stimme hätte ich erkannt.

»Hi«, antwortete Matthew, und gemeinsam betraten wir die Küche. Sam drehte sich, einen Kochlöffel in der Hand, zu uns um. Noch bevor ich mich vorstellen konnte, weiteten sich seine Augen, er warf den Holzlöffel in die Pfanne voll Gemüse und trat auf mich zu. »Du bist Nele, oder?«

»Ja«, sagte ich und gab dann einen überraschten Laut von mir, als er mich in seine Arme zog.

»Ich fass es nicht. Hi! Ich bin Sam.« Sam ließ mich los und fuhr sich durch die blonden Haare, während er Matthew angrinste. »Du hättest euch ja mal ankündigen können, dann hätte ich aufgeräumt. Also normalerweise herrscht hier mehr Ordnung und …«

»Nicht wahr«, fiel Matt ihm ins Wort. »Das ist der Normalzustand unserer Küche. Nur das Mini-Aquarium dahinten fehlt alle paar Wochen mal, weil Sam die Urzeitkrebse getötet hat, die er grad mit seiner Klasse züchtet.«

Sam klappte die Kinnlade herunter. »Du hast das mitbekommen? Wenn du das den kleinen Biestern erzählst, werde ich alles leugnen!«

»Keine Sorge«, meinte Matt lachend. »Werd ich nicht.«

Ich verfolgte den Schlagabtausch der beiden mit einem Lächeln. Matthew war wie ausgewechselt. Als hätte er die Verantwortung, die er im Büro trug, an der Tür abgestreift wie eine schwere Winterjacke. Nun, im Beisein seines Freundes, spürte ich eine Leichtigkeit an ihm, wie ich sie nur bei unserem ersten Date erlebt hatte.

»Magst du mit uns essen?«, fragte Sam. »Ich mach Ratatouille. Oder habt ihr schon was gegessen?«

»Nein, wir haben bis eben gearbeitet«, erwiderte ich.

»Ich warne dich, Sams Kochkünste sind ähnlich erfolgreich wie seine Krebszucht.«

»Stimmt gar nicht, diesmal ist es echt was geworden!«

»Wenn es keine Umstände macht, dann ess ich gern mit«, erwiderte ich mit einem Lachen, was Sam aufrichtig zu freuen schien, denn seine grünen Augen begannen zu funkeln.

»Ach was, gar nicht. Setzt euch. Was darf's zu trinken sein? Wasser? Coke?«

Ich schmunzelte, als Sam bereits zum Kühlschrank marschierte. Wenn Matthews Mitbewohner seine Familie waren, dann nahm Sam die Rolle der überfürsorglichen Mutter ein.

Wenige Minuten später saß ich mit einer Cola am gedeckten Tisch, während Sam weiter durch die Küche wuselte. »Du musst deinen Job richtig gut machen. Yong-Jae und Matthew haben ein bisschen was erzählt.«

»Oh«, sagte ich, das Glas in meinen Händen, damit meine nervösen Finger beschäftigt waren. »Danke.«

»Und den Job mit Matthew auch.« Er warf einen Blick über die Schulter. »Wir wissen beide, dass er nicht ganz einfach ist. Aber er hat noch nie – ich wiederhole: noch nie – jemanden mit nach Hause gebracht.«

»Sam.« Matthews Tonfall war mahnend, und er sah aus, als würde er am liebsten im Erdboden versinken. Ich überlegte gerade, ob mein Mitleid oder meine Neugier überwogen, als mir die Entscheidung abgenommen wurde.

»In der Tat. Du musst es ihm ganz schön angetan haben.« Yong-Jae trat in die Küche und lief zu Sam, um ihm über die Schulter zu schauen. Dann ließ er sich auf den letzten freien Stuhl fallen und lehnte sich zurück, die Arme vor der Brust verschränkt. Es war seltsam, ihn außerhalb des Büros zu sehen. In Jogginghosen, ein feixendes Lächeln im Gesicht, mit dem er Matt bedachte. »Auf jeden Fall schön, dass du hier bist.«

»Ich bereue es jetzt schon«, murmelte Matthew, und ich fiel in Sams und Yong-Jaes Lachen mit ein.

»Du wirst's überleben.« Yong-Jae sah zu mir. »Wie geht es dir in London? Hast du dich gut eingelebt? Vermisst du daheim?«

»Erschreckend wenig. Meine Schwester vermiss ich, aber bei meinen Eltern sollte ich mich dringend mehr melden. Sie kriegen bislang nur über Instagram mit, was hier so läuft.«

»Kenn ich. Ich musste meinen versprechen, dieses Jahr über Weihnachten heimzufliegen. Man ist so in seinem Trubel, dass selbst das Telefonieren zu kurz kommt.«

»Leben deine Eltern auch nicht hier?«

»Ne, die sind noch in Andong, wo ich aufgewachsen bin. Ich hätte eigentlich nur zum Studieren nach England gesollt. Der Plan ist nicht ganz aufgegangen.«

»Ja, ich glaub, meine Familie verabschiedet sich langsam auch von dem Gedanken, dass ich nur fürs Volontariat in London bin.«

»Könntest du dir denn vorstellen zu bleiben?« Matthews Blick ruhte auf mir, und ich versuchte, nicht zu viel in ihn hineinzuinterpretieren. Was schwer war, so intensiv, wie er mich musterte. Las ich Hoffnung in seinen Augen? Oder war das Wunschdenken?

»Ja, schon. Je nachdem, ob und wo ich einen Job finde. Meine Eltern sind das sowieso gewöhnt. Meine große Schwester ist nach New York ausgewandert. Sie arbeiten selbst in einem künstlerischen Bereich und haben uns eigentlich immer in allem unterstützt …« Ich hielt inne, als mir auffiel, dass das Thema Familie nicht gerade das sicherste war. Doch Matthew sah nicht verletzt aus. Im Gegenteil, er hatte den Kopf neugierig schief gelegt.

»Was machen sie denn?«

»Meine Mum ist Maskenbildnerin für ein Kölner Musical. Deshalb ist meine Schwester schon so früh damit in Kontakt gekommen und wollte unbedingt was in die Richtung machen. Mein Dad ist Tischler. Das klingt im ersten Moment nicht so künstlerisch, aber er macht mittlerweile nur noch Spezialanfertigungen. Egal, welche Idee du hast, er kann sie umsetzen.«

»Klingt superspannend. Kein Wunder, dass du so kreativ bist.«

So, wie Matthew es sagte, klang es nicht wie ein Kompliment, sondern vielmehr wie ein Fakt. Dabei wusste er nicht einmal von meinen Texten.

»Ja, die Präsentation war wirklich klasse«, sagte Yong-Jae. »Ich freu mich schon, wenn du bei uns im Mystery-Bereich bist. Aber erst ist Jake dran, oder?«

Ich bejahte und sah, wie Matthew die Augen verdrehte.

»Albert hat mich übrigens zum Neujahrsempfang eingeladen. Er soll dort einen Preis vom Bürgermeister erhalten und möchte mich als Begleitperson dabeihaben.«

»Oh«, sagte Yong-Jae, und es fiel mir schwer, seinen Tonfall einzuordnen. So, wie er dreinblickte, schien der ehemalige Geschäftsführer von Heather & Clark jedoch häufiger Thema bei den Dreien zu sein.

»Genug der Arbeitsthemen«, sagte Sam und stellte vier tiefe Teller in die Mitte des Tischs, bevor er einen großen Topf Reis daneben platzierte und zurück zu der Pfanne mit dem Ratatouille ging. Yong-Jae lächelte, doch es wirkte leicht verkrampft, und ich wurde das Gefühl nicht los, dass Albert ein wunder Punkt in dieser WG war.

»Ich hoffe, die beiden haben dich nicht überfallen«, meinte Matthew, als wir mit vollen Bäuchen die Küche verließen. Yong-Jae war bereits in sein Zimmer verschwunden, weil er seine Schwester anrufen wollte, und Sam hatte darauf bestanden, den Abwasch in Ruhe zu machen, und uns aus der Küche geworfen.

»Gar nicht«, sagte ich und blieb vor der Treppe stehen, unsicher, ob nun der Moment für den Abschied gekommen war. Wenn ich ehrlich war, wollte ich noch nicht gehen. Ich genoss diesen kleinen Einblick in Matthews Leben viel zu sehr. Es erinnerte mich an davor. An unser Date. Bis auf den kurzen Moment, als Albert zur Sprache gekommen war, war Matthew so unbefangen wie lange nicht mehr. »Es hat mich riesig gefreut, die beiden kennenzulernen.«

»Na, Yong-Jae kanntest du ja schon.«

»Ja, aber nicht *so*. Er ist ganz anders als auf der Arbeit. Du übrigens auch«, fügte ich hinzu.

Matthew hob die Brauen, und das warme Licht der Deckenlampe malte Schatten in sein Gesicht. »So?«

»Weniger Chef, mehr … du selbst.« Vielleicht war es vermessen, das zu sagen. Immerhin kannte ich Matthew noch gar nicht so lange. »Du erinnerst mich mehr an dich von dem Tag am Graffiti. Das ergibt vermutlich gar keinen Sinn, entschuldige.«

»Doch«, sagte Matthew zu meinem Erstaunen. »Die Rolle ist immer noch neu. Ich muss mich plötzlich anders verhalten. Auch vor den anderen. Bis vor Kurzem waren sie noch meine Kollegen, wir konnten uns gemeinsam über Verlage auslassen und manchmal sogar über Albert. Jetzt sitz ich auf seinem Posten und bin derjenige, über den geredet wird. Was okay ist«, hängte er eilig an. »Das stört mich nicht. Es ist nur … ungewohnt, jetzt außen zu stehen.«

»Glaub ich«, sagte ich. »Auch wenn ich mir nicht vorstellen kann, damit so locker umzugehen. Dass andere über einen reden, meine ich.«

»Das tun Menschen doch eh ständig.«

»Ja. Ist nur was anderes, wenn es Menschen sind, die man kennt und mag.«

Matthew runzelte die Stirn. »Klingt, als wäre da eine Geschichte verborgen.«

Seine Worte brachten mich zum Lächeln. Er hätte nachfragen können, was ich meinte, stattdessen ließ er mir die Wahl, ob ich weitersprechen wollte. Was mich am meisten überraschte: Ich wollte tatsächlich. Also handelte ich, wie ich es vor einigen Wochen am Lineart bei unserer zufälligen Begegnung getan hatte: Ich ergriff die Initiative, war ein Stück mehr die Nele, die ich in London sein wollte.

»Die Geschichte dahinter ist ein bisschen zu lang, um in diesem Flur erzählt zu werden.« Mein Herz untermalte jede Silbe mit einem heftigen Pochen. »Magst du mir dein Zimmer noch zeigen?«

Die Falten auf Matthews Stirn glätteten sich, als er lächelnd nickte. »Klar, gern. Im Gegensatz zur Küche ist es sogar aufgeräumt.«

Ich erwiderte sein Lächeln, und für einen Moment schufen wir uns ein Stückchen Normalität inmitten dieser seltsamen Situation. In diesem Augenblick war ich einfach eine Frau, die Interesse an dem Mann hatte, den sie aus einem Londoner Café kannte.

31. KAPITEL

Matthew

Ich war siebenundzwanzig, kannte Nele bereits seit beinahe zwei Monaten und war dennoch nervöser als bei meinem ersten Date, als ich die Tür vor uns aufstieß. Wie die knapp fünfundzwanzig Quadratmeter meines Zimmers wohl auf sie wirken mochten? Die drei sehr vollen Bücherregale? Der penibel aufgeräumte Schreibtisch? Das Bett mit der schwarzen Bettwäsche?

»Oh«, machte Nele und ging zielstrebig an mir vorbei auf das Regal zu. Sie griff hinein und drehte sich mit einem dunkelroten Buch in der Hand zu mir um, ein Lächeln auf dem Gesicht. »Davon hast du mir erzählt. Ist das die gleiche *Herr der Ringe*-Ausgabe, die ihr auch in der Bibliothek hattet?«

»Es ist sogar exakt dieselbe. Mrs Green hat sie mir geschenkt, als ich ausgezogen und zur Uni bin.«

»War das eine große Umstellung?«

»Nicht wirklich. Ich glaube sogar, ich hatte es einfacher als die meisten meiner Kommilitonen und Kommilitoninnen, weil ich damals schon selbstständig und nicht gewohnt war, dass man mir hinterherräumte oder dergleichen. Andererseits war ich auch komplett auf mich allein gestellt, wenn etwas schieflief. Na ja, fast zumindest. Sams Dad hat mir ab und an geholfen, das war super.«

Ich ließ mich auf dem gemachten Bett nieder und versuchte,

mir meine Freude nicht zu sehr anmerken zu lassen, als Nele es mir gleichtat und die Beine in den Schneidersitz zog.

»Als die anderen beiden eben auf Jake und Albert zu sprechen kamen …«, begann sie langsam und malte mit dem Zeigefinger Muster auf die dunkle Bettwäsche. Es war ihr also nicht entgangen.

»Ja?«

»Die Stimmung war kurz etwas merkwürdig. Reden sie nicht gern darüber?«

»Doch, das Problem ist eher, dass wir da nicht immer einer Meinung sind.«

»Was Jake angeht?«

»Auch was Albert angeht. Yong-Jae findet, dass Albert nicht ganz fair ist. Weder zu mir noch zu Jake.«

»Wieso das? Weil er dir die Agentur vermacht hat?«

»Und weil er meine Hoffnungen schürt«, erwiderte ich mit einem Lächeln. Normalerweise war es ein wundes Thema, doch seltsamerweise machte es mir nichts aus, mit Nele darüber zu sprechen. »Aber das ist nicht Alberts Fehler, sondern meiner.«

»Deshalb haben dich Jakes Worte auch so getroffen«, meinte Nele nickend. »Nicht dass sie nicht so oder so unter der Gürtellinie wären.«

»Ja. Aber auch das …« Ich hob die Schultern. »Klar, die Worte treffen. Aber sie tun es nur, weil ich ihnen, oder besser gesagt Jake, die Macht gebe. Wenn ich komplett mit mir im Reinen wäre, würde mir das gar nichts ausmachen.«

»Ich glaube nicht, dass irgendjemand so sehr mit sich im Reinen ist, dass alle Worte und Urteile einfach an ihm oder ihr abprallen. Das wäre schön.«

Bei den letzten Worten war Nele leiser geworden, so als stünde hinter ihnen eine tiefere Bedeutung. So, wie sie nach unten blickte, wirkte sie nicht, als ob ihr das Thema angenehm war. Mehr so, als hätte es nach wie vor Wunden hinterlassen. Und dennoch, oder gerade deshalb, musste ich nachfragen. Ich war im Begriff, genau das zu tun, als Nele mir zuvorkam.

»Ich schreibe«, sagte sie und blickte auf. Sie wirkte nervös, hatte die Worte beinahe ausgespuckt. So als hätten sie bereits mehrere Minuten auf ihrer Zunge gelegen und darauf gewartet, endlich gehört zu werden.

»Bücher?« Es würde mich nicht wundern, so kreativ, wie sie war.

»Gedichte.« Nele nestelte am Saum der Bettdecke herum. »Falls man sie so nennen kann. Es sind keine Gedichte im klassischen Sinn. Sie reimen sich nicht oder so. Ich …« Nele ließ den Blick durch den Raum schweifen, als fände sie dort die Worte, die sie suchte. Ich wusste noch nicht, wo sie mit ihrer Erzählung hin wollte, aber ich hatte schon jetzt das Bedürfnis, sie in meine Arme zu ziehen, da sich plötzlich eine Schwere und Traurigkeit in ihre Augen legte, die ich ihr gern nehmen würde. »Ich hab Poetry Slams gemacht. Ich hab schon immer gern geschrieben, ich glaub, das kam zwangsläufig mit dem Lesen. Früher hab ich ein Tagebuch nach dem anderen gefüllt, dann hab ich mich mal an Kurzgeschichten versucht, und vor einigen Jahren bin ich dann bei Gedichten gelandet. Keine Ahnung, ob sie gut sind, aber sie helfen mir. Irgendwann hab ich mich getraut und mich bei einem Poetry Slam beworben. Besser gesagt: Meine Schwester hat mich genötigt. Sie war die Einzige, die immer alle Texte lesen durfte.«

Ich nickte, lauschte zu gebannt, um Nachfragen zu stellen. Es musste toll sein, eine Schwester zu haben, die einen so unterstützte. Doch anhand von Neles Stimme ahnte ich, dass die Geschichte nicht so harmonisch und schön weiterging, wie sie begonnen hatte.

»Na ja, wahrscheinlich war das der Fehler, den ich gemacht habe, und ich hätte mir vorher mal weiteres Feedback von außen holen sollen. Das hab ich dann bei dem Auftritt bekommen. Lautstark.«

»Was ist passiert?«

»Ein paar Leute aus der Klasse waren da. Natürlich hab ich meinen Freundinnen nicht Bescheid gesagt, dass ich teilnehme, also waren sie nicht zur Unterstützung da. Keine Ahnung, was die anderen hingetrieben hat. Vielleicht waren sie einfach nur was trinken. Ich hab sie erst bemerkt, als ich wieder von der Bühne runter bin.«

Nele zuckte mit den Schultern, als wäre die Geschichte damit fertig erzählt.

»Haben sie dich ausgelacht? Weil du teilgenommen hast?«

»Ja, ist wohl nicht gerade das coolste Hobby. Leider hat es damit nicht aufgehört, und nach dem Wochenende wusste es dann die halbe Klasse. Ich bin montags in den Biounterricht, und Marcel, einer der Jungs, die beim Slam waren, stand sich räuspernd am Lehrerpult und hat der Klasse meinen Text vorgetragen. Die waren online einzusehen. Natürlich haben alle gelacht.« Nele lächelte grimmig. »Auch eine von meinen Freundinnen. Zu dem Zeitpunkt wusste sie noch nicht, dass der Text von mir ist. Na ja.« Erneut hob sie die Schultern, und ich musste mich zusammenreißen, meine Hände nicht darauf zu pressen und sie an dieser gleichgültigen Geste zu hindern. Denn was sie erlebt hatte, war ganz und gar nicht unbedeutend. »Jedenfalls war das mein letzter Auftritt. Ist natürlich nicht mit der Situation rund um Jake zu vergleichen, aber das Urteil der anderen an dem Tag ist auch nicht an mir abgeprallt. Im Gegenteil. Das sitzt bis heute in mir.«

»Tut mir leid, dass dir das passiert ist.« Zu gern hätte ich gelesen, was Nele damals geschrieben hatte. Auch wenn es vermutlich auf Deutsch war und ich kein Wort verstanden hätte, konnte ich mir kaum vorstellen, dass es schlecht war. Ganz im Gegenteil. Nele war wortgewandt, ihre Gedanken waren so interessant. Das hatte sie schon beim Treffen an unserem Graffiti bewiesen.

Unserem Graffiti.

Der Gedanke trieb mir ein Lächeln ins Gesicht, das so gar nicht zur Situation passen mochte. Das schien auch Nele nicht zu entgehen, denn sie legte fragend den Kopf schief.

»Du hast dir ein Journal gekauft. Und gerade sagtest du, dass du schreibst. Das klingt beides nicht so, als hättest du das Hobby in der Vergangenheit gelassen.«

»Stimmt.«

»Kann ich etwas davon lesen?«

»Von meinen Texten?«

Ich nickte, und Nele musterte mich einige Augenblicke. »Das hast du bereits«, antwortete sie dann leise.

»Hab ich? Wann?« Stirnrunzelnd sah ich sie an. »Dein Konzept für den Artist? Klar. Selbst das war richtig gut! Aber das mein ich nicht, ich ...«

»Nein, davon rede ich nicht«, entgegnete sie. »Du hast schon Gedichte von mir gelesen.«

Sie sah mich so eindringlich an, als läge die Antwort auf der Hand, doch ich kam beim besten Willen nicht darauf, was sie mir sagen wollte.

»Der Kanal, der die Texte zu den Linearts schreibt. Den ich beim Pitch mit vorgestellt habe ...«

Langsam dämmerte es mir. »Der gehört dir?«

Nele nickte. Sie wirkte nervös, und in ihren Augen lag Angst. Wovor? Dass ich sie auslachen könnte, wie es ihre Klassenkameraden getan hatten? Das Gegenteil war der Fall. Das, was ich von ihr gelesen hatte ...

»Nele, du bist wirklich gut.«

Der Unglaube, der ihr ins Gesicht geschrieben stand, sorgte dafür, dass ich mir am liebsten jeden ihrer Klassenkameraden einzeln vorgeknöpft hätte.

»Hättest du den Artist sonst überzeugen können, sich mit euch zu treffen? Offensichtlich hast du etwas in dieser Person berührt. Und schau doch, wie viele Menschen dir und deinen Texten folgen.« Ich zog mein Handy aus der Hosentasche, öffnete Instagram, und ein paar Klicks später streckte ich ihr das Display entgegen. Mittlerweile waren es fast 15.000. Unglaublich, wenn man bedachte, dass Nele den Kanal gerade erst ins Leben gerufen hatte.

»Wieso hast du nicht erwähnt, dass der Account dir gehört? Da hätte selbst Jake sich nicht mehr wehren können. Damit ist ja wohl mehr als klar, dass das *dein* Thema ist.«

»Du sagst es niemandem.« Neles Stimme war eindringlich, und sie entspannte sich erst, als ich zögerlich nickte.

»Aber wieso? Hast du Angst, dass die anderen doof reagieren? Das tun sie bestimmt nicht, ich glaube, aus dem Alter sind wir raus.«

»Ich bin mir nicht sicher, ob Mobbing ein Alter kennt«, gab Nele zurück. »Nicht, weil ich es Cassedy oder selbst Jake zutraue. Aber ich bin noch nicht bereit, mich wieder so verletzlich zu machen. Und das würde ich tun, würde ich meine Texte zeigen.«

»Okay. Entschuldige, ich wollte dich zu nichts drängen. Ich will nur, dass du weißt, dass es nichts gibt, was dich zurückhalten sollte. Wenn du noch nicht bereit bist, ist das ganz allein deine Entscheidung. Aber du hast Talent. Es wäre eine Schande, wenn Menschen aus deiner Vergangenheit in der Gegenwart die Macht haben, dir eine Leidenschaft zu nehmen.«

Zwischen Neles Brauen bildete sich eine leichte Furche.

Hoffentlich war ich damit nicht übers Ziel hinausgeschossen. Natürlich wusste ich nichts über Neles Vergangenheit. Und ich trug genug Päckchen aus meiner eigenen, um zu verstehen, dass wir sie nicht einfach abschütteln konnten wie einen lästigen Mantel. Doch zu meiner Erleichterung nickte Nele einige Augenblicke später.

»Vielleicht hast du recht. Ist nur leichter gesagt als getan.«

»Ich weiß.« Ich schmunzelte. »Ich glaub, den Stress zwischen mir und Jake hast du mittlerweile mitbekommen, das ist mein Laster aus der Vergangenheit.«

»Danke auf jeden Fall.« Sie deutete zu dem Handy, das zwischen uns auf dem Bett lag. »Für die Worte. Wer weiß, vielleicht nehm ich irgendwann ja an einem Londoner Poetry Slam teil und lad dich ein.«

»Es wäre mir eine Ehre.« Ich erwiderte ihr Lächeln, gleichzeitig zog sich meine Brust beinahe schmerzhaft zusammen, weil mir bewusst wurde, wie sehr ich das wollte. Nicht zwingend genau das. Es musste kein Poetry Slam sein, den Nele und ich besuchten. Aber ich wollte Zeit mit dieser Frau verbringen. Jetzt, aber auch in Zukunft. Zeit, in der wir uns nicht verstecken mussten.

Mein Blick strich über Neles Gesicht, und im nächsten Moment folgten meine Finger dem Beispiel. Ich hätte nicht sagen können, was es war, das die Stimmung im Raum plötzlich zum Kippen brachte. Das die Schwere des letzten Themas durch die sanfte Spannung ersetzte, Nele so nah bei mir zu wissen. Nah und noch dazu auf meinem Bett. Ich schluckte und spürte, wie mein Hals plötzlich trocken und meine Atmung flacher wurde.

Ohne mein bewusstes Zutun umschloss meine Hand ihre Wange, wie sie es schon häufig getan hatte – und doch war dieses Mal etwas anders. Vielleicht war es der Tatsache geschuldet, dass wir bei mir zu Hause waren, vielleicht lag es auch an der

Vertrautheit, die mittlerweile zwischen Nele und mir herrschte. Auf jeden Fall sah ich in ihren Augen die gleiche Leidenschaft gespiegelt, die auch ich empfand, und im nächsten Moment lagen ihre Lippen auf meinen.

Ich zog sie in einen tiefen Kuss, näher an mich, bis ihr Oberkörper meinen berührte. Ihre Brust hob und senkte sich im Einklang mit meiner, ihr Duft, der mir mittlerweile ebenso vertraut war wie ihre Stimme oder ihr Lachen, umgab mich und brachte mich beinahe um den Verstand.

Nele schob sich weiter zu mir, und der Kuss wurde verlangender, rauer, animalischer. Ihre Zunge strich über meine, und meine Hände glitten ihren Körper hinab, legten sich um ihre Taille, fühlten die warme, weiche Haut unter ihrem Pullover. Sanft fuhr ich am Bund ihrer Jeans entlang, ließ meine Finger bis vor zu ihrem Bauch wandern, was Nele dazu brachte, den Kuss zu unterbrechen und zischend die Luft einzuziehen.

Ich zog meine Hände zurück. »Alles okay?«

»Ja«, sagte sie atemlos und hielt mir ihren Arm vors Gesicht. »Gänsehaut.«

»Wenn du aufhören ...«

»Nein«, erwiderte sie so schnell, dass es mir ein Schmunzeln entlockte. »Nein, das ist positive Gänsehaut. Sollte ich aufhören wollen, haben wir ja unser Safeword.«

»Oh Gott, das hab ich voll vergessen.«

Sie grinste. »Mein Pferd mag diese Äpfel nicht.«

»Das killt die Stimmung auf jeden Fall schnell genug, ja«, murmelte ich.

»Ich glaube nicht, dass wir damit ein Problem haben«, erwiderte Nele leise, und bevor ich etwas sagen konnte, lehnte sie sich wieder über mir, küsste mich und vergrub ihre Finger in meinen Haaren.

»Okay«, nuschelte ich, »du könntest recht haben.«

Denn als Nele mein Hemd so weit wie möglich nach oben zog und mit den Fingerspitzen über meine nackte Haut fuhr, waren alle anderen Gedanken vergessen.

32. KAPITEL
Nele

Ich kannte mich so nicht, kannte es nicht, dass ich jemanden so sehr begehrte. Es war nicht so, dass ich Sex nicht mochte, das tat ich. Aber ich hatte mich noch nie so sehr nach jemandem verzehrt wie in diesem Moment nach Matthew. Es war, als würde mich jede Zelle meines Körpers näher zu ihm bringen wollen.

»Ich will dich«, hauchte ich das Offensichtliche. Denn so, wie ich gerade auf ihm saß, war ihm mit Sicherheit nicht entgangen, dass ich mehr wollte.

»Und ich will dich«, erwiderte er, und seine Stimme, die noch tiefer war als sonst, jagte mir einen wohligen Schauer über den Rücken.

Mit fahrigen Händen öffnete ich die Knöpfe seines Hemds. So gern ich ihn auch darin sah, wünschte ich mir in diesem Moment, er würde ein T-Shirt tragen. Ich war zu ungeduldig dafür.

Als ich den obersten Knopf gelöst hatte und ihm endlich das helle Hemd von den Schultern streifen konnte, seufzte ich auf. Weniger aufgrund meiner Ungeduld, sondern vielmehr wegen des Anblicks, der sich mir bot. Ich begann, seinen Körper mit Küssen zu versehen, bis Matthew einen Finger unter mein Kinn legte und mich auf seine Höhe zog.

Ich wollte gerade nachfragen, was er vorhatte, als er seine

Beine hinter meiner Taille verschränkte und uns mit Schwung herumdrehte, sodass er plötzlich auf mir lag. Allein sein Gewicht auf mir zu spüren, ließ mich aufstöhnen. Er erstickte das Geräusch mit einem tiefen Kuss, bevor er quälend langsam meinen Pullover nach oben schob. Kaum dass dieser auf dem Boden gelandet war, küsste er meinen Hals, meinen Nacken, meinen Bauch. Wieder traf er die sensible Stelle zwischen Bauch und Schenkeln, die mir überall Gänsehaut bescherte. Matthews Lachen so dicht an meinem Körper sorgte nicht gerade dafür, dass diese sich wieder legte.

»Man könnte meinen, dir ist kalt, was ein bisschen schlecht ist für das, was ich jetzt vorhabe.«

»Was hast du denn vor?«, fragte ich, und als Matthew langsam meinen Gürtel öffnete, hatte ich nicht einmal mehr Gelegenheit, mich darüber zu wundern, wie rau meine Stimme plötzlich klang.

Er zog mir die Hose von den Beinen, und sein Blick, als er mich so in meiner schwarzen Unterwäsche vor ihm liegen sah, war alles. In ihm lagen all das Verlangen, die Zuneigung und die Lust, die ich mir von einem Mann wünschen konnte.

Sanft strich er mit den Fingern meine Beine entlang, die Oberschenkel hinauf zu meinem Bauch, und schob sich dann wieder über mich. Sein Blick hielt meinen die ganze Zeit über gefangen. An meinem Schritt fühlte ich, wie hart er geworden war. Zu gern hätte ich meine Hände zu der Stelle bewegt, seinen Reißverschluss geöffnet und meine Finger in den Bund seiner Hose wandern lassen. Doch kaum dass ich Anstalten machte, meinen Plan in die Tat umzusetzen, fixierte Matt meine Hände mit seinen auf der Matratze. Er senkte seinen Kopf und küsste mich innig.

Es machte mich wahnsinnig, dass ich ihn nicht anfassen konnte, gleichzeitig nahm ich so jede der Berührungen, die er mir schenkte, umso intensiver wahr. Spürte seinen Atem an meiner Haut, seine Zunge, die über meine strich, seine Erregung an meinem Schritt. Ich streckte ihm meine Hüfte entgegen, drückte den Rücken durch, sodass meine Brüste, die nur noch der dünne Stoff von ihm trennte, ihn streiften. Atemlos entließ er mich aus dem Kuss und löste seine Finger von meinen Handgelenken. Das war alles an Ermutigung, was ich brauchte.

Ich öffnete seinen Reißverschluss, den Knopf seiner Jeans und befreite ihn von der Hose, indem ich sie achtlos zu meinen Kleidungsstücken auf den Boden warf. Dann machte ich mich an seiner Boxershorts zu schaffen, und einen Augenblick später war Matthew nackt über mich gebeugt.

»Und ich dachte, du kannst nicht heißer sein als in den Hemden, die du immer trägst«, murmelte ich.

»Danke«, erwiderte Matthew lachend. »Ich hingegen war mir ziemlich sicher, dass du in Unterwäsche noch heißer bist als in deiner Kleidung.«

Mit einem schiefen Grinsen küsste er meinen Hals, während er mit geschickten Fingern meinen BH öffnete. Sein Daumen strich über meine Brustwarze, die sich sofort aufrichtete, als hätte sie nur auf diese Berührung gewartet. Als seine Zunge über dieselbe Stelle strich, schloss ich die Augen und stöhnte auf. Hitze schoss durch meinen ganzen Körper, mein Bauch zog sich zusammen vor Verlangen, und ich merkte, wie ich durch seine Berührung feucht wurde. An meinem Bauch zu spüren, wie er immer härter wurde, ließ mich noch lauter aufstöhnen. Ich presste mir eine Hand auf den Mund, als könnte ich die lustvollen Laute so zurückhalten, doch Matthew zog sie weg.

»Scheiß auf Sam und Yong-Jae«, flüsterte er mit einem Grinsen, und als er seine Finger in meinen Slip schob und mich dort streichelte, war es mit der Beherrschung ohnehin vorbei.

»Oh Gott, ich will dich.«

»Sagtest du schon«, erwiderte er.

Als ich ihn spielerisch gegen den Bizeps boxte, öffnete er mit der freien Hand die Schublade seines Nachttischschränkchens und kramte ein Kondom daraus hervor. Anstatt die Verpackung aufzureißen, wie ich gehofft hatte, zog Matthew seine andere Hand aus meinem Höschen und sah mich ernst an. Ich hielt mich gerade im letzten Moment zurück, frustriert aufzustöhnen.

»Du kannst jederzeit Nein sagen und …«

»Matthew.« Ich richtete mich auf, zog mir den Slip aus und setzte mich auf ihn. Er schloss die Augen und stöhnte leise auf, als sein Penis gegen meinen Schritt presste.

»Ich will gerade sehr viel, und alles auf der Liste ist sehr weit von einem Nein entfernt.«

Dann tat ich etwas, das die alte Nele niemals getan hätte. Doch es hatte nichts mit London oder dem neuen Lebensabschnitt zu tun. Vielmehr gab Matthew mir den Mut, mich mehr zu trauen – mit der Art, wie er mich ansah, wie ich mir seiner Gefühle sicher war. Ich riss die Packung auf und streifte das Kondom über Matts Erektion. Dann ließ ich mich langsam darauf sinken.

Gleichzeitig stöhnten wir auf. Matthew legte die Hände um meine Hüfte, gab mir Halt, während wir uns in einem immer schneller werdenden Rhythmus bewegten. Das Gefühl von ihm in mir war besser als alles, was ich je zuvor gespürt hatte. Ich hörte auf zu denken. Die Empfindungen, die Matt in mir auslöste, verdrängten alles andere – die Sorgen, die Gedanken an Arbeit, Projekte, das Journal, das ich nach wie vor zu wenig nutzte. All das war wie weggeblasen, ersetzt durch Gefühle, die völlig neu für mich waren.

Matthew grub die Finger seiner linken Hand fester in meine Haut und erhöhte das Tempo. Mit der anderen wanderte er von meiner Seite zu meinem Bauch. Mit zwei Fingern begann er, meine Klitoris zu massieren. Stöhnend schloss ich die Augen, stützte mich mit der flachen Hand an seiner nackten Brust ab, während unser Atem immer schwerer wurde, unsere Bewegungen unkontrollierter.

Ich wollte nicht, dass es aufhörte, und gleichzeitig wollte ich die Erlösung finden, nach der mein Körper sich so sehr sehnte. Matthews gestöhnte, unverständliche Worte sorgten für ein Flattern in meinem Bauch. Hitze schoss von der Stelle bis in meine Zehen und Fingerspitzen. Er erhöhte den Druck seiner Finger, und kurz darauf kam ich mit einem erstickten Laut zum Höhepunkt. Ich spürte, wie sich auch Matts Körper unter mir aufbäumte und er wenige Stöße später in mir kam.

»Wow«, sagte ich noch vollkommen außer Puste.

»Ja«, erwiderte Matthew lächelnd. In seinem Blick lag so viel Zuneigung, dass es mir für einen Moment die Sprache verschlug. Er klopfte auf die Matratze, und ich legte mich neben ihn. Mein Herz pochte immer noch viel zu schnell, als ich meinen Kopf auf seine Brust legte und Matthew uns zudeckte. Sein Mund ruhte an meinen Haaren, und ich bekam das zufriedene Lächeln nicht mehr aus dem Gesicht. Die Spannung, die sich zwischen uns im Büro aufgebaut hatte, war nicht zu leugnen gewesen, dennoch hatte ich nicht mit diesem Ausgang gerechnet.

Ich kuschelte mich enger an Matthew, atmete seinen Duft ein und genoss es, diesen Moment mit ihm teilen zu können – ohne Angst, erwischt zu werden, ohne Sorge, eine Grenze zu überschreiten. Ich hätte nicht sagen können, wann ich mich zum letzten Mal so wohlgefühlt hatte. Matthew malte mit sanften Fingern Muster auf meinen Rücken, und ich merkte, wie meine Augen immer schwerer wurden.

»Einen wunderschönen guten Morgen, die Dame.«

Mist.

Nicht dass Matthew und ich hätten geheim halten können, dass ich hier übernachtet hatte, doch ich hatte gehofft, zumindest niemandem zu begegnen und somit peinlichen Gesprächen ausweichen zu können. Immerhin war es nur Sam, der mit einem Kaffee und einer Zeitung auf dem Tablet am Tisch saß. Yong-Jae hätte ich heute auf der Arbeit sonst niemals in die Augen blicken können.

»Ganz schön früh wach, dafür dass ihr so lange auf wart.« Kaum dass Sam die Worte ausgesprochen hatte, spürte ich bereits, wie mir jegliches Blut in den Kopf schoss und ich mit Sicherheit rot anlief.

»Tja, die Arbeit ruft.« Dass ich noch heim musste, um mein Outfit zu wechseln, ließ ich lieber aus.

»Möchtest du auch Kaffee?«

»Nein, danke«, murmelte ich. Wach war ich nach dem Spruch definitiv. Hoffentlich war Matt schnell fertig mit dem Duschen und konnte mir hier Beistand leisten.

»Wasser?«, fragte er und hielt fragend die Karaffe in die Luft. »Oder habt ihr so ein Heimlichkeitsding am Laufen, und du musst die Wohnung 'ne Stunde vor ihm verlassen?«

»Wasser wäre toll«, sagte ich. Immerhin war das der Grund, weshalb ich mich überhaupt in die Küche gewagt hatte. Anders wäre ich vermutlich wirklich schon unterwegs. Nicht einmal, weil Matthew und ich besprochen hatten, das Haus zu unterschiedlichen Zeiten zu verlassen, sondern weil ich mich umziehen und dringend meine Zähne putzen wollte. Dass wir nicht gemeinsam im Büro aufschlagen konnten, stand ohnehin außer Frage.

»Et voilà«, sagte Sam und reichte mir ein Wasserglas.

»Danke«, erwiderte ich und trank gierig ein paar Schlucke.

Als Sam den Mund aufmachte, erwartete ich schon, dass er mich wegen meines Dursts aufzog, doch die Worte, die stattdessen über seine Zunge rollten, überraschten mich noch weitaus mehr.

»Weißt du, du bist die erste Frau, die Matt mitbringt. Also jemals. Nicht nur in die WG, auch ganz allgemein in die Freundesgruppe.« Sam legte den Kopf schief und musterte mich beinahe neugierig. »Darauf kannst du dir ganz schön was einbilden.«

»Danke«, sagte ich, und es klang selbst in meinen Ohren wie eine Frage. Doch was sollte man auf eine solche Aussage auch antworten? Dennoch konnte ich nicht leugnen, dass diese Worte etwas in mir bewegten. Ein Gefühl von Rührung und auch ein wenig Stolz machte sich in mir breit. Gepaart mit Neugier, da Sam offensichtlich einiges von Matt wusste und in Plauderlaune war. Doch ich hielt mich mit Nachfragen zurück, lieber besprach ich das alles mit Matthew persönlich.

»Woher kennt Matt und du euch?«, wagte ich mich also in ein etwas ungefährlicheres Gebiet vor.

»Vom Fußball früher. Ganz am Anfang mochten Matt und ich einander nicht einmal. Matt ist ein richtig schlechter Verlierer – und ein noch schlechterer Gewinner. Das hat er uns auf dem Bolzplatz beides spüren lassen. Später waren wir dann in einer Mannschaft, und er hat ein bisschen Teamplay lernen müssen.«

»Grabt ihr beide die Sandkastengeschichten aus?«

Seine Stimme genügte, damit sich meine Mundwinkel wie von selbst hoben. Matthew betrat die Küche und brachte den Duft nach Seife und Aftershave mit sich. Am liebsten wäre ich aufgestanden, hätte die Arme um ihn geschlungen und diesen Geruch inhaliert, um ihn den Rest des Tages bei mir tragen zu können – doch erstens saß Sam nach wie vor hier und hätte mit Sicherheit einen Spruch abgelassen, zweitens konnte ich so direkt üben, mich zusammenzureißen. Ich würde es den restlichen Tag im Büro ebenfalls müssen. Und heute Abend auf der Weihnachtsfeier.

Der Gedanke daran verpasste mir einen kleinen Dämpfer, dabei hatte ich mich so auf die Party gefreut, war unheimlich gespannt, wie die Dekoration, die ich organisiert hatte, und Kaycees Backwaren, die ich bestellt hatte, ankommen würden. Leider wurde die Vorfreude nun überschattet von dem Wissen, dass Matthew und ich trotz allem, was letzte Nacht passiert war, geheim halten mussten, was wir füreinander empfanden. Nicht nur heute, nicht nur auf der Party, sondern ganz allgemein.

»Nele?« Ich zuckte so sehr zusammen, dass ich beinahe das Wasser aus meinem halbvollen Glas verschüttete.

»Ja?«, fragte ich, völlig planlos, was Sam und Matt gerade besprochen hatten, so sehr war ich in meine Gedanken vertieft gewesen.

»Alles okay bei dir?« Matthew zog die Brauen zusammen, und ich nickte schnell.

»Ja, alles bestens.«

»Vermutlich nur müde, würde mich ja nicht wundern«, feixte Sam und fing sich von Matthew einen Stoß gegen den Oberarm ein. »Autsch«, beschwerte Sam sich, musste aber lachen. »Keine Sorge, ich lass euch Turteltauben ja schon allein. Leider haben nicht alle von uns flexible Arbeitszeiten.«

»Viel Spaß. Heute steht die Doppelstunde Mathe an, oder?«

»Ja, aber auch Sport, das hält mich am Leben.«

Sam stand auf, zwinkerte uns zu und war kurz darauf aus der Küche verschwunden. Ich winkte ihm, immer noch beschämt, hinterher.

»Sorry, er ist immer so«, meinte Matt und ließ sich endlich ebenfalls auf einen der drei Küchenstühle sinken.

»Ich hoffe, Yong-Jae ist ähnlich locker.«

»Hattest du gestern einen anderen Eindruck?«

»Nein, gar nicht.« Seufzend stützte ich das Kinn auf meine Hände. »Sorry. Ich glaub, ich mach mir nur Sorgen.«

Sofort kniff Matthew die blauen Augen zusammen. »Bereust du es?«

»Was? Nein.« Allein bei dem Gedanken an letzte Nacht wurde mir warm. »Werde ich nie.«

Matthews Blick klärte sich, und ein feines Lächeln stahl sich auf seine Lippen, die ich am liebsten schon wieder geküsst hätte. Ich hatte den Gedanken kaum zu Ende gedacht, als Matthew sich mir entgegenbeugte und sie sanft gegen meinen Mund strich. Ich erwiderte den Kuss, und als wir uns lösten, lächelte ich ebenfalls.

Ich musste aufhören, alles so zu zerdenken. Ja, wir mochten das Ganze geheim halten müssen, wir würden nicht auf der Weihnachtsfeier tanzen können, und es würde ab und an seltsame Momente im Büro geben – aber war fernab dessen nicht alles perfekt?

33. KAPITEL

Nele

Der Mond stand bereits am Himmel, und die Nacht war so sternenklar, dass ich seine Reflexion vor mir in den sanften Wellen des Wassers sehen konnte. Die Reling, die ich mit den Händen umklammert hielt, war mit filigranen Lichterketten dekoriert, und leise Weihnachtsmusik drang aus den Boxen und aus dem Inneren des Boots. Ansonsten hatte das sonst so schicke Sinking Siren aber ein wenig Eleganz an unser heutiges Motto abtreten müssen. Es war nicht wie sonst maritim dekoriert, sondern erinnerte überall an Szenen der Kindheit: Holzschwerter unter einer Silhouette von Peter Pan, ein Bällebad als Fotospot, Freundebücher, in denen sich alle verewigen sollten, und Sitzsäcke an Deck, auf denen man es sich mit Getränken und Snacks gemütlich machen und über das Wasser oder die funkelnden Lichter der Stadt schauen konnte. Sogar zwei Hängematten und eine Schaukel hatten wir organisiert bekommen, wobei Letztere auf dem doch recht kleinen Deck eine Gefahrenquelle darstellte, was ich bei der Bestellung nicht bedacht hatte.

Die ganzen Kindheitserinnerungen waren gepaart mit Lichtern, Pflanzen, die wir aus einem Store geliehen hatten, und Fotos der letzten Agenturjahre. Überall lagen Einwegkameras verteilt, damit wir weitere hinzufügen konnten. Ich konnte es kaum erwarten, Teil der Fotowände zu werden – womöglich würde ich nächstes Jahr dann auch hier hängen. Und vielleicht hatte ich das Glück, nach dem Volontariat bleiben und weitere Erinnerungen schaffen zu können.

»Es ist wunderschön geworden. Noch viel schöner, als ich es mir ausgemalt habe.«

Cassedy trat lächelnd zu mir. Gemeinsam mit Victoria waren wir bereits früher hier aufgeschlagen, um die Location vorbereiten und später die anderen in Empfang nehmen zu können. Cassedy hatte sich schon umgezogen, denn anstatt ihrer Jeans und des Pullovers trug sie nun ein langes, schwarzes Kleid mit weißem Kragen und …

»Oha, du bist blond«, stellte ich das Offensichtliche fest. Denn anstatt ihrer sonst dunkelroten Mähne zierte ihren Kopf nun ein heller Pagenschnitt inklusive Pony. »Ich hab mit vielem gerechnet, aber nicht mit der Perücke. Umso schlechter fühl ich mich, zu fragen, aber wer bist du?«

Cassedy lachte. »*Der kleine Lord*. Mal geguckt? Ich kann gar nicht aufzählen, wie oft ich diesen Film schon gesehen habe. Ich glaube, er war auch mein erster Childhood Crush.«

»Oh, den kenn ich sogar! Ich hab ihn nur noch nie bewusst geguckt. Meine Mutter schaut ihn jedes Weihnachten.«

»Ja, ist ein typischer Weihnachtsfilm. Als was gehst du?«

Ich sah an mir hinab, obwohl ich natürlich genau wusste, was ich trug: einen dunkelblauen, knielangen Rock, einen Blazer der gleichen Farbe, darunter eine weiße Bluse mit einer roten Krawatte. Dazu rote High Heels, die mir Lorie geborgt hatte, damit ich keine kaufen musste – und damit das Ganze ein wenig schicker wirkte. Glücklicherweise hatte ich keine Perücke gebraucht, sondern lediglich meine Haare etwas anders gestylt. Nur die Brille fehlte, aber ich hatte beschlossen, dass das Outfit ohne auskommen musste.

»Sagt dir *Detective Conan* etwas?«

Cassedy schüttelte den Kopf.

»Ist ein Anime. Ich hab die Serie als Kind geliebt und bei den Fällen immer mitgerätselt.«

»Steht dir auf jeden Fall ganz ausgezeichnet«, meinte Cassedy strahlend. »Ich sage es dir jetzt, damit du nachher nicht denkst, dass der Alkohol aus mir spricht: Ich bin wirklich froh, dass du bei uns gelandet bist. Du machst großartige Arbeit, und ich weine dir jetzt schon hinterher, wenn du im Januar zu Jake wechselst.«

Überrascht sah ich sie an. Ich wusste, dass Cassedy meine Arbeit schätzte. Das Lob überrumpelte mich dennoch. »Danke«, gab ich lächelnd zurück. »Ich werd es auch wirklich vermissen. Danke für die Chance mit Taylor.«

»Sehr gern. Und wer weiß, vielleicht merkst du ja, dass Jugendbuch, Fantasy, Krimi und all das total doof sind, und bewirbst dich nach deiner Ausbildung doch auf eine Stelle im Non-Fiction-Bereich.«

»Ja, wer weiß …« Beim Beginn meines Volontariats war das die Abteilung gewesen, auf die ich mich am wenigsten gefreut hatte, jetzt jedoch konnte ich mir wirklich vorstellen, länger dort zu bleiben. Erst müsste man mich aber übernehmen, und dafür musste ich mich weiterhin anstrengen. Auch wenn ich allem Anschein nach auf einem guten Weg war.

»Die Ersten kommen!«

Victorias Rufen ließ uns beide herumwirbeln. Ihre langen, dunkelblonden Haare wurden von einer großen roten Spange zusammengehalten. Dazu trug sie einen weißen Body mit blauer Schleife und einen knappen, orangefarbenen Rock. Ein Lächeln legte sich auf mein Gesicht, als ich Sailor Venus erkannte, die ebenfalls eine meiner Heldinnen der Kindheit gewesen war.

Cassedy lief direkt zu unserer Kollegin zum Empfang, während mein Blick den Steg absuchte, in der Hoffnung, dass Matthew unter den ersten Gästen war. Somit hätten wir immerhin noch kurz die Chance gehabt, uns einen Rückzugsort zu suchen. Doch leider war er nicht dabei, es waren Gilbert und Darren, die das Boot betraten. Gilbert trug ein Fußballtrikot und nahm mir somit die Sorge, nicht weihnachtlich genug gekleidet zu sein. Es war das erste Mal, dass ich ihn ohne Brille sah. Ich winkte den beiden zu, und als ich kurz darauf Jeanette auf den Steg steigen sah, riss ich mich endlich von der Reling los und begab mich zu den anderen. Ich drückte Darren direkt das Freundebuch in die Hand und zeigte Gilbert, der später singen würde, die kleine Bühne.

»Die ist perfekt!«, meinte Gilbert und sah zufrieden zu dem Mikrofon. »Oh, ist das das Büfett?«

»Ja, aber es ist noch nicht eröffnet«, sagte ich mit mahnendem Unterton, woraufhin er lachte.

»Spielverderberin! Aber gut.«

»Hi!« Ich drehte mich um, und Sadie betrat den Raum und umarmte Gilbert zur Begrüßung. Zu meiner Überraschung zog sie auch mich kurz in ihre Arme. Ungelenk erwiderte ich die Geste, konnte jedoch nicht verhindern, dass meine Muskeln dabei verkrampften. Zu deutlich hatte ich ihre Worte noch im Ohr, die ich vor ihrem Büro aus Versehen mit angehört hatte.

Während Gilbert und Sadie ein Gespräch starteten, wurde der Raum immer voller. Tatsächlich hatten sich bisher alle Mühe mit den Kostümen gegeben: Da gab es David Hasselhoff in *Knight Rider*, *Kim Possible*, Belle aus *Die Schöne und das Biest* – und dann blieb mein Blick an dem Mann in dem langen, schwarzen Mantel und mit der schwarzen Maske mit Schnabel hängen, die denen der Pestzeiten ähnelte. Ich schluckte. Wie konnte es sein, dass Matthew in seinem Kostüm noch besser aussah als ohnehin schon? Die hellblauen Augen stachen durch das Schwarz der Maske stärker hervor. Dass sie genau auf mich gerichtet waren, half nicht gerade, das nervöse Kribbeln in meinem Bauch zu beruhigen. Ich war plötzlich verdammt froh, dass Sadie nach wie vor genau vor mir stand, sonst hätten sich meine Beine sicherlich verselbstständigt und zu Matthew geführt.

Reiß dich zusammen, ermahnte ich mich in Gedanken. Ich lächelte Gilbert und Sadie entschuldigend zu. Diese waren ohnehin so in ihre Unterhaltung vertieft, dass sie kaum Notiz von mir nahmen. Während ich mich auf Matt zubewegte, wandte er kein einziges Mal den Blick von mir ab.

»Matthew«, sagte ich möglichst neutral, wohlwissend, dass Jeanette und Victoria genau neben uns standen – anscheinend hatten sie gerade ein Selfie mit einer der Einwegkameras gemacht.

»Nele«, erwiderte Matt, und ich meinte, seine Augen belustigt funkeln zu sehen.

»Magst du dich hier eintragen?« Ich nahm das Freundschaftsbuch vom Tisch am Eingang und hielt es Matt entgegen. Schmunzelnd blätterte er durch die Seiten und lachte über etwas, das Darren, bislang als Einziger, hineingeschrieben hatte.

»So eines hatte ich auch mal«, sagte er dann und griff einen der Kugelschreiber vom Tisch, bevor er das Buch auf dessen Platte legte und sich darüber beugte. Ich beobachtete, wie er Namen, Geburtsdatum und Wohnort ausfüllte.

»Du gibst dir ja sogar mal Mühe mit der Schrift«, neckte ich ihn.

»Was soll das denn heißen?«

»Nur, dass ich sie beim Brainstorming gesehen habe. Und das hier…« Ich tippte auf das fein säuberliche *Blau*, das er gerade bei Augenfarbe vermerkt hatte. »… lässt mich daran zweifeln, dass unter dieser Maske wirklich du steckst.«

Matthews leises Lachen sandte Schauer durch meinen gesamten Körper. Mit der freien Hand schob er die Maske nach oben und blickte mich mit erhobenen Brauen an. »Jetzt überzeugt?«

Überzeugt davon, dass ich es unmöglich schaffen würde, mich den gesamten Abend über von ihm fernzuhalten? Ja. Ja, das definitiv.

Anstatt zu antworten, nickte ich bloß, und Matthew füllte den Fragebogen des Freundschaftsbuchs weiter aus.

»Du willst einen Van?«

»Weißt du, dass es ganz schön ablenkt, wenn du mir permanent über die Schulter schaust?«, fragte Matthew grinsend. »Aber ja, ich hätte gern einen Van.« Er legte den Stift zur Seite, zog die Maske nun gänzlich vom Kopf und sah mich an. »Irgendwann, wenn ich mal länger als eine Woche frei hab, würd ich damit gern durch die Gegend fahren. Erst mal Wales und Schottland, in ein paar Jahren vielleicht Skandinavien. Stell ich mir schön vor, so flexibel zu sein.« Bei seinen nächsten Worten senkte Matt die Stimme. »Und wer weiß, vielleicht hab ich ja Glück, was die Reisebegleitung angeht.«

Ich hätte nicht sagen können, was mich mehr aus der Fassung brachte: die Worte an sich, die Tatsache, dass er sie hier inmitten unserer Kollegen aussprach, seine raue Stimme oder die Intensität seines Blicks, mit dem er mich dabei bedachte.

»Ja, vielleicht«, erwiderte ich leise.

Bevor ich mich in Schwierigkeiten bringen konnte, weil ich zu viel sagte oder entgegen besseren Wissens einen Schritt auf Matthew zumachte, rissen mich freudige Laute aus meinen Gedanken.

»Was für eine Überraschung!«

»Wie schön, dass du da bist!«, stieg auch Cassedy mit ein.

Matthew wandte sich in Richtung Eingang, und dank meiner hohen Schuhe musste ich mich nicht einmal auf die Zehenspitzen stellen, um zu sehen, wer da zu uns gestoßen war. Albert betrat gemeinsam mit Jake das Boot und winkte lächelnd in die Runde. Ich erkannte ihn sofort, immerhin hatte ich sein Bild in der Bewerbungsphase mehrmals studiert, damit ich ihn an meinem ersten Tag auf jeden Fall zuordnen konnte – nicht, dass das letzten Endes nötig gewesen war.

Er hatte weißes Haar und einen selbstsicheren, stolzen Gang. Um seine Augen herum lagen Lachfalten, und er trug, im Gegensatz zu uns allen, kein Kostüm, sondern einen Anzug. Anhand der Reaktionen war leicht abzulesen, was für ein Ansehen Albert Clark in der Agentur genoss. Es war schön zu beobachten, half mir aber auch endlich, zu verstehen, wie schwer es für Matt sein musste, in seine Fußstapfen zu treten. Wie wandelte man auf den Pfaden eines solchen Mannes?

Ich blickte zu Matthew, auf dessen Gesicht jedoch ein Lächeln lag. So, wie er stets über Albert gesprochen hatte, war mehr als deutlich geworden, dass er zu ihm aufblickte.

»Wie schön, hier zu sein«, meinte Albert und schüttelte allen nacheinander die Hand, unterhielt sich kurz und kam dann auf uns zu.

»Matthew.« Mit einem Strahlen in den Augen klopfte er Matt auf die Schulter. Die Geste hatte etwas Väterliches, und Jake, der nach wie vor hinter Albert stand, biss die Zähne so fest aufeinander, dass ich seine Kiefermuskeln arbeiten sah. Das war also der Konkurrenzkampf, von dem Cassedy mir bereits berichtet hatte. Es war seltsam, diese Dynamik zu beobachten: Jake, der offensichtlich eifersüchtig war. Matthew mit deutlichem Stolz in den Augen. Albert, der von all dem nichts mitzubekommen schien.

Es war eine Kombination, bei der Probleme vorprogrammiert waren.

»Du musst Nelly sein«, wandte Albert sich schließlich an mich. Überrascht, dass er mich ansprach, dachte ich nicht einmal daran, ihn zu korrigieren, sondern schüttelte bloß die mir entgegengestreckte Hand.

»Nele«, übernahm Matt den Job.

»Oh. Entschuldige!«

»Gar kein Thema«, sagte ich und winkte ab. Nach zwei Monaten in London war ich daran gewöhnt, dass sowohl mein Vor- als auch mein Nachname falsch ausgesprochen wurden.

»Jake sagte, du hast nach nicht einmal zwei Monaten bereits einen eigenen Klienten an Land gezogen.«

»Ja«, antwortete ich, unsicher, was genau Jake Albert erzählt hatte. Denn begeistert hatte er über die Tatsache bei der Vorstellung des Projekts nicht gewirkt. Doch erneut ergriff Matthew Partei für mich und nahm mir somit die Nervosität.

»Ich bin mir sicher, wir kriegen noch vor Weihnachten erste Angebote. Das Thema ist brandaktuell und genau das, was auf dem Markt gerade fehlt.«

»Ich bin gespannt«, meinte Albert nickend und sah dann wieder zu mir. »Gute Arbeit jedenfalls! Solch eine Eigeninitiative sehen wir immer gern.« Er hielt inne. »Ich meinte, das sieht die Agentur immer gern. Ob das jemals aufhört?«

»Vermutlich nicht«, erwiderte Matthew. »Es sollte mich daher auch nicht wundern, dass du dir die Weihnachtsfeier nicht entgehen lässt.«

»Ihr kriegt mich aus dem Büro, aber nicht weg vom Büfett«, meinte Albert lachend. »Nein, keine Sorge. Ich lasse euch natürlich in Ruhe feiern, aber ich wollte es mir nicht nehmen lassen, vorher noch ein paar Worte zu sagen.«

»Ich freu mich jedenfalls sehr.«

»Ich mich auch. Ich dreh besser eine Runde, bevor es richtig losgeht.« Er klopfte Matt noch einmal auf die Schulter. »Wir sprechen uns sicher gleich noch mal.«

Kurz darauf verschwand Albert in der Menge. Jake musste im Laufe des Gesprächs ebenfalls gegangen sein, denn ich entdeckte ihn nicht mehr. Obwohl ich ihn nicht wirklich mochte nach dem Gegenwind im Meeting, insbesondere aber nach seinen Worten gegenüber Matt, konnte ich nichts gegen das Mitleid tun, das ich empfand. Sosehr ich Undine liebte, wusste ich, wie es war, manchmal um die Aufmerksamkeit der Eltern kämpfen zu müssen – insbesondere wenn beide Elternteile als selbstständige Künstler häufig unterwegs waren und lange arbeiteten, auch an Wochenenden. Doch wie musste es dann sein, wenn man diesen Kampf um Aufmerksamkeit mit jemandem ausfocht, mit dem man gar nicht aufgewachsen war – und ihn dann, zumindest was die Agentur anbelangte, auch noch verlor? Das mochte Jakes Verhalten nicht entschuldigen, doch ich kam nicht umhin, es zumindest zu verstehen.

»Er ist schon eine Erscheinung, was?«, meinte Matthew, den Blick auf Alberts Rücken gerichtet.

»Ja«, stimmte ich zu. »Und er ist stolz auf dich.« Da ohnehin alle auf Albert konzentriert waren, stieß ich meinen Fuß sanft gegen seinen. »Also zerbrich dir nicht so den Kopf, du machst deinen Job schon gut.«

»Danke.« Matthew wandte sich zu mir um, seine sonst hellblauen Augen wirkten viel dunkler in dem dämmrigen Licht. »Das ist das erste Mal, dass ich so gar keine Wehmut bei dieser Feier verspüre«, flüsterte er, und seine Finger zuckten kurz, so als wollte er mich berühren und würde sich in letzter Sekunde doch dagegen entscheiden.

»Wieso?«

»Weihnachten ist sonst nicht gerade die einfachste Zeit für mich.« Matthew lächelte schief, und ich brauchte keine weitere Erklärung, um zu verstehen, wieso. Weihnachten war für die meisten schon eine emotionale Zeit, selbst meine Familie stritt sich regelmäßig, weil alle so unter Strom standen – doch ohne Familie musste es erst recht hart sein. »Mit dir ist alles leichter. Ich kann mir nicht einmal erklären, wieso, aber es ist einfach so.«

»Ich weiß, was du meinst«, erwiderte ich leise.

Und wie ich das wusste.

34. KAPITEL
Matthew

»Ich freue mich sehr, heute ein letztes Mal hier stehen zu können – ich sage ein letztes Mal, und ich verspreche, ich versuche mich daran zu halten.« Wir fielen in Alberts Lachen ein, und ich war mir sicher, am Montag im Büro würden Wetten abgeschlossen werden, ob er es wirklich schaffte. Ich tippte auf Nein. Mittlerweile waren alle eingetroffen, hatten sich Getränke von der Bar geholt. »Doch da ich bis zum Sommer noch auf dem Chefsessel war und ihn dann, nach etlichen tollen Jahren bei euch, an meinen würdigen Nachfolger abgetreten habe, wollte ich das Wort noch einmal persönlich an euch alle richten.« Albert sah in die Runde. »Ich muss euch nicht sagen, was für eine Ehre es mir war, mit jedem Einzelnen von euch zu arbeiten, das habe ich bei meiner Abschlussfeier bereits getan. Aber nun zu sehen, wie rund alles weiterläuft, wie die von uns vertretenen Bücher in den Buchhandlungen stehen, wie ihr neue Nischen und Genres erobert, das macht mich unfassbar stolz. Ich danke euch für ein wundervolles Jahr. Wie herausragend es war, kann ich euch gern noch einmal vor Augen führen. Gemeinsam haben wir 136 Autoren und Autorinnen vertreten und 144 Bücher mit ihnen und den dazugehörigen Verlagen veröffentlicht. Wir haben 63 Lizenzen verkauft, von Südkorea bis Frankreich war alles dabei. Gilbert hat mit *Everlight* von Thomas Morley vor einigen Jahren einen Longseller an Bord geholt und es nun geschafft, diesen auch an die Film- und sogar Videospielbranche zu verkaufen. Letzteres ist eine absolute Premiere in der Geschichte unserer Agentur. Wir haben ein gesundes Wachstum und ein größeres Team an Mitarbeitenden denn je. Elizabeth und ich hätten damals nur lachend den Kopf geschüttelt, hätte uns jemand dieses Szenario prophezeit.«

Bei seinen Worten stieg ein solcher Stolz in mir auf, dass mir beinahe die Tränen kamen. Es war eine riesige Ehre, diesen Weg nicht nur so lange mitbegleitet zu haben, sondern ihn nun weiterführen zu dürfen.

»Ich wünsche euch allen auch für das neue Jahr nur das Beste. Denkt immer daran, was wir gemeinsam auf die Beine gestellt haben. An die Geschichten, mit denen wir Leser und Leserinnen auf der ganzen Welt erreichen. Und schaut mit einem Auge in die Zukunft zu all dem, was noch vor euch liegt.«

Albert sah zu mir, und mein Herz zog sich vor Dankbarkeit zusammen. Ihn all diese Dinge sagen zu hören, verdeutlichte mir nur einmal mehr, welches Vermächtnis er hinterließ. Und er legte es in meine Hände.

»Matthew. Ich weiß, dass du die Agentur nicht genauso weiterführen wirst, wie ich sie aufgebaut habe. Und ich weiß, dass sie genau daran wachsen und Schritte gehen wird, die Lizzy und ich uns damals noch weniger hätten träumen können. Gilbert, ich weiß, dass du weitere Bestseller entdecken und neue Pfade gehen wirst. Victoria …« Er wandte sich jedem Einzelnen zu, und als ich den Blick schweifen ließ, sah ich, dass ich bei Weitem nicht der Einzige war, dessen Augen während Alberts Rede feucht geworden waren. Ich sah zu Nele, auch sie trug ein breites Lächeln auf dem Gesicht.

Das war die Wirkung, die Albert auf Menschen hatte. Er mochte im ersten Augenblick einen beinahe einschüchternden Eindruck machen, so selbstbewusst und einnehmend, wie er auftrat. Doch schon in der nächsten Sekunde nahm er einem jegliche Befangenheit. Das war die Art Chef, die ich sein wollte. Ich wusste, dass ich niemals sein könnte wie Albert. Doch wenn ich Teile dessen, was er mir beigebracht hatte, übernehmen konnte, dann wäre ich bereits zufrieden.

»Jake«, fuhr Albert fort und riss mich damit aus meinen Gedanken. »Früher waren dir solche Worte immer unangenehm, aber ich könnte mir keinen besseren Sohn wünschen. Ich danke dir für all deinen Einsatz, und ich wünschte, deine Mum wäre hier, um zu sehen, welcher Mann aus dir geworden ist und was für einen Beitrag du in der Agentur leistest.«

Mein Magen zog sich zusammen.

Ich könnte mir keinen besseren Sohn wünschen.

Es war so albern, kindisch und zwecklos, dass diese Worte mich trafen. Seltsamerweise wirkte auch Jakes Lächeln verkniffen. Verstand er denn nicht, was für ein Privileg er lebte?

Neles Schulter berührte sanft meinen Oberarm. Einen kurzen Moment nur, beiläufig wie ein sanfter Windzug, doch es beruhigte mich sofort. Dankbar lächelte ich ihr zu. Dass sie verstand, was diese Worte in mir auslösten, obwohl ich das Thema so weit wie möglich mied, zeigte nur einmal mehr, wie aufmerksam und empathisch sie war.

»Kommen wir nun zu etwas, worauf ihr alle gewartet habt, manche von euch sogar Jahre.«

Mein Blick schoss wieder zu Albert, der ein dickes Grinsen im Gesicht trug, das meine trüben Gedanken vertrieb.

»No way!«, rief Elaine aus der IT, und die meisten anderen lachten.

»Oh doch«, erwiderte Albert, trat an den Rand der Bühne und steckte das Mikrofon zurück in die dafür vorgesehene Halterung.

Yong-Jae stieß einen Pfiff aus.

»Was genau passiert denn?«, fragte Nele neben mir flüsternd.

»Wart ab«, sagte ich schmunzelnd und nickte zur Bühne. »Ich glaub es selbst erst, wenn ich es sehe. Oder besser gesagt höre.«

»Ich werde singen. Damit stelle ich gleichzeitig auch sicher, dass ich nächstes Jahr wirklich nicht auf der Bühne stehe, um eine Abschlussrede zu halten, denn danach werde ich im Erdboden versinken oder mit einem Beiboot, sollte es welche geben, die Flucht ergreifen.«

Jubel brandete auf, als befänden wir uns auf einem Rockkonzert, nicht auf einer Weihnachtsfeier. Gemeinsam mit der schicken Deko und den teils sehr bunten Kostümen gab das Ganze ein lustiges Bild ab. Cassedy zückte bereits ihr Handy, um den Auftritt zu filmen, Yong-Jae eilte zu einer der Einwegkameras, die überall verteilt lagen, und positionierte sich so, dass er die Bühne im Blick hatte.

»Gilbert, wärst du so lieb?«

Gilbert ließ sich nicht zweimal bitten und sprang mit einer Gitarre in der Hand die wenigen Stufen zur Bühne hinauf. Er setzte sich auf den Hocker, stimmte die Gitarre und nickte Albert dann zu. Die Anspannung im Raum war deutlich zu spüren, die Gespräche waren in ein Flüstern übergegangen und verstummten gänzlich, als Albert sich räusperte.

»Ich werde diesen Auftritt bereuen«, murmelte er. Dann jedoch stimmte Gilbert die ersten Töne von *I Saw Mommy Kissing Santa Claus* an, und Albert begann – gar nicht mal so schief wie erwartet – zu singen. Er hätte sich keine Gedanken machen brauchen, denn wenige Takte später fielen alle mit ein. Sogar Nele war lachend mit eingestiegen und klatschte im Rhythmus der Musik mit.

Als Albert mit einer etwas zu tief gebrummten Songtextzeile zum Schluss kam und sich verbeugte, verfielen alle in tosenden Applaus, Yong-Jae pfiff erneut, und Victoria warf eine der weißen Dekoblumen auf die Bühne.

»Danke, danke«, sagte Albert lachend und etwas außer Atem. »Ich hab genau gesehen, dass ihr mitgefilmt habt. Sollte das jemals im Internet landen, zwinge ich Matthew, ein Kündigungsschreiben aufzusetzen.«

Victoria ließ lachend das Handy sinken, und Gilbert stellte die Gitarre zur Seite und trat nach vorn zu Albert.

»Was für eine Show, oder? Trotzdem kommen wir jetzt zum eigentlichen Highlight des Abends – zumindest für mich, wenn ich ehrlich bin.« Gilbert blickte kurz zu Nele, als müsste er sie um Erlaubnis bitten. Ich schmunzelte, als sie nickte. Es war schön zu sehen, wie sehr sie mittlerweile ins Team gehörte.

»Meine Damen und Herren, sehr geehrte Kollegen und Kolleginnen: Das Büfett ist eröffnet!«

Wenige Minuten später saßen wir alle um die lange Tafel herum, etliche unterschiedliche Gerichte auf unseren Tellern – vom traditionellen Rosenkohl, dem ich noch nie etwas hatte abgewinnen können, bis zu veganen Speisen wie Falafeln war an alles gedacht worden. Yong-Jae zu meiner Linken hatte sich zusätzlich bereits eine Handvoll Cupcakes gesichert, deren Farbe und Dekoration an unsere Bücher angelehnt war. Einige trugen sogar essbare Cover als Topping.

»Wahnsinn, was du in so kurzer Zeit alles organisiert hast«, sagte ich zu Nele, die rechts von mir saß. Erst war ich unsicher gewesen, ob ich nicht doch woanders hätte Platz nehmen sollen, doch ich wollte es mit der Vorsicht auch nicht übertreiben. Nele war neu im Team. Was war schon dabei, wenn ich neben ihr saß? Außerdem hatte sich Yong-Jae zielsicher mit einem Platz Abstand neben Nele gesetzt und mir somit die perfekte Ausrede geliefert, wofür ich ihn am liebsten umarmt hätte.

Ich trank einen Schluck Wein und sah zufrieden in die Runde. Albert hatte sich nicht überreden lassen, bis zum Essen zu bleiben, und sich tatsächlich wie angekündigt verabschiedet. Doch ansonsten waren alle da – und alle kostümiert, was mich am meisten überraschte, da Cassedy und Victoria trotz zahlreicher Bitten noch nie das gesamte Team dazu überredet bekommen hatten. Als hätte Nele meine Gedanken gelesen, beugte sie sich leicht zu mir.

»Ich hab mich vorhin nicht getraut zu fragen, aber wen stellst du eigentlich dar?«

»Autsch.« Ich griff mir gespielt getroffen an die Brust. »Dabei hab ich sogar extra was gewählt, von dem ich mir sicher war, dass du es erkennst.«

»Hast du?« Nele hob überrascht die Brauen. »Dann tut es mir doppelt leid.«

»Cornelia Funke sagt dir was?«, fragte ich schmunzelnd. »Wenn ich mich recht erinnere, hast du mir *Tintenherz* vor Kurzem noch gezeigt.«

Es dauerte einen Moment, dann jedoch blickte sie zu der Maske, die über meiner Stuhllehne hing, und wieder zu mir. »Oh! Du bist der Herr der Diebe? Mist, das Buch hab ich als Kind echt geliebt, das hätte ich eigentlich erkennen müssen.«

»Tja, da hab ich wohl gewonnen.«

»Gewonnen?«, fragte Nele lachend. »Davon abgesehen, dass ich nicht wusste, dass es ein Wettkampf ist, hast du mein Kostüm auch noch nicht erra…«

»Detektiv Conan.«

»Fuck.«

»Nele!« Ich musste so laut lachen, dass Cassedy, die uns gegenübersaß, neugierig zu uns rüberschaute. Eilig drosselte ich meine Lautstärke. Ich mochte es mit der Vorsicht nicht übertreiben wollen, doch genauso wenig wollte ich zu auffällig sein.

Dabei kostete es mich, seit wir hier saßen, schon mehr als genug Anstrengung, meine Hand nicht auf Neles Bein zu legen, ihren Fuß unter dem Tisch mit meinem zu streicheln oder sie bei dem irritierten Ausdruck, den sie gerade trug, zu küssen.

»Was?«

»Das ist das erste Mal, dass ich dich fluchen höre.«

»Und das letzte Mal, weil du nie wieder gegen mich gewinnen wirst!«

»Challenge accepted«, meinte ich bloß und unterdrückte mein Grinsen, das ich, wie immer, wenn ich Zeit mit Nele verbrachte, kaum zurückhalten konnte.

Es legte sich auch die nächsten Stunden nicht, erst recht nicht, als Yong-Jae mich nach dem Essen zwang, den Whiskey Sour zur Seite zu stellen und mit ihm die Tanzfläche unsicher zu machen. Victoria hatte einen DJ besorgt, der alle möglichen Klassiker auflegte, sodass wirklich für jeden etwas dabei war. Ich hatte mich dennoch zurückgehalten, denn normalerweise bekamen meine Freunde mich in nüchternem Zustand nicht zum Tanzen, und viel trinken wollte ich, jetzt da ich Chef war, nicht. Aber er hatte mich so lange bettelnd angesehen, bis ich zugestimmt hatte. Außerdem war auch Nele mittlerweile auf der Tanzfläche, und jede Ausrede, die mich ihr ein wenig näher brachte, war mir recht. Nele tanzte gemeinsam mit Victoria, Cassedy und Jeanette am Rand und sah so zufrieden aus, dass mir ganz warm ums Herz wurde. Darren und Gilbert gaben ebenfalls ihr Bestes, Jake und Sadie hatten sich schon vor einer Weile mit Getränken auf die Sitzsäcke nach draußen verzogen. Einige andere waren gerade an der Fotowand zugange.

Der Song endete, und der DJ sorgte mit einem »Seid ihr bereit für etwas weniger Weihnachtliches?« für lauten Jubel. In Anbetracht der Kostüme, die von Kickers bis hin zu Mickey Mouse reichten, war etwas fernab der traditionellen Songs wohl nur angebracht. Als kurz darauf eine schnelle Version von *Genie in a Bottle* aus den Boxen dröhnte, konnte sogar ich die Füße nicht länger stillhalten. Es war schön, diese unsichtbare Grenze, die ich überschritten hatte, als ich den Chefposten übernommen hatte, zumindest für einen Abend vergessen zu können. Heute Abend tanzten wir einfach nur, feierten das Jahr, das wir gemeinsam gemeistert hatten. Neben Sam und Yong-Jae kamen diese Menschen um mich herum dem, was ich Familie nennen konnte, am nächsten. Einige, wie Cassedy, hatten mich in gewisser Weise sogar aufwachsen sehen, denn sie hatte bereits bei meinem Praktikum für Heather & Clark gearbeitet. Andere, wie Yong-Jae, waren mit mir gestartet und mittlerweile nicht mehr aus meinem Leben wegzudenken.

Ich trat zur Seite, um Platz für Darren zu machen, und stand plötzlich genau neben Nele. Ihr Arm streifte meinen, und diese kleine Berührung brachte meinen Atem zum Stocken. Ihre Wangen waren leicht gerötet. Ob vom Wein, den ich sie eben hatte trinken sehen, oder vom Tanzen konnte ich nicht sagen. Ihre Augen funkelten, und sie sah so glücklich aus, dass sich etwas in meiner Brust zusammenzog vor Sehnsucht. Wie gern ich sie in diesem Moment geküsst hätte.

Ihr Blick traf meinen, und sie hob die Augenbrauen. Zum ersten Mal seit Wochen wünschte ich mir, einfach wieder ein normaler Mitarbeiter der Agentur zu sein. Dann hätte ich die Distanz zu ihr jetzt überbrücken und sie in meine Arme ziehen können. Hätte mit ihr tanzen und später mit ihr nach Hause gehen können.

Für einen Moment glaubte ich, das gleiche Verlangen auch in Neles Augen zu sehen. Ein leichtes Lächeln umspielte ihren Mund. Kurz darauf löste sie sich aus der Gruppe und ging in Richtung der Treppe, die zu den Toiletten unter Deck führte. Ich hatte keine Ahnung, ob ihr Lächeln eine stumme Frage gewesen war, doch eine Minute später entschuldigte ich mich bei Yong-Jae und folgte ihr nach unten. Ich musste sie sehen. Nicht inmitten all der anderen auf der Tanzfläche, sondern richtig sehen. Ich wollte Zeit mit ihr allein, wollte das tun, was mein Kopf mir ohnehin in Dauerschleife vorspielte.

Ich hatte gerade den Fuß der Treppe erreicht, als Nele aus der Damentoilette trat. Ihr Blick traf meinen, und sofort war das Flattern in meinem Bauch wieder da. Langsam kam sie auf mich zu, und ich trat ein Stück zur Seite, um ihr Platz zu machen, falls sie gehen wollte, doch sie blieb vor mir stehen.

»Hi«, sagte sie und klang dabei seltsam atemlos.

»Hey«, erwiderte ich, und meine eigene Nervosität brachte mich zum Schmunzeln. Vielleicht war es der Reiz des Verbotenen, der mein Herz so viel schneller schlagen ließ, vielleicht lag es aber auch daran, dass sich selbst ein Blick oder eine sanfte Berührung von Nele nach so viel mehr anfühlte. Wir hatten miteinander geschlafen, und doch war die Wirkung, die selbst kleine Gesten von ihr auf mich hatten, nicht abgeschwächt. Ganz im Gegenteil, ich sehnte mich nur noch mehr nach ihnen.

»Alle sind ziemlich begeistert davon, was du da oben auf die Beine gestellt hast«, lobte ich sie nicht zum ersten Mal an diesem Abend.

Nele nickte langsam, die grünen Augen waren weiterhin unergründlich auf mich gerichtet. Dann bewegten wir uns gleichzeitig aufeinander zu, und einen Wimpernschlag später tat ich endlich, wovon ich mich den ganzen Abend hatte abhalten müssen. Ich küsste Nele, presste meine Lippen auf ihre, umschloss ihr Gesicht mit meinen Händen und zog sie näher an mich. Hielt sie wie ein Ertrinkender einen Rettungsring, denn in gewisser Weise war sie das für mich.

Nele erwiderte den Kuss, hatte, im Gegensatz zu mir, jedoch

die Geistesgegenwart, mich mit sich in Richtung der Tür zu ziehen, die in den dunklen kleinen Gästebereich führte, den wir für die heutige Feier nicht nutzten. Mit geschlossenen Augen und ohne den Kuss zu unterbrechen, tastete ich nach der Türklinke, und kurz darauf waren wir im Innern des Raums verschwunden.

Ich presste Nele an die Wand, meine Hände an ihrer Taille, mein Mund auf ihrem, meine Gedanken voll von ihr. Zärtlich ließ ich meine Finger an den Seiten ihres Rocks entlanggleiten, bis sie die Oberschenkel darunter erreichten. Ihre Haut war so weich, und das Gefühl allein genügte, Bilder der Nacht mit ihr vor mein inneres Auge zu rufen. Ihr Stöhnen an meinem Mund, als ich ihren Rock höher schob, sorgte für eine Gänsehaut an meinem ganzen Körper.

Ich wollte sie. Am liebsten hier und jetzt.

35. KAPITEL

Nele

Matthew zu küssen, versetzte mich in einen stärkeren Rausch, als der Wein, den ich getrunken hatte, es je könnte. Konnte man süchtig nach dem Kontakt zu einem Menschen sein? Wenn ja, dann war ich es wohl, denn entgegen jeder Vernunft küsste ich Matthew zurück. Ließ meine Hände über seinen Rücken wandern, wollte mehr.

Schon damals, als ich ihn zum ersten Mal gesehen hatte, hatte ich geahnt, dass es um mich geschehen war. Bis heute wusste ich nicht, was genau es war: die Art, wie er sprach? Sein Duft? Wie er die Welt betrachtete? Seine Stärke, die ihn trotz allem bis hierhin gebracht hatte? Wie er mich ansah? Dass wir die gleichen Interessen teilten? Dass er mich ernst nahm?

Womöglich eine Mischung aus all diesen Dingen. Ich hatte Männer kennengelernt, die gut aussahen. Männer, die meine Art Humor hatten. Ich war auf Dates gegangen, auf denen man mir zugehört und mich verstanden hatte. Doch noch nie hatte ein Mensch all diese Facetten gleichzeitig in sich vereint, alles in mir berührt und mich so vollkommen eingenommen.

Als Matthew seine Hände an meinen Oberschenkeln nach oben bis zu meinem Höschen gleiten ließ, unterdrückte ich ein Stöhnen. Ich krallte meine Finger in seine Haare und zog ihn in einen tieferen, leidenschaftlicheren Kuss. Es war mir egal, ob ich seine Frisur zerstörte, egal ob meine Bluse zerknitterte.

Alles war egal. Seine Zunge glitt über meine, bevor sich seine Zähne sanft in meine Unterlippe gruben.

»Ich will dich«, flüsterte Matthew an meinem Mund. Sein Atem vermischte sich mit meinem, und als ich die Lider leicht hob, traf mich das Verlangen, das ich in seinem Blick sah, mit solcher Wucht, dass meine Beine weich wurden.

»Vielleicht nicht der beste Ort und Zeitpunkt dafür, oder?«, murmelte ich.

Matthew küsste sich von meinem Mund einen Weg meinen Hals hinab, bis er an meinen Schlüsselbeinen knapp oberhalb der Bluse angekommen war.

»Vermutlich nicht.« Sein Atem verursachte eine Gänsehaut und ließ mich erschauern. Ich lehnte den Kopf nach hinten, damit er besseren Zugang erhielt, schloss die Augen und wollte einfach nur genießen.

Ein Knacken ertönte hinter mir, und noch bevor ich die Augen wieder aufreißen konnte, hörte ich, wie die Tür aufging.

Matt trat so schnell zurück, dass ich nach vorn stolperte. Sein Blick war nicht länger vor Lust verhangen, sondern von Panik erfüllt. Als ich den Kopf nach links drehte, wusste ich warum.

»Was zur Hölle?« Sadies Augen waren geweitet, ihr Mund geöffnet.

»Es ist nicht so, wie du denkst«, sagte Matthew, die Hände abwehrend vor dem Körper. Seine schwarzen Haare waren von den Spuren meiner Finger gezeichnet und standen in alle Richtungen ab. Ich musste nicht an mir hinabsehen, um zu wissen, dass man auch mir genau ansah, was wir hier gerade getan hatten.

Sadies Blick schoss von Matthew zu mir, und sie schüttelte den Kopf. Mein Herz pochte noch schneller als bei dem Kuss eben, nun jedoch vor Panik. In meiner Brust wurde es eng, und meine Zunge klebte trocken am Gaumen. Ich machte einen Schritt auf Sadie zu.

»Ich kann das erklären«, sagte ich, und Sadie lachte auf.

»Nicht nötig, Nele. Ich glaub, das bedarf keiner Erklärung.« Sie sah wieder zu Matthew. »Ich fass es nicht … Wir mögen oft unterschiedlicher Meinung sein, aber ich dachte, du hast wenigstens so viel Anstand, es mit keiner deiner Angestellten zu treiben. Und dann noch mit der Volontärin. Wirklich?« Sie schnaubte. »Das erklärt so einiges.«

Die Worte trafen mich wie eine Ohrfeige. Das war das Bild, das Sadie von nun an immer von mir haben würde: die Neue, die Volontärin, die sich hochschlief. Die ihre Projekte nur bekam, weil sie Sex mit ihrem Chef hatte. Die Erkenntnis legte sich bleischwer auf meine Brust, sodass ich kaum noch atmen konnte.

»Nein, so ist das nicht«, presste ich hervor. Meine Worte stolperten viel zu schnell und unbeholfen aus meinem Mund. Das hier war die Hölle. Tränen brannten in meinen Augen, noch bevor Sadie ungläubig die Brauen hob.

»Ach ja? Ihr wart also nicht gerade kurz davor, auf der Weihnachtsfeier unserer Agentur eine schnelle Nummer zu schieben?« Sadie machte einen Schritt auf Matthew zu. »Spannend. Denn das da sieht nach Lippenstift aus, und sofern ich mich erinnere, trägst du den eher nicht.«

Matthews Gesicht war blasser als sonst, beinahe aschfahl, als hätte er ein Gespenst gesehen. Doch das hier war weit schlimmer, denn es war real. Es würde Folgen nach sich ziehen. Folgen, derer ich mir in diesem Moment nicht einmal bewusst war.

Eine Träne rann meine Wange hinab, und ich schluchzte auf. Matthews Kopf schnellte zu mir herum, und das Geräusch schien ihn aus seiner Starre zu lösen. »Das ist nicht Neles Schuld«, sagte er und stellte sich vor mich, als könnte er mich so vor all dem schützen, was die nächsten Tage und Wochen zwangsläufig folgen würde. Ich hatte es vermasselt. Auf ganzer Ebene.

Don't fuck the company.

Undine hatte recht gehabt. Von Anfang an. Ich hätte auf sie hören sollen. Hätte mir eine Dating-App zur Ablenkung suchen sollen, Levi eine Chance geben oder mich, noch besser, ganz auf den Job konzentrieren sollen, für den ich überhaupt erst nach London gezogen war.

»Zu so was gehören immer zwei. Es sei denn …« Sadies Blick schoss zu mir, und die Wut wich aus ihren Augen, stattdessen erkannte ich Sorge darin. »Er hat nicht …?«, fragte sie, und ich brauchte einen Moment, um zu verstehen, worauf Sadie hinauswollte.

»Nein, natürlich nicht!« Ich trat nach links, damit Matt mich nicht länger verdeckte, und wischte mir die Tränen aus dem Gesicht. »Matthew hat nichts getan, was ich nicht auch wollte«, sagte ich mit Nachdruck und zwang meine Stimme, sicherer zu klingen, als ich mich gerade fühlte. Doch das Einzige, was noch schlimmer war als dieses Szenario, war die Vorstellung, dass andere denken könnten, Matthew hätte sich mir aufgedrängt. Leider wurde Sadies Blick, kaum dass ich die Worte geäußert hatte, wieder hart.

»Ich fass es nicht. Und ich hab euch noch vor Jake verteidigt und dachte, er übertreibt.«

»Jake?«, fragte ich, und erschrak vor der Panik in meiner Stimme. Hatte er etwa Verdacht geschöpft? Vermutlich spielte das gar keine Rolle mehr, ich glaubte kaum, dass Sadie das hier für sich behalten würde.

Bevor sie mir antworten konnte, erklang Matthews Stimme. Er wirkte ruhig, doch ich kannte ihn mittlerweile gut genug, um die darunterliegende Anspannung zu hören.

»Sadie«, sagte er. »Lass uns darüber am Montag in Ruhe reden, ja?«

Sadie verschränkte die Arme vor der Brust und wirkte nicht, als ob sie die Sache bis Montag ruhen lassen wollte. »Ich soll da jetzt hochgehen, und wir feiern alle weiter, als ob nichts wäre? Matthew, du vögelst eine Auszubildende. Das ist so ein Klischee.«

»Nele und ich kannten uns bereits, bevor sie bei uns angefangen hat und …«

Sadie hob die Hand. »Spar dir deine Erklärungen. Aber frag dich vielleicht mal, ob du wirklich der Chef bist, den Albert offensichtlich in dir sieht. Denkst du, er hätte jemals so gehandelt?«

»Du erzählst es Jake, oder?« Nun hörte ich neben der Anspannung auch ganz deutlich Angst in Matthews Stimme. Denn wenn Sadie Jake von dem hier berichtete, dann wüsste es in kürzester Zeit auch Albert. Ich konnte mir nur ausmalen, was das für Matthew bedeutete.

Sadie lachte jedoch nur und schüttelte den Kopf. »Dass das deine erste Sorge ist, ist so bezeichnend. Viel eher solltest du dich fragen, was es mit uns allen macht, wenn du eine von uns bevorzugst, nur weil sie offensichtlich mit dir ins Bett geht. Aber was weiß ich schon? Ich reiß mir ja nur seit sechs Jahren den Arsch für diese Agentur auf, damit meine Vorschläge in den Meetings dann abgeschmettert werden.« Ihr Blick wanderte zu mir, und der Ausdruck in ihren Augen war so kalt und voller Abneigung, dass sich mein Magen verkrampfte. »Hätte ich gewusst, dass ich nur meinen Rock heben muss.« Sie zuckte mit den Schultern und lächelte schief, während alles in mir in kleine Scherben zersprang. Ihre Worte trafen wie Messerstiche, doch ich konnte sie ihr nicht einmal übel nehmen, ich wusste genau, wie ich auf sie wirken musste. Also blinzelte ich die Tränen weg, die begannen, mir die Sicht zu verschleiern, und zwang mich, hart zu bleiben. Ich wusste genau, was passierte, wenn man in solchen Momenten Schwäche zeigte. Ich hatte es schon einmal erlebt. Damals war ich jünger gewesen, hatte mein Innerstes nach außen getragen und mich trotz meiner Ängste auf eine Bühne gestellt. Belohnt worden war ich mit Spott und Hohn.

Jetzt hatte ich mich entgegen jeder Vernunft in den einen Menschen verliebt, der tabu für mich war. Doch hätte ich das verhindern können? Es war genau wie damals: Entweder ich musste meine Gefühle in meinem Innersten verschließen oder aber ich ließ sie heraus – trotz meiner Ängste und entgegen besseres Wissen.

Ich wurde erst aus meinen Gedanken gerissen, als Sadie herumwirbelte, die Klinke der Tür nach unten drückte und trotz Matthews »Warte« aus dem Raum verschwand. Vermutlich nach oben, zurück zur Party, um es allen gleich brühwarm zu erzählen. Die bloße Vorstellung davon ließ die Panik erneut in mir aufsteigen, und nun konnte ich nicht verhindern, dass die Tränen sich Bahn brachen. Wie enttäuscht Cassedy sein würde. Würde ich das Projekt mit Taylor noch machen können? Oder hatte ich auch da versagt? Ich erwartete, dass Matthew Sadie nachlief, um sie aufzuhalten, doch stattdessen überbrückte er die Distanz zwischen uns und zog mich in seine Arme.

»Psht«, machte er und strich mir beruhigend über den Kopf, während alles in mir brach, als mir die Tragweite unseres Fehlers bewusst wurde. Die Tatsache, dass alle anderen es als Fehler sahen, schmerzte nicht weniger, denn was konnten wir schon für unsere Gefühle?

»Es tut mir so leid«, murmelte Matthew, den Mund an mein Haar gepresst. »Es tut mir so leid, Nele. Ich hätte aufpassen müssen.« Seine Stimme war rau, als könnte er meinen Schmerz ebenso fühlen – vielleicht tat er das auch. Für ihn stand nicht weniger auf dem Spiel als für mich.

»Mir tut es leid«, brachte ich unter Schluchzen hervor. »Ich hätte … wir hätten nicht …« Tränen rannen über mein Gesicht, und das Atmen fiel so schwer, dass ich es kaum schaffte, einen klaren Gedanken zu formulieren.

»Es wird alles gut«, murmelte Matthew, und so gern ich ihm glauben würde, wusste ich, dass es gelogen war. Es würde nicht gut werden. Dennoch nickte ich, ließ mich von ihm halten, während Angst, Wut und Trauer meinen Körper schüttelten.

Er ließ mich erst los, als ich mich beruhigt hatte und wieder zu Atem kam, und am liebsten hätte ich ihn dafür geküsst. Dass er trotz allem, was auf dem Spiel stand, an mich dachte. Dafür sorgte, dass es mir gut ging – sofern das unter den Umständen eben möglich war.

»Ich will da nicht hoch«, sagte ich leise.

Matthew strich mir mit dem Daumen über die Wange, dann legte er ihn unter mein Kinn und hob meinen Kopf so an, dass ich ihm in die Augen blicken musste.

»Du schaffst das. Wir schaffen das. Sadie wird es nicht auf der Weihnachtsfeier breittreten, glaub mir. Ich kenne sie lang genug, und so wütend sie gerade auch ist, so tickt sie nicht.«

Ich nickte langsam, auch wenn mich das kaum beruhigte. Selbst wenn Matthew recht behielt, wäre spätestens am Montag im Büro die Hölle los.

»Ich lasse mir etwas einfallen, okay? Ich rede mit den anderen, auch mit Albert.« Er zog mich noch einmal an sich und presste seine Lippen auf meinen Scheitel. »Es tut mir so leid, Nele.«

Ich nickte an seiner Brust. So schlimm die Situation auch war, seine Nähe, die Tatsache, dass er bei mir geblieben war, all das schenkte mir den Hauch Zuversicht, den ich benötigte, um weiterzumachen.

Ich überprüfte ein letztes Mal mein Spiegelbild, dann atmete ich zitternd aus. Meine Augen waren nur noch leicht gerötet, die Mascarareste hatte ich abgewaschen. Meine Wangen waren nicht länger fleckig, und die Haare lagen wieder einigermaßen geordnet auf meiner Schulter. Die Fliege um meinen Hals hatte ich neu gebunden, da sie vollkommen verrutscht gewesen war. Wenn man von dem angespannten Ausdruck in meinem Gesicht mal absah, wirkte ich beinahe gefasst. Ich würde das schon schaffen.

Von oben drangen Musik und Gelächter nach unten, die Party war also nach wie vor im Gange, was mich ein wenig beruhigte. Ein weiteres Mal ließ ich mir kaltes Wasser über die Handgelenke laufen, in der Hoffnung, dass sich mein Puls ein wenig normalisierte. Dann straffte ich die Schultern und verließ das Badezimmer. Während ich mich langsam auf die Treppenstufen zubewegte, checkte ich zum wiederholten Mal mein Handy. Ich hatte versucht, Undine zu erreichen, doch sie war mit Sicherheit im Unterricht. Vermutlich würde sie mir ohnehin nur vorhalten, dass sie mich gewarnt hatte, dennoch brauchte ich meine Schwester. Ich schob das Smartphone zurück in die Tasche meines Blazers, atmete noch einmal tief ein und wieder aus und nahm dann die letzten Stufen nach oben.

Matthews Blick traf mich sofort. Er stand bei Yong-Jae, der ebenfalls zu mir gewandt war und den Mund zu einem leichten Lächeln verzog. Mit Sicherheit hatte Matt ihm berichtet, was gerade geschehen war. Sadie sah ich nirgends. Ob sie nach Hause gegangen war? Kurz machte sich Hoffnung in mir breit, die sich noch verstärkte, als ich sah, wie Cassedy mir lächelnd zuwinkte. Die meisten anderen tanzten.

Ich zuckte zusammen, als ein unangenehm hoher, schriller Laut die Musik kurz unterbrach.

»Ups, entschuldigt.« Gilbert betrat die Bühne. »Da ihr gerade in bester Stimmung seid, dachte ich, es ist Zeit für …« Er trommelte mit der Hand auf seinen Oberschenkel, bevor er sich das Mikro wieder an den Mund hielt. »… Karaoke! Nach Alberts kleiner Gesangseinlage vorhin habt ihr bestimmt alle richtig Lust, auch euer Können unter Beweis zu stellen.«

Victoria und Cassedy jubelten, während Jeanette sich an den Rand zu Matt und Yong-Jae gesellte. Darren und Steve gaben einander ein High five und traten nach vorn, als wollten sie direkt die Bühne stürmen. Ich ließ meinen Blick über die Menge schweifen, doch Sadie war nirgends zu sehen. Auch Jake nicht, wie mir gerade auffiel. Während sich alle auf Gilbert konzentrierten, ging ich langsam in Richtung der Tür nach draußen. Mir war nicht nach Singen, auch nicht nach Feiern. Ich brauchte Luft, Platz zum Denken. Vielleicht konnte ich es noch einmal bei Undine versuchen – oder bei Lorie, falls sie noch wach war.

Ich nahm meine Jacke von der Garderobe und warf sie mir über, dann trat ich nach draußen aufs Deck. An dem leisen Quietschen hörte ich, dass die Schaukel tatsächlich genutzt wurde, und als ich mich umdrehte, sah ich, wie Olive aus der IT Morgan aus dem Kinderbuchbereich anschubste. Beide lachten und waren offensichtlich angetrunken. Ich ging in die andere Richtung, zu der Reling, an der ich vorhin noch gelehnt hatte. Vorhin, als alles noch in Ordnung gewesen war.

»Na, schau an«, erklang es, als ich gerade um die Ecke gebogen war. Mir gegenüber standen Sadie, Jake und Danielle.

Ich schluckte. Sadie sah nach wie vor wütend aus, Jake blickte mich relativ unbeteiligt an, Danielle, mit der ich bislang kaum ein Wort gewechselt hatte, hatte den Mund zu einem schiefen Lächeln verzogen. Es bedurfte keiner weiteren Worte, ich wusste auch so, dass Sadie ihnen alles erzählt hatte.

»Macht man das bei dir in Deutschland so?«, fragte Danielle und strich sich die langen, schwarzen Haare über die Schulter. »Sich an den Chef ranschmeißen? Hätte ich mir schon denken können, als ich dich ganz am Anfang aus seinem Büro hab kommen sehen.« Sie hob die Brauen. »Die Jalousien waren unten. Hast du es damals schon mit ihm getrieben? Ich weiß ja nicht, wo du vorher gearbeitet hast, aber in unserer Agentur läuft das eigentlich über Leistung.«

»Na ja, das war vielleicht vor Matthew«, meinte Jake abfällig. Er sah mich nicht einmal an, vermutlich war sein Zorn nach wie vor nur gegen Matt gerichtet. Doch Sadies und Danielles abfällige Blicke genügten. Ich zitterte, und so gern ich die winterlichen Temperaturen und die geöffnete Jacke dafür verantwortlich gemacht hätte, wusste ich doch ganz genau, dass es die mir entgegenschlagende Abneigung war, die mich frösteln ließ. Das und die Angst. Angst, ins Büro zurückzukehren. Angst, dass es bald auch Cassedy, Victoria und Gilbert wussten. Angst, dass ich meinen Job verlieren würde. Und dann? Sollte ich etwa wieder nach Deutschland? Lorie Lebewohl sagen und zurück nach Köln ziehen? Mein Magen verknotete sich. Das durfte nicht passieren. Ich gehörte hierher. Ich war gut in dem, was ich tat. Die Arbeit in der Agentur war mein Traum, mehr noch: Sie hatte mir geholfen, den Traum wieder zum Leben zu erwecken, den ich verloren geglaubt hatte, und mich zum Schreiben zurückgeführt.

»Erklärt auf jeden Fall, wieso sie dieses Projekt bekommen hat«, murmelte Sadie. »Hätte ich Matthew besser mal flachgelegt, dann hätte Richard jetzt auch einen Vertrag, was?« Die drei lachten, und mir schoss die Hitze in den Kopf.

»Wenn man nichts kann, muss man sich halt anders hocharbeiten«, erwiderte Danielle und formte beim letzten Wort Anführungszeichen mit den Händen.

Wenn man nichts kann, sollte man es besser sein lassen.
Tränen brannten in meinen Augen, als ich mich an die Worte meiner Klassenkameraden und -kameradinnen damals erinnerte. Aber so war das nicht. So war ich nicht mehr. Ich wusste, dass ich etwas konnte. Ich hatte Cassedy überzeugt, hatte Taylor überzeugt, hatte das Projekt ganz allein an Land gezogen.

Doch das Lachen der anderen drei wog stärker. Nicht, weil es meine Zweifel nährte, sondern weil ich wusste, dass es egal war, was ich geleistet hatte. Sadie würde in mir nie mehr sehen als das Flittchen, das es mit dem Chef getrieben hatte. Jake würde in mir ein Mittel sehen, Matthew fertigzumachen. Und Danielle … Ich wusste nicht einmal, warum sie mich so hasste, obwohl wir uns gar nicht kannten. Aber vermutlich war genau das das Schlimmste – es brauchte keinen Grund. Ich hatte einen Fehler gemacht, gegen eine Norm verstoßen, und das war meine Strafe.

Mein Hals wurde eng, das Schlucken fiel schwer. Das Gelächter hallte in meinen Ohren wider. Es war genau wie damals. Erst war alles wunderschön, ich stand kurz davor, mir einen Traum zu erfüllen. Dann vermasselte ich es. Ich kannte den nächsten Schritt, die Stimmen würden lauter werden, erst die von außen, dann meine eigene, die meine Selbstzweifel verstärkten – so weit durfte ich es diesmal nicht kommen lassen. Ich hatte solche Fortschritte gemacht, mich so viel getraut, so hart gearbeitet. Als die Tränen drohten, sich wieder Bahn zu brechen, drehte ich mich um und ging. Ging, bis die Stimmen verstummten und die kalte Londoner Nachtluft meine enge Brust wieder weitete.

36. KAPITEL
Matthew

Als Victoria und Cassedy die Bühne verließen und sich die Nächsten zum Karaoke anstellten, ließ ich den Blick ein weiteres Mal schweifen. Nele war noch immer nicht zurückgekehrt. Vermutlich brauchte sie einfach Ruhe und etwas frische Luft. Mir ging es nicht anders. In meinem Kopf rasten die Gedanken von links nach rechts und wieder zurück, in der Hoffnung, den einen Lösungsweg zu finden, der uns unbeschadet aus der ganzen Sache rausbrachte – bislang ohne Erfolg.

»Mach es nicht noch auffälliger, als es eh schon ist«, raunte Yong-Jae mir zu.

»Sie ist aber schon etwas lang weg. Und Jake ist auch nach wie vor nicht da. Ich glaub, ich geh besser nachsehen.«

»Matt.« Yong-Jae legte die Hand um meinen Unterarm. »Ich glaub nicht, dass es die Situation besser macht, wenn du dich an ihre Fersen heftest. Ich bin mir ziemlich sicher, dass Sadie es Jake erzählt und die beiden am Montag bei dir auf der Matte stehen.«

»Ich mir auch«, stimmte ich ihm leise zu. »Aber Nele ging es echt nicht gut gerade.« Ich drückte ihm mein Bier in die Hand. »Bin gleich zurück.«

Ich hörte ihn noch seufzen, sollte er etwas gesagt haben, ging es kurz darauf jedoch in dem schiefen Gesang von Emma und Christie unter, die einen Song von Harry Styles zum Besten gaben. Cassedy hielt ihr Handy darauf gerichtet und filmte das Ganze – vermutlich für ihren TikTok-Account. Nervös öffnete ich die Tür nach draußen und trat aufs Deck. Der Lärm von innen drang gedämpft in die sonst recht ruhige Nacht. Von rechts erklang ein Lachen, und als ich Jake unter den Stimmen ausmachte, folgte ich den Geräuschen. Die Szenerie war so wunderschön dekoriert und beleuchtet, dass es nicht recht zu der ängstlichen Angespanntheit passte, die in mir herrschte.

Jake saß mit Sadie und Danielle in den Sitzsäcken. Die drei unterhielten sich und lachten, und ich hatte mich schon beinahe abgewandt, in dem Glauben, dass Sadie doch noch nichts gesagt hatte, als sie die Stimme erhob. »Suchst du deine Freundin?«

Ich biss die Zähne zusammen. Nicht nur, weil meine Hoffnung, dass Sadie dichtgehalten hatte, sich somit erledigt hatte, sondern auch, weil sie diesen Satz mit so viel Spott aussprach, dass es mein Blut in Wallung brachte.

»Ich schätze, Nele ist schon gegangen. Die Party war wohl nicht ganz, was sie sich erhofft hat.« Ich hatte Danielle noch nie groß leiden können, leider war sie jedoch ziemlich gut in ihrem Job, sodass ich Albert keinen Vorwurf machen konnte, sie nach dem Volontariat übernommen zu haben. Ihr gehässiges Lächeln jetzt sorgte jedoch dafür, dass ich ihr es am liebsten mit einer Kündigung aus dem Gesicht gewischt hätte.

War Nele wirklich gegangen? Ich war mir ziemlich sicher, dass sie ihre Tasche noch am Tisch stehen hatte.

»Habt ihr mit ihr geredet?«, fragte ich so neutral, wie es mir möglich war.

»Och, wir hatten nur einen kleinen Plausch«, meinte Jake und klang dabei so fröhlich, als würden wir uns über unsere liebste Netflix-Serie unterhalten. Ich konnte mir schon vorstellen, wie dieser Plausch ausgesehen hatte.

»Ich wusste schon damals, dass du nicht das Zeug zum Chef hast. Ich hätte nur geglaubt, dass es länger dauert, bis du es uns beweist. Schade, dass mein Dad nicht mehr da war, um es live mitzuerleben.« Jake seufzte. »Aber ich bin gespannt, was er dazu zu sagen hat.«

»Nichts, Jake. Weißt du warum? Weil er nicht länger Teil des Teams ist. Das heute war seine Art, sich von der Agentur zu verabschieden. Muss ich dir ein Memo als Bildschirmschoner einrichten, damit es einsickert, dass ich dein Vorgesetzter bin?«

Zu meinem Erstaunen hatte Jake daraufhin nichts zu erwidern.

»Einen schönen Abend noch«, sagte ich und wandte mich ab. Es hatte keinen Sinn, mit den dreien zu sprechen. Ich durfte mich nicht provozieren lassen, ich war immer noch ihr Boss. Dennoch sollte ich wohl mit Albert reden – es war nur fair, da sein Sohn ihm ohnehin davon berichten würde. Mit einem unguten Gefühl im Bauch lief ich auf die andere Seite des Boots. Olive und Morgan kamen mir lachend entgegen. Ich lächelte den beiden zu, als sie sich an mir vorbei ins Innere schoben, und ließ mich dann mit einem Seufzen auf der Schaukel nieder, die an einen der Balken gespannt worden war. Eine Weile starrte ich einfach auf das dunkle Wasser hinaus, das durch die Lichter der Stadt doch nicht schwarz war, sondern eher blaugräulich schimmerte.

Albert würde enttäuscht sein. Nicht nur weil ich gegen die Klausel im Vertrag verstieß, die Beziehungen zwischen Mitarbeitern und ihren Vorgesetzten untersagte, sondern auch weil ich wusste, wie es moralisch aussah. Bei dem Gedanken, ihn so zu enttäuschen, verknotete sich mein Bauch noch weiter, und ich krallte die Finger um das raue Seil der Schaukel.

Ich könnte es wie einen Ausrutscher aussehen lassen. Nele und ich könnten den Alkohol verantwortlich machen … nicht dass das eine Entschuldigung war, aber es war die einzige Möglichkeit, die ich sah, Nele das Leben auf der Arbeit etwas zu erleichtern. Verzweifelt rieb ich mir mit der flachen Hand über das Gesicht. Hinter meiner Stirn begann es zu pochen.

Es würde nicht nur auf Nele ein schlechtes Licht werfen. Was für ein Chef war ich nun in den Augen der anderen? Einige, wie Sadie, Jake, aber auch Jeanette, waren ohnehin skeptisch gewesen, was mich als Alberts Nachfolger anging. Ich hatte sie nur in ihren Zweifeln bestätigt.

»Fuck«, stieß ich aus und kickte meinen Fuß gegen den Boden des Boots, was jedoch rein gar nichts bewirkte, außer dass ich die Schaukel in Schwingung versetzte. Ich hatte seit meiner Kindheit nicht mehr geschaukelt. Besuche auf dem Spielplatz waren selten gewesen. Nicht weil wir nicht gegangen waren, sondern weil ich es gehasst hatte, die Mütter und Väter der anderen zu sehen, diesen Stolz und die Liebe, die die Familien umgaben wie eine undurchdringbare Seifenblase, in die ich stets nur einen Blick von außen erhaschte – das alles hatte mir nur einmal mehr vor Augen geführt, was in meinem Leben fehlte. Und nun war ich drauf und dran, alles zu verlieren. Ich glaubte nicht, dass Albert mir nahelegen würde, den Posten aufzugeben. Aber wer würde mich so noch ernst nehmen? Was, wenn selbst Cassedy sich nun gegen mich wandte?

Und was war mit Nele und mir …

Der Gedanke, dass auch das ein Ende haben müsste, dass ich sie weiter im Büro sehen, aber nicht mehr mit ihr sprechen könnte, verursachte mir beinahe körperliche Schmerzen.

Ich brauchte einen Schlachtplan. Und ich musste mit Nele reden.

Ich nahm mein Handy aus der Jeanstasche und wählte ihre Nummer. Nach einigen Sekunden sprang die Mailbox an. Frustriert legte ich auf und öffnete unseren Chat-Verlauf.

Matt, 10.43 pm:
Wo bist du? Geht es dir gut? Können wir reden?

Ich ließ sicher drei Minuten verstreichen, doch die Nachricht blieb ungelesen.

»Verdammt.« Ich sperrte das Smartphone, schob es zurück in die Tasche und ging nach drinnen. Yong-Jae nickte mir vom anderen Ende des Raums aus zu, als unsere Blicke sich trafen, und kam direkt zu mir.

»Du siehst aus wie sieben Tage Regenwetter, alles okay?«

»Nele ist gegangen.«

»Tut mir leid, Mann. Aber ist vielleicht auch nicht verkehrt, oder? Sie ist sicher nicht weniger durch den Wind als du, und dann wird es noch auffälliger.«

»Ich glaub, ich geh auch.«

Yong-Jae hob die Brauen. »Du kannst noch nicht gehen. Um Mitternacht ist noch Cassedys Tombola, für die sie dich eingeplant hat. Außerdem wird es komisch wirken, wenn du auch verschwindest. Nele braucht sicher nur etwas Zeit für sich und ist heimgegangen.«

»Ich hoffe. Ich hab sie nicht erreichen können.«

»Sprich morgen mit ihr«, meinte Yong-Jae und legte beruhigend eine Hand auf meine Schulter. »Lad sie gern ein, dann brainstormen wir.«

Ich lächelte ihm schief zu. »Danke.«

»Kein Ding. Tut mir echt leid.« Er biss sich auf die Lippe, und ich hatte den Ausdruck oft genug gesehen, um zu wissen, dass er noch etwas loswerden wollte.

»Spuck's aus.«

»Von allen Orten ... wieso hier?«

»Weil Hormone scheiße sind«, murmelte ich zurück. Yong-Jae lachte leise, doch in mir überwog weiterhin die Angst – und das Erstaunen über die Erkenntnis, die sich in mir breitmachte: So ungern ich diesen Job verlieren wollte, Nele wollte ich noch viel weniger verlieren.

37. KAPITEL
Nele

»Ich nehme an, dein Horoskop willst du heute nicht hören?«

Lorie ließ sich neben mir auf dem Bett nieder und reichte mir eine dampfende Tasse Tee. Ich nahm sie dankend entgegen, doch obwohl die Hitze meine Finger zum Kribbeln brachte, vermochte sie nicht die Kälte in meinem Inneren zu vertreiben. Ich fühlte mich wie ein Gummiband, das man zu straff gespannt hatte und das kurz davor war, zurückzuschnellen und dabei alles mit sich zu reißen.

»Kommt drauf an, was drinsteht«, gab ich seufzend zurück.

»Hm«, machte Lorie, blätterte die Zeitschrift auf und fuhr mit dem Finger nach unten. »Bei Beruf steht, dass alles im Lot ist und dir eine Gehaltserhöhung bevorsteht.« So optimistisch sie das Heftchen oft stimmte, jetzt verzog selbst sie den Mund und legte es auf meinen Nachttischschrank.

»Magst du was gucken? Ich kann uns Eis holen. Meinetwegen komme ich sogar mit zum Bouldern, auch wenn ich vor Höhenangst sterben werde.«

»Das ist süß, danke«, meinte ich und musste trotz allem schmunzeln. »Aber nicht nötig. Ich sollte vermutlich eher mal duschen gehen.« Ich zog an meinen Haaren. »Sag mal ... wäre es okay, wenn Matt später vorbeikommt?«

Überrascht hob Lorie die Brauen. »Ähm, ja, sicher. Ich kann in der Zeit auch gehen, wenn ihr ungestört sein wollt.«

»Nein«, erwiderte ich mit einem Seufzen. »Vielleicht ganz gut, wenn jemand da ist. Wir wollen reden. Ich hab meine Tasche vor lauter Aufregung auf dem Boot vergessen, aber er hat mir bei Instagram geschrieben, und ich hab es am Laptop entdeckt.« Ich ließ den Kopf nach hinten sinken. »Ich hab so Angst vor Montag. Was, wenn alle mich hassen?«

»Was, wenn niemand davon weiß und alles gut wird?«

Ich schnaubte. »Dein Optimismus in Ehren, aber Sadie, Jake und Danielle wissen es schon mal. Ich glaube leider nicht, dass es bei den dreien bleibt. Jeder meiner Erfolge wird jetzt damit begründet werden.« Als ich darüber nachdachte, merkte ich, wie sich meine Augen wieder mit Tränen füllten, dabei hatte ich sie die letzten Stunden so erfolgreich zurückgehalten. Wie sollte ich die nächsten zehn Monate nur durchhalten? Würde irgendwann Gras über die Sache wachsen? Wollte ich das überhaupt? Musste ich mich zwischen Matthew und meinem Job entscheiden? Oder war diese Frage sowieso überfällig, jetzt, da alle es wissen würden?

»Hey«, flüsterte Lorie und strich mir beruhigend über den Arm. »Vorschlag: Du schreibst Matt, gehst duschen, und wenn du Lust hast, zeig ich dir mal Qi Gong. Oder wir meditieren? Ich weiß, du hasst diese Horoskopsache, aber Meditation hilft wirklich, dich zu erden und gedankliche Knoten zu lösen.«

»Danke. Vielleicht probier ich das mal«, erwiderte ich mit einem Lächeln. Lorie und ich mochten so unterschiedlich sein wie Tag und Nacht, aber wir waren füreinander da. Und dafür war ich unendlich dankbar.

Eine knappe Stunde später saß ich in der Küche und trommelte nervös mit den Fingern auf die Tischplatte. Lorie hatte sich mit einer Freundin verabredet. So neugierig sie auf Matthew war, wollte sie uns doch unsere Ruhe lassen. Einerseits war ich erleichtert, andererseits hätte ich gerade gern jemanden zum Händchenhalten gehabt. Aber ich schaffte das.

Die Klingel ließ mich so sehr zusammenzucken, dass ich den Holztisch ein wenig verrückte. Ich rannte mehr zum Türöffner, als dass ich ging. »Ja?«, fragte ich atemlos, und bei Matthews tiefem »Hey« zog sich mein Herz vor Sehnsucht zusammen.

Wie sollte ich diese Gefühle nur jemals abstellen?

Ich drückte auf den Türöffner und wartete dann mit viel zu schnell pochendem Herzen an der Türschwelle, während Matthews Schritte auf den Stufen zu unserer Wohnung erklangen. Es war das erste Mal, dass er mich besuchte. Ich hasste, dass es unter diesen Umständen geschehen musste.

»Hi«, sagte ich und trat zur Seite, unsicher, wie ich ihn begrüßen sollte. Vor wenigen Stunden noch hatten wir uns geküsst. Ich hatte diesen Mann nackt gesehen, hatte die schönste Nacht meines Lebens mit ihm verbracht, ihm meine Unsicherheiten offenbart und er wiederum hatte mich an seinen teilhaben lassen. Doch wie er mir jetzt in unserem schmalen Flur gegenüberstand, hätten wir genauso gut Fremde sein können, so unbeholfen sahen wir einander an. Eine Schwere legte sich auf meine Brust und drohte mir die Luft zu nehmen. Etwas hatte sich unwiderruflich zwischen uns verändert, in dem Moment, in dem Sadie in den Raum geplatzt war. Aber vielleicht hätte es früher oder später ohnehin passieren müssen. Vielleicht waren wir von Anfang an zum Scheitern verurteilt gewesen.

Matthew trat ins Innere, und ich schloss die Tür. Blieb einige Momente mit dem Rücken zu ihm gewandt stehen, schloss die Augen und sammelte mich. Egal, was wir entschieden, ich musste stark sein. Mich an die Worte meiner Schwester erinnern. Ich hatte zu viel hierfür gegeben, um es mir kaputt zu machen.

Einen Atemzug später drehte ich mich zu Matthew um, der genauso angespannt wirkte, wie ich mich fühlte.

»Du hast deine Tasche vergessen«, sagte er und hielt mir die kleine, schwarze Handtasche entgegen. Im ersten Moment war mir nicht einmal aufgefallen, dass ich sie gestern hatte liegen lassen. Handy, Schlüssel und Fahrkarte hatte ich stets in der Jackentasche.

»Danke.« Ich legte sie auf die schmale Garderobe im Flur. Einige Augenblicke standen wir uns unbeholfen gegenüber. »Magst du was trinken?«, fragte ich dann und deutete in Richtung Küche.

»Gern«, sagte er. Seine Stimme war rau, beinahe heiser, so als hätte er heute kaum gesprochen. Vielleicht lag es aber auch am Alkohol gestern. Ob er noch lange geblieben war?

»Tee? Wasser?«

»Tee wäre toll. Ich nehm alles an Koffein, was ich heute kriegen kann.«

Ich schenkte uns jeweils eine Tasse ein, dankbar für die Kanne, die Lorie, bevor sie gegangen war, in britischer Manier vorbereitet hatte.

»Ging die Feier noch lang?«

»Ja, aber deshalb bin ich nicht müde. Ich konnte nicht schlafen.« Ich reichte ihm den Tee und sah ihn zum ersten Mal, seit er unsere WG betreten hatte, richtig an. Schatten lagen unter seinen Augen, und der erschöpfte, matte Ausdruck in seinem Gesicht kam mir bekannt vor. Ich hatte ihn eben nach dem Duschen im Spiegel gesehen.

»Ich auch nicht«, erwiderte ich leise.

Matt schenkte mir ein müdes Lächeln. Eine Weile starrten wir beide auf den Inhalt unserer Tassen, als könnte dieser uns auf magische Art und Weise eine Lösung für unsere Probleme bieten. Die Stille wurde immer dicker, legte sich um und zwischen uns. Als meine Gedanken zu laut wurden, fasste ich mir endlich ein Herz.

»Wie geht es jetzt weiter?«

Ich konnte die Angst in meiner Stimme hören, dabei lag die Antwort wohl auf der Hand. Zumindest was uns anging, tat sie das. Ich las sie in Matthews Augen, bevor er sie aussprach.

»Wir können das nicht weitermachen.«

»Mit *das* meinst du uns.« Es war keine Frage, es war eine Feststellung. Dennoch nickte Matthew. Es erleichterte mich, dass er dabei alles andere als glücklich aussah. Nicht weil ich wollte, dass er litt, sondern weil es mir zeigte, dass das zwischen uns real war.

»Wir lieben beide unsere Jobs zu sehr …« Matthew zog die Stirn kraus. »Mehr noch. Es ist nicht nur ein Job für mich. Dieser Job ist *alles* für mich. Er hat mich aus einer ziemlich dunklen Phase geholt, mir ein Ziel gegeben, das ich vorher nicht hatte.« Matthew lächelte schief. »In gewisser Weise *bin* ich dieser Job. Auch wenn das vermutlich keinen Sinn ergibt.«

»Doch«, sagte ich und ließ geräuschvoll die Luft entweichen, von der ich nicht wusste, dass ich sie bei Matts Worten angehalten hatte. »Doch, tut es.«

Auch mir war der Job wichtig, aber wenn man die Fakten betrachtete, dann würde ich im Zweifel auch in einer anderen Literaturagentur glücklich werden oder in einem Verlag. Ich liebte Bücher, und meine größte Leidenschaft, das Schreiben, würde ich ohnehin weiterverfolgen können. Für Matthew jedoch war Heather & Clark ein Anker, Dreh- und Angelpunkt seines Lebens. Es gab ihm ein Ziel, erdete ihn und motivierte ihn zugleich. Dieses Gefühl kannte ich vom Schreiben. Und ich wusste auch, wie es war, es zu verlieren.

Also nickte ich. »Dann ist der Plan, es wie einen Ausrutscher aussehen zu lassen? Oder …« Ich zögerte, weil ich es kaum wagte, die nächsten Worte auszusprechen. »Oder kann ich nicht länger bei euch arbeiten?«

Matts Augen weiteten sich. »Doch, natürlich«, sagte er, ohne den Hauch einer Sekunde verstreichen zu lassen. »Ich würde nie zulassen, dass du deinen Job verlierst. Nicht deshalb. Genauso wenig würde ich zulassen, dass du als Einzige die Konsequenzen für unser Handeln trägst.« Er schüttelte den Kopf. »Ich kläre das. Ich weiß ehrlich gesagt noch nicht, wie, aber … Ich hab hiernach einen Termin mit Albert und werde mit ihm sprechen. Ich krieg das hin. Vertrau mir.«

Mein Herz zog sich so schmerzhaft zusammen, dass ich mir am liebsten an die Brust gegriffen hätte. Ich vertraute ihm. Und wie ich das tat. Und dass er, obwohl die Agentur alles für ihn bedeutete, trotzdem so sehr an mich dachte, zeigte mir nur einmal mehr, warum ich diesem Mann voll und ganz verfallen war. Zum gefühlt hundertsten Mal in den letzten Stunden füllten sich meine Augen mit Tränen. Ich blinzelte, um sie loszuwerden, doch Matthew hatte es bemerkt.

»Hey.« Er legte seine Hand sanft auf meine. Die Wärme seiner Haut sorgte wie immer dafür, dass ich mich beruhigte, meine Gedanken sich ein wenig klärten. »Ich werde alles in meiner Macht Stehende tun, um das geradezubiegen, okay?«

In seinen hellblauen Augen las ich nichts als Aufrichtigkeit – und Liebe.

»Fuck, wieso ist das so schwer?«, fragte ich mit zitternder Stimme. Matthews Mundwinkel zuckten.

»Du hast schon wieder geflucht.«

»Wird nicht das letzte Mal sein«, meinte ich lachend und schniefte. Mit dem Daumen strich Matt beruhigend über meine Hand.

»Ich wünschte, alles wäre anders.«

»Ich auch.«

Ich wusste, ich musste ihn gehen lassen. Über Weihnachten würde ich meine Wunden lecken und mich bei meiner Schwester ausweinen können. Ich würde Dinge mit Lorie und Levi unternehmen, mich in das Projekt mit Taylor stürzen – und lernen müssen, Matthew zu vergessen. Ich schluckte gegen den Kloß in meinem Hals an.

»Ich hab mich noch nie so gefühlt wie bei dir«, begann ich, und Matthews Lächeln wich einem ernsten Ausdruck. »Ich sag das nicht, um es schwerer zu machen. Sondern weil ich will, dass du es weißt. Ich hab mich noch nie von Anfang an so verstanden gefühlt, so … ich selbst. Ich hab dir sogar erzählt, dass ich schreibe.« Ich schüttelte den Kopf. »Selbst meine Schwester weiß nicht, dass ich damit wieder angefangen habe. Ich dachte nicht, dass ich so fühlen kann. Nicht so schnell, nicht so tief.« Zitternd atmete ich aus, und in Matthews Augen las ich, dass er verstand. Dass er verstand, weil es ihm nicht anders ging. »Aber vielleicht bedeutet das ja, dass wir es wieder können.«

Meine Zunge schmeckte die Lüge meiner Worte, doch ich musste sie schlucken und daran glauben. »Vielleicht können wir uns wieder verlieben, diesmal ohne Drama, ohne Barrieren und Komplikationen. Vielleicht nicht morgen, aber irgendwann. Nur eben nicht ineinander, wenn ich hierbleiben will.«

Ich zog meine Hand zurück und spürte statt Matthews Wärme bloß das kühle Holz der Tischplatte. Dann stand ich auf. »Du musst zu Albert, meintest du.«

Er nickte und erhob sich ebenfalls. Der Tee blieb unangerührt auf dem Tisch zurück und dampfte kaum noch. Er ging voraus in den Flur, und ich beobachtete mit etwas Abstand, wie er seinen Mantel anzog. Versuchte mir jede einzelne Bewegung einzuprägen. Zwar würde ich ihm wieder begegnen, doch es würde anders werden – musste anders werden.

Nachdem er die Jacke geschlossen hatte, räusperte er sich.

»Wir ... Wir sehen uns dann am Montag.«

Ich nickte. Biss mir auf die Zunge.

Reiß dich zusammen. Nur noch fünf Minuten.

Dann würde ich Lorie anrufen. Oder Levi. Mich den Rest des Wochenendes ablenken. Weinen. Schreiben.

Matthew drückte die Klinke nach unten und trat langsam nach draußen. Seine Schultern hingen so viel tiefer als gewöhnlich, und auch von seinem lockeren, selbstbewussten Gang war nicht viel geblieben. Er zog die Tür hinter sich zu, verdeckte erst eine Schulter, dann den Rücken und stahl sich so Stück für Stück aus meinem Leben.

»Nele?«

Er drückte die Tür wieder so weit auf, dass ich ihn sehen konnte. In seinen Augen erkannte ich alle möglichen Gefühle: Trauer, Schmerz und einen Funken Hoffnung, der so vergebens war, dass es mich beinahe zerbrach.

»Ja?«

Ohne ein weiteres Wort zu sagen, machte er zwei Schritte auf mich zu, umklammerte mein Gesicht mit seinen Händen und küsste mich. Küsste mich so verzweifelt, als hinge sein Leben davon ab. Ich stellte mich auf die Zehenspitzen und erwiderte den Kuss, atmete seinen Duft ein, versuchte mir diesen Moment einzuprägen, weil ich wusste, dass es das letzte Mal sein würde – das letzte Mal sein *musste*.

Doch wie schaffte man Momente für die Ewigkeit? Keine Worte wären in der Lage, diesen Kuss festzuhalten, und die Zeit würde die Erinnerung seiner Haut an meiner verblassen lassen, da machte ich mir nichts vor. Als ich Salz an meiner Zunge schmeckte, löste ich mich von Matthew und rieb mir über die Augen. Matthews Kiefer mahlten, seine Stirn lag in Falten. Ein letztes Mal strich er mir zärtlich mit dem Daumen über die Wange, dann war er verschwunden. Diesmal wirklich.

Meine Einsamkeit wiegt schwerer als ich.
In ihr steckt alles Unausgesprochene,
in ihr liegen unsere letzten Worte,
in ihr hallt unser letzter Kuss,
in ihr ruht Undankbarkeit,
weil um mich herum doch Menschen sind,
die mich lieben,
die ich nicht sehe.

Meine Einsamkeit kam nicht plötzlich
wie ein Regenschauer in dieser Stadt,
sie bahnte sich an,
über Jahre hinweg,
wie Schnee, der
fällt,
fällt,
fällt,
bis er den Ast plötzlich
bricht.

38. KAPITEL
Matthew

Als ich an der Tür im schicken Kensington klingelte, war ich nicht einmal nervös, dabei klopfte mein Herz sonst immer vor Aufregung, wenn ich hier stand, und heute hätte ich wirklich Anlass zur Sorge gehabt. Doch in mir war nur eine schmerzhafte Leere.

Ich wusste, dass wir das Richtige taten. Und ich wusste, es würde besser werden, auch wenn es sich gerade nicht danach anfühlte.

Als Albert mir die Tür öffnete, erkannte ich, dass ich bereits zu spät war.

»Jake hat es dir gesagt.«

Albert nickte und machte wortlos einen Schritt zur Seite. Ich folgte der stummen Einladung und betrat den warmen Flur, der mich sonst immer mit Euphorie erfüllt hatte.

»Hat er«, bestätigte Albert und deutete in sein geöffnetes Büro.

Ich kam der Bitte nach und ließ mich auf den Sessel sinken. Ich hatte nicht einmal Kraft zu warten, bis er mich dazu aufforderte. Ich wollte es nur noch hinter mich bringen und zu der Normalität von vor wenigen Monaten zurückkehren. Sofern das überhaupt möglich war.

»Erst einmal schätze ich es, dass du hergekommen bist«, sagte Albert, und obwohl ich dankbar war, dass er nicht gleich mit einer Standpauke startete, stimmte mich der sachliche Ton nicht gerade positiv. Er ließ sich mir gegenüber auf seinem Stuhl nieder und blickte mich ernst an.

Ob er mich weiterhin als Begleitung zu dem Empfang mitnehmen würde?

Es war kindisch, in dieser Situation daran zu denken. Es sollte die kleinste meiner Sorgen sein. Doch die Angst, dass ich mich mit meinem Fehlverhalten so leichtfertig aus seinem Leben katapultiert hatte, war größer als die Rationalität.

»Du weißt, dass du theoretisch nicht müsstest.«

Ich nickte. Albert war nicht länger Chef, aber zum einen war mir seine Meinung wichtig, zum anderen wusste ich, dass, was immer ich am Montag tat, mehr Gewicht haben würde, wenn Albert mir den Rücken stärkte.

»Ich weiß, aber ich schätze deine Meinung.«

»Du willst meine Meinung? Lass es bleiben. So etwas kann nur nach hinten losgehen. Was, wenn etwas bei euch schiefläuft? Ich habe den Laden lang genug mit Elizabeth geleitet, um dir sagen zu können, dass man die Arbeit nie im Büro lassen kann. Und die Beziehung nie einfach zu Hause. Nie. Doch wir beide waren uns beruflich ebenbürtig. Was, wenn dir Nele gegenüber etwas rausrutscht, was sie irgendwann gegen dich verwendet?«

»Das würde sie nie tun«, sagte ich. Meine Entscheidung mochte längst gefallen sein, trotzdem hatte ich das Gefühl, sie verteidigen zu müssen.

»Möglich. Aber in Krisen verhalten sich Menschen immer anders, als wir es gewohnt sind. Außerdem kennst du unseren Vertrag. Nele und du seid keine Kollegen. Zwischen euch besteht ein Machtgefälle, Matthew. Was willst du tun? Den Arbeitsvertrag ändern, damit ihr zusammen sein könnt?«

Albert hob die Brauen. Ich meinte, Enttäuschung in seinen Augen zu lesen, und konnte es ihm nicht verübeln.

»Ich hab Nele kennengelernt, bevor ich wusste, dass sie bei Heather & Clark anfängt. Ich dachte, wir kriegen das hin, dass wir es schaffen, unsere Gefühle zu unterdrücken.«

Albert seufzte. »Matt, du hättest da wirklich besonnener rangehen müssen.«

Die Enttäuschung in seiner Stimme traf mich beinahe genauso tief wie der Abschied von Nele. Ich hatte Albert immer nur stolz machen wollen. Ihm beweisen wollen, dass ich das Zeug zu mehr hatte – zum Chef, ja. Aber auch zu mehr in seinem Leben. Ich hatte mehr sein wollen als die Randfigur. Mehr als das Charity-Projekt, das er laut Jake in mir sah. Ihm jetzt das Gegenteil bewiesen zu haben, machte mich fertig.

»Ich kann dir nicht vorschreiben, was du zu tun hast. Ich kann dir nur sagen, was ich tun würde.« Albert sah mich abwartend an und sprach erst weiter, als ich nickte.

»Du hast zwei Möglichkeiten. Entweder du wirst aktiv und vermittelst Nele an eine andere Agentur. Allerdings birgt das den Nachteil, dass Leute reden könnten, dass Nele den Grund für ihren Wechsel irgendwann offenlegt. Darüber hinaus sind die Volo-Stellen aktuell bereits besetzt. Ich könnte aber sicher meine Kontakte fragen, ob sie helfen können. Die zweite Möglichkeit, und zu der rate ich dir persönlich: Sitz es aus. Wie lang ist Nele noch da? Zehn Monate? Neun? Die Gerüchteküche wird sich beruhigen, dir wird das langfristig nicht nachhängen.«

Das war seine Lösung? Nele weiter ins offene Messer laufen zu lassen?

»Ich bin mir nicht sicher, ob du verstehst, wie hart die Situation für Nele ist.«

Er sah mich eingehend an. »Hast du zu Nele irgendetwas über Projekte gesagt, was sie nicht ohnehin durch Meetings erfahren hätte?«

Ich schüttelte den Kopf. »Nein.« Zwar hatten wir über Jake gesprochen und ein wenig über meine Gefühle bezüglich der Arbeit, doch nie über vertrauliche Daten.

»Sehr gut. Das war meine größte Sorge, als Jake mir davon berichtet hat.«

Ich schluckte meinen Frust hinunter. Es brachte nichts, wenn Albert meine Wut auf seinen Sohn nun auch noch spürte. Natürlich hatte Jake keine Sekunde verstreichen lassen und seinem Vater brühwarm von allem berichten müssen.

»Dann kann sie auch nichts weitererzählen.« Für einen kurzen Moment wirkte Albert beinahe zufrieden. Ich hingegen war das komplette Gegenteil. Es ging hier nicht nur um mich.

»Wie stellst du dir das Aussitzen vor? Für Nele wird das Büro die Hölle. Dabei habe ich sie nie bevorzugt. Ich würde Nele niemals Vorteile verschaffen, nur weil ich so für sie empfinde. Das würde sie auch gar nicht zulassen.«

»Mag sein, aber wie glaubwürdig ist das? Gerade mit Neles eigenem Projekt so früh während ihres Volontariats.«

»Das hat sie sich selbst erarbeitet, da steckte ich noch nicht einmal drin.« Ich dachte an die vielen Brainstormingstunden und musste schlucken. Diese hatte ich Jeanette, Danielle oder Sadie so nie angeboten. Was, wenn ich, ganz ohne es zu merken oder zu wollen, doch für ein Ungleichgewicht gesorgt hatte? »Sie ist das Ganze mit Cassedy angegangen«, fuhr ich fort. »Ich weiß bis heute nicht einmal, um wen genau es sich handelt – sie hat selbst die Meetings allein mit Cassedy bewältigt, das erste sogar ohne sie. Ich hab lediglich den Vertrag unterschrieben.«

»Ich glaube dir«, meinte Albert. »Aber du wirst nicht verhindern können, dass sich andere ungerecht behandelt fühlen. Ich kann dir aus meiner Erfahrung sagen, dass das so oder so schon geschieht. In einem solchen Fall?« Albert lachte leise. »Wie stellst du es dir vor, Nele nach dem Volontariat einzustellen? Dir ist klar, dass das kaum möglich sein wird. Wie soll die Gehaltsverhandlung ablaufen? Sie leistet offensichtlich gute Arbeit. Doch es wird völlig egal sein, ob du ihr aus diesem Grund mehr Gehalt zahlst – in den Augen der anderen wird es wirken, als ob du sie bevorzugst, weil ihr romantische Gefühle füreinander habt.«

»Aber sie liebt diesen Job. Sie liebt die Agentur und die Projekte. Ich hab selten jemanden gesehen, der sich so sehr in die Arbeit stürzt, so für diese Bücher brennt, die wir auf den Markt bringen.«

»Wenn sie es so sehr liebt, wird sie ein bisschen Bürotratsch schon überstehen. Wenn nicht, wird sie etwas anderes Tolles finden. Auch Deutschland hat Arbeitsplätze. Das ist nicht dein Problem. Gieß kein Öl ins Feuer, indem du dich einmischst. Was auf der Weihnachtsfeier passiert ist, war ein Ausrutscher. Ihre Zukunft mag die Buchbranche sein, deine ist diese Agentur. Und andersrum genauso: Du bist die Zukunft von Heather & Clark.«

Ich blickte in Alberts blaugraue Augen. Der ernste, feste Blick in ihnen gab seinen Worten noch mehr Nachdruck.

Ich bin die Zukunft von Heather & Clark.

Ihn das sagen zu hören hatte mich stets mit Stolz erfüllt, jetzt erfüllte es mich mit Gewissheit. Ich räusperte mich, um den Kloß in meinem Hals loszuwerden, der sich plötzlich dort gebildet hatte.

»Danke, Albert.«

»Gern. Lass den Kopf nicht hängen, in ein paar Wochen kräht kein Hahn mehr danach. Du bist der geborene Chef.«

Ich nickte, und bei dem Gedanken an Nele legte sich sofort wieder dieses bleischwere Gewicht auf meine Brust. Vielleicht krähte bei mir kein Hahn mehr danach, da mochte Albert recht haben. Doch mir war klar, dass es bei ihr anders aussehen würde. War es nicht immer so? Zwei Menschen hingen mit drin, leidtragend war dabei in erster Linie die Frau. Ich würde Nele ganz sicher nicht auflaufen lassen, um meine eigene Haut zu retten. Erst recht nicht, nachdem sie sich mir anvertraut, mir erzählt hatte, wieso sie nicht länger schrieb. Sie hatte so etwas schon einmal durchmachen müssen, und ich hatte zugelassen, dass es ein weiteres Mal geschah.

Meine Brust zog sich schmerzhaft zusammen. Ich hätte stärker sein müssen. Für sie.

»Ich werde der Chef, den Heather & Clark verdient hat, versprochen.«

Mit diesen Worten erhob ich mich, verabschiedete mich von Albert, der seit so langer Zeit mein Mentor war, dessen Meinung ich stets ohne Wenn und Aber als goldrichtig empfunden hatte. Bis heute.

»Ich weiß, das wirst du«, sagte Albert, bevor er die Tür hinter mir schloss. In dieser Meinung stimmte ich ihm zu, es würde nur anders aussehen, als er es sich vorstellte.

39. KAPITEL
Nele

Mein Herz schlug so heftig, dass ich es an meiner Handfläche spüren konnte, die ich an meine Brust gepresst hielt. Selbst an meinem ersten Arbeitstag war ich nicht so nervös gewesen. Damals waren mir meine Kollegen und Kolleginnen unbefangen begegnet. Heute jedoch ... Ich wusste nicht, was mich erwartete, und das machte mir Angst. Ich drückte auf den Knopf mit der Nummer neun und holte mein Handy heraus, während sich der Fahrstuhl in Bewegung setzte.

> Undine, 7.12 am:
> *Ich denk an dich, du schaffst das.*
> *Wenn was ist, meld dich jederzeit. Weck mich ruhig.* 🖤

Zum wiederholten Mal an diesem Morgen las ich Undines Nachricht. Ihre Worte gaben mir Kraft. Undine war ein rationalerer Mensch als ich. Wenn sie sagte, dass ich das schaffen konnte und mir nicht zu viele Sorgen machen sollte, dann glaubte ich ihr. Ich seufzte und strich über das Display, als könnte ich ihr somit näher sein. In genau einer Woche, am 23. Dezember, würde ich endlich heimfliegen. Der Gedanke, bald bei meiner Familie sein zu können, beruhigte mich ein klein wenig.

Mit einem Ping glitten die Türen des Aufzugs auf, und ich wurde von dem mir mittlerweile schon vertrauten Anblick der dunkelblauen Sessel begrüßt. Mit zitternden Knien lief ich das Foyer entlang nach rechts.

Du schaffst das, du schaffst das, du schaffst das.

Ich wiederholte Undines Worte wie ein Mantra und klammerte meine Finger so fest um die Riemen meiner Handtasche, dass es schmerzte.

»Guten Morgen«, grüßte mich Emma wie jeden Tag.

»Morgen«, antwortete ich und wollte gerade ihr Lächeln erwidern – als ich sah, dass keins in ihrem Gesicht war. Zumindest würde ich die zusammengekniffenen Lippen nicht als Lächeln bezeichnen. Mein Herz schlug einige Takte schneller. Sie wusste Bescheid. Ganz sicher wusste sie Bescheid. Verdammt.

Ich wandte den Blick ab und ging eilig zu meinem Platz. Der Einzige, der ebenfalls so früh wie ich in dem Großraumbüro war, war Gilbert. Er lächelte mir kurz zu, war jedoch gerade in ein Telefonat vertieft und schenkte mir vermutlich deshalb keine große Beachtung. Ich ließ mich auf den Stuhl fallen, die Tasche auf meinem Schoß fest umklammert. Einige Sekunden saß ich so da, dann ließ ich den Blick langsam nach rechts in Richtung von Cassedys Büro wandern. Ihre Tür stand offen, und Licht brannte, sie war also da.

Ich schluckte gegen die aufkommende Panik in meinem Hals an.

Beruhig dich. Noch ist nichts passiert. Vielleicht hat Emma einfach einen schlechten Tag.

Langsam ließ ich meine Tasche zu Boden sinken und schaltete den Rechner ein. Ich würde einfach ganz normal in den Tag starten, mir einen Kaffee holen, meine Mails checken, in die ersten Manuskripte schauen … und das Montagsmeeting durchstehen.

Bei dem Gedanken daran, mit allen anderen in einem Raum zu sein, floss noch mehr Adrenalin durch meine Blutbahn.

Was, wenn Sadie, Jake und Danielle das Thema ansprachen? Vor allen anderen? Matthew hatte mir nach seinem Besuch bei Albert noch einmal geschrieben. Er wollte mit den dreien reden, hatte mir jedoch versprochen, das privat zu tun. Ich wollte kein Aufsehen erregen, wollte, dass alles normal weiterlief. Mir war klar, dass es nicht so einfach war, dass auch meine restlichen Kollegen und Kolleginnen sicher Bedenken hätten. Früher oder später würde jeder wissen, was vorgefallen war, das konnte ich nicht ungeschehen machen. Doch vielleicht würde ich unbeschadet davonkommen, wenn ich bloß den Kopf einzog, vielleicht würden wir es als betrunkene Dummheit abtun können. Es war nicht ideal, aber ich hatte auch keine bessere Lösung. Ich wusste nur, dass ich das ganze Gerede und Getratsche nicht aushielt, nicht noch einmal.

Mein Handy vibrierte in meiner Blazertasche, und das Geräusch erschreckte mich so sehr, dass ich zischend die Luft einsog.

Matt, 8.07 am:
Alles okay bei dir? Wenn du das Meeting heute ausfallen lassen willst, ist das okay, ja?

Am liebsten hätte ich laut geschnaubt, doch das hätte mit Sicherheit Gilberts Aufmerksamkeit auf mich gezogen. Dieser verabschiedete sich nämlich gerade von seinem Gesprächspartner und legte das Telefon zurück in die Station.

Natürlich wollte ich nicht dabei sein. Und natürlich musste ich. Ich konnte nicht einfach den Schwanz einziehen und mich irgendwo im Büro verstecken. Ich war genauso in die Sache verstrickt wie er, und es würde rein gar nichts besser machen, würde ich dem Meeting fernbleiben.

»Alles in Ordnung?« Gilbert blickte zu mir, den Kopf fragend schiefgelegt. Sah ich da Mitleid in seinen dunkelbraunen Augen aufblitzen? Wusste er etwa auch Bescheid?

»Wieso?«, hakte ich vorsichtig nach.

»Na ja, du sitzt da jetzt seit sicher fünf Minuten bewegungslos rum. Normalerweise bist du um die Zeit längst in die Küche gerannt und schon in die ersten Manuskripte vertieft.«

Ich riss mich zusammen, um nicht vor Erleichterung aufzulachen. Er wusste es nicht! Ein Stein fiel mir vom Herzen. Also hatten die anderen noch keinen geheimen Gruppenchat gestartet, um alle zu informieren – zugetraut hätte ich es ihnen nach der Situation auf der Weihnachtsfeier. Doch wenn entgegen meinen Erwartungen nicht alle Bescheid wussten, würde vielleicht doch noch alles gutgehen.

»Ja, alles in Ordnung«, antwortete ich und bemühte mich um ein Lächeln. »Aber Kaffee klingt nach einer guten Idee. Auch einen?«

»Immer«, meinte Gilbert und streckte sich ausgiebig, bevor er sich erhob. Ich hatte es noch nie vor ihm ins Büro geschafft und bezweifelte mittlerweile, dass der Mann überhaupt schlief. Trotz seiner lockeren Art und der vielen Witze war klar, dass er diesen Job liebte und lebte.

Ich erhob mich ebenfalls, auch wenn ich mir nicht ganz sicher war, ob Koffein bei all der Aufregung, die ich bereits in mir spürte, die richtige Lösung war. »Wie läuft es denn mit der Katze, die du sitten musst?«

»Cupcake? Die reinste Diva, glaub mir. Sie attackiert ständig meine Füße. Aber morgen kann ich sie dem Autor endlich zurückgeben.«

Ich folgte Gilbert in die Küche und ließ mich von der Normalität umhüllen, die er, das Gespräch und der Duft nach frisch gebrühtem Kaffee mir schenkten.

»Alles okay?«

Ich legte den Kugelschreiber zur Seite, mit dessen Verschluss ich seit bestimmt drei Minuten gespielt und alle um mich herum Sitzenden genervt hatte. Eigentlich hatte ich entspannt wirken wollen, doch so oft, wie ich heute nach meinem Wohlergehen gefragt wurde, misslang mir das wohl gewaltig.

»Klar«, erwiderte ich dennoch mit einem Lächeln, das sich so verkrampft anfühlte, wie Emmas heute Morgen ausgesehen hatte. Ich ließ meinen Blick zu der Personalerin wandern, doch nun sah sie konzentriert auf den Laptop vor sich und schenkte mir keinerlei Beachtung. Hatte ich mir das Ganze doch bloß eingebildet?

Als ich flüsternde Laute hörte, schnellte mein Blick etwas weiter nach links zu Sadie und Jake, die in ein Gespräch vertieft waren. Sadie schaute immer wieder zu mir hinüber. Es war unmissverständlich, dass die beiden über mich sprachen. Obwohl ich kaum einen Bissen heruntergekommen hatte, merkte ich, wie Übelkeit von mir Besitz ergriff. Vielleicht sollte ich doch nicht hier sein. Vielleicht war ich dem doch nicht gewachsen.

Die Tür wurde geöffnet und Matthew trat herein. Ich hielt die Luft an und beobachtete, wie er am Ende des Tischs Platz nahm. Er erwiderte meinen Blick nicht, sondern verhielt sich ganz normal, so wie jeden Montag. Er klappte seinen Laptop auf, steckte das HDMI-Kabel ein, das diesen mit dem Beamer verband, und trank einen Schluck aus der Kaffeetasse, die er vor sich auf den Tisch gestellt hatte. Er wirkte vollkommen entspannt, als handelte es sich lediglich um ein weiteres Meeting zum Wochenstart. Doch an den Schatten unter seinen blauen Augen sah ich, dass auch er nicht gut geschlafen hatte. Und die leichten Bartstoppeln, die er sonst sofort wegrasierte, waren ein sicheres Zeichen dafür, dass ihn die Situation nicht so kaltließ, wie es gerade den Anschein machte.

Ich setzte mich auf meine Hände, da ich schon wieder drauf und dran war, den Kugelschreiber zweckzuentfremden. Cassedy beobachtete mich nach wie vor mit skeptischer Miene, doch als Matthew das Wort erhob, schenkte sie ihm ihre Aufmerksamkeit.

»Guten Morgen. Ich hoffe, ihr habt euch alle von der Weihnachtsfeier erholt. Der ein oder andere hat ja etwas länger gemacht …« Er sah mit bedeutungsschwangerem Blick zu Gilbert, der verlegen lachte und sich durch die dunklen Haare fuhr. Der Kommentar erntete ein paar Lacher und sorgte dafür, dass ich mich etwas entspannte.

»Der ein oder andere hat es auch etwas wilder gemacht.« Mein Kopf schoss nach rechts. Danielle hatte die Worte vor sich hin geflüstert, und zum Glück ging niemand darauf ein, doch ich konnte spüren, wie Kälte von mir Besitz ergriff. Ich ballte die Hände unter meinen Oberschenkeln zu Fäusten und zwang mich, ruhig zu atmen. Cassedy, die ebenfalls zu Danielle geblickt hatte, wandte sich mit verwirrter Miene wieder Matthew zu. Doch für mich fühlte sich die Stimmung im Raum an wie ein Pulverfass, das kurz davor war, in die Luft zu gehen. Noch eine Bemerkung, ein Witz, ein falscher Blick …

Entgegen meinen Bemühungen ging mein Atem nun doch flacher und viel zu schnell.

»Uns stehen arbeitsreiche Tage bevor. Nächste Woche verschwinden die meisten von euch in den Weihnachtsurlaub. Emma, Cassedy, Jake und ich werden zwischen den Jahren die Stellung halten, sollte unerwarteterweise irgendwas passieren. Gehen wir erst mal reihum. Yong-Jae?«

Er sah zu seinem Freund, der den Anfang der Runde bildete, und Yong-Jae berichtete von einer anstehenden Lesung sowie den ersten Verkaufszahlen desselben Buchs. Dann gab er das Wort an Sadie ab, und mein Herzschlag beschleunigte sich.

Zwar wäre ich am liebsten immer noch aus dem Konferenzraum gestürmt, doch ich zwang mich, sitzen zu bleiben.

»Ich hab zwei ganz interessante Manuskripte reinbekommen und längere Leseproben bei den betreffenden Autorinnen angefragt«, sagte Sadie und hob dann den Blick von ihrem Laptop. Mit ihren hellgrünen Augen taxierte sie erst mich, dann sah sie zu Matthew. »Aber das ist irrelevant, oder?«

Unter meinen Oberschenkeln presste ich die Fingernägel in den Stoffbezug meines Stuhls.

»Was meinst du?«, fragte Matthew. Man hörte die Anspannung kaum aus seiner Stimme heraus, aber sie war da.

»Was ich so tue die Woche, meinte ich.«

Jake lehnte sich neben Sadie in seinem Stuhl zurück, als würde er das Ganze genießen.

»Immerhin hat uns die Weihnachtsfeier gezeigt, was man hier tun muss, um beruflich weiterzukommen.«

Sadies Lächeln war so zuckersüß, dass mir übel wurde.

Bitte nicht. Bitte… Doch es war zu spät.

»Hätte ich gewusst, dass ich nur die Beine breit machen muss, hätte ich mir den ganzen Ärger mit den Pitches ja sparen können.«

»Sadie.« Matthews Stimme war ein Peitschenhieb, schaffte es jedoch nicht, die dicke, unangenehme Atmosphäre im Meetingraum zu zerschneiden. »Wir haben Qualitätsansprüche, an die wir uns halten, und müssen bedenken, was der Markt verlangt, wenn wir jemanden neu aufnehmen.«

Sadie überging Matthews mahnenden Tonfall, während links und rechts von mir geflüsterte Gespräche starteten. Victoria und Cassedy redeten leise miteinander, Gilbert schaute verwirrt drein. Emmas Blick hingegen lag auf mir.

Nein, nein, nein.

Genau davor hatte ich Angst gehabt. Aus diesem Grund

hatte ich heute Morgen keinen Bissen heruntergekommen. Die Worte meiner Schwester beruhigten mich nicht länger, denn es sah gerade ganz und gar nicht danach aus, als würde alles gut werden. Ich war geliefert.

»Ansprüche? Welche denn?«, fragte Sadie nach und hob die Brauen. »Ach, warte. Jetzt kenn ich sie ja und weiß, was ich tun muss, um Richard endlich bei uns unterzukriegen.« Sie wandte den Kopf zu mir und hob die Mundwinkel zu einem Lächeln, bei dem sich mir der Magen umdrehte. »Danke, Nele, dass du mir das gezeigt hast. Sieben Jahre in diesem Job, und dir gelingt in zwei Monaten, wofür ich wohl sieben weitere Jahre gebraucht hätte.«

Das Blut rauschte so laut in meinen Ohren, dass ich Sadies weitere Worte kaum wahrnahm. Ich sah nur, wie sich ihr Mund bewegte, sah Matthews wütenden Blick, bemerkte, wie Cassedy ihren Kopf zu mir drehte. Doch ich wollte sie nicht ansehen, wollte mich der Enttäuschung in ihrem Blick nicht stellen. Wollte nicht, dass sie bemerkte, was ich fühlte: Scham. Ein Gefühl, das ich nie hatte spüren wollen – nicht in Bezug auf Matthew. Doch es war da. Ich schämte mich. Schämte mich, meine Hormone nicht im Griff gehabt zu haben. Schämte mich, etwas mit meinem Chef angefangen zu haben – obwohl ich in ihm nie etwas anderes als Matthew gesehen hatte. Den Matthew, in den ich mich schon bei unserem ersten Treffen im Café Hals über Kopf verliebt hatte.

»Was, habt ihr so gar nichts dazu zu sagen?« Jake, der nach wie vor entspannt in seinem Stuhl hing, sah von Matthew zu mir und wieder zurück, als verfolgte er ein Ping-Pong-Match.

Ich konnte nichts sagen. Meine Kehle brannte heiß, und ich biss mir auf die Innenseite meiner Wange, um meine Nerven zusammenzuhalten. In mir war nichts als Druck, der drohte, sich Bahn zu brechen, mich zu verzehren.

»Das reicht«, sagte Matthew. Er hatte die Hände so fest zu Fäusten geballt, dass seine Knöchel weiß hervortraten.

»Hättest du dir besser auch mal gedacht. Nach den vielen Abenden mit Nele zum Beispiel. Du weißt schon, den Überstunden.« Beim letzten Wort ahmte Jake Anführungszeichen mit Zeige- und Mittelfingern nach. »Dann müssten wir alle dieses unangenehme Gespräch nicht führen.«

Jake wirkte jedoch nicht im Geringsten, als wäre ihm die Situation unangenehm. Er schien sie vielmehr zu genießen. Ich kannte diesen Gesichtsausdruck, die Genugtuung in seinem Blick. In diesem Moment riss etwas in mir. Der dünne, strapazierte Faden, der meinen Mund seit der Schulzeit verschlossen gehalten hatte.

»Wir müssten dieses Gespräch auch nicht führen, wenn ihr einsehen würdet, dass ich gute Arbeit geleistet habe. Dass das Projekt es verdient hat, unter Vertrag genommen zu werden. Dass es Menschen hilft.« Meine Stimme zitterte, legte all die Emotionen offen, die ich fühlte. Doch sie war da, sie brach und versiegte nicht. Und trotz all der Scham, den unterdrückten Tränen und der Wut war da auch ein kleiner Funke Stolz in mir. Mein Herz klopfte mir bis zum Hals, ich war mir jeder Bewegung im Raum zu bewusst, spürte die überraschten Blicke auf mir. Doch ich hatte etwas getan. Den Mund aufgemacht.

»Exakt«, presste Matthew zwischen zusammengebissenen Zähnen hervor. »Und den Rest können wir nachher im Büro besprechen.«

Ich senkte den Kopf, als hätten die wenigen Sätze alles an Kraft aufgebraucht, was ich noch in mir gehabt hatte. Kurz darauf zuckte ich zusammen, als mich etwas am Oberarm berührte. Cassedy.

»Nele?«

Ich sah zu ihr, brachte jedoch kein weiteres Wort heraus, wusste genau, dass ich die Tränen in meinen Augen nicht länger würde zurückhalten können.

»Stimmt das?«

Das Gespräch, das Jake und Matthew in meinem Rücken führten, war schlimm genug. Noch mehr traf mich jedoch Cassedys enttäuschte Miene. Ich schluckte gegen den Kloß in meinem Hals an, nickte dann jedoch. »Ja.« Ich hatte das Wort nur gehaucht, doch es erreichte Cassedy trotzdem.

Eine Träne löste sich aus meinem Auge und rollte heiß meine Wange hinab.

»Ich denke, wir verschieben das Meeting.« Matthew stand auf, und sein Stuhl hinterließ ein schabendes Geräusch auf dem Holzboden. »Jake, Sadie, mein Büro.«

Ich traute mich nicht, mich zu den anderen umzudrehen. Wollte weder Matthews aufgebrachte noch Jakes selbstzufriedene Miene sehen. Stattdessen wartete ich, bis die Schritte der anderen leiser wurden. Cassedy blieb neben mir sitzen und schien nachzudenken. Ihre Lippen waren zu einem dünnen Strich zusammengepresst.

»Schätze, wir setzen uns auch besser mal in mein Büro«, sagte sie leise und stand dann ebenfalls auf. »Kaffee?«

Ich nickte langsam und stemmte mich nach oben. Den Blick hatte ich auf meine Hände gerichtet. In den Innenflächen sah ich die Abdrücke meiner Nägel, die ich im Laufe des Gesprächs, ohne es zu merken, in die Haut gepresst hatte. Ich folgte Cassedy aus dem Raum, und obwohl ich den Kopf nicht hob, sah ich sie. Die Blicke, die mir zugeworfen wurden. Begleitet von Flüstern und Gedanken, die sicherlich noch schlimmer waren als all die Worte, die mich verfolgten.

Es war wie damals, als ich die Bühne verlassen hatte. Das Adrenalin, das mein Körper während des Auftritts beim Poetry

Slam ausgeschüttet hatte, war nach nur wenigen Sekunden durch Scham ersetzt worden, als die ersten abfälligen Kommentare meiner Klassenkameraden und -kameradinnen an meine Ohren drangen. Ich dachte, ich hätte all das längst hinter mir gelassen, doch die Gefühle waren wieder da. Gemeinsam mit dem Wissen, dass ich mir meinen Traumjob ruiniert hatte, ebenso das Ansehen, das ich mir hier so hart erarbeitet hatte. Ich konnte nicht mehr zurück. All das war unwiderruflich verloren.

Ich sah Gilberts Schuhe aus dem Augenwinkel, traute mich jedoch nicht, den Kopf zu heben. Ich wollte nicht auch noch seinem enttäuschten Blick standhalten müssen. Wir bogen nach links in Richtung Kaffeeküche ab.

Ob es je wieder normal werden würde?

»Da ist sie ja.« Danielle. Ich erkannte ihre Stimme. Wie hätte ich auch nicht, nach den Worten, die sie mir auf der Weihnachtsfeier an den Kopf geworfen hatte? Sie stand neben Darren an der Kaffeemaschine.

»Was ist der Plan? Holst du dir entspannt einen Cappuccino, während hier deinetwegen der Haussegen schief hängt?«

Ich kniff die Augen zusammen, als könnte ich ihre Stimme so ausblenden. Ein kindischer Wunsch. Ich wusste doch bereits, dass das nichts brachte.

»Jetzt tu nicht so leidend, du hast doch bekommen, was du wolltest. Dein eigenes Projekt und Matthew noch obendrauf, na, herzlichen Glückwunsch.«

»Dani!« Cassedy klang noch aufgebrachter, als ich mich fühlte. Dass sie sich beinahe schützend vor mich stellte, sorgte dafür, dass ich meine Tränen nun gar nicht mehr zurückhalten konnte. Ich hatte nicht verdient, dass sie sich für mich einsetzte. Nicht nachdem ich ihr Vertrauen so missbraucht hatte.

»Jetzt nimm sie nicht noch in Schutz«, fuhr Danielle sie an.

»Ihretwegen dürfen sich Sadie und Jake jetzt was anhören, dabei haben sie doch vollkommen recht.«

»Recht? Womit? Dass Nele ihr Projekt nicht verdient hat?«

Auf Cassedys hellen Wangen erschienen rote Flecken. Ich wollte nicht, dass sie meinetwegen stritten. Wollte nicht, dass Cassedy, die Harmonie so sehr liebte, sich nun meinetwegen gegen ihre Kollegen stellen musste. Darren sagte zwar nichts, musterte mich jedoch mit grimmiger Miene und gehobenen Brauen.

Wie sollte das bitte weitergehen?

»Hast du Matthew eigentlich zugehört damals, als Nele ihr Projekt vorgestellt hat? Sie sollte nicht dafür bestraft werden, dass sie so großartige Arbeit leistet.«

Danielle schnaubte. »Ich hab im Volontariat auch großartige Arbeit geleistet, aber ich hätte niemals so früh ein eigenes Projekt erhalten. Mein erstes hatte ich nach der Probezeit. Aber schätze, wir werden bald sehen, ob Nele wirklich so toll ist. Nach Weihnachten ist sie bei Sadie in der Rotation, oder? Dann kann sie ja zeigen, was sie draufhat.«

Danielle grinste mir spöttisch entgegen. Dass ich weinte und bereits am Boden war, schien sie nicht zu interessieren. Sie trat nach. Damit hatte sie meine Frage wohl beantwortet. Es würde genauso weitergehen. Nein, schlimmer noch. Denn nach dem Gespräch mit Matt wäre Sadie sicher nicht besser auf mich zu sprechen als jetzt. Ich war mir ziemlich sicher, dass sie mich an jedem einzelnen Arbeitstag würde spüren lassen, was sie von mir hielt.

Meine Haut brannte. Zumindest fühlte es sich so an, denn mir war heiß und kalt zugleich, und ich schwitzte. Mein Herz schlug viel zu schnell, flatterte vor Panik wie ein Kolibri. Vermutlich war ich mittlerweile genauso rot wie Cassedy. Die sagte irgendetwas, woraufhin Danielle die Brauen noch weiter hob. Doch ich hörte nichts mehr. Ich sah auch nichts mehr, außer die verschwommenen Umrisse der Kaffeeküche, die so viele Wochen lang ein Wohlfühlort für mich gewesen war. Aber das war jetzt vorbei. Ich würde morgens nicht mehr mit meinen Kolleginnen und Kollegen bei einer Tasse Cappuccino übers Wochenende plaudern können. Ich würde es ja nicht einmal mehr schaffen, ihnen in die Augen zu blicken.

Wie sollte ich Taylor vertreten, wenn alle dachten, dass ich mir durch mein Verhältnis zu Matthew Vorteile verschafft hatte? Was, wenn diese Gerüchte an die Verlage weitergetragen wurden? Ich würde nicht nur mir schaden, sondern auch Taylor. Es war aus. Ich hatte es vergeigt. Und das alles nur, weil ich nicht auf meine Schwester und Lorie gehört hatte. Weil ich meinen Gefühlen wider besseres Wissen nachgegeben hatte.

»Es reicht, Danielle. Es wird eine Erklärung und eine Lösung geben.« Cassedy warf einen Blick über ihre Schulter, als wollte sie sich vergewissern, dass sie die Wahrheit sagte. Doch was für eine Erklärung sollte ich ihr schon liefern? Ich hatte meinen Traum in den Sand gesetzt.

Ich rieb mir über die Augen, doch die Tränen kamen einfach nach.

»Es gibt ganz sicher eine Lösung.« Danielle sah zu mir. »Bevor Nele da war, war immerhin alles in Ordnung.«

Die Worte taten weh. Sie trafen mein Innerstes, dabei wusste ich, dass sie stimmten. Ich hatte meine Entscheidung bereits getroffen. Bevor Cassedy weiter für mich in die Bresche springen und mich verteidigen konnte, wandte ich mich ab. Ich lief mehr, als dass ich ging. Mit wenigen Klicks war mein Computer heruntergefahren. Ich schob meine Habseligkeiten achtlos von der Schreibtischplatte in die große Handtasche, nahm meinen Mantel von der Garderobe und ging schnellen Schrittes in Richtung des Foyers. Am letzten Schreibtisch unseres Büros kam ich zum Stehen.

»Emma?«

Emma sah auf, ihre Miene war unergründlich. In ihren Augen stand nicht der Hass, den ich bei Danielle und Sadie gesehen hatte, doch die Freundlichkeit von meinem ersten Arbeitstag suchte ich darin auch vergebens.

»Ja?«

»Ich würde gern …« Ich schluckte. »Ich weiß, ich hab eigentlich erst nächste Woche Urlaub, aber wenn das geht …« Wieso nur fiel es mir so schwer, die Worte auszusprechen? Es war die einzige Lösung. Ich musste hier weg. Sofort.

»Ich würde gern ab sofort Urlaub nehmen.«

Ich malte mir keine großen Chancen aus, immerhin hatten wir unseren Weihnachtsurlaub schon längst eingereicht, doch Emma nickte bloß.

»Alles klar. Dann schöne Weihnachten.«

Dass sie das Ganze kommentarlos hinnahm und absegnete, sprach Bände. Dass mir niemand hinterherlief, mein Name nicht erklang und keiner Anstalten machte, mich aufzuhalten, als der Fahrstuhl mich in Empfang nahm, ebenfalls.

Es war ein Abschied. Womöglich für immer. Mein Herz wollte es bloß noch nicht wahrhaben.

40. KAPITEL
Matthew

Ich konnte mich nicht erinnern, jemals so wütend gewesen zu sein. Ich war wütend gewesen, als Mrs Green mir offenbart hatte, dass meine Eltern sich gegen eine Kontaktaufnahme meinerseits ausgesprochen hatten.

Ich war wütend gewesen, als Albert und Elizabeth mich damals vor ihrer Tür abgewiesen hatten, als ich mit sechzehn Jahren geglaubt hatte, bei ihnen Rat zu finden.

Doch das, was ich jetzt spürte, ging weit darüber hinaus.

Jake saß mir gegenüber, die Arme vor der Brust verschränkt. Sadie wirkte nicht weniger defensiv.

»Du weißt ganz genau, dass das daneben war.« Jake zuckte mit den Schultern. »Nele ist dir unterstellt. Man sollte meinen, als unser Chef hast du dir den Arbeitsvertrag mal durchgelesen. Wie willst du das denn in Zukunft handhaben? Sollen wir dir glauben, dass du ihn nicht noch einmal brichst und das mit Nele Geschichte ist?«

»Ja.« Mein Ton war so eisern wie meine Miene. Ich rang die Wut nieder, hielt sie im Zaum, so gut es ging. Ich wollte Nele nicht noch weiter schaden. »Ich nehme die Verantwortung für den Ausrutscher auf mich.«

Bei dem Wort »Ausrutscher« schossen Jakes Augenbrauen ungläubig in die Höhe, doch ich ließ mich nicht aus der Ruhe bringen.

»Es war absolut unkollegial von euch, Nele im Meeting so auflaufen zu lassen. Heather & Clark hat sich schon immer für ein gutes Miteinander eingesetzt, und das erwarte ich auch von euch.«

Jake lachte leise. »Du hast dich ein bisschen zu sehr um dieses gute Miteinander bemüht, was?«

»Ich kann nicht mehr tun, als mich für meinen Fehler zu entschuldigen und zu gewährleisten, dass so etwas nie wieder vorkommt.«

Ich hasste, dass es so weit gekommen war. Dass ich die Gefühle, die ich für Nele empfand, als Fehler abtun musste.

»Und wir sollen dir abkaufen, dass du Nele und uns gleich behandelst?« Die Skepsis in Sadies Blick zeigte mir bereits, dass es egal war, was ich sagte. Sie würde mir nicht glauben. Ich versuchte es dennoch. Musste es, wenn ich der Chef werden wollte, den die Agentur verdient hatte. Ich biss die Zähne zusammen und atmete tief ein und wieder aus, zwang die Wut hinunter.

Dass sie Nele so vorgeführt hatten, machte mich rasend. Doch ich musste die Situation klären, für die Agentur, für mich, für Albert und auch für Nele. Es brachte nichts, wenn ich meinem Ärger freie Bahn ließ.

Transparenz.

Das war die eine Sache, die Albert mir immer und immer wieder gepredigt hatte. Dass ich transparent sein sollte – nach außen hin, aber auch intern unseren Mitarbeitenden gegenüber.

»Ich hab mich in Nele verliebt.« Ich sah Sadie und Jake an. Es war ausgesprochen. Das erste Mal. Und die Wahrheit der Worte brachte mein Herz zum Stolpern. Ich wünschte, es wäre Nele, der ich diese Worte hätte sagen können. Ich hoffte, dass ich irgendwann die Chance bekam, genau das zu tun. Vielleicht nicht demnächst, vermutlich auch nicht im neuen Jahr. Aber irgendwann. Denn ich glaubte nicht, dass sich meine Gefühle für sie so schnell wieder legen würden.

»Dafür kann Nele nichts. Ich weiß, dass ich den Gefühlen nicht hätte nachgeben dürfen. Nele und ich haben uns schon vor ihrem ersten Arbeitstag kennengelernt. Ich hatte keine Ahnung, dass sie hier anfangen würde. Ich weiß, ich hätte das direkt zu Beginn klarstellen müssen. Die Betonung liegt auf ich. Mir ist vollkommen klar, dass ich als Chef hätte besser handeln müssen. Das tut mir leid. Doch Nele trifft keine Schuld.«

Ich sah Jake und Sadie eindringlich an. Bildete ich mir das ein, oder war Sadies Blick ein wenig weicher geworden?

»Ich kann euch nur bitten, mir zu glauben, dass ich sie zu keinem Zeitpunkt bevorzugt behandelt habe.«

»Wie willst du das wissen? Ich sage ja nicht, dass es absichtlich geschehen ist, aber gerade, wenn du Gefühle für sie hast... Sie hat die Präsentation zu diesen Linearts damals gehalten, als bereits alles unter Dach und Fach war. Findest du das nicht etwas ungewöhnlich? Seit wann stellen wir Projekte vor, nachdem sie unter Vertrag sind? Wir anderen pitchen vorher.«

Ich wollte ihre Argumente entkräften, zögerte dann jedoch. Lag doch etwas Wahrheit in Sadies Worten? Hatten wir jemals jemanden unter Vertrag genommen, ohne die Person vorher in der Runde vorzustellen? Hätte ich mit ihr oder Jeanette ebenfalls bis weit über Feierabend hinaus in meinem Büro gesessen und Pitches vorbereitet? Mir Zeit zum Brainstorming genommen? Ich kämpfte gegen das ungute Gefühl in mir an, das dennoch aufkam und die Wut ein wenig ersetzte. Ich hätte mir Zeit genommen, ja. Aber ich hätte auch darauf geachtet, dass diese in die Arbeitsstunden fiel. »Neles Projekt war, was das angeht, ungewöhnlich, ja. Ich habe der schnellen Vertragsunterzeichnung zugestimmt, da wir einen gewissen zeitlichen

Druck hatten, zeigen mussten, dass es uns ernst ist. Ich habe sie nicht bevorzugt, das wäre genauso abgelaufen, hätte Cassedy allein die Anfrage gestellt. Ich hätte das jedoch klarer kommunizieren sollen, das tut mir leid.«

Sadie musterte mich, und ich hielt dem Blick stand. Dann nickte sie langsam. »Wenn stimmt, was du sagst, dann tut es mir leid. Für euch beide. Aber das ändert nichts daran, dass ihr unprofessionell gehandelt habt, und gerade du es hättest besser wissen müssen.«

Ich nickte. Weil sie recht hatte und weil ich das Gefühl hatte, endlich zu ihr durchzudringen, und das nicht mit Widerworten und Ausflüchten ruinieren wollte.

»Du hast recht.«

Aus dem Augenwinkel sah ich, wie Jake die Augen verdrehte, doch Sadies weiteten sich leicht, als hätte sie meine Antwort überrascht. Vermutlich war dem auch so. Ich konnte mich nicht daran erinnern, wann wir zuletzt einer Meinung gewesen waren.

»Es tut mir leid«, sprach ich weiter. »Ich verspreche, dass so etwas nicht mehr vorkommt. Sowohl Nele als auch ich wissen, dass wir keine Beziehung führen können, und es liegt an mir, zu gewährleisten, dass alle von euch gleich behandelt werden.«

Mit jedem Wort besiegelte ich Neles und mein Schicksal, und obwohl ich wusste, dass es die Umstände waren, die den Schlussstrich unter uns zogen, fühlte es sich so an, als wäre es mein Verdienst.

Sadie nickte langsam. »Okay. Mir tut es auch leid ... Ich hätte das Gespräch mit dir suchen sollen, bevor ich die Bombe im Meeting platzen lasse, aber ...« Sie hob die Schultern. »Alles, was von dir in letzter Zeit kam, waren Absagen. Ich hätte mir gewünscht, dass du dir, wenn du schon ständig Nein sagst, die Zeit nimmst, mit mir gemeinsam eine klare Linie zu entwickeln. Ich dachte erst, dass du eben viel um die Ohren hast, aber für Nele hattest du die Zeit. Und sie ist unsere Volontärin. Das mein ich nicht abwertend«, fügte Sadie schnell hinzu. »Aber sie hat, im Gegensatz zu mir, keine Verantwortung gegenüber Klienten und Klientinnen. Ich habe meinen damals im Vertrag zugesichert, sie bestmöglich zu vertreten. Gerade habe ich nicht das Gefühl, dass ich das tun kann. Und neue Autoren oder Autorinnen konnte ich seitdem auch nicht für uns gewinnen.«

Ich ließ mir ihre Worte durch den Kopf gehen, fühlte jedoch bereits, dass sie recht hatte. Ich hatte mir für Nele mehr Zeit genommen. Sie hatte mich den Stress, den der neue Posten mit sich brachte, vergessen lassen. Doch darüber hatte ich auch meine Prioritäten vergessen. Der Drang, Zeit mit dieser Frau zu verbringen, war größer gewesen als meine Vernunft. Und obwohl Sadie recht hatte … Ich wollte keine Sekunde missen. War das nicht der beste Beweis, dass es so nicht weitergehen konnte?

»Das verstehe ich. Lass uns einen Termin ausmachen, gern auch noch vor der Weihnachtspause, und die Manuskripte mal gemeinsam durchgehen.«

Sadie nickte und wirkte nun wesentlich zufriedener. Ihre Hände lagen nicht länger verkrampft auf ihrem Schoß. Jake hingegen saß nach wie vor mit verschränkten Armen da und schien, im Gegensatz zu Sadie, nicht überzeugt von meinen Worten. »Also gibt Nele das Projekt an Cassedy ab?«

»Nein«, sagte ich bestimmt, woraufhin Jake schnaubte.

»Wie soll sie sich dann auf ihre Aufgaben bei uns konzentrieren?«

»Wie bereits gesagt, hat sie sich das Projekt verdient. Wenn sie selbst und Cassedy ihr das zutrauen, dann tue ich das auch. Natürlich können wir das Ganze reevaluieren, wenn ihr der

Meinung seid, dass sie ihre Aufgaben bei euch vernachlässigt. Doch bis dahin steht der Entschluss. Nele behält das Projekt.«

»Aber …«

»Nein«, unterbrach ich Jake. Zu meinem Erstaunen zeigte es Wirkung.

»Wenn du meinst.« Er klang nicht begeistert, sprach jedoch auch nicht weiter gegen mich an. Stattdessen erhob er sich von dem Platz mir gegenüber. »Na, dann. Die Arbeit ruft.«

Ohne mich eines weiteren Blickes zu würdigen, marschierte Jake aus meinem Büro hinaus. Die Tür ließ er offen stehen, vermutlich in dem Glauben, dass Sadie bereits hinter ihm war. Sie folgte ihm jedoch nicht sofort, sondern wandte sich noch einmal an mich.

»Es tut mir wirklich leid«, sagte Sadie. »Du bist kein schlechter Chef, Matthew. Ich glaube, du musst nur selbstbewusster werden in dem, was du tust. So wie gerade eben bei Jake. Ich kann mir vorstellen, dass die Angst vor Fehlern groß ist, gerade bei einem Vorgänger wie Albert. Aber ich glaube, durch genau diese falsche Vorsicht kommt es zu mehr Fehlern.« Sie hob die Schultern. »Mir zumindest hat deine Ehrlichkeit gerade geholfen, zu verstehen, wieso alles so ablief.«

Da ich nicht wusste, was ich darauf antworten sollte, nickte ich bloß. Anscheinend erwartete Sadie auch gar keine Antwort, denn sie erwiderte die Geste und ging dann aus dem Büro.

Seufzend rieb ich mir übers Gesicht. Es war gerade einmal Montagmorgen, doch ich fühlte mich, als hätte ich die anstrengendste und längste Arbeitswoche aller Zeiten hinter mir. Seit ich Alberts Position übernommen hatte, hatte ich mich vielen Widrigkeiten stellen müssen. Ich hatte mich skeptischen Äußerungen von Partnern gegenübergesehen, die mich aufgrund meines Alters nicht ernst genommen hatten. Hatte lernen müssen, eine professionelle Distanz zu den Menschen aufzubauen, die kurz zuvor noch meine Kollegen und Kolleginnen gewesen waren. Ich hatte in kürzester Zeit wahnsinnig viel dazulernen müssen und lebte trotz Alberts gutem Zuspruch in ständiger Angst, einen fatalen Fehler zu begehen und den Laden gegen die Wand zu fahren.

Doch nichts davon hatte mich je dazu gebracht, kapitulieren zu wollen. Jetzt hingegen hätte ich am liebsten meine Sachen gepackt und wäre nach Hause gefahren. Ich hatte keine Lust mehr zu kämpfen. Doch ich musste. Nicht nur für mich.

Mit gestrafften Schultern verließ ich mein Büro. Ich konnte nicht verhindern, dass mein Blick wie automatisch in Richtung von Neles Schreibtisch schoss. Doch sie war nicht am Platz. Ob sie mit Cassedy sprach? Vielleicht hatte sie auch bloß einen Termin.

Es geht dich nichts mehr an.

Die Gedanken an Nele mussten aufhören. Sadie hatte recht. Ich hatte ihr mehr Aufmerksamkeit geschenkt als den anderen, und das durfte mir kein zweites Mal passieren. Ich ging an ihrem und Gilberts Schreibtischen vorbei zu Emma, die aufblickte, als ich bei ihr angekommen zum Stehen kam.

»Hey«, grüßte ich sie. »Würdest du mir einen Gefallen tun und alle noch einmal zusammentrommeln?«

»Klar. Willst du das Meeting jetzt schon nachholen?«

»Nicht ganz«, erwiderte ich. »Aber ich würde gern noch etwas klären.«

Sie nickte. »Alles klar. Getränke sind noch dort, die Kekse hab ich aber schon abgeräumt. Soll ich noch einmal eindecken?«

»Ich denke, das ist nicht nötig.« Ich zumindest hatte keinen Appetit, und ich wollte das Ganze auch nicht unnötig in die Länge ziehen. »Ich warte drinnen.«

Als Emma nickte, wandte ich mich ab und ging zurück in den Meetingraum. Gewöhnlich vermittelten mir die bloße Präsenz der Bücherwand und das klare Design Ruhe. Gerade war die nervöse Anspannung in mir jedoch alles, was ich fühlte.

Ich hatte bei Jake und Sadie klare Worte gefunden, ich konnte das auch vor versammelter Mannschaft.

Es dauerte nur wenige Minuten, bis alle wieder auf ihren Plätzen saßen, vermutlich hatte die Neugier das Ganze beschleunigt. Mein Blick scannte die einzelnen Gesichter und landete auf dem freien Stuhl neben Cassedy. Nicht alle saßen auf ihren Plätzen, Nele fehlte. Ich haderte gerade mit mir, noch ein paar Minuten zu warten, als Darren aufstand und die Tür schloss. Offensichtlich würde Nele nicht mehr nachkommen. Ich schluckte den Frust hinunter. Es war ihr gutes Recht, der Tag war anstrengend und aufwühlend genug für sie. Ich räusperte mich, wie üblich, wenn ich anfangen wollte zu reden. Dieses Mal wäre es jedoch nicht nötig gewesen, da bereits alle Blicke auf mir ruhten und es gespenstisch still im Raum war.

»Ich denke, mittlerweile haben wohl alle mitbekommen, was auf der Weihnachtsfeier vorgefallen ist, oder benötigt noch jemand eine Zusammenfassung?« Immerhin Yong-Jae schmunzelte bei meinen Worten, alle anderen sahen mich gebannt an. »Was passiert ist, war ein Fehler. Ein Fehler, den ich begangen habe, nicht Nele. Sie trifft keine Schuld, und ich möchte euch bitten, jeglichen Frust, den ihr verständlicherweise spürt, zu mir umzuleiten. Ich als ihr Vorgesetzter hätte nicht zulassen dürfen, dass das passiert. Nele und ich haben uns kurz vor ihrem Einstieg in die Agentur kennengelernt, ohne zu wissen, dass der jeweils andere hier arbeitet. Das soll keine Entschuldigung sein, ich hätte meine Gefühle der Arbeit unterordnen müssen.«

Mein Blick streifte Neles leeren Stuhl. Zu gern hätte ich ihr Gesicht gesehen, mich vergewissert, dass meine Worte auch in ihrem Interesse waren. Doch es war klar, dass ich etwas tun musste, und das lieber zu früh als zu spät, da ich nicht wollte, dass Nele die Leidenschaft für ihren Job verlor.

»Ich sage Gefühle, weil es sich dabei nicht um einen bloßen Ausrutscher handelte. Ich habe Gefühle für Nele.« Ich schluckte. »Auch das entschuldigt nicht, was passiert ist. Ich will nur, dass ihr wisst, dass ich niemals leichtfertig handeln würde, um diese Agentur und unsere Zusammenarbeit zu gefährden. Ich werde alles in meiner Macht Stehende tun, um das geradezubiegen. Solltet ihr euch zu irgendeinem Zeitpunkt ungerecht behandelt gefühlt haben, tut mir das leid, und ich bitte euch, auf mich zuzukommen, damit wir das klären können.« Ich blickte in die Runde, und als ich Victoria leicht lächeln sah und sogar Sadie mir zunickte, fiel mir ein Stein vom Herzen. »Und wir können das klären. Wir haben so viele Jahre lang erfolgreich zusammengearbeitet, die Agentur, meine Arbeit und mein Team stehen für mich über allem, auch über meinen Gefühlen. Ich verspreche euch, dass so etwas nie wieder vorkommen wird.«

Ich hatte die Worte nicht vorbereitet, war vermutlich sehr viel offener gewesen, als Alberts Leitfaden zum Thema Transparenz vorgesehen hatte, doch es fühlte sich gut an. Die meisten im Team kannte ich seit Jahren, ich wollte keine Maske aufrechterhalten, nur um mich ihnen gegenüber als Chef zu behaupten.

»Das war alles«, sagte ich und merkte erst jetzt, dass mein Herz viel zu schnell pochte und meine Finger zitterten. Ich verschränkte die Hände vor meinem Körper, damit es niemandem auffiel, auch wenn das vermutlich schon zu spät war. »Wendet euch bei Fragen, oder wenn ihr darüber reden möchtet, jederzeit an mich. Ich lasse meine Tür offen. Danke.«

Ich nickte, und zu meinem Erstaunen brach kein Getuschel aus. Nach und nach erhoben sich die anderen und verließen still den Raum. Cassedy nickte mir aufmunternd zu, Yong-Jae schenkte mir ein schiefes Lächeln, und Jake verschwand ohne spöttischen Kommentar, was für ihn wohl einem Schulterklopfen gleichkam.

Als keiner mehr übrig war, setzte auch ich mich langsam in Bewegung. Wie von selbst huschte mein Blick zu Neles Schreibtisch. Er war nach wie vor leer. Ob sie von zu Hause aus arbeitete? Verübeln könnte ich es ihr nicht. Ich war schon drauf und dran, in mein Büro zurückzukehren, als ich mir einen Ruck gab und noch einmal bei Emma Halt machte.

»Hast du Nele nicht erreicht? Wegen des Meetings, meine ich.«

Emma starrte eine ganze Weile geradeaus auf ihren Desktop, bis sie langsam den Kopf hob. »Nele hat Urlaub genommen, ich hab ihn bewilligt.«

»Urlaub?« Es dauerte einen Moment, bis ich verstand. Sie hatte nicht bloß Urlaub über Weihnachten genommen, sie hatte ab jetzt welchen beantragt. Deshalb war ihr Platz leer. Sie war weg.

»Sie hat Urlaub genommen?« Cassedy trat zu uns. »Und ich dachte, sie braucht nur eine kurze Pause und ist an der frischen Luft. Sie hat gar nichts gesagt. Wir wollten eigentlich noch sprechen.« Cass sah nicht wütend aus, viel eher besorgt. »Das arme Mädchen. Ob ich ihr schreiben soll?«

»Warte damit besser ein wenig. Ich an ihrer Stelle würde erst einmal eine Pause und mich sortieren wollen«, meinte Emma. Sie nickte nach links in Richtung der Kaffeeküche, aus der gedämpfte Gespräche drangen. »Bis ihr Urlaub vorüber ist, hat sich die wortwörtliche Gerüchteküche vielleicht auch schon wieder beruhigt.«

»Vermutlich hast du recht«, murmelte Cassedy. Als sie meinen Gesichtsausdruck sah, legte sie mir eine Hand auf den Oberarm und drückte kurz zu. »Du hast da drin gerade Stärke bewiesen, Matthew. Es tut mir sehr leid für euch. Aber ich bin mir sicher, mit der Zeit wird es leichter.«

Sie lächelte mir noch einmal aufmunternd zu und verschwand dann in Richtung ihres Büros. Ich sah ihr nach und nickte viel zu spät, obwohl ich ihren Worten nicht glauben konnte. Was sollte die Zeit schon ändern? Nele und ich passten perfekt zueinander. Das Einzige, was sich ändern konnte, um unsere Situation zu verbessern, waren die Umstände ... und ich würde niemals von Nele verlangen, ihren Traumjob aufzugeben.

41. KAPITEL

Nele

Der Anblick meines sich leerenden Kleiderschranks sorgte dafür, dass sich meine Brust zusammenschnürte. Mein Atem ging flach und schnell, um die Tränen zurückzuhalten. Ich wollte nicht heulen, nicht schon wieder, ich ging mir langsam selbst damit auf die Nerven. Wieso konnte ich nicht stärker sein, verdammt?

Ich nahm ein langärmliges, braunes Kleid von seinem Bügel und pfefferte es in den offenen Koffer hinter mir. Obwohl mir klar war, dass ich zurückkommen würde, fühlte es sich an, als würde ich bereits wieder ausziehen. Ich hatte dieses Zimmer zu meinem gemacht, hatte die leeren Regalbretter mit Büchern gefüllt, die Schränke mit meinen Gegenständen, fand im Dunkeln zum Lichtschalter und begrüßte jeden Morgen nach dem Aufwachen als Erstes die Stadt vor meinem Fenster. Der Gedanke, dass ich mich ihres Zaubers beraubt hatte, dass mein Leben hier ab jetzt in der gleichen Tortur endete wie meine Schulzeit, tat weh. Nicht bloß emotional, es schmerzte in meinem Körper, meiner Brust, meinem Bauch.

Ich legte die Hand auf die Stelle über meiner Brust, wo ich die Enge am deutlichsten spürte, und nahm einen tiefen, zitternden Atemzug. Ich musste mich beruhigen. Ich hatte Urlaub genommen, nicht gekündigt. Vielleicht würde im neuen Jahr ja alles anders werden …

Ich hatte gerade die Augen geschlossen, als das Ping meines Handys mich aus den Gedanken riss. Ich lief zu meinem Schreibtisch, mein Atem stockte, als ich den Namen auf dem Display erblickte.

Matthew, 1.32 pm:
Wie geht es dir?

Ich schluckte. Vier Worte, mehr nicht. Wie sollte es mir schon gehen? Ich legte das Handy zur Seite und packte weiter. Meine Wut sollte sich nicht gegen Matt richten, das war mir klar, doch irgendwo musste sie hin.

Mein Smartphone ertönte erneut, und obwohl ich wusste, dass mich Matthews Nachrichten nur ablenkten, die Sehnsucht nur vergrößerten, entsperrte ich das Handy. Diesmal jedoch war der eingegangene Text nicht von Matthew.

Taylor, 1.33 pm:
Hey! Treffen wir uns eigentlich wieder in dem Café in Battersea?

»Shit«, fluchte ich und warf meinen Pulli, den ich gerade gefaltet hatte, auf die restliche Kleidung im Koffer. Das Treffen mit Taylor hatte ich vollkommen vergessen. Eigentlich hatte ich Urlaub und sollte Taylor vermutlich auf Cassedy verweisen. Doch ich wollte Cassedy nicht kontaktieren, nicht nach allem, was heute im Büro los war. Außerdem würde ein Treffen mit Taylor mich ablenken, denn irgendwie musste ich die Zeit totschlagen, bevor mein Flug morgen ging. Und ich hatte them viel zu verdanken – ohne Taylors Linearts hätte ich wohl niemals zum Schreiben zurückgefunden. Und egal, wie es weiterging, das Schreiben blieb. Ich hatte meinen Zugang zu den Worten zurück und würde mir diesen nie wieder nehmen lassen.

Nele, 1.35 pm:
Yep, 4 pm, Better Days. Freu mich! :)

Taylor, 1.35 pm:
Super, bis dann!

Ich packte meine restlichen Sachen, fegte das Zimmer und wusch Lories Geschirr ab, das noch in der Spüle stand. Ich hatte nach wie vor keinen Bissen runterbekommen. Vielleicht würden Kaycees Kuchen meinen Appetit ja anregen, so richtig glaubte ich jedoch nicht daran. Als die Wohnung auf Vordermann gebracht und mein Koffer gepackt war, blieb mir immer noch eine Stunde bis zu dem Treffen mit Taylor. Unschlüssig stand ich in dem Zimmer herum mit nichts als meinen zu lauten Gedanken. Dann griff ich nach den Kopfhörern, stopfte Handy und Portemonnaie in die kleine Handtasche, nahm meinen Schlüssel und verließ das Haus. Wenn ich mich schon nicht auf andere Gedanken bringen konnte, schafften Musik und London es ganz sicher.

Eine Stunde später bog ich in die Parkgate Road ab, das Schild mit dem Schriftzug *Better Days* schob sich hinter dem eines Pubs und dem eines Immobilienmaklers hervor. Ich war mit Orla Gartland auf den Ohren durch den Battersea Park gestapft, vorbei an Hunden und grünen Papageien, die so gar nicht ins Stadtbild passten, und war, wenn auch nicht sorgloser, doch zumindest ruhiger geworden. London hatte diese Wirkung auf mich. Egal, wie laut und voll die Stadt auch sein mochte, sie traf mein Innerstes, setzte die Puzzleteile an ihren richtigen Platz. Vielleicht auch genau aus diesem Grund: Es war stets so viel los, dass niemand besonders auf mich zu achten schien. Die Welt drehte sich weiter, keiner dieser Menschen da draußen interessierte sich für mein Drama, sie alle hatten ihr eigenes Leben zu meistern. Es war seltsam beruhigend, gemeinsam allein zu sein.

»Hey, na?«, grüßte Taylor mich, als ich das Café betreten hatte. They saß bereits vor einer Tasse Kaffee in einem der gemütlichen Stühle, hinter them die dunkelgrüne Tapete, die die besänftigende Stimmung des Parks perfekt aufgriff. Ich bestellte einen Cappuccino bei der Frau hinter dem Tresen, bei der es sich meines Wissens um Kaycees Schwester handelte, dann nahm ich gegenüber von Taylor Platz.

»Hi! Musstest du lang warten?«

»Nein, gar nicht, vielleicht zwei oder drei Minuten. Wie geht's?«

»Okay«, erwiderte ich, und dank des Spaziergangs fühlte es sich nur zur Hälfte wie eine Lüge an.

»Also, ich hab mir Matthews und deine Vorschläge angesehen und schon einmal ein erstes Exposé erstellt, aber keine Ahnung, ob ich das richtig gemacht hab. Ihr meintet ja, dass Redprint vielleicht Interesse hat und wir es dieses Jahr noch rausschicken könnten, deshalb hab ich mich beeilt.«

»Ja, das ist super«, sagte ich und hoffte, dass mein Lächeln überzeugte. Ich freute mich wirklich für Taylor, es war eine großartige Chance, und their strahlendes Gesicht gerade war ein meilenweiter Unterschied zu der Skepsis, die mir zu Beginn entgegengeschlagen war. Taylor wirkte wie ausgewechselt.

»Ja. Ich hätte nie gedacht, dass ich mit den Linearts mal was verdienen würde. Um ehrlich zu sein, hab ich das erste komplett high gemacht. Ich hatte eine ziemlich dunkle Phase, hatte grad meine Wohnung verloren und bei einem Kumpel in

Vauxhall gepennt. Direkt um die Ecke von der Mauer, an der das Bild ist.«

Ich schluckte. Das war mehr, als Taylor mir je offenbart hatte, they hatte bislang nur durchblicken lassen, dass es finanziell nicht leicht war – aber die genauen Umstände hatte ich nicht gekannt.

»Also, ich muss es natürlich erst noch unter Vertrag kriegen. Aber ihr seid so zuversichtlich, keine Ahnung …« Taylor hob die Schultern. »So langsam färbt ihr ab. Und dein Account macht mir auch echt Hoffnung, wie viele da mittlerweile mitfiebern. Ich hab sogar 'nen Hashtag, unter dem jetzt alle die Graffitis posten, schon gesehen?«

»Ja«, erwiderte ich. »Da schau ich auch immer wieder rein.«

Ein fragender Ausdruck legte sich in Taylors Augen. »Ist alles in Ordnung?«

Ich straffte die Schultern. »Klar, wieso fragst du?«

»Na ja, du bist sonst diejenige von uns beiden, die mit Feuereifer dabei ist. Gab es Probleme mit dem Projekt? Haltet ihr es doch für eine blöde Idee?«

»Nein!«, sagte ich sofort. »Das ist es nicht, ganz und gar nicht.«

»Was ist es dann?«

Ich winkte ab. »Privater Kram. Nichts, was dein Projekt betrifft.«

»Okay …« Ich konnte das Zögern in Taylors Stimme hören. »Privater Kram … deshalb das Gedicht? In deinem letzten Post, meine ich.«

Ich schluckte. »Ja, deshalb das Gedicht.«

Es war im Affekt entstanden. Ich hatte gar nicht darüber nachgedacht, wer es alles lesen könnte, hatte vergessen, dass Levi und Taylor Bescheid wussten – und Matthew. Nicht dass das jetzt noch eine Rolle spielte.

»Das tut mir leid«, meinte Taylor. »Magst du drüber reden?«

»Nein, lass uns lieber über dein Projekt sprechen.« Das Projekt, das ich liebte und womöglich nicht weiter betreuen konnte. Ich schluckte gegen den Kloß in meinem Hals an. Nicht, wenn ich Taylor nicht schaden wollte. Das Buch war their Chance. Wenn ich es betreuen würde, würden Danielle, Sadie und Jake mir alle möglichen Steine in den Weg legen, da war ich mir sicher. Das hatte Taylor nicht verdient.

Die Bedienung brachte meinen Kaffee, ich bedankte mich, und als ich aufsah, musterte mich Taylor nach wie vor mit fragendem Blick.

»Ich…«, begann ich. »Ich weiß nicht, ob es so klug ist, wenn ich weiter an deinem Projekt arbeite.« Da, es war raus. Ich zerstörte mir noch etwas, was ich liebte. Aber es war besser so.

»Was? Wieso das denn?«

»Cassedy ist sehr viel erfahrener«, sagte ich mit einem Lächeln, das schmerzte.

»Es ist nicht so, dass ich Cassedy kein Vertrauen schenke, aber du verstehst meine Kunst. Ich hab ein gutes Gefühl dabei, das mit dir gemeinsam anzugehen. Also falls du Sorge wegen mangelnder Erfahrung oder so hast, dann bitte nicht meinetwegen. Jeder fängt einmal an.« Taylor legte den Kopf schief. »Ohne dich hätte ich den Vertrag bei euch doch gar nicht.«

»Ich…« Langsam atmete ich ein und wieder aus. »Ich hab eigentlich schon Urlaub und fahre eine Weile heim. Ich weiß noch nicht, wie lange ich weiter bei Heather & Clark arbeiten kann.«

Taylor schwieg eine Weile. Dann wurde their Stimme sanfter.

»Kein Kerl der Welt ist es wert, die eigenen Träume hintanzustellen, Nele.«

»Ich weiß«, erwiderte ich leise, nicht einmal überrascht, dass Taylor eins und eins zusammengezählt hatte. »Kein Kerl, aber wie sieht es mit dem eigenen Selbstvertrauen aus?«

»Was meinst du? Ich nehm an, bei dem Typen geht es um Matthew?«

Ich nickte. »Du kannst dir vielleicht vorstellen, was gerade auf der Arbeit los ist. Ich kann das nicht länger. Das Mobbing, die Sprüche … Ich hab das schon einmal erlebt und nur ausgehalten, weil ich wusste, dass es irgendwann besser wird, ich das nie wieder durchleben muss. Und jetzt …« Ich hob die Schultern. Ich konnte mein mühsam aufgebautes Selbstvertrauen, so klein es auf andere auch wirken mochte, nicht noch einmal durch Mobbing gefährden. Denn nichts anderes war es, was mich im Büro heute getroffen hatte und in den nächsten Tagen und Wochen erwarten würde.

»Tut mir leid, dass du das abbekommst. Ich kann dir die Entscheidung nicht abnehmen, und du musst tun, was für dich am besten ist. Aber ich würde wirklich gern mit dir arbeiten. Das sag ich nicht aus Mitleid oder weil du mich entdeckt hast, sondern weil ich glaube, dass es mit dir das bestmögliche Projekt wird.« Taylors Blick ruhte auf mir. »Und wenn ich dir Glauben schenken darf, dann hat es nur das Beste verdient.«

Trotz allem musste ich lächeln. Dass Taylor Wert auf meine Meinung legte, meiner Arbeit vertraute, war das Pflaster, das ich nach Sadies, Jakes und Danielles Worten benötigte. Wenn Taylor gern mit mir arbeitete, konnte ich das Projekt doch nicht nur wegen meines Verhältnisses zu Matthew erhalten haben, oder?

Ich hasste, dass ein wenig Verunsicherung reichte, um mich so an meinen Fähigkeiten zweifeln zu lassen. Endlich war ich selbstsicherer in Meetings geworden, hatte nicht jeden Montag und Freitag im Konferenzraum Herzrasen, sobald ich das

Wort erhob – nur um all das gewonnene Selbstvertrauen nun wieder zu verlieren.

Neue Nele, dass ich nicht lachte. Das war mein Plan gewesen, und ich hatte ihn mit Füßen getreten. Ich wünschte, ich wäre bei meiner Ankunft nicht in Kaycees Café gestolpert. Hätte mich nicht neben Matthew gesetzt. Hätte nie in diese hellblauen Augen gesehen, die zeigten, wie aufmerksam er meinen Worten lauschte. Dann wäre ich nun mit dem gleichen Feuereifer dabei, den Taylor eben angesprochen hatte. So jedoch lauschte ich their Ausführungen und war dennoch in meine eigenen Gedanken vertieft, war nur mit halbem Ohr dabei. Das war nicht, was Taylor verdiente. Doch womöglich war es das Einzige, was ich unter diesen Umständen geben konnte. Und damit wurde ich weder Taylor noch meinen eigenen Ansprüchen und Träumen gerecht.

42. KAPITEL
Nele

»Bye, have a great day!«

Ich nickte der Security-Dame, die gerade meinen piepsenden Schuh kontrolliert hatte, stumm zu und sammelte meine Gegenstände ein, die bereits am Ende des kurzen Bands angekommen waren. Es würde definitiv kein *great day* mehr werden. Ich war nach dem Treffen mit Taylor noch einmal in die WG gegangen, um mich von Lorie zu verabschieden, die heute bereits früh an die Uni gemusst hatte. Es mochte ein überstürzter Aufbruch sein, doch ich wollte heim. Ich wollte zu meinen Eltern. Als ich die beiden kurz per Nachricht informiert hatte, dass ich eine Woche früher heimkommen wollte, hatten sie nicht einmal nach dem Grund gefragt, sondern sich nur gefreut, dass sie mich schon heute Abend sehen würden.

Obwohl ich die Freude teilte, schmerzte es in meiner Brust. Es war ein seltsames Gefühl gewesen, das Zimmer zu verlassen, das in den letzten zwei Monaten mein Zuhause geworden war. Ich hatte erwartet, dass sich am Flughafen die Erleichterung breitmachen würde, alles hinter mir zu lassen – doch darauf wartete ich gerade vergebens. In mir war nur die Leere, die mein geplatzter Traum zurückgelassen hatte.

Ich wollte gerade mein Handy aus der grauen Box nehmen, als es in dieser laut vibrierte. Levi. Ich hatte mich viel zu lang nicht mehr bei ihm gemeldet.

»Ja?«

»Hi, Levi hier. Wo treibst du dich rum? Ich wollte mit einer Freundin zum Camden Market, Weihnachtsgeschenke kaufen und danach noch ins Kino. Hast du Lust mitzukommen?«

Levis Stimme klang wie gewohnt: locker, freundlich, sorglos. So, wie ich mich beim Bouldern und auf dem Weihnachtsmarkt auch gefühlt hatte. Wehmut erfüllte mich. Der Camden Market hatte noch auf meiner Liste gestanden – als einer von etlichen Punkten. Ich wollte noch so viel in London sehen und erleben, und jetzt reiste ich ab und wusste nicht, wie ich es schaffen sollte, mich bei meiner Rückkehr wieder unbeschwert zu fühlen. Ich schulterte meinen Rucksack, nahm meinen Mantel aus der zweiten grauen Box und mühte mich einhändig ab, sie zu stapeln und ans Ende des Bands zu stellen.

»Hey! Ich bin in Stansted«, erwiderte ich. »Deshalb kann ich auch leider nicht mit. Aber ich freu mich riesig, dass du fragst! Ich muss unbedingt noch nach Camden.«

»Du bist am Flughafen? Oh, fliegst du heim über Weihnachten?«

»Ja«, sagte ich knapp, weil meine Stimme bereits wieder zu zittern drohte.

Es war mir schon schwer genug gefallen, mich von Lorie zu verabschieden. Dabei war mir klar, dass ich sie wiedersehen würde, ich wusste nur nicht, wie es weitergehen sollte. Ob ich in die Agentur zurückkonnte, in London bleiben wollte – oder ob ich das Kapitel lieber abhakte und einsah, dass ich in Köln besser aufgehoben war. Jahrelang hatte ich einen Plan gehabt, und nun stand ich ohne da. Es fühlte sich an, als hätte man mir meine Rüstung genommen, mich schutzlos zurückgelassen, bereit, von der Welt hin- und hergeworfen zu werden. Ich war ein Mensch für Pläne. Nach London zu ziehen, war die einzige Veränderung, die mir keine Angst gemacht hatte, weil sie so viel Positives bereithielt – oder hätte bereithalten sollen. Nicht zu wissen, wie es weiterging, machte mir Angst.

Vielleicht fiel es mir deshalb trotz allem so schwer, nun zu fliegen. Weil es sich nicht wie ein Urlaub anfühlte, sondern wie ein Abschied. Lorie schien meine Laune gespürt zu haben, denn sie hatte angeboten, mich zum Flughafen zu bringen. Wir waren so gegensätzlich, doch ich hatte mich an unsere kleine WG mit all ihren Eskapaden und seltsamen esoterischen Gesprächen gewöhnt. Lorie war meine Freundin geworden. Als sie mich zum Abschied fest umarmt hatte, hatte ich das Gefühl gehabt, dass es ihr genauso ging.

»Nele?«

»Entschuldige, hast du was gesagt? Ist laut hier«, schob ich als Ausrede hinterher.

»Ich hab gefragt, wann du zurück bist und ob wir was machen wollen. Silvester bin ich leider schon verplant, aber passt es dir Anfang des Jahres? Wir könnten auch zur Neujahrsparade am ersten Januar.«

»Ich ...« Ursprünglich war es mein Plan gewesen, in London ins neue Jahr zu feiern. Doch gerade wusste ich nicht einmal, ob ich das noch wollte. Lorie hatte mir versprochen, dass es ein toller Abend werden würde, die Stadt groß genug war, um Matthew nie wieder über den Weg laufen zu müssen, wenn ich das nicht wollte ... aber es fühlte sich dennoch seltsam an.

»Ich weiß noch nicht.«

»Ist alles in Ordnung bei dir?« Levis lockerer Tonfall war einem besorgten gewichen. Ich kaute auf meiner Unterlippe, unsicher, wie viel ich erzählen sollte, und folgte den anderen Reisenden vorbei an Shops, deren Schaufenstern ich keinerlei Beachtung schenkte. Ich umklammerte das Smartphone fester, als ich weitersprach.

»Ich weiß es nicht«, antwortete ich wahrheitsgemäß.

»Ist etwas passiert?« Verdammt, wie erklärte ich das Ganze bloß, ohne dass Levi schlecht von mir dachte? Dann wiederum ... Wenn die Wahrheit dafür sorgte, dass ich in seinem Ansehen sank, war er kein guter Freund. Also gab ich ihm die Kurzzusammenfassung des Geschehenen, woraufhin er laut in das Mikrofon seines Handys atmete.

»Oh shit.«

»Yep ... Es war wirklich die Hölle im Büro. Deswegen weiß ich nicht, ob ich zurückkann. Mir ist klar, wie schwach das klingt.«

»Es ist nicht schwach, seine Grenzen zu kennen«, sagte Levi ruhig. »Nimm dir die Zeit, die du brauchst. Ich hab live mitbekommen, wie sehr du dich ins Zeug legst und wie du für diesen Job brennst, aber du weißt am besten, was du aushalten kannst und was nicht.«

»Danke«, sagte ich und bemühte mich, mehr Zuversicht in das Wort zu legen, als ich fühlte. Letztes Mal hatte ich es ausgehalten, war an der Schule geblieben, hatte die Sprüche an mir abprallen lassen, so gut es ging. Hatte nicht mehr geschrieben, mich aufs Lernen und die Unibewerbungen konzentriert. Doch was hatte es mir gebracht?

»Nun dann ... bis hoffentlich bald, Nele«, verabschiedete sich Levi von mir. »Meld dich unbedingt, solltest du das neue Jahr doch in London beginnen. Ich würd mich freuen!«

»Das mach ich. Bis hoffentlich bald«, erwiderte ich, und als ich auflegte und zum Gate 45 lief, das mich nach Hause führte, fühlte es sich an, als hätte ich mit diesen Worten auch den neu gefundenen Teil von mir verabschiedet.

Obwohl der Flug nur etwas über eine Stunde gedauert hatte, fühlte ich mich völlig gerädert und um Jahre gealtert. Ich hatte die Reise über Musik gehört und meinen Gedanken nachgehangen, die zunehmend negativer geworden waren. Sosehr ich mich freue, meine Eltern gleich in die Arme schließen zu können, wünschte ich mir, dass Undine auch da wäre. Sie hatte meine Nachricht gestern nicht mehr beantwortet, und gerade war es bei ihr mitten in der Nacht. Doch ich wusste, dass sie mir mit ihrer direkten, aber positiven Art hätte helfen können. Meinen Eltern hingegen wollte ich lieber nicht berichten, was gestern im Büro passiert war.

Ich folgte der Menschenmenge durch den Ausgang in die volle Flughafenhalle. Das Rollen von Koffern, gerufene Begrüßungen, eine Banddurchsage, dass man auf sein Gepäck achten solle – das letzte Mal, als ich all diese Geräusche gehört hatte, war ich voller Vorfreude in mein neues Leben gestartet. Nun war ich zurück, bevor es überhaupt richtig begonnen hatte.

»Nele!« Ich wandte den Kopf nach links, wo meine Mutter aufgeregt auf und ab sprang. Mein Vater stand lächelnd mit etwas Abstand hinter ihr. Als ich das Schild mit meinem Namen sah, das meine Mutter in der Hand hielt, musste ich widerwillig lachen.

Ich lief um die Absperrung herum und ließ mich von ihr in die Arme ziehen.

»So lang war ich nun auch wieder nicht weg«, nuschelte ich in ihr rot gefärbtes Haar.

»Mag sein, aber ich wollte so etwas immer mal machen – wie man es in den Filmen sieht, eben. Lass dich ansehen.« Sie hielt mich von sich und musterte mich eingehend. »Du siehst etwas müde aus. War die Reise anstrengend?«

Ich nickte, dankbar für die Ausrede.

»Na, mein Spatz«, sagte mein Vater, als er mich umarmte. »Schön, dass du wieder hier bist. Ich dachte, wir gehen heute zur Feier des Tages Pizza essen, was sagst du?«

Ich nickte und zwang mich zu einem Lächeln. »Das klingt super.«

Dass ich keinen Appetit hatte, verschwieg ich. Ich fühlte mich so schon undankbar genug, weil ich ihre aufrichtige Wiedersehensfreude nicht erwiderte. Ich wollte weder hier sein noch in London. Hätte es die Möglichkeit gegeben, für einige Tage einfach von der Erdoberfläche zu verschwinden, ich hätte sie ergriffen. Doch leider war das hier kein Videospiel, das man speichern und im Zweifel noch einmal neu laden konnte. Ich musste mit den Konsequenzen meines Handelns leben.

43. KAPITEL

Matthew

Mein Atem malte weiße Muster in die morgendliche Luft, und würde ich nicht seit Neles Abreise vor drei Tagen auf Autopilot funktionieren, hätte ich mir nun mit Sicherheit wortwörtlich den Hintern an der Bank abgefroren, auf der ich gerade saß.

Im Innern des Heims brannte bereits Licht, doch ich kannte Mrs Green lang genug, um ihre Routinen verinnerlicht zu haben. Um Punkt sieben Uhr stand sie auf der Matte. Wer von den Kindern früher wach war, musste sich mit der Nachtschicht begnügen, sollte etwas sein. Ich hatte nicht einmal gewusst, dass ich das Heim besuchen wollte, bis ich mich heute Morgen nach einer weiteren schlaflosen Nacht in die Tube begeben hatte.

Ich hörte ihre Schritte auf dem Kiesweg, bevor ich Mrs Green sah.

»Matthew?« Der Bewegungsmelder an der Eingangstür tauchte ihre verwirrten Züge in ein warmes Licht. »Was machst du denn so früh hier?«

»Ich wollte mit Ihnen sprechen«, erwiderte ich. Warum ausgerechnet um diese Uhrzeit, wusste ich selbst nicht. Vielleicht, weil ich keine Sekunde länger hatte warten können. Ich musste etwas ändern. Dinge in Angriff nehmen.

Mrs Green musterte mich mit schwer zu deutender Miene. »Weißt du, ich hab dich erst einmal so gesehen. Mit diesem

Blick. Geht es um deine Eltern? Ich weiß, es ist kurz vor Weihnachten und ...«

»Nein«, unterbrach ich sie und war selbst überrascht von meinem Ton. Meine Stimme war beinahe so kühl wie die Dezemberluft, die uns umgab. Dabei war der Grund, weshalb ich hier war, eigentlich ein positiver, oder etwa nicht? »Können wir kurz reden?«

»Na, dann komm mal mit rein.«

Ich stand auf, wobei die Jeans unangenehm kalt an meinen Beinen rieben, und folgte Mrs Green ins Innere des Gebäudes, das so lange mein Zuhause gewesen war und sich doch selten so angefühlt hatte. Konnte ein Ort, der einem immer nur zeigte, was fehlte, nicht was man hatte, jemals ein Zuhause werden?

»Guten Morgen«, grüßte uns Mr Rook, der erst seit knapp einem Jahr hier arbeitete.

Einige weitere Begrüßungen und Small Talks später hatten wir Mrs Greens kleines Büro erreicht. Sie öffnete die Tür und bat mich dann hinein. Trotz der gemischten Gefühle, mit denen ich diesen Raum stets betrat, musste ich lächeln. Früher war es immer etwas ganz Besonderes gewesen, wenn eines von uns Kindern in Mrs Greens Büro gekommen war – ein bisschen so, wie das Lehrerzimmer an der Schule von innen sehen zu dürfen. Gleichzeitig brachte mich die Tatsache zum Schmunzeln, dass es noch genauso aussah wie früher: dieselben Familienfotos hinten an der Wand sowie die der beiden – mittlerweile verstorbenen – Katzen. Der Schreibtisch war aufgeräumt und frei von jeglichem Staub, und auf dem tiefen Regal stand eine French Press, weil Mrs Green der Kaffeemaschine der Kantine nichts abgewinnen konnte. An allem in diesem Gebäude hafteten Erinnerungen.

Einen Unterschied zu früher gab es jedoch: Mrs Green setzte sich nicht an ihren Schreibtisch, sondern auf einen der Sessel in der Ecke neben der Tür. Sie deutete auf den zweiten ihr gegenüber, auf dem ich mich niederließ.

»Also? Was gibt es?«

»Ich würde gern mehr für das Heim machen. Also mehr als die Bücherspenden für die Bibliothek. Gibt es da was, was ich tun könnte?«

Ich wusste, dass Hazel, die mit mir hier aufgewachsen war, einen Bogenschießclub leitete und die Sportkurse der Kinder mitfinanzierte. Meine sportlichen Aktivitäten beschränkten sich auf Joggen im Sommer, ein wenig Gewichtestemmen und gelegentliches Kicken mit Sam, aber irgendwas für mich gab es bestimmt.

Mrs Green musterte mich eine Weile, bevor sie mit ungewöhnlich sanfter Stimme sprach.

»Warum? Versteh mich nicht falsch, ich finde es großartig, dass du helfen willst. Natürlich bist du hier immer willkommen, und ich würde mich freuen, dich häufiger zu sehen. Aber wann immer du uns Bücher gebracht hast, habe ich dir angeboten, für Lesenächte zu bleiben oder dich etwas mehr zu involvieren, und du hast stets abgelehnt. Warum der Wandel?«

»Weil mir bewusst geworden ist, dass ich nicht will, dass jemand anderes so aufwächst wie ich.«

Mrs Green hob die Brauen und legte den Kopf schief, nicht verurteilend, eher neugierig.

»Damit meine ich nicht das Heim oder das, was Sie und die anderen hier leisten. Aber all die Jahre habe ich mir eingeredet, dass ich klarkomme und alles habe, was ich brauche. Ich hab mit meinen Eltern abgeschlossen. Doch die Tage ist etwas vorgefallen, das mir gezeigt hat, dass mir doch etwas fehlt.« Denn das Loch, das Nele hinterlassen hatte, war schon vor ihr da gewesen, auch wenn ich gut darin gewesen war, es zu übersehen.

»Und zwar?«

Ich wollte es nicht aussprechen müssen. Allein die Erkenntnis machte mich verletzlich und gab mir das Gefühl, dass ich kein Stück weiter war als damals. Dass ich mich immer noch nach der Liebe sehnte, die ich früher nie erhalten hatte. Ich wusste, dass Yong-Jae und Sam mich mochten, dass ihre Freundschaft echt war. Doch abgesehen davon? Ich wohnte nicht in der WG, weil ich mir nichts anderes leisten konnte, sondern weil ich mir nichts Schlimmeres vorstellen konnte, als in eine leere Wohnung zurückzukommen und allein zu sein. Ich hatte die Einsamkeit mit Erfolg und Arbeit im Zaum gehalten, doch in ihrem Kern war sie nach wie vor da.

»Ich will den Kindern hier das Gefühl geben, dass jemand für sie da ist«, antwortete ich also ausweichend. »Dass sie etwas wert sind, Dinge erreichen können ...« Ich hob die Schultern, unsicher, wie ich mich erklären sollte, doch Mrs Green nickte.

»Was genau schwebt dir vor?«

»Ich hatte gehofft, das könnten Sie mir sagen.«

»Ich fände es wie gesagt toll, wenn wir eine Lesenacht veranstalten könnten. Vielleicht bekommst du ja sogar ein paar der Kinderbuchautoren organisiert? Die wenigsten nutzen die Bibliothek so rege wie du damals. Lag vielleicht daran, dass ihr keine Smartphones von uns bekommen habt. Wenn du aber etwas Regelmäßigeres möchtest ... Hm.«

Plötzlich kam mir eine Idee. Was, wenn ich den Kindern geben konnte, was Albert mir gegeben hatte?

»Vielleicht ... Sie haben immer gesagt, dass ich so eine Wandlung durchlebt hätte, nachdem ich das Praktikum bei Albert gemacht habe. Was, wenn ich die Kids dabei unterstütze, herauszufinden, was sie wollen? Ich wette, jeder hat irgendein Talent oder Hobby, das er oder sie ausbauen möchte.«

»Das ist ein ganz schön breites Unterfangen«, meinte Mrs Green, klang dabei jedoch nicht negativ.

»Ja, möglicherweise. Aber ich bin mir sicher, mit den anderen Ehemaligen könnte ich eine Art Netzwerk aufbauen. Hazel bringt ihnen doch auch Bogenschießen bei. Ich mach mich mal schlau, in welchen Bereichen die anderen jetzt arbeiten.«

»So was wie eine Jobmesse?«

»Nur in cool«, erwiderte ich schmunzelnd. »Aber es muss ja gar nicht auf Jobs ausgelegt sein. Ich weiß noch, wie wir immer auf die Wandertage in der Schule oder die Ausflüge im Heim hingefiebert haben. Ich glaube, ein paar neue Impulse, nur eben regelmäßiger, wären nicht verkehrt. Was Leseclubs oder Schreibcoachings und dergleichen angeht, kann ich definitiv ein Team zusammentrommeln.«

Auf Mrs Greens Gesicht legte sich ein Lächeln, als sie nickte. »Das klingt ganz wunderbar. Mr Rook und Mrs Çelik sind auch gerade dabei, sich neue Ideen für das Heim auszudenken. Sie sind beide noch nicht so lang hier und bringen frischen Wind rein. Setz dich vielleicht mal mit ihnen zusammen.«

»Das mach ich! Danke!« Ich merkte, wie sich der graue Nebel, der mich seit Neles Abreise umschlossen hielt, ein wenig lichtete. Wenigstens hier würde ich Gutes tun können.

Mrs Greens Lächeln wich einem ernsteren, nachdenklicheren Ausdruck, als sie mich betrachtete.

»Ich freu mich über deinen Entschluss. Aber was auch immer vorgefallen ist: Lass nicht zu, dass es deinen Erfolg und deine persönliche Entwicklung schmälert.«

Es war immer wieder erschreckend, wie gut mich diese Frau nach all den Jahren kannte. Wie sie in der Lage war, meine Emotionen innerhalb weniger Sekunden zu erfassen.

»Schau doch nur, wo du jetzt bist«, fuhr sie fort. »Dass du diese Position zum Helfen nutzen möchtest, ist großartig. Ich bin wirklich stolz auf dich.«

Worte, nach denen ich mich immer gesehnt hatte und die

nun lediglich ein Brennen in meiner Brust hinterließen. Denn trotz all der Entwicklung, die ich hingelegt hatte, war ich doch noch nicht da, wo ich sein wollte. Machte Fehler, die anderen schadeten. Stolz war definitiv nicht das, was ich empfand, wenn ich an die aktuelle Situation im Büro und an Neles Abreise dachte.

»Guten Morgen«, grüßte mich Emma, und obwohl endlich wieder ein leichtes Lächeln auf ihrem Gesicht lag, konnte es meine Laune nicht heben.

»Morgen.« Ich schnappte mir die Post, die sie wie jeden Morgen für mich auf dem Tresen bereitgelegt hatte, und ging direkt in Richtung meines Büros. Den Weg in die Kaffeeküche sparte ich mir seit Neles Abreise. Ich hatte natürlich gehört, was dort vorgefallen war – Yong-Jae hatte es mir beim Abendessen erzählt –, und aktuell hatte ich wenig Lust, Danielle oder Jake über den Weg zu laufen. Vielleicht sollte ich es angehen wie Mrs Green und mir eine French Press und einen Wasserkocher direkt ins Büro stellen.

»Matt!«

Cassedy kam mir entgegengesprungen, ein breites Grinsen auf dem Gesicht. Wie kam es, dass alle schon wieder bessere Laune hatten? Spielte es für sie keine Rolle mehr, was am Montag vorgefallen war?

»Rate, was gerade reinkam?«

Ich zuckte mit den Schultern, um zu symbolisieren, dass ich keine Ahnung hatte.

»Spielverderber«, meinte Cass augenrollend. »Ein Angebot für Neles Projekt.«

Allein ihren Namen zu hören versetzte mir einen Stich. Sie war abgereist, ohne sich zu verabschieden. Etliche Male hatte ich überlegt, ihr zu schreiben, es dann jedoch gelassen. Wir hatten bereits liebevolle Worte des Lebwohls und einen letzten Kuss geteilt. Es gab nichts mehr zu sagen. Jedes weitere Wort hätte es für Nele nur unnötig erschwert, zur Normalität zurückzufinden.

»Ein Pre-Empt-Angebot! Und es ist gut, viel besser, als ich geglaubt hätte! Anscheinend hatte Nele den richtigen Riecher, und der Buzz und die Mysterie rund um den Street Artist sind größer, als man denkt. Redprint meinte schon vorab, dass sie das Exposé unbedingt sehen wollen, anscheinend waren ihnen die Linearts bereits ein Begriff.«

»Das ist super«, sagte ich und schaffte es für einen kurzen Moment nicht, die aufrichtige Freude zu verbergen, die ich bei den Neuigkeiten empfand. Wenn ein Verlag ein Angebot preempt an uns schickte, bedeutete das, dass er das Projekt wirklich wollte. Denn meist war die gebotene Summe höher – jedoch hatte man in der Regel nur vierundzwanzig bis achtundvierzig Stunden Zeit, um das Angebot anzunehmen, was uns schon mal unter Druck setzen konnte, wenn man auf Antwort weiterer Verlage hoffte. So wie Cassedy strahlte, war das hier jedoch nicht der Fall. Wenn das Buch dann noch schnell einen Programmplatz beim Verlag finden würde …

»Ich hoffe, sie bringen es schon im nächsten Herbstprogramm unter«, führte Cassedy meinen Gedankengang fort. »Das wäre der Hammer. Dann könnte Nele den gesamten Veröffentlichungsprozess während ihres Volontariats begleiten und auch die ersten Lesungen und Events mitorganisieren.«

»Weiß sie es schon?«

Cassedy schüttelte den Kopf. »Nein, es kam wirklich gerade erst rein. Sie ist im CC, aber ich bin mir nicht sicher, ob sie ihr Diensthandy mitgenommen hat und aktuell ihre Arbeitsmails checkt …«

»Dann ruf sie besser schnell an. Für so einen Call kann man

im Urlaub vielleicht eine Ausnahme machen«, meinte ich mit einem Lächeln, und auch wenn der Gedanke, diesen Erfolg nicht mit Nele feiern zu können, mich wehmütig stimmte, freute ich mich von ganzem Herzen für sie. Hoffentlich zeigte ihr diese Neuigkeit, dass die Worte der anderen nur Schall und Rauch waren. Dass ihre Kompetenz, ihre Kreativität und ihr Ehrgeiz stärker wogen.

»Ich finde, du solltest es ihr sagen.« Cassedy sah mich nachdrücklich an.

»Wieso?« Allein die Vorstellung, endlich wieder Neles samtige Stimme hören zu können, den niedlichen Akzent, der bei manchen Wörtern durchdrang, ließ einen Schauer durch meinen Körper fahren. Doch ich durfte dieser Sehnsucht nicht nachgeben. Ich wusste, wohin sie führte. Außerdem hatte Nele nach wie vor nicht auf meine letzte Nachricht geantwortet. Vermutlich war es besser so. Es würde es nur schwerer machen, die Gefühle für sie zu verlieren, wenn wir privat Kontakt hielten.

»Es wirkt viel größer, wenn es von dir kommt. Es ist ja ihr erstes Projekt«, meinte Cassedy, und die Ausrede war so miserabel, dass ich unter anderen Umständen gelacht hätte. »Außerdem hab ich echt viel zu tun, jetzt, da Nele schon Urlaub hat. All ihre Mails flattern bei mir rein, ich muss das Angebot weiterleiten, einen Termin mit dem Artist machen …«

»Dann erfährt sie es wohl erst nach ihrem Urlaub. Ich hab gleich einen Call mit einer Autorin, die todunglücklich mit Titel und Cover ist, die sie gestern erhalten hat. Vielleicht ohnehin besser, wenn wir Nele nicht anrufen. Sonst stürzt sie sich wieder in die Arbeit, und letzten Endes ist es die Entscheidung des Artists, das Angebot anzunehmen oder eben nicht«, entgegnete ich möglichst locker. Cassedy nickte, doch in ihrem Blick erkannte ich Mitleid. Seltsamerweise freute mich das, denn es bedeutete, dass Nele hier immerhin eine weitere Verbündete hatte. Das änderte jedoch nichts, nicht für mich zumindest. Ich hatte Nele versprochen, dass es wieder besser wurde. Dass ich mich um alles kümmern würde. Dazu gehörte, den Abstand zu ihr zu wahren, so schwer es mir auch fallen mochte.

44. KAPITEL
Nele

»Schatz?«

Mit einem Grummeln klappte ich das Buch zu, dessen Worte ohnehin durch meinen Kopf gezogen waren, ohne dort hängen zu bleiben, und stand vom Bett in meinem alten Kinderzimmer auf. »Ja?«, rief ich zurück.

»Kommst du bitte mal runter? Ich brauche deine Hilfe bei etwas.«

Die Unlust, die ich bei der Frage verspürte, bereitete mir ein schlechtes Gewissen. Heute war Heiligabend. Zumindest heute sollte ich mich doch zusammenreißen können. Ich war in den letzten Tagen so abwesend gewesen, dass meinen Eltern mittlerweile klar sein musste, dass was im Busch war. Sie hatten mich jedoch nie lange mit Fragen bedrängt, was ich zu schätzen wusste. Trotzdem konnte ich mir denken, dass eine Weihnachtszeit, in der ihre ältere Tochter in den Staaten blieb und ihre jüngere die Stunden auf ihrem Zimmer absaß, nicht gerade das war, was sie sich wünschten.

Ich trat vor den langen, gewellten Ikea-Spiegel an meiner Wand und klopfte mir auf die Wangen, in der Hoffnung, dass das meine Lebensgeister zurückkehren ließ. Wirklich wacher sah ich danach jedoch nicht aus. Meine Augenringe waren zwar nicht mehr so dunkel wie zuvor, doch meine Haare waren ein einziges Chaos, und die Unmengen an Süßigkeiten, die ich in den letzten Tagen frustriert in mich hineingestopft hatte, hatten mir einen Pickel am Kinn beschert. Na super.

Trotzdem straffte ich die Schultern ein wenig und zog meinen Pullover gerade. An Heiligabend war es bei mir, meiner Schwester und meiner Mutter Tradition, frühmorgens den Baum zu dekorieren. Ich hatte nie ganz verstanden, wieso wir es so knapp vor den Festtagen taten und demnach weniger davon hatten, doch ich liebte diesen Brauch und hatte versprochen zu helfen. Die Vorstellung, dass meine Mutter ihn, wenn ich nun auch noch fernbliebe, allein fortführen musste, schaffte es, dass ich mich endlich aufraffte und nach unten ging.

»Hey, Mama«, sagte ich, als ich das Wohnzimmer betrat, in der Erwartung, sie dort mit Kartons voller Kugeln und Dekoration zu sehen. Die Kartons waren da und standen neben dem Nadelbaum, den mein Vater gestern schon in die Halterung gesteckt hatte, von meiner Mutter fehlte jedoch jede Spur.

»Hier«, kam es aus der Küche, in der wir vorhin noch gefrühstückt hatten, bevor ich mich wieder in mein Zimmer verkrümelt hatte. Ich runzelte die Stirn, als ich sah, dass die Tür geschlossen war, und drückte sie auf.

»Überraschung!«

»Was machst du denn …« Weiter kam ich nicht, denn Undine flog mir im nächsten Moment in die Arme und drückte mich fest an sich.

»Ich hab dich vermisst!«

Es brauchte nur zwei Sekunden der Umarmung meiner Schwester, bis ich mich zum ersten Mal seit Tagen wirklich entspannte. Obwohl Undine so viel lauter, extrovertierter und quirliger als ich war, war sie doch stets mein Ruhepol und erdete mich.

»Ich dich auch«, sagte ich. »Ich dachte, du verbringst Weihnachten in New York?«

»Doch nicht, wenn du hier rumhängst wie ein Trauerkloß.« Sie wich einen Schritt zurück und sah mich an. »Es ist noch schlimmer, als Mama berichtet hat. Wann hast du zuletzt geduscht?«

Meine Mutter lachte im Hintergrund, und trotz allem, was in letzter Zeit passiert war, fiel ich mit ein. Das war meine Schwester: so direkt, dass es manchmal wehtat, aber immer für mich da.

»Gestern«, sagte ich mit nach wie vor zuckenden Mundwinkeln. »Du siehst morgens auch nicht besser aus.«

»Mag sein, aber in der Regel hab ich keine Schokoflecken auf meinem Outfit.« Sie tippte mit dem Zeigefinger auf die Stelle über meiner Brust, auf der tatsächlich braune Schokoladenreste zu finden waren.

»Jetzt ärgere deine Schwester nicht und bring lieber deine Sachen nach oben. Ich mach schon mal den Sekt auf.«

»Sekt?«, fragten Undine und ich zeitgleich.

»Na, wenn ich meine beiden Töchter endlich wieder unter einem Dach habe, darf ich ja wohl darauf anstoßen. Außerdem lässt der Baum sich so besser schmücken.«

»Na gut. Aber nur, wenn Nele sich was halbwegs Normales anzieht.« Undine ließ ihren Blick erneut über mich wandern.

»Fünf Minuten zu Hause und du kommandierst mich schon wieder herum«, erwiderte ich mit gespielt gequältem Seufzen.

»Zu Recht. Auf, auf.« Sie gab mir einen Klaps auf den Po, schnappte sich ihren Handgepäckskoffer und ging an mir vorbei die Stufen nach oben. »Und glaub ja nicht, dass du mir genauso ausweichen kannst wie Mama und Papa«, raunte sie mir zu, als unsere Mutter in der Küche verschwunden war, um den Sekt zu holen. »Bei den beiden magst du Schonfrist haben, aber ich will wissen, wieso du eine Woche zu früh zurück bist.«

Am Ende der Treppe angekommen, warf sie mir einen bedeutungsschwangeren Blick zu.

»Ja, ja«, murmelte ich und verkniff mir ein Seufzen.

Undine zwinkerte mir zu und verschwand dann in ihrem alten Kinderzimmer, das gegenüber von meinem lag. Mit einem Blick an mir hinab beschloss ich, dass meine Schwester recht hatte. Ich konnte wirklich eine schnelle Dusche und einen Outfitwechsel gebrauchen. Früher oder später würde ich aus meinem Schneckenhaus hinausmüssen, und Heiligabend war wohl ein besserer Anlass als jeder andere.

Etwas später saß ich frisch geduscht und mit dem Gefühl, wieder ein Mensch zu sein, mit Undine und meinen Eltern auf der Couch im Wohnzimmer. Mein Vater las eines seiner Kunstmagazine, meine Mutter trank ihr zweites Glas Sekt, und meine Schwester hatte den Kopf in meinen Schoß gelegt und erzählte von New York. Das erste Mal, seit ich aus London abgereist war, verspürte ich wieder Glück. Ein Lächeln legte sich auf mein Gesicht, und diesmal war es aufrichtig.

»Na, schau an.« Mein Vater hob den Blick von seiner Zeitschrift. »Unsere Tochter ist zurück. Wer hätte gedacht, dass es lediglich ein wenig Alkohol braucht.«

»Oh, haha«, erwiderte ich, nahm jedoch das Sektglas, das meine Mutter aufgefüllt hatte und mir reichte, dankend entgegen.

»Es ist so schön, euch wieder hier zu haben«, sagte sie zum bestimmt fünften Mal an diesem Tag. »Und unser Baum ist prächtiger denn je.«

»Er ist das reinste Chaos«, meinte Undine und drehte den Kopf auf meinem Schoß zur Seite, um ihn betrachten zu können.

»Sag ich ja.« Meine Mutter lachte, und ich betrachtete die

überhaupt nicht zueinanderpassenden Kugeln ein weiteres Mal. Sie liebte Weihnachten und hatte Undine und mich jedes Jahr mit in den Baumarkt genommen, wo wir uns jeweils eine Christbaumkugel hatten aussuchen dürfen. Das hatte sich relativ schnell zu einem Wettbewerb entwickelt, wer von uns beiden wohl die hässlichste von allen fand. Ich war nach wie vor der Meinung, dass mein pinkes Mops-Weihnachtsornament mit Discokugel darüber alle anderen toppte.

Die Geschenke lagen bereits unterm Baum, und ich erkannte schon an der Verpackung, dass mein Vater mir eines meiner Bücher von der Wunschliste gekauft und eingepackt haben lassen musste.

»So, es wird Zeit für *Kevin – Allein zu Haus*!«, sagte meine Mutter bestimmt und griff nach der Fernbedienung. Mein Vater stöhnte, war es doch eine weitere Familientradition, von der er vorgab, sie zu hassen. Ich war mir mittlerweile ziemlich sicher, dass das nur gespielt war, denn heute Morgen beim Frühstück hatte er meiner Mutter noch ohne Aufforderung die Sendezeit aus der Fernsehzeitschrift herausgesucht.

»Keine Widerrede«, meinte meine Mutter lachend. »Sonst gibt es nachher weder Weihnachtsessen noch Bescherung!«

»Kochen muss doch eh Papa«, bemerkte Undine, doch meine Mutter stoppte unser Kichern mit einem »Psht«, da die Werbung endete und der Film startete.

Ich grinste in mich hinein, als ich sah, wie mein Vater immer wieder von seiner Lektüre aufblickte und das Magazin irgendwann gänzlich zur Seite legte. Undine rappelte sich von meinem Schoß auf und kuschelte sich mit ihrer Decke neben mich. Wir beide saßen, wie schon seit Kindertagen, auf der linken Seite des u-förmigen Sofas, während unsere Eltern die andere Seite und den Mittelteil beanspruchten.

»Also«, flüsterte sie. »Erzähl von London.«

»Du weißt doch alles. Es ist die beste Stadt der Welt.«
»Nach New York.«
»Diskutabel«, entgegnete ich und stupste ihr mit dem Ellbogen in die Seite.

»Wieso bist du früher abgereist, warum wegen Matthew, und was hat er getan, dass du dich aus der zweitbesten Stadt der Welt vertreiben lässt? Als ich deine Nachricht bekommen hab, dachte ich, ich seh nicht richtig.«

Panisch warf ich einen Blick zu meinen Eltern, da ich auf keinen Fall wollte, dass sie etwas von dem Gespräch mitbekamen, doch unsere Mutter lächelte uns nur zu und schien das geflüsterte Gespräch nicht mithören zu können, und unseren Vater hatten wir mittlerweile vollkommen an den Film verloren.

»Ich bin nicht seinetwegen früher weg. Nicht wirklich zumindest. Wir haben beide Fehler gemacht, weg bin ich, weil wir uns nicht an unsere eigene Abmachung gehalten haben und ich die Konsequenzen zu spüren bekommen hab.« Ich seufzte leise. »Früher oder später wäre das wohl eh passiert.«

Ich gab ihr eine Zusammenfassung der Weihnachtsfeier und des wohl schlimmsten Arbeitstags meines Lebens, und als ich fertig war, war es Undine, die seufzte.

»Ich weiß, du hast es mir von Anfang an gesagt.«
»Ja … aber ich werd es dir nicht unter die Nase reiben, ich glaub, du leidest genug.«

Ich gab ein zustimmendes Grummeln von mir, und Undine legte ihren Kopf auf meine Schulter.

»Ach, Mann. Und was machst du, wenn du zurückgehst?«

Falls ich zurückgehe …

Doch den Gedanken sprach ich nicht aus, denn ich konnte mir denken, was meine Schwester davon hielt. Natürlich würde ich zurück nach London müssen, meine Sachen waren noch dort, und ich hatte die Miete im Voraus bezahlt. Doch ich war immer unsicherer, ob ich zurück ins Büro wollte. Dabei waren es nicht Matthew und der Gedanke, ihn ständig sehen zu müssen, die mich aufhielten. Es war mehr als das. Es war Angst. Angst, mich wieder klein zu fühlen, mir wieder einen Teil von mir nehmen zu lassen, so wie damals, als ich mit dem Schreiben aufgehört hatte. Ich wollte nicht von vorn anfangen, schweigen, meine Stimme und Kreativität nicht nutzen können. Ich hatte mir geschworen, dass diese Zeiten vorüber waren. Doch ich war auch nicht stark genug, all diesen Sprüchen jeden Tag standzuhalten. Also tat ich das Einzige, was mir in der Situation übrig blieb: Ich lief davon. Es mochte feige wirken, vor etwas wegzulaufen, was mir Angst machte. Doch Angst hatte mich bereits einmal gelähmt und mir viel genommen. Dafür zu sorgen, dass das kein zweites Mal geschah, war ein stummes Versprechen an mich selbst, auf mich zu achten.

»Hoffst du darauf, dass sich das Ganze bis dahin beruhigt hat?«, hakte Undine nach. Ich schüttelte den Kopf, denn das wäre naiv gewesen.

»Das wird nicht passieren. Oder es wird passieren, dann jedoch nie für lange, denn wann immer ich etwas erreiche, wird es darauf zurückgeführt werden.«

»Das weißt du nicht sicher«, sagte Undine.

Mein Vater stieß ein lautes Prusten bei einer lustigen Szene aus und tarnte es als Husten, was wiederum meine Mutter zum Lachen brachte.

»Lass uns später reden, ja?«, wisperte Undine. »Wir finden eine Lösung, versprochen. Und wenn wir dir über Weihnachten einen Job in einer anderen Agentur suchen!«

Ich nickte und versuchte, so zuversichtlich zu wirken wie meine Schwester, doch die unangenehme Schwere legte sich bei ihren Worten wieder auf meine Brust. Ich hatte gehofft, dass sie mir gut zureden, mir meine Angst nehmen würde. Meine Schwester war nicht der Typ, Aussagen in Watte zu verpacken, genauso wenig neigte sie dazu, zu katastrophisieren – im Gegensatz zu meinem Kopf. Vielleicht gab es wirklich eine Lösung, vielleicht war die Situation nicht so ausweglos, wie sie sich für mich in diesem Moment anfühlte. Doch vielleicht bedeutete es auch, mir etwas Neues suchen zu müssen.

Ich kuschelte mich mit unter die Decke, doch es war aussichtslos, mich auf den Film konzentrieren zu wollen. Meine Gedanken waren überall und nirgendwo, und doch festigte sich einer immer mehr: Ich konnte nicht ins Büro zurück, so wenig mir der Gedanke behagte, die Agentur und Kolleginnen wie Victoria und Cassedy zurückzulassen. Doch ich konnte auch nicht hierbleiben. Ich hatte meine WG in Köln nach Abschluss meines Masters aufgegeben. Ich liebte meine Eltern, aber auf keinen Fall würde ich zurück in mein Kinderzimmer ziehen. Und ich wollte unbedingt Fuß in der Branche fassen. Welche Möglichkeit blieb mir also?

Ob ich trotz der kurzen Zeit um ein Empfehlungsschreiben bitten und mich woanders bewerben könnte? Doch wie sollte ich den Wechsel in Vorstellungsgesprächen erklären?

Ich habe mit meinem Chef geschlafen, ups. Mit Ihnen passiert mir das nicht noch mal, keine Sorge.

Ja, damit würde ich mit Sicherheit punkten.

Unter meinem Oberschenkel vibrierte es, und ich zog mein Handy darunter hervor.

Ich hielt die Luft an, und mein Herz setzte einige Schläge aus.

Matthews Name prangte auf meinem Display. Auf seine letzte Nachricht, in der er sich nach meinem Wohlergehen erkundigt hatte, hatte ich nie geantwortet. Ob er mittlerweile wusste, dass ich nach Deutschland geflogen war?

Mit trockenem Hals und nun viel zu schnell pochendem Herzen entsperrte ich mein Handy, um lesen zu können, was Matthew wollte.

Matt, 11.20 am:
Cassedy hat es dir bestimmt schon gesagt, aber ich wollte dir sicherheitshalber auch noch einmal schreiben, wie großartig das mit Taylor ist. Gute Arbeit, du kannst stolz auf dich sein.

Matt, 11.21 am:
Ich hoffe, es geht dir gut. Hab schöne Feiertage zu Hause.

Noch mehr, als von Matthew zu hören, verwirrte mich der Inhalt der ersten Nachricht. Ich las den Text ein zweites Mal. Gute Arbeit? Cassedy hatte es mir gesagt? Mir was gesagt? Ich hatte seit meiner Abreise nichts von ihr gehört. Meinen Laptop hatte ich in London gelassen, mein Diensthandy befand sich zwar in meinem Reiserucksack, war jedoch ausgeschaltet. Ich hatte Cassedys private Nummer, aber von mir aus hatte ich mich nicht melden wollen, aus Angst, dass sie wütend war. Wie konnte sie auch nicht wütend sein, nachdem ich sie in der Kaffeeküche hatte stehen lassen?
»Alles in Ordnung?« Undine rückte ein Stück näher zu mir und beugte sich über mein Handy. Reflexartig zog ich es weg, reichte es ihr jedoch im nächsten Moment. Früher oder später würde ich es ihr ohnehin erzählen.
»Wer ist Taylor? Oh warte, die Linearts! Oh mein Gott, ist euer Projekt unter Vertrag?«
»Anscheinend, ja«, sagte ich. Ob Taylor es schon wusste? Ich musste them unbedingt anrufen. Das war großartig. Hoffentlich war der Vorschuss hoch genug, um wenigstens ein paar von Taylors Problemen zu lösen. Trotz allem, was vorgefallen war,

flutete Stolz meinen Körper. Undine schien es ähnlich zu gehen, denn mit einem Quietschen warf sie die Arme um mich.

»Glückwunsch! Wie abgefahren ist das denn? So kurz dabei und schon einen Vertrag klargemacht!«

»Gute Neuigkeiten?«, fragte meine Mum und sah neugierig zu uns.

Ich winkte ab, doch Undine nickte bereits. »Ja! Nele hat jemanden unter Vertrag bekommen! Ganz allein.«

»Nicht ganz allein, meine Vorgesetzte Cassedy war bei den Gesprächen dabei und …«

»Ja, aber du hast Taylor entdeckt und überzeugt. Mach dich nicht wieder kleiner, als du bist.« Sie grinste. »Du bist so schon klein genug.«

Ich rollte mit den Augen. »Deine Beleidigungen waren auch mal origineller. Ist dein Deutsch da drüben eingerostet?«

»Jetzt lenk nicht ab«, meinte Undine und wandte sich unseren Eltern zu, die nun beide gar nicht mehr auf den Film achteten. »Die Agentur wollte im Non-Fiction-Bereich eine neue Richtung einschlagen, und Nele hatte nicht nur die zündende Idee, sondern hat auch direkt einen angesagten Artist unter Vertrag bekommen. Gerade kam die Nachricht, dass ein Verlag ein Angebot gemacht hat!«

»Das ist ja großartig!« Meine Mutter strahlte über das ganze Gesicht. »Wenn ich den Sekt nicht schon merken würde, würde ich anbieten, dass wir anstoßen!«

»Das ist wirklich super.« Mein Vater lächelte mir zu. »Und wir haben uns schon Sorgen gemacht, dass es in London nicht läuft, weil du so früh zurück bist. Dann war die Sorge unbegründet?«

Ich nickte eilig, bevor Undines große Klappe mich in Erklärungsnot bringen konnte. »Ja, war sie. Es läuft alles.«

Und zwar gewaltig schief.

Doch den Gedanken behielt ich für mich, und meinen Eltern schienen meine Worte zu genügen, denn sie wirkten mehr als stolz. Ich erwiderte das Lächeln und versuchte, das Schuldgefühl zu verdrängen. Es war weniger das schlechte Gewissen, meine Eltern angelogen zu haben – denn gemeinsam mit Undine würde mir eine Lösung für alles einfallen. Es war vielmehr das Schuldgefühl mir selbst gegenüber, weil ich mir diese Chance verbaut hatte, obwohl ich ganz offensichtlich – wie der Erfolg zeigte – gut war in dem, was ich tat.

»Weiterschauen«, befahl ich. »Mit den Traditionen wird nicht gebrochen, reden können wir später.«

Lachend wandte sich meine Mutter wieder dem Fernseher zu. Die Sorge, die ich seit meiner Ankunft in ihren Augen hatte lesen können, war verschwunden. Meine hingegen nicht. Taylor würde ein Buch veröffentlichen. Das war großartig. Dass ich them frühestens bei meiner Rückreise nach London mitteilen musste, dass das Ganze ohne mich würde geschehen müssen, war jedoch das Gegenteil von großartig. Das Lächeln schwand von meinem Gesicht, und meine Brust zog sich schmerzhaft zusammen. Undine schien meinen Stimmungsumschwung zu bemerken, denn sie drückte unter der Decke meine Hand.

Ich hasse, dass ich mich selbst so bemitleidete, dass ich mich nicht mehr für Taylor freuen konnte, weil ich nur sah, was ich verpassen würde. Am meisten jedoch hasste ich, dass alles in mir, jede einzelne Faser meines Körpers, Matthew antworten wollte.

45. KAPITEL
Matthew

Zum wiederholten Mal an diesem Morgen sah ich auf mein Smartphone, doch Nele hatte nach wie vor nicht geantwortet. Gestern hatte ich mir eingeredet, dass es daran lag, dass sie Zeit mit ihrer Familie verbringen wollte. Durch Sam wusste ich, dass die große Feier in Deutschland am 24. stattfand, nicht, wie bei uns, heute Morgen. Doch meine Nachricht wurde als gelesen angezeigt, Nele mehrmals als online – und eine Reaktion hatte ich nach wie vor nicht erhalten.

Frustriert warf ich das Handy zurück auf mein Bett. Was tat ich hier überhaupt? Ich hatte mich nicht bei ihr melden wollen. Es war völlig verständlich, dass sie mir nicht schrieb, wieso auch? Ich an ihrer Stelle würde auch nichts tun, was die Situation im Büro weiter verschlimmern könnte. Dennoch hatte ich naiv gehofft, dass sie antworten würde, wenn ich etwas auf die Arbeit Bezogenes schrieb.

Ich ließ meinen Kopf auf die Platte meines Schreibtischs sinken und hätte ihn am liebsten mehrmals dagegengeschlagen, doch ich hatte ohnehin schon Kopfschmerzen, weil ich kaum geschlafen hatte. Daran war ausnahmsweise nicht nur die Distanz zu Nele schuld. Weihnachten war für mich immer eine schwierige Zeit. Yong-Jae war bereits vor ein paar Tagen zu seiner Familie nach Südkorea gereist. Sam war erst gestern Abend gefahren, und obwohl er es abstritt, war ich mir ziemlich sicher, dass er sich jedes Jahr erst so spät auf den Weg machte, weil er genau wusste, wie hart diese Zeit für mich war. Wie letzte Weihnacht hatte er mir auch dieses Mal angeboten, dass ich mit ihm bei seinen Eltern feiern konnte. Wie zuvor hatte ich abgelehnt.

Ich wollte mich nicht aufdrängen. Nicht dass ich glaubte, dass Sam mich nur aus Mitleid gefragt hatte. Er war einer der wenigen Menschen, bei denen ich mir sicher war, dass er die Zeit mit mir vorbehaltlos genoss und mich um sich haben wollte. So war es schon in unserer Kindheit gewesen – ganz egal, wie wenig ich mich selbst ertragen konnte. Jedoch wollte ich seine Eltern nicht in die unangenehme Situation bringen, mich aufnehmen zu müssen.

Ich verkrampfte die Finger, ballte die Hände zu Fäusten. Es sollte mir nicht mehr so viel ausmachen. Ich war erwachsen, keine dreizehn Jahre mehr. Es waren nur ein paar Tage. Ich war nicht einmal religiös, sie hatten keinerlei Bedeutung. Es ging nur um Konsum. Das alles redete ich mir zumindest seit gestern kontinuierlich ein. So lange wie möglich war ich im Büro gewesen, doch mittlerweile war schlichtweg nichts mehr zu tun, da alle Verlage ebenfalls in der Weihnachtspause waren. Vorgestern hatte ich sogar das Bücherregal im großen Meetingraum neu sortiert, nur um eine Ausrede zu haben, noch nicht heimzugehen. Sobald die Feiertage vorüber waren, würde ich wieder am Schreibtisch sitzen. Doch bis dahin …

Mit einem Seufzen stand ich von meinem Stuhl auf, lief in die Küche und schaute in den Kühlschrank, obwohl ich genau wusste, dass dort nicht auf magische Weise irgendwas Neues aufgetaucht war. Draußen war es noch dunkel und relativ ruhig. Kein Wunder, es war gerade einmal halb sieben Uhr morgens. Ich hatte unruhig geschlafen und war weit vor dem Wecker aufgewacht, den ich mir gar nicht hätte stellen brauchen.

Ich machte mir einen Kaffee und ging dann ins Wohnzimmer, wo ich erst eine Weile durch die Programme zappte, doch egal, welchen Sender ich erwischte, überall ging es um das Fest der Liebe. Schnaubend schaltete ich den Fernseher wieder aus und warf die Fernbedienung weg. Fest der Liebe – ja, für jene, die das Privileg hatten, geliebt zu werden. Für alle anderen war es einfach ein deprimierender Tag, der einem die eigene Einsamkeit vor Augen führte. Es warteten keine Geschenke auf mich, kein Festessen, keine Traditionen – nichts. Mrs Green würde später schreiben, wie immer. Albert … Ich schluckte. Würde er sich melden? Es war jedes Jahr ein Rätselraten, häufig mit deprimierendem Ausgang. Nie schrieb ich zuerst. So kindisch es war: Ich wollte wissen, ob er von sich aus an mich dachte.

Den Drang unterdrückend, zu meinem Handy zu laufen und genau das zu überprüfen, nahm ich mein aktuelles Buch vom Couchtisch und begann zu lesen. Nachdem ich denselben Satz viermal überflogen hatte, ohne dass ein einziges Wort hängen geblieben war, legte ich es genervt zur Seite. War das, wie es weiterhin sein würde? Allein an Weihnachten? Mit einem Buch am Morgen und einer bestellten Pizza am Abend auf der Couch, während alle um mich herum mit ihren Liebsten feierten? Das Selbstmitleid, das meine Gedanken steuerte, regte mich noch mehr auf als die Tatsache, dass ich keine Pläne für heute hatte.

Als ein Pling aus der Richtung meines Zimmers ertönte, sprang ich auf und hechtete durch den Flur.

Nele. Bitte lass es Nele sein.

Kurz streifte der Gedanke mein Bewusstsein, dass ich mir ihre Nachricht noch mehr ersehnte als die von Albert, dann legte sich meine Aufregung, als ich sah, dass es Sam war, der geschrieben hatte.

Sam, 7.13 am:
Hey, wie geht's? Was treibst du?

Ich hatte keine Lust zu antworten, aber noch weniger Lust hatte ich darauf, dass Sam sich sorgte oder meinetwegen sein Weihnachten nicht genießen konnte.

Matt, 7.13 am:
Gut. Lese grad, endlich mal wieder Zeit für Bücher, die nichts mit der Agentur zu tun haben.

Ich sah zu, wie Sam tippte, aufhörte, tippte – und dann wieder aufhörte, ohne dass eine weitere Nachricht erschien. Als er als offline angezeigt wurde, checkte ich ein weiteres Mal, ob Nele sich gemeldet hatte, und legte das Handy dann zurück aufs Bett. Zu gern hätte ich ihr Gesicht gesehen, als sie von Taylors Angebot erfahren hatte. Hoffentlich war sie so stolz, wie sie es verdient hatte. Hoffentlich siegte der Stolz über ihre Ängste.

Ich ließ mich auf die Matratze sinken und griff rastlos wieder nach meinem Handy, wo ich – nicht zum ersten Mal an diesem Morgen – Neles Instagram-Kanal öffnete und ihren letzten Post ein weiteres Mal las. Es war unschwer zu erkennen, dass der Text von uns handelte, und die Traurigkeit jedes einzelnen Worts verstärkte den Druck in meiner Brust, bis ich schließlich Tränen wegblinzeln musste, die mir die Sicht nahmen und von denen ich nicht wusste, woher sie kamen.

Gott, ich hasste Weihnachten. Hasste dieses Gefühl, in dieser viel zu großen Stadt so allein zu sein. In der Wohnung, der jegliche festlichen Geräusche fehlten, in der keine Musik erklang ... aber ein Geräusch an der Haustür.

Stirnrunzelnd stand ich vom Bett auf. Doch bevor ich überlegen konnte, ob Einbrecher beschlossen hatten, unsere Wohnung auszurauben, wurde ein Schlüssel im Schloss gedreht. Ich trat in den schmalen Flur – und blickte einem grinsenden Sam entgegen.

»Du bist so ein erbärmlicher Lügner, selbst über Text. Pack deine Sachen.«

»Wie bitte?«

»Pack deinen Kram ein. Zahnbürste, Schlafanzug, das Zeug halt. Ugly Christmas Sweater kann ich dir leihen. Auf, ich hab keine Lust, den Brunch zu verpassen.«

Sam schloss die Tür hinter sich und kam herein. Seine blassen Wangen waren von der Kälte draußen gerötet.

»Ich …«

Mit der rechten Hand hielt ich den Rahmen meiner Zimmertür umklammert, wie um mich zu stützen. War Sam allen Ernstes zurückgekommen, um mich abzuholen?

»Ich kann nicht einfach mit zu deiner Familie.«

Ich hatte mich bereits einmal aufgedrängt. Nicht bei Sam, bei Albert. Dort hatte ich ebenfalls gedacht, ich wäre erwünscht, nur um an der Tür abgewiesen zu werden.

»Matt, du *bist* Familie.«

Sam trat auf mich zu und klopfte mir auf die Schulter. »Und jetzt fang endlich an zu packen, keine Widerrede. Sonst übernehm ich das, und ich werd diese hässliche Herzchenunterhose einpacken, die Yong-Jae dir beim Schrottwichteln geschenkt hat.«

Ich lachte schnaubend auf und betrat dann eilig mein Zimmer. Nicht, um schneller meine Sachen zusammensuchen zu können, sondern damit Sam die Tränen nicht sah, die drohten, meine Wangen hinabzulaufen.

»Möchtest du noch etwas French Toast, Matthew?«
»Nein, danke. Ich platze.«

Das war nicht einmal eine Übertreibung, denn Sams Eltern hatten etliche unterschiedliche Gerichte aufgefahren: French Toast, selbst gebackene Cinnamon Whirls, Omelette, Lebkuchen-Pancakes, Obst, Joghurt und auch herzhafte Speisen wie Baked Beans und Würstchen. Ich war schon vor einer halben Stunde satt gewesen, hatte jedoch alles probieren wollen und wusste, dass ich es heute Nachmittag, wenn anscheinend der Rest der Familie zum Essen kam, bereuen würde.

»Dito. Ich hab keine Ahnung, wie ich nachher beim Dinner noch etwas schaffen soll«, sagte Sam, lehnte sich in seinem Stuhl zurück und legte die Hände auf den Bauch.

»Das sagt er jedes Jahr«, meinte Mrs Peterson lachend. »Und dann verdrückt er doch Unmengen und ordert Dessert nach.«

Ich schmunzelte und beobachtete, wie Sam die Augen verdrehte, doch er sah eher glücklich als genervt aus. Es war schön, die drei gemeinsam zu erleben, und unschwer zu erkennen, wie sehr die Petersons ihren Sohn liebten.

»Also ist es wirklich gut, dass du als tatkräftige Unterstützung dabei bist, Matt!« Mr Peterson zwinkerte mir zu. Ich kannte ihn und seine Frau bereits seit der Kindheit, zum Spielen waren wir, wenn das Wetter zu schlecht war, meist zu Sam gegangen, da ich mich unwohl gefühlt hatte, ihn mit ins Heim zu nehmen. Besuch war erlaubt, aber ich hatte selten davon Gebrauch gemacht, wollte nicht, dass er mich mit anderen Augen sah. Mittlerweile wusste ich, dass diese Angst bei Sam völlig unbegründet gewesen war.

»Danke noch einmal, dass ich hier sein darf«, sagte ich, und wie schon vorhin vorm Brunch winkten Mrs und Mr Peterson zeitgleich ab.

»Ist doch selbstverständlich. So bekommen wir dich immerhin mal wieder zu Gesicht. Sam erzählt immer, wie viel du gerade zu tun hast mit der Agentur und all dem.«

»Aber es läuft?«, fragte Mr Peterson. »Macht es dir noch Spaß?«

Ich nickte, ignorierte den kleinen Stich, den ich bei dem Gedanken an Nele spürte, und beantwortete die Fragen der beiden, bis Sam uns schließlich unterbrach.

»Genug von der Arbeit, es ist Weihnachten!«

»Hast du nicht eben von deiner Klasse erzählt?« Sams Mum hob schmunzelnd die Brauen. »Aber gut, du hast ja recht. Außerdem muss ich noch das Essen fertig vorbereiten, bevor die anderen um vier Uhr kommen.« Mrs Peterson erhob sich und begann, die leeren Teller übereinanderzustapeln.

»Ich mach das schon«, meinte Mr Peterson und nahm seiner Frau den Stapel Teller ab. Dann nickte er uns zu. »Ihr könnt nachher den Tisch decken.«

»Alles klar«, sagte Sam. »Wir gehen 'ne Runde raus.«

»Tun wir?«, fragte ich mit gehobenen Brauen und blickte durchs Fenster nach draußen, wo es zu schneien begonnen hatte. Keine dicken, weißen, weihnachtlichen Flocken. Der Schnee, der vom Himmel fiel, war fein, und man sah ihm schon an, dass er auf der Haut prickeln würde wie tausend Nadelstiche.

»Yep. Verdauungsspaziergang. Und guck nicht so, zieh dir halt 'nen Schal übers Gesicht. Du bist doch jetzt wandererprobt, da geht man bei Wind und Wetter.«

Mrs Peterson lachte in sich hinein, als ich mit einem Seufzen aufstand, mich für das Essen bedankte und Sam zur Garderobe folgte. Draußen liefen wir eine ganze Weile schweigend nebeneinanderher. Der Schneeregen hatte sich etwas beruhigt, sodass ich sogar den Kopf ab und an heben konnte, um die festliche Weihnachtsbeleuchtung der kleinen Häuser zu bewundern.

»Irgendwann will ich das auch«, sagte ich, ohne zu wissen, was mich dazu bewegte. »Ein solches Haus. Einen Weihnachtsbaum, vielleicht einen Hund.«

»Wag es ja nicht, in den nächsten zwei, drei Jahren auszuziehen!«

»Keine Sorge«, erwiderte ich lachend. »Ich meinte ja irgendwann, und allein zieh ich eh nicht in so ein Haus.«

»Ist das eine Einladung?« Sam grinste mich an und wackelte mit den Augenbrauen.

»Könnte dir 'nen Schuppen in den Garten bauen.«

»Haha.« Sams Lächeln schwand, und er zog mit ernster Miene die Brauen zusammen. »Aber weshalb ich eigentlich auch mit dir rausgehen wollte – du weißt ja, wie neugierig meine Eltern sind. Wie geht's dir? Nicht nur wegen Weihnachten, auch so insgesamt. Yong-Jae hat mir die Tage alles erzählt. Was im Büro gerade abgeht, dass Nele weg ist …«

»Er ist so eine Plaudertasche.«

»Er macht sich einfach nur Sorgen. Ich mir auch.«

»Es ist alles okay. Ich hab einen Fehler gemacht, aber Albert war entgegen meiner Erwartungen nicht wirklich böse und ist der Meinung, dass sich das wieder einrenkt. Na ja, für mich zumindest.«

Sam lächelte grimmig. »Für Nele nicht, nehm ich an?«

Ich hob die Schultern. »Nicht alle sind sonderlich gut auf sie zu sprechen.«

»Wer? Oder nein, warte, lass mich raten: Jake?«

»Ding, ding, ding«, machte ich, als hätte Sam damit einen Preis gewonnen. »Aber nicht nur er, muss ich fairerweise sagen.«

»War ja klar«, murmelte Sam. Er kannte Jake bis heute nur aus Erzählungen, hatte aber eine sehr gefestigte Meinung von ihm – kein Wunder, so viel, wie Yong-Jae und ich stets berichteten.

»Und was gedenkst du zu tun? Wegen Nele, meine ich?«

Ich hob die Schultern. »Ich weiß es nicht. Ich hab das Gefühl, wenn ich sie stärker in Schutz nehme, fällt das nur wieder negativ auf sie zurück.«

»Hm«, machte Sam. »Aber gegen diesen Jake musst du wirklich was machen.«

»Ich kann ihn schlecht rauswerfen. Er leistet gute Arbeit, ob ich ihn nun mag oder nicht.«

»Nein, natürlich nicht, aber ...« Sam blieb stehen und sah mich stirnrunzelnd an. Sein blondes Haar klebte ihm trotz der Mütze in nassen Strähnen auf der Stirn. »Ihr müsst reden. Da ist so viel ungeklärter Mist zwischen euch, den ihr dringend aus dem Weg räumen müsst.«

Widerwillig hielt ich ebenfalls an. »Ich hab nichts, was ich mit ihm besprechen will. Ich hab mit ihm und Sadie bereits über Nele geredet.«

»Das meine ich nicht. Ich meine alles andere. Das reicht doch viel weiter zurück. Ich weiß noch, wie geknickt du früher schon seinetwegen warst. Und wegen Albert.«

»Ja, aber wir sind jetzt erwachsen, das liegt in der Vergangenheit.«

»Tut es das? Oder habt ihr das Kriegsbeil nur einfach bis in die Gegenwart gezogen? Ihr habt ständig Stress. Und ...« Er zog die Brauen zusammen, als müsste er überlegen, wie er die nächsten Worte am besten verpackte.

»Spuck's einfach aus.«

»Ich kann mir vorstellen, wie schwer es gewesen sein muss, ständig mit ihm in Konkurrenz zu stehen. Aber ganz ehrlich? Wenn du auf Jake sauer bist, dann musst du es auch auf Albert sein.«

»Auf Albert?« Stirnrunzelnd betrachtete ich meinen besten Freund, während der Schneeregen nasskalt mein Gesicht hinabrann. Selbst unter den Kragen meiner Jacke kroch er. Ich konnte es kaum erwarten, wieder ins warme Haus der Petersons zu gelangen – ein klein wenig vielleicht auch, um diesem Gespräch zu entfliehen.

»Du hast dir immer und immer wieder Hoffnungen gemacht, dass er dich in die Familie aufnimmt. Wie oft hast du dieses Weihnachten schon dein Handy gecheckt?«

Dass er mich ertappt hatte, obwohl ich mich seit Betreten seines Hauses so zusammengerissen hatte, ließ mir das Blut in den Kopf schießen.

»Eben«, meinte Sam sachlich, als er meinen Gesichtsausdruck bemerkte. »Und das geht schon seit Jahren so. Du himmelst ihn an – völlig verständlich. Aber du übersiehst dabei auch, was er zu der ganzen Misere beigetragen hat.«

»Du klingst schon wie Yong-Jae.«

»Ja, weil wir recht haben. Er hat dich jetzt zum Wandern eingeladen, will mit dir nächsten Monat auf diesen Empfang. Das ist alles toll, aber seit Jahren, ach, was rede ich da, seit einer fucking Dekade macht er dir immer wieder Hoffnungen. Im Anschluss daran zerstört er diese, aber das tut er, ohne dir klare Grenzen zu setzen. Als Teenie durftest du nicht mal in sein Haus, weil seine Frau das wohl nicht wollte, aber gleichzeitig zieht er dich zu seinem Nachfolger heran. Er nimmt dich mit auf diesen Wanderausflug, auf dem sein ehemaliger Partner seinen Sohn dabeihat, aber meldet sich nicht mal an Weihnachten. Findest du das nicht seltsam?« Sam hatte wild zu gestikulieren begonnen, und bevor ich antworten konnte, hatte er die Hand erhoben. »Ich bin noch nicht fertig, die Frage war rhetorisch. Jetzt wechsle mal die Perspektive, und stell dir vor, wie das Ganze für Jake sein muss. Klar, er hat den Chefsessel in der Agentur nicht bekommen. Aber das mein ich gar nicht, das kann ja völlig legitime Gründe haben. Ne, denk mal weiter zurück.«

Ich verschränkte die Arme vor der Brust. Was zur Hölle wollte Sam von mir?

»Willst du Salz in die Wunde reiben? Ich weiß selbst, dass ich für Albert nie Familie sein werde. Das ist mehr als deutlich geworden.«

»Ob du es glaubst oder nicht, es geht dabei mal gar nicht um dich.«

Ich lachte auf und wollte bereits in die Defensive gehen, Sams ernster Blick hielt mich jedoch zurück. In seinen Augen lag kein Vorwurf, vielmehr las ich Sorge darin. Also biss ich mir auf die Zunge und nickte ihm auffordernd zu, damit er ausreden konnte.

»Versetz dich doch mal in Jakes Lage. Ich weiß, du magst ihn nicht, und ja, er ist oft genug ein Arsch. Aber er musste doch genauso häufig mit dir konkurrieren. Sein Vater war kaum für ihn da, und dann war da noch dieser andere Junge, der plötzlich seine Aufmerksamkeit forderte. Ich sag nicht, dass das sein Verhalten jetzt rechtfertigt, aber ihr wart Kinder damals. Und Albert hat nicht gerade viel getan, um euer Konkurrenzdenken zu mindern, im Gegenteil. Dich an der Tür abzuweisen, war scheiße, keine Frage. Aber Elizabeth mochte dich ja, nach allem, was ich gehört habe. Sie hat gesehen, was für tolle Arbeit du leistest. Ich glaube, dass sie nur auf Abstand gegangen ist, um ihren Sohn zu schützen, wenn Albert es schon nicht getan hat.«

»Jake soll also das Opfer in der ganzen Sache sein? Selbst wenn es so wäre: Das rechtfertigt wohl kaum sein Verhalten Nele gegenüber.«

»Natürlich nicht«, stimmte Sam mir zu. »Aber vielleicht ist es ja genug, um einmal mit Jake zu reden? Nicht über die Probleme, die auf der Hand liegen, sondern über den ganzen Mist von früher?« Sam sah mich eindringlich an.

Ich hatte Jake stets beneidet. Tat es bis heute. Doch ich hatte mich nur ein einziges Mal schuldig ihm gegenüber gefühlt: als Albert mir den Posten als CEO angeboten hatte. Und wenn ich ehrlich war, war dieses Schuldgefühl nicht von langer Dauer gewesen. Wenn ich noch ehrlicher war, mochte es auch ein, zwei Situationen gegeben haben, in denen ich hatte raushängen lassen, dass ich an seiner Stelle nun Alberts Büro bezogen hatte.

Ich hielt Sams Blick ganze drei Atemzüge stand, bis seine Worte Wirkung zeigten und einen Schalter in meinem Kopf umlegten.

»Ich hasse es, dass du so weise bist. Wie sehr musst du deinen Schülern erst auf den Sack gehen?«

»Oh, du hast ja keine Vorstellung«, erwiderte Sam mit einem schiefen Schmunzeln. »Also redest du mit Jake?«

»Meinetwegen«, grummelte ich. »Aber nur, wenn wir jetzt wieder zurückgehen. Ich nehme an, der Verdauungsspaziergang war eh nur Tarnung für den Deep Talk.«

Sam legte mir einen Arm um die Schulter und drehte tatsächlich um. »Ist es nicht schön, wie gut wir uns kennen?«

46. KAPITEL
Nele

Pyjamas, unsere liebsten Disney-Filme und Kuchen zum Frühstück. Unter normalen Umständen wäre heute der perfekte Tag gewesen. Doch es waren keine normalen Umstände. Denn wir schenkten Belle und dem Biest kaum Aufmerksamkeit, und die heiße Schokolade in meinen Händen trank ich überwiegend, damit ich Undine nicht direkt Rede und Antwort stehen musste. Ich hätte jedoch wissen müssen, dass sie das nicht davon abhielt, mich mit Fragen zu löchern und mir Vorträge zu halten.

»Nele, du kannst das nicht alles hinwerfen.«

Ich kaute sehr viel länger auf einem der kleinen rosafarbenen Marshmallows herum, als nötig gewesen wäre.

»Was willst du denn stattdessen machen? Zurück in dein Zimmer hier?«

»Natürlich nicht. Da hab ich die Jahre davor doch auch nicht gewohnt.«

»Und dann? Ein Verlag in Deutschland? Nele, du wolltest immer ins Ausland gehen. Das kann doch nach den zwei Monaten nicht ernsthaft schon vorbei sein.«

Ich biss die Zähne zusammen. Nicht, weil ich noch kaute, sondern weil ich eine patzige Antwort zurückhalten musste. Was glaubte Undine denn? Dass ich das freiwillig in Betracht zog? Ich hatte meine Möglichkeiten seit der Abreise immer und immer wieder durchgespielt, und je mehr ich darüber nachdachte, desto unwohler fühlte ich mich mit dem Gedanken, wieder ins Büro zurückzukehren.

»Es gibt auch tolle Verlage in Köln. Literaturagenturen sicher auch, sonst zieh ich halt um.«

Undines Blick zeigte mir deutlich, was sie davon hielt. »Du gibst also klein bei, weil es schwierig wird. Kämpf doch bitte einmal!«

»Ich gebe nicht klein bei«, sagte ich und hatte nun doch Mühe, die aufkeimende Wut aus meiner Stimme zu halten. »Außerdem habe ich doch gar nicht gesagt, dass ich aufhöre.«

Das hatte ich wirklich kein einziges Mal. Doch Undine kannte mich zu gut. Der Gedanke war da.

»Das brauchst du gar nicht«, sagte sie nun auch. »Ich seh dir doch an, dass du bereits aufgegeben hast. Lass dir das doch nicht von so einem Typen versauen.«

»Es geht doch gar nicht um den Typen. Du hättest da sein sollen, die anderen …« Ich schüttelte den Kopf.

»Ist es wegen damals? Weil es wie in der Schule war nach diesem Poetry Slam? Nele, ihr seid erwachsene Menschen. Ich bin mir sicher, sie sind in ein paar Wochen drüber hinweg.«

»Ich mir nicht. Denn meine Gefühle sind nicht in ein paar Wochen weg. Und die Erinnerung an das, was Matthew und ich geteilt haben, genauso wenig. Weder bei mir noch bei den anderen.« Ich schüttelte den Kopf. »Du hast sie nicht gehört. Und Jake … Ich glaube, er nutzt jede Chance, um Matthew eins auszuwischen. Ich schätze ihn nicht so ein, dass es ihn groß stört, dass ich dabei in die Schusslinie gerate.«

»Also willst du aus der Schusslinie laufen. Und dann?« Undine sah mich abwartend an, die Augenbrauen hochgezogen. »Mag sein, dass du den Komplikationen so aus dem Weg gehst, aber du rennst auch weg vor deinem Traum.«

Nein, ich rannte weg vor dem finalen Schlag, der mein Selbstbewusstsein wieder in kleinste Teile zerlegte.

»Vielleicht ist das ja nicht der einzige Weg, um mir meinen Traum zu erfüllen.«

»Bullshit«, sagte Undine. »Du suchst nur Ausreden. Du hast während deines gesamten Masters mehrere Nebenjobs gemacht, um Geld für London zusammenzusparen. Du hast Wochen an dem Pitch gearbeitet, den du als Bewerbung bei Heather & Clark eingereicht hast. Du kannst nicht aufgeben, nicht, nachdem du deinen eigentlichen Traum schon aufgegeben hast.«

»Was meinst du?«

»Du wolltest immer schreiben, bist nirgends ohne dein Notizbuch hingegangen.«

»Das tu ich auch jetzt nicht.«

»Ja, aber wann hast du zum letzten Mal richtig geschrieben? Dein Geschriebenes geteilt? Du hast all das weggeworfen, weil du auf Widerstand gestoßen bist. Weil ein paar unglückliche, missgünstige Menschen in deiner Klasse dir den Spaß daran nehmen wollten.«

Mit jedem Wort meiner Schwester schlug mein Herz schneller in meiner Brust. Weil es mich wütend machte. Es machte mich wütend, dass sie recht hatte. Doch wieso sah sie nicht, dass ich es versaut hatte? Dass es kein Zurück gab? Dass ich die Wahl hatte, meinen Traum zu zerbrechen oder ihn mich zerbrechen zu lassen?

»Warum kämpfst du nicht? Mach dem Büro eine Ansage, mach diesem Jake eine Ansage. Halt den Kopf oben und marschier da rein. Wieso solltest du mehr leiden als dieser Matt? Ihr steckt da gemeinsam drin, und du zahlst den Preis dafür. Wieso lässt du dir das gefallen?« Undine war so laut geworden, dass ich besorgt zur Wohnzimmertür schaute, doch unsere Eltern schienen von dem Gespräch nichts mitzubekommen. Zumindest erklangen keine Nachfragen, und niemand steckte den Kopf zur Tür rein.

»Weil ich nicht du bin«, sagte ich, bemüht leiser als meine Schwester. »Und weil ich, wenn es schiefgeht, auch Taylor mit reinziehe, und für Taylor ist es gerade *die* Chance.«

»Und für dich nicht?«

»Undine, nicht jeder ist wie du. Mag sein, dass du dich vor das versammelte Team stellen und eine mutige Ansprache halten würdest, aber so bin ich nicht. Dann nenn es meinetwegen aufgeben. Mir hätte schon von Anfang an klar sein müssen, dass es nur schiefgehen kann. Alles lief viel zu gut, um wahr zu sein, und jetzt hat sich herausgestellt, dass ich recht habe. Und ich weiß nichts mehr, okay? Ich hab keine Ahnung, ob ich hierbleiben soll, nach London zurück soll, in die Agentur oder woandershin.«

Wie so oft in den letzten Tagen brannten plötzlich Tränen in meinen Augen. So hatte ich mich zuletzt in der zehnten Klasse gefühlt, als ich kurz davor gewesen war, meine Eltern zu bitten, mich die Schule wechseln zu lassen. Letzten Endes hatte ich beschlossen, es durchzuziehen, in der Hoffnung, dass es in der Oberstufe mit der neuen Einteilung der Kurse besser werden würde. Doch was sollte ich jetzt tun? Bei Jake und Sadie in der Belletristik anfangen und mir mein Arbeitszeugnis versauen? Oder suchte ich mir lieber gleich ein Volontariat in Deutschland, kehrte das aktuelle unter den Teppich und ging dann ein, zwei Jahre später noch einmal nach England? Und Matthew …

Vergiss ihn.

Die Stimme in meinem Kopf klang so hart, wie ich gern wäre, sorgte jedoch auch dafür, dass sich eine der Tränen löste und über meine Wange rollte.

»Hey«, meinte Undine mit sehr viel sanfterer Stimme als noch zuvor. Sie nahm mir meine Tasse ab, stellte sie auf den Wohnzimmertisch und zog mich in ihre Arme. »Tut mir leid, Nele. Ich wollte nicht so pushy sein. Ich meinte auch nicht, dass du feige bist. Du weißt, dass du stark bist.« Mit dem Daumen strich sie beruhigend über meinen Arm. »Wenn es dir lieber ist, suchen wir dir was anderes. Lass uns einen Schlachtplan erstellen. Wir machen eine Pro-und-Kontra-Liste.«

»Gerade wäre nicht so viel auf der Pro-Liste.«

»Nicht viel ist mehr als nichts«, meinte Undine, ließ mich los und lächelte mich aufmunternd an, während ich mir die Tränen von den Wangen wischte. Ich hasse es, vor Wut zu weinen. Hasse Situationen wie diese.

»Was wäre denn bei Pro?«

»London«, meinte ich schniefend. »Mehr nicht. London steht immer auf der Pro-Liste, egal wie sehr es einen bricht.« Es stimmte. London behütete, um im nächsten Moment aufzurütteln, gab und nahm gleichzeitig. Das mochte anstrengend sein, doch vor allem zeigte es, dass es immer weiterging und nichts von Dauer war.

Undine nahm einen der Zettel vom Spieleabend, den wir nach der Bescherung abgehalten hatten, und zog einen geraden Strich von der oberen Kante des Blatts nach unten. Auf die linke Seite des Papiers schrieb sie Pro, auf die rechte Kontra. »So. Wollen wir doch mal schauen, ob wir einen zweiten finden. Du liebst Cadbury. Die kriegst du hier in Deutschland auch nicht so einfach!«

»Ich weiß nicht, ob Schokolade ein guter Grund zum Auswandern ist.«

»Wer bist du, und was hast du mit meiner Schwester gemacht?

Widerwillig musste ich lachen. »Du bist doof.«

»Und du stärker, als du glaubst«, gab Undine schmunzelnd zurück und schrieb dick und fett *Cadbury* auf die Pro-Seite.

Ich war zwar weit entfernt davon, mich stark zu fühlen, aber ihre Worte wärmten mich dennoch von innen, während ich das *London* anstarrte, das Undine in ihrer fein säuberlichen Schrift auf das Papier geschrieben hatte.

London. Was, wenn das reichte? Nicht, um die negativen Aspekte gutzumachen, aber doch für einen Neuanfang. Die Stadt war riesig. Voll ungeahnter Möglichkeiten und Schicksale. Ich war sicher nicht der erste Mensch dort, der einen zweiten Anlauf brauchte. In der Agentur mochte es unmöglich für mich sein, neu zu starten. Aber in der Stadt, in der sich tagtäglich ebenso viele Träume erfüllten wie aufgegeben wurden? In dieser Stadt war ich nur eine von vielen, ganz anders als damals an meiner Schule. Und in dieser Anonymität lag Stärke.

47. KAPITEL
Matthew

»Du hättest mich wirklich nicht fahren brauchen.«

»Möglich, aber ich wollte sichergehen, dass du es auch durchziehst.«

»Wann hab ich jemals nicht zu meinem Wort gestanden?«

»Als du versprochen hast, die Urzeitkrebse umzurühren, es nicht getan hast und sie deshalb gestorben sind.«

Irritiert wandte ich den Kopf nach rechts zu Sam. »Du schaffst es, jede noch so ernste Situation seltsam zu machen.«

»Gern geschehen. Und jetzt geh rein und bleib zivilisiert. Ich such mir irgendein Café in der Nähe. Meld dich, wenn du fertig bist.«

»Mach ich«, meinte ich, öffnete die Beifahrertür und stieg aus. Über Nacht hatte es noch einmal richtig geschneit, und meine Stiefel trafen knirschend auf die dünne Schneeschicht. Ich zog mir den Schal enger um den Hals, obwohl der Weg bis zur Tür nur kurz war. Das Zittern mochte genauso gut auch von der Anspannung herrühren, die ich gerade spürte.

Ich wandte mich noch einmal zu Sam um, als ich merkte, dass das Auto nicht fortfuhr. Er nickte mir auffordernd zu. Ich atmete einmal tief ein und wieder aus, wobei ich weiße Rauchschwaden in die morgendliche Winterluft zeichnete.

Es war Sams Idee gewesen, gleich heute Morgen bei Jake aufzukreuzen. Je früher ich alles aus der Welt schaffte, desto besser. Letzten Endes hatte ich ihm zugestimmt, da ich nicht glaubte, dass das Büro der geeignete Ort für das Gespräch war, das wir heute führen würden, immerhin war es Sinnbild für einen unserer Streitpunkte. Ich hatte die Hoffnung, dass sich auf neutralerem Boden, besser noch an einem Ort, an dem Jake sich wohlfühlte, vielleicht eine normale Unterhaltung entspinnen würde – sofern Jake öffnete. Es war Boxing Day, und ich wusste rein gar nichts über seine Traditionen. Vielleicht war er bei Albert, vielleicht mit seiner Freundin unterwegs. Vielleicht würde er auch einfach nicht öffnen, sobald er mein Gesicht durch den Türspion sah, den ich in der walnussbraunen Tür entdeckte, als ich endlich die Stufen hinaufging.

Das Haus in Richmond war gepflegt und lag in einer Familiengegend, nur einen kurzen Fußweg vom Richmond Park entfernt. Ich hatte gar nicht gewusst, wo Jake lebte, hatte es in den Personalakten nachschauen müssen. Ich hatte ihn kein einziges Mal etwas zu seinem Privatleben gefragt, einzelne Dinge nur durch Albert mitbekommen oder weil ich zufällig an der Kaffeemaschine stand, während er sich mit jemandem aus dem Team unterhielt.

Mit klopfendem Herzen klingelte ich. Das Ding-Dong im Innern des Hauses drang leise durch die Tür zu mir nach draußen. Alles in mir verkrampfte sich, als ich Schritte hörte, und kurz darauf einen Schlüssel, der im Schloss gedreht wurde. Die Tür schwang auf, und eine hübsche Frau mit glatten, schulterlangen, blonden Haaren blickte zu mir auf. Miranda, wenn ich mich richtig erinnerte. Jakes Freundin.

Mit ihren haselnussbraunen Augen musterte sie mich einen Moment, dann verhärtete sich ihre Miene. Na super, offensichtlich hatte sie mich erkannt.

»Matthew Walsh, richtig?«

Ich nickte. »Ja. Entschuldigen Sie die Störung. Ich würde gern mit Jake sprechen, ist er da?«

»An Weihnachten?« Sie hob die Brauen, und ihr Blick sagte mir ganz deutlich, was sie davon hielt. »Meinen Sie nicht, die Arbeit kann zumindest zwischen den Jahren mal ruhen?«

»Es geht nicht um die Arbeit. Ich würde gern mit ihm reden über … Ist er da?«

Zwei Atemzüge lang sagte sie nichts, scannte mich nur, als versuchte sie herauszufinden, was genau ich vorhatte. Sie fragte jedoch nicht weiter nach, sondern wandte sich ins Innere der Wohnung.

»Jake?«

Weitere Schritte erklangen, und kurz darauf erschien Jake neben Miranda. Er trug einen grünen Pulli mit einem Elch mit roter Weihnachtsmütze, an dessen Ende eine kleine, goldene Glocke befestigt war, die leise klingelte. Es war seltsam, ihn so zu sehen. Ohne Hemd. In seinem privaten Umfeld.

»Matthew.« Jake machte sich nicht die Mühe, erfreut zu klingen. Er wirkte nicht einmal überrascht, einfach nur sehr unbegeistert. »Albert ist nicht hier.«

»Ich weiß«, sagte ich schnell. »Also nein, weiß ich nicht, ich meine, deshalb bin ich gar nicht hier.« Ich hasste, dass ich so nervös war. Es gab mir das Gefühl, dass ich dieses Gespräch schon verloren hatte. Dabei gab es keinen Gewinner oder Verlierer, oder nicht? Dieses eine Mal musste ich mein Konkurrenzdenken ausschalten und versuchen, mit Jake zu sprechen, ihm zuzuhören.

Nur dieses eine Mal. Das wirst du ja wohl schaffen.

»Weshalb dann?«, fragte Jake, als ich nicht von mir aus weitersprach. Nun lag nicht nur Mirandas skeptischer Blick auf mir, sondern auch Jakes.

»Ich bin hier, weil ich gern mit dir reden möchte.«

»Heute?« Jakes Brauen wanderten noch weiter nach oben.

»Wenn möglich, ja.« Ich sah zu Jakes Freundin, die die Arme vor der Brust verschränkt hatte und alles andere als glücklich wirkte. »Ich verspreche, es geht nicht um die Arbeit, und ich halte euch nicht lang auf.«

»Okay«, erwiderte Jake, und ich merkte, wie mir ein Stein vom Herzen fiel, obwohl nun der schwere Part begann.

Jake machte einen Schritt zur Seite, und ich trat in den warmen Flur.

»Tee?«, fragte Miranda, und Jake und ich bejahten. Ich zog meine Jacke aus und hängte sie an die Garderobe. An den Wänden des Flurs hingen etliche Fotos von Jake, Miranda und Freunden. Auch Albert und Elizabeth entdeckte ich auf einigen. Eines zeigte Jake und Miranda beim Bogenschießen. Es überraschte mich, ihn so zu erleben, obwohl mir natürlich klar war, dass er ein Leben außerhalb der Arbeit hatte.

»Lass uns ins Wohnzimmer gehen«, meinte Jake. »Du kannst deine Schuhe anlassen.«

Das war dann wohl ein deutliches Zeichen dafür, wie lang ich hier erwünscht war: so kurz wie möglich. Nicht dass ich es ihm verdenken würde, ich hätte wohl ähnlich reagiert, wäre er plötzlich vor meiner Tür aufgetaucht.

Jake nahm auf der Couch Platz, und ich setzte mich mit etwas Abstand daneben und wandte mich ihm zu.

»Es geht also nicht um die Arbeit?«

Ich schüttelte den Kopf. »Nein. Nicht nur zumindest. Auslöser dafür, dass ich da bin, ist indirekt die Arbeit. Ich denke, wir wissen beide, dass es so nicht weitergehen kann.«

»Wegen Nele meinst du?«

»Nicht nur. Ich will, dass Nele sich im Büro wohlfühlt. Aber ich würde mich auch freuen, wenn wir ein paar Dinge aus dem Weg räumen.«

»Dinge aus dem Weg räumen? Wie zum Beispiel?«
Ich schluckte.
Deine Familie wollte dich nicht. Und meine tut es auch nicht.
Jakes Worte hatten tief getroffen und steckten nach wie vor in mir wie Wurfmesser. Die Wunden schlossen sich nicht. Aber vielleicht war heute der erste Schritt in die richtige Richtung.

»Es sind unschöne Worte gefallen, auf beiden Seiten.« Ich sah, wie Jakes Kiefer mahlten, doch nach einer Weile nickte er. »Ich weiß nicht, wie weit wir zurückgehen müssen, um das zwischen uns aus dem Weg zu räumen. Ich weiß nur, dass wir es dringend tun müssen.«

Eine Weile sagte keiner von uns beiden etwas. Miranda betrat das Zimmer, stellte eine Kanne mit schwarzem Tee und zwei Tassen ab und verließ den Raum beinahe geräuschlos.

»Ich sage das nicht, um einen Streit anzuzetteln, aber ich glaube, wenn du die Wurzel von all dem erreichen willst, müssten wir richtig weit zurückgehen. Zu dem Tag, an dem mein Dad und du euch kennengelernt habt in der Bibliothek.«

»Also bin ich schuld?«, fragte ich, und entgegen all meiner guten Vorsätze war es schwer, bei diesen Worten keine Wut in mir aufkochen zu lassen.

»Ich weiß nicht, ob es um Schuld geht. Wir waren damals Kinder …« Jake lachte leise, als würde er sich an etwas lang Vergangenes erinnern, doch es klang nicht glücklich. »Meinem Dad ging es immer nur um die Arbeit. Immer. Er war bei keinem meiner Wettbewerbe damals dabei. Einmal hat er sogar meinen Geburtstag verpasst. Er hat ihn nicht vergessen, es gab auch ein Geschenk. Aber es kam ein Termin dazwischen. Weißt du, wie sich das anfühlt?«

Ich verkniff mir einen bissigen Kommentar. Offensichtlich wusste ich das nicht. Jake schien sein Fehler bewusst zu werden, denn er kniff für einen Moment die Lippen zusammen.

»Keine Absicht«, murmelte er. »Aber selbst heute hat sich das kaum geändert. Weißt du noch letztens, als du bei Albert warst wegen irgendwelcher Dokumente? Am Tisch, als ich von Miranda erzählt habe? Er hat mir nicht einmal zugehört. Dank dir ging es wieder nur um die Agentur.«

Ich wollte etwas erwidern, doch Jake sprach weiter. Als hätten sich all diese Worte über die letzten Jahre in ihm angestaut, und nun brachen sie sich endlich Bahn.

»Wenn es früher mal nicht um die Arbeit ging, dann ging es um dich. Jedes. Verdammte. Mal. Weißt du eigentlich, wie das war? Du hast mir die wenige Zeit, die ich mit meinem Dad hatte, genommen. Weißt du, wie oft er und Mum sich deinetwegen gestritten haben? Mir ist mittlerweile klar, dass das nicht deine Schuld war. Aber damals war es das noch nicht. Wir waren Teenager. All der Hass hat sich angesammelt … und dann kriegst du den Job. Nicht ich.«

»Du hast dich doch in den Jahren davor null für den Job interessiert.«

»Darum geht es doch gar nicht. Es geht ums Prinzip. Ich bin in die Agentur eingestiegen in dem festen Glauben, sie eines Tages übernehmen zu können. Hab mein Studium danach ausgerichtet. Hätte ich gewusst, wie es endet, hätte ich etwas ganz anderes studieren können, andere Ziele verfolgen können …« Jake schüttelte den Kopf. »Es tut mir leid, dass du eine beschissene Kindheit hattest. Wirklich, Matthew. Kein Kind sollte ohne Eltern aufwachsen müssen. Aber du hast bei mir genau dafür gesorgt.«

Ich schnaubte. »Das kannst du nicht allen Ernstes vergleichen.«

»Deine Eltern haben dich weggegeben. Das ist schlimm, ja. Aber weißt du, wie es sich anfühlt, wenn dein Vater sich vor deinen Augen von dir abwendet? Sich jemand anderem zuwendet? Der alles so viel besser macht. Der so viel talentierter ist. Der so viel besser in den Job passt, den du hättest erben sollen. Wärst du nie auf der Bildfläche aufgetaucht, wäre ich jetzt Chef von Heather & Clark.«

»Das war Alberts Entscheidung. Nicht meine.«

Was, wenn Sam und Yong-Jae recht hatten und genau das der Knackpunkt war?

»Du kannst mir kaum zum Vorwurf machen, dass ich Alberts Aufmerksamkeit angenommen habe. Ich war fünfzehn. Was willst du hören? Entschuldigung, dass meine Eltern mich nicht genug geliebt haben, um mir ein Zuhause zu geben? Entschuldigung, dass ich mit fünfzehn zum ersten Mal in meinem Leben diesem Sumpf von Wut und selbstzerstörerischem Verhalten entkommen bin? Entschuldigung, dass ich dank deines Vaters einen Sinn in etwas gesehen habe?« Ich lächelte grimmig. »Dafür werde ich mich nicht entschuldigen. Aber ich entschuldige mich, dass ich die Sache jetzt als Erwachsener nicht besser angehe.«

»Wie als du mir unter die Nase reiben musstest, dass ihr wandern wart, meinst du?«

Jakes Tonfall war provokant, aber ich konnte es ihm nicht einmal verübeln. Ich hatte es genossen, damals in der Kaffeeküche. Das war nicht die Person, die ich sein wollte.

»Ja. Genau das meine ich. Das tut mir leid.« Ich atmete tief durch. »Albert hat mich zum Neujahrsempfang eingeladen.«

Jakes Augen wurden größer. »Dem beim Bürgermeister?«

Ich nickte, und er sah an die Decke, einen grimmigen Ausdruck auf dem Gesicht. »Hast du nicht gerade gesagt, du willst mir so was in Zukunft nicht mehr unter die Nase reiben?«

»Deshalb sag ich es dir auch nicht. Ich werde nicht hingehen.« Es war nichts, worüber ich mir Gedanken gemacht hatte, bevor ich Jakes Haus betreten hatte. Die Entscheidung war in diesem Moment gefallen. Ich würde das Kriegsbeil nicht begraben können, wenn alles so weiterlief wie bisher. Und welchen Sinn hatte es auch? Mein Handy war die gesamten Feiertage über stumm geblieben. Albert hatte keinen Gedanken daran verschwendet, mir frohe Weihnachten zu wünschen, und es war naiv, zu glauben, dass sich das irgendwann ändern würde, dass ich mehr Platz in seinem Leben einnehmen könnte. »Ich sage es dir, damit du mit Albert hinkannst.«

»Warum?« Ausnahmsweise klang Jake nicht angriffslustig, vielmehr wirkte er nun aufrichtig neugierig. »Warum auf einmal? Als er dich gefragt hat, musst du doch völlig aus dem Häuschen gewesen sein.«

»War ich auch«, gab ich zu. »Beim Wandern auch. Aber wenn ich ehrlich zu mir bin, dann weiß ich, dass es die falsche Entscheidung ist. Ich glaube nicht, dass Albert sich groß Gedanken darüber macht, welche Hoffnung er damit in mir schürt und wie er dir damit wehtut.«

Ich erwartete eine abfällige Antwort, doch Jake blieb ruhig, sah mich nur an und nickte schließlich.

»Es tut mir leid, was ich in der Kaffeeküche gesagt hab. Ich war verletzt, aber das ist keine Entschuldigung. Und es tut mir leid, was ich über Nele gesagt habe.« Er fuhr sich übers Gesicht und atmete geräuschvoll aus. »Auch wenn ich ehrlich sein muss, dass das eine echte Scheißaktion von dir war. Es zu tun und dann nichts zu sagen. Von euch beiden. Aber Nele ist jünger und hat gerade erst ihr Volo angefangen. Gefühle hin oder her, von dir hab ich mehr erwartet.«

»Ich dachte, du erwartest von mir grundsätzlich gar nichts.«

Zu meiner Überraschung musste Jake lachen. »Auch wieder wahr. Nein, aber mal im Ernst, es wird nicht leicht für sie, wenn sie in die Agentur zurückkommt.« Als er meinen Blick bemerkte, hob er beschwichtigend die Hände. »Nicht meinetwegen. Ich werd nichts sagen. Aber ich glaube nicht, dass das langfristig gut geht, selbst wenn ihr einander fernbleibt. Gefühle verschwinden nicht von heute auf morgen. Aber du bist, wenn auch sehr zu meinem Missfallen, der Chef. Deine Entscheidung.«

»Darf ich etwas fragen?«

Jake hob die Schultern. »Klar. Wirkte bisher nicht, als würdest du mit deiner Meinung hinterm Berg halten.«

»Wieso bist du noch in der Agentur? Du hasst es offensichtlich, dass ich das Sagen habe, und wirkst auch nicht gerade interessiert, etwas an der Situation zu verbessern.«

»Das gilt wohl für uns beide. Ich werde nicht gehen. Klar, wenn ich damals gewusst hätte, wie alles laufen würde, hätte ich vielleicht was anderes studiert. Ich hab mich immer für Informatik interessiert, gerade lern ich nebenher sogar coden. Aber ich liebe meinen Job, ob du es glaubst oder nicht. Und ich bin gut darin.« Er kniff die Augen zusammen. »Ich wünschte nur, dass du das sehen würdest.«

»Zeit für einen Neuanfang?« Ich hielt Jake die Hand hin. Sein Blick fiel von mir auf die ausgestreckte Rechte. Dann schlug er ein.

Wir würden nie Freunde werden, so viel war klar. Doch trotz all dem Neid auf Jake, all den Konkurrenzkämpfen unserer Vergangenheit, hatte ich ein gutes Gefühl, dass wir uns zumindest neutral würden begegnen können. Es war ein Anfang.

48. KAPITEL

Nele

»Schreib uns, sobald du gelandet bist!« Meine Mum nahm meinen Rucksack aus dem Kofferraum und reichte ihn mir.

»Diesmal wirklich«, stimmte mein Dad ihr zu, als er mich umarmte. »Sonst reise ich dir hinterher.«

»Ich muss nur einmal übers Wasser, das ist keine Weltreise«, gab ich zurück. »Macht euch lieber Sorgen um Undine, wenn sie morgen fliegt.«

»Pf, ich war schon immer die Vernünftigere, nicht nötig«, sagte diese mit einem so frechen Grinsen, dass meine Mutter lachen musste. Dann umarmte mich auch meine Schwester.

»Halt mich auf dem Laufenden, ja? Ich bin sicher, du wirst die richtige Entscheidung treffen, ganz egal, wie sie ausfällt.«

»Mach ich. Tut mir leid, dass ich Silvester jetzt doch nicht da bin.«

»Quatsch. Ich wette, das neue Jahr in London einleiten ist tausendmal spannender als daheim.«

»Und in New York erst!«

»Schon verrückt, oder?« Sie ließ mich los, und auf ihrem Gesicht lag das Strahlen, das dort immer erschien, wenn sie über ihre neue Heimat sprach. »Dass wir beide jetzt in anderen Städten leben. In unseren Lieblingsstädten.«

Ich nickte und verdrängte die Zweifel, die sich dabei in mein Herz schlichen. Noch lebte ich dort, ja. Wer wusste schon, was die nächsten Tage bringen würden. Allerdings war ich mir mittlerweile sicher, dass es die richtige Entscheidung war, das neue Jahr in London einzuläuten. Ich hatte keine Ahnung, was mich im nächsten erwartete, aber ich wollte mir die Erfahrung nicht nehmen lassen. Lorie war hellauf begeistert gewesen, als ich ihr erzählt hatte, dass ich Silvester nun doch in London verbringen würde. Sie hatte mir direkt eine Karte für das Feuerwerk an der Themse geholt, danach würden wir wohl in einen Club gehen, in dem einer ihrer Freunde arbeitete. Auch wenn ich kein großer Fan von Partys war, kribbelte es bei dem Gedanken an London aufgeregt in meinem Bauch. Ich vermisste die Stadt. Vermisste sie beinahe schmerzlich, ähnlich wie man einen Menschen vermisst.

Und doch nicht so sehr wie Matthew.

Ich nahm meinen Handgepäckkoffer aus dem Auto und biss die Zähne zusammen. Ich hatte Matt nach wie vor nicht geantwortet. Hatte meine Mails nicht gecheckt und auch Cassedy nicht geschrieben, um weitere Infos zu dem Projekt mit Taylor zu erfahren. Ich hatte die Auszeit gebraucht. Jetzt jedoch, mit dem Kölner Flughafen in meinem Rücken, war es wohl besser, es nicht länger auf die lange Bank zu schieben.

»Du schaffst das«, sagte Undine leise, als könnte sie meine Gedanken lesen. »Geh deinen Weg. Geh ihn erst einmal für dich, ohne … Ablenkungen von außen. Schaff dir ein Fundament. Ohne Matthew, ohne irgendwelche Kerle.«

Ich nickte, auch wenn die Vorstellung schmerzte. »Werd ich.«

Ich wusste noch nicht, wie, aber auf die eine oder andere Art würde ich es schaffen. Dessen war ich mir sicher, als ich mich von meiner Familie verabschiedete und den Kölner Flughafen betrat – auf dem Weg zurück zu meiner Herzensstadt. Denn die würde ich mir nicht nehmen lassen.

»Bye, take care!«

»Thanks«, murmelte ich, nahm meinen Reisepass entgegen und ging den mir mittlerweile bekannten Flughafen entlang in Richtung des Stansted Express, der mich zur Liverpool Street Station bringen würde. Im Oktober war ich hier gelandet, voller Hoffnung und Vorstellungen, wie meine Zeit in London verlaufen würde. Nun, Ende Dezember, nahm ich denselben Weg wie damals, doch mit dem Wissen, dass nichts jemals geschah wie geplant.

Dinge warfen uns aus der Bahn, Gefühle kamen in den Weg. Es gehörte dazu, zu fallen und vom Weg abzukommen. Doch wie wir fernab dieses Weges gingen, blieb uns überlassen. Ich war nie gut mit Entscheidungen klargekommen. Nun musste ich eine treffen – und ich hatte selbst jetzt, da ich gelandet war, keine Ahnung, welche die richtige war.

An den Gleisen angekommen bemerkte ich, dass der nächste Zug erst in einer Viertelstunde abfahren würde. Ich seufzte. Dann konnte ich es genauso gut jetzt hinter mich bringen. Ich nahm den Reiserucksack vom Rücken und wühlte mich bis zu dem Diensthandy durch, das ich die letzten Tage über nicht angefasst hatte. Zu groß war meine Angst gewesen. Ich schaltete es ein, wartete, bis es sich mit dem Netz verband, und hielt die Luft an, als die Zahl in der kleinen roten Blase meiner Mail-App immer weiter anstieg. Eigentlich hatte ich warten wollen, bis ich in der WG ankam, doch was für einen Unterschied machte es schon? Ich hatte so oder so Angst. Ich wusste nicht einmal wovor. Ich erwartete keine bösen Mails meiner Kollegen und Kolleginnen. Vielmehr fürchtete ich wohl die Wehmut, die mich schon jetzt ergriff, wenn ich an die Agentur und die Arbeit mit den Büchern dachte.

Ich lehnte mich gegen die Wand, während ich mein Postfach checkte.

Die von Matthew angekündigte Mail sprang mir beim Scrollen als Erstes ins Auge. Ich überflog den Text nur, musste aber schmunzeln, da Taylors Begeisterung aus jedem Wort herauszulesen war. Was auch immer mich zurück auf der Arbeit erwartete: Dafür war ich verantwortlich. Und diesen Erfolg konnte mir niemand mehr nehmen.

Mit klopfendem Herzen öffnete ich eine Mail mit dem Titel »Angebot«, die Cassedy an Taylor geschickt hatte. Grinsend überflog ich den Text und öffnete den Anhang.

»Unser Angebot steht bis Freitag, fünfzehn Uhr«, murmelte ich. Mein Blick schnellte zum Datum der Mail. »Warte, was?« Der Mann, der rechts von mir auf der Bank saß, sah mich irritiert an. Ich lächelte entschuldigend und las das Angebot dann noch einmal. Das hieß, Taylor hatte es angenommen. Ich scrollte durch mein Postfach, das weitere Mails zwischen Cassedy und Taylor zeigte. Trotz all der Anxiety in Bezug auf das Büro wurde mir warm ums Herz. They hatte es wirklich geschafft. Hatte einen Buchvertrag.

Mein Grinsen schwand, als ich einen weiteren mir nur zu bekannten Namen im Postfach las. Danielle.

Deine Aufgaben.

Ich klickte auf die Mail, in der Sadie in Kopie stand. Offensichtlich ging es um meine Aufgaben ab Januar, wenn ich bei Jake, Danielle und Sadie in der Belletristik war. Zischend sog ich die Luft ein, während ich durch die ellenlange Liste an Tasks scrollte. Manuskripte sichten, Termine organisieren, Akquisegespräche führen – all das waren Aufgaben, die ich genauso auch unter Cassedy hatte machen müssen und die kein Problem darstellten. Damit hörte die Liste jedoch noch lange nicht auf. Sie hatte mir Aufgaben gegeben, die sich bis zur Londoner Buchmesse im April streckten, dabei wäre ich da schon längst nicht mehr in ihrem Bereich.

Das meinte sie nicht ernst, oder? Das hätte ich schon ohne die Betreuung von Taylors Buch nicht geschafft, geschweige denn jetzt. War sie wirklich nach wie vor so wütend, dass ich das Projekt erhalten hatte?

Es gab nur eine Erklärung für diese E-Mail: Sadie, Danielle und Jake hatten herausbekommen, dass die Linearts an einen Verlag verkauft waren. So, wie sie reagiert hatten, dass ich Taylor schon unter Vertrag genommen hatte, als ich das Projekt vorgestellt hatte, wäre diese E-Mail nun kein Wunder. Die bloße Vorstellung, meinen nächsten Volontariatsabschnitt bei den dreien absolvieren zu müssen, bereitete mir Bauchschmerzen. Dass Danielle mich mit so viel Arbeit überschüttete, dass ich kaum noch Zeit für das Buch mit Taylor finden würde, war mit Sicherheit nur der Anfang. Ich überflog die aktuelleren Mails, ohne wirklich etwas von deren Inhalt mitzukriegen.

Wäre das mein neuer Arbeitsalltag? Und wie sollte ich dem entgegenwirken? Ich war mir ziemlich sicher, dass selbst Überstunden das Problem nicht lösen würden. Sie könnten sich einfach weiter To-dos überlegen, immerhin nutzte Jake jede Gelegenheit, um Matt eins auszuwischen – und wo sollte ich mich beschweren? Bei Emma, deren Blick bei meinem Urlaubsantrag eine Mischung aus Enttäuschung und Verachtung gewesen war? Bei Matthew, um weitere Gerüchte zu schüren?

Ich sperrte das Handy und packte es zurück in meinen Rucksack. Als im nächsten Moment die Durchsage erklang, die meinen Zug ankündigte, atmete ich tief durch. Ich war wieder in London. Vielleicht gab es die neue Nele nicht, vielleicht hatte die Stadt mich nicht so verändert, wie ich mir erhofft hatte. Doch was sie tat, war, mir Stärke zu geben. Und mit dieser Stärke fasste ich den für mich einzig richtigen Entschluss.

»Nele!«

Lorie kam mir aus der Küche entgegengesprungen und fiel mir um den Hals. »Wie schön, dass du wieder da bist! Du hast hier echt gefehlt. Das ist Harper.« Sie deutete auf die junge Frau mit dem schwarzen Pixie-Cut hinter sich. »Sie ist eine Freundin von früher und zu Besuch für Silvester. Da ist sie auch dabei.«

»Oh cool, freut mich!«

Unsicher, wie ich Harper begrüßen sollte, stand ich im Gang und winkte.

»Mich auch«, erwiderte sie lächelnd. »Lorie und ich haben gerade überlegt, ob wir probieren, spontan Tickets für *Hamilton* zu kriegen. Bist du dabei?«

»Oh, supergern«, sagte ich, während ich meinen Rucksack und die Jacke ablegte. »Aber ich müsste erst noch etwas erledigen …«

»Kein Thema«, meinte Lorie mit breitem Strahlen. »Wir fahren einfach schon mal zum Victoria Palace, ja? Vermutlich kriegen wir so spät am Tag eh keine Tickets mehr, aber versuchen können wir es ja.«

»Klar, gern. Ich komm dann nach.« Ich erwiderte das Lächeln der beiden. »Ich bin froh, wieder hier zu sein.«

»Du hast auch echt gefehlt. Ich musste Harper schon ihr Horoskop vorlesen, aber sie hasst es noch mehr als du.«

Harper lachte. »Ich hasse es nicht, ich bin einfach nur ein Morgenmuffel.«

»Wie auch immer. Ich bin froh, dass du zurück bist. Und nicht böse gemeint, aber du siehst wesentlich besser aus als vor deiner Abreise.«

Ich nickte. »Ich fühl mich auch besser.« Seltsamerweise tat ich das wirklich. Trotz Danielles Mail. Weil ich nun wusste, was zu tun war.

Ich entschuldigte mich und verschwand in mein Zimmer, wo ich die Tür hinter mir schloss.

Dann wählte ich die Nummer des Büros, die ich mittlerweile auswendig konnte, und wartete.

»Literaturagentur Heather & Clark, Emma White am Apparat, wie kann ich Ihnen helfen?«

»Hey, hier ist Nele«, sagte ich.

»Oh, hi.« Eine kurze Pause entstand. »Wie geht es dir?«, fragte Emma dann vorsichtig.

»Gut.« Nicht die Wahrheit, aber zumindest näher an ihr dran als noch bei meiner Abreise. »Ich wollte nur kurz anrufen und fragen, wer im Büro ist. Ich würd gern vorbeikommen.«

»Oh, okay. Ähm, Cass ist da, aber nur noch bis drei Uhr. Matthew ist gerade in der Mittagspause. Und ich. Das war's. Aber es ist auch tote Hose, und du hast Urlaub, also …«

Sie ließ den Satz unvollendet zwischen uns stehen, es änderte jedoch nichts an meinem Vorhaben. Ich fuhr nicht nach Vauxhall, um zu arbeiten. Leider. Denn wenn Danielles Mail und all das Drama der letzten Wochen eines zeigten, dann, dass ich nicht einfach normal würde weitermachen können.

»Ich komm vorbei. Bis gleich, Emma!«

Als ich auflegte und das Smartphone sperrte, pochte mein Herz heftig in meiner Brust. Angst. Ich hatte Angst vor dem, was gleich folgen würde, doch ich spürte auch Erleichterung. Erleichterung, weil eine Entscheidung gefällt war. Ganz gleich, ob sie nun die richtige war oder nicht. Vielleicht musste man dieses Risiko manchmal eingehen. Vielleicht war es besser, die falsche Entscheidung zu treffen als gar keine.

49. KAPITEL
Nele

Das Ping der Aufzugtüren war mir mittlerweile so vertraut, dass es sich unter anderen Umständen mit Sicherheit wie Nachhausekommen angefühlt hätte. So jedoch war es Vorbote dessen, was mir nun bevorstand. Mit verkrampften Schritten, die ich an diesem sonnigen Wintertag nicht einmal wirklich auf die Kälte schieben konnte, betrat ich das Foyer. Mein Atem zitterte hörbar, als ich um die Ecke bog. Zuallererst fiel mir das leere Büro auf, was mich ein wenig beruhigte. Bei Cassedy brannte Licht, das Großraumbüro war jedoch leer – abgesehen von Emma, die aufblickte, als ich zu ihrem Tisch kam.

»Nele, hi«, sagte sie. Ihr Mund bildete ein feines Lächeln, das mich ein klein wenig beruhigte.

»Hallo.« Ich schluckte. Wieso war es nur so verdammt schwer, wenn mein Entschluss doch längst stand?

»Wie kann ich dir helfen? Du bist sicher nicht zum Arbeiten hier, oder willst du deinen Urlaub früher beenden?«

»Nein«, sagte ich zögerlich. »Nicht den Urlaub.« Ich atmete tief durch. »Aber das Volontariat.«

Emma weitete die Augen. »Was?«

Ich öffnete meine Handtasche, holte die dünne Mappe heraus und nahm das eine A4-Blatt heraus, das ich auf dem Weg hierher in einem Shop hatte drucken lassen. Mit Sicherheit hätte es auch eine E-Mail getan, doch ich wollte vor Ort sein, wenn möglich noch einmal mit Cassedy reden. Außerdem hatte ich noch ein paar Dinge am Schreibtisch stehen, die ich einsammeln wollte.

»Hier ist meine Kündigung«, sagte ich, und meine Worte ließen Emma die Stirn runzeln.

»Du willst gehen?«

Ich nickte, auch wenn von Wollen nicht wirklich die Rede sein konnte. Ich musste gehen. Für mich.

Emma hielt den Blick einige Augenblicke lang auf die Kündigung gerichtet. Sie las jedoch nicht, sondern schien nachzudenken. Worüber, erfuhr ich nicht, denn im nächsten Moment erklang ein freudiges »Nele!« in meinem Rücken. Ich wirbelte herum und blickte in Cassedys strahlendes Gesicht.

»Bist du zum Feiern hier? Du hast die Mail mittlerweile sicher gelesen, oder? Ich hätte ja am liebsten gleich angerufen, aber Matt meinte, wir sollen dich im Urlaub nicht stören und … Ist alles in Ordnung?« Cassedy blickte von mir zu Emma und wieder zurück.

»Auf dem Weg dahin«, sagte ich.

»Nele hat gerade gekündigt.«

»Du hast was?« Cassedys Augen wurden noch größer als Emmas zuvor, nur lag in ihren neben Überraschung noch Sorge. »Nein, das geht nicht. Aber du hast doch gerade deinen ersten Klienten, das Projekt unter … Du bist so gut in dem, was du tust.«

»Danke«, erwiderte ich, und das Lächeln schmerzte, doch ich wusste, dass es besser werden würde.

»Du willst ernsthaft gehen?« Kopfschüttelnd betrachtete Cassedy mich, als könnte sie es nicht glauben. Vielleicht war dem auch so. Hätte man mir vor zwei Monaten gesagt, dass ich nun hier stehen und mich gegen diesen Job entscheiden würde, hätte ich selbst auch stark gezweifelt.

»Hast du ein paar Minuten? Ich mach uns Tee. Oder lieber Kaffee? Dann können wir reden.« Beinahe flehend sah Cassedy mich an, sodass ich gar nicht anders konnte, als zuzustimmen.

»Klar.« Cassedy wirkte erleichtert, was es mir nur noch schwerer machte. Ich folgte ihr in die Kaffeeküche, nahm wehmütig die Booklover-Tasse von Undine aus dem Schrank und trat ein letztes Mal an die Kaffeemaschine neben Cassedy.

»Milchschaum, wie immer?«

Ich nickte, und Cassedy seufzte. Schweigend sah ich dabei zu, wie der Espresso in meine Tasse rann, ließ mir diese mit Milch und Schaum auffüllen und folgte Cassedy dann in ihr Büro. Ich schloss die Tür hinter uns, obwohl nicht wirklich jemand da war, der unser Gespräch hätte belauschen können. Doch ich hatte keine Lust darauf, dass Matthew mich direkt sah, wenn er aus der Mittagspause zurückkehrte.

Anstatt sich wie üblich auf ihren Schreibtischstuhl mir gegenüber zu setzen, rollte Cassedy ihn herum, sodass sie neben mir Platz nehmen konnte.

»Dann erzähl mal.«

Ich hob die Schultern. »Es gibt nicht viel zu erzählen. Ich denke, in Anbetracht der Situation ist es besser, wenn ich mich anderweitig nach einem Job umsehe.«

»Wegen der Kommentare im Büro?«

»Ja, auch.« Ich hob die Schultern. »Wie soll das denn in Zukunft weiterlaufen?«

»Du magst ihn wirklich, oder?«

In Cassedys Augen lag so viel Mitleid, dass ich sie am liebsten umarmt hätte. Ich nickte langsam, was sie erneut zum Seufzen brachte.

»Ich habe mir das so für ihn gewünscht. Dass er mal jemanden findet, dem er sich öffnen kann.« Sie lächelte traurig. »Nur dass es unter solchen Umständen geschieht, hab ich nicht erwartet. Aber bist du sicher, dass du gehen willst? Immerhin sitzt ihr beide gemeinsam in diesem Boot.«

»Es geht nicht darum, dass ich das Gefühl hab, das allein ausbaden zu müssen.« Kurz überlegte ich, ihr von Danielles Mail zu erzählen, aber was für einen Sinn hatte es? Die Mail mochte mir den letzten Stups gegeben haben, doch meine Entscheidung stand auch ohne sie. »Aber was soll Matt machen? Den Chefposten aufgeben? Die Agentur ist sein Leben. So weitermachen können wir auf jeden Fall nicht, niemand kann garantieren, dass es in Zukunft keinen Neid oder Vorurteile geben wird, wenn ich einen guten Job lande. Wie soll das weitergehen? Es wäre ein konstanter Balanceakt, und ich glaube nicht, dass ich Spaß daran hätte.«

Cassedy nickte. »Kann ich mir vorstellen. Hätte ich auch nicht, aber ... du hast ein so tolles Gespür für Geschichten. Es wäre ein enormer Verlust für die Agentur. Ich wäre wirklich traurig.«

»Danke.« Obwohl es aussichtslos war, hinterließen ihre Worte ein warmes Gefühl in meiner Brust. »Ich weiß, dass gegen Ende einiges schiefgelaufen ist, aber es wäre toll, wenn ihr mir für die kurze Zeit hier trotzdem ein Arbeitszeugnis schreiben könntet ... wenn das geht. Ich weiß, dass es für mich nicht einfach wird, zu argumentieren, wieso ich mein Volontariat bei euch abgebrochen habe, aber ich bin mir sicher, dass es mit einem positiven Arbeitszeugnis leichter wird, etwas Neues zu finden.«

Cassedy nickte. »Natürlich«, sagte sie dann, ohne zu zögern, und mir fiel ein Stein vom Herzen. »Ich rede mit Emma, wir schreiben dir was. Ich sehe zu, dass es schnell fertig wird. Ich nehme an, du willst dich gleich im Januar weiter bewerben.«

»Ich ... Wenn ich ehrlich bin, hab ich gerade keine Ahnung.

Ich will auf jeden Fall in London bleiben. Vielleicht bewerbe ich mich bei den Agenturen, die ich mir damals rausgesucht habe, für den Fall, dass es hier nicht geklappt hätte.«

Auch wenn ich damit einen fetten Schlussstrich unter die Sache mit Matthew setzte. Denn wer würde mich schon einstellen, wenn ich mit dem Chef einer anderen Agentur zusammen war?

»Dann geh bitte wirklich in den Jugendbuchbereich oder so, dich will ich nicht als Konkurrentin«, meinte Cassedy mit einem Schmunzeln, das jedoch im nächsten Augenblick wieder einer ernsten Miene wich. »Ich werde es Taylor mitteilen.«

»Taylor ahnt es sicher schon, wir haben uns getroffen, bevor ich nach Hause geflogen bin. Ich wünsche euch alles Glück der Welt mit dem Buch.«

»Es wäre wirklich schön gewesen, dich dabei zu haben.«

Ja. Und egal, wie erfolgreich dieses geworden wäre, alle hätten es mit meinem Verhältnis zu Matthew verknüpft. Ich hätte nicht nur mir geschadet, sondern auch Taylor. Hastig trank ich ein paar Schlucke des inzwischen lauwarmen Kaffees. Bilder der Möglichkeiten, die mir nun entgingen, zogen in meinem Kopf auf: eine Lesetour, ein Release-Event, die Mitgestaltung am Buch, dessen Inhalt mir so viel bedeutete, weil er mich dem Schreiben wieder nähergebracht hatte.

»Ich bin mir sicher, es wird ganz toll.« Als ich merkte, wie belegt meine Stimme klang, räusperte ich mich, trank eilig den Rest meines Kaffees und stand dann auf. »Ich glaube, ich sollte besser los. Ich wollte nur kurz vorbeischauen und die Kündigung persönlich abgeben.«

»Ich kann dich wirklich nicht überreden, was?«

Ich schüttelte den Kopf. »Wenn ich bleibe, dann würde ich das aus den falschen Gründen tun. Es tut mir wirklich leid.«

Cassedy zog mich in ihre Arme. »Ich werd dich so vermissen. Ich wünsch dir alles Gute bei deinen Bewerbungen. Emma und ich melden uns mit dem Arbeitszeugnis bei dir.«

»Danke für alles.«

»Ich danke dir«, erwiderte Cassedy, und als wir uns aus der Umarmung lösten, meinte ich, Tränen in ihren Augen schimmern zu sehen. »Wenn du magst, lass uns mal einen Kaffee trinken.«

»Das würde mich freuen.«

»Bis dann, Nele.«

Ich lächelte Cassedy noch einmal zu, verließ das Büro und atmete, kaum dass die Tür hinter mir zugefallen war, einmal tief durch. Das war geschafft.

Trotz der Wehmut und der Schwere auf meiner Brust verspürte ich auch ein klein wenig Erleichterung. Ich würde ein gutes Arbeitszeugnis erhalten und damit, da war ich mir sicher, einen anderen Job finden. Es gab etliche Literaturagenturen in London. Bestimmt konnte ich mindestens eine von ihnen von mir überzeugen – trotz des abgebrochenen Volontariats.

Ich spürte das Handy in der Jacke, die über meinem Arm hing, vibrieren.

»Ja?«, nahm ich den Anruf entgegen.

»Nele!« Lories Stimme drang so laut durch das Smartphone, dass ich es ein Stück von meinem Ohr entfernen musste.

»Autsch.«

»Sorry, aber rate!«

Ich hörte Harper im Hintergrund lachen.

»Ähm ...«

»Okay, rate nicht, so viel Zeit haben wir leider nicht, hinter uns stehen noch Leute an. Sie haben noch Tickets! Die wurden vorhin zurückgegeben. Nur Standing Tickets allerdings, aber für Harper und mich wäre das kein Thema. Magst du auch?«

»Ja!«, sagte ich sofort. Denn wenn ich eines gebrauchen konnte, dann war es Ablenkung. Über das Geld, das ich nun erst einmal nicht verdienen würde, konnte ich mir heute Abend Gedanken machen.

»Cool! Dann können wir davor noch was essen. Kommst du zu uns?«

»Mach ich«, sagte ich und merkte selbst, wie jegliche Freude aus meiner Stimme gewichen war. Auch Lorie war es nicht entgangen.

»Ist alles okay?«

»Ja, klar«, wiegelte ich schnell ab. »Einfach ein anstrengender Tag, erzähle dir gleich alles.«

»Na gut. Ich freu mich! Wir suchen uns hier in der Ecke ein Restaurant, ich schick dir den Namen, sobald wir einen Tisch haben.«

»Perfekt. Ich muss im Büro eh noch ein paar Sachen zusammenpacken. Bis gleich.«

Lorie verabschiedete sich, und ich ging zu meinem Schreibtisch, holte den Jutebeutel aus meiner Handtasche, den ich immer für spontane Einkäufe dabeihatte, und begann, meine wenigen Habseligkeiten vom Schreibtisch zu räumen: ein Instant-Foto meiner Analogkamera, das Undine und mich zeigte, ein Notizbuch, diverse Snacks, die ich in der Schreibtischschublade aufbewahrt hatte, eine Haarspange …

»Was machst du da?«

Mein Atem stockte, und ich hielt mitten in der Bewegung inne.

Verdammt.

Ich hatte gehofft, Matthew nicht noch einmal über den Weg zu laufen. Wieso war er schon aus der Mittagspause zurück? Es war viel zu früh.

»Ich packe«, antwortete ich, ohne aufzublicken.

»Wieso?«

Ich schloss die Augen für einen Moment, um mich zu sammeln. Dann erst sah ich ihn an. Wie immer, wenn mein Blick seine hellblauen Augen traf, warf es mich kurz aus der Bahn. Las ich da ... Angst?

»Ich habe gekündigt.« Ich war dankbar, dass meine Stimme selbstsicherer klang, als ich mich in diesem Moment fühlte. Denn am liebsten hätte ich mich unter meinem Schreibtisch verkrochen und wäre dem Gespräch aus dem Weg gegangen. Ich wollte nicht, dass Matthew sich schlecht fühlte, sich einmal mehr vorwarf, dass er kein guter Chef war – dass ich ging, war meine Entscheidung. Und ich stand hinter ihr.

»Bitte tu das nicht.«

Ich hatte mit vielem gerechnet, aber nicht damit, dass er mich bitten würde, zu bleiben.

»Es macht die Dinge doch auch für dich leichter«, sprach ich leise aus, was mir in diesem Moment durch den Kopf ging.

»Was ist bitte leichter daran, wenn du weg bist und ich dir deinen Traumjob ruiniert habe?«

»Du hast mir nichts ruiniert, Matthew.« Mit einem Lächeln betrachtete ich den Mann, den ich liebte. Denn dieser Sache war ich mir mittlerweile ziemlich sicher. Doch manchmal reichte Liebe eben nicht. Manchmal waren die Hindernisse und Hürden so unüberwindbar, dass auch Gefühle daran nichts änderten. »Ich werde etwas anderes finden. Vielleicht nicht sofort, je nachdem, wann die Stellen ausgeschrieben sind, aber ich bin mir sicher, bis mein Visum ausläuft, hab ich etwas.«

»Ich hab mit Jake geredet«, sagte Matthew. »Wir haben alles klären können. Ich verspreche dir, von seiner Seite aus kommt kein Kommentar mehr. Von Sadies oder Danielles genauso wenig. Und wenn doch, wirst nicht du die Konsequenzen zu tragen haben.«

»Danke. Aber das ändert nichts an meiner Entscheidung.«
»Aber ich dachte, das hier ist dein Traum.«
»Nicht so. Mein Traum war ein Job, in dem ich ich selbst sein und mich verwirklichen kann. Aber wann kommt die Realität schon an Träume heran? Vielleicht wollte ich einfach zu viel.«

Matthew hob die Mundwinkel, und dennoch schaffte er es, dass sein Lächeln traurig aussah. »Erinnert mich ein bisschen an das Graffiti. Happiness. Vielleicht ist Glück immer auch eine bittere Pille, die man schlucken muss.«

Ein Teil von mir wünschte sich, die Zeit zu diesem Moment zurückdrehen zu können. Wieder unwissend zu sein. Doch ein größerer Teil von mir verstand, dass dieser Wunsch nichts brachte.

»Ich sehe zu, dass du ein grandioses Arbeitszeugnis bekommst, Nele. Die anderen Agenturen wären dumm, dich nicht zu nehmen.«

»Danke.«

Matthew schluckte sichtbar. Sein Blick wurde weicher, in seinen blauen Augen lag eine tiefe Traurigkeit. »Es tut mir so leid, Nele. Alles. Ich hätte es nie so weit kommen lassen und deinen Job gefährden dürfen, aber …« Er hob die Schultern. »Du hast mich von der ersten Sekunde an umgehauen.« Kurz wanderte sein Blick durch den Raum, bevor er wieder auf mir zum Ruhen kam. Er zögerte, bevor er leise weitersprach. »Wenn du gehst … Was ist mit uns?«

Die Frage, vor der ich mich am meisten gefürchtet hatte.

»Ich …«

Ich wollte nichts lieber als Ja sagen. Ja zu ihm. Dieses Kapitel abschließen und das nächste mit Matthew beginnen. Doch dass ich ging, änderte nichts. Wie sollte ich mit Matthew an meiner Seite einen neuen Job in einer Agentur finden, in dem man mich und meine Arbeit ernst nahm? Es würde doch genauso weitergehen – denn wer würde der Neuen vertrauen, die mit dem CEO einer Konkurrenzfirma schlief?

Matthew musste es an meinem Gesicht bereits abgelesen haben, denn er nickte traurig. »Es ändert nichts, oder?«

»Nein«, sagte ich leise, und mein Herz zog sich vor Schmerz zusammen. Ich wollte seine Hand greifen. Wollte diese Distanz zwischen uns, die sich mit jedem Wort vergrößerte, vernichten. Wollte seine Haut spüren, ihn spüren – doch ich blieb an Ort und Stelle stehen.

»Es ändert nichts. Ich kann meine Zukunft nicht noch einmal sabotieren.«

Matthews Adamsapfel bewegte sich sichtbar, als er schluckte. »Ich verstehe.« Er sagte es nicht kühl, nicht abweisend, sondern zeigte mir mit der Betonung der beiden Worte, dass er wirklich verstand. Dass er meinen Schmerz fühlte, aber meine Entscheidung respektierte. Gleichzeitig tat es weh, weil ich am liebsten gehört hätte, dass er eine Lösung parat hatte, die all diese Hindernisse aus dem Weg wischte. Doch die hatte er nicht. Wie auch?

»Wird eine harte Londoner Buchmesse im April«, meinte er mit grimmigem Lächeln.

»Bist du böse?«

»Was? Nein, natürlich nicht. Du hast ja recht. Früher oder später würde herauskommen, wenn etwas zwischen uns liefe. Ein Autor, der die Agentur wechselt, eine Branchenparty, die aus dem Ruder läuft, ein falsches Wort.« Er schüttelte den Kopf, machte einen kleinen Schritt auf mich zu. Das Verlangen in seinem Blick, das sich zu dem Schmerz mischte, erinnerte mich unweigerlich an die Nacht, die wir geteilt hatten. Und an den Moment auf dem Boot, der alles verändert hatte.

»Aber Nele, es gibt Momente, in denen die Realität an Träume rankommt. In denen sie sogar besser ist und alle Vorstellungen übersteigt.«

Ich spürte mein Herz so fest in meiner Brust schlagen, als wollte es ihm entgegenspringen. Mein Atem zitterte, als Matthews Finger ganz sacht über meine strichen. Er mochte recht haben, denn was ich für Matthew empfand, überstieg die Vorstellungskraft meiner Träume. Doch was er nicht aussprach und was doch unumstößlich zwischen uns stand, war die Tatsache, dass alle Träume irgendwann endeten. Und so nahm ich meinen Beutel und die Handtasche vom Schreibtischstuhl, warf mir die Jacke über, gab Diensthandy und Laptop bei Emma ab und verließ das Büro zum letzten Mal. Ich drehte mich nicht noch einmal nach Matthew um. Sein Blick hatte sich auch so für immer in mein Herz eingebrannt.

50. KAPITEL
Matthew

»Sicher, dass du nicht heimgehen magst?«, fragte mich Cassedy nicht zum ersten Mal an diesem Morgen. »Selbst Jake hat sich erkundigt, wie es dir geht. Das ist wohl das sicherste Zeichen, dass du wirklich … nun ja, nicht gerade fit aussiehst.«

Das war die Untertreibung des Jahrhunderts. Ich hatte heute Morgen in den Spiegel gesehen und war mir der Tatsache bewusst, dass meine Augenringe dunkler waren als Londons Himmel. Das gesamte Wochenende hatte ich mir den Kopf auf der Suche nach einer Lösung zermartert, jedoch keine gefunden. Und selbst wenn es eine gab: Wollte Nele dann überhaupt meine Hilfe?

»Im Team-Meeting frühstücken wir heute sowieso nur und trinken Glühwein. Da verpasst du nichts. Im Postfach ist tote Hose … Heute ist Silvester, da passiert nichts mehr.«

Cass hatte die Worte kaum ausgesprochen, als ihr Handy klingelte.

»Oh«, meinte sie mit gerunzelter Stirn und nahm das Gespräch entgegen.

»Hi, Taylor, was gibt's?«

Ich legte den Kopf schief und versuchte, die Worte am anderen Ende zu hören, was jedoch vergebens war. Also nutzte ich die Gelegenheit und machte Cassedys und meinen Kaffee fertig.

»Ähm, ja. Klar. Wir sind da. Jetzt?« Cassedys Blick schoss kurz zu mir, und sie zuckte mit den Schultern. »Alles klar. Ich geb unten am Empfang Bescheid, dass du kommst, dann kannst du direkt hoch ... Yep. Okay. Bis gleich!«

Sie legte auf und sah mich stirnrunzelnd an. »Taylor will mit uns sprechen, klang dringend.«

»Siehst du, doch gut, dass ich da bin. Ich deck den Meetingraum ein.«

»Ich helf dir«, murmelte Cass und nahm dankend die Tasse entgegen, die ich ihr reichte. »Ich hab ein bisschen Sorge, dass es wegen Nele ist.«

Ihren Namen nur ausgesprochen zu hören, reichte, damit ich das Loch in meiner Brust wieder fühlte, das sie dort am Freitag hinterlassen hatte. Ich hatte hundertmal mit dem Gedanken gespielt, ihr zu schreiben, und ihn hundertmal wieder verworfen.

»Wieso wegen Nele?«, fragte ich, halb widerwillig, halb neugierig.

»Ich hab Taylor geschrieben, dass sie das Projekt nicht länger betreut.«

»Hm«, machte ich, da ich keine Ahnung hatte, was ich dazu sagen sollte. Wenn es um Nele ging, hatte ich wirklich wenig Lust, bei dem Gespräch anwesend zu sein. Ich glaubte nicht, dass ich dabei ein neutrales Gesicht beibehalten konnte.

»Dann lass uns mal den Raum vorbereiten. Nimmst du unseren Kaffee mit? Und sag mal«, fuhr ich fort, um das Gespräch in eine andere Richtung zu lenken, »ich hab mir überlegt, mehr im Heim zu helfen. Ich würde den Kindern gern Optionen zeigen: Hobbys, Ausbildungen, Jobs – alles Mögliche. Denkst du, einer deiner Illustratoren hätte Lust, da mitzuwirken?«

»Oh, bestimmt!« Kurz schienen alle Sorgen aus Cassedys Gesicht zu weichen. »Ich kann gern ein paar anschreiben. Wir haben eine Kinderbuchillustratorin unter Vertrag, die nächstes Jahr eine Art Lehrbuch rausbringt, ich glaube, sie würde da gut passen. Ich frag sie mal.«

»Das wäre super.«

»Schön, dass du dich mehr einbringen möchtest«, meinte Cassedy mit einem Lächeln und öffnete die Tür zum kleinen Meetingraum.

»Ja, ich dachte, es wird Zeit für ein paar Hobbys.« Ich füllte eine Schale mit Keksen und Süßigkeiten und deckte den Tisch im Anschluss mit Gläsern und Säften ein.

»Tolle Idee.« Cassedy lächelte leicht. »Du hast eine echte Entwicklung hingelegt, Matt. Ich hab immer gehofft, dass du damit einmal Frieden schließen könntest.«

»Frieden würde ich es nicht nennen, aber ich bin auf dem Weg.«

»Du arbeitest daran. Das ist mehr, als die meisten von sich behaupten können.«

Cassedy hatte gerade die Servietten auf den Tisch gelegt, als es an der Glastür klopfte.

»Hi«, erklang eine mir fremde Stimme. Ich drehte mich um und blickte geradewegs in ein Paar hellbrauner Augen, das auf mich gerichtet war und mich skeptisch musterte. Das war dann wohl Taylor.

Ich machte einen Schritt auf them zu und streckte meine Hand aus. Zu meiner Erleichterung schüttelte Taylor sie. »Taylor, hi. Nehme an, du bist Matthew?«

Die dunkel geschminkten Augen verzogen sich leicht. Okay, es ging definitiv um Nele, und Taylor wusste definitiv mehr, als Cassedy in der Mail mitgeteilt hatte.

Dennoch nickte ich, darum bemüht, mich nicht aus der Ruhe bringen zu lassen. Das Projekt war Nele wichtig, also würde ich alles daransetzen, dass Taylor hier möglichst zuversichtlich wieder rausging. »Schön, dass du gekommen bist und wir uns mal kennenlernen.«

»Na ja, unter anderen Umständen würd es mich mehr freuen, wenn ich ehrlich bin.« Okay, Zuversicht sah anders aus, so viel stand fest.

»Setz dich doch«, meinte Cassedy mit gewohnt professionellem Lächeln und deutete auf einen der Stühle. »Magst du was trinken? Kaffee? Tee?«

»Nein, danke. Ihr hättet euch auch nicht so eine Mühe machen brauchen.« Taylor fuhr sich über das kurz geschorene, schwarze Haar. »Ich bin gleich wieder weg. Ich wollte nur Bescheid sagen, dass ich das Buch nicht mache.«

»Was?«, fragten Cass und ich im selben Moment.

»Ich mache das Buch nicht. Nele hat mich angeworben, wenn sie weg ist …« Taylor verschränkte die Arme vor der Brust und zuckte die Schultern, als wäre die Sache damit gegessen.

»Aber du hast den Vertrag doch unterschrieben«, meinte Cassedy, und würde ich sie nicht so gut kennen, hätte ich den geschockten Unterton ihrer Stimme sicherlich nicht bemerkt.

»Ja, aber ich hab ihn mir heute Morgen noch mal genau angeschaut, und ich kann raus. Klar, den Vorschuss muss ich zurückzahlen, aber noch ging eh nichts bei mir ein, also ändert sich nicht viel.«

»Und deine Kunst?«

»Die mach ich halt weiter an Hausmauern, hat bisher ja auch geklappt.«

Cassedy räusperte sich. »Ohne dir zu nahe treten zu wollen: Als wir uns mit dir im Café getroffen haben, wirkte es, als könntest du das Geld ganz gut gebrauchen.«

»Ja, aber da dachte ich auch noch, Nele wäre an Bord.«

»Das würden wir uns genauso sehr wünschen wie du«, meinte Cassedy mit bedauerndem Lächeln. »Leider hat sie gekündigt.«

»Sie ist freiwillig gegangen?« Taylors Blick ruhte auf meinem Gesicht, während they die Frage stellte.

»Ja«, sagte Cassedy im selben Moment, in dem ich den Kopf schüttelte. Taylors Augen weiteten sich, und they nickte auffordernd.

»Freiwillig kann man es kaum nennen, auch wenn die Kündigung von ihr ausging, ja. Wir hätten sie gern behalten.« Nervosität wallte in mir auf, aber Taylor war hier, um Antworten zu erhalten, und offensichtlich hatte they sich ohnehin schon eins und eins zusammenreimen können, und ich erzählte wenig Neues, wenn ich mit der Wahrheit rausrückte. »Nele und ich hatten …« Ja, was hatten wir gehabt? Es war keine Affäre, denn das Wort war zu flüchtig für das, was sich zwischen uns entwickelt hatte. Gleichzeitig konnte man es nicht Beziehung nennen, denn leider war es vorbei gewesen, bevor es angefangen hatte. »Wir haben Gefühle füreinander, was die Arbeit im Büro und mit der Belegschaft erschwert hat.«

Als ich nicht weitersprach, nickte Taylor langsam. »Verstehe.«

»Aber wir würden dein Projekt gern weiterbetreuen. Ich bin mir sicher, Nele würde das genauso wollen. Ihr liegt wirklich viel daran.« Cassedy lächelte leicht. »Sie hatte auf dem zweiten Bildschirm ganz oft Bilder von diesem Lineart-Instagram-Account offen. Sie liebt, was du tust.«

Bei Cassedys Worten schien sich ein Schalter in Taylors Kopf umzulegen. They blickte gen Decke, und ich konnte förmlich sehen, wie die Zahnräder sich drehten.

»Kann ich eine Bedingung stellen?«

»Ich würde gern sofort Ja sagen, aber es kommt drauf an, ob es auch den Verlag betrifft.«

»Tut es«, meinte Taylor. »Ich mache das Projekt. Wenn der Inhaber oder die Inhaberin des Lineart-Accounts Teil davon wird.«

Mein Herz setzte einen Schlag aus, nur um dann schneller weiterzupochen. Taylor wusste Bescheid. Natürlich! Ich schluckte meine Aufregung hinunter, dabei hätte ich am liebsten sofort meine Zustimmung hinausgeschrien. Doch damit hätte ich verraten, dass Nele hinter dem Kanal steckte.

»Von dem Buch?«, fragte Cassedy.

»Ja. Ich will, dass er oder sie Texte beisteuert und weitere zu den Linearts liefert, die ich ins Buch packen will.«

»Dann müssten wir erst einmal rausfinden, wer dahintersteckt. Dein Vorschuss würde vermutlich kleiner werden …«

»Das ist okay«, sagte Taylor. »So, oder ich bin raus.«

Ich wäre them am liebsten um den Hals gefallen. Das war die Lösung. Ich biss mir auf die Innenseite meiner Lippe, um nicht sofort mit Vorschlägen in das Gespräch zu grätschen, sondern beobachtete stattdessen Cassedy. Diese hatte die Stirn gerunzelt, nickte jedoch.

»Gar keine so schlechte Idee. Poesie, gerade in so kurzer Form, ist aktuell wieder voll im Trend. Der Account hat eine gute Reichweite, die wir nutzen könnten … Ich könnte versuchen, die Person dahinter zu kontaktieren. Was meinst du, Matthew?«

Ich nickte und hatte Schwierigkeiten, mein Lächeln im Zaum zu halten. Das würde Nele im wortwörtlichen Sinn Zeit erkaufen. Mehr noch: Ihr Traum war es stets gewesen, in der Buchbranche Fuß zu fassen. Was, wenn das ihre Bestimmung war? Nicht das Vertreten von Autoren und Autorinnen, sondern das Schreiben selbst? Am liebsten wäre ich sofort aus dem Raum gelaufen und hätte sie angerufen. »Ja. Wenn du magst, kümmere ich mich darum.«

Sowohl Cassedy als auch Taylor sahen mich irritiert an.

»Du?«, fragte Cass.

»Ja, du hast genug zu tun, ich kenn dein E-Mail-Postfach. Und wie du schon meintest: Heute ist ein ruhiger Tag, ich sollte heim … Das kann ich von zu Hause aus machen.«

»Okay«, sagte sie gedehnt. »Dann kontaktier ich mal den Verlag. Da werden wir aber erst im Januar Antwort erhalten«, meinte sie an Taylor gewandt.

»Das macht nichts, ich kann warten. Ruf dann einfach an.« Taylor erhob sich. »Dir viel Erfolg beim … Kontaktieren.« So, wie Taylors Augen funkelten, war them klar, dass ich wusste, wer hinter dem Account steckte.

»Danke«, sagte ich und stand ebenfalls auf. Als Taylor diesmal meine Hand schüttelte, geschah es mit etwas weniger Skepsis im Blick.

»Dann bis bald hoffentlich.« Taylor winkte noch einmal und war verschwunden. Zurück blieben Cassedy, ich und ein Tisch mit unangerührten Getränken und Süßigkeiten. Cassedy nahm sich einen Walker-Keks.

»Dann setze ich mal eine Mail an den Verlag auf.« An der Tür drehte sie sich noch einmal um. »Ich hab das Gefühl, irgendwas verpasst zu haben. Kann das sein?«

So, wie sie die Frage stellte, kannte sie die Antwort bereits. Doch ich würde Neles Geheimnis nicht verraten. Mit völlig neuer Energie zwinkerte ich Cass zu und schob mich an ihr vorbei durch die Tür. »Möglich. Ich meld mich später.«

Ich lief in mein Büro, zog mir eilig den Mantel über und griff nach meiner Tasche. Dann schaltete ich den PC aus und ließ die Tür hinter mir ins Schloss fallen. Ich musste Nele erreichen. Dringend.

»Feier schön ins neue Jahr!«, rief Cass mir zu, als ich an Emmas leerem Schreibtisch vorbeihastete.

»Danke, du auch!«

Mit ein bisschen Glück hatte Taylor mir gerade die Lösung geliefert, nach der ich das gesamte Wochenende gesucht hatte. Mit ein bisschen Glück würde das neue Jahr doch noch schöne Dinge bereithalten.

51. KAPITEL
Nele

»Alexander Hamilton!«, brüllte Lorie, woraufhin Harper den Text des Musical-Auftakts schief weitersang. Trotz allem, trotz des Nebels in meinem Kopf, musste ich lachen.

»Wir kriegen dich schon noch zum Mitsingen«, meinte Lorie siegessicher, während sie ihre vollen Lippen dunkelrot anmalte. Sie trug ein langes, schickes Kleid in der gleichen Farbe. Harper hatte sich für einen schwarzen Hosenanzug entschieden, und ich hatte mich von den beiden überreden lassen, ein silbern schimmerndes, langärmliges Kleid anzuziehen. Vermutlich würde ich die Entscheidung bereuen, sobald wir das Haus verließen, aber Lorie hatte mir, als ich meine Bedenken geäußert hatte, bloß ein Glas Rotwein gereicht. Ich hatte es dankend angenommen, da mir gerade alles recht war, um meine Gedanken in eine positivere Richtung zu lenken. Nicht dass ich glaubte, dass Alkohol dafür die ideale Lösung sei.

»Wir müssen unbedingt häufiger in Musicals gehen. Eine Woche bin ich ja noch hier, was sagt ihr? Sollen wir schauen, ob wir Tickets für *Book of Mormon* kriegen? Oder *Dear Evan Hansen?*«

Lorie stimmte begeistert zu, und ich nickte verhalten. Es war nicht so, dass ich keine Lust hatte. *Hamilton* war großartig gewesen. Doch ich hatte keine Ahnung, ob ich es mir leisten konnte. Mein Dezember-Gehalt würde ich noch erhalten, doch so groß waren meine Ersparnisse nicht, dass ich danach lang über die Runden kommen würde. Ich hatte mich bereits nach offenen Stellen umgesehen, aber Volontariate waren aktuell nicht ausgeschrieben. Gleich morgen würde ich mich an Initiativbewerbungen setzen. Einen Überblick über die Agenturlandschaft Londons hatte ich glücklicherweise schon, da ich während des Masters viel recherchiert hatte.

Harper drehte die Musik lauter, irgendein K-Pop-Song, den ich nicht kannte, der mich im Normalfall aber direkt in Hochstimmung versetzt hätte, so energiegeladen, wie er war. Energie fehlte mir jedoch vollkommen. Es war nicht so, dass ich meine Kündigung bereute. Nach wie vor fühlte es sich wie die richtige Entscheidung an, und ich merkte, wie sich die Beklemmung in meiner Brust gelöst hatte. Gestern hatte ich sogar ein wenig in mein Journal geschrieben – etwas, das ich seit dem Abend nach der Weihnachtsfeier nicht mehr getan hatte. Und es hatte kein Lineart gebraucht.

Der Gedanke an die Graffitis brachte unweigerlich auch den an Taylor hervor. Wie es them wohl ging? Hatte Cassedy bereits verkündet, dass ich aus der Agentur raus war? Vermutlich … Ich sollte mich bei Taylor melden. Und bei Levi.

»Hey«, erklang es leise neben mir, und Lorie legte mir eine Hand auf den Arm. »Kann ich dir was Gutes tun?«

Ich schmunzelte. »Nein, alles gut. Du musst mich auch nicht in Watte packen.«

»Tu ich doch gar …«

»Du hast mir heute Morgen zum ersten Mal, seit ich hier wohne, nicht mein Horoskop vorgelesen«, unterbrach ich sie, und sie grinste schief.

»Gewöhn dich besser nicht dran. Aber ernsthaft: Wenn du jemanden zum Reden brauchst, bin ich da, ja? Wir finden dir einen neuen, noch besseren Job. Sonst kannst du bestimmt in diesem Café überbrücken, in dem wir damals waren. Die Besitzerin kanntest du doch. Und bei ihr ist es eh ständig viel zu voll.«

Ich nickte. Zwar würde ich es zu vermeiden wissen, bei Kaycee anzufangen – die Gefahr, Matthew dort über den Weg zu laufen, war zu groß –, aber im Zweifel würde ich mir wirklich einen Nebenjob zur Überbrückung suchen. Ich würde nicht aufgeben. Ich hatte mich lang genug selbst bemitleidet.

»Danke, Lorie. Wer weiß, vielleicht komme ich wirklich mal mit zum Qi Gong. Meine innere Mitte finden und so.« Ich stand auf und rollte einmal mit den Schultern. »Es ist kurz nach zehn. Würde sagen, wir machen uns auf den Weg, oder?«

»Klingt nach einem Plan!« Harper richtete ein letztes Mal die kurzen, schwarzen Haare.

»That's my girl«, stimmte Lorie zu. »Dann kriegen wir auch noch ganz gute Plätze. Zwei Freundinnen sind schon da, sie haben mir ihre Location geschickt. Hast du Levi eigentlich erreicht?«

»Ja, er kommt vielleicht mit ein paar Freunden nach zur Feier. Das Feuerwerk wollen sie von woanders aus schauen. Irgendeine Rooftop Bar, glaub ich.«

»Alles klar«, meinte Lorie, während sie Handy und Portemonnaie in ihre kleine Handtasche packte.

»Ich such auch noch schnell meinen Kram zusammen«, meinte ich und verschwand in Richtung meines Zimmers. Ich hatte den ganzen Tag mit Harper und Lorie auf der Couch verbracht und war von den beiden in *Gilmore Girls* eingeführt worden. Dabei hatte es Cupcakes aus dem Better Days und heiße Schokolade gegeben – also alles in allem ein perfekter Tag, wären meine Gedanken nicht die ganze Zeit abgeschweift. Ich hatte mein Handy vor mir selbst versteckt, um nicht Gefahr zu laufen, Matthew zu schreiben oder einfach nachzusehen, ob er in der App als online angezeigt wurde. Liebeskummer zu haben, war in Teenie-Jahren definitiv leichter gewesen als heute, wenn ein Blick in eine App genügte, um einem ein schlechtes Gefühl zu vermitteln.

Ich nahm Portemonnaie, Schlüssel und Taschentücher aus meiner Handtasche und packte sie in eine kleinere. Dann stöpselte ich das Handy vom Ladekabel, wo es gesteckt hatte, seit ich es gestern Nacht angeschlossen hatte. Mit flauem Gefühl im Magen entsperrte ich den Bildschirm.

Einige Nachrichten in der Familiengruppe, eine von Undine, der ich – im Gegensatz zu meinen Eltern – von der Kündigung berichtet hatte. Fünf verpasste Anrufe und vier Nachrichten von Matthew. Mein Herzschlag beschleunigte sich, und meine Finger wurden kalt vor Nervosität. Wieso hatte er angerufen? Wollte er mich etwa weiter überzeugen, zu bleiben? Der erste Anruf war bereits um kurz vor zehn Uhr heute Morgen eingegangen. Da musste ich gerade mit Harper und Lorie beim Frühstück gesessen haben. Der letzte war von acht Uhr abends.

Nervös öffnete ich den Chatverlauf.

Matthew, 10.06 am:
Hey, Nele. Kannst du mich zurückrufen, wenn du das hier liest?

Matthew, 3.56 pm:
Ich hab eine Lösung gefunden! Besser gesagt Taylor hat sie gefunden, they war heute Morgen im Büro.

Matthew, 5.23 pm:
Ernsthaft, ich platze. Bitte ruf mich zurück.

Matthew, 9.11 pm:
Ich verstehe, wenn du gerade keinen Kontakt möchtest. Ich weiß, dass es das nur noch härter macht. Aber gib mir fünf Minuten, ja? Wenn nicht, kann ich dir auch alles schreiben, aber ich würde dich gern sehen ...

»Ich habe eine Lösung gefunden«, wiederholte ich Matthews Worte. Was für eine Lösung? Ich fuhr mir über das Gesicht, bis mir wieder einfiel, dass ich Make-up trug. Seufzend ließ ich mich auf meinen Schreibtischstuhl fallen. Und wie es das härter machte. Natürlich wollte ich ihn sehen. Ich wollte nichts lieber als das.

Schaff dir ein Fundament. Ohne Matthew, ohne irgendwelche Kerle.

Die Abschiedsworte meiner Schwester ertönten wieder in meinem Kopf. Sie hatte recht. Ich wusste, dass sie recht hatte, weil sie der lebende Beweis dafür war. Ihr Studium in New York lief großartig, und ich war mir sicher, dass sie in ein paar Jahren auf den bekanntesten Bühnen der Welt tanzen würde. Ich hingegen hatte nicht einmal die Probezeit in meinem Volontariat durchgehalten. Weil ich mich verliebt hatte. Weil mir, im Gegensatz zu ihr, allem Anschein nach der Fokus oder die Stärke dafür fehlte.

Und doch schrie mein Herz mich an, ihm zu antworten. Mich mit ihm zu treffen, mir diese angebliche Lösung anzuhören, die vermutlich wieder keine war, so wie unser Safeword oder die Abmachung, uns voneinander fernzuhalten, ein absoluter Witz gewesen waren. Ich legte meinen Kopf auf die Rückenlehne des Stuhls und schloss die Augen. Dachte an den Moment in der Buchhandlung, in dem wir uns geküsst hatten, daran, wie er mich Sam und Yong-Jae vorgestellt hatte, wie er mir von dem Heim und ich ihm von meinem Poetry Slam erzählt hatte. An die Nacht mit ihm. An die Selbstsicherheit, die ich spürte, wann immer er in meiner Nähe war. Mich in ihn zu verlieben, hatte mich meinen Job gekostet. Doch er gab mir auch Stärke, kehrte eine Seite an mir hervor, die ich zu lange versteckt hatte. Er half mir, mich zu öffnen.

»Nele?«

Ich riss die Augen auf und sah Lorie in der Tür stehen, die mich besorgt musterte.

»Harper und ich wären fertig. Aber wenn du noch einen Moment brauchst …«

Ich schüttelte den Kopf. »Nein, alles gut.«

Ich sprang auf und setzte ein Lächeln auf, das Lorie erwiderte, wenn auch etwas zögerlich. Ihr Blick fiel auf das Smartphone, das ich nach wie vor in der Hand hielt. »Es wirkt nicht, als wäre alles gut.«

»Ich dachte einfach, London wird ein neuer Lebensabschnitt. Einer, in dem ich es schaffe, für mich einzustehen. Nicht wie früher in der Schule. Einer, in dem ich mich nicht verstecke und so weit wie möglich untertauche, wie es an der Uni der Fall war.« Ich sah zu Lorie. »Du bist so sehr du selbst. Das hat mich am Anfang ziemlich irritiert, aber mittlerweile bin ich echt ein bisschen neidisch. Wie schaffst du das?«

Lorie lehnte sich gegen den Türrahmen und schien ernsthaft über die Frage nachzudenken, bevor sie mir antwortete. »London ist ein neuer Lebensabschnitt. Es ist nur nicht leicht, mit alten Mustern zu brechen. Ich glaube nicht, dass ein Ortswechsel da reicht, das ist einfach ein Prozess. Außerdem … Du bist nicht schuld an dem, was passiert ist.« Sie hob die Schultern. »Menschen verlieben sich. Und manchmal geht es in die Hose. Ich weiß, du bist kein Fan von Esoterik, aber Jahresanfänge haben für mich immer etwas Magisches. Alte Dinge im vergangenen Jahr lassen, Vorsätze und Wünsche mit ins neue nehmen. Vielleicht ist das ...« Sie nickte in Richtung des Handys. »... etwas, was du im alten Jahr lassen kannst.«

Mein Blick folgte ihrem, und ich sah auf mein Smartphone. Ich bräuchte es nur zu entsperren, um Matthews Namen und seine Nachrichten zu sehen. Um all die Gefühle aufkochen zu lassen, die ohnehin in mir brodelten. Ich atmete einmal tief ein und aus, fühlte, wie die Luft durch meine Lunge und wieder hinausströmte. Lorie hatte recht. Ich konnte meinen Neuanfang immer noch haben. Mit einem Nicken stopfte ich das Handy in die Handtasche auf meinem Schoß und schloss deren Reißverschluss.

»Danke, Lorie.« Ich stand auf und umarmte sie.

»Sehr gern. Du bist nicht allein. Wir haben diesen vibrierenden Stein überstanden, wir schaffen alles.«

»Oh mein Gott, bitte erinnere mich nicht daran.«

Lachend ließen wir einander los, und sie zog mich an der Hand hinaus in den Flur zu Harper. Ich folgte den beiden nach draußen ins Treppenhaus, doch richtige Vorfreude auf den Abend wollte sich nicht einstellen. Zu bewusst war ich mir des Handys und der unbeantworteten Nachrichten in meiner Tasche. Und der Tatsache, dass Lorie und Undine zwar recht haben mochten und ich alles schaffen, einen Neuanfang wagen konnte – doch wollte ich das überhaupt, wenn dieser Neuanfang Matthew nicht beinhaltete?

Knapp eine Stunde später standen wir inmitten der riesigen Menschenmenge an der Themse, gegenüber des London Eye, und bewegten uns sanft im Takt der Musik. Dank der zahlreichen anderen Feiernden um uns herum war es weniger kalt als erwartet. Das konnte auch am Glühwein liegen, den Harper uns am Trafalgar Square noch besorgt hatte. DJs legten auf, von überallher ertönte Gelächter, und in einer halben Stunde würde das Feuerwerk starten, und Big Ben würde seine ersten Schläge im neuen Jahr tätigen. Und ich wäre mittendrin.

Meine Eltern hatten bereits angerufen, um mir ein frohes neues Jahr zu wünschen, immerhin waren sie uns eine Stunde voraus. Ich hatte ihnen nach wie vor nichts von der Kündigung erzählt. Ich würde mich in ein, zwei Wochen bei ihnen melden, sobald ich etwas Neues gefunden hatte, ich wollte nicht, dass sie sich unnötig sorgten.

Eine seltsame Wehmut überkam mich bei dem Gedanken daran, dieses Jahr abzuschließen. Ich hatte meinen Master beendet, meine WG in Köln aufgelöst, war nach London gezogen, in ein anderes Land mit einer anderen Sprache und war dort ins Berufsleben gestartet. Ich hatte mein Leben in einen Koffer gepackt und war aufgebrochen.

Ich schluckte gegen den Kloß in meinem Hals an, während ich die anderen beim Tanzen, Lachen und Trinken beobachtete.

Schaff dir ein Fundament.

Was, wenn ich das bereits hatte? Ich hasste es, vor Gruppen zu sprechen, war oft leise, wenn ich lauter sein wollte, aber ich war genauso sehr auch mutig. Nahm Dinge in Angriff. Kämpfte für das, was ich mir erträumte. Ja, ich ließ mich manchmal von Gefühlen und Intuition überrennen, war zu sensibel und blieb Dingen und Menschen fern, wenn diese mich verletzt hatten. Ich hatte mein Herz mehr als einmal über meinen Verstand siegen lassen – aber war das so verkehrt, wenn es doch genau dieses Herz war, das mir auch alle möglichen schönen Gefühle bescherte?

Das Adrenalin, auf einer Bühne zu stehen und den eigenen Text vorzutragen.

Den Rausch, den Mann, den ich liebte, zwischen Bücherregalen zu küssen.

Die Kraft zu kämpfen, selbst wenn es mir aussichtslos erschien.

Ich blickte die funkelnden Lichter entlang, sah ihre Reflexionen im beinahe schwarzen Wasser der Themse, schöpfte Mut aus der anonymen Menge der Menschen, die alle ihre eigenen Geschichten hatten – gute wie schmerzhafte. Ich blieb stehen und holte mein Handy aus der Tasche hervor. Meine Finger waren trotz der Handschuhe klamm und durchgefroren, als ich es entsperrte und die Nachricht tippte.

Nele, 11.34 pm:
Wir sind am Feuerwerk an der Themse, Nordseite. Bei einem Crêpe-Stand direkt neben dem Royal Air Force Memorial. Falls ihr zufällig auch das Feuerwerk schaut ... Sonst können wir uns morgen irgendwo treffen.

Ich drückte auf Senden, bevor ich es mir anders überlegen konnte. Womöglich würde ich nie so rational werden wie Undine. Dinge auf direktem, logischem Weg angehen. Doch bisher hatten mich mein Herz und mein Bauchgefühl weit gebracht. Ich hatte Rückschläge einstecken müssen, ja. Vielleicht hätte ich diese nicht erlebt, hätte ich nach reinem Verstand gehandelt. Vielleicht wäre ich dann aber auch nie ein Risiko eingegangen und hätte die positiven Momente genauso wenig erlebt wie die negativen.

Mein Herz setzte einen Schlag aus, als das Smartphone in meiner Hand vibrierte und eine eingegangene Nachricht anzeigte.

Matthew, 11.35 pm:
Ich bin sofort da!

Mein Verstand hätte mir mit Sicherheit dazu geraten, Vorsicht zu wahren. Mein Herz jedoch hämmerte bei Matthews Worten in meiner Brust, schlug so schnell, als wollte es die Zeit überlisten und dafür sorgen, dass Matthew schon jetzt bei mir war. Ich reckte den Kopf, kam mir völlig albern dabei vor, da ich nicht einmal wusste, ob er überhaupt auf dem Gelände war oder sich erst auf den Weg dorthin machte. Die Minuten verstrichen, ein Song wechselte den anderen ab, und ich ließ mich von Harper, Lorie und ihren beiden Freundinnen, mit denen ich im Getümmel kaum ein Wort wechseln konnte, zur Musik hin und her schieben. Und dann sah ich ihn.

Sein Blick war geradewegs auf mich gerichtet, während er sich einen Weg durch die Menge bahnte. Wie schon bei unserem ersten Zusammentreffen in Kaycees Café war es, als legte sein Anblick in meinem Kopf einen Schalter um, als würden in mir die Puzzleteile neu angeordnet werden, bis jedes am richtigen Platz lag. Die Leinwand mit der großen digitalen Uhr, die hinter Matt zu sehen war, zeigte an, dass es nur noch wenige Minuten bis Mitternacht dauerte, dass das Feuerwerk und Big Ben uns gleich ins neue Jahr geleiten würden.

Und wenn mir die Hitze in meinem Körper, das Kribbeln in meinem Bauch und das heftige Pochen meines Herzens, das sich einfach nicht beruhigen wollte, eines sagten, dann, dass ich Matthew in meinem neuen Jahr wollte. Mehr noch, ich wollte ihn in meinem Leben. Also setzte ich mich wie von selbst in Bewegung.

52. KAPITEL
Matthew

»Die Tickets sind längst ausverkauft, tut mir leid«, sagte der Mann vor mir mit einer so monotonen Stimme, dass klar war, dass es ihm kein Stück leidtat.

»Können Sie keine Ausnahme machen?«

»Für dich und die dreihundert anderen, die heute schon gefragt haben? Och, klar. Sicherheitskonzepte werden sowieso überbewertet, nicht wahr?«

»Okay, okay … frohes Neues«, murmelte ich und wandte mich ab. Hier war also kein Durchkommen.

Ich bin sofort da …

Ich unterdrückte ein frustriertes Schnauben. Das konnte ich mir wohl abschminken. Doch ich wollte nicht bis morgen warten, bis ich Nele sah. Ich wollte ihr jetzt von allem berichten. Ich konnte mir nur ansatzweise ausmalen, wie es ihr gerade ging, und ich wollte nicht, dass sie so ins neue Jahr startete. Okay, ein nicht unbeachtlicher Teil von mir sehnte sich auch schlichtweg danach, sie zu sehen. »So ein Mist.«

»Hey, Matt!« Ich wandte mich um, als ich die mir bekannte Stimme hörte. Ich entdeckte Kaycees pinken Dutt, bevor ich Leos dunkle Haare und seinen winkenden Arm sah. »Was für ein Zufall, ich hab dich ewig nicht gesehen!«

»Ja, sorry! Es war eine Menge los. Hey Kaycee, hi Fiona, hey Demian.«

»Hi, du treulose Tomate«, gab Kaycee grinsend zurück, während die anderen beiden winkten. »Du hättest dich ruhig mal wieder blicken lassen können. Ich schulde dir noch mindestens ein Stück Kuchen dafür, dass du mit den Möbeln und dem Backofen geholfen hast.«

»Holen wir nach«, erwiderte ich knapp. »Geht ihr rein, das Feuerwerk schauen?«

»Ja. Sind ein bisschen spät dran, wir hatten eine WG-Party bei Demian«, erwiderte Leo und sah sich suchend um. »Und die Hälfte der Leute fehlt noch.«

»Kommst du mit rein?«, fragte Fiona, mit der ich bisher nur ein paar Worte bei der Eröffnung von Kaycees Shop gewechselt hatte.

»Ich hab kein Ticket. Wir haben eigentlich grad selbst eine Party daheim am Laufen, ich hatte nicht geplant, hier zu sein.« Ich wandte mich an Leo. »Könnt ihr mir einen riesigen Gefallen tun? Ich weiß, das Feuerwerk startet gleich, aber könnt ihr Nele sagen, dass ich hier auf sie warte? Ich komm nicht rein.«

Leo hob die Brauen. »Wir sollen sie in dem Gewusel finden?«

»Sie ist am Royal Air Force Memorial.«

»Ich hab keine Ahnung, was, geschweige denn wo das ist.«

»Bei einem Crêpe-Stand. Es ist wirklich wichtig.«

»Warte mal.« Fiona ging an mir vorbei zu dem Security-Mann, der mich eben hatte abblitzen lassen. Ich konnte nicht hören, was sie sagte, doch seine Miene wirkte wesentlich freundlicher als zuvor bei mir. Sie gestikulierte in unsere Richtung, und als der Blick des Mannes auf Leo landete und dieser winkte, weiteten sich seine Augen. Er bedeutete uns, zu ihm zu kommen.

»Bist du nicht Leo Campbell? Hab den Trailer für deine neue Serie gesehen! Bist du da wirklich vom Big Ben gesprungen?«

»Ähm, nein, das war ein Greenscreen.«

»Oh. Schade. Können wir vielleicht ein Foto machen?«

»Klar«, meinte Leo und posierte, während der Mann ein Selfie schoss.

»Cool, danke! Und kannst du meiner Freundin was signieren?«, fragte er dann an Fiona gewandt. »Sie ist ein Riesenfan von dir. Musste mir letztens einen Make-up-Haul von dir mit ihr anschauen, das war echt anstrengend«, sagte er lachend, während sowohl Fiona, Kaycee als auch Demian die Brauen hoben. Seufzend ließ ich meinen Blick über die Absperrung des Geländes streifen. Ich hatte keine Zeit für Small Talk.

»Klar«, erwiderte Fiona. »Unter einer Bedingung.« Sie deutete auf mich. »Während ich signiere, passt du kurz nicht auf den Eingang auf und lässt ihn durchschlüpfen.«

Der Mann musterte mich und sah dann wieder zu Fiona. »Na ja, da müsste ich schon länger abgelenkt sein, da kannst du auch 'ne Videobotschaft für meine Freundin aufnehmen.«

»Ist das sein verdammter Ern…«

Leo hob die Hand, und ich verkniff mir den Rest. Hauptsache, ich kam hinter die Absperrung. Nervös blickte ich auf die Uhr. Es war vierzehn Minuten vor Mitternacht.

»Wie heißt deine Freundin denn?«, fragte Fiona, während der Security-Mann sein Handy entsperrte.

»Tiffany. Sie ist Krankenschwester und muss heute arbeiten.«

Fionas skeptische Miene machte einem Lächeln Platz. »Oh, dann sag ihr danke für ihren Einsatz!«

»Kannst du ja jetzt machen«, meinte der Kerl schulterzuckend, und bevor er auf die Aufnahme klickte, nickte er in unsere Richtung. »Na, dann schnell. Und wehe, ihr verratet, dass ich dich einfach durchgelassen habe.«

»Auf keinen Fall«, rief ich und setzte mich sofort in Bewegung. »Ich danke euch! Und du hast was bei mir gut, wirklich!«, sagte ich an Fiona gewandt. »Solltest du je ein Buch rausbringen wollen oder so …«

»Ja ja. Jetzt mach schon.«

»Und lass dich mal wieder blicken!«, rief Kaycee mir nach. Ich hob die Hand, zum Zeichen, dass ich sie verstanden hatte, drehte mich jedoch nicht noch einmal um. So schnell ich konnte, rannte ich den Weg Richtung Themse entlang, vorbei an Buden und Feiernden, bemüht, möglichst wenige Menschen dabei anzurempeln. Ein paar aufgebrachte Rufe kassierte ich dennoch, doch das war mir in diesem Moment egal. Ich bog nach rechts ab. Dank Maps wusste ich, dass das Memorial auf der gegenüberliegenden Flussseite des London Eye sein musste. Alle paar Schritte stellte ich mich auf die Zehenspitzen, um weiter sehen und nach dem Crêpe-Stand Ausschau halten zu können. Ich entdeckte eine Pommesbude, einen Stand mit Getränken – und dann streifte mein Blick ein mir bekanntes Gesicht. Obwohl Nele ein gutes Stück kleiner war als die Umstehenden, war es, als gäbe es in diesem Moment nur sie, so sehr stach sie für mich aus der Menge hervor.

Wie von selbst setzten sich meine Füße in Bewegung. Mit jedem Schritt ging mein Atem schneller. Mein Herz pumpte das Adrenalin durch meinen Körper, und obwohl ich wusste, dass ich zum Reden hier war, gab mir ihr bloßer Anblick so viel Zuversicht und Sicherheit. Atemlos, als wäre ich einen Marathon gelaufen und nicht knapp zweihundert Meter am überfüllten Ufer entlang, kam ich vor ihr zum Stehen.

»Hi«, sagte ich.

»Hey.« Sie verzog den Mund zu einem leichten Lächeln. Der DJ spielte ein Lied von Fall Out Boy an, und um uns herum brachen alle in Jubel aus und bewegten sich im Takt der Musik. Nur Nele und ich standen uns unbewegt gegenüber, ihr

Blick in meinem, meine Finger erfüllt von dem Drang, sie nach ihr auszustrecken. Doch ich riss mich zusammen.

»Was war denn so dringend, dass es nicht warten konnte?« Nele legte den Kopf schief. Ihre Wimpern waren getuscht und wirkten somit noch länger als ohnehin schon, umrahmten ihre dunkelgrünen Augen, die in der nur von Lampen und Lichterketten durchbrochenen Nacht beinahe schwarz anmuteten.

»Taylor war im Büro.«

Nele hob die Brauen.

»They will das Projekt nicht machen, wenn du bei der Sache raus bist.«

»Was? Aber das geht nicht. Es ist zu gut, um ...« Sie hielt inne. »Warte, du bist den ganzen Weg hierhergekommen, um mit mir über die Arbeit zu reden? An Silvester? Obwohl ich gekündigt habe?«

»Nein. Ich bin hier, weil ich eine Lösung habe! Besser gesagt Taylor. They will dich bei dem Projekt dabeihaben.«

In Neles Augen trat ein frustrierter Ausdruck. »Es tut mir leid, aber ich kann nicht einfach zurück ins Büro kommen und einen auf heile Welt machen. Da hilft emotionale Erpressung auch nicht weiter.«

»Du musst nicht in der Agentur sein, um das Projekt mitzugestalten.«

»Was?«

»Taylor möchte dich mit im Vertrag stehen haben.«

»Fürs Marketing? Geht so was denn?«

»Als Autorin.«

»Ich ... Was?«

Nele klappte für einen Moment die Kinnlade hinunter, dann schüttelte sie den Kopf. »Wie genau hat Taylor sich das vorgestellt? Soll ich die Texte ghostwriten?«

Ich schüttelte den Kopf und konnte mir das Grinsen nicht verkneifen, als es Nele langsam dämmerte.

»Nein.«

»Doch. Taylor liebt deine Texte. Und ich auch.« Ich schluckte. »Auch wenn ich hoffe, dass über uns noch ein positiverer erscheint.«

Neles Gesicht spiegelte jegliche Emotionen von Unglaube und Überraschung bis hin zu Hoffnung wider. »Heißt das … Warte, meine Texte sollen mit abgedruckt werden?«

»Wenn es nach Taylor und nach uns geht, dann ja. Gemeinsam mit their Linearts. Du würdest einen Vertrag erhalten. Es ist möglich, dass der Vorschuss halbiert wird, vielleicht schafft Cassedy es aber auch, nachzuverhandeln. Was das Marketing angeht, kannst du ja trotzdem noch mit dem Verlag reden.«

Nervös beobachtete ich Nele, versuchte aus ihrem Gesicht abzulesen, was sie davon hielt.

»Ich könnte bleiben«, sagte sie so leise, dass ich sie über die Musik kaum verstand. »Ich könnte in London bleiben«, wiederholte sie dann lauter.

Ich nickte. »Und wenn es eine Pressereise gibt, wärst du natürlich auch dabei. Die Details müssten wir noch ausarbeiten, das liegt eher beim Verlag. Cassedy könnte dich vertreten, aber wenn du keine Provision zahlen magst, kannst du natürlich auch so den Vertrag unterzeichnen. Du kannst dir auch eine andere Agentur suchen, wenn du dich damit wohler fühlst. Das hängt ja auch alles davon ab, ob du mit deiner Lyrik danach weitermachen willst. Aber das besprichst du am besten mit Cassedy. Noch ahnt sie nicht einmal, dass du hinter dem Account steckst.«

»Ich weiß gar nicht, was ich sagen soll. Und ich habe keine Ahnung, ob ich das kann. Dann sehen es wirklich viele Menschen.«

»Das ist doch auch jetzt schon der Fall. So viele Leute lesen deine Posts auf dem Account.«

»Ja, aber dann sind die Worte gedruckt. Dann kann ich nicht einfach auf Löschen drücken, wenn mir danach ist. Bücher sind für die Ewigkeit.«

Ich lächelte. »Ja, und ist die Vorstellung nicht irgendwie schön? Etwas zu schaffen, was bleibt?«

»Es ist wahnsinnig unsicher.«

»Was meinst du?«

»Na ja, woher weiß ich, ob das Buch erfolgreich wird?«

»Du hast doch vorher daran geglaubt.«

»Ja, schon. Aber ...« Sie hob die Schultern. »Ich hab jahrelang auf das Volontariat hingearbeitet, Praktika gemacht. Das war der sichere Weg. Und ich bin trotzdem davon abgekommen«, schob sie mit gerunzelter Stirn hinterher. »Ich hätte mein eigenes Buch.«

Ich nickte.

»Und für Taylor wäre das echt okay?«

»Es war their Vorschlag. Mehr noch: Wenn du nicht dabei bist, will Taylor den Vertrag auflösen.«

»Wow«, sagte Nele und schüttelte ungläubig den Kopf.

»Was sagst du?«

Neles Blick wanderte nach rechts in Richtung des London Eye, dessen Lichter sich auf der Themse spiegelten. Ein Schiff lag auf dem Wasser, an dessen Bord weitere Menschen tanzten. Sie schien die Szenerie in sich aufzusaugen, die Lichter, die Musik, die unterschiedlichen Menschen, die London zu dem wunderschönen Flickenteppich machten, der es war. Dann nickte sie und sah wieder mich an. »Ja.« Sie lachte. »Ich wollte immer in die Buchbranche. Früher war sogar genau das mein Ziel: zu schreiben. Und dann kamen all die Stimmen, die mir ausgeredet haben, etwas Kreatives zu tun, dabei liegt es mir wie meinen Eltern und meiner Schwester eigentlich im Blut. Ich hab die Zweifel lauter werden lassen als meine Wünsche. Vielleicht sollte all das ja sogar genau so passieren.« Sie schmunzelte und sah kurz nach hinten zu einer Frau mit dunkelbraunen Locken. »Zum Glück hat Lorie das nicht gehört.« Dann wurde Neles Miene ernster. »Du bist nur deshalb hergekommen?«

In ihren Augen lagen weitere Fragen. Jene, die auch ich mir stellte. Dabei kannte mein Herz längst die Antwort. »Nein«, sagte ich, »nicht nur deshalb.«

»Sondern?« Neles durchdringender Blick sorgte dafür, dass sich die Haare in meinem Nacken aufstellten.

»Ich hab gehofft, dass du Ja zu Taylors Vorschlag sagst. Aber wenn ich ehrlich bin, hoffe ich, dass du noch einmal Ja sagst.«

»Wozu?« Sie legte den Kopf schief, und die Art, wie ihre dunkelgrünen Augen funkelten, verriet, dass sie ganz genau wusste, worauf ich hinauswollte.

»Zu uns«, sagte ich dennoch. »Es vergeht kein Tag, ach was, keine Stunde, in der ich nicht an dich denke. Es ist viel schiefgelaufen, und es tut mir so leid, dass ich einigen deiner Pläne einen Strich durch die Rechnung gemacht habe. Ich wünschte, ich könnte das ungeschehen machen. Aber ich fände es noch viel schlimmer, wenn wir das zwischen uns einfach vergessen. Ich hab noch nie jemanden getroffen wie dich. Jemanden, der mich von Anfang an so vollkommen umhaut. Den ich meinen Freunden vorstellen möchte und für den ich sogar die Arbeit links liegen lasse. Ich mag dich zu sehr, um das loszulassen, Nele.« Zitternd atmete ich aus. Dann sagte ich die Worte, die ich noch nie in meinem Leben zu einem Menschen gesagt hatte. »Mehr noch: Ich liebe dich.«

Neles Augen weiteten sich. Sie mochte mit meiner Antwort

gerechnet haben, nicht jedoch mit diesen letzten drei Worten. Ich hatte ja selbst nicht erwartet, sie zu sagen. Doch sie stimmten.

»Ich hab das noch nie zu jemandem gesagt. Zum einen weil ich noch nie so gefühlt habe, zum anderen weil ich immer Angst hatte, mich einer Person so komplett zu öffnen und sie dann zu verlieren. Ich habe bereits genug Verluste gehabt. Doch wenn ich durch dich eines gelernt habe, dann dass es sich lohnt, sich zu öffnen. Und dass es auch so schon unheimlich schmerzt, dich zu verlieren. Und egal, wie du dich entscheidest, wollte ich, dass du das zumindest weißt. Wenn du dich erst auf deine Arbeit konzentrieren möchtest, ist das okay, aber dann hoffe ich, dass du mir – dass du uns – irgendwann eine Chance gibst. Und ...«

Weiter kam ich nicht, denn Nele stellte sich auf die Zehenspitzen, legte ihre Hände fest um meinen Kopf und zog mich zu sich in einen innigen Kuss. Ich schloss die Augen und legte meine Hände an ihren Rücken, krallte meine Finger in den Stoff ihres Mantels und presste sie so fest an mich, wie ich nur konnte. Aus meiner Kehle drang ein beinahe verzweifelt klingender Laut, der mich überraschte, da ich am liebsten losgelacht hätte, weil die Endorphine gerade meinen Körper durchfluteten.

»Ihr seid zu früh! Es ist noch nicht Mitternacht!«, erklang eine Stimme neben uns, und als Nele lachend den Kopf zur Seite drehte, sah ich, dass es Lorie war, die für den Spruch einen Knuff von einer Frau mit kurzen, dunklen Haaren kassierte.

Im nächsten Moment erstarb jegliche Musik, Stille legte sich über die Menge, und auf der Leinwand erschien eine große Zehn, dicht gefolgt von Jubel und lauten »Zehn«-Rufen.

»Neun, acht, sieben ...«

»Das macht gar nichts, das wiederhole ich liebend gern«, murmelte ich mit einem Lächeln und sah Nele an, während die Menge um uns weiter nach unten zählte.

»Drei«, flüsterte sie.

»Zwei«, sagte ich.

»Eins …« In ihrem Blick lag so viel Zärtlichkeit, dass mir die Luft wegblieb.

Und als über uns das erste Feuerwerk in der Luft knallte, die Leute um uns herum sich Neujahrswünsche zuriefen und sich in die Arme fielen, zog ich Nele erneut an mich und küsste sie. Ich schmeckte ihr Lächeln auf den Lippen, hörte den Trubel Londons und hatte zum ersten Mal in all den Jahren das Gefühl, ein Zuhause gefunden zu haben.

Epilog
Nele

Ich sah weniger durch die Maske, als ich gewohnt war. Da ich die Texte auswendig konnte, war das jedoch kein großes Problem. So erkannte die Menge immerhin nicht, wie nervös ich war und wie verkrampft ich mit Sicherheit aussah. Durch die Schlitze auf Augenhöhe entdeckte ich die mir bekannten Gesichter dennoch: Matthew war da, er saß in der ersten Reihe, direkt neben Leo und Kaycee. Letztere hatte Flyer zu dem Event in ihrem Café ausgelegt, was sicherlich dazu beigetragen hatte, dass das Theater, das Leo uns organisiert hatte, so gut besucht war. Das, und die Ankündigung, dass Londons beliebtester und mysteriösester Street Artist heute auftreten würde – gemeinsam mit mir. Ich krallte meine Finger fester in den Stoff des roten Vorhangs, durch den ich gerade unauffällig nach draußen lugte. Nervosität war gar kein Ausdruck für das, was ich fühlte. Undine hatte mir Tipps gegen Lampenfieber gegeben, und ich hatte sogar den Kaffee diesen Morgen weggelassen, doch gerade war mir trotzdem übel. Ich würde gleich dort rausgehen, auf die Bühne, und mein Innerstes mit teilweise völlig fremden Menschen teilen.

»Ich glaub, ich kipp um«, flüsterte ich Taylor zu, woraufhin ein leises Lachen hinter mir erklang.

»Wag es ja nicht, ohne dich funktioniert die ganze Show nicht.«

Zitternd atmete ich ein und aus und schaute wieder durch die kleine Lücke im Vorhang. Lorie saß im Publikum und unterhielt sich gerade mit Levi. Die beiden schienen sich prächtig zu verstehen. Ziemlich prächtig sogar, so oft, wie Lorie Levi am Arm berührte. Schmunzelnd sah ich weiter durch die Menge. Cassedy und Victoria waren ebenfalls gekommen, und sogar Gilbert entdeckte ich daneben. Cassedy hatte mehrmals versucht, mich zu überreden, wieder in die Agentur zu kommen, und versichert, dass die Stimmung dort gut sei. Ich glaubte ihr. Selbst Danielle hatte mir geschrieben und sich entschuldigt – aber ich wollte gar nicht länger zurück. Gemeinsam mit Taylor hatte ich die Agentur noch einmal besucht, die Fronten waren geklärt, selbst Jake hatte ein paar nette Worte für mich übrig gehabt und mir zum Buch gratuliert.

Doch all das war egal: Ich würde nicht zurückschauen. Ich hatte einen Buchvertrag, eine geplante Lesereise und eine Teilzeitstelle in einem Londoner Verlag gefunden, den ich im Marketing unterstützte. Er ermöglichte mir, flexibel von unterwegs zu arbeiten, und lag ebenfalls in Vauxhall. Wann immer ich vor Ort im Büro war, traf ich mich mit Cassedy und Victoria zum Mittagessen – und mit Matthew. Dass wir uns nicht länger verstecken mussten, auch vor seinen Mitarbeitenden nicht, war eine unglaubliche Erleichterung, die ich gegen nichts eintauschen wollte.

Lächelnd ließ ich den Blick über meine neu gewonnenen Freunde wandern. Sie waren alle da.

Ich hatte stets geglaubt, dass London anonym war, hatte gerade deshalb sogar herziehen wollen. Doch das stimmte nur zu Teilen. Auch in einer Millionenstadt wie dieser gab es Dinge, die uns verbanden, die dafür sorgten, dass Freundschaften entstanden. Seien es die Suche nach Zuflucht in einem neu gegründeten Café, eine spontane Einladung zum Bouldern,

Meinungsverschiedenheiten über Horoskope, Gespräche über Bücher oder ein Graffiti an einer Mauer, an dem man stehen blieb. Eine Stadt mit endlosen Möglichkeiten schaffte auch zahlreiche, sich näherzukommen.

Lächelnd drehte ich mich zu Taylor um. »Bereit?«

»Nope. Ganz und gar nicht. Du?«

»Dito.«

»Na dann, los geht's.«

»Oh Gott, oh Gott, oh Gott.«

»Nele, du kannst das. Wir haben wochenlang am Auftritt gefeilt. Außerdem musst du dich daran gewöhnen, wenn wir im Spätsommer auf Lesereise gehen.«

»Ich such mir ein Double, fällt unter der Maske eh nicht auf.«

»Vergiss es und heul leiser. Jetzt geh schon.«

Ich verkniff mir meine Widerworte und straffte die Schultern. Taylor war völlig aus dem Häuschen gewesen, als ich den Vertrag unterschrieben hatte, und Cassedy hatte es, wie auch immer, geschafft, nachträglich einen höheren Vorschuss auszuhandeln und den Verlag für das neue Konzept zu begeistern. Zwar vertrat sie mich nicht, da ich nach wie vor nicht wusste, wo genau die Reise in den nächsten Monaten und Jahren hinging – ob ich mich weiter im Schreiben versuchte, vielleicht sogar an einem Buch, oder es weiter als Hobby betrieb und mir langfristig einen Job in einem Verlag oder einer Buchhandlung suchen wollte –, doch dank Cassedy hatte ich ein wirklich gutes Angebot erhalten. Und seltsamerweise fand ich die Vorstellung, nicht genau zu wissen, was die nächste Zeit bereithielt, befreiend. Unsicherheit hatte ich stets gefürchtet, doch sie hielt auch Möglichkeiten bereit, wie dieser Abend zeigte. Heute würde das erste Mal sein, dass Taylor und ich gemeinsam auf der Bühne standen. Das erste, aber bei Weitem nicht das letzte Mal.

»Go!« Taylor gab dem Techniker ein Zeichen, und kurz darauf fuhr der Vorhang vor uns automatisch zur Seite. Das Licht im Saal wurde gedimmt, das auf der Bühne heller, und das Getuschel im Publikum erstarb. Vermutlich konnten sie mein Herz bis in die hinteren Reihen klopfen hören. Kurz kehrten meine Gedanken zu dem Moment zurück, als ich beim letzten Mal auf der Bühne gestanden hatte. Einen Zettel in den zitternden Händen. Zu schnell gesprochene Worte auf meiner Zunge. Doch heute würde anders werden.

Taylor stand neben mir und ging zu der aufgebauten Leinwand, vor der mehrere Farbdosen standen. Ich trat mit wackligen Beinen zu dem Mikrofon links davon. Mein Blick fand Matthews. Und obwohl ich wusste, dass er meine Augen hinter der Maske nie und nimmer erkennen konnte, gab sein zuversichtliches Lächeln mir so viel Sicherheit, dass meine Atmung sich beruhigte und das flaue Gefühl in der Magengegend sich zu einem nervösen Flattern minderte. Er hatte sich seit unserem ersten Treffen nach Ruhe und Heimkommen angefühlt, doch in den letzten Wochen mehr denn je. Während er vor wenigen Monaten noch rastlos wirkte, getrieben von dem Wunsch, Alberts Erbe würdig zu vertreten, schien er sich endlich gefunden zu haben. Er fuhr nicht länger Alberts Linie, er fuhr seine eigene. Und auch wenn Jake und er ab und an noch aneinandergerieten, hatte das Gespräch der beiden Klärung gebracht. Er war angekommen, so wie auch ich. Vielleicht musste man manchmal erst am Boden landen, um noch höher klettern zu können. Für uns beide jedenfalls schien es funktioniert zu haben. Ich erwiderte Matthews Lächeln, obwohl mir klar war, dass er es nicht sehen konnte.

Ich würde mir einfach vorstellen, nur zu Matthew zu sprechen. Er kannte meine Fehler, meine Ängste, meine Unsicherheiten. Dennoch liebte er mich und gab mir somit all den Mut, den ich benötigte. Während der Strahl von Taylors Graffitidose, der auf die Leinwand traf, mir eine sanfte Hintergrundmelodie malte, begann ich, meinen Text zu lesen, und mit jedem Wort, das meinen Mund verließ, formte ich meine neue Zukunft.

Danksagung

Mit *Worlds Beyond* endet bereits meine zweite Trilogie im LYX Verlag. Ein bisschen fühle ich mich wie Nele, als sie frisch in London ankommt: So ganz glauben kann ich immer noch nicht, dass ich all diese Bücher für euch schreiben darf. Daher danke ich erst einmal aus ganzem Herzen meinem Verlag. Danke für eure großartige Arbeit. Danke an Alexandra, meine wundervolle Lektorin, mit der die Zusammenarbeit jedes Mal aufs Neue Spaß macht. Danke an Andrea für die Organisation der Events – selbst die Deutsche Bahn schafft es nicht, dich aus der Ruhe zu bringen. Danke an alle vom #TeamLYX.

Das Buch ist diesmal einer Stadt und keinem Menschen gewidmet. London zieht sich seit über zehn Jahren als Konstante durch mein Leben. Ich hatte einen der schlimmsten Momente und einige der schönsten dort. Ich habe weinend auf einem Hotelteppich gelegen und Freudentränen verdrückend in einem Bus gesessen. Ich weiß nicht, was genau es mit dieser Stadt auf sich hat, aber sie schafft es immer wieder aufs Neue, dass ich an mir wachse, und an jeder einzelnen Ecke lauern Geschichten. Deshalb: Danke, London.

Danke an die PJS, die beste Freundestruppe, die ich mir wünschen könnte: Alex, Ava, Bianca, Klaudia, Laura G, Laura K, Marie, Nicole, Nina, Tami. Ich hab euch unfassbar lieb und bin jeden einzelnen Tag dankbar, dass es euch gibt. Danke für

Gespräche, die andere Menschen in die Flucht schlagen würden, für euren Halt, euren Rat und dafür, dass ich mich bei euch fallen lassen kann.

Danke an Chris, Maike, Mikkel und Saskia. Ihr macht mein Leben so viel besser und seid immer, wirklich immer für mich da. Danke an Lafayette und Oskar, die besten Emotional-Support-Hunde, die ich mir vorstellen könnte, und an Luna und Freya, die süßesten Patenkatzen der Welt.

Danke an Babsi, Carolin, Julia, Julian, Raphael und Marieke für eure Freundschaft.

Danke an meine Eltern für eure anhaltende Unterstützung.

Danke an Jule für die wunderschönen Linearts, die dieses Buch zieren.

Danke an Kristina und Gesa, dass ihr mich als meine Agentinnen vertretet. Ein extra großes Dankeschön an Kristina, die ich mit all meinen Fragen zu Literaturagenturen nerven durfte.

Danke an Undine, dass ich deinen wunderschönen Namen für Neles Schwester leihen durfte. Jetzt liest du ihn endlich auch mal in einem Buch!

Danke an Maike Voss für den Besuch in der Banksy-Ausstellung in Berlin letzten Sommer. Ich glaube, er hat die Idee rund um Taylor geformt.

Danke an meinen großartigen Discord und die wundervollste Twitch-Community der Welt. Dass so viele offene, herzliche Menschen sich auf einem Haufen zusammenfinden, ist nicht selbstverständlich. Danke für das schöne Community-Treffen und den Austausch. Danke an alle auf Instagram und TikTok, die mir Feedback zu den Büchern dalassen und mich auf Buchhandlungs-Fotos taggen – das motiviert ungemein!

Danke an alle Blogger:innen, Influencer:innen und Buchhändler:innen für eure Zeit, Arbeit und Hingabe. Und zu guter

Letzt danke ich dir, dass du dieses Buch in die Hand genommen und gelesen hast. Danke für deine Zeit! Schreib mir gern eine Nachricht, ich würd mich freuen.

Wir lesen uns wieder!
Anabelle

Nur bei dir fühle ich mich frei …

Anabelle Stehl
BREAKAWAY

464 Seiten
ISBN 978-3-7363-1451-1

Für Lia bricht eine Welt zusammen, als ihr eine einzige Nacht zum Verhängnis wird. Nicht nur folgen ihr seitdem die Blicke und das Getuschel ihrer Kommilitonen überall auf dem Campus – selbst ihre Freundinnen wenden sich von ihr ab. Als sie es nicht länger erträgt, packt Lia kurzerhand ihre wichtigsten Sachen und setzt sich in einen Bus nach Berlin. Sie hofft, in dem anonymen Trubel der Hauptstadt einen klaren Kopf zu bekommen und wieder zu sich selbst zu finden. Doch dann trifft sie auf Noah, der ihre Welt von einem Moment auf den anderen ein weiteres Mal auf den Kopf stellt ...

»Erfrischend, gefühlvoll und wunderschön.« BIANCA IOSIVONI

LYX

Sie glaubt nicht an zweite Chancen – bis sie ihn wiedertrifft

Merit Niemeitz
NO LONGER YOURS -
MULBERRY MANSION

528 Seiten
ISBN 978-3-7363-1787-1

Avery kann ihr Glück kaum fassen: Sie hat tatsächlich eins der begehrten Zimmer der Mulberry Mansion ergattert! In einem Projekt der Universität sollen Studierende die alte englische Villa wieder instand setzen. Aber Averys Freude wird jäh gedämpft, als sie feststellen muss, dass einer ihrer Mitbewohner kein anderer ist als ihr Ex-Freund Eden. Aus dem Jungen von damals ist ein verschlossener junger Mann geworden. Doch während sie gemeinsam die Mulberry Mansion renovieren, kommen plötzlich wieder alte Gefühle hoch ...

»Die Geschichte von Avery und Eden tut auf die beste Weise weh und gleichzeitig so, so gut.« *LENA KIEFER, Spiegel-Bestseller-Autorin*

LYX

Gesucht: Fake-Boyfriend. Möglichst perfekt und skandalfrei

Alexis Hall
BOYFRIEND MATERIAL
Aus dem Englischen
von Carina Schnell
528 Seiten
ISBN 978-3-7363-1767-3

Durch seinen berühmten Vater steht auch Luc O'Donnell im Licht der Öffentlichkeit. Als die Klatschpresse wieder mal negativ über ihn berichtet, droht er seinen Job zu verlieren. Um sein Image aufzupolieren, macht Luc sich auf die Suche nach einem respektablen Fake-Freund und findet schnell die ideale Besetzung für die Rolle: Oliver Blackwood – Anwalt, Vegetarier und so skandalfrei, wie es nur geht. Die beiden beschließen, der Welt das perfekte Paar vorzuspielen, und doch merken sie bald, dass nicht alles bloß vorgetäuscht ist ...

»Diese Geschichte ist etwas Besonderes. Phänomenal!«
PUBLISHERS WEEKLY

LYX

Die Community für alle, die Bücher lieben

Das Gefühl, wenn man ein Buch in einer einzigen Nacht verschlingt – teile es mit der Community

In der Lesejury kannst du

★ Bücher lesen und rezensieren, die noch nicht erschienen sind

★ Gemeinsam mit anderen buchbegeisterten Menschen in Leserunden diskutieren

★ Autoren persönlich kennenlernen

★ An exklusiven Gewinnspielen und Aktionen teilnehmen

★ Bonuspunkte sammeln und diese gegen tolle Prämien eintauschen

Jetzt kostenlos registrieren: www.lesejury.de

Folge uns auf Instagram & Facebook:
www.instagram.com/lesejury
www.facebook.com/lesejury